DÉSHONNEUR

LA TRILOGIE INTÉGRALE

LES FRÈRES AMADO

NATASHA KNIGHT

D1641452

DÉSHONNEUR

NOTE DE NATASHA

Déshonneur m'est apparu comme la plupart de mes histoires – avec une image très précise du héros. Dans le cas présent, Raphaël. Plus précisément ses yeux.

Je savais que l'histoire se passerait en Italie, que la cave et la chapelle seraient des lieux importants, même si au début, je n'avais pas la moindre idée du pourquoi ni de ce que j'allais en faire.

Cependant, j'ai appris une chose au cours de ma carrière : que mon histoire se construit au fur et à mesure et qu'au bout du compte, tous ces morceaux qui n'avaient pas de sens pour moi sur le moment finiraient par trouver leur juste place.

Raphaël est selon ses mots un « monstre ravagé ». Et je sais qu'il est brisé et que certaines parties de lui ne pourront jamais guérir ou ne cesseront jamais de se détruire, pourtant ça me va.

Il y a une de mes citations préférées dans *Les Contes de Despereaux*, qui dit ceci : « Parfois lorsqu'un cœur se brise, il peut se reconstruire de façon gangrenée. » D'une certaine manière, c'est ce qui est arrivé à Raphaël. Pourtant, il y a un vieux cliché qui dit que l'amour peut tout vaincre si on y croit de tout notre cœur. Et je pense souvent que ces accrocs et ces entailles que nous possédons ne font que nous aider à mieux ressentir les choses, à aimer pleinement.

Donc, sans vous faire perdre plus de temps, j'aimerais vous remercier pour la confiance que vous me témoignez en me laissant vous emporter avec Raphaël et Sofia.

Tendrement,
Natasha

PROLOGUE 1
SOFIA

Juillet 2016

L'air glacial m'atteignit en franchissant les portes de la chapelle et me fit trembler. Les vents frais étaient porteurs d'un avertissement. Un présage.

Mon futur mari se tenait au bout de l'allée, vêtu de noir de la tête aux pieds, contraste saisissant face au blanc nuptial que j'arborais.

J'avais l'impression d'assister à un enterrement.

À mes propres funérailles.

Je le trouvai éblouissant, quand bien même je le détestais. Ses prunelles victorieuses me dévoraient sans jamais se détourner des miennes, me piégeant, tel un prédateur face à sa proie. Je me demandai si sa bouche salivait alors qu'il s'imaginait ma soumission pleine et entière devant lui.

Je savais ce qui était attendu de moi ce soir-là.

Ce que lui et mon grand-père avaient planifié lorsqu'ils avaient signé le contrat qui faisait de moi la propriété de Raphaël Amado. Il fallait que nous consommions notre union. Mon sang de vierge devait tacher ses draps. Mon visage me brûlait de honte et de rage à chacun des pas qui me rapprochaient du diable que je m'apprêtais à épouser.

Un monstre caché sous le plus beau des apparats.

Et je sus en m'avançant vers mon destin incertain et indésirable que je ne pourrais jamais pardonner mon aïeul pour sa trahison.

PROLOGUE 2
RAPHAËL

Juillet 2016

Elle se tenait comme une vestale vierge devant les portes. Son regard d'or était glacial tandis qu'il parcourait l'allée, avant d'entrer en collision avec le mien. Elle parvenait à masquer ses pensées à merveille, pourtant lorsqu'elle se trouverait sous mon corps ce soir-là, je la posséderais tout entière. Je saurais tout de son plaisir. De ses souffrances. Chaque centimètre d'elle serait mien.

Elle m'appartenait d'ores et déjà, même si cette idée lui retournait les entrailles. Je me demandais si j'aurais à la forcer, si je devrais pousser ses jambes à s'écarter pour que ma queue puisse tremper dans son sang virginal. Cependant, il fallait que je me sorte cette pensée de la tête. Ce serait mal vu de me tenir devant Dieu en bandant comme un dingue.

Je l'observais alors qu'elle commençait à avancer dans l'allée, magnifique, éblouissante, en s'accrochant au bras de mon frère jumeau. Elle avait refusé de se faire conduire jusqu'à l'autel par son grand-père. Il ne méritait pas sa haine.

Ses épais cheveux châtains arboraient des tresses complexes disposées sur le dessus de sa tête. Même avec le voile drapant son visage pâle, je parvenais à apercevoir ses yeux accusateurs, brûlants de hargne à mon égard, en totale contradiction avec ses lèvres douces, pleines et innocentes, ainsi que ses traits presque angéliques.

Lorsqu'elle arriva à ma hauteur, mon frère souleva son voile. Le regard qu'ils échangèrent me mit les nerfs en vrac. Ils étaient devenus rapidement amis.

Avant de me la confier, mon jumeau m'observa avec désapprobation. Comme si ce que je m'apprêtais à faire ne concernait que moi. Comme si je n'agissais pas également pour lui. Comme si je ne méritais pas tout ça, après ce qu'on m'avait fait subir. Ses yeux m'accusaient de souiller cette jeune vierge en me mariant à elle, me donnant l'impression d'être une sorte de monstre.

Eh bien, il n'avait pas été à ma place durant ces dernières années, alors il pouvait bien aller se faire foutre.

Je détournai mon regard pour le poser sur Sofia afin de contempler la robe que je lui avais choisie. Elle étrécit les yeux en me voyant faire cela, cependant elle ne dit rien. Elle ne recula pas non plus lorsque je m'emparai de sa main, ni quand je la fis s'agenouiller devant Dieu.

Et quand vint le moment de promettre d'aimer, de chérir et d'obéir – oui, je m'étais assuré d'inclure son vœu d'obéissance –, Sofia prononça sans rechigner les mots qui scellèrent son destin au mien.

J'en fis de même.

C'est tout ce qu'il fallut pour qu'elle soit mienne.

Nous nous levâmes alors pour nous affronter en tant que mari et femme, puis j'enroulai ma main autour de son cou pour l'attirer à moi, ma bouche réclamant la sienne, proclamant à quiconque aurait le moindre doute que je possédais désormais cette femme.

Qu'elle était à moi.

Et qu'aucun homme ne devait tenter de me séparer de ce qui m'appartenait.

Parce que je tuerais n'importe quel bâtard qui s'y risquerait.

1

SOFIA

Noël 2015

Les fêtes de Noël étaient ma période préférée, et cette année-là, puisque le 25 décembre tombait un samedi, l'école préparatoire de Saint-Sébastien nous offrit une semaine complète de congés supplémentaires. C'était ma dernière année dans cette école privée. Aussi exténuant que le travail puisse être, et aussi rétrograde que l'étaient les religieuses, j'avais en quelque sorte apprécié mon temps passé ici. L'ancien manoir qui abritait les dortoirs des filles était magnifique. Les garçons vivaient dans un second manoir plus moderne. J'adorais me promener sur cette vaste propriété, être abritée par les bois environnants, ainsi que le temps passé dans la petite chambre que je partageais avec une autre élève.

Le manoir de mon grand-père, bien que fastueux, était très différent de celui de l'école. Remonter l'allée sinueuse et familière qui me menait à cette grande demeure de pierre blanche me donnait toujours un goût amer. Mes parents me manquaient, surtout ma mère. Je n'avais pas l'impression que cela changerait un jour.

C'était en général arrivée là que j'apercevais ma sœur, Lina, en train de regarder par la fenêtre. Je souhaitais de tout mon cœur qu'elle fréquente la même école que moi. Cependant, elle avait un don pour le piano que je n'avais pas, voilà pourquoi elle étudiait dans un établissement spécialisé en musique et proche de la maison. Elle se plaignait sans cesse que ses pauvres petits doigts étaient usés, mais je savais qu'elle adorait jouer.

La voiture s'arrêta devant la porte d'entrée, derrière un SUV que je ne parvins pas à reconnaître.

— Qui est-ce ? demandai-je à Stephen, un homme qui travaillait pour mon grand-père depuis que Lina et moi avions emménagé avec lui.

— Raphaël Amado. Il est arrivé tôt ce matin, à peine une heure avant que je parte vous chercher.

Mon école se trouvait à environ deux heures de route de la maison de grand-père, et pour chaque Noël, il envoyait Stephen me chercher. Il n'avait autorisé ma sœur à venir avec lui qu'une seule fois.

— Raphaël Amado ?

Je ne reconnaissais pas ce nom.

— Un associé d'affaires.

Il sortit alors de la voiture, et observa la maison en retrouvant tout son sérieux. Avant que je ne puisse lui demander si tout allait bien, les rideaux bougèrent, et Lina disparut derrière la fenêtre. J'imaginai que c'était pour accourir vers la porte et me rejoindre.

— J'apporterai vos sacs à l'intérieur, Sofia. Votre sœur vous attend, allez-y. Elle était contrariée de ne pas pouvoir venir avec moi.

Stephen avait toujours été beaucoup plus gentil avec nous que mon grand-père.

— J'espère qu'il ne la fera pas étudier pendant les vacances.

Il ouvrit le coffre et déchargea mes deux valises, l'esprit ailleurs. J'observai brièvement le SUV et remarquai qu'un homme se tenait assis derrière le volant.

— Votre grand-père ne souhaite que ce qu'il y a de mieux pour vous deux.

C'était parfois difficile à croire.

De la fumée s'échappait des nombreuses cheminées. La porte d'entrée s'ouvrit, et Lina la franchit en courant, s'arrêtant après quelques pas sur le porche. Elle ne portait pas de chaussures, et frissonnait dans l'air glacial du matin. Nous allions avoir un Noël blanc.

— Lina !

Je courus à sa rencontre pour la serrer dans mes bras. Son nom complet était Katalina Guardia, mais nous l'avions toujours appelée Lina.

— Enfin ! Cette maison est complètement ennuyeuse sans toi.

Nous reculâmes de quelques pas pour mieux nous observer. Lina avait 16 ans. Elle était ma cadette de pratiquement deux années, et atteignait désormais presque ma taille.

— Merde alors ! déclarai-je, moqueuse.

— As-tu le droit de dire cela ? répliqua-t-elle avec un clin d'œil.

— Tu es magnifique. Et si grande ! Tu tiens ça de papa.

Son sourire disparut à la mention de notre père. Nos parents étaient morts le lendemain de Noël, il y a onze ans de cela. Il s'agissait alors de leur premier voyage ensemble depuis qu'ils nous avaient eues, ma sœur et moi, une sorte de seconde lune de miel en Thaïlande. Leurs corps n'avaient jamais été retrouvés après le tsunami.

— Non, tu as encore une demi-tête de plus que moi.

Elle haussa les épaules et me tira à l'intérieur.

— Ça gèle. Entrons.

— Sofia !

Marjorie apparut au coin du couloir. Je lui adressai un grand sourire avant de la laisser m'envelopper dans son étreinte chaleureuse et réconfortante.

— Tu m'as tellement manqué.

— Toi aussi, ma chérie. Toi aussi.

Après la mort de nos parents, notre grand-père nous avait accueillies et avait embauché plusieurs nourrices. Marjorie était là depuis le début. Lorsque nous étions plus jeunes, elle s'occupait de nous à temps plein. C'était elle qui nous avait élevées. Désormais, elle ne venait plus que trois jours par semaine. À l'époque, Lina avait 3 ans, presque 4, et j'en avais 5. Je savais que les souvenirs que ma sœur avait de nos parents étaient vagues, et comme mes propres souvenirs d'eux s'étaient dissipés, Marjorie était devenue comme une source de chaleur et de compassion dans cette maison autrefois froide et hostile.

— Taisez-vous, maintenant, nous dit Stephen en refermant la porte.

Marjorie se redressa et lui jeta un coup d'œil.

— Pourquoi devons-nous nous taire ?

Grand-père pourrait certainement nous pardonner nos éclats de joie lors de nos retrouvailles. Ça faisait des mois que je n'avais pas vu Lina et Marjorie. Ma cadette désigna la porte fermée du bureau de notre parent.

— Il est en réunion avec monsieur Amado. Ça fait trois jours qu'il est ici, et grand-père reste très discret à ce sujet.

— Qui est-ce ?

— Aucune idée. Je ne l'ai même pas vu. Il ne veut pas me présenter, et je jure qu'il ne le laisse entrer et sortir de cette pièce qu'après s'être assuré que la voie est libre et que je suis hors de vue. C'est bizarre.

— Effectivement.

Je me tournai vers Stephen.

— Je vais juste entrer dire bonjour.

Les choses étaient compliquées avec mon aïeul. Il n'était pas comme les grands-parents normaux. Il gardait ses distances, et honnêtement, il avait toujours donné l'impression que nous étions pour lui une obligation, un fardeau. En tout cas, moi, je l'étais. Il semblait avoir un peu plus d'affection pour Lina, et je savais que leur relation s'était améliorée au cours des quatre dernières années.

Stephen secoua la tête.

— Je suis sûr qu'ils sortiront bientôt. Pourquoi ne pas aller déjeuner avec Lina d'abord ?

— Oui, allons-y. J'ai déjà préparé la table pour nous trois, intervint Marjorie.

— Tu vois, c'est étrange, me chuchota Lina à l'oreille. Nous arrivons, Marjorie.

Cette dernière hocha la tête avant de se diriger vers la cuisine, au moment même où Stephen prit congé pour disparaître Dieu seul savait où. Lina me conduisit dans le salon où l'énorme sapin de Noël était prêt à être décoré. Je souris en découvrant les habituelles boîtes d'ornements, appréciant la familiarité du rituel de décoration que Lina et moi avions instauré ensemble après la mort de nos parents. Elle était trop jeune pour s'en souvenir, pourtant moi je me rappelais avoir décoré le sapin de Noël avec nos parents dans notre première maison. Ce souvenir était toujours teinté de mélancolie.

Ma sœur s'empara de ma main.

— Allons déjeuner. Je veux tout entendre. Tu sais, les garçons, les commérages, qui fait quoi et avec qui. Même si j'imagine que tu devras me le dire plus tard lorsque nous serons seules, termina-t-elle en agitant ses sourcils.

Je levai les yeux au ciel.

— Il n'y a pas grand-chose à dire. Les religieuses sont pires que la police.

— Oh, allez. Je suis enfermée ici la plupart du temps avec les tuteurs et les professeurs de piano. Invente quelque chose s'il le faut, mais distrais-moi.

— Eh bien, il y a cette fille... commençai-je en marchant vers la cuisine.

APRÈS LE DÉJEUNER, LINA COMMENÇA À DÉBALLER LES ORNEMENTS pendant que je montais dans ma chambre pour me changer. Il nous avait fait porter nos uniformes ce matin, même si la plupart d'entre nous rentraient à la maison pour les vacances. J'avais pitié des quelques élèves qui devaient rester à l'école pour les fêtes.

J'étais déjà en haut de l'escalier lorsque je réalisai avoir oublié mon sac dans le hall. Je redescendais pour l'attraper, surtout pour vérifier mes messages sur mon téléphone, au moment où j'entendis une voix masculine et profonde que je ne reconnaissais pas.

— C'est réglé, vieil homme.

Je me figeai au bas des marches. *Vieil homme ?*

— Vous ne pouvez pas faire cela.

La voix de mon grand-père était sévère, son ton colérique. Je ne l'avais jamais entendu s'exprimer de la sorte. Il parlait toujours tranquillement, n'élevait jamais la voix, n'avait pas besoin de le faire. À la fin de la soixantaine, c'était encore un homme impressionnant.

Ma mère avait été son seul enfant, et je me souvenais bien de la nuit où j'avais rencontré mon grand-père. Nos parents ne nous avaient jamais amenées ici, Lina était encore un nourrisson lorsqu'il s'était rendu chez nous pour la première fois. J'avais presque senti la peur émaner de ma mère. Il se tenait dans notre couloir, trop grand – il était presque trop imposant pour l'endroit. Lorsqu'il m'avait regardée, son expression dure m'avait donné envie de me cacher derrière les jambes de ma mère. Nous avions été envoyées au lit, pourtant j'avais perçu le moment où il s'en était allé. Je n'avais pas pu dormir cette nuit-là ; ma mère pleurait.

— Vous l'avez fait, vieil homme. Et c'est vous-même qui en êtes à l'origine.

Je compris alors que l'inconnu était Raphaël Amado. De lourds pas résonnèrent sur le sol de marbre. Je restai figée au bas des marches. Je ne pouvais pas bouger, même si je savais que je devais le faire. Agrippée à la rampe, je crus avoir oublié comment respirer lorsque mon regard se porta sur l'inconnu.

Il ne me vit pas tout de suite tant il était perdu dans ses pensées. Son visage, sérieux, trahissait ses sentiments, néanmoins il avait l'air différent de ce que j'avais imaginé.

— Amado ! rugissait mon grand-père.

Ce dernier s'immobilisa. Je dus faire un bruit qui trahit ma présence puisqu'il tourna la tête. Lorsque ses yeux rencontrèrent les miens, je haletai et me cramponnai à la rampe. Un froid glacial envahit mes veines. Il était plus jeune que je ne m'y attendais.

Beaucoup plus jeune. Et... très beau. Jamais auparavant je n'avais décrit un homme comme étant beau.

Il était grand avec des cheveux foncés et un teint olivâtre. Ses yeux bleu acier ne semblaient pas correspondre à sa carnation foncée. Ils me transpercèrent et me firent sortir de ma cachette, de sorte que même si je l'avais voulu, je n'aurais pas pu m'échapper. J'aurais retenu ma respiration aussi longtemps qu'il soutiendrait mon regard. Je pouvais voir la colère qui faisait rage en lui, brûlant intensément derrière ses prunelles glacées.

— Sofia.

Mon grand-père s'interrompit lorsqu'il m'aperçut. Il ne me salua pas, ne m'adressa pas le moindre sourire.

Le regard de l'inconnu glissa sur mon uniforme avant de revenir momentanément vers mon visage. Puis il regarda ailleurs, me libérant de ma prison éphémère.

— Va dans ta chambre.

Même si mon grand-père s'adressait à moi, ses yeux restèrent fixés sur cet homme. J'ouvris la bouche pour répondre, voulant dire quelque chose, n'importe quoi, sur sa façon de me donner des ordres comme si j'étais une enfant de 5 ans. Je vis un côté de la bouche de Raphaël Amado se tordre vers le haut alors qu'il m'observait attentivement.

— Maintenant ! aboya grand-père.

Je me retournai et bondis dans les escaliers, oubliant la raison pour laquelle j'étais descendue en premier lieu. Tout cela me semblait soudain si peu important.

— Six mois, vieil homme. Je reviendrai alors pour prendre ce qui m'est dû.

J'entendis Raphaël Amado prononcer ces mots juste avant d'arriver dans ma chambre. La porte d'entrée s'ouvrit puis se referma. J'allai à ma fenêtre, pour observer Raphaël monter sur la banquette arrière du SUV, et je le vis disparaître et quitter la propriété.

Une heure plus tard, mon grand-père me convoqua dans son bureau, un endroit où je n'avais été invitée qu'une poignée de fois. Lorsque j'entrai dans la pièce sombre, je le trouvai assis derrière son imposant meuble antique. Son visage était impassible.

J'avais imaginé une tout autre sorte de retrouvailles après tous ces mois passés à l'école. Je n'étais même pas rentrée pour les vacances de Thanksgiving – bien que la vie n'ait jamais été très différente ici, même durant les vacances. Au moins, j'avais la chance d'aller à l'école ; Lina ne quittait jamais cet endroit.

Parfois, je ne comprenais pas pourquoi il voulait tout ça, pourquoi il s'embêtait à lui fournir des leçons de piano. Je n'avais jamais eu l'impression qu'il voulait l'encourager. Il n'était pas ce genre d'homme. Cependant, une fois qu'il avait découvert son talent, il avait engagé pour elle les meilleurs professeurs. Je n'aimais pas la laisser. Je détestais l'impression d'abandonner ma petite sœur ici sans protection. Dieu merci, elle pouvait compter sur Marjorie.

— Ferme la porte et assieds-toi, Sofia.

Un mauvais pressentiment s'abattit sur moi alors que je refermais la porte. Je m'assis sur le siège qu'il me désigna. Il m'avait à peine regardée, et lorsqu'il s'adressa à moi, il employa son ton d'homme d'affaires. Il me parla comme s'il s'adressait à un étranger et non pas à sa petite-fille. J'appris de sa bouche qui était Raphaël Amado, du moins ce que mon grand-père était disposé à me révéler à son sujet. Il m'apprit ce qu'allait devenir mon destin.

Mon avenir avait été décidé pour moi, sans qu'on ne m'autorise à en savoir la raison. Au fur et à mesure du discours de mon grand-père, mon cœur se serra et un poids me tomba sur l'estomac. À tel point que j'avais l'impression que j'allais rendre mon déjeuner. Je compris que ma vie allait changer, qu'elle avait déjà changé, de façon irrévocable.

Après un moment, je n'entendais même plus ce qu'il me disait. Il s'adressait à moi comme la machine froide et sans cœur qu'il était, et tout ce que je pouvais imaginer, c'était un canyon profond et sombre face à moi. J'étais debout sur une falaise, et le sol s'effondrait sous mes pieds. J'étais à deux doigts de tomber dans le vide, ma vie était perdue à tout jamais.

Six mois.

J'avais six mois avant qu'il vienne me chercher.

J'étais la chose à laquelle Raphaël Amado s'attendait.

J'étais son dû, voilà ce qu'il avait voulu dire plus tôt.

Il viendrait pour moi le jour de mon 18ᵉ anniversaire.

Le jour où j'obtiendrais mon diplôme. Ce qui devait être un jour de fête deviendrait celui de mon sacrifice ultime. Parce que désormais, je ne m'appartenais plus. Ma vie avait été échangée. Je lui appartenais.

Mon grand-père, un homme qui était censé me protéger, venait de me donner en pâture à un inconnu.

Avec les maigres détails qu'il venait de m'exposer, je ne savais pas qui haïr, qui blâmer, qui plaindre. Les seules informations dont je disposais étaient que dans six mois, on me sortirait de chez moi pour me forcer à épouser Raphaël Amado, à devenir sa propriété, à payer une dette dont mon grand-père devait s'acquitter.

L'image des deux hommes se faisant face dans le couloir traversa mon esprit. Je n'avais jamais vu un homme tenir tête à mon grand-père. Pourtant, Raphaël Amado n'avait pas hésité. Au contraire, il s'était tenu dans la maison de mon grand-père comme si c'était la sienne. Comme s'il y avait tous les droits. Et il lui avait dit ce qu'il ferait, ne laissant aucune place à la discussion ni aucun doute sur ce qui se passerait à l'avenir.

Tout homme capable de faire céder mon grand-père était effrayant.

Je savais que Raphaël était un homme qu'il me faudrait craindre.

Et dans six mois... *je serais sienne.*

2

SOFIA

6 mois plus tard

Le 23 juin. Une semaine avant la remise des diplômes.

— Et voilà, c'est tout, mesdames et messieurs. Bravo. Nous y reviendrons demain.

Sœur Lorelai nous félicita, et suite à cela, quatre-vingt-dix élèves terminant leur cursus cette année se mirent à bavarder alors que leurs chaussures crissaient sur le parquet en bois érigé sur le jardin de la propriété.

— Il y a une fête à la piscine plus tard, murmura Cathy à notre groupe de cinq personnes. Les invités sont triés sur le volet. Nous sommes tous sur la liste des invités, bien sûr.

Elle cligna des yeux en s'emparant du bras de Mary.

— Maillot de bain facultatif ? s'enquit cette dernière.

— Absolument ! répliqua Cathy en se penchant plus près.

Elles éclatèrent de rire. Je n'avais pas le cœur à la fête.

— Allez, Sofia. Tu as manqué les trois dernières soirées ! Tu ne peux pas ne pas venir à celle-ci, la pressa Cathy. Les examens sont terminés, tu n'as aucune excuse.

Je lui adressai un pauvre sourire, l'esprit totalement ailleurs.

— Pardon, qu'y a-t-il ce soir ?

Elle fronça les sourcils.

— Une fête ? Des garçons ?

— Hum…

— J'ai reçu un bikini par la poste hier ! intervint Mary. Il faut que je vous le montre.

— Il faut que je passe par ma chambre d'abord, dis-je en m'éloignant du groupe lorsque nous atteignîmes le manoir où nous étions logés.

Mary marmonna quelque chose, mais je m'en fichais. Elle n'avait pas la moindre idée de ce qui allait m'arriver dans moins d'une semaine. Assister à une fête était bien la dernière chose que j'avais à l'esprit.

Il était à peu près 19 heures. Le dîner ne serait pas servi avant une demi-heure, pourtant je n'avais pas très faim. Je grimpai les escaliers jusqu'au deuxième étage, là où Cathy et moi partagions une chambre, et fus reconnaissante d'être enfin seule.

Il ne restait plus qu'une semaine avant mes 18 ans.

Comment allait-il s'y prendre ? Aurais-je le droit de rentrer chez moi, pour commencer ? Est-ce qu'il se présenterait lui-même pour m'emmener au loin ? Ou enverrait-il quelqu'un me chercher ?

Je frissonnai ; le souvenir de ses yeux bleus perçants était encore vivace dans mon esprit.

J'avais souvent rêvé de ses prunelles au cours des six derniers mois, et tous les soirs depuis deux semaines. Ses yeux bleu polaire remplis de rage. Il était mon ennemi, même si je ne savais pas pourquoi. Non, ce n'était pas entièrement vrai. Je savais pourquoi. À cause de mon nom de famille, parce que j'étais une Guardia. Il lui avait fallu simplement connaître mon nom pour me détester, étant donné que je partageais mon patronyme avec mon grand-père.

Je m'étais toujours demandé pourquoi Lina et moi portions le nom de famille de notre mère et non pas celui de notre père. Maintenant, ça prenait tout son sens. C'était nécessaire pour une question d'héritage. Les héritiers de la fortune Guardia devaient porter ce nom.

En repensant à ce jour-là, six mois auparavant, j'en étais venue à la conclusion que ma mère s'était enfuie afin d'épouser mon père. J'étais persuadée d'avoir raison. Et le fait que mon grand-père n'éprouve que très peu d'émotions à notre égard me confortait dans cette idée. Il ne nous avait pas accueillies par gentillesse. C'était une façon pour lui d'assurer sa victoire sur ma mère, après son décès. Pour lui faire payer le fait d'être tombée amoureuse d'un homme qui n'avait pas su trouver grâce à ses yeux.

J'appris qu'il avait fait affaire avec le père de Raphaël, ce qui avait rendu Lina vulnérable. Voilà tout ce qu'il avait bien voulu me dire. Il m'avait ensuite fait comprendre que Raphaël était en position d'exiger quelque chose de « très précieux » – comme s'il m'avait tenue un jour en haute estime – et que si je voulais ce qu'il y avait de mieux pour ma sœur, je ferais mieux de m'y conformer.

C'était le seul moyen de sauver Lina.

Il n'eut pas besoin d'en dire plus.

Après cela, nous n'en avions plus jamais discuté. Je n'en avais pas non plus parlé avec Lina pendant un moment, et lorsque je l'avais finalement fait, je lui ai seulement avoué ce dont j'avais besoin et gardé pour moi la raison pour laquelle j'avais accepté. Ce réveillon de Noël avait été aussi mauvais que celui où nous avions perdu nos parents, parce que je perdrais non seulement ma sœur, mais également une part de moi-même dans le processus.

Comme mon grand-père n'avait pas les moyens de payer à Raphaël l'argent qu'il lui devait, ce dernier m'emmènerait à la place. Il m'épouserait pour obtenir mon héritage, ainsi que le vignoble qui m'appartiendrait le jour de mon vingt et unième anniversaire.

Cette transaction ne me concernait même pas réellement. Il s'agissait uniquement d'un conflit d'intérêts entre Raphaël Amado et mon grand-père. Je n'étais qu'un dommage collatéral.

Je savais que mon aïeul ne me racontait pas toute l'histoire. Il y avait eu trop de colère, trop de rage dans les yeux de Raphaël pour que ça ne soit qu'une question d'argent. Mon grand-père avait dû lui faire quelque chose de terrible. Je le ressentais jusque dans mes tripes. Et j'espérais simplement que Raphaël ne me punirait pas pour les péchés d'un autre.

Après être retournée à l'école en janvier, j'appelai tous les soirs pour discuter avec Lina sans pour autant être rentrée à la maison pour les vacances d'hiver. Lina avait été autorisée exceptionnelle-ment à venir à l'école pour les passer avec moi, ce dont j'étais forte-ment reconnaissante. Et c'était à ce moment-là que je lui avais parlé de l'accord qui me liait désormais à Raphaël Amado.

J'atteignis finalement ma chambre, et mon calvaire prit fin. Je fronçai les sourcils. La porte était entrouverte. Ce qui était étrange. Cathy et moi faisions toujours attention à bien fermer derrière nous. Les sœurs avaient une politique stricte pour éviter le moindre péché, dans ce cas-ci, pour éviter le vol. Chacune des portes possé-dait des verrous. Je supposai que dans la précipitation et l'excita-tion, Cathy avait oublié de verrouiller derrière elle. Bien que cela aurait pu tout aussi bien être ma faute. J'étais tellement distraite ces jours-ci.

Je repoussai lentement la porte, et haletai en portant ma main à ma bouche. Il avait l'air trop grand en se tenant debout ici, et ma chambre paraissait soudainement bien trop exiguë et dépourvue d'oxygène.

Raphaël Amado ferma le livre qu'il tenait – *mon* livre – avant de le déposer sur la table de nuit. Il s'était coupé les cheveux depuis la dernière fois où je l'avais vu, pourtant il affichait une barbe de deux jours. Il portait un jean foncé ainsi qu'une chemise bleu marine aux manches retroussées, lui donnant une apparence plus décon-tractée que lors de notre première entrevue. Je relevai le regard, et pus voir à travers sa chemise le contour de ses muscles, de son torse et de ses larges épaules.

Pendant tout ce temps, il m'étudia silencieusement. Je me tins, muette et tremblante, face à lui.

— Sœur Amélia m'a laissé entrer, m'apprit-il alors en se détendant.

Il pencha la tête sur le côté, un petit sourire jouant au coin de ses lèvres.

— J'espère que ça ne te dérange pas.

Lorsqu'il parla, je me forçai à relever le regard vers son visage. Ses yeux étaient les mêmes que dans mes cauchemars, même s'il n'était pas aussi féroce que ce jour-là chez grand-père. Il ne paraissait pas autant en colère. Bien entendu, une colère sourde baignait sous la surface, me faisant entrevoir cela comme un avertissement.

Cet homme était dangereux. Son âme était sombre. Si je n'étais pas prudente, il me traînerait avec lui en enfer.

— En fait si, réussis-je à répondre, la voix tremblotante. Ça me dérange.

Il ne dit rien. Au lieu de cela, il parcourut la pièce du regard. Il fit un pas en avant et s'empara d'un soutien-gorge qui pendait sur une chaise, puis le laissa tomber.

— Tu es bordélique. Où est ta colocataire ?

— Je ne m'attendais pas à recevoir une inspection.

— Je ne suis pas là pour faire une inspection. Pas de ta chambre, du moins.

— Que faites-vous ici ?

— Je suis curieux, je suppose.

— Ce n'est pas encore le moment.

Ce n'était pas le cas, j'en étais certaine. J'avais jusqu'à la remise des diplômes. Je n'avais pas encore 18 ans. Il ne pouvait pas m'emmener avant mon anniversaire. Il me restait sept jours de liberté.

Il interrompit son contrôle de la pièce et tourna le regard vers moi, m'observant lentement de la tête aux pieds. Je déglutis en clignant rapidement des yeux, avant de baisser le visage lorsque son regard croisa le mien.

— Je n'avais nulle part où me cacher, quoi qu'il arrive.

— J'apprécie l'uniforme.

— Que voulez-vous ?

— Entre. Ferme la porte.

Je secouai la tête.

— Je t'ai dit d'entrer. Ne t'inquiète pas. Tu es toujours en sécurité. Je ne te toucherai pas.

Me toucher ? Par tous les dieux ! Il me toucherait bien assez tôt. Je me mordis la lèvre en observant ses traits et en l'imaginant proche de moi, son visage contre le mien, ses mains sur mon corps. Sa bouche...

— Sofia.

Sa voix grave et profonde sonna comme un ordre. J'entrai dans la pièce et refermai derrière moi en gardant mes mains sur la poignée de porte dans mon dos. Il s'approcha de mon bureau et ramassa la petite boule à neige. Elle abritait un décor de Noël miniature, une famille autour d'un arbre : une mère, un père et deux petites filles. Ils se tenaient par la main, formant un cercle complet.

— Il est un peu tôt dans l'année pour ça, non ?

Je m'avançai pour la lui prendre des mains. Lorsque mes doigts effleurèrent les siens, une étincelle d'électricité me parcourut tout entière. Je me figeai. Je clignai des yeux à plusieurs reprises avant de retrouver ma voix :

— Ça ne vous appartient pas.

Je m'emparai de mon globe et le reposai délicatement à sa place. Il sourit et se décala, me bloquant ainsi entre lui et le bureau. Il se tenait trop près de moi, son corps était trop imposant. Il aspirait tout l'oxygène de la pièce. Je ne pouvais rien faire d'autre que chercher mon souffle.

— Toi, oui.

Son regard scruta attentivement mon visage et se posa sur ma bouche.

— Tu es à moi, je veux dire.

Ma peau me démangeait, chacune de mes terminaisons nerveuses me piquait, mon corps était tendu à l'extrême.

— Pourquoi ? demandai-je sans être capable de détourner mon regard de lui.

Ses yeux m'attiraient, quand bien même mon esprit tentait de me rappeler qu'ils recelaient une lueur d'avertissement.

— Restitution.

Son regard demeurait ferme. Je détestais ça. Lui et mon grand-père parlaient par énigmes, ne me fournissant que quelques pièces du puzzle que j'étais incapable d'assembler sans obtenir davantage d'informations.

Il se tenait si près. Je pouvais percevoir l'odeur de son après-rasage, très masculin, séduisant... C'était dangereux. Tout comme lui.

Il m'adressa un sourire en coin, et je tremblai lorsqu'il leva sa main. Il me surprit en venant délicatement replacer mes mèches de cheveux derrière mon oreille.

— Douce Sofia. Jolie Sofia.

Il se pencha plus près, son torse effleurant ma poitrine, ce qui me fit haleter. Il inhala alors profondément.

— Douce et innocente Sofia.

Je frissonnai, et mes mamelons se dressèrent, se pressant contre la fermeté de son torse. Il recula, son regard tomba sur mes boutons de chair qui appuyaient contre ma chemise blanche. Je clignai des paupières en essayant de regarder partout excepté dans sa direction. J'avais bien trop chaud et l'impression que de la sueur perlait sur mon front.

Son attitude était tout le contraire de la mienne. Il paraissait serein et détendu, complètement maître de son corps et de ses émotions, alors que le mien me trahissait en me faisant ressentir des sensations jamais éprouvées face à cet inconnu.

Je savais qu'il avait 24 ans, qu'il était un criminel, comme son père. Pourtant, son charme lui avait permis de tromper sœur Amelia et d'entrer dans ma chambre.

— Les garçons n'ont pas le droit de se trouver dans ce bâtiment, déclarai-je bêtement.

Son sourire s'élargit, atteignit ses yeux, comme s'il s'amusait soudainement beaucoup.

— Je ne suis pas un garçon.

Non. Non, il ne l'était définitivement pas.

Il recula, mais à peine.

— Est-ce que je te rends nerveuse ?

— Non, répondis-je trop vite.

Il s'approcha de moi et posa ses mains sur les miennes. Je me rendis alors compte que je m'agrippais au bureau.

— Non, du tout, répliqua-t-il.

Je rompis le contact visuel, il recula de deux pas. Lorsqu'il leva les yeux, il tendit sa main vers sa poche pour en sortir une enveloppe.

— En fait, je suis venu pour te donner quelque chose.

— Quoi ?

Il tint bon.

— Je ne m'attends pas à ce que ton grand-père ait été honnête, même si tu dois t'en douter puisque c'est lui qui t'a élevée.

— Il ne m'a pas élevée.

Marjorie l'avait fait. Raphaël me fit signe de prendre l'enveloppe. Je le fis.

— Qu'est-ce que c'est ?

Il m'étudia attentivement.

— La vérité.

Un frisson me traversa de part en part. Je jetai un coup d'œil vers le contenu de mes mains.

— Je ne lui manquerai pas, si c'est ce que vous pensez. Vous ne lui ferez pas de mal en m'emmenant.

Il ne répondit rien. Au lieu de cela, il s'empara de ma main, ce qui me fit sursauter. Ses yeux plongèrent dans les miens, son sourire toujours plaqué sur le visage alors qu'il retirait ma bague de mon doigt.

Je m'extirpai de mon état de stupeur.

— C'est à moi !

Il la glissa à son petit doigt.

— J'en ai besoin pour m'assurer que ton alliance soit à ta taille.

Alliance. Nous allions nous marier. Moi à lui. Lui à moi.

Chaque poil de mon corps se dressa en me remémorant ce qu'il attendait de moi.

— Je serai là pour te conduire à la maison après ton diplôme.

Raphaël se tourna et s'approcha de la porte.

— Assure-toi que tout soit prêt.

— Ce n'est pas chez moi.

— Parce que la maison de ton grand-père, oui ? demanda-t-il en me regardant à peine.

— Ne pouvez-vous pas simplement oublier ce qu'il vous doit ? Vous pensez que c'est à moi de le rembourser ?

Il se tourna vers moi.

— Oublier la dette... ajoutai-je dans un murmure.

Ses yeux s'assombrirent.

— Malheureusement, le pardon doit précéder l'oubli, et pour toi, ni l'un ni l'autre n'est une option.

Son regard m'effleura encore une fois.

— Tu devrais manger. Tu es trop maigre.

Il disparut ensuite par la porte. Je tombai sur mon lit, agrippant fermement l'enveloppe qu'il m'avait donnée, le cœur battant la chamade. Des pas au loin et des éclats de rire rompirent le silence avant que Mary et Cathy n'entrent dans la pièce.

— Ce n'est pas étonnant que la fête ne t'intéresse pas ! clama Mary.

Elles ne pouvaient pas savoir.

3

RAPHAËL

Ils pensaient que j'étais le monstre de l'histoire. La bête qui s'apprêtait à kidnapper la jeune fille innocente, alors que depuis le début, c'étaient eux qui avaient agi comme des animaux. J'adressai un clin d'œil à sœur Amelia en partant. À l'extérieur, je grimpai sur ma moto et relevai le regard avant de démarrer. Deux visages apparaissaient à la fenêtre de la chambre de Sofia, pourtant il ne s'agissait pas d'elle.

Je quittai la propriété, et m'élançai hors de la ville, à toute vitesse. J'avais besoin de ce long trajet pour me sentir libre, le danger me rendait vivant.

L'adrénaline était l'une des rares choses qui me permettaient de m'éclaircir les idées.

Sofia avait perdu du poids depuis la dernière fois où je l'avais vue. Son visage était plus mince, son uniforme plus lâche sur son corps menu. Mais après tout, il fallait dire que je m'y attendais. Comment aurait-il pu en être autrement alors qu'elle s'inquiétait pour son avenir ?

Au moins, je pouvais me targuer de ne pas être un menteur. Son existence ne serait pas pire qu'en compagnie de son grand-père. Peut-être même qu'elle y gagnerait un peu en qualité de vie. Vivre avec moi ne serait pas facile, mais je me montrerais toujours honnête avec elle.

Il ne me restait plus qu'une semaine à attendre. Ensuite, je pourrais quitter cet endroit.

Rentrer chez nous.

À la maison.

Putain.

Qu'est-ce que cela pouvait-il bien vouloir dire ? Où est-ce que ça pouvait bien être ? Est-ce qu'obtenir ma vengeance pourrait me permettre de me sentir chez moi entre les murs de ma demeure ? En tout cas, je l'espérais. Parce que je n'avais plus d'autre option.

J'avais passé les six dernières années de ma vie derrière les barreaux pour avoir tué mon père à mains nues. Bien que la situation ait été inversée pour m'acquitter en prétendant la légitime défense, moi, je connaissais la vérité. J'avais tué l'homme qui aurait dû nous protéger, qui aurait dû donner sa vie pour nous mettre en sécurité ma mère, mes frères et moi. J'avais tué mon propre putain de père après qu'il nous avait détruits, après qu'il avait foutu le feu à la seule touche de bonheur dans nos vies.

Entre mon éducation stricte et celle qu'avait reçue Sofia, je pouvais dire que nous aurions des valeurs familiales communes. Je comprenais presque mon frère, Damon, pour le choix de sa vocation. Presque.

Pourtant, je n'avais jamais eu le choix.

Malheureusement pour Marcus Guardia, je n'avais pas eu à pourrir en prison. Et maintenant que ma vie était épargnée, je ferais tout pour détruire les leurs. Vous voyez, la prison ne laissait aucun homme indemne. Parce qu'en prison, on avait beaucoup de temps. Et c'était à ce moment-là que j'avais compris mes priorités. Les choses qui importaient à mes yeux. Avant, je pensais qu'il s'agissait de la famille. Aujourd'hui, tout ça n'était qu'un tas de cendres à mes yeux. Ma priorité était d'anéantir et de punir ceux qui avaient été le catalyseur de ma descente aux enfers. Ceux qui étaient à l'origine de l'incendie qui avait détruit tout ce qui valait la peine d'être vécu.

Malgré tout le faste derrière lequel se cachait Marcus, c'était un homme faible. Un lâche. Il m'avait pratiquement offert sa petite-fille sur un plateau. Peut-être pensait-il que je n'irais pas jusqu'au bout, ou peut-être même qu'il n'en avait rien à foutre d'elle... Quoi qu'il en soit, je savais qu'il avait bien assez d'argent. Et je veillerais à prendre une part importante de leur précieuse fortune, afin de déterminer ce qui était arrivé le jour de l'incendie.

Mon esprit revint vers la jeune Sofia. Elle était innocente. Je le savais. Et s'il m'était resté un semblant d'humanité, j'aurais pu ressentir quelque chose face à son sort, à la tristesse de sa situation. Tout au long de sa vie, son grand-père l'avait utilisée, abusant de la fiducie mentale dont il était propriétaire en tant que son tuteur légal. La sienne ainsi que celle de sa sœur, évidemment. La pauvre n'avait même pas l'ombre d'un indice. Son allocation ne lui permettant pas de s'offrir le train de vie luxueux auquel il était habitué, ce déchet de la société volait carrément l'héritage de ses petites-filles. Ce qu'il avait prévu de faire avec cet argent, je n'en avais pas la moindre idée. Il devait approcher les 70 ans, et ne vivrait plus assez longtemps pour le dépenser. Quand bien même les hommes perfides dans son genre ne semblaient jamais vouloir mourir.

Je savais que dans cette histoire Sofia était autant victime que moi, pourtant elle devrait endurer son avenir. Son destin avait été scellé en même temps que le mien, six ans auparavant. En fin de compte, j'étais celui qui avait payé le prix le plus lourd. C'est moi qui avais tout perdu, moi qui avais dû vivre parmi des hommes violents et furieux prêts à me violer ou à me tuer, à voler ma nourriture... et à sourire sur mon cadavre une fois leur basse besogne achevée. Dieu merci, il avait suffi d'un incident, une fois, pour qu'ils comprennent à qui ils avaient affaire.

J'accélérai en secouant la tête pour chasser ces sombres pensées.

Tout ça, c'était du passé. Je n'aurais jamais à y retourner. Et tant que je ne dormais pas, mes cauchemars ne pouvaient pas m'atteindre.

J'ARRIVAI EN RETARD À LA CÉRÉMONIE DE REMISE DES DIPLÔMES. J'aurais pu attendre qu'elle rentre chez elle avec sa famille, ainsi elle aurait pu passer quelques précieuses heures en compagnie de sa sœur. Pourtant, ce n'était pas ce que je voulais.

Le grand-père et la sœur de Sofia étaient assis dans la deuxième rangée juste derrière les étudiants. Les rayons du soleil s'abattaient sur moi, la chaleur étouffante du mois de juin m'entourait. Les températures chaudes ne me dérangeaient pas vraiment, pour autant je me passais très bien de l'humidité.

Il ferait chaud en Toscane, mais pas humide, pas comme à Philadelphie.

Sofia jeta un coup d'œil en arrière pour saluer sa sœur, et de là où j'étais, je pus voir son sourire chanceler lorsqu'elle aperçut son grand-père. Je me demandai alors à quel point sa sœur était au courant de sa situation. Elle savait que nous allions nous marier. Sofia lui avait-elle pour autant confié les détails de cette union profane ?

Est-ce que la jeune femme avait lu ce que je lui avais donné, ou avait-elle préféré l'enterrer quelque part, incapable ou réticente à l'idée de faire face et de comprendre les raisons de son sort ?

La cérémonie commença, les nombreuses conversations s'arrêtèrent. Le calme ainsi retrouvé me permettait d'observer la scène sans y prendre part. Je ne pris même pas la peine de m'asseoir et choisis plutôt de rester appuyé contre un arbre qui se trouvait derrière la dernière rangée de chaises. Des discours furent prononcés, l'assistance applaudit aux moments opportuns. Franchement, à mes yeux, tout ceci était très ennuyeux. Sofia se dandinait sur son siège, gênée, ou plus probablement nerveuse. Les élèves se levèrent une rangée à la fois lorsqu'on appela leurs noms.

Le tour de Sofia approchait, je décidai alors de me redresser lorsqu'elle se leva et jeta machinalement un coup d'œil derrière elle. Cette fois, son regard croisa le mien. Même à cette distance, je pus voir une lueur étrange dans ses prunelles caramel qui s'élargirent. Je vis également que la peau autour était rougie et bouffie. Elle venait de pleurer.

Elle trébucha quand la jeune fille à ses côtés se déplaça plus vite qu'elle, puis elle se rattrapa et avança en regardant droit devant alors qu'elle se dirigeait vers l'estrade. Sur les marches, elle intercepta une fois encore mon regard.

Lorsqu'ils l'appelèrent, elle traversa lentement la scène, les jambes lourdes, alors qu'elle faisait ses derniers pas en toute liberté pour serrer la main du principal et prendre son diplôme. Toutes les familles présentes l'applaudirent et l'acclamèrent. Sofia se tint droite, la tête haute, refusant de croiser le regard de qui que ce soit. Je vis qu'elle était incapable de sourire. Elle me surprit alors, parce qu'au lieu de prendre place sur son siège, elle marcha vers moi.

En voilà une surprise. Je m'attendais à faire face à une fille docile et soumise.

Je penchai la tête sur le côté. Lorsqu'elle arriva à ma hauteur, elle retira sa toque de diplômé.

— Félicitations ? lui offris-je avec un sourire.

— Allez vous faire foutre.

Mon sourire s'était élargi. En vérité, elle était tout le contraire de ce que j'avais imaginé. J'aurais dû voir le feu brûler dans ses yeux ambrés, habituellement si doux.

— Est-ce que c'est tout ce que tu es venu me dire ? Si c'est parce que tu penses que j'ai oublié ton anniversaire...

— Vous pensez que ce que vous m'avez offert change la donne ?

Je haussai les épaules

— Pas pour moi, répondis-je d'un air désinvolte, qui je savais ne lui plairait probablement pas.

— Vous pensez que cela fait une différence ?

— Honnêtement, je m'en fiche. Comme je l'ai dit lorsque je te l'ai donné, il s'agit simplement de la vérité.

Je me rendis alors compte qu'elle ne devait pas m'avoir entendu.

— Pensez-vous que je suis assez stupide pour croire à vos mensonges ?

— Encore une fois, je m'en fiche.

— Sachez que je me battrai contre vous à chaque étape.

— J'y compte bien.

— Sofia ?

Sa sœur s'approcha de nous. Marcus Guardia se tenait à

distance, et conversait avec une des religieuses tout en me gardant à l'œil. Son visage ne révélait rien, son sourire sonnait faux. Après tout, aux yeux du monde, il était un citoyen intègre. Un philanthrope qui investissait généreusement dans l'établissement de Saint-Sébastien, ainsi que dans de nombreuses autres institutions. Si seulement ils savaient la vérité.

Mes poings se serrèrent. Je désirais désespérément tuer cet enculé.

— Je ne vous faciliterai jamais la tâche.

Sofia attira mon attention vers elle.

— J'espère bien que non.

Lina m'adressa un regard prudent. C'était la première fois que je les voyais ensemble toutes les deux, et leur ressemblance me sauta aux yeux. À part la couleur des yeux, ceux de Lina étant verts, ainsi que les cheveux foncés de la cadette, la similitude de leurs traits était frappante.

— Sofia.

Cette fois-ci, cette dernière se tourna vers sa sœur. Avec réticence, Sofia détourna son regard colérique du mien et essuya ses yeux du dos de sa main. Bien. Au moins, elle savait à quoi s'attendre. Les larmes qu'elle verserait aujourd'hui seraient les premières d'une longue série. J'avais des années de haine à surmonter, et elle serait la cible parfaite pour y parvenir. Je la frapperais psychologiquement pour atténuer ma rage si elle n'était pas prudente.

— Hé.

Lina prit le visage de sa sœur entre ses mains et posa son front contre le sien. Je les observai faire, curieux. Mes frères et moi n'avions pas été proches. Damon était mon jumeau, nous avions un lien spécial, même aujourd'hui, malgré toute la haine et la colère, pourtant nous n'avions jamais été comme elles deux. Je reniflai en secouant la tête.

— Ça va ? s'enquit Lina.

Sofia hocha la tête.

— Je dois y aller.

— Je sais.

Lina la relâcha avant de reculer et de retirer lentement le collier qu'elle portait autour du cou. Sofia secoua la tête.

— Maman te l'a donné.

— Chut.

Je vis alors qu'elles avaient toutes deux des larmes au coin des yeux. Lina enroula le collier autour de la gorge de sa sœur. Sofia toucha le pendentif du bout des doigts.

— J'ai changé la photo, lui apprit Lina en murmurant.

— Bon Dieu, vous agissez comme si vous ne vous reverriez jamais, intervins-je.

Les deux sœurs se tournèrent vers moi. Je levai les mains en l'air pour me lever en simulant des excuses.

— Je ne veux pas de vous ici, répliqua Sofia.

— C'est dommage.

Elle serra les poings et étrécit ses yeux dans ma direction, et je compris qu'elle puisait dans ses derniers retranchements pour me tenir tête une dernière fois.

— Permettez-moi de dire au revoir à ma sœur, me supplia-t-elle entre ses dents serrées. S'il vous plaît.

Je fronçai les sourcils.

— Waouh. Carrément un « s'il vous plaît » !

Elle pinça les lèvres.

— Retournez à la voiture et offrez-moi une putain de minute seule avec ma sœur.

— Les religieuses permettent ce genre de langage ? raillai-je.

— Sofia...

Sa sœur tenta d'attirer son attention, mais cette dernière ne se laissa pas de démonter :

— Je vous déteste.

— Vous ne me connaissez même pas.

— J'en sais bien assez.

Je haussai les épaules.

— Allez-y, ordonna-t-elle en pointant ma voiture du doigt.

Je ricanai au début, cependant son visage se durcit l'instant suivant, me forçant à avancer vers elle pour la faire reculer.

— Parle-moi encore une fois comme ça, et tu le regretteras.

— Je regrette déjà, avoua-t-elle, tremblante.

Lina attrapa ses mains, forçant Sofia à croiser son regard. Je me penchai vers cette dernière.

— Sofia ?

Les yeux de Lina brillaient de larmes contenues. Sa sœur secoua la tête et essaya de sourire tant bien que mal.

— Ça va aller. Tout va bien.

— Appelle-moi tous les jours, d'accord ?

Je fus alors témoin de l'incommensurable effort dont Sofia fit preuve pour retenir ses sanglots.

— Nous avons un avion à prendre, lui rappelai-je en indiquant ma montre.

Elles s'étreignirent, et Sofia s'échappa finalement d'entre les bras de sa sœur en reniflant.

— Veux-tu dire au revoir à ton grand-père ? demandai-je même si je connaissais la réponse

— Non. Je suis prête.

— J'espère pour toi que c'est le cas.

4

SOFIA

À l'intérieur de l'enveloppe que Raphaël m'avait donnée, il y avait trois feuilles de papier, trois morceaux qui formaient un document plus grand. Lorsque je lui avais demandé de quoi il s'agissait, il s'était contenté de prononcer un seul mot : la vérité. Pourtant, ça ne pouvait pas être le cas. C'était impossible. Grand-père n'était pas si haineux. Peu importait ce qui arrivait, nous étions sa famille, sa seule famille.

La nuit où j'avais rencontré mon grand-père lorsque j'étais enfant était également la nuit où nous avions célébré les 21 ans de ma mère. Qu'il ait choisi de nous rendre visite à ce moment précis était parfaitement logique, maintenant que je connaissais les détails de mon héritage. Car aussi puissant que j'aie toujours pensé que mon grand-père était, il y avait une chose qu'il ne pouvait pas contrôler. Du moins, pas entièrement. Parce que lors de cet anniversaire, ma mère venait de recevoir le contrôle majoritaire du vignoble de la famille Guardia. À partir de ce jour-là, mon grand-père devrait se contenter de percevoir une allocation, dont la somme serait décidée par ma mère.

Je n'étais pas au courant que ce dernier avait pris le nom de ma grand-mère. Mon homonyme étant Sofia Guardia. Il n'avait jamais été chef de famille. Pas vraiment. Même s'il donnait l'impression de l'être. J'avais alors émis la conclusion que lorsque ma grand-mère était morte avant même que je sois née, il avait continué de recevoir son allocation et de vivre dans la demeure familiale, uniquement grâce à ma mère. Elle était héritière. Il ne possédait rien sans elle.

Et maintenant qu'elle était hors du tableau, il avait besoin de Lina et moi.

Voilà ce que Raphaël m'avait donné.

L'histoire de ma famille. Ainsi que la preuve de la malhonnêteté de mon grand-père. Il nous volait. Il avait volé ma mère, et maintenant il agissait de même avec Lina et moi. Il avait même créé un compte offshore dans lequel il avait transféré des sommes d'argent trop petites pour être remarquées, mais néanmoins suffisantes pour lui permettre de maintenir son mode de vie. Pourquoi en avait-il besoin ? Après tout, il avait déjà tout ce qu'il voulait.

Lorsque ma mère s'était enfuie, mon grand-père avait perdu le contrôle, ou tout du moins pour un petit moment. C'était donc naturel qu'il devienne notre tuteur après la mort de nos parents. Ainsi, il avait repris le contrôle sur ce qu'il avait perdu.

Alors que nous nous installions dans nos sièges de première classe, je jetai un coup d'œil à la dérobée à l'homme assis à mes côtés. Cet étranger à qui je serais bientôt mariée. Un homme avec qui je devrais apprendre à vivre. Je ne savais pas ce qu'on attendait de moi. Le mariage devait simplement lui permettre d'obtenir mon nom. À ses yeux, je représentais la moitié de la fortune de la famille Guardia. Le jour de mes 21 ans, je serais l'héritière de cette fortune. Et lui me la volerait, agissant comme mon grand-père l'avait fait toute ma vie.

Que m'arriverait-il après ces trois années ?

Au cours des six derniers mois, j'avais passé tout mon temps libre à apprendre autant de choses que possible sur Raphaël Amado et sa famille. Je connaissais son âge, 24 ans, et étais au courant qu'il avait deux frères, dont un jumeau. Sa famille possédait deux maisons, une aux États-Unis et une seconde en Italie, où ils avaient passé la majeure partie de leur enfance. Sa mère était italienne, son père américain, et Raphaël et ses frères étaient nés en Amérique. Je savais qu'il y a six ans de cela, il avait perdu sa mère dans un incendie intentionnellement lancé par son père dans leur maison en Toscane. J'avais également appris que quelques mois après cet incendie, Raphaël avait été accusé du meurtre de son père. Il avait alors passé six ans dans une prison italienne pour cela, et il y a seulement huit mois de ça, cette décision avait été infirmée et le nom de Raphaël blanchi.

Il n'avait pas perdu de temps pour venir me chercher, pas vrai ?

Ce que je ne comprenais pas, c'était ce que lui devait mon grand-père.

J'avais appris que son père avait été un criminel lié à de nombreuses mauvaises personnes. Je savais qu'il avait été accusé d'incendie criminel, mais il était mort avant d'avoir pu être jugé. La mère de Raphaël avait été tuée dans l'incendie, et je ressentais dans mes tripes que sa mort, et peut-être la façon dont elle avait été causée, avait été l'élément déclencheur de la colère de Raphaël. C'était ça qui avait fait naître la violence qui avait précipité la mort de son père.

Pourtant, en le regardant, je ne voyais pas la moindre violence en lui. Malgré tout, je savais qu'il fallait que je fasse attention. Je ne pouvais pas me permettre de romancer cet homme, ne pouvais pas me laisser berner par son apparence.

— Vas-tu me fixer ainsi pendant tout le vol ? demanda-t-il sans jamais lever les yeux.

Je clignai des paupières en réalisant que c'était exactement ce que j'étais en train de faire sans être subtile.

— Qu'est-ce que vous doit mon grand-père ?

Il se tourna vers moi.

— Il ne t'a rien dit ?

Il agissait de manière si désinvolte, quand bien même je savais qu'il n'en était rien sous la surface.

— Vous savez qu'il ne l'a pas fait.

— As-tu compris ce qu'il y avait dans l'enveloppe ?

— Je ne suis pas stupide, Raphaël. Je comprends ce que vous voulez essayer de me faire croire.

— Que votre grand-père est un voleur ?

J'acquiesçai d'un mouvement de tête, sans pour autant en être certaine.

— Les journaux disent que vous avez tué votre père.

Il se figea et ne bougea plus, comme s'il était taillé dans la pierre. Il lui fallut une minute entière pour se ressaisir et se racler la gorge avant de reprendre la parole, et je compris qu'il y avait plus que ça en ligne de mire.

— Ah oui ?

Je cherchai ses yeux, semblables à des océans profonds et orageux. Des eaux tumultueuses qui pouvaient me jeter contre les falaises pour me déchiqueter et me décimer.

— Vous m'avez dit que vous me diriez la vérité l'autre soir. Je vous la demande maintenant.

Je fis une pause.

— Vous me devez toute l'histoire…

— Je ne vous dois rien, répondit-il calmement.

— Votre père a-t-il mis le feu ? Cela a-t-il été prouvé ?

— Les médias adorent faire du battage médiatique, n'est-ce pas ?

Il se détourna de moi pour se reconcentrer sur son journal, m'intimant ainsi de me taire.

— Vous l'avez blâmé pour la mort de votre mère, ajoutai-je, sans pour autant être certaine.

Je n'avais lu que des articles de journaux et des extraits de documents publics, dont la plupart manquaient cruellement d'informations.

— Est-ce que dans ce cas, cela m'absout à tes yeux ? Une vie pour une vie ?

— Je ne suis pas certaine que vous cherchiez l'absolution, Raphaël.

Il me regarda de nouveau en inclinant la tête.

— Tu es une jeune fille intelligente.

— Les dossiers du procès ont disparu. Je n'en sais pas plus.

— C'est peut-être mieux ainsi.

— Vous aviez perdu votre mère quelques mois plus tôt et votre père a été accusé de l'incendie qui a presque détruit non seulement sa maison, mais également tout son héritage. Anéantissant ainsi des générations d'histoire.

— Ne m'idéalise pas. Je ne suis pas un homme bon.

— Je sais que vous n'êtes pas un saint. J'essaie simplement de comprendre ce que mon grand-père a à voir là-dedans.

Il replia son journal et le plaça dans la poche de son siège.

— Si tu es si curieuse, pourquoi ne lui as-tu pas demandé ?

Parce que j'avais peur de sa réponse.

Je baissai le regard.

— N'as-tu pas des questions plus pertinentes à poser ? Des questions qui concernent toi et ton destin ? Mes attentes à l'égard de ma femme ?

Sa femme.

Je savais ce qu'il était en train de faire.

— Ce n'est pas comme si j'avais mon mot à dire, pas vrai ? Au sujet du contrat, clarifiai-je en le regardant. Le mariage.

J'hésitai à poursuivre :

— Qu'est-ce qui...

Je me raclai la gorge.

— Est-ce qu'il concernera uniquement mon nom ? me forçai-je à conclure.

Son regard croisa le mien, un petit sourire orna les coins de sa bouche.

— Tu me surprends. Qu'est-ce que ton petit esprit a inventé exactement, Sofia ?

Je haletai en reculant. Son sourire ne fit que croître.

— Eh bien, quoi ? Je suis certainement curieux à ce sujet.

— Non !

Alors que je sentais toutes les couleurs déserter mon visage, l'hôtesse de l'air vint prendre notre commande de boissons.

— Champagne ? me demanda-t-il.

— Je n'ai pas l'âge, lui rappelai-je bêtement.

Il ricana.

— De la vodka, dans ce cas.

Plaisantait-il ? Il se tourna vers la serveuse.

— De l'eau gazeuse pour ma fiancée et un whisky sec pour moi, s'il vous plaît.

Fiancée.

— Vous allez en Italie pour vous marier ?

Raphaël hocha la tête avec entrain.

— Oh, comme c'est romantique ! Félicitations !

Elle dut alors percevoir quelque chose dans mes yeux, puisqu'elle se détourna pour partir.

— Je ne suis pas un monstre, Sofia, intervint Raphaël, toute espièglerie ayant disparu de ses traits.

— Mais ce que vous allez me faire...

— J'ai passé les six dernières années de ma vie derrière les barreaux. L'avidité de ton grand-père a détruit ma famille, et m'a presque anéanti dans le processus. Pense à cela plutôt qu'à ta petite vie pour changer.

— Je...

Quoi ? Qu'avais-je envie d'ajouter ? Que ma vie n'était pas mesquine ? Que j'avais de l'importance ? Que je ne pensais pas qu'à moi-même ?

— Demande-moi plutôt ce que ça fait d'être enfermé pour avoir tué un meurtrier. Demande-moi ce que j'ai enduré en prison pendant six ans jusqu'à ce que le verdict soit infirmé.

— Raphaël...

— Fais-le.

— Je n'en ai pas besoin. J'imagine que c'était terrible.

— C'était pire que tout ce que tu peux imaginer. Pire que ce que j'aurais pu imaginer.

Je me forçai à croiser son regard, qui avait perdu toute son arrogance, toute sa froideur. Il n'y avait que de la douleur. C'est à ce moment-là que les choses changèrent pour moi. Cet instant me fit le voir comme autre chose qu'un monstre.

— Ne me faites pas payer pour cela. S'il vous plaît, ajoutai-je, presque dans un murmure.

Ses yeux plongés dans les miens, je pouvais voir la bataille qu'il menait. Cette guerre entre le bien et le mal.

— Ne t'imagine pas que je suis un homme bon. Je ne suis rien de tel.

Je hochai la tête en me rappelant ses paroles. Non. Je ne pouvais pas faire cela. Il m'avait avertie. J'étais une jeune femme inexpérimentée, alors que lui-même était un homme. Raphaël avait déjà tué. J'étais probablement une enfant ennuyeuse à ses yeux. Il baiserait probablement avec moi simplement pour passer le temps.

— Pourquoi êtes-vous venu me voir à l'école ? Pourquoi m'avoir prévenue que mon grand-père était un voleur ?

— Parce que c'est la vérité. C'est une chose que tu obtiendras avec moi, Sofia. La vérité. Je ne te mentirai jamais.

— Et alors ? Je veux dire, ça ne rend pas les choses plus faciles pour autant.

— Il ne s'agit pas de te rendre la tâche plus facile. Rien n'est facile dans la vie.

— Me détestez-vous à ce point ?

— Je ne te déteste pas. C'est ton nom que je déteste, craqua-t-il.

Sa rage soudaine me surprit. L'hôtesse revint avec nos boissons ainsi que la carte des menus. Je m'emparai de la mienne, sans même prendre la peine de la regarder. Je savais que Raphaël agirait de la même façon, quand bien même son attention semblait rivée sur la carte.

— La dernière fois que nous nous sommes vus, vous m'avez dit d'oublier ce qui s'était passé. Je vous ai dit que ce n'était pas une option.

— Il y a des choses pour lesquelles je donnerais des années de ma vie pour les oublier, Sofia.

Ces mots qu'il prononça si calmement m'interrompirent. Je me surpris à l'étudier. Lui, son visage, ses yeux, qu'il se forçait à garder fixés sur le menu plutôt que dans ma direction. Une partie de moi le comprenait. J'arrivais à comprendre pourquoi il estimait qu'il devait agir ainsi. Pour autant, cela n'arrangeait pas les choses, loin de là. Je restais celle qui serait toujours punie pour quelque chose que je n'avais pas commis. Je serais celle...

Il interrompit mes pensées en se tournant vers moi.

— Il n'est pas nécessaire que cela soit terrible pour toi. Après trois ans, tu seras libre. Ce sera un mariage juste de nom. Je vais même m'assurer que tu ne te retrouves pas à la rue par la suite, si tu agis comme une bonne fille.

Le bleu de ses iris irradiait. Tant d'émotions tourbillonnaient derrière ses prunelles, comme une tornade mortelle.

— Et si je refuse ?

Il lui fallut un moment pour répondre, et il le fit uniquement après avoir étudié mon visage, mes yeux.

— Tu as déjà accepté.

— Je peux changer d'avis.

— Cette conversation est une perte de temps. Tu ne changeras pas d'avis, car si tu le fais, je détruirai ta famille. Même si tu ne te soucies pas que ton grand-père pourrisse en prison, tu t'inquiètes de l'avenir de ta sœur.

Il dit cela avec tant de méchanceté, tant de haine, qu'il me donna la nausée.

— Tu es très proche de Lina.

Le changement de sujet était si brusque qu'il me surprit.

— Je l'aime. Je ferais tout pour la protéger.

Je baissai le regard vers mes genoux.

— Je sais. C'est ce qui me rend les choses si faciles.

L'hôtesse de l'air revint pour reprendre notre commande, et l'homme que j'avais aperçu, celui empli de haine, disparut.

— Je n'ai pas faim, lui dis-je en remettant la carte.

— Elle prendra le steak. Nous en prendrons tous les deux.

— J'ai dit que je n'avais pas faim.

— Tu dois manger.

— Je vais bien.

— Un steak, répéta-t-il.

— Je ne mange pas de viande rouge.

Il m'observa comme s'il ne me croyait pas, mais finit par accepter.

— Ce sera donc le poulet pour ma fiancée. Et un autre verre pour moi, s'il vous plaît. Je vais en avoir besoin.

La serveuse hocha la tête avant de s'éloigner.

— Je n'ai pas faim. Je ne mangerai pas.

— Tu le feras. Tu es devenue trop maigre.

— La faute à mon avenir si radieux.

— Aïe.

— Si c'est vrai, ce que vous dites au sujet de mon grand-père, sur le fait de nous voler...

J'avalai difficilement ma salive ; prononcer ces mots à voix haute les rendait réels.

— Ai-je un moyen de protéger l'héritage de Lina ?

Il haussa les épaules.

— Je peux t'aider ou te faire du mal. Choisis soigneusement les batailles que tu souhaites mener avec moi.

Qu'est-ce que ça pouvait bien vouloir dire ?

— Dis-moi quelque chose, ajouta-t-il en se penchant pour chuchoter à mon oreille. Une jolie fille comme toi... tu devais bien avoir un petit ami à cette école ?

Toute gravité avait à nouveau disparu, cédant place à l'arrogance. Raphaël était à nouveau un trou du cul arrogant. Je détournai mon regard, et observai à travers le hublot le ciel en train de s'assombrir. Notre vol allait durer toute la nuit.

— Pas de petit ami ?

— Ça ne vous regarde pas.

— Allez, c'est un long vol. Ainsi qu'un long voyage de trois ans qui s'annonce.

— Ce n'était pas autorisé. De plus, les garçons de l'école ne m'intéressaient pas.

— Je peux le comprendre. Tu sembles plus mature que ton âge. Tu as besoin d'un homme pour te gérer.

Je lui fis face.

— Et vous pensez être cet homme ?

— Oui.

Je me léchai les lèvres avant de siroter ma boisson. Son regard tomba sur ma bouche, et l'intensité présente dans ses yeux fit se retourner mon estomac ainsi que rougir mes joues.

— J'ai vu comment ton corps réagit face au mien, Sofia,

murmura-t-il d'un ton menaçant. Savais-tu que l'excitation a un parfum ? Le tien est charmant. Il est doux. Virginal, peut-être ?

Je ne répondis rien, mais après tout je n'avais probablement pas à le faire, pas avec la chaleur que je ressentais soudainement. Raphaël haussa les sourcils, et posa une main sur mon genou avant de la faire lentement glisser le long de l'intérieur de ma cuisse. Je savais que j'aurais dû porter un jean. Au lieu de cela, j'avais opté pour une robe d'été. Je repoussai sa main.

— Ne me touchez pas. Mon corps ne réagit d'aucune façon à votre égard.

— Je ne suis pas d'accord.

Il chatouilla l'arrière de mon genou.

— Même en cet instant, tes pupilles se dilatent, tes mamelons durcissent, tu te lèches les lèvres. Et...

Il porta sa bouche contre mon oreille, avant d'incliner le visage pour embrasser le pouls qui battait brutalement sous la surface de mon cou, me faisant perdre mon souffle.

— Ton cœur bat comme un dingue.

Je frissonnai. Son haleine me faisait frémir de la tête aux pieds, et fit naître une étrange chaleur entre mes jambes. Je le repoussai alors qu'un serveur installait notre table individuelle pour le dîner. Il me sourit, appréciant évidemment mon inconfort, et lorsque le serveur s'en alla, il se pencha à nouveau dans ma direction.

— As-tu déjà eu un orgasme, Sofia ? As-tu déjà glissé tes doigts à l'intérieur de ta culotte ? Est-ce que tu t'es déjà fait jouir en étant allongée dans ton lit la nuit, en pressant ton visage dans ton oreiller pour étouffer tes gémissements de plaisir ?

Il se lécha les lèvres avant de ramasser son verre tout en m'observant attentivement.

— As-tu déjà ressenti le contact d'un homme ? poursuivit-il en souriant. Ton regard me dit que non. Ne me dis pas que j'ai raison. Que tu es vier...

— Stop ! hurlai-je en me levant de mon siège avant d'être interrompue à mi-chemin par ma ceinture de sécurité.

— Je ne pense pas qu'ils veuillent qu'on se lève tout de suite, chérie.

De nombreuses têtes se tournèrent dans notre direction, pour m'observer. Embarrassée, je repris place dans mon siège.

— Je vous déteste, Raphaël Amado.

Il leva les yeux au ciel.

— Je m'en fiche, Sofia Guardia. C'est toute la beauté de la chose.

5

SOFIA

À notre arrivée à Florence, nous avions passé plus de treize heures à bord de l'avion. Le trajet qui menait à la propriété Amado avait nécessité une heure et quart de route en plus. Située à l'extérieur de la ville, près d'une petite bourgade appelée San Gimignano, la maison – ou plutôt le domaine – apparut seulement quelques minutes après que nous eûmes quitté la route de campagne pour franchir une large allée de gravier, là où un grand portail en fer était ouvert et menait derrière les hauts murs de pierre qui entouraient la propriété.

Nous étions installés à l'arrière d'une berline sombre aux vitres teintées. Alors même que nous avancions, je pris le temps d'observer les dragons présents sur les piliers. Chacun d'entre eux était posé différemment, l'un perché sur ses cuisses, l'autre prêt à prendre son envol. J'avais l'impression que leurs regards à tous deux semblaient me suivre. Je frissonnai en jetant un coup d'œil vers Raphaël, qui avait un étrange air sur le visage tandis qu'il observait les collines et ses grandes étendues de terre.

— C'est magnifique.

— Merci, sourit-il.

Je remarquai qu'il s'agissait probablement du premier sourire authentique de la journée.

— Elle s'appelle villa Bellini. Elle fait partie de la famille Bellini, celle de ma mère, depuis des siècles. Désormais, elle m'appartient.

— Et qu'en est-il de vos frères ?

Il secoua la tête.

— Elle revient toujours entièrement au premier-né.

— Waouh. C'est fou. Et, étant donné que vous êtes jumeaux, comment cela fonctionne-t-il ?

— Damon est peut-être mon jumeau, mais il est né trois minutes après moi, ce qui fait de moi le premier-né.

— Parlez-moi de... Damon et Zachariah, c'est ça ?

— Damon habite tout près. Tu le rencontreras bientôt. Je suis sûr qu'il meurt d'envie de rencontrer ma future épouse, ajouta-t-il de façon sarcastique. Zachariah, quant à lui, s'est enrôlé dans l'armée à l'âge de 18 ans. Je ne peux pas l'en blâmer. Je ne sais pas où il se trouve. Je suppose qu'il est en mission quelque part.

— Vous ne le savez pas ? Cela ne vous inquiète-t-il pas ?

Il ne répondit pas à ma question, et sembla plutôt se perdre dans les confins de sa mémoire.

— Nous sommes nés à Philadelphie. Nos parents voulaient s'assurer que nous ayons la citoyenneté américaine, mais nous avons passé la majeure partie de notre vie ici. Avec le vignoble en pleine expansion, c'était plus facile.

— Votre anglais est impeccable, vous n'avez pratiquement pas d'accent.

— Nous avons toujours fréquenté des écoles internationales.

— Ah. Le nom Amado est portugais ?

— Mon père est né aux États-Unis, mais est d'origine portugaise.

— Je me suis renseignée. Ça signifie « quelqu'un qui aime Dieu », annonçai-je.

Son visage se durcit lorsqu'il le tourna vers moi, son ton fut cassant lorsqu'il parla :

— Je ne crois pas en Dieu, Sofia. Aucun dieu ne permettrait que ce qui est arrivé à ma famille ne se produise.

Il jeta un coup d'œil par la fenêtre.

— Tu pourras noter l'ironie quand tu rencontreras Damon.

— Raphaël est le nom d'un archange. C'est ironique, n'est-ce pas, quand on y pense ?

— Je suppose que ton Dieu rit bien à mes dépens.

Quelques instants plus tard, la maison apparut. Je ne voulais pas être affectée, mais avant de pouvoir m'en empêcher, je laissai échapper un cri de surprise.

— Elle a besoin d'être rénovée, lui apprit Raphaël. Mon frère a fait condamner une partie de la maison. L'argent... c'était compliqué lorsque j'étais en prison.

— Nous avons volé en première classe, lui rappelai-je.

Il continua en ignorant mon commentaire :

— Au total, la demeure comporte dix-sept chambres, seulement six sont utilisables pour le moment. Il y a également une cour intérieure, une grande piscine, une cuisine entièrement rénovée, etc.

— Et cetera ? Vous tenez tout cela pour acquis ?

Il se tourna dans ma direction.

— Je ne tiens jamais rien pour acquis.

— La maison Guardia, d'après ce que je sais parce que je n'y suis jamais allée, est davantage utilisée comme une usine pour la récolte et la production. C'est magnifique. Élégant. Est-ce, ou était-ce le vignoble ?

Je m'arrêtai de parler lorsque la voiture se stoppa devant un bâtiment qui se tenait face à un vaste champ qui semblait abriter les restes carbonisés des vignes.

— Oui.

Il croisa mon regard.

— Celui que mon père a brûlé. Pour récupérer l'argent de l'assurance. Tu voulais savoir ce que ton grand-père a à voir avec ce qui m'est arrivé. C'est tout. Mon père lui devait de l'argent. Ton grand-père a donné un ultimatum à mon paternel, une vie ou la mort, et voilà qu'il a décidé de mettre le feu à la propriété pour le rembourser afin de sauver sa vie sans la moindre valeur, ce qui a conduit au décès de ma mère.

Il prononça ces dernières paroles rapidement, comme s'il était déterminé à ne pas leur laisser le pouvoir de l'affecter.

— Elle n'était pas censée être là, dis-je.

C'était ce que j'avais lu. Apparemment, sa mère était rentrée à la maison avec un mal de tête, et avait décidé d'aller s'allonger. Son père n'était pas au courant.

— Elle était sur place. C'est tout ce qui compte. Et si ça n'avait pas été le cas, ça l'aurait de toute façon tuée de savoir qu'il avait détruit son héritage tout entier. Donc, d'une façon ou d'une autre, il l'aurait détruite.

Il inspira profondément en détournant son regard.

— Et ce bâtard n'a même pas été capable de couvrir ses traces. Au final, l'assurance ne lui a pas versé le moindre centime, et il est quand même mort.

— Pourquoi devait-il de l'argent à mon grand-père ? Il dirigeait l'entreprise familiale, pourquoi...

— La vérité, Sofia. Peux-tu arriver à la supporter ?

— Raphaël...

— Tu te demandes sans doute pourquoi ton grand-père a accepté si facilement notre marché ? Pourquoi il accepte de te céder à moi ?

Pouvais-je supporter d'entendre cette vérité ?

— Tout d'abord, j'ai des preuves concernant le marché qu'il a passé avec mon père. Il finirait en prison, si les preuves se retrouvaient entre de mauvaises mains. Il perdrait tout ce qu'il possède, et toi aussi.

Mon Dieu. Tout ceci ne pouvait pas être vrai. Mon grand-père n'était pas si mauvais.

— Je ne vous crois pas.

— Les faits sont les faits.

— Guardia Winery est une entreprise légitime et prospère.

— Bien sûr qu'il se cache derrière une entreprise légitime.

— Raphaël...

La voiture s'arrêta. Raphaël ouvrit sa porte et en sortit. Mon cerveau tourbillonnait avec les « faits » que Raphaël venait de me confier. Il me fallut une minute pour me ressaisir et ouvrir ma propre portière. Je sortis à mon tour et observai le grand domaine. Mon regard se porta alors sur la maison, dont une des parties était encore noircie à cause de l'incendie.

C'était un immense bâtiment de deux étages, dont la pierre et la couleur s'intégraient parfaitement dans la campagne toscane. Les portes avant étaient encastrées derrière trois arcs, qui étaient reproduits au deuxième étage. De grandes fenêtres avec des ferrures complexes bordaient les deux étages, et je me demandai si la maison était climatisée.

Raphaël alla saluer une femme plus âgée, qui sortait de la maison avec un énorme sourire plaqué sur le visage en s'essuyant les mains sur son tablier. Je les vis se serrer dans les bras, l'observai lui frotter le dos avant de s'écarter pour le regarder. Elle s'essuya alors les yeux, et relâcha son étreinte.

Lorsque Raphaël tourna son regard vers moi, je ne pus manquer la lueur de tendresse qui l'habitait, même si elle disparut immédiatement lorsque ses yeux croisèrent les miens.

Puis une autre personne sortit de la maison. Je les analysai tous les deux tour à tour. Je savais qu'ils étaient jumeaux, pourtant les voir de mes propres yeux était étrange. C'était incroyable, la façon dont la nature pouvait reproduire deux êtres de façon aussi parfaitement identique. Damon était aussi grand que Raphaël, ses cheveux étaient foncés comme les siens, sa stature était également puissante. La seule différence notable entre les deux hommes résidait dans leurs yeux.

Damon semblait plus gentil, plus doux.

Il salua son frère d'une poignée de main, et de là où je me trouvais, en détaillant leurs expressions faciales, je compris que leur relation était tendue. Damon me regarda et me sourit. Les deux frères s'approchèrent de moi. Les regarder tous deux était presque surréaliste.

— Tu dois être Sofia.

Sa voix était aussi profonde que celle de Raphaël, mais avec une intonation complètement différente. Je me demandai si c'était comme ça que Raphaël s'exprimerait s'il n'avait pas passé les dernières années de sa vie derrière les barreaux. Si les circonstances avaient été différentes pour lui.

— Je m'appelle Damon Amado, je suis le frère de Raphaël. Bienvenue en Italie.

— Merci. C'est un plaisir de vous rencontrer, Damon.

— Damon est la version légèrement plus gentille de moi.

Raphaël vint se tenir à mes côtés, et plaça une main territoriale autour de mon cou tout en soutenant le regard de son frère.

— Presque aussi saint que toi.

Damon ne répondit pas à l'attaque directe de son frère, et préféra se concentrer sur moi.

— Raphaël a été très secret à ton sujet.

Je pus percevoir dans ses yeux qu'il savait qu'il ne s'agissait pas d'une histoire d'amour normale entre son frère et moi. En vérité, ça n'avait rien d'une romance.

— J'ai hâte d'apprendre à te connaître.

Raphaël renifla.

— C'est incroyable comme deux personnes partageant un utérus peuvent être si différentes, n'est-ce pas ? demanda-t-il en s'adressant à personne en particulier.

Damon continua en m'éloignant de Raphaël pour me conduire vers la maison.

— Tu pourras toujours me considérer comme un ami, Sofia, m'avoua-t-il à voix basse.

Je n'étais pas certaine d'être la seule à pouvoir l'entendre, mais la façon qu'il eut de le dire me fit monter les larmes aux yeux.

— Qu'est-ce que je disais ? Il est encore plus saint que toi, répliqua Raphaël en frappant l'épaule de son frère avec la sienne au passage.

— Je te présente Maria, notre cuisinière, et celle qui gère à peu près tout dans cette maison, m'expliqua Damon en me présentant à la femme plus âgée. Elle est au service de notre famille depuis aussi longtemps que je me souvienne.

Voilà pourquoi il y avait un lien aussi évident entre elle et Raphaël.

Elle m'adressa un sourire, avant de me dire quelque chose en italien.

— Elle ne parle que l'italien.

Raphaël m'écarta de son frère. J'avais l'impression d'être un yo-yo.

— J'ai étudié un peu l'italien, leur appris-je.

En me libérant de l'étreinte de Raphaël, je saluai la femme avec mes maigres compétences dans la langue. Au vu de son regard, je compris qu'elle appréciait mes efforts.

— Je vais te conduire à l'intérieur. Maria préparait le déjeuner, tu vas devoir attendre avant de t'installer.

Alors que nous entrions, trois hommes arrivèrent dans le couloir. Raphaël leur parla en italien et leur serra la main, avant de se tourner vers moi pour me donner leurs noms, sans tout à fait me présenter, simplement pour me dire qui ils étaient. Des cousins, apparemment, qui travaillaient pour lui. Toutes ces informations étaient trop à gérer. Je ne parvins qu'à me souvenir du premier nom : Éric.

Le parfum de la nourriture en provenance de la cuisine fit grogner mon estomac. Même si j'étais exténuée, je savais que je parviendrais à manger ce que cette femme cuisinait.

— Je ne peux pas rester. On m'attend à un séminaire, déclara Damon. Je voulais quand même être ici pour te rencontrer.

Un séminaire ?

— Je serai de retour dans quelques jours. Si tu as besoin de quoi que ce soit...

Raphaël répondit avant que je ne puisse le faire :

— Elle n'en aura pas besoin, l'interrompit-il.

Damon sortit une de ses cartes de visite, avant de me la tendre, comme si son frère n'avait pas pris la parole. C'est alors que je compris que peu de gens pouvaient agir ainsi avec Raphaël.

— Mon numéro de téléphone se trouve au verso, mais tu risques de me trouver souvent par ici.

J'observai la carte « Pensionnat St Mark » avec une adresse à Florence.

— Tu es prêtre ?

Était-ce l'ironie dont Raphaël m'avait parlé plus tôt ?

— Étudiant. Je n'ai pas encore été ordonné.

— Oh.

Je l'observai alors avec un regard nouveau. Raphaël se rapprocha de moi, comme s'il avait lu dans mes pensées.

— Il n'est pas si bon que ça. Ne te laisse pas avoir, Sofia. Je ne peux que te conseiller de te méfier de tous les hommes appartenant à notre famille.

Damon leva les yeux vers son frère.

— Au revoir, Raphaël. Crois-le ou non, c'est bon de t'avoir à la maison. Je pense que ça te fera du bien d'être ici.

Raphaël étudia son frère, et pendant un moment, je pensai qu'il s'apprêtait à lui dire quelque chose d'un peu humain, mais il n'en fit rien. Au lieu de ça, il détourna le regard comme pour le congédier.

— Au revoir, mon frère.

Damon s'en alla, puis Raphaël me conduisit à l'intérieur, là où le chauffeur transportait déjà nos sacs à l'étage. J'eus un bref moment de panique en me demandant comment allait se passer le moment de se coucher. Notre mariage serait uniquement sur le papier, mais est-ce que cela signifiait qu'il se retiendrait de me toucher ? Cela voulait-il dire qu'il aurait d'autres femmes ?

Je regardai dans sa direction en réalisant qu'il n'aurait aucun mal à se dégotter une maîtresse, mariés ou non.

— Puis-je avoir quelques minutes ?

C'était sorti plus rapidement que prévu. Raphaël se tourna vers moi.

— J'aimerais m'asperger un peu d'eau sur le visage et me changer avant le déjeuner, ajoutai-je.

Il hocha la tête.

— Je vais te conduire à ta chambre.

Ma chambre. Est-ce que cela voulait dire que nous ne la partagerions pas ?

Raphaël dit quelque chose à Maria, qui se rendit immédiatement en cuisine, et me conduisit jusqu'à l'escalier au deuxième étage. Je laissai mon regard errer partout autour de nous, analysant chaque détail.

— Quel âge à la maison ?

— Plus de 300 ans.

— Le plus ancien bâtiment de Saint-Sébastien avait 70 ans.

— Je te ferai visiter plus tard.

Sur le palier du deuxième étage, je pus observer comment les arches qui correspondaient à celles de la porte d'entrée laissaient entrer la lumière du soleil.

— Il doit y avoir une vue imprenable par nuit claire.

— Effectivement.

Raphaël avait l'air nostalgique. Presque triste. Ou tout du moins pour un millième de seconde.

— Par ici.

Je le suivis jusqu'à la troisième porte. Il ouvrit pour me laisser entrer. Les valises étaient déjà disposées sur des porte-bagages, qui étaient les seules choses modernes présentes dans la grande pièce avec son lit king size, drapé de rideaux suspendus au plafond avec une haute tête en bois finement sculptée et des marchepieds. Le thème de cette chambre était le bleu, et les rideaux pittoresques aux fenêtres correspondaient à la tête de lit. Les vitres étaient ouvertes, je me rendis alors compte que même s'il faisait très chaud à l'extérieur, la maison était relativement fraîche, même si elle arborait une légère odeur de moisi. Raphaël sembla le remarquer au même moment que moi.

— La pièce n'a pas été utilisée depuis un certain temps.

— Elle est magnifique.

Je tournai sur moi-même en me demandant quel âge pouvait avoir le mobilier.

— La salle de bain se trouve par ici.

Je le suivis dans la pièce attenante, qui n'était pas très spacieuse mais assez grande pour abriter une baignoire et une douche. Le sol était recouvert d'un marbre blanc veiné d'or, même si certaines installations semblaient vieillottes. Il tourna le robinet.

— Elle a été entièrement rénovée. Tu devrais être très à l'aise.

— Une fois que nous serons... euh... peu importe.

— Quoi ?

J'hésitai, avant de me racler la gorge et de finalement lui poser la question :

— Est-ce que je garderai cette chambre une fois que nous serons mariés ?

— L'idée de partager mon lit te répugne-t-elle ?

— Je... vous avez dit...

Il ricana.

— Ne t'inquiète pas. Je n'ai pas l'habitude de forcer une femme à faire quoi que ce soit.

J'imaginai que cela voulait dire oui, que je garderais cette pièce. J'avais pourtant l'impression d'être passée pour une idiote.

— Je ne voulais pas dire...

— Ne traîne pas trop.

Il sortit de la salle de bain.

— Nous déjeunerons à l'arrière. Penses-tu pouvoir retrouver ton chemin ?

— Je pense pouvoir gérer un escalier et une porte de sortie.

— Je suppose que ton enseignement privé sera utile après tout.

Faisait-il exprès de me rabaisser ?

Il me laissa seule. J'allai me poster devant la fenêtre pour observer Maria et deux autres femmes mettre en place un grand banquet, qui, je pouvais le jurer, aurait pu nourrir une douzaine de personnes, mais était servi uniquement pour nous deux. Les cheveux sombres de Raphaël apparurent, et je pus voir les deux autres femmes se pâmer devant lui. Il leur serra la main, leur rire résonna jusqu'à ma chambre. Pour une raison quelconque, un étrange sentiment proche de la jalousie me comprima l'estomac.

Un instant plus tard, il me surprit en train de l'épier. Je m'éloignai, embarrassée, secouai la tête, et ouvris une de mes valises pour y trouver quelque chose pour me changer avant de descendre pour le déjeuner. Après quoi, j'aurais grandement besoin de prendre une douche et de faire une sieste. L'épuisement me faisait imaginer des choses que je ne ressentirais pas en temps normal.

Le décalage horaire rendit mon sommeil difficile. Voilà pourquoi je ne fus pas surprise en me réveillant après 3 heures du matin le lendemain. Après avoir tourné dans tous les sens pendant une demi-heure, je décidai d'abandonner. J'étais complètement éveillée. Rejetant mes couvertures, je me levai pour aller me poster près de la fenêtre. Je repoussai le rideau au loin pour observer le ciel parsemé d'étoiles scintillantes. Il y en avait plus qu'à la maison, plus qu'à l'école. La nuit était claire et j'avais l'impression de pouvoir voir plus loin que jamais. Les quelques nuages qui flottaient au-delà brillaient d'une lueur argentée au clair de lune.

Les jardins étaient déserts, alors que mes yeux se posaient une fois de plus sur les vignes en ruine. Ça me paraissait presque inconcevable que le père de Raphaël ait pu les brûler. Plus impossible encore qu'il ait agi ainsi pour rembourser une dette à mon grand-père.

Je ne connaissais pas grand-chose au processus de culture du raisin ou de fabrication du vin. Cela me semblait étrange maintenant, étant donné que c'était de là que provenait l'argent de ma famille. Je me demandais s'il pouvait replanter, faire revivre la terre. À mes yeux, c'était un gaspillage, une honte de la laisser à l'abandon. Bien que ça colle, d'une certaine façon, puisqu'une partie de Raphaël était morte, elle aussi.

Je frissonnai en laissant retomber le rideau, m'étreignant moi-même pour tenter de me réchauffer. Je m'emparai d'un pull que j'avais accroché au dos d'une chaise et le plaçai sur mes épaules, avant d'enfiler une paire de tongs. Je descendis à la cuisine pour me faire une tasse de thé.

Je regardai à droite et à gauche, le couloir était vide. Je me demandais quelle chambre était celle de Raphaël lorsque je descendis les escaliers, et fis le tour du salon jusqu'à la cuisine qui avait été agrandie et qui, à en juger par l'épaisseur des murs, semblait avoir environ deux fois la taille de l'original. J'ouvris la porte et entrai en allumant. La pièce semblait presque inquiétante maintenant que je m'y trouvais seule, pourtant je repoussai cette pensée de côté en me dirigeant vers la bouilloire. Je la remplis d'eau, et la plaçai sur le brûleur. Je partis ensuite à la recherche d'une tasse et de sachets de thé. C'est alors qu'une lumière extérieure s'alluma, me faisant sursauter.

Un détecteur de mouvement ? La porte s'ouvrit avant que mon imagination ne puisse s'emballer et Raphaël entra. Il s'arrêta sur le seuil, tout aussi surpris de me voir que je l'étais.

Il avait l'air différent, ses cheveux étaient en désordre, son visage détendu, son arrogance habituelle semblait avoir disparu. Il portait un jean et un T-shirt blanc à col en V qui moulait et étreignait ses épaules et ses bras, me donnant un aperçu des muscles en dessous.

Je déglutis.

Il frotta ses chaussures sur les tapis avant de les enlever, puis entra et referma derrière lui.

La bouilloire sifflait, pourtant tout ce que j'étais capable de faire en cet instant était de le fixer. Il fronça les sourcils, et comme je ne bougeai pas, il s'approcha de moi, un peu trop près. Il se tenait plus proche qu'il n'en avait réellement besoin. Son torse frôla ma poitrine, je captai alors une faible odeur de sueur et de graisse avant de reculer aussi loin que je le pouvais. Il souriait.

Je savais qu'il aimait ça, qu'il adorait me mettre mal à l'aise. Il semblait en tirer un certain plaisir. Je savais qu'il aimait probablement se moquer de moi parce que je lui rendais la tâche si facile.

Il éteignit le brûleur. Je m'éclaircis la gorge, tout en clignant des yeux.

— Je n'arrivais pas à dormir. Je suis donc descendue pour me faire du thé.

Il acquiesça et passa une main au-dessus de ma tête, un coin de ses lèvres se tordant alors même que je me baissais. Être à ce point près de lui était étrange.

— Pourquoi est-ce que je te rends aussi nerveuse, Sofia ?

Il posa alors une tasse sur le comptoir. Je me détournai de lui, pour trouver un éventail de sachets de thé dans le placard.

— Ce n'est pas le cas, répondis-je faiblement en me concentrant sur la lecture de chaque sachet de thé.

— Je t'ai déjà dit que je ne m'attendais pas à ce que tu couches avec moi. Je pensais que ça t'aurait rassurée.

Je m'évertuai à ouvrir correctement un sachet de thé.

— À moins que tu ne le désires, bien sûr. Je reste ouvert à cette idée.

— Vous aimez vous moquer de moi, répliquai-je en le regardant remplir ma tasse.

— Oui. C'est tellement facile.

Il reposa la bouilloire et se dirigea vers l'évier. En chemin, il jeta un coup d'œil à son T-shirt, qui était couvert de terre. Il le fit passer par-dessus sa tête et tomber dans un sac en toile suspendu le long d'un mur. Un sac de la buanderie. J'en avais également un dans ma chambre.

Il se tenait debout, dos à moi, pour se laver les mains et écla-bousser son visage d'un peu d'eau. Je ne sais pas ce que je remar-quai en premier. Les marques, de fines lignes argentées entrecroisées de chair, ou son dos puissant et musclé qui se tendait à chacun de ses mouvements. Lorsqu'il se tourna vers moi, je déglutis derechef en forçant ma bouche à rester fermée. Je n'avais jamais vu un homme tel que lui auparavant. Il était parfait, son visage, son corps, mis à part ses innombrables cicatrices qui venaient ternir le tableau.

— Peux-tu me lancer la serviette ?

— Quoi ?

— La serviette. Derrière toi.

Je me retournai.

— Oh !

Une fois de plus, je me sentis stupide… et troublée. Comme une idiote inexpérimentée. Je lui jetai la serviette, il la rattrapa. Tout ce que je pouvais faire pendant qu'il se séchait était de le regarder en me concentrant sur ses mains.

Ses mains. Grandes et calleuses…

Je secouai la tête pour m'éclaircir les idées. Comment pouvais-je être attirée par cet homme ?

— Je vais remonter.

— Non.

Il s'avança vers un autre placard et en sortit un verre ainsi qu'une bouteille de ce que je pensais être du whisky.

— Assis.

Il prit place autour de la table, puis, en constatant que je n'avais toujours pas bougé, il poussa une chaise de son pied nu.

— Assieds-toi, Sofia. Je ne mords pas.

Les jambes lourdes, je le rejoignis. Il m'observa alors qu'il débouchait la bouteille et versait environ deux doigts dans son verre. Il inclina ensuite légèrement la bouteille pour en verser dans le mien.

— Qu'est-ce que vous faites ?

Il s'adossa à sa chaise, et but une gorgée de son propre verre.

— Je ne bois pas.

— Tu devrais peut-être commencer. Ça te détendrait un peu.

— Me détendre ? Vous... vous m'avez kidnappée !

— Ne sois pas aussi dramatique. Je ne me souviens pas de t'avoir assommée ni traînée derrière moi. Je ne t'ai pas exactement conduite dans un donjon non plus.

— Vous voyez ce que je veux dire.

— Détends-toi, Sofia. Le whisky t'aidera à dormir. Voilà tout.

Il semblait soudainement très fatigué.

— Ce n'est pas faux, cédai-je.

Je m'emparai de ma tasse, la reniflai en me sentant quelque peu gênée.

— Je n'ai jamais vraiment bu auparavant.

Il haussa un sourcil.

— Devons-nous ajouter l'alcool à la liste des choses que tu n'as jamais faites ?

Je rougis en baissant le regard. Je savais exactement de quoi il voulait parler. Déterminée à ne pas lui donner une autre occasion de me taquiner, j'avalai une petite gorgée. Mes lèvres brûlèrent.

— Explique-toi. Vous deviez bien organiser des fêtes dans ton école, même si ton vieux grand-père gardait sa réserve d'alcool sous clé.

— Bien sûr qu'il y avait des fêtes.

Pourtant, la plupart du temps je n'y assistais pas. Je ne m'étais jamais vraiment mêlée à eux, préférant passer du temps à lire ou à étudier.

— J'ai déjà goûté de la bière et du vin.

— As-tu goûté les vins de ta famille ?

Je souris.

— Lina et moi en avons bu un peu à Noël.

— Les mauvaises filles, déclara-t-il, taquin.

— Ne vous moquez pas de moi.

— Tu aimes suivre les règles ?

— Vous aimez les briser ?

— C'est beaucoup plus amusant que de toujours faire ce qu'on nous dit.

Pourquoi me souciais-je de ce qu'il pouvait penser de moi ? Ou du fait qu'il puisse me trouver ridiculement ennuyeuse. Pourquoi cela m'importait-il ?

— C'est juste que je n'ai jamais ressenti le besoin de ne pas les suivre.

Pourquoi ressentais-je le besoin de me défendre ?

— Tu m'en diras tant.

— Je suis sûre que je dois vous paraître bien fade, compte tenu de votre histoire.

Son visage se durcit. J'aurais aimé pouvoir ravaler mes paroles. Ce qui s'était passé avec son père n'était pas sa faute. Je le savais.

— Je suis désolée. Je ne voulais pas...

— C'est bon.

Il vida son verre avant de s'en verser un autre.

— Où étiez-vous ?

J'étais douloureusement consciente de son torse nu en face de moi, et j'essayais de ne pas le fixer.

— Maria m'a dit qu'ils avaient des problèmes avec le camion. Je voulais juste jeter un coup d'œil.

— Le camion ?

— Il y a des champs de l'autre côté de la propriété. Nous vendons du foin aux agriculteurs locaux. Je te ferai visiter plus tard.

— Cet argent sert-il à rénover la maison et à l'entretenir ?

Il ricana.

— Même pas un peu. Lorsque ma mère est décédée, elle nous a légué, à mes frères et à moi, un héritage considérable. La majeure partie a servi à réparer la maison. Il ne reste pas grand-chose après avoir fait les travaux après l'incendie. Heureusement, j'ai d'autres sources de revenus.

— D'autres sources comme des arrangements pareils au mien ?

— Eh bien, je n'ai pas d'autres épouses cachées dans un placard, mais oui, je suppose.

— L'avez-vous réparé ?

Il eut l'air confus.

— Le camion, je veux dire.

— Tu veux vraiment en savoir plus sur le camion ? Tu n'as pas d'autres questions, rien d'autre dont tu aimerais parler ?

J'en avais environ un million. Je n'avais simplement pas le courage de les formuler à haute voix.

— J'ai menti plus tôt. Vous me rendez nerveuse, Raphaël.

Je ne savais pas pourquoi je lui avouais une telle chose, je sentais simplement qu'il fallait que je le fasse. Son expression changea. Il ne semblait pas s'être attendu à cela.

— Que penses-tu qu'il va t'arriver ? Que penses-tu que je vais te faire ?

— Tout ce qu'il vous plaira.

Il se pencha en avant en prenant appui sur un de ses coudes et plaça son menton dans sa main. Ses yeux bleus si brillants m'étudièrent de près, me donnant l'impression qu'ils étaient capables de lire à travers moi, d'extraire mes pensées avant même que j'aie eu la chance de les formuler.

— Je ne vais pas te faire de mal, Sofia.

— Alors pourquoi m'avez-vous emmenée ?

Il se carra dans le dossier sa chaise.

— Voilà que tu remets ça sur le tapis.

— Désolée si ça vous ennuie, mais nous parlons de ma vie.

— Je t'ai fait une faveur. Je t'ai ouvert les yeux.

— En me disant que mon grand-père est un voleur. Qu'il nous a menti à ma sœur et moi.

— Aurais-tu préféré garder la tête dans le sable ? Cela ne change rien. Grandis un peu.

Il vida son whisky. Je repoussai ma chaise.

— Allez vous faire foutre, Raphaël. Essayez de vous mettre à ma place pendant une fraction de seconde, et redites-moi de grandir un peu.

Je me relevai.

— Assieds-toi ! cria-t-il.

— Non.

— Assieds-toi, putain ! Pose-moi une question. Une autre.

— Allez-vous cesser d'être un connard ?

Il m'adressa un sourire désabusé.

— Je vais essayer, mais je ne peux rien te promettre. C'est dans ma nature.

J'hésitai.

— Assieds-toi et parle-moi, insista-t-il à nouveau.

Je ne sais pas si c'est son ton ou ses mots qui me firent me rasseoir en croisant ses yeux. Pourtant, en cet instant, j'eus l'impression d'être un peu plus sur un pied d'égalité face à cet homme pour la toute première fois. Il hocha la tête en signe de reconnaissance.

— Est-ce que cet endroit représente un foyer à vos yeux ?

Il inhala profondément. Il prit son temps avant de me répondre. Je repensai alors à ce qu'il m'avait dit plus tôt, à ce qu'il m'avait promis. La vérité.

— Oui, je suppose que oui.

— Pourquoi ?

— Parce que c'est dans cet endroit que les choses allaient bien. C'est dans cet endroit que résident tous mes souvenirs de ma mère. C'est là que je me souviens de mes frères, et de moi, étant enfants.

Il fit une pause.

— Je me souviens d'avoir principalement été heureux ici.

C'était étrange de l'entendre confier cette dernière partie. D'une certaine façon, j'avais presque du mal à l'entendre. Parce que je pouvais sentir la solitude qui émanait de lui, et je réalisais qu'elle était toujours là, chaque fois que j'étais avec lui. Peu importait les raisons insensées pour lesquelles je m'étais assise dans cette belle maison en Toscane en face de cet homme magnifique en plein milieu de la nuit, c'était ce que je ressentais en sa présence. La solitude.

Voilà pourquoi j'avais tant de questions à lui poser. Peut-être parce que j'avais envie d'apprendre à le connaître. C'était naïf de ma part, je le savais, et cette petite voix dans ma tête m'avertissait à nouveau. Mais je ne pouvais pas m'en empêcher, pas alors que je percevais sa douleur.

Raphaël avait souffert. Il avait beaucoup souffert.

— C'est normal de ressentir le manque de sa mère, lui dis-je. Ainsi que de vos frères, et de votre passé perdu.

Il sembla confus pendant un moment, et tout ce que je pouvais faire était de penser à combien ce que je venais de lui dire s'appliquait également à moi. J'avalai le reste de mon thé. Raphaël inclina ma tasse pour regarder à l'intérieur, et avant que je puisse l'arrêter, il y versa plus de whisky. Pas grand-chose, peut-être la moitié de ce qu'il avait lui-même dans son verre. Il me la rendit, je la récupérai. Le siroter nature était plus difficile que lorsqu'il avait été mélangé avec le thé, pourtant je le fis. J'appréciai sa chaleur, la sensation de picotements dans ma colonne vertébrale, alors même que je me détendais peu à peu.

Finalement, ce fut moi qui brisai le silence avec une confession :

— Lorsque ma mère avait 17 ans, elle s'est enfuie avec mon père. Elle est partie de chez mon grand-père, parce qu'elle était enceinte de moi.

Je sentis son regard peser sur moi en me demandant pourquoi je lui confiais cela. Enfin, il devait probablement déjà connaître cette histoire. Il semblait presque en savoir plus à mon sujet que moi-même.

— Ne pensez-vous jamais à votre père ? À la raison qui l'a poussé à faire cela ? Même s'il n'avait pas l'intention de nuire physiquement à votre mère, ne savait-il pas à quel point cela la blesserait, même compte tenu de sa situation ?

La température dans la pièce sembla brusquement baisser, et je regrettai d'avoir posé la question.

— Mon père était un bâtard, un lâche, un tricheur et, en fin de compte, un meurtrier. Mais il était également désespéré.

Le silence fut pesant entre nous jusqu'à ce que, finalement, je retrouve ma voix :

— Je suis désolée.

Il fronça les sourcils, et inclina son verre dans ma direction avant de le boire.

— Voulez-vous seulement de moi pour l'argent ? Est-ce la raison pour laquelle vous m'avez emmenée ? Parce que mon grand-père ne pouvait pas vous payer ?

J'étais devenue quelque peu audacieuse après avoir avalé ma dernière gorgée de whisky.

— Je veux dire, vous devrez attendre mes 21 ans pour l'obtenir. Et qu'arrivera-t-il si je ne signe pas les papiers ?

— Voudrais-tu que j'en attende plus de ta part ?

Je levai mon regard vers le sien, surprise par sa question.

— La vérité, Sofia.

Je rougis sous le poids de ses questions et l'intensité de son regard. Je ne pouvais pas lui répondre, je ne savais pas moi-même ce que je voulais.

— Je n'ai jamais pensé que je serais mariée... de cette façon-là. C'est tout.

J'inclinai la bouteille pour me servir un peu plus de whisky.

— Trop de vérités ?

Il m'étudia, semblant voir à travers moi. J'agitai la boisson dans mon verre, avant de m'en verser un peu plus.

— Tu ne devrais probablement pas boire autant aussi vite, dit-il.

— Vous m'avez dit de vous poser de vraies questions. Maintenant, vous devez répondre.

Il me sourit.

— Je t'ai demandé si tu avais des choses dont tu aimerais parler. Je n'ai pas dit que je te répondrais.

Il prit la bouteille pour la refermer.

— Ce n'est vraiment pas juste.

— La vie est injuste.

Ses yeux me firent comprendre à quel point il connaissait cette vérité.

— Me ferez-vous du mal si je refuse de signer ?

J'avalai davantage de whisky, incertaine à l'idée de savoir pourquoi cette question en particulier me venait à l'esprit. Il m'étudia, avant de secouer la tête.

— Ça suffit, dit-il en se relevant. Au lit.

— Je n'ai pas terminé.

Je tendis la main vers la bouteille, mais il s'empara de mon poignet.

— J'ai dit que ça suffisait.

J'observai son énorme main enroulée autour de mon poignet minuscule. Il pourrait le briser facilement. Cela ne lui coûterait probablement même pas d'énergie.

— Allez...

Il fit le tour de la table pour me rejoindre. Pouvait-il voir ce à quoi je pensais ? Peut-être parce qu'il relâcha mon poignet, et glissa sa main vers le bas pour s'emparer de la mienne.

— Je vais t'emmener au lit.

Il me remit sur pied.

— Vous allez me faire du mal de toute façon, n'est-ce pas ?

Je m'écartai de lui, afin de me rasseoir. Ou plutôt, de tomber sur ma chaise, mes jambes étant trop chancelantes pour me soutenir. Il m'observa, avant de soupirer bruyamment.

— Qu'en est-il de notre nuit de noces ?

Ma question était à peine plus audible qu'un chuchotement.

— Ce n'est pas comme ça que ça doit se passer.

— Rappelle-moi de ne plus jamais te donner de whisky.

Je m'essuyai les yeux. Allait-il me répondre ?

— Mon grand-père pensait-il que vous alliez coucher avec moi ?

— Allez, lève-toi.

— Vous pouvez me faire faire ce que vous voulez. Vous êtes plus grand que moi. Plus fort que moi.

Mes yeux se posèrent sur son torse nu.

— Peut-être même que vous appréciez ce genre de choses.

— Je n'ai pas l'habitude de forcer les femmes, Sofia, et je n'ai pas l'intention de te faire quoi que ce soit que tu ne désireras pas.

Il fit une pause.

— Je te l'ai déjà dit, je ne vais pas te faire de mal.

— Peut-être que vous aimez avoir cette sensation de pouvoir sur moi. Me soumettre.

— Ça n'a aucun sens.

— Le ferez-vous ? Est-ce ce que vous voulez ? Me soumettre ?

Il ricana. En posant une main sur le bord de la table, il se pencha dans ma direction.

— Je pense que tu es bien curieuse, chérie, beaucoup trop à mon goût.

Venait-il de m'appeler « chérie » ? Mes pensées étaient embrouillées.

— Ce soir n'est pas le bon moment pour cette discussion, même si j'aimerais l'avoir avec toi. Allez. Lève-toi.

— Je ne suis pas fatiguée.

Pourquoi mes paroles semblaient-elles si agitées ?

Son sourire s'épanouissait sur son visage alors qu'il clignait des yeux en tendant la main dans ma direction.

— Je devrais peut-être te donner du whisky plus souvent.

Il m'aida alors à me lever.

6

RAPHAËL

Sofia avait l'air tellement confuse assise là, c'était charmant. Presque attachant.

— Debout. Je t'emmène au lit.

Je la remis sur ses jambes. C'était la toute première fois que je la tenais vraiment. Elle était plus petite que ce que j'avais imaginé, et plus légère que ce à quoi je m'attendais. Plus fragile.

— C'est ce que vous aimeriez, n'est-ce pas ?

Elle essaya de tenir debout par elle-même mais trébucha, sa petite main s'agitant avant de se poser sur moi pour se stabiliser. Au moment où nous entrâmes en contact, nous nous immobilisâmes tous les deux. J'observai sa main, pâle et délicate contre mon torse. Je travaillais à l'extérieur depuis la fin du printemps, alors ma peau était légèrement tannée, ce qui créait un beau contraste avec la sienne.

J'aurais pensé qu'elle se serait écartée, et peut-être l'aurait-elle fait si elle n'avait pas bu tout ce whisky. Bon Dieu, elle aurait été avisée de le faire. Je n'avais eu de cesse de jouer avec elle jusqu'à maintenant, mais quelque chose à propos de son innocence, peut-être sa naïveté, m'intriguait. Et lorsqu'elle fit courir sa main sur mon torse, sentir son timide toucher sur ma peau... sa caresse sur mon épaule, puis mon biceps, mon visage, jusqu'à ma barbe, me fit comprendre que j'avais visé juste et qu'elle ne souhaitait simplement pas l'admettre. Elle était curieuse.

— Vous avez l'air bien, dit-elle en tanguant sur ses pieds. C'est plus doux que je ne le pensais.

Je souris, avant d'enrouler un bras autour de sa taille.

— Toi aussi, mais tu vas regretter de me l'avoir dit demain matin, répliquai-je en la soulevant dans mes bras.

Ses yeux se fermèrent, puis s'ouvrirent à nouveau un moment plus tard, alors que je la portais hors de la cuisine et jusqu'à l'escalier.

— Je ne coucherai pas avec vous, me prévint-elle avant de refermer les yeux.

Je ricanai.

— Ne t'inquiète pas. Je n'aime pas que mes femmes soient inconscientes.

Nous étions à mi-chemin lorsqu'elle posa sa main à plat sur mon torse et releva la tête.

— Il y a eu beaucoup de femmes ? s'enquit-elle.

— Tu es ivre, Sofia.

Nous atteignîmes sa porte, et je la poussai pour qu'elle s'ouvre. Elle plaqua son visage contre mon torse.

— Je suis vierge, m'avoua-t-elle en secouant la tête. C'est stupide, pas vrai ?

— Ce n'est pas stupide. Et pour ton information, je l'avais déjà compris.

— C'est stupide.

Elle sourit.

— Vous sentez bon, vous travaillez, vous avez l'air d'être un homme. Un vrai.

Je ris de plus belle.

— J'espère vraiment que tu te souviendras de tout ça demain matin.

Je tirai les couvertures de son lit et la forçai à s'asseoir, puis retirai ses tongs de ses pieds et lui enlevai son pull. Je ne pouvais empêcher mon regard d'errer sur son petit débardeur et le short qu'elle portait, ainsi que toute la peau qu'ils laissaient exposée. Je la fis s'allonger, et relevai la couverture jusqu'à son menton. Je l'observai alors, déjà endormie et ronflant tranquillement. Cela me fit sourire et, pour une raison inconnue, je me penchai pour embrasser son front. Elle ne bougea pas. Je secouai la tête avant de sortir par la porte, la refermant derrière moi, puis me dirigeai vers ma propre chambre, ou je pris une douche froide avant de gagner mon lit.

Elle était douce, innocente et effrayée.

Je détruirais les fondations de son monde brique par brique.

Elle n'avait pas la moindre idée de ce que je ferais à l'entreprise de sa famille. Elle pensait que je me contenterais de prendre son héritage et de m'enfuir. Elle imaginait pouvoir sauver sa sœur en se sacrifiant. Eh bien, si elle me détestait au moment venu de l'échange de son héritage, elle comprendrait à ce moment-là ce que je ferais. Il serait trop tard d'ici là. Non pas que cela importait. Elle avait raison lorsqu'elle disait que je ne cherchais pas l'absolution. Le pardon ne m'intéressait pas. La haine et la trahison avaient brûlé toute bonté, tout honneur, en moi.

Et par-dessus tout, je m'en fichais si elle me détestait.

———

IL ÉTAIT 10 HEURES DU MATIN LORSQUE SOFIA DESCENDIT. MARIA ET son équipe étaient déjà occupées à cuisiner. Pour ma part, je venais tout juste d'entrer pour prendre une deuxième tasse de café. Elle avait enroulé ses cheveux humides en un chignon désordonné, et portait une robe rose pâle qui n'avait pas l'air très confortable.

— Bonjour, dis-je.

Elle rougit, avant de s'éclaircir la gorge.

— Bonjour.

— Café ou thé ?

— Un café, s'il vous plaît.

— Du pain frais pour le petit déjeuner ? demandai-je alors.

Elle jeta un coup d'œil au comptoir où Maria avait disposé un panier de petits pains et de gâteaux.

— Ça sent très bon.

Elle observa Maria et lui répéta la même chose en italien. Elle avait un fort accent et sa phrase était dans le désordre, mais elle était compréhensible. Maria hocha la tête pour la remercier.

— Mal à la tête ?

Je fis exprès de lui poser cette question, afin de m'assurer qu'elle sache que je me souvenais parfaitement de ce qui s'était passé la veille.

— Je vais bien.

Menteuse.

— Eh bien, si par hasard tu as une migraine un peu plus tard, il y a de l'aspirine dans ce placard. Allez, allons manger dehors.

Je portai nos tasses à l'extérieur et elle me suivit. Je l'observai poser son regard sur les environs, en direction des collines et des vastes champs qui bordaient la propriété. Puis sur la vigne morte. Nous nous assîmes à table et elle s'empara d'un morceau de pain avant d'y mettre du beurre.

— Votre frère a dit qu'il allait à un séminaire ?

— Oui. Il veut devenir prêtre.

— Il n'a que 24 ans. Je suppose que j'ai toujours connu des prêtres bien plus âgés.

— Notre mère était une fervente catholique. Elle a dû lui transmettre une partie de ses croyances.

— Alors que vous-même ne croyez pas en Dieu.

Je haussai les épaules.

— Vous n'êtes proches d'aucun de vos frères. Vraiment ? Pas même de votre jumeau ?

Je secouai la tête.

— Je suis incapable d'imaginer cela. Je ne sais pas ce que je ferais sans Lina.

Un silence gênant s'étendit entre nous.

— J'ai des affaires à régler à la ferme voisine, alors je serai parti la plupart du temps.

— Puis-je venir avec vous ? Je ne veux pas rester seule ici toute la journée.

— La couturière viendra cet après-midi pour travailler sur la robe de mariée.

— Une robe de mariée ? Je supposais que ce serait une cérémonie civile.

— Nous nous marierons devant Dieu et les hommes.

Elle ne poursuivit pas cette conversation et décida plutôt de changer de sujet :

— Vous aviez dit que vous me feriez visiter.

— Plus tard.

Je jetai un coup d'œil vers ma montre.

— J'ai terminé. Je ne vous retarderai pas.

Elle avala son café et laissa le pain de côté. Elle avait vraiment besoin de manger.

— Finis ton petit déjeuner. Je peux attendre quelques minutes.

Après qu'elle eut terminé de manger, je la conduisis jusqu'au garage. Il avait été construit dans le même style que la maison et était assez vaste pour contenir trois voitures, pourtant une grande partie de l'espace servait à entreposer de vieux équipements pour le vignoble qui n'étaient plus utilisés. Au fond se trouvait le camion sur lequel je travaillais, un vieux Chevrolet des années soixante-dix.

— Il est très ancien. Est-ce qu'il fonctionne toujours ?

— Je l'espère. J'ai passé la nuit dernière et deux heures ce matin à travailler sur lui.

J'étais debout depuis 5 h 30.

— Vous n'avez pas beaucoup dormi.

Je haussai les épaules. Elle toucha la rouille et retira une couche de vieille peinture, avant d'ouvrir la porte et de grimper à l'intérieur alors que moi-même je gagnais le siège conducteur.

— Est-ce qu'on risque quelque chose ?

— Je ne te ferais pas grimper à l'intérieur si c'était le cas.

Elle croisa brièvement mon regard, puis attacha sa ceinture de sécurité. Le moteur hoqueta avant de reprendre vie. Nous prîmes la route.

— J'espère qu'un peu de vent ne te dérangera pas.

Je descendis les deux fenêtres jusqu'en bas.

— Je n'ai pas réussi à faire fonctionner la climatisation.

— Non. J'aime ça. Quelle est la taille de la propriété ?

— Environ deux cents acres, dont une centaine de vignes.

— Et tout ceci n'est plus utilisé. Quel gaspillage.

— Effectivement.

— Vous pourriez peut-être recommencer, replanter... tout reconstruire en mémoire de votre mère.

Ma gorge était serrée, et je peinai à déglutir.

— Ces champs ici sont loués par les voisins, lui appris-je en ignorant ce qu'elle venait de dire.

— Ce sont des vaches ?

— Oui. Une demi-douzaine environ. Ils n'ont pas assez de terres, et nous en avons, alors c'est un bon compromis.

— Je dois avouer que c'est agréable de voir des animaux. Y a-t-il des chevaux ?

— Tu montes ?

Elle secoua la tête.

— J'ai juste pris quelques leçons, mais j'adore ça.

Je hochai la tête.

— Qu'est-ce que c'est ?

Elle demanda cela en pointant au loin un vieux bâtiment de pierre.

— Une chapelle. Elle est là depuis aussi longtemps que la maison.

Nous nous approchâmes du bâtiment, qui avait perdu une partie de son toit. Je coupai le moteur, et nous sortîmes de la voiture.

— C'est incroyable.

Sofia gravit les escaliers et poussa la lourde porte en bois. Je restai en retrait, à l'observer alors qu'elle découvrait chaque détail et touchait chaque surface sur son chemin jusqu'à l'autel. Il n'y avait que six bancs, trois de chaque côté. C'était une très petite chapelle. Le toit s'était effondré dans un coin, mais l'autel et la majeure partie du bâtiment étaient encore protégés contre la pluie et la neige. Une croissance excessive de verdure glissait le long de l'extérieur et de certains murs intérieurs.

— L'autel est intact.

Elle s'inclina et fit le signe de la croix, puis monta les trois escaliers pour toucher les bougies et les morceaux de cire collés à l'autel de pierre, ainsi que le crucifix qui était encore accroché.

— Il émerge une drôle d'énergie à cet endroit, dit-elle discrètement, sans me regarder vraiment. Savez-vous quand il a été utilisé pour la dernière fois ?

— Lorsque ma mère était en vie.

— Oh.

Elle avança alors jusqu'à un confessionnal où le bois pourrissait.

— C'est presque comme si l'encens s'accrochait à ce lieu, comme s'il avait été brûlé hier.

Elle souleva ce qui restait du vieux rideau poussiéreux, regarda à l'intérieur, puis se tourna vers moi.

— Ressentez-vous cette énergie ?

Je secouai la tête, les mains dans les poches. Un moment, c'était le cas, mais c'était du passé.

— Plus maintenant.

Elle m'observa comme si elle avait pitié de moi.

— Nous devrions y aller.

— Si vous laissez votre passé de côté, peut-être qu'il vous laissera aller de l'avant.

Ses paroles me surprirent, me rendant momentanément muet. Elle soutint mon regard, et pendant un instant, je fus jaloux de l'espoir qui brillait dans ses yeux innocents. Pourtant, la réalité me rappela pourquoi elle était ici.

— Qui dit que j'ai envie de le laisser partir ?

Sofia sembla se dégonfler. Je lui indiquai la porte d'un geste.

— Allons-y.

— Allez-vous la réparer ? La chapelle ?

— Non.

— Puis-je poser une question ?

— Parce que tu me demandes la permission maintenant ?

Elle haussa les épaules.

— Je suppose que oui.

— Je ne peux pas te promettre d'y répondre, mais tu es libre de poser des questions.

— Dans quel genre de choses pensez-vous que mon grand-père est impliqué ? Dans l'avion, vous avez dit « pour une chose ». Cela signifie qu'il y en a plus.

— Ça veut dire que tu me crois ?

— Vous devez comprendre à quel point c'est difficile à croire. Il nous a acceptées, Lina et moi, il a payé...

— Il vit de vos héritages. Vous payez pour tout. Vous êtes celles qui l'entretiennent.

Elle s'inclina en secouant la tête une fois. Je décidai de laisser tomber. Il lui faudrait du temps pour accepter les faits. Je pouvais au moins lui accorder cela. Le temps était tout ce que nous avions.

— Ne pose pas de questions dont tu ne veux pas vraiment connaître les réponses. Crois-le ou non, ce n'est pas toi que je désire blesser.

— Je ne suis qu'un dommage collatéral. Je sais.

— Allons-y.

Cette fois, elle me suivit sans opposer de résistance. Je conduisis en silence jusqu'à ce que je franchisse le portail de la ferme voisine.

— Allez, lui dis-je en éteignant le moteur et en observant six enfants blottis dans la remise du vieux Lambertini devant quelque chose.

Sa chienne avait récemment eu des chiots.

— Où sommes-nous ?

— C'est la ferme Lambertini. Ce sont eux qui louent la terre pour leurs vaches. Je dois m'entretenir de certaines affaires avec eux. Tu devras m'attendre.

Lambertini se tenait debout, essuyant ses mains sur une serviette, sa pipe suspendue à ses lèvres, un large sourire éclairant sa peau usée par le temps alors qu'il s'approchait de nous et tendait sa main pour secouer la mienne.

— Raphaël.

Il me prit dans ses bras pour me donner une tape dans le dos.

— C'est bon de vous voir chez vous, déclara-t-il en italien.

— C'est bon d'être de retour à la maison, monsieur.

Il se tourna vers Sofia et lui tendit la main.

— Je vous présente Sofia, ma fiancée.

Cette dernière sourit en lui disant bonjour lorsqu'il s'empara de ses deux mains dans l'une des siennes.

— Ce sont des chiots ? demanda-t-elle.

— Pourquoi ne vas-tu pas les voir pendant que j'ai ma réunion ?

Elle hocha la tête et partit. Je suivis mon interlocuteur à l'intérieur, là où nous allions discuter affaires, avant que son visage ne devienne sérieux. Il m'apprit que des hommes s'étaient présentés à la ferme, il y avait quelques semaines de cela. Je devinai qu'il s'agissait de ceux de Moriarty, qui me cherchaient maintenant que j'étais de retour à la maison. Il ne savait pas qui ils étaient, mais d'après son regard, ils n'avaient pas été très amicaux, ce qui ne fit que confirmer mes soupçons.

— Je vais m'en occuper.

Mon père avait des ennemis, ce qui voulait dire que j'en avais. S'il leur devait de l'argent, et j'en étais quasiment certain, il s'en prendrait à moi pour payer ses dettes. On retourna dehors, je trouvai Sofia essayant de pratiquer l'italien avec les enfants, un des chiots sur ses genoux.

— Prends-le, lui offrit le vieil homme en faisant des gestes et en lui souriant largement.

Elle croisa mon regard.

— Il dit que tu peux en avoir un.

— Quoi ?

Elle observa son chiot. Elle baissa ses yeux vers l'animal. Elle ne voulait pas me demander la permission. Je pouvais voir la fierté briller dans ses yeux.

— J'ai eu un chiot une fois, dit-elle à la place en caressant la petite chose.

Je ne répondis rien. Elle tourna ses grands yeux caramel vers les miens. Elle se mordit la lèvre. Je hochai la tête. Je pouvais faire cela pour elle. Ce n'était pas grand-chose.

— Vraiment ?

Ses yeux étincelaient. Elle m'offrit le plus grand sourire que j'avais jamais vu.

— En êtes-vous certain ? s'enquit-elle auprès de Lambertini.

Il acquiesça.

— Merci beaucoup. Merci !

— Nous devons y aller, intervins-je en désignant le camion.

Elle m'arrêta et s'approcha de moi.

— Merci.

Troublé, je l'observai pendant une minute, avant de hausser les épaules, me sentant mal à l'aise. Bizarre, même. C'était juste un chiot. Pas de problème.

— Assure-toi simplement de le garder sous contrôle, ajoutai-je en la contournant pour ouvrir la porte côté passager.

— Je le ferai.

Elle grimpa à l'intérieur, son attention tournée vers le petit animal. Elle fit au revoir de la main alors que nous nous en allions.

— Lina et moi avions un chiot lorsque nos parents sont morts. Ils nous l'avaient donné trois semaines avant de partir. Grand-père ne voulait pas que nous l'amenions avec nous dans notre nouvelle maison. Ça a brisé le cœur de Lina de lui dire au revoir. Le mien aussi.

Je gardai mes yeux fixés sur la route. On avait tous des histoires tristes.

— Qu'est-ce que je peux dire ? Ton grand-père est un connard.

Elle tendit la main pour me toucher l'épaule, me faisant sursauter. Je croisai son regard.

— Merci beaucoup.

— Ne sois pas si reconnaissante. Rien ne s'obtient jamais gratuitement. Je trouverai un moyen pour toi de me rembourser plus tard.

7

SOFIA

Quand je m'étais réveillée ce matin-là avec un mal de tête et de mauvais souvenirs de ce que j'avais pu dire la veille au soir, je ne m'attendais pas à sourire d'une oreille à l'autre plus tard dans la même journée. Pourtant j'étais là, à porter mon chiot à l'intérieur de la maison. J'avais décidé de l'appeler Charlie.

Raphaël m'avait grandement surprise, même s'il avait fini sa phrase par une touche énigmatique : « Je trouverai un moyen pour toi de me rembourser plus tard. » M'en souvenir me fit frissonner.

La veille, le whisky m'avait brusquement atteinte. D'une part, je n'avais pas l'habitude de boire, c'était le moins que l'on puisse dire, et d'autre part, j'étais à la merci du décalage horaire et complètement épuisée. Je me souvenais de presque tout, mais espérais de tout cœur en avoir rêvé une partie, surtout la dernière où je lui avais dit qu'il sentait bon... comme un homme. C'était embarrassant. Et comme si cela ne suffisait pas, je me souvenais aussi de lui avoir dit que j'étais vierge.

Raphaël m'avait appris qu'il avait du travail à faire et m'avait laissée à la maison pour attendre la couturière.

Maria avait adressé à Charlie une petite tape sur la tête, pourtant vu sa façon de sursauter lorsque sa truffe mouillée avait touché sa main, j'avais compris qu'elle n'était pas habituée aux animaux. Elle me confia un bol d'eau, que je posai dans un coin pour que Charlie puisse boire. Les deux femmes qui travaillaient pour elle, Tessa et Nicola, semblaient être tombées sous son charme.

Je les observai pendant que Maria leur montrait quelle nourriture elles pouvaient lui donner. Elles étaient très belles. Elles devaient probablement avoir mon âge, peut-être un ou deux ans de plus. C'étaient les mêmes femmes qui avaient ouvertement flirté avec mon futur mari. Je ne souhaitais pas les aimer, mais je devais bien l'admettre, elles étaient gentilles avec moi et tombées instantanément sous le charme de Charlie, tout comme moi. Elles étaient plus aimables que Maria, c'était toujours ça de gagné. La femme plus âgée semblait se tenir à l'écart pour nous observer. Je savais que son lien avec Raphaël était probablement comme celui d'une mère avec son enfant. Me voyait-elle comme une menace ? Savait-elle quelque chose à propos de notre situation ?

Lorsque la sonnette retentit à midi, je demandai si Charlie pouvait rester dans la cuisine pendant que j'avais mon essayage, Maria m'y autorisa. J'ouvris la porte, une femme plus âgée avec les cheveux blancs se tenait à l'extérieur.

— Bonjour.

La couturière se présenta dans un anglais hésitant.

— Je ne sais pas où se trouve la robe…

— On m'a dit qu'elle serait dans votre chambre.

— Oh !

Visiblement, elle en savait plus que moi.

— Je suppose que nous devrions y aller. Voulez-vous quelque chose à boire ?

— Non, merci.

— D'accord. Par ici, dans ce cas.

Elle me suivit dans les escaliers, et j'avouai volontiers que ma curiosité augmentait. Lorsque nous arrivâmes dans ma chambre, je vis le long sac blanc suspendu à la porte du placard.

— Je ne l'ai jamais vue, lui appris-je pendant qu'elle déposait ses affaires.

— Elle est belle, déclara-t-elle en avançant avec confiance vers le sac pour l'ouvrir. La mère de Raphaël, Renata, l'a portée.

Sa mère avait porté la robe de mariée qu'il voulait que je porte moi-même ?

— C'est terrible, la façon dont elle est morte.

Je me contentai de hocher la tête, et l'observai soulever la longue robe en dentelle. Elle sourit avec approbation.

— Elle est en parfait état. C'est une tradition dans la famille de Renata. Elle a été portée par au moins quatre femmes.

Je touchai du bout des doigts la délicate et complexe dentelle en me demandant quel âge pouvait avoir cette robe. Bon sang, je ne comprenais pas pourquoi il voulait que je la porte.

— Elle est très belle.

La robe avait des manches longues et un col en V profond, avec une taille ajustée, et tombait directement au sol. Elle semblait être proche de ma taille. La couturière m'observa.

— Ça devrait vous aller. Venez.

Je me déshabillai, elle m'aida à enfiler la robe, puis boutonna ce qui semblait être un nombre infini de boutons de perles de mon dos jusqu'à mes épaules. Sa tâche accomplie, elle m'autorisa enfin à me regarder dans le miroir. Je n'avais pas de mots. Je n'aurais jamais pensé que je porterais un jour une robe en dentelle. Non pas que j'aie beaucoup réfléchi au sujet de mon mariage. Certaines filles le faisaient, mais ce n'était pas mon cas.

Il fallait la reprendre un peu, mais pas beaucoup. Je souris lorsque je relevai ma main pour repousser mes cheveux et que je remarquai que les manches s'élargissaient aux poignets, ce qui conférait à la robe un style plus médiéval. Sa longueur serait parfaite avec les chaussures à talons hauts que Raphaël voulait que je porte.

Je m'interrogeai pendant que la couturière travaillait, me demandant où exactement nous allions nous marier. Il avait dit que ce serait devant Dieu et les hommes. Voulait-il dire que nous allions nous marier dans une église ? Et pourquoi voulait-il que je porte ceci ? Ne serait-il pas mieux de la garder pour son véritable mariage ?

Après moi, après ces trois années, il n'aurait plus besoin de moi et pourrait accéder au vrai bonheur, pas vrai ?

Cette idée me donnait la nausée.

La couturière ne me piqua pas une seule fois malgré la centaine d'épingles qu'elle utilisa avant, je le jure, qu'elle soit pleinement satisfaite. Elle ouvrit ensuite un autre sac que je n'avais pas vu. Il se trouvait derrière celui dans lequel la robe était arrivée. Il contenait un simple voile blanc bordé de dentelle du même motif. Elle le posa sur ma tête. Je remarquai alors comment le voile avait jauni sur ses bords, pourtant le résultat n'en était pas moins étonnant.

La porte s'ouvrit à ce moment-là. Personne n'avait frappé pour annoncer son arrivée. Nous nous tournâmes toutes les deux pour trouver Raphaël debout sur le seuil. Il avait la bouche ouverte, et pendant longtemps il ne parla pas. Finalement, je me déplaçai, soulevant mon voile, pour lui faire face.

— Ça porte malheur pour le marié de voir sa femme avant le mariage, commenta la couturière avec un clin d'œil.

Était-elle à ce point inconsciente de la tension présente entre nous ?

— Il ne s'agit pas d'un mariage ordinaire, murmurai-je.

Raphaël se racla la gorge, je détournai le regard.

— Avez-vous besoin de quelque chose ? demanda-t-il à la couturière.

— Non, ça devrait aller. Je viendrai la déposer dans quelques jours. Il n'y a pas trop à faire.

— Bien.

Il m'observa de nouveau, son expression était étrange. Il hocha ensuite la tête, avant de repartir en refermant la porte. La couturière me déshabilla et replaça soigneusement la robe dans son sac. Après avoir ramassé ses affaires, elle me salua et s'en alla à son tour.

En sentant le poids du décalage horaire, je décidai de m'allonger pendant quelques minutes, qui se transformèrent en deux heures cauchemardesques.

Je rêvai de Lina et grand-père à la maison. Grand-père avait une paire de cornes sur la tête dans mon rêve. Ça et les dents jaunies, en décomposition. Lina était plus petite, plus jeune. Plus vulnérable. Et même si j'étais là, il me semblait que non. Je pouvais regarder, mais je ne pouvais pas la toucher, et elle ne pouvait pas m'entendre lorsque je lui parlais, lorsque je lui disais de courir parce que grand-père la harcelait.

C'est lorsque je m'aperçus dans un miroir que je me réveillai. J'avais transpiré et les draps étaient entortillés autour de mon corps. Dans mon rêve, je portais une robe de mariée, pas la même que celle que j'avais essayée plus tôt. Elle était ensanglantée et noircie par le feu et la mort. Il émanait d'elle une puanteur si forte que je jurais pouvoir encore la sentir à l'heure actuelle, comme si elle s'accrochait à mes narines.

Après m'être sortie des draps, je m'emparai de mon téléphone pour appeler Lina. Elle répondit à la deuxième tonalité en chuchotant.

— Je suis si heureuse que tu aies décroché.

— Moi aussi. J'attendais que tu m'appelles. Je ne voulais pas t'appeler en pensant que tu puisses être perturbée par le décalage horaire.

— Ne t'inquiète pas, appelle-moi quand tu veux.

— Toi aussi.

— Pourquoi chuchotes-tu ?

— Je me cache dans la salle de bain. Leçon de piano.

— Oh !

Son emploi du temps était épuisant, et la seule chose qui me rassurait, c'était de savoir qu'elle aimait vraiment travailler, ou tout du moins le résultat final qui en découlait.

— Comment vas-tu ? Comment cela se passe-t-il ?

— Ça va, répondis-je. En vérité, c'est une très belle propriété. Sa famille possède une belle demeure ici, je suppose que c'est la sienne maintenant.

— As-tu rencontré ses frères ?

— Seulement un. Damon. Il veut devenir prêtre !

— Un prêtre ?

— Je sais, j'ai été choquée moi aussi. Je veux dire, il s'agit de la famille Amado. La seule chose légitime à leur sujet, c'est que leur vignoble a été détruit. Personne n'ignore qui était leur père ni ce qu'il a fait.

— Ne les juge pas pour les actions de leur père.

Elle ne savait pas à quel point elle avait raison en disant cela, compte tenu des actions de grand-père.

— Tu es beaucoup plus gentille que moi, Lina.

— Comment va-t-il ? Raphaël, je veux dire ?

Honnêtement, je n'arrivais pas à le comprendre. Que devais-je lui répondre ?

— Je ne sais pas encore. Il m'a offert un chiot.

— Il l'a fait ? Waouh ! C'est bien.

— C'était un acte unique. Ce n'est pas un homme bien, Lina. Nous ne devons jamais l'oublier.

— Peut-être qu'il essaie ?

— Je ne veux pas être naïve.

Pourtant, je voulais le croire. Cela rendrait les choses supportables.

— Donne-lui une chance.

— Comment puis-je faire quand je sais que toute cette histoire est uniquement à cause de mon héritage ? Il m'épouse uniquement pour ça, me gardera prisonnière ensuite, et puis quoi ? Que se passera-t-il après ces trois années ?

« Dans trois ans, tu seras libre. Ce mariage n'en a que le nom. Je vais m'assurer que tu ne finiras pas à la rue par la suite, si tu es une bonne fille. »

— Personne ne sait ce qui se passera dans l'avenir. C'est ce que tu m'as toujours dit.

— Il veut que je porte la robe de mariée de sa mère.

— Quoi ?

— Je ne comprends pas, Lina. Je pense qu'il aime se moquer de moi, c'est tout simplement bizarre. Pourquoi voudrait-il une telle chose ?

— Sofia, je n'aime pas le fait qu'il t'ait emmenée loin de moi. Je n'aime pas ce qu'il va nous faire, à nous tous. Je sais qu'il peut se montrer très cruel avec toi. Il pourrait t'enfermer et en jeter la clé. Ce n'est pas comme si grand-père pouvait l'arrêter s'il voulait...

— Je sais qu'il en est incapable.

— Ce que je veux dire, c'est qu'il faut lui donner une chance. Tu ne le connais pas. Il a vécu l'enfer, et en est revenu. Peut-être qu'il cherche quelque chose lui aussi. Il essaie peut-être de trouver la paix.

— Ou tout simplement d'obtenir sa vengeance.

— Tu dois lui accorder une chance et essayer de le comprendre, de connaître le vrai Raphaël.

— De quel côté es-tu ?

— Le tien. Toujours le tien. Mais pour les trois prochaines années, tu es coincée. Je ne veux pas que tu vives en enfer.

— J'aimerais que tu sois ici, avec moi.

— Grand-père n'acceptera jamais cela. Tu le sais.

— Oui.

J'entendis la voix de son professeur l'appeler.

— Un instant, cria-t-elle. Je dois y aller. Je te rappellerai après la leçon, d'accord ?

— D'accord.

— Ne sois pas triste.

Mes larmes emplissaient mes yeux.

— Envoie-moi des photos de ton chiot. Comment l'as-tu appelé ?

— Charlie.

— Comme notre Charlie.

— Tu te souviens de lui ?

— Je me souviens de l'avoir perdu.

— Je suis désolée.

— Ce n'était pas ta faute. Tu avais 5 ans.

— Je sais.

— Je dois y aller, Sofia. Je t'aime.

— Moi aussi je t'aime.

Nous raccrochâmes, puis je sortis du lit. Il était près de 17 heures, la chaleur était accablante ce jour-là. Je fouillai dans mes valises, y dénichai mon bikini que j'enfilai. Je décidai d'aller voir comment allait Charlie, avant d'aller nager. Un peu d'exercice me permettrait de m'éclaircir les idées. Après cela, je m'efforcerais de prendre des photos de tout, pour Lina.

Elle avait raison. Je ne le connaissais pas. Je savais seulement qu'il avait vécu l'enfer. Je désirais tout simplement qu'il ne me fasse pas vivre la même chose, maintenant. Pourtant, pendant trois ans, j'étais liée à lui.

Je pris une serviette de ma salle de bain et sortis dans le couloir. Au moins, il ne s'attendait pas à ce que je partage son lit. Cela aurait dû être un réconfort, un soulagement, pourtant pour une raison ou une autre, cela me faisait me sentir un peu... diminuée. Comme si je n'étais pas assez bien pour lui.

Après m'être rendue auprès de Charlie, qui dormait sur le carrelage de la cuisine, je me dirigeai vers la piscine. Je ne vis pas Raphaël avant qu'il ne soit trop tard, qu'il me voie à son tour et qu'il me devienne impossible de me défiler. Il était appuyé contre le bord de la piscine, à son extrémité. Je devinais qu'il avait fait des longueurs, parce qu'il respirait fortement. Les muscles de ses bras et de son dos s'étirèrent alors qu'il tirait son corps hors de l'eau. Il portait un maillot de bain serré, le soleil se reflétait sur sa peau mouillée. Je détournai rapidement le regard, forçant mes jambes à bouger alors qu'il ramassait sa serviette pour se sécher tout en m'observant.

Je décidai de m'asseoir sur la chaise la plus éloignée de la sienne, sur le côté opposé de la piscine rectangulaire. L'eau scintillait au soleil. Je désirais m'y immerger, mais j'étais trop gênée tandis qu'il s'approchait de moi pour s'arrêter juste devant ma chaise. Ses cheveux mouillés coulaient sur moi. Je ne portais rien d'autre que mon bikini et la serviette dans laquelle j'étais enroulée en venant ici, alors je m'efforçai de tenir la serviette fermement serrée contre moi.

Raphaël s'assit près de moi en soupirant, puis s'étendit sur le siège.

— Si tu serres encore plus cette serviette, tu vas finir par te faire mal.

Je radoucis ma prise en me tournant vers lui.

— Où est ton chiot ?

— Il dort dans la cuisine. Il fait probablement trop chaud pour lui ici.

— Il fait trop chaud pour n'importe qui. Va dans la piscine et rafraîchis-toi.

— Je vais bien.

— Donc tu es simplement venue ici pour t'asseoir et observer la piscine ?

Je haussai les épaules. Il ricana en se rallongeant, ferma les yeux et tourna son visage vers le soleil.

— Fais comme tu veux.

Je tournai mon attention vers l'eau et, après quelques minutes de silence de sa part, je déroulai ma serviette en vérifiant que ses yeux étaient toujours fermés, et je marchai rapidement vers le bord de la piscine. Je testai la température de l'eau avec mon orteil, puis j'entrai à l'intérieur en descendant les cinq marches avant de flotter, la tête hors de l'eau. Je nageai jusqu'à l'autre extrémité. J'observai Raphaël, qui s'était désormais assis pour me regarder. Je plongeai sous l'eau et nageai encore, remontant à la surface uniquement pour reprendre mon souffle. C'est là que je découvris qu'il m'avait rejointe dans l'eau.

Mon cœur battait la chamade alors qu'il nageait vers moi, avançant comme un requin. En deux mouvements puissants, il se trouva à mes côtés. Il me coinça alors, ses bras m'encadrant et me piégeant au bord de la piscine.

— Une chose que j'ai apprise très tôt dans ma vie, c'est de ne jamais laisser mes ennemis voir ma peur.

Il s'approcha, son visage mouillé à quelques centimètres du mien.

— Ne laisse jamais personne sentir ta peur parce que c'est comme une putain de drogue.

Il inhala profondément.

— Tu peux rendre accro les gens, Sofia.

— Êtes-vous mon ennemi ?

J'étais incapable de penser au reste. Je savais que ce qu'il venait de me dire était vrai.

— Je ne suis pas ton ami, n'est-ce pas ?

— Non.

— Tes yeux trahissent ton désir, Sofia. Ta faim.

— Vous ne devez pas y voir très clairement, Raphaël.

— Je n'ai aucun problème de vue. Je lis en toi comme dans un putain de livre ouvert.

Je détournai le regard, très consciente de son corps si près du mien, de la façon dont mes lèvres s'ouvrirent pour que ma langue puisse les lécher. Et de la manière dont il observait attentivement ce petit mouvement involontaire de ma part.

— Tu es curieuse, Sofia. Au moins, admets-le pour toi-même. Ou alors, tu es lâche ?

— Je ne suis pas une lâche. Et vous avez tort.

— Est-ce bien vrai ?

— Laissez-moi partir.

— Je ne suis pas en train de te toucher.

Son regard parcourut mon visage, avant de se concentrer sur mes lèvres. Je plongeai et glissai sous son bras, nageant jusqu'au plus profond de la piscine pour atteindre l'autre bord. Pourtant, avant que je puisse sortir, il se retrouva derrière moi, et cette fois, il me toucha. Son corps était appuyé contre le mien, son torse contre mon dos ; il me piégeait.

— Tu as envie que je te touche, murmura-t-il à mon oreille. Pas vrai ?

Lorsque ses lèvres se refermèrent sur mon lobe d'oreille, je retins mon souffle. C'était comme si je venais d'être transpercée par cette sensation. Abattue jusque dans ma poitrine, alors que quelque chose d'autre s'éveillait. Quelque chose qu'il semblait être capable de faire simplement en se tenant près de moi.

Une de ses mains glissa pour se refermer sur ma taille et il me retourna. Je me forçai à soutenir son regard.

— Que faites-vous ?

J'étais essoufflée, prise au piège.

— Je t'ai dit que je trouverais un moyen pour que tu me rembourses.

— Quoi ?

Je paniquai, cherchant à m'échapper, tout en sachant que je

n'irais nulle part s'il ne me le permettait pas. Physiquement, je n'étais pas de taille.

— Chut. Tais-toi.

L'eau coulait dans mes yeux, je clignai des paupières. À ce moment-là, sa bouche se referma sur la mienne, humide et fraîche, le goût du chlore s'y accrochant. J'émis une sorte de couinement, et repoussai son torse. C'était ce que je devais faire. Je devais résister. Pourtant, il ne bougea pas. Pas plus qu'il ne me libéra ni de son corps ni de sa bouche. Au lieu de cela, ses lèvres taquinèrent les miennes, sa barbe frotta contre ma joue, alors qu'il insinuait sa langue dans ma bouche. Indépendamment de ma volonté, j'ouvris les lèvres. Il enfouit sa langue plus profondément, et j'agis contre ce que mon cerveau m'ordonnait de faire. Au lieu de résister, je décidai de le goûter. Je goûtai sa langue, ses lèvres, son souffle, et pour un bref moment, je lui rendis son baiser.

Raphaël s'écarta alors de moi.

J'ouvris les yeux. Il m'observait, les prunelles sombres. La lueur de victoire que je pus lire en elles, en une sorte de moquerie, me fit honte.

— Tu le veux, Sofia. Tu le veux tellement, putain, que je peux le sentir sur toi.

8

RAPHAËL

— Lâchez-moi.

Sofia me repoussa, mais je n'étais pas encore prêt à la laisser partir.

— Force-moi.

Elle essaya encore.

— Je le pense sincèrement.

— Sinon quoi ? Que feras-tu si je ne te laisse pas partir ?

La frustration barra son front. Il lui fallut une minute entière pour répondre à ma question.

— Que puis-je faire ?

Elle observa mon visage comme s'il pouvait y trouver une réponse.

— Rien, c'est le but.

— Je ne suis qu'un jeu pour vous.

— Non, je ne joue pas.

— Alors quoi ? Je ne comprends pas ce que vous voulez. Vous me dites que ce mariage n'en aura que le nom. Vous me dites que vous me détestez, mais...

— Je t'ai dit que je détestais ton nom. Il y a une différence entre haïr ton nom, et te haïr, toi.

— Est-ce important ?

Je pouvais voir sa confusion et sa frustration grimper en elle, alors qu'elle cherchait frénétiquement à échapper à mon emprise.

— J'ai froid.

Elle haleta lorsque j'enroulai mes mains autour de sa taille minuscule, et essaya immédiatement de les repousser. Lorsque je la sortis de la piscine pour la poser sur le bord, elle expira, le visage rougi, probablement gênée d'avoir eu une crise de panique. Je sortis à mon tour et m'emparai d'une serviette. Je la drapai sur ses épaules pendant que je m'asseyais à côté d'elle.

— Merci.

Je hochai la tête.

— Je ne comprends pas ce que vous voulez, me dit-elle.

Je l'observai assise là, serrant la serviette contre elle, frissonnante malgré la chaleur. Ses cheveux mouillés s'accrochaient à sa peau, et pendant longtemps elle refusa de me regarder.

Ce que je voulais ? Ce que je voulais d'elle ? En fin de compte, c'était une transaction commerciale. De l'argent qui m'était dû. Elle était ici pour rembourser une dette.

Mais avais-je envie de trouver ma propre rétribution de sa chair ?

Qu'est-ce que ça me ferait si je cédais ? Ce n'était pas comme ça que je pensais que les choses se passeraient. Pourtant, l'avoir ici, proche de moi, chaude et douce, et tellement innocente... Je savais que je pouvais l'avoir, c'était le but. Je n'avais même pas besoin de faire d'efforts. Elle me désirait, et j'utilisais son désir contre elle. Je la taquinais avec ça.

— Regarde-moi, Sofia.

Elle le fit, ses yeux pâles cherchèrent les miens. En eux, je vis l'humiliation, et la tristesse, l'incertitude. Je vis la vulnérabilité, ainsi qu'une grande solitude, un désir, et un espoir que je reconnaissais. Un sentiment que je ne parvenais pas à ignorer. Il menaçait de ressusciter une partie de moi que j'avais enterrée il y a fort longtemps. Une partie que je voulais garder ensevelie.

Je ne connaissais qu'un seul moyen de l'arrêter, et j'avais besoin que ça s'arrête. Maintenant.

La colère bouillonnait en moi, de rage face à ma propre faiblesse. Ma faiblesse qui se résumait à elle.

— Tu m'appartiens, lui dis-je en serrant sa mâchoire plus fort que nécessaire.

— Stop !

— Si je désire t'embrasser, putain, je t'embrasserai.

Pour le prouver, j'écrasai mes lèvres sur les siennes. Cette fois, elles ne s'ouvrirent pas. Elles ne me cédèrent pas comme il y a quelques instants.

Bien. C'était bien. C'était exactement ce que je voulais. Je la relâchai, elle essaya de se dépêtrer de ma prise, égratignant sa peau sur le bord de la piscine alors qu'elle tentait de glisser hors de mon emprise. À la place, elle finit sur le dos, mon corps au-dessus du sien.

— Arrêtez ça.

Elle se débattit sous moi, ce qui ne fit que m'exciter. Son combat ne faisait que m'allumer, et je vis le moment exact où elle s'en rendit compte.

— Tu ne veux pas que je m'arrête.

Je l'embrassai de nouveau, cette fois en glissant une main entre ses cuisses pour m'emparer de son sexe. Elle haleta et je pressai ma main sur son entrejambe.

— Putain. Sofia. Tu. Ne. Veux. Pas. Que. Je. M'arrête.

Le prochain baiser fut rude, mes dents éraflèrent ses lèvres douces, le goût métallique du sang, de son sang, me fit gémir.

— Admets-le, lui ordonnai-je.

— Ce n'est pas ce que je veux ! s'écria-t-elle en se trémoussant sous mon corps.

Ses petits poings frappèrent mes épaules, ses mains s'enroulèrent dans mes cheveux pour les tirer fortement.

— Donne-m'en plus, suppliai-je en l'embrassant encore, ma main toujours entre ses cuisses. Ça ne fait que durcir ma queue davantage.

— Ce n'est pas vous. Je le sais. Je le sais.

— Tu ne sais rien de moi. Je pourrais te forcer.

— Vous ne le ferez pas ! Vous me l'avez dit.

— Je pourrais. Et tu mouilleras pour moi.

— Non.

— Et si je glissais ma main dans ta culotte, Sofia ?

Elle secoua frénétiquement la tête mais ne parvint qu'à écarter ses jambes plus largement dans son effort pour se libérer de moi.

— Est-ce que tu te sentirais mieux si tu prétendais que je t'ai forcée à le faire ?

— S'il vous plaît, supplia-t-elle.

— S'il vous plaît ? Est-ce un oui ?

— Non. Raphaël, laissez-moi partir. Ça ne vous ressemble pas.

Je comprimai son sexe encore une fois, avant de le relâcher et d'enrouler ma main autour de sa gorge.

— C'est exactement qui je suis !

Je rugissais, des années de colère chantaient pour moi en cet instant. Comment pouvait-elle penser qu'elle me connaissait, alors que je ne me connaissais pas moi-même ?

Je serrai sa gorge. Elle s'agrippa à mon avant-bras, essayant de m'écarter d'elle. Son visage rougissait, ses yeux étaient écarquillés comme des soucoupes. Et le plus dingue dans tout ça était que de voir la peur dans ses prunelles ne faisait qu'enflammer une chose qui brûlait déjà telle une putain de marque au fer rouge en moi.

— J'ai tué mon père à mains nues, Sofia. Tu crois que je ne te ferais pas de mal ?

— La légitime défense n'est pas la même chose que le meurtre, réussis-je à lui dire, des larmes sur ses joues.

— Ta peur me fait bander, chuchotai-je près de son visage. Ça devrait effrayer.

Je serrai à nouveau, avant de relâcher sa gorge et de me redresser pour la couvrir. Elle porta ses mains à son cou et tourna la tête. Je l'observai jusqu'à ce qu'enfin, elle pose ses yeux sur moi.

— C'est le cas, murmura-t-elle. Oui. Vous me faites peur.

Elle soutint mon regard, quand bien même sa voix était défaitiste.

— Vous avez gagné, Raphaël. Ne pensez-vous pas que je le sais ? Que vous avez déjà gagné ?

Je m'assis bien droit, mon poids sur mes cuisses, pour ne plus l'écraser.

— Vous m'avez dit que vous ne seriez pas une bête envers moi, mais regardez-vous. Vous pouvez me faire ce que vous voulez. Nous le savons tous les deux. Vous pouvez prendre de moi tout ce que vous voulez, vous pouvez tout avoir. Vous pouvez me forcer...

Sa voix se cassa, elle ne finit jamais cette partie.

— Vous pouvez m'enfermer, et il n'y aurait rien que je puisse faire à ce sujet. Et vous savez ce qui est encore plus merdique que de prendre plaisir à voir ma peur ?

Sa voix craquait, ses larmes coulaient.

— Le fait que je sache, que je croie de tout mon cœur, que ce n'est pas ce que vous voulez vraiment. Ce n'est pas qui vous êtes.

Je clignai des yeux plusieurs fois et passai une main dans mes cheveux. Elle se déplaça sous mon corps, glissa ses jambes sous les miennes, et trébucha pour se remettre debout. Elle attrapa sa serviette et la plaça contre sa poitrine, une autre barrière entre elle et moi alors que je m'agenouillais à ses pieds. J'étais incapable de bouger, incapable ne serait-ce que de la regarder.

J'étais indigne d'elle.

Elle me surveillait alors qu'elle reculait en direction de la maison. Je me retournai pour la regarder partir, la regarder s'enfuir, l'eau dégoulinant de son corps alors qu'elle disparaissait à l'intérieur. Et tout ce que je pouvais faire, c'était de rester assis là. J'étais incapable du moindre mouvement.

J'étais un monstre. Je le savais. Je le savais depuis longtemps.

« Prends garde en combattant les monstres de ne pas en devenir un. » Ma mère me répétait souvent cela. Sa putain de citation préférée de Nietzsche.

Je me suis battu pour elle aussi. J'ai combattu. J'ai toujours perdu. J'ai toujours su que j'allais perdre, mais je le faisais quand même. J'ai accepté mes sanctions, j'ai enduré les conséquences de mes actes.

Je n'ai pas vraiment réalisé le moment où la transition avait eu lieu, quand le monstre avait pris le dessus sur moi. Il avait pris l'ascendant, et m'avait façonné à son image. Comme mon père.

Je me remis sur pied en tanguant comme un ivrogne pour regagner la maison. J'avançai jusqu'à ma chambre en étant même incapable de jeter un coup d'œil vers la porte fermée de la sienne. Je ne pris pas le temps de me doucher. J'enfilai simplement un jean et un T-shirt, avant de grimper à bord de ma voiture, et je conduisis, sans même savoir où j'allais jusqu'à ce que je m'arrête devant le portail du pensionnat où avait lieu le séminaire.

Je n'étais jamais venu ici avant. Damon m'avait parlé de ses plans lorsque j'étais en prison. Nous n'avions pas vraiment discuté avant cela. Nous étions aussi opposés que possible. Je supposais que, d'une certaine façon, nous essayions tous les deux de survivre.

Mon père était un criminel merdique. Il n'était jamais assez organisé ou assez intelligent pour ne pas se faire prendre. Toujours endetté. C'était un voyou qu'on embauchait. Pourtant, il était charmant, toujours très charmant. Il savait parler, manier le verbe. Il pouvait faire croire aux gens tout ce qu'il voulait. C'était comme ça que ma mère était tombée amoureuse de lui, j'en étais certain. Ça, ou le fait qu'effectivement l'amour puisse rendre aveugle.

La violence physique n'a commencé qu'à mes 12 ans. J'avais toujours été un grand garçon, donc je supposais qu'il avait l'impression que j'étais de taille. Il imaginait que je serais capable d'encaisser et de survivre s'il me passait à tabac. Je me demandais pendant combien de temps il avait battu ma mère, avant que je n'en sois témoin. Elle nous avait protégés de cette part de lui, aussi longtemps qu'elle le pouvait.

Voir le visage de Sofia, sa peur, son courage… parce qu'effectivement elle était très courageuse, et n'avait rien d'une lâche comme ce dont je l'avais accusée. Tout en elle me rappelait ma mère.

Et le reflet de ma personne que j'entraperçus dans ses yeux me fit peur. Parce qu'à ce moment-là, ce que je vis, ce n'était pas moi. C'était lui.

Je jetai un coup d'œil à ma montre. Il était presque 20 heures. Bien au-delà des heures de visites, mais je m'en fichais.

En tombant face à des portes verrouillées, je composai le numéro de mon frère. Ça sonna quatre fois avant que je ne sois redirigé vers la messagerie. Je me promenai dans la propriété afin d'essayer toutes les portes, lorsque finalement, quelques minutes plus tard, mon téléphone sonna. C'était Damon.

— Raphaël ?

Il semblait surpris.

— Oui, c'est moi.

— Est-ce que ça va ?

— Je suis dehors.

— À l'extérieur ?

— Devant le pensionnat. Les portes sont fermées.

— Attends-moi. J'arrive tout de suite.

Nous raccrochâmes, et je retournai près de la porte d'entrée, qui s'ouvrit quelques minutes plus tard. Damon se tenait de l'autre côté en portant sa soutane. Je le détaillai des pieds à la tête. C'était si étrange de voir mon jumeau habillé de cette façon.

— Tu es sûr de vouloir faire ça ? Foutre ta putain de vie en l'air !

— Baisse d'un ton, et surveille ton langage.

Il me laissa entrer et verrouilla la porte. Je le suivis jusqu'à une pièce privée. Il m'offrit un siège, mais je préférai faire les cent pas à la place.

— Tu as quelque chose à boire ?

Il acquiesça et sortit une bouteille de whisky d'un placard. Il nous versa un verre à chacun. Je vidai le mien d'une seule traite. Bien qu'il fronce les sourcils, il attendit que je prenne la parole. Je choisis de rester debout.

— Que se passe-t-il ?

— Je suis comme lui, n'est-ce pas ?

Je lui posai cette question, sans vraiment savoir ce que je faisais ici. Je me sentais faible à l'idée d'être venu. Il m'étudia.

— Comme notre père ?

Je hochai la tête une fois.

— Dis-moi en quoi tu penses être comme lui. Donne-moi un putain d'indice.

Je souris.

— As-tu le droit de dire cela ? Ton Dieu ne va-t-il pas te frapper ou quelque chose du genre ?

Il me jeta un regard sévère.

— Une seule chose.

Je secouai la tête en avalant un verre de plus.

— Je lui fais peur.

L'expression de son visage changea, sans pour autant qu'il ne me sourie.

— C'est simple, arrête.

— Ce n'est pas si facile.

— Bien sûr que c'est facile. Qu'as-tu fait ?

Merde.

— Rien, marmonnai-je sans croiser son regard.

Il haussa un sourcil.

— Est-elle blessée ? Physiquement ?

— Non.

— Encore une fois, pourquoi penses-tu être comme notre père ?

Damon était au courant des abus. Il m'avait vu prendre les coups. Il avait été forcé de regarder. Notre père était un homme méchant, mauvais et manipulateur. J'arrêtai de marcher.

— Je ne suis pas désolé qu'il soit mort, finis-je par dire. J'aurais aimé le faire plus tôt. Avant que maman...

— Ce n'est pas ta faute. Rien de tout cela n'est ta faute. Quand vas-tu te mettre ça dans la tête ?

— Je savais ce qu'il lui faisait.

— Tu l'as appris trop tard. Comme nous tous.

— J'aurais dû m'en rendre compte plus tôt. J'aurais dû le savoir quand il s'est arrêté avec moi.

Mon père ne s'en prenait qu'à ceux qu'il pouvait maîtriser. Il ne prenait jamais le risque de perdre. Et lorsque j'étais devenu plus grand que lui, il m'avait laissé tranquille.

— Arrête de te blâmer. Elle ne t'a jamais blâmé.

— Je suis allé à la ferme des Lambertini. Il m'a dit que des hommes se sont rendus là-bas. Des hommes qui avaient fait affaire avec notre père. Je suppose qu'il s'agit de Moriarty.

— Appelle la police. Laisse-les se charger de ça, Raphaël.

— Je vais me servir d'eux comme d'un exemple.

— Comme tu le fais avec Sofia ? Baisez avec Raphaël Amado pour payer vos dettes ? Est-ce le message que tu veux faire passer ?

— Je n'ai pas le choix.

— Si. Tu pouvais choisir de laisser le passé à sa place, de laisser la police s'en occuper.

— Je suis un meurtrier.

— Tu as agi par légitime défense. Notre père t'aurait tué. C'était évident pour tout le monde, y compris le juge.

— Pourtant, j'ai passé six ans...

— Et la décision a été infirmée.

Damon vida son verre.

— Je suppose que tu vas trouver ce que tu veux, Raphaël. Découvrir qui tu es. Savoir si tu as envie de continuer la vie que notre père a menée, ou tirer un trait dessus. Faire le bien à la place. Tu possèdes nos terres. Tu pourrais replanter, gagner honnêtement ta vie.

Je reniflai lorsqu'il mentionna l'honnêteté.

— Cela rendrait maman fière de toi, ajouta-t-il. Et ce serait une vengeance ultime de reprendre ce que notre père nous a volé.

— La mort est définitive, mon frère.

— Tu penses que je ne le sais pas ?

Je n'avais jamais vraiment pensé que mon frère puisse être en deuil, pourtant il l'était. Nous l'étions tous, même Zachariah. Six putains d'années plus tard.

— J'ai une question pour toi.

Il attendit que je la lui pose.

— Pourquoi ne m'ordonnes-tu pas de laisser partir Sofia ?

Il étrécit les yeux, et pour la première fois depuis longtemps, j'eus un aperçu du sang Amado qui coulait dans ses veines.

— Parce que même si c'est mal ce que tu fais, je pense qu'elle est bonne pour toi.

Je ricanai.

— Qu'est-ce que ça fait de toi, mon frère, sinon un complice ?

Il se leva et s'approcha de moi en souriant.

— En premier lieu, je suis ton frère. Je veux que tu sois heureux. Enfin.

9

SOFIA

Ce ne fut pas difficile après l'incident à la piscine. Il semblait m'éviter tout autant. Il mangeait toujours avant moi, et je m'efforçais de rester dans ma chambre lorsque je n'avais pas à descendre pour m'occuper de Charlie. Je ne savais pas où était Raphaël la plupart du temps, et je faisais tout pour ne pas m'en soucier. En vain.

Il y avait deux aspects de sa personne, il était capable de basculer de l'une à l'autre avec une précision mortelle. Ses démons étaient si sombres et si profonds que lorsqu'ils prenaient le pas sur lui, dans ses yeux on pouvait voir la bête effrayante qu'il était. Un homme rempli de haine et de vengeance. Mais n'était-ce pas précisément ces mêmes choses qui l'avaient brisé ?

Cette fissure en lui ne faisait que le rendre plus dangereux encore. Sa douleur me fit mal. J'avais l'impression qu'elle était capable de m'engloutir. Elle pouvait me détruire, tout comme elle l'avait fait avec lui.

Je pouvais encore le sentir sur mes lèvres, sa bouche sur la mienne, sa langue à l'intérieur de moi lorsque je m'étais ouverte à lui. Comme une imbécile, je lui avais cédé si facilement. Il n'avait même pas eu à me forcer. S'il l'avait fait, les choses auraient été plus faciles. S'il m'avait forcée, j'aurais été en mesure de les détester. Je n'aurais pas eu à me haïr moi-même, parce qu'il avait raison. Je le désirais.

Deux jours après mon premier rendez-vous, la couturière revint pour un second essayage. Bientôt, ma robe fut prête. Je la laissai pendre dans un coin de ma chambre cachée dans le sac à vêtements. Je ne voulais pas y penser.

Le troisième soir, encore une fois, je dînai en compagnie de Charlie dans la cuisine. J'avais peur que Raphaël n'arrive à tout moment. Je le redoutais, mais j'en avais également marre d'être seule, et je me sentais prête à lui faire face. Prête à en finir avec tout ça.

Pourtant, la maison était calme, et dehors la pluie frappait légèrement contre les fenêtres. C'était étrange d'être seule dans un endroit si grand, et si ancien. Charlie dévora sa nourriture avant de venir se recroqueviller à mes pieds pour dormir à nouveau. J'enviais un peu sa vie.

Je jetai plus de la moitié de mon assiette dans la poubelle avant de rincer mon plat, puis décidai de laisser Charlie dormir pendant que j'allais me promener dans la maison, en prenant soin de laisser la porte de la cuisine ouverte pour lui.

Le salon et la salle à manger avaient été fraîchement dépoussiérés et aspirés. Je les contournai, sachant que le bureau de Raphaël se trouvait au bout du couloir. Je n'étais pas certaine de ce que j'allais faire, pas vraiment. Pas avant d'être juste devant sa porte. La culpabilité me fit regarder par-dessus mon épaule avant que je n'atteigne la poignée. Je ne savais pas si j'étais soulagée ou déçue de la trouver fermée.

Je regagnai la cuisine. C'était probablement une bonne chose que je n'aie pas pu entrer dans son bureau. Je remarquai alors un rai de lumière sous une porte, que je n'avais encore jamais ouverte. Je frappai une fois, attendis, mais puisque personne ne répondait, je décidai de l'ouvrir. Elle grinça, mon cœur rata un battement. Je ne savais pas ce que j'allais trouver à l'intérieur, j'avais tout aussi peur de tomber sur un fantôme, que sur Raphaël lui-même.

Pourtant, ni l'un ni l'autre ne me saluèrent. Au lieu de cela, je me tins debout face à un grand escalier de pierre. L'odeur et l'atmosphère fraîche me firent comprendre qu'il menait à la cave.

— Bonjour ? Y a-t-il quelqu'un en bas ?

Pas de réponse. Je fis deux pas vers le bas, puis deux autres jusqu'à ce que je puisse regarder dans l'espace frais et humide. La cave était grande et bien éclairée, avec des murs de pierre qui semblaient être plus vieux que la maison elle-même.

Mes pantoufles ne faisaient aucun bruit. Alors que je descendais, je comptai quatorze marches au total. Je regardai autour de moi, enveloppant mes bras autour de mon corps face à la fraîcheur soudaine qui régnait ici. Le long des murs se trouvaient des pièces couvertes de ce que je supposais être de vieux meubles ou de l'équipement. Certains d'entre eux avaient été retirés récemment. Au vu de la poussière accumulée, j'étais capable de dire que quelqu'un s'était rendu ici il n'y avait pas si longtemps que cela.

Au centre de la pièce se tenait un pilier. Attirée par lui, je traversai lentement le plancher. Il était vieux, comme tout le reste ici-bas. Son bois semblait finement sculpté, même s'il se décomposait un peu. Il était robuste et avait probablement été magnifique autrefois. Il avait été incrusté profondément dans le sol, et lorsque je levai les yeux, je sus exactement à quoi il servait. Le frisson que j'avais ressenti plus tôt se répercuta désormais dans ma colonne vertébrale, et remonta jusqu'à l'arrière de mon cou.

Il y avait des chaînes en fer fixées dessus, avec des bracelets à serrure ouverts.

L'image du dos de Raphaël s'imprima devant mes yeux. Je secouai la tête.

Non. Ça ne pouvait pas être ça. Impossible.

Des bruits de pas me surprirent. Je sursautai, remarquant pour la toute première fois une ouverture presque caverneuse dans le mur au loin, et réalisai que c'était de là que provenait l'odeur de terre. Je paniquai, voulus chasser au loin tous les films d'horreur que j'avais vus. Pourtant, la terreur paralysa mes jambes, et je portai mes mains à ma bouche en retenant mon souffle.

Devais-je crier ? Serais-je capable de produire un son si j'essayais ? Ou est-ce que la peur me rendrait muette ?

Les bruits s'approchèrent, et un moment plus tard, Raphaël apparut à l'entrée du tunnel. Je sanglotai. Il s'arrêta, sa chemise mouillée et ses cheveux trempés.

— Sofia ?

Je me couvris le visage en me rendant compte à quel point j'étais tendue, à quel point j'avais peur. Je laissai échapper un rire étrange, presque maniaque.

— Je pensais...

J'inspirai profondément en m'essuyant les yeux. Pourquoi pleurais-je ? Pourquoi maintenant ?

— On dirait que tu as vu un fantôme.

— Je pensais que vous en étiez un.

Il entra dans la lumière. Ses joues et le bout de son nez étaient rougis par le froid, l'odeur du tunnel s'accrochait à lui.

— Pas de fantôme en vue.

Son regard tomba sur le pilier, et lorsqu'il s'enfonça plus profondément dans la pièce, j'eus le sentiment qu'il prenait grand soin de laisser une certaine distance entre eux.

— Que fais-tu ici ?

— Je me baladais dans la maison, j'ai vu de la lumière sous une porte.

— Tu ne devrais pas être ici.

Il s'approcha. Je fus capable de sentir de l'alcool dans son haleine.

— D'où venez-vous ?

Il désigna l'espace derrière lui.

— Le tunnel mène à la chapelle.

— Vous êtes allé à la chapelle ? Maintenant ? Il fait nuit et il pleut.

Il s'approcha d'une table et me tourna le dos en me répondant.

— Je ne me suis pas rendu sur la tombe de ma mère depuis six ans.

— Oh, mon Dieu.

J'avançai vers lui en levant ma main vers son épaule, sans pour autant le toucher.

— Je suis désolée.

Je remarquai la flasque qu'il avait glissée dans sa poche arrière. Raphaël retira un des draps, mais le reposa. Quand il se tourna vers moi, je vis ses prunelles s'assombrir, son regard rebondir d'un coin à l'autre, retombant inévitablement vers le pilier.

— Tu n'as rien à faire ici, Sofia.

Sa voix était sombre et basse. Il fit un pas dans ma direction, et je reculai d'un. Sa main humide et froide s'enroula autour de mon bras pour empêcher ma fuite. Il se rapprocha, son corps touchant pratiquement le mien. Il observa mon visage, ma bouche, mon cou, la courbe de mes seins alors que je haletais frénétiquement. Son regard croisa le mien, et nous restâmes ainsi, pour ce qui me sembla être une éternité.

Sa chemise humide trempa ma robe. Sa main qui tenait mon bras abaissa mon poignet, alors qu'il enroulait l'autre autour de ma taille. Il la remonta plus haut, entre mes omoplates, à l'arrière de mon cou, pour m'approcher de lui. Sans un mot, il se pencha vers moi, et ses lèvres humides recouvrirent les miennes.

Je gémis de surprise, il avala mon cri, sa main à l'arrière de mon crâne me maintenant en place pendant que ses lèvres se déplaçaient sur les miennes, lentement et avec douceur, comme pour me goûter. Quand sa langue s'invita à la danse, j'entrouvris les lèvres, et il glissa à l'intérieur. J'inclinai la tête, il s'appuya contre moi. Lorsqu'il le fit, je pus la sentir, son érection, contre mon ventre.

Je mis fin au baiser. Je le fis vraiment.

Pourtant il reprit ma bouche, et cette fois, l'urgence remplaça son exploration tout en douceur d'il y a quelques instants. Son baiser fut affamé, presque vorace, et son désir semblait éveiller le mien. Je levai la main et la posai contre son bras, appréciant la sensation de ses muscles. En quelque sorte, je me sentais en sécurité. Mon corps se détendit contre lui, mes paupières se fermèrent.

Il rompit le baiser, et appuya son front contre le mien. Il haleta. Ses mains se déplacèrent vers mes hanches, m'agrippant.

— Je ne suis pas moi-même, me dit-il. Tu dois monter.

Je levai la tête pour soutenir son regard. Il m'apprit tellement de choses qu'il ne disait pas, ce qui était étrange puisque je ne connaissais cet homme que depuis quelques jours. Je devrais le détester. Le craindre. Et d'une certaine façon, je le craignais, mais il y avait autre chose, une attraction trop intense pour être ignorée.

Aussi dominant qu'il puisse être, la vulnérabilité de Raphaël semblait toucher les bords de sa dureté, l'adoucissait, même s'il s'efforçait de le cacher, de l'enterrer. Tout ce à quoi je pus penser, c'était qu'il était perdu.

Avec des doigts tremblants, je touchai son visage.

Une de ses mains s'abaissa, avant de se lever pour glisser sur mon ventre. Sa paume me brûla à travers le fin coton de ma robe alors qu'il me caressait le ventre puis le sein, et quand ses doigts frôlèrent mon mamelon durci, je le ressentis au plus profond de moi, comme s'il m'avait touché entre les jambes.

— Je te veux, Sofia. Mais je suis saoul, et j'ai désespérément besoin que tu montes dans ta chambre et que tu verrouilles la porte derrière toi, compris ?

Son haleine chaude me chatouilla le visage.

— Vous ne me ferez pas de mal.

En étais-je si certaine ?

— Je le ferai. Tu ne me connais pas.

— Vous n'arrêtez pas de me le répéter.

— Tu devrais peut-être commencer à y croire.

Il saisit ma poitrine par-dessus ma robe. Je perdis le souffle en observant sa main bouger, ses doigts jouer avec mon mamelon. Ni ma robe ni mon soutien-gorge ne m'offrirent la moindre protection.

— Vous auriez pu me blesser l'autre jour, mais vous ne l'avez pas fait.

Ses yeux rivés au mien, il tordit mon mamelon, comme pour prouver son point de vue. Lorsque je laissai échapper un cri, il me relâcha et recula pour retirer son T-shirt d'une main.

— Touche-moi.

Je l'observai, déglutis, et quelque chose dans mon ventre sembla s'envoler. Nous regardâmes mes mains tremblantes, mes doigts toucher sa peau humide de pluie. Je le caressai légèrement, doucement. Je me demandai s'il allait se moquer de moi, de mon inexpérience, mais il n'en fit rien. Il me laissa le toucher, m'autorisa à sentir son cœur battre sous sa peau.

Mais lorsque mon exploration s'enhardit et que mes doigts glissèrent vers le bas, vers son appendice bordé de poils foncés qui disparaissaient dans son jean, il attrapa grossièrement mon poignet. Je déglutis, mes pensées s'agitant en tous sens.

— Je t'ai dit de monter dans ta chambre et de fermer à clé. Je suis bourré. Je vais te faire du mal.

— Vous m'avez aussi demandé de vous toucher.

Il serra mon poignet

— Vous aviez raison l'autre jour. Je le veux. Je vous veux.

Je ne savais pas trop ce que je faisais, où cela allait me mener.

— Embrassez-moi encore, Raphaël.

Un feu brûla derrière ses paupières. Mes lèvres s'ouvrirent, je les léchai délibérément. Raphaël me poussa contre le mur, sa bouche écrasa la mienne dans un baiser si intense que ça me fit mal, ça brûlait. C'était comme s'il laissait sa marque sur moi, comme s'il me revendiquait. Il pressa le plat de sa main contre mon ventre, l'arrière de ma tête heurta la pierre froide derrière moi.

— Si tu n'étais pas vierge, je te baiserais ici et maintenant, contre le mur.

Ses mots sortirent d'une voix rauque et déchaînée. Il ne me donna pas la moindre chance de répondre, de lui dire de le faire. Une partie de moi aimait cet aspect de sa personnalité. Son âme endommagée, sombre, brisée. Je désirais la toucher. Atteindre cette partie fracturée de lui. Celle qui le laissait perdu et dangereux.

Au lieu de cela, il posa à nouveau sa bouche sur la mienne. Je laissai échapper un bruit, pas vraiment une protestation, mais sans pour autant lui céder non plus. Je savais qu'il était ivre. Je pouvais le goûter sur sa langue. J'aimais ça, je le désirais. Je le voulais vraiment. Mais pas comme ça. Pas la première fois.

Raphaël recula, il respira fortement. Il me jeta un coup d'œil, puis s'éloigna, me tournant le dos. Même en étant derrière lui, je sus que son regard était fixé sur le pilier.

— Votre dos, Raphaël, dis-je doucement en me rapprochant, en touchant délicatement la peau bosselée et inégale emplie de tissu cicatriciel.

Il m'attrapa si brusquement que je trébuchai.

— Ne me touche pas.

Il se raidit.

— Pas mon dos.

— Vous me faites mal, grinçai-je après un moment.

C'était comme s'il lui avait fallu du temps pour digérer mes paroles, parce qu'il prit quelques instants avant de me relâcher et de s'éloigner. Il baissa le regard en passant une main dans ses cheveux.

— Je t'ai dit que c'est ce que je ferais, marmonna-t-il, avant de se redresser et de sortir sa flasque de sa poche arrière. Du whisky ?

Il ne me l'offrait pas vraiment, pourtant je secouai la tête. Il en avala une grosse gorgée. Sa dureté revenait lentement. Je voyais sa carapace se reformer sous mes yeux.

— Tu ne devrais pas être ici, Sofia. Cet endroit...

Il regarda autour de lui en hochant la tête.

— Il est hanté.

— Hanté ?

Je voulais qu'il revienne, l'homme que je venais de voir, celui que j'avais été capable d'apercevoir pendant quelques instants. Ça n'avait aucun sens, d'autant plus qu'il ne voulait même pas me regarder.

Mon instinct me pressait de le faire remonter, de le sortir de cette cave.

— Il y a trop de douleur ici, de souffrance et de haine.

Il cracha pratiquement ce dernier mot.

— Remontez avec moi, Raphaël.

Il secoua la tête. Ses yeux me parurent trop brillants en cet instant.

— Va-t'en.

— Pas sans vous.

— Ma place est ici.

Il but une nouvelle gorgée. J'avançai à nouveau vers lui, hésitant cette fois-ci à relever la main pour toucher son bras, ou le dos de sa main. Il m'observa, détailla la lenteur avec laquelle je le touchais.

— Vous n'avez rien à faire ici. Personne n'a sa place en ces lieux, tranchai-je.

Il ne regarda que moi.

— Montez avec moi, s'il vous plaît.

— Tu ne me connais pas. Tu ne sais rien de moi. Tu n'as pas la moindre idée de ce dont je suis capable.

— Je pense que je vous connais peut-être mieux que vous ne le pensez. Mais vous avez raison. Il y a trop de mal ici. Vous devez monter avec moi.

— Pourquoi ? Pourquoi est-ce que tu t'en soucies ? Regarde ce que je t'ai fait.

Je ne répondis pas à cette question. Je ne pouvais pas le faire, puisque je ne connaissais pas moi-même la réponse. Tout ce que je savais, c'était que je ne pouvais pas le laisser seul ici. Pas maintenant. Jamais.

— Il fait froid.

Je m'emparai de sa main, et le traînai, ou en tout cas j'essayai de le faire, vers les escaliers, mais c'était comme tenter de déplacer ce foutu pilier.

— J'ai froid. Emmenez-moi en haut.

Il ne répondit pas, et se contenta de me regarder. J'étais incapable de connaître la quantité de whisky qu'il avait déjà bu. Il ne semblait pas ivre, pourtant clairement pas lui-même.

— Allons-y, j'ai vraiment froid.

À ce moment-là, l'aboiement de Charlie s'éleva du haut de l'escalier. Je levai la tête. Il se tenait au bord des marches encore trop petit, et peut-être trop effrayé pour faire ce premier pas vers le bas. Lorsque je me tournai vers Raphaël, le regard qu'il posa sur moi fut étrange. Je ne parvins pas à le nommer. J'étais incapable de mettre le doigt sur ce qu'il abritait.

— Venez avec moi, Raphaël.

Cette fois-ci, il me laissa le guider.

— Charlie va se blesser s'il essaie de descendre.

Lentement, nous remontâmes, et Charlie courut en cercle autour de nous lorsque nous arrivâmes au sommet. J'éteignis la lumière et refermai la porte derrière nous. Il me laissa le guider à travers la maison, jusqu'au deuxième étage.

— Vous êtes gelé, annonçai-je en arrivant devant ma chambre.

Il resta là à me regarder. J'ouvris la porte et le tirai à ma suite. Je n'étais pas certaine que ce soit la meilleure idée, pas avec cette lueur étrange dans ses yeux. Dans la salle de bain, j'attrapai une serviette pour lui sécher les cheveux, les épaules et le torse. Ma tâche accomplie, je reposai la serviette sur le lit. Sans comprendre mon comportement, et sans savoir si je devais continuer, je commençai à défaire son jean, d'abord le bouton, puis la ferme-ture éclair. Il demeura immobile, je m'agenouillai alors pour lui retirer ses chaussures et ses chaussettes afin qu'il se retrouve pieds nus, torse nu, son jean ouvert, le gris de son caleçon clairement visible.

Je poussai son pantalon vers le bas de ses hanches, son jean mouillé collait à ses cuisses. En déglutissant, je me pliai à nouveau, il en sortit lentement.

— Sofia, dit-il lorsque je me redressai.

— Chut.

Je retirai les couvertures.

— Nous allons simplement dormir.

Je le pensais. Rien ne se passerait. Pas encore.

Il plissa le front, ses yeux avaient perdu une partie de leur éclat étrange. Il hocha la tête, et lorsque je poussai sur son torse, il s'al-longea. Je remontai les couvertures sur lui en observant comment les muscles épais de ses bras et de ses épaules se mouvaient lors-qu'il se tourna sur le côté.

Charlie essaya trois fois de sauter sur le lit. Je le portai et le couchai aux pieds de Raphaël avant de m'emparer de mon débar-deur et de mon short pour aller me changer dans la salle de bain. Raphaël m'observa à mon retour. Je grimpai à mon tour dans le lit, lui tournant le dos, en prenant soin de ne pas le toucher. Mais alors son bras lourd s'enroula autour de ma taille pour m'attirer à lui. Mon cœur battit à tout rompre dans ma poitrine, mon souffle se coupa alors qu'il se collait contre moi, son grand corps s'enroulant autour du mien, sa main contre mon ventre. Il me serra contre lui.

Aucun de nous deux ne parla, pourtant je savais qu'il ne dormi-rait pas avant longtemps.

Finalement, sa respiration se stabilisa et je m'autorisai à fermer les yeux. J'étais trop épuisée pour combattre la fatigue plus long-temps. Son corps trop chaud contre le mien me fit somnoler.

— Je n'ai jamais dormi en tenant une femme comme ça.

Je clignai plusieurs fois des yeux, sans rien répondre.

— Je n'ai jamais voulu qu'aucune d'entre elles ne reste près de moi, termina-t-il.

Il m'attira davantage contre lui.

— Raphaël...

— Dors, Sofia. Il ne se passera rien.

Je glissai ma main vers le bas et touchai le dos de la sienne en fermant les yeux. Je m'endormis rapidement, et lorsque je me réveillai le matin à la lueur du soleil, il était parti, son côté du lit était froid.

10

RAPHAËL

J'étais assis dans mon bureau avec la porte verrouillée, lisant pour la cinquantième fois la modification au contrat que son grand-père avait faite. Même si je le détestais pour ça, une partie de moi s'en réjouissait. C'était la partie malade de mon être, la partie dont je n'avais de cesse de mettre en garde. Celle dont elle était certaine qu'elle n'existait pas.

Je secouai la tête, mes pensées vagabondant à nouveau vers la nuit dernière. Je devais mettre une serrure sur cette porte qui menait à la cave. Je ne pouvais pas me résoudre à la faire descendre là-bas à nouveau. Je ne pouvais pas la laisser voir ce qu'il y avait sous ces draps. Je devais sceller cette porte. Peut-être qu'ainsi je pourrais oublier ce qu'il s'était passé dans cette pièce.

La veille au soir, c'était la première fois que je m'y rendais en plus de six ans. Il pleuvait, et j'avais besoin de me rendre à la chapelle. Ou en tout cas, dans le cimetière qui se trouvait derrière cette dernière. Je n'avais pas montré à Sofia cette partie, lorsque je lui avais fait découvrir la petite chapelle. Mon excuse pour emprunter le tunnel avait été la pluie, bien que ce soit un prétexte bancal. Je ne me souciais pas de finir trempé, et si ça avait été le cas, j'aurais très bien pu m'y rendre en conduisant.

En vérité, je voulais savoir si cette pièce avait toujours le même pouvoir sur moi. Si les horreurs qui s'y étaient passées me hantaient toujours. Je pensais que j'étais plus fort que cela désormais. Cette période m'avait endurci. Mais six années passées en prison auraient dû effacer ces souvenirs, pourtant il n'en était rien. Jamais rien ne serait capable de les anéantir. Chaque fois que je descendais ses escaliers, je redevenais ce petit garçon effrayé qui pissait dans son froc.

Je serrai les dents.

Ça pourrait être pire. À la place, j'aurais pu devenir comme lui. Comme mon père. Je n'étais toujours pas convaincu de ne pas l'être.

N'était-ce pas mieux de se poser en victime ?

Non. Putain, non. Ça ne pouvait jamais être mieux d'être la victime. Il fallait que je m'en souvienne, et peut-être qu'ainsi je serais en mesure de traverser ces enfers. Peut-être que ce dont j'avais besoin, c'était que quelqu'un me fouette à nouveau. Pour m'apprendre. Pour m'endurcir.

Le corps chaud de Sofia pressé contre le mien toute la nuit, le bruit de sa respiration tranquille, la sensation de douceur alors qu'elle se détendait enfin dans mes bras, m'avait finalement permis de retrouver mon souffle. De faire taire mes démons.

Dans ses bras.

Elle m'avait surpris lorsque j'étais retourné dans la cave. C'était véritablement le dernier endroit où je m'attendais à la trouver. Je n'avais jamais voulu l'y voir. Elle n'avait pas sa place dans ce monde. Je pensais ce que je lui avais dit : le passé hantait cette cave, et ce passé était rempli d'horreur. Elle n'avait pas sa place là-bas, et je serais damné si j'avais laissé ces horreurs la toucher. La salir. Prendre son innocence.

Mais n'avais-je pas fait exactement la même chose ?

Je n'avais pas besoin de mon passé pour la salir.

Je faisais très bien le boulot moi-même. Je la désirais. Et la façon dont je la désirais était différente de ce à quoi je m'attendais, de ce que j'avais prévu. Elle était censée avoir peur de moi. Ça avait toujours été le plan. Pourtant, la tenir hier soir dans mes bras, le fait qu'elle prenne soin de moi... prendre soin de moi ? Pourquoi avait-elle fait cela ? Je ne comprenais pas. Ça n'avait aucun sens.

Je me relevai et marchai jusqu'à la fenêtre. Au loin, assez loin des femmes pour ne pas être intrusif, mais assez proche pour faire son travail, se tenait Éric. Après mon entretien avec Lambertini, j'avais pensé à embaucher quelques hommes en plus.

Derrière mon rideau, j'observai Sofia. Elle portait une courte robe turquoise, ses longs cheveux mouillés après sa douche étaient relevés. Il faudrait que je lui parle de sa garde-robe. L'idée que quelqu'un d'autre puisse observer ce qui était à moi me dérangeait.

Elle venait de sortir. Charlie, que j'avais laissé sortir à 5 heures du matin alors qu'elle dormait encore, courut vers elle. Elle l'attrapa dans ses bras. Un sourire illumina son visage, pourtant je vis comment elle regardait autour d'elle, et lorsque Nicola sortit pour lui parler, je compris qu'elle lui posait des questions à mon sujet.

J'avais précisé à Maria que je ne devais pas être dérangé. Je lui avais dit de dire que j'étais parti.

J'étais vraiment un connard. La nuit dernière, elle m'avait vu, elle m'avait vraiment vu tel que j'étais et elle ne s'était pas enfuie. Pas même lorsque j'avais laissé mes ténèbres me posséder, l'espace d'un court instant. C'était tout le contraire, en fait. Elle était restée avec moi et avait refusé de me laisser dans cet endroit. Elle m'avait dit que je n'étais pas à ma place là-bas. Que ce n'était le cas de personne.

Elle ne te connaît pas.

Elle s'était assise à la table du patio extérieur pour siroter son café. Lorsqu'elle leva son regard vers le bureau, je me cachai derrière les rideaux.

Je la désirais. Je voulais plus que la baiser. Je voulais la posséder tout entière.

C'était peut-être à cause de la prison, au fait d'avoir été enfermé comme un animal.

J'avais dit à Sofia que notre mariage n'en porterait que le nom, mais ensuite j'avais commencé à fantasmer sur elle. À propos de notre nuit de noces. À propos de la forcer à écarter ses jambes, de la faire mienne. Pourtant, je ne voulais pas de tout ça. Si elle me disait non, j'arrêterais. Je ne lui ferais pas de mal, pas comme ça.

C'était tellement difficile d'y penser, voilà ce qui m'effrayait le plus. Je ne pouvais pas la laisser m'avoir, peu importait ce qui se passait. Peut-être n'était-ce pas la prison qui m'avait rendu ainsi. Peut-être que c'était la faute de son innocence, de sa pureté. Peut-être que c'était une tentative de ma part de me purifier. Peut-être que je cherchais l'absolution depuis tout ce temps, sans même m'en être rendu compte.

Ça ne pouvait pas se passer comme ça.

Mais après tout, pourquoi ? Pourquoi ne pourrais-je pas l'avoir ? Elle m'appartenait déjà. Pourquoi ne pourrais-je pas la posséder tout entière ?

Je secouai la tête et retournai à mon bureau. Je m'emparai de mon stylo pour signer l'amendement, avant de m'emparer de mon téléphone pour appeler mon avocat. J'avais besoin de mettre les choses en ordre. De me préparer. Je devais me concentrer sur ça, pas sur les choses que Sofia m'avait dites, pas sur le regard tendre présent dans ses yeux caramel, pas sur la candeur de son toucher, la douceur de sa peau.

Et non pas en pensant au fait qu'elle me détesterait lorsqu'elle apprendrait ce que je venais d'accepter.

11

SOPHIA

Je ne vis pas Raphaël pendant trois jours après les événements de la cave. Maria m'apprit qu'il était parti pour affaires. Je ne savais pas comment j'avais fait pour le rater lorsqu'il avait quitté mon lit ce matin-là. Je me demandais à quelle heure il s'en était allé. Je ne l'avais même pas senti bouger.

Tout ce que je savais, c'est que j'avais dormi comme une pierre dans la chaleur et la sécurité de son étreinte. Cet homme qui m'avait kidnappée était celui qui me faisait me sentir plus en sécurité que je ne l'avais été depuis des années. Depuis la mort de mes parents. J'étais si jeune, mais comme Lina l'était encore plus, j'étais devenue sa protectrice, d'une certaine façon. Je n'avais même pas agi de façon consciente. Ça m'a fait le plus grand bien de pouvoir lâcher prise. À tel point que ça m'avait fait réaliser que j'étais en alerte constante depuis bien trop longtemps.

Qu'allait-il advenir de Lina désormais ? Que lui arriverait-il, maintenant que j'étais partie ? Qui la protégerait ?

Pourquoi me sentais-je en sécurité dans les bras de Raphaël ? Ne devrais-je pas au contraire me sentir effrayée ?

Pourtant, je n'arrivais pas me sortir de la tête l'image de lui cette nuit-là dans la cave, de ses yeux. Raphaël Amado était brisé. Je me demandais depuis combien de temps, et ce qui avait causé cette rupture. Les marques sur son dos témoignaient d'une histoire horrible. Quel âge avait-il lorsque cela s'était produit ? À en juger par le tissu cicatriciel, ça n'était pas arrivé qu'une seule fois. Loin de là.

C'était désormais la fin d'après-midi du troisième jour. Lorsqu'Éric entra pour manger, je décidai de m'enfuir, fatiguée d'être constamment surveillée. J'avais besoin d'air frais et d'exercice pour me vider la tête, et franchement, j'espérais de tout cœur tomber sur lui. Je voulais voir Raphaël, pour faire face à ce qui me troublait, peu importe ce que c'était.

Je ne réalisais pas que je me dirigeais vers la chapelle avant d'arriver devant cette dernière. Je m'interrogeai sur le tunnel qui menait de la maison jusqu'ici, et frissonnai à l'idée d'être sous terre sur une aussi longue distance. Je n'avais jamais été claustrophobe, mais ça me faisait peur.

Au lieu de marcher jusqu'à la porte de l'église, je fis le tour par-derrière. J'avais l'impression que c'était mal de me rendre ici sans que Raphaël ne le sache, néanmoins je voulais voir la tombe de sa mère. Voir où il s'était rendu cette nuit-là.

Le chemin envahi m'empêcha de progresser. Je parvins toutefois à pousser le petit portail grinçant sur le côté de la chapelle. Je me demandais comment j'avais pu manquer le cimetière lors de ma première visite en ces lieux, même si avec l'herbe haute les plaques tombales étaient bien dissimulées. Trouver la tombe de sa mère ne fut pas difficile. C'était le seul endroit où les mauvaises herbes avaient été éliminées, et où un seul pissenlit flétri était présent.

Il lui avait déposé un pissenlit. Il l'avait probablement arraché du sol près de la tombe. Je me sentis triste en l'observant, en pensant à lui ici, et en réalisant qu'il était venu les mains vides pour rendre visite à sa mère après tout ce temps. Je pensai à sa solitude, alors qu'il était assis à l'endroit où je me trouvais actuellement. Je me sentis terriblement seule. C'était presque trop à supporter.

Le bruit d'une branche qui se cassait me fit sursauter. Je me retournai, la main sur le cœur.

— Je ne voulais pas vous effrayer.

Pendant un bref instant, je crus qu'il s'agissait de Raphaël. Mais Damon me sourit, et j'espérai de tout cœur qu'il ne verrait pas ma déception. Je me forçai à lui sourire en retour.

— Non, ça va. Je suis simplement nerveuse.

Embarrassée, je me dandinai d'un pied sur l'autre.

— Me rendre au crépuscule dans un cimetière n'est probablement pas mon idée la plus intelligente.

Il s'approcha de moi.

— J'aime venir à la chapelle quand je suis ici.

Il jeta un coup d'œil vers la tombe.

— Il ne laisse personne l'entretenir.

Je suivis son regard jusqu'au pissenlit.

— Pourquoi ?

Damon secoua la tête et reporta son regard sur moi. La similitude de leurs traits me frappa.

— Mon frère se sent coupable de sa mort. Il est comme ça. Aussi dur qu'il soit à l'extérieur, il prend tout à l'intérieur de lui. Il l'a toujours fait.

Une bourrasque me fit frissonner. Damon retira le pull qu'il portait pour le poser sur mes épaules. Son geste était gentil, et peut-être parce qu'il s'apprêtait à devenir prêtre, je n'imaginai pas quelque chose d'autre. Je remarquai qu'il portait un T-shirt noir en dessous, qu'il était bâti comme son frère, et je détournai rapidement les yeux.

— Allons à l'intérieur. Il ne fera pas beaucoup plus chaud, mais vous serez à l'abri du vent.

Je gravis les petites marches, avec Damon derrière moi. Il ouvrit la porte, et j'entrai.

— Comment avez-vous réussi à venir ici par vous-même ?

— Vous voulez dire comment j'ai réussi à échapper à Éric ?

Il hocha la tête.

— Il était en train de dîner.

— Raphaël n'aimera pas ça.

— Tant pis pour lui. Je ne comprends pas pourquoi il a besoin de me faire surveiller à tout instant.

— C'est pour votre protection. Ainsi que celles de Maria et du personnel. Notre père avait des ennemis.

— Je sais. Il n'empêche que ça reste toujours bizarre.

Nous nous assîmes sur un banc.

— Puis-je vous poser une question ?

— Bien sûr.

— Je sais que cela semble étrange, mais toute cette histoire de prêtre... Je suis désolée, ce ne sont vraiment pas mes affaires, je veux simplement comprendre.

— Tout va bien. Je pense que c'est une question normale, mais je n'ai pas vraiment de réponse. En tout cas, pas une qui ait du sens. C'est juste... un sentiment.

Je hochai la tête, même si je n'étais pas certaine de comprendre ce qu'il voulait dire. Il poursuivit en ajoutant :

— J'aime cet endroit. Il m'a toujours apaisé. Même si je vis dans un monastère et que j'assiste à la messe tous les jours, cette petite chapelle me fait ressentir quelque chose de différent.

— C'est un endroit spécial.

— Peut-être que j'apprécie la cérémonie de l'Église catholique. La discipline. Elle m'apaise aussi, je suppose. Ou peut-être que j'essaie simplement d'échapper au passé. À qui je suis. Au sang qui coule dans mes veines.

Nous regardâmes tous deux l'autel pendant qu'il parlait.

— Vous vous accrochez également à la culpabilité.

— Non, c'est différent.

— Avez-vous déjà été amoureux ?

Il me sourit en haussant les épaules.

— Chaque soir, je suis tombé amoureux d'une femme différente.

Je me sentis rougir.

— Comment mon frère vous traite-t-il ?

— Il est... différent de ce que je pensais.

— Ce n'est pas un monstre, Sofia. Lorsque je vous ai rencontrée, j'ai pensé que vous pourriez peut-être l'aider à voir cela. Mais vous devez d'abord le voir lui, pour ce qu'il est vraiment.

— Oui. C'est le centre du problème. Je suppose que je ne le

comprends pas. Je m'attendais à ce qu'il soit cruel, ou en tout cas plus cruel qu'il ne l'est. Ça serait plus logique s'il était.

Nous restâmes assis tranquillement pendant une minute, nos yeux fixés sur l'autel. Lorsqu'une petite souris se précipita dessus, je sursautai.

— Elle doit vivre ici, déclara Damon avec un sourire. Elle semble être là chaque fois que je viens.

— Je trouve que c'est bien que la chapelle soit utilisée par... quelque chose, même si ce n'est qu'une souris.

Je me tournai vers lui.

— Damon, je sais que c'est très personnel, mais... Je ne sais pas comment poser la question.

— Il suffit de demander.

Il était si franc, c'était tellement facile de lui parler.

— Raphaël a de nombreuses marques sur le dos.

Son visage s'assombrit, il détourna son regard du mien.

— J'étais dans la cave l'autre soir. Je l'y ai trouvé. Il a dit qu'il s'était rendu sur la tombe de votre mère, et je sais qu'il avait bu, et il... il n'était pas lui-même.

J'hésitai, mais je décidai de lui avouer ce que je pensais :

— J'ai pu voir le pilier.

Il hocha la tête, et reporta son attention sur l'autel.

— Notre père n'était pas un homme doux, Sofia, déclara-t-il gravement avant de me regarder à nouveau. Raphaël était un bon frère. Un frère protecteur.

— Quoi...

— Le reste, c'est à lui de vous le dire.

La porte claquant contre le mur nous surprit tous les deux. Je sursautai, haletante, alors que nous nous tournions tous deux. Raphaël se tenait à l'entrée de la chapelle, une main à plat contre la porte qu'il venait de fracasser. L'expression de son visage était dure. Damon se leva.

— Frangin.

— Loin de moi l'idée d'interrompre une conversation confortable, commenta Raphaël, son regard passant de son frère à moi, l'accusation clairement présente dans ses yeux. Je te cherchais.

— Vous n'étiez pas à la maison.

Je me sentais coupable, sans savoir pourquoi.

— Tu ne devrais pas venir ici toute seule. Il va bientôt faire nuit.

— Vous disparaissez, et vous vous attendez à ce que je vous attende ?

Raphaël ignora mon commentaire, mais ne nia pas. Il tourna son attention sur son frère et pencha la tête sur le côté.

— Qu'est-ce que tu étais en train de lui dire ?

— Rien du tout, répliquai-je en croisant les bras sur ma poitrine. Vous avez disparu, répétai-je.

Encore une fois, il m'ignora. C'était une discussion entre frères.

— Je viens toujours à la chapelle, tu le sais. Cette fois, je suis tombé par hasard sur Sofia.

— Qu'attendez-vous de moi, que voulez-vous que je fasse seule ici jour après jour ? Alors que vous partez sans même me prévenir ?

Je fus ennuyée d'être ignorée, irritée par la douleur que je ressentais et qui transparaissait dans ma voix. N'avait-il donc rien ressenti l'autre nuit ? Lorsqu'il m'avait prise dans ses bras, ça ne voulait rien dire à ses yeux ?

Raphaël et Damon s'observèrent fixement.

— Raphaël, ne sois pas stupide, ajouta Damon comme s'ils communiquaient en quelque sorte sans avoir besoin de parler.

— Je suis stupide de paniquer lorsque je ne trouve ma fiancée nulle part ? Et finalement quand je remets la main dessus, elle est assise confortablement avec le chandail de mon frère enroulé autour de ses épaules, alors que vous chuchotez tous les deux ?

— Qu'es-tu en train de suggérer ? s'enquit Damon en remontant l'allée en direction de son frère.

Raphaël posa son regard sur moi.

— Tu n'as rien à faire ici, Sofia.

J'inspirai profondément avant de quitter le banc à mon tour.

— Ça fait deux endroits auxquels je ne dois pas me rendre. Je ne sais même pas pourquoi vous voulez de moi ici.

— Je vais te ramener à la maison, clama-t-il, son ton dépourvu de toute émotion.

Je m'approchai de la porte, avant de réaliser que j'avais toujours le chandail de son frère sur mes épaules. Je m'en emparai afin de le lui tendre.

— Je peux retrouver mon chemin.

Il ne s'écarta pas de l'encadrement de la porte.

— Non, tu ne peux pas.

Il s'empara de mon bras.

— Laissez-moi partir.

— Raphaël, commença Damon en avançant vers nous.

— Ne t'en mêle pas. Elle m'appartient.

— Je suis un être humain ! Je n'appartiens à personne !

— C'est faux.

Avec un sourire froid et calculateur, Raphaël me força à sortir de l'église et à descendre les marches. La nuit tombait rapidement, je devais l'admettre, il avait probablement raison en disant que je ne parviendrais pas à retrouver mon chemin pour rentrer.

— Pourquoi faites-vous cela ?

Je l'interrogeai alors qu'il ne voulait pas me relâcher. Il continua pourtant à avancer à un rythme trop rapide pour que je puisse le suivre sans trébucher.

— Laissez-moi partir. Je ne suis pas une enfant. Ni même une prisonnière. Qu'est-ce qui ne va pas chez vous ?

Il s'arrêta. Je trébuchai derrière lui. Une fois qu'il eut terminé de me redresser, il ouvrit la porte côté passager de son camion. J'enfonçai mes talons dans le sol.

— Entre là-dedans.

— Non. Pas tant que vous ne m'aurez pas dit pourquoi vous agissez si bizarrement.

— Je te cherchais, finit-il par avouer en restant maître de ses émotions.

— C'est vous qui êtes parti au beau milieu de la nuit. Vous êtes parti et n'êtes jamais revenu.

— C'était le matin. Ton chien jacassait. Monte dans le camion. Maria nous attend avec le dîner. Éric n'aurait pas dû te laisser filer.

— Je n'aime pas être suivie ni être observée à chaque seconde.

— C'est pour ta protection.

Je n'avais pas envie de parler d'Éric.

— Je ne vous comprends pas, Raphaël. Je pensais qu'après cette nuit-là...

— Après cette nuit ?

La façon dont il posa sa question, de manière si désinvolte, comme si ça n'avait été rien, comme s'il ne s'était rien passé, me fit me sentir si stupide que j'en vacillai.

— Je ne veux pas que tu traînes avec mon frère.

— Nous ne traînions pas. Je voulais simplement voir...

— La tombe de ma mère ? Tu voulais voir pourquoi j'étais si mal en point ?

Il m'attrapa par les deux bras, trop brusquement.

— Vous me faites mal.

— Monte dans ce putain de camion.

— Pourquoi êtes-vous si en colère ?

— Bon sang, monte !

Il me souleva, me posa dans le camion, et referma la portière avant que je ne puisse protester. Il contourna le véhicule et grimpa derrière le volant. Je vis son frère nous observer depuis la porte de la chapelle.

— Et Damon ?

Raphaël tendit la main pour m'attacher, avant de faire demi-tour et de démarrer trop rapidement à mon goût.

— C'est un grand garçon. Il est capable de trouver son chemin.

— Pourquoi êtes-vous si en colère ?

— Je te l'ai dit l'autre soir, Sofia. Je suis bousillé. C'est tout. Quoi que tu imagines qu'il ait pu se passer entre nous, oublie ça.

— Ce que j'ai imaginé ?

Je sentais ma propre colère monter désormais. Il me regarda de travers.

— Ralentissez.

— Tu veux en savoir plus sur mon dos ? Sur mes cicatrices ?

Il ne ralentit pas, ses mains serrèrent fortement le volant alors qu'il conduisait vers le portail menant hors de la propriété.

— C'est ce que tu demandais à mon frère ?

— Où allons-nous ? Ralentissez.

— Mon père me fouettait. C'était une punition spécialement réservée pour moi. Je suis sûr que mon frère t'a tout raconté.

J'observai son visage, me sentant vraiment effrayée maintenant que nous filions à toute allure sur la route.

— Des dizaines de fois. Là-bas, dans cette cave, et ce n'est même pas le pire.

— Raphaël...

Je tendis la main pour le toucher, mais me ravisai.

— J'avais besoin de la revoir. C'est tout ce dont il s'agissait ce soir-là. J'étais ivre.

— S'il vous plaît, ralentissez. Vous me faites peur.

À ce moment précis, nous heurtâmes un nid de poule. Je laissai échapper un petit cri, ma ceinture de sécurité me serra brusquement alors que je plaquais mes mains sur le tableau de bord. Il ricana d'une manière étrange, cela ne sonnait pas comme un rire. Il finit par ralentir le camion.

— As-tu peur de moi ou de ma conduite ?

— Les deux, répondis-je honnêtement. Il ne m'a rien dit au sujet de vos cicatrices. Il m'a simplement appris que vous étiez un bon frère. Un frère protecteur. C'est tout.

Il m'observa, étudia mes yeux dans la faible lumière de l'habitacle.

— Je lui ai posé la question, et il m'a dit que c'était à vous de me raconter votre histoire. Rien de plus, Raphaël.

Ça sembla le calmer quelque peu. Il conduisit en silence pendant dix minutes avant qu'il ne prenne un virage vers une route sinueuse menant vers ce qui me semblait être un village abandonné et en ruine.

— Et ce n'était pas rien, ajoutai-je en retrouvant mon courage.

Je l'étudiai de profil.

— Ce qui s'est passé l'autre soir, vous n'étiez pas seulement ivre. Il y avait quelque chose d'autre.

Il ne me répondit pas. Nous restâmes tous les deux silencieux pendant le reste du trajet. Il gara finalement la voiture le long des murs extérieurs du village. Il coupa le moteur, et observa devant lui. Je gardai mes yeux fixés sur lui.

— Que voulait dire Damon lorsqu'il disait que vous étiez un frère protecteur ?

Il fallait que je pose la question. Pourtant, d'une certaine façon, je connaissais la réponse, pas vrai ? Ou en tout cas, j'étais capable de deviner. Raphaël se tourna dans ma direction, la douleur que je vis dans ses prunelles était la même que celle de la nuit précédente. Il ne répondit pas à ma question. À la place, il sortit du camion. Je défis ma ceinture de sécurité et le suivis.

— Voici Civitella in Val Di Chiana.

— Ça a l'air abandonné.

Tout était si sombre.

— Ce n'est pas le cas. Pas complètement. Il y a quelques festivals pendant l'été, puis de nouveau en septembre au moment de la récolte, mais à part cela, c'est calme.

Je lui emboîtai le pas pour traverser la barrière de pierre qui s'effritait. Il regarda autour de lui, lut les enseignes de magasins... un boulanger, un boucher, plusieurs petits cafés. Lorsque je trébuchai, il me rattrapa et tint ma main le reste du chemin jusqu'à ce que nous arrivions au sommet du village dans une zone ouverte, qui devait autrefois faire partie de la maison qui était désormais en ruine. L'herbe recouvrait le sol depuis longtemps, et au centre même de ce petit espace, il s'arrêta et leva les yeux. Je suivis son regard et observai avec crainte le ciel noir parsemé d'étoiles.

— Il n'y a pas la moindre pollution lumineuse, déclara-t-il en s'asseyant.

Je pris place à ses côtés.

— C'est incroyable.

— Ma mère avait l'habitude de m'emmener ici.

Il s'allongea.

— Les mauvaises nuits.

Je l'imitai, et nous contemplâmes le ciel.

— Prends soin de ne pas devenir un monstre lorsque tu les combats, dit-il.

Je tournai la tête dans sa direction, mais il ne me regarda pas.

— C'est de Nietzsche, ajouta-t-il.

— Vous n'êtes pas un monstre.

— Tu ne me connais pas.

— Vous n'arrêtez pas de me le dire.

Il se tourna sur le côté afin de me faire face.

— Tu sais ce que j'ai envie de faire maintenant, Sofia ?

Son regard glissa vers ma bouche, puis retourna à mes yeux. Sa main vint se poser sur mon ventre. En me regardant, il commença lentement à relever ma robe, le fin coton me chatouilla les cuisses alors qu'il la remontait de plus en plus haut.

Je posai ma main sur la sienne.

— Stop.

— Pourquoi ?

Il s'empara de mes deux poignets et les ramena au-dessus de ma tête avant de grimper sur moi. Je retins mon souffle, et haletai lorsque je réalisai ce qui se trouvait contre mon estomac. La bouche de Raphaël dévora la mienne en un baiser lubrique.

— Je veux que ça fasse mal, Sofia.

Sa voix était si calme, le désir brûlait dans ses yeux alors qu'il s'approchait à nouveau de mes lèvres pour un baiser brutal. Il transféra mes deux poignets dans une de ses mains, alors que l'autre se dirigea vers ma cuisse. Il écarta mes jambes à l'aide de son genou. Il m'observa avec une obscurité qui me terrifiait et me consumait tout à la fois.

— Stop, tentai-je encore une fois sans grande conviction.

— C'est peut-être à cause de la façon dont tu as grandi.

Sa prise sur mes poignets se resserra alors que je commençais à lutter pendant que les doigts de son autre main erraient sur l'intérieur de ma cuisse jusqu'à atteindre le bord de ma culotte.

— Raphaël...

— Il y a eu du changement.

— Qu'est-ce qui a changé ?

Il secoua la tête, comme pour repousser cette pensée au loin.

— Cela ne changera rien si je te prends ce soir, demain soir ou encore le lendemain. Tu m'appartiens. C'est tout ce qui compte.

Il inspira fortement en se léchant les lèvres. Je pouvais à peine respirer sous l'intensité de son regard.

— Est-ce que cela t'effraie que je souhaite te faire du mal ? Je veux que tu me sentes te prendre. Je veux que tu me sentes te déchirer.

Je me mordis la lèvre.

— Je veux t'entendre crier.

Je m'étouffai presque lorsque ses doigts s'insinuèrent dans ma culotte, taquinant les poils à cet endroit.

— Tu ne sais pas à quel point je suis dur lorsque je pense à ta petite chatte serrée autour de ma queue. Lorsque j'imagine à quel point ton sang de vierge sera chaud contre moi... Ce que je veux savoir, c'est...

Il m'embrassa en soulevant légèrement ses hanches, ses doigts se refermant sur mon sexe.

— Si tu mouilles pour moi.

Il sourit, je fermai les yeux en tournant la tête sur le côté.

— Hum.

Il respira contre mon oreille alors que ses doigts commençaient à me caresser. Je haletai difficilement lorsqu'il se concentra sur mon clitoris.

— S'il vous plaît.

— S'il vous plaît, quoi ?

Il glissa un doigt dans ma fente, et je me tendis. Il dégagea son poids de moi, tout en gardant mes bras placardés au-dessus de ma tête. Nous regardâmes tous deux ma robe froissée sur mon ventre, mes cuisses écartées, et ses doigts s'activant à l'intérieur de ma culotte.

Je devais lui dire d'arrêter. Je n'arrivais pas à le lui dire. Parce que je le désirais. Je le voulais autant qu'il me voulait, et je me fichais du reste.

— Regarde-moi, ordonna-t-il dans un murmure.

J'obéis. Il retira lentement sa main de ma culotte, et commença à descendre vers le bas.

— Dis-moi d'arrêter.

Il descendit encore, et encore, au-delà de mes cuisses, de mes genoux et de mes chevilles.

— Dis-moi d'arrêter, et je le ferai. J'arrêterai tout de suite.

Il relâcha mes poignets. Je ne bougeai pas, pendant qu'il s'asseyait et qu'il glissait son regard sur mon sexe. Il passa ses doigts à travers mes boucles brunes, avant de relever le regard.

— Dis-moi, Sofia. Dis-moi que tu ne veux pas de ça. Dis-moi que tu ne veux pas de moi.

Je ne pouvais pas. Mon Dieu, j'en étais incapable.

Il me souriait comme s'il le savait déjà.

— Tu ne peux pas le faire.

Je restai immobile.

— Écarte les jambes.

Je secouai légèrement la tête. C'était toute la résistance que je pouvais lui opposer. Il souriait toujours et puis, sans rompre le contact visuel, il écarta une de mes jambes et reporta son regard sur mon sexe. J'étais allongée là, incapable de bouger ou de parler, ses doigts traînant à nouveau dans mes poils avant qu'il n'abaisse son visage pour m'embrasser à cet endroit.

Je murmurai son prénom. Il me lécha ensuite, un rapide coup de langue, avant de tracer lentement les contours de mon clitoris. Lorsqu'il scella ses lèvres autour de mon bouton de chair, je laissai échapper un gémissement en dirigeant mes mains vers sa tête, et je tirai sur ses cheveux alors qu'il s'agenouillait entre mes jambes.

— Je peux te sentir, apprécia-t-il.

Puis, en plaçant un doigt de chaque côté de mes lèvres, il m'ouvrit.

— Ta jolie petite chatte mouille pour moi.

Il referma sa bouche sur mon clitoris, qu'il commença à sucer et à lécher. J'agrippai ses cheveux, tirai et poussai... Je le désirais, je voulais sa bouche, je désirais la sentir sur moi. J'appréciais le contact si doux de sa langue et la dureté de sa mâchoire. Il ne me fallut que quelques instants pour jouir, le son étranger que je laissai échapper me força à fermer les yeux. Il me suça fortement, me faisant jaillir, me vidant entièrement, engloutissant mon plaisir, mon désir, tout de moi. Jusqu'à ce que finalement, mes bras retombent à mes côtés, alors que j'exhalais profondément en poussant un long soupir et que Raphaël se redressait. Il essuya ses lèvres mouillées du dos de sa main en me souriant d'un air victorieux.

— J'aime ton goût, dit-il en relevant davantage ma robe pour exposer mon soutien-gorge.

Il libéra mes seins et m'étudia, tout en ouvrant la braguette de son pantalon.

— Attendez !

Il secoua la tête en plaquant fermement une main sur mon ventre.

— Ne bouge pas.

Il s'agenouilla.

— Ne fantasmais-tu pas sur ce que tu ressentirais ? demanda-t-il en baissant son jean et son caleçon.

J'observai son érection épaisse, son gland humide. Il s'en empara et la caressa lentement, et lorsque je croisai son regard, il le capta.

— Tu ne te demandes pas quelle serait la sensation si ma queue épaisse venait étirer ta petite chatte serrée ?

Je déglutis. C'était le cas. Tous les soirs. Chaque fois que je glissais mes doigts entre mes jambes, j'imaginais cela. Son regard me fit comprendre qu'il le savait.

— Tu es à moi, Sofia.

Il masturba sa queue plus fortement, et de son autre main, il pinça l'un de mes mamelons. C'était douloureux, je criai. Mon cri ne sembla que l'exciter davantage, puisqu'il accéléra encore les mouvements de sa main. Je me mordis la lèvre en l'observant et en imaginant le goût de son gland scintillant. Mon regard glissa de ses yeux sombres et brillants à sa main qui se déplaçait si rapidement qu'elle me donnait envie. Je me redressai sur mes coudes, et Raphaël s'agenouilla sur moi. Un bruit monta du fond de sa poitrine alors qu'il jouissait. Ses jets de sperme éclaboussèrent mon ventre, mon sexe, ma poitrine, et mon cou. Je ressentis une sensation de chaleur sur mes mamelons alors qu'il se vidait sur moi, avant de retomber sur l'herbe, drainé, tout comme je l'avais été.

Je bougeai pour me couvrir, mais il s'empara de ma main en secouant la tête et en observant le ciel.

— Il y a eu du changement concernant le contrat, avoua-t-il finalement sans me regarder.

Une brise légère refroidit soudainement ma peau, me faisant

frissonner.

— Quel changement ?

Raphaël serra mon poignet en se tournant vers moi.

— Nous serons mariés dans deux jours.

— Deux jours ?

Pourquoi paniquais-je à cette idée ? Je savais que ça allait arriver. Il hocha la tête.

— Ne me regarde pas comme ça. Au moins, tu pourras voir ta sœur.

— Raphaël...

Je commençai à me redresser, il m'en empêcha. Il se rassit, retira son T-shirt et commença à m'essuyer. Il ne me parla pas ce faisant, et une fois qu'il eut terminé, il tira ma robe vers le bas pour me couvrir.

— Le changement, reprit-il, ne concerne pas la date, Sofia. Il s'agit d'autre chose.

Je m'assis à mon tour. La lueur brillant dans ses yeux était un avertissement.

— C'est une modification du contrat.

— Quelle clause ?

Je lui posai la question tout en sachant qu'il ne répondrait pas, et je savais que ce qu'il avait accepté serait comme une trahison.

— Le mariage devra être consommé.

Confuse, j'attendis.

— Ton grand-père est à l'origine du changement.

— Je ne comprends pas.

— Il veut voir ton sang sur mes draps.

Le détachement de sa voix me laissa froide. Je secouai la tête en m'éloignant de lui. Je devais consommer le mariage. Je le voulais. Il devait le savoir. Mais si lui-même n'en voulait rien ? Serait-ce ce soir... qu'il me ferait l'amour. Non, il ne me ferait pas l'amour. Il me baiserait. Je ne devais jamais faire cette erreur, pas avec lui. Il me baiserait, pour baiser mon grand-père. C'était tout, et j'avais été idiote de penser autrement même l'espace d'une seule seconde.

Il se leva.

— Allons-y. J'ai faim.

Je ne parvenais pas le regarder ni à croire ce que je venais d'entendre.

— Une nuit, Sofia. Tu survivras. Ne me regarde pas comme ça. Ne prétends pas que tu ne le désires pas.

Il se pencha pour m'attraper.

— Éloignez-vous de moi, répliquai-je en reculant.

— Bordel.

Je me levai, et m'éloignai.

— Pourquoi ne m'avez-vous rien dit ? Pourquoi vouloir m'humilier ainsi ?

J'observai ma petite culotte jetée sur l'herbe. La honte brûlait ma peau.

— Ne sois pas si dramatique. Allons-y.

— Vous allez me prendre quelque chose qui devrait être beau et magique, en le rendant désagréable. Vous n'avez pas le droit.

J'essayais de comprendre comment une telle chose pouvait se produire.

— Est-ce que je vous répugne ? lui demandai-je finalement.

— Quoi ?

Je reniflai en secouant la tête.

— Vous allez me baiser pour avoir des preuves ensanglantées, afin de prouver que le mariage est consommé ? Pour vous assurer que mon grand-père ne contestera pas vos droits supposés concernant mon héritage ?

Il inspira profondément en me regardant, comme s'il était confus.

— Tu ne me repousses pas. Loin de là.

— Je n'arrive pas à le croire. Mon Dieu, quelle imbécile j'ai été, pas vrai ?

— Du calme, Sofia. Rentrons à la maison.

— Je vous l'ai déjà dit, ce n'est pas chez moi. Ça ne sera jamais mon foyer. Vous venez de vous en assurer.

— D'accord, ça suffit.

Il m'attrapa par les bras.

— Je vous déteste, clamai-je, mes larmes brouillant ma vue. Je vous déteste de m'avoir fait ça.

— Ce n'est pas comme si tu ne le désirais pas.

— Je ne parle pas de la baise, connard !

Sans me répondre, il se retourna en me tirant par le bras pour me conduire au camion.

— Laissez-moi partir. Lâchez-moi.

— Et quoi, je te laisse ici ? Tu vas appeler mon frère pour qu'il vienne te chercher ? Tu aimerais ça, n'est-ce pas ? Vous vous êtes rapprochés si rapidement tous les deux, Sofia.

Je me débattis tout le long du chemin, quand bien même ce serait inutile.

— Eh bien, flash info. Il va devenir un putain de prêtre. Il devra rester célibataire. Ou en tout cas il devrait l'être.

Qu'est-ce que cela voulait dire ?

— Je ne veux pas de votre frère. Ce n'est pas comme ça.

— Non ?

Il ouvrit la portière côté conducteur et me souleva, avant de me pousser sur le siège côté passager.

— À quoi cela ressemble-t-il, alors ?

— Je continue à penser que vous agissez à sens unique, mais ce n'est pas le cas.

Il démarra le moteur et mit la voiture en marche.

— Mets ta ceinture de sécurité.

— Je continue de penser que vous êtes simplement perdu et blessé et...

— Peut-être que tu devrais arrêter de penser ça. Peut-être que tu devrais accepter le fait que je suis un putain de monstre. Que je m'apprête à te baiser pour montrer à ton grand-père les draps ensanglantés qu'il désire tant voir.

— Vous êtes tous les deux malades.

Je couvris mon visage de mes mains.

— Vois le bon côté des choses. Tu n'as qu'une nuit à passer avec moi, et ce sera terminé. Tu n'auras plus jamais à me toucher.

— Vous avez raison, répondis-je, sans même me soucier qu'il conduise trop vite. Vous aviez raison depuis le début. Je n'aurais jamais dû imaginer autre chose. Vous êtes un monstre. Tout comme votre père.

12

RAPHAËL

Après la soirée à Civitella, je doutais que Sofia apprécie que nous nous mariions dans la basilique de Santa Croce à Florence, à côté des lieux de repos de Michel-Ange, Galilée et Machiavel, devant les yeux de Dieu et une poignée de témoins ainsi que des putains de touristes. Les touristes étaient inévitables à cette époque de l'année. Je pouvais presque les tolérer.

Il avait fallu une contribution exorbitante pour réserver la basilique, mais ça ne fit que concrétiser ma pensée. L'argent était ce à quoi tout se résumait, et cela incluait l'église. Je devais admettre que c'était une magnifique démonstration de dévotion et d'art, même si tout ceci était gaspillé.

Je me tenais devant l'autel, attendant ma femme. Une corde avait été installée pour maintenir les visiteurs curieux à distance. À côté de moi se tenaient Éric en tant que témoin ainsi qu'un autre homme choisi par mon avocat. Je ne savais pas qui il était. Sur le banc de devant était assis le grand-père de Sofia, le grand Marcus Guardia, son expression indéchiffrable. À ses côtés, il y avait Lina. Plus petite que Sofia, mais pas de beaucoup. Elle était aussi belle qu'elle. Le vieil homme avait gardé sa part du marché après que j'eus signé le contrat modifié. Maria était assise de l'autre côté. Je n'avais invité personne d'autre au mariage.

Environ deux douzaines d'étrangers, des fidèles qui ne s'attendaient probablement pas à assister à un mariage, parsemaient les bancs, donnant l'illusion d'être des invités. Le prêtre s'éclaircit la gorge et fit tout un spectacle en vérifiant sa montre.

Il fallut encore cinq minutes avant que les portes ne s'ouvrent, et que quelqu'un intervienne pour entamer la musique. L'organiste commença à jouer la marche nuptiale, je pris un instant pour redresser ma cravate. J'avais décidé de porter du noir. C'était approprié.

Deux hommes se tenaient devant les grandes portes pour maintenir à l'écart les fidèles. De la lumière s'infiltrait du dehors, je pouvais distinguer deux formes dans l'entrebâillement. Le blanc de la robe de Sofia projetait un halo autour de sa tête. À côté d'elle se tenait mon putain de frangin. Grand et fier dans son costume, le bras de Sofia pressé contre le sien. Je pouvais presque le voir lui tapoter le bras, lui promettre que tout irait bien pour la rassurer alors qu'il n'avait pas à le faire.

Je ne savais pas quand elle lui avait demandé de l'accompagner dans l'allée. Pourtant j'avais deviné qu'elle ne voudrait pas de son grand-père. Ce qui était tout à fait logique. Mais ça ? En vérité, ça m'énerva plus que de raison.

L'organiste recommença la marche, ils firent leurs premiers pas. Une fois qu'ils entrèrent complètement dans l'église, je fus capable de distinguer leurs visages. Mon frère, après m'avoir témoigné de son soutien il y a quelques nuits de cela, me condamnait maintenant du regard. Je me demandais ce qu'il savait, ce qu'elle lui en avait dit.

Sofia observa le sol. Son voile la protégea de moi jusqu'à ce qu'elle atteigne le tiers de l'allée. C'est alors qu'elle hésita. Damon s'arrêta à son tour, avant de lui murmurer quelque chose. Elle sembla avoir besoin d'une minute pour se calmer, et devant mes yeux, elle se redressa et se tint bien droite. Elle croisa mon regard.

J'en fis de même, et sentis le froid glacial qui habitait ses prunelles. J'acceptai les accusations qu'elle me lançait au visage comme des grenades. Pourtant, elle ne m'avait jamais paru plus belle qu'à cet instant.

Sa robe lui allait comme si elle avait été faite pour elle, étreignant à merveille ses courbes délicates. Son voile antique aux bords jaunissants ne la masquait pas tout à fait, mais conférait un air presque éthéré à sa beauté. Ses cheveux avaient été finement tressés, seuls quelques brins tombaient autour de son visage, pardessus son épaule. Ses yeux dorés brillaient et semblaient receler une couche de cristaux de glace.

Elle ne détourna jamais son regard. Elle ne fléchit plus alors que mon frère la dirigeait vers moi. Alors qu'il lui faisait face, le regard qu'ils échangèrent me fit serrer les poings. Ce n'était ni de l'affection ni de l'attirance, mais il semblait qu'un rien s'était formé entre eux. Je sus à la façon dont ils me regardèrent, la façon dont il la regardait, qu'il savait ce qui s'était passé entre nous. Ce qui allait encore se passer.

À ce moment-là, je le détestai pour cela. Je le détestai d'avoir réussi à obtenir quelque chose d'elle que je n'avais pas, que je n'aurais jamais. Mon frère souleva son voile et lui adressa un doux sourire, avant de déposer un baiser sur sa joue. Il lui chuchota alors quelque chose. Je le tuerais pour cela.

Il la tourna ensuite vers moi. Je ne vis aucune larme briller dans ses yeux. Sa lèvre ne tremblait pas. Lorsqu'elle me regarda, tout ce que je vis fut de la haine. Une haine qui découlait de ma trahison, d'une confiance naissante ayant été détruite. Malgré cela, ou peutêtre à cause de cela, elle me coupa le souffle.

Je la tournai vers l'autel et me tins à ses côtés, en silence. Je la scrutai respirer, tout en écoutant le prêtre, sans vraiment entendre ses paroles. Je l'entendis dire « je le veux ». Je répétai ces mots de ma propre voix. D'une main légèrement tremblante, elle tendit son bouquet de lys noirs – appropriés, sinon dramatiques – à mon frère, qui resta à ses côtés. Elle me fit alors face à nouveau, et je m'emparai de sa main. Dans ma poche, je récupérai son alliance. Un anneau d'épines en fer, noir et arrondi pour le glisser sur son doigt, dentelé pour lui rappeler sa place.

Elle l'observa une fois qu'il fut complètement passé à son annulaire délicat, et je me demandai quelles pensées effleuraient son esprit. Le prêtre s'éclaircit la gorge, et j'eus envie de le gifler. Pour lui demander de nous donner du temps. Pour nous laisser le temps d'accuser le coup.

Sofia croisa mon regard. Je lui tendis mon alliance. Elle s'en empara, je levai ma main gauche. Tandis qu'elle glissait l'anneau dentelé sur mon doigt, elle haleta, hésita à la vue soudaine du sang. Elle chancela presque.

Sa bouche s'ouvrit, ses grands yeux s'écarquillèrent quand elle croisa les miens.

— Fais-le, lui dis-je.

Elle poussa l'anneau vers le haut, ses yeux désormais fixés sur les lignes rouge sang qui apparaissaient le long de mon doigt. La première goutte sombre tomba, et souilla le blanc immaculé de sa robe, et lorsqu'elle souleva ses doigts tachés, elle me regarda à nouveau. Ses prunelles semblèrent moins froides. Elle paraissait confuse, perdue.

Je m'emparai de l'arrière de son cou, en attirant l'attention du prêtre qui était devenu légèrement pâle à la vue du sang.

— Finissez ça, crachai-je.

Il déglutit, et tâtonna sa bible. Quelle putain d'idiot. Il nous déclara alors enfin mari et femme.

J'embrassai mon épouse avec une faim dévorante.

C'était une sorte d'avertissement pour elle, comme une promesse de ce qui allait suivre.

13

SOFIA

—Qu'avez-vous fait avec votre alliance ? demandai-je lorsque nous regagnâmes la voiture. Votre doigt...

— Ça va guérir.

— Pourquoi avez-vous fait cela ? Pourquoi vous infliger une telle chose ?

— Je pensais que ça me permettrait d'avoir un rappel constant de toi, répondit-il avec un sourire factice.

— Je ne vous comprends pas.

— Qu'as-tu fait avec mon frère ?

— Rien. Êtes-vous jaloux ?

— Pas jaloux. N'oublie pas que la vérité est importante. Je veux toujours connaître la vérité.

— Eh bien, il n'est pas fou. C'est quelque chose que nous avons en commun, je suppose.

— C'est un autre genre de folie. Je te mets en garde maintenant, fais attention à lui. Tu ne connais pas mon frère.

— Je l'apprécie déjà plus que vous.

— Tu devrais en avoir honte.

Silence.

Je retirai les épingles qui maintenaient le voile sur ma tête, avant de poser ce dernier sur mes genoux. Je jetai un coup d'œil à travers les vitres teintées, observant Lina et mon grand-père monter dans une autre berline. Lina regarda en direction de notre voiture et m'adressa un signe de main. Je lui répondis en m'assurant qu'ils nous suivaient.

Lina m'avait appelée en panique quelques jours auparavant. Elle avait dit que grand-père ne la conduirait pas au mariage. Quelque chose l'avait pourtant fait changer d'avis. Je me demandais quoi.

Le dîner fut servi à la maison, le soir même, et je compris que la fête de réception serait plus importante que celle à l'église. Je fus cependant surprise de trouver plus d'une douzaine de voitures garées à notre arrivée.

— Qui sont tous ces gens ?

— Des cousins. Des associés en affaires. Des gens de la région et des fermes voisines. Des gens que j'ai besoin de voir maintenant que je suis de retour.

— Oh !

J'observai la maison éclairée, et pus discerner de nombreuses personnes en train de se déplacer à l'intérieur. La piscine et la véranda à l'arrière étaient éclairées par des bougies et des lanternes. Alors que Raphaël m'aidait à sortir de la voiture, j'aperçus que de nombreuses tables avaient été installées pour le dîner avec de jolies nappes blanches et des centres de table élégamment ornés. C'était la seule chose où j'avais eu mon mot à dire, et j'avais été déterminée à porter ma marque. Je voulais lui faire savoir à quel point cette union était profane à mes yeux.

— J'ai pris des dispositions pour que ta sœur reste avec nous quelques jours, déclara subitement Raphaël.

— Quoi ?

— Ta sœur. Je sais que tu as envie de passer du temps avec elle.

— Mais mon grand-père...

— Ton grand-père est libre de partir quand bon lui semble. Elle reste. J'ai arrangé ça. Je t'ai déjà dit que je n'agirais pas comme un monstre avec toi.

— Pourquoi ?

— Pourquoi n'agirais-je pas comme une bête ?

— Pourquoi feriez-vous cela pour moi ?

— Contente-toi de dire merci, répliqua-t-il en pénétrant dans le jardin.

Toutes les têtes se tournèrent vers nous.

— Merci.

Je n'eus pas l'occasion d'en dire plus puisque nous fûmes emportés par la foule. Trop de gens que je ne connaissais pas vinrent nous féliciter en italien, m'embrassèrent sur la joue, nous donnèrent des enveloppes. Je ne m'y attendais pas étant donné qu'il ne s'agissait pas d'un vrai mariage.

Raphaël sourit à côté de moi, parla avec les gens, les serra dans ses bras, ou leur serra la main pour d'autres. Il parut détendu, plus détendu que je ne l'avais jamais vu. Il ne retira jamais sa main de mon dos, me garda près de lui, me présenta à bien trop de monde. J'étais certaine de ne pas me souvenir de leurs noms.

Ma sœur et mon grand-père arrivèrent. Damon était avec Lina. Grand-père planait derrière elle comme une ombre malveillante. Je frissonnai à cette image, mais fus distraite lorsqu'on me tendit un verre de champagne et que quelqu'un porta un toast.

J'observais Raphaël. Il semblait chercher mon regard à travers tout cela, comme s'il voulait garder constamment un œil sur moi.

— Bois, m'ordonna-t-il.

Je le fis.

S'ensuivit un extravagant dîner, prenant fin uniquement lorsque le café fut servi. Raphaël et moi saluâmes d'autres invités nous ayant rejoints après le repas. Un SUV avec les vitres teintées, y compris le pare-brise, se gara sur la propriété et attira mon attention. Raphaël se tendit à mes côtés. Lorsque trois hommes en costume en descendirent, je me retournai pour lui demander de qui il s'agissait.

— Rentre à l'intérieur avec ta sœur, répondit-il en me regardant à peine.

Il me congédiait presque.

— Raphaël...

— Dépêche-toi.

Il adressa un signe de tête à Éric, lui donna un ordre en italien. Ce dernier m'observa avec un sourire contrit.

— Va chercher ta sœur et rentre, Sofia. Je dois m'occuper de certaines affaires.

Je n'eus même pas le temps de poser la moindre question avant qu'il parte saluer ces hommes. Je me dirigeai vers ma sœur en sentant le regard de mon grand-père peser sur moi, sans pour autant être capable de le confronter.

— Lina, lui dis-je en la conduisant vers la maison. Raphaël s'est arrangé pour que tu restes ici quelques jours.

— Je sais. Grand-père m'a dit qu'il était d'accord. Il a dit que ce serait ton cadeau de mariage.

— Je suis si contente.

— Moi aussi. En passant, tu es vraiment magnifique. Vous formez un très beau couple.

— Ne dis pas cela.

— Vous ferez de beaux bébés.

— On n'en arrivera jamais là, je le jure, répliquai-je en la conduisant au salon, où elle se rendit immédiatement près du piano.

— On ne sait jamais, se moqua-t-elle en laissant ses doigts jouer quelques notes.

— Oh, je sais.

Elle se tourna vers moi et m'observa de la tête aux pieds.

— Vraiment, tu es sublime en ce moment.

— Merci.

— Il n'arrive pas à te quitter des yeux lui non plus, conclut-elle en hochant la tête.

Je me retournai pour capter le regard sombre de Raphaël posé sur moi alors qu'il se dirigeait vers son bureau. Les hommes qui s'étaient approchés quelque peu en me voyant le suivirent, et je ne manquai pas la façon dont ils m'avaient examinée, pas plus que Raphaël. Il fallut encore une demi-heure avant que la porte du bureau de mon nouveau mari ne s'ouvre à nouveau. Lina jouait du piano avec un groupe de personnes rassemblé autour d'elle pour l'écouter. J'observai les hommes partir, complètement tendue. Raphaël les suivit de près, et je remarquai qu'il avait les poings serrés à ses côtés. Je les vis quitter la demeure par la porte d'entrée alors qu'ils échangeaient des chuchotements et des regards en biais. Je me demandai qui ils étaient. J'aurais pu poser la question à Damon, mais Raphaël revint vers moi. Il me tira par le bras et m'offrit un sourire, avant d'attirer l'attention de chaque homme et femme dans la pièce.

— Il est temps pour moi d'emmener ma femme au lit, déclara-t-il pour le plus grand plaisir de l'assistance.

Ce ne fut pas mon cas. Pourtant lorsqu'il croisa mon regard, je vis une ombre étrange dans ses yeux. Son attitude désinvolte n'était qu'une façade. Il s'était passé quelque chose avec ces hommes.

Je le laissai me conduire vers les escaliers. Je jetai un coup d'œil en arrière et vis que Lina et Damon nous observaient en semblant préoccupés. Damon adressait un avertissement silencieux à son frère. Un conseil que Raphaël n'écouterait pas. J'en fus certaine.

Raphaël et moi partîmes. Nous traversâmes le couloir jusqu'à la dernière pièce, celle avec de grandes portes qu'il ouvrit sans plus tarder. Il s'écarta alors et me fit signe d'entrer.

Nos regards s'accrochèrent, et même si je savais que je n'avais pas le choix, qu'aucun de nous deux ne l'avait vraiment, je compris qu'entrer dans cette chambre changerait tout pour nous. Je n'étais même plus certaine de ce que je voulais, ou de ce que je ne voulais pas. Il y avait trop de choses en jeu, trop de données à assimiler.

Lorsqu'il prononça mon nom, il me ramena au présent. J'avançai d'un pas, il me suivit. La porte se ferma derrière nous, et la serrure s'enclencha. Je me tournai alors vers mon mari pour entamer notre danse nuptiale.

14

RAPHAËL

É tait-il possible d'entendre un cœur battre ?

Celui de Sofia semblait cogner à un rythme effréné dans sa poitrine. Elle se tenait à l'intérieur de ma chambre. Son regard glissa vers le mien, et je plongeai mes yeux dans les siens. C'était la plus grande chambre, elle n'avait pas été endommagée par le feu. Celle dans laquelle j'avais grandi était pratiquement détruite. Les meubles ici étaient peu nombreux et flambants neufs : un tapis sombre, des rideaux assortis, un lit king size installé contre le mur du fond, une table de chevet pourvue d'une lampe du côté où je dormais, et pour finir une chaise ainsi qu'une table dans un coin sur lequel je jetais ma veste tous les soirs. C'était tout.

Après avoir balayé la pièce du regard, elle m'observa de nouveau. Je desserrai ma cravate et la fis passer par-dessus ma tête, avant de la suspendre sur le dossier de ma chaise. Je m'attaquai alors à mes boutons de manchettes que je posai sur la table un par un, avant de relever mes manches. Pendant tout ce temps, Sophia m'observa.

— Qui étaient ces hommes ?

Sa question me ramena à la réalité. Je me détournai d'elle et retirai le couvercle de la bouteille de whisky qui se trouvait sur la petite table, afin de nous servir un verre à chacun. Elle n'hésita qu'un instant avant de s'emparer de celui que je lui offrais.

— Des associés d'affaires de mon père.

— Pas d'amis ni de membres de la famille ?

— Non.

— Alors, pourquoi étaient-ils ici ce soir ?

— Leur présence t'a contrariée ?

— Non. Je n'aimais tout simplement pas la façon dont ils me regardaient. Je ne les sentais pas... je ne sais pas. Ils n'étaient pas invités, pas vrai ?

— Non.

Mentir n'avait aucun sens. Elle encaissa le choc.

— Tu es en sécurité, Sofia.

— Le suis-je vraiment ?

Je ne répondis pas, et à la place, je m'emparai de mon verre et le descendis d'une traite. Elle en fit de même. Une fois nos verres vides, je m'emparai du sien et les posai tous deux sur la table.

— Déshabille-toi.

— Oh, c'est exact. Droit au but, passons au business.

Je souris en passant un bras autour de sa taille pour l'attirer vers moi.

— Je rendrai les choses agréables pour toi.

Elle posa ses mains contre mon torse.

— Sais-tu combien c'est humiliant pour moi ? De savoir que mon grand-père...

— Oublie ce vieil homme. Oublie tout. Tu désires ceci, et moi aussi.

Mes mains commencèrent à défaire les boutons les plus hauts sur le dos de sa robe. Elle recula.

— Stop.

— Ne m'oblige pas à te prendre ta virginité de force, Sofia.

— Le feriez-vous ?

— Ce n'est pas ce que je veux.

— Ce n'est pas ce que j'ai demandé.

— Je te ferai jouir. Je te le promets.

— Vous pensez que c'est une question d'orgasme ?

— Si seulement c'était si facile, répliquai-je en la relâchant.

Je m'éloignai alors en passant une main dans mes cheveux afin de réfléchir. Je lui fis face.

— Cette chose, Sofia... cette clause... ton grand-père essaie de tester mes faiblesses. Il essaie de savoir si tu es devenue la mienne.

— Que voulez-vous dire ?

— Il s'est servi de Lina. Il a dit qu'il ne lui permettrait pas d'être ici avec toi ce soir, uniquement pour voir ce que je ferais. Pour voir si je céderais à sa demande, ou si j'allais lui dire d'aller se faire foutre. Si je l'avais fait, il aurait su que je me fichais de toi.

Elle inclina la tête en posant une main sur sa gorge.

— J'ai besoin de m'asseoir une minute.

Elle s'assit au bord du lit, sans bouger pendant un long moment. Sans doute essayait-elle d'imprimer ce que je venais de lui dire. Elle commença ensuite à défaire les épingles qui maintenaient ses cheveux en place et les posa sur la table de nuit. J'en comptais vingt-sept lorsqu'elle eut terminé et que ses cheveux retombèrent par vagues sur ses épaules.

— Pourquoi ne m'avez-vous rien dit l'autre soir ?

— Parce que j'étais en colère, on m'a joué un tour. J'étais en colère de vous trouver toi, et mon frère...

— Ce n'était pas du tout ce que vous pensez.

— Je sais. Maintenant, je le sais.

— Est-ce qu'il y a plus ?

Ce n'était pas le moment d'en dire plus.

— Oublie-le, dis-je. Il n'est pas la raison pour laquelle nous sommes ici, tu comprends ? Plus maintenant.

Elle ne répondit pas, pourtant elle m'observa attentivement.

— Viens ici, Sofia.

Elle se leva et traversa la pièce.

— Retourne-toi.

Elle m'obéit. Elle savait que cela devait arriver autant que moi. Je ne voulais pas lui prendre cette part d'elle. Je ne voulais pas qu'elle me la prenne.

Je marchai vers elle, elle me tourna le dos. En la touchant aussi légèrement que je le pus, je soulevai sa masse de cheveux de son épaule. Elle tremblait toujours, alors que nos deux peaux entraient en contact. J'observai son cou, si délicat et si fragile. Putain. Cela me fit réaliser à quel point elle était vulnérable. À quel point elle pouvait facilement être blessée.

Mon esprit s'égara vers les hommes qui étaient venus ce soir, ceux au sujet desquels elle m'avait questionné. Moriarty et ses hommes de main. Je n'avais pas manqué la façon dont ils l'avaient regardée. En l'épousant, elle pouvait devenir ma faiblesse. Ou ma force. Si elle était considérée comme une dette envers moi, cela montrerait au monde mon côté impitoyable. En revanche, si mes ennemis s'imaginaient que j'éprouvais des sentiments pour elle, elle deviendrait mon talon d'Achille.

Serait-ce ma prochaine guerre ?

Je ne ferais pas preuve de faiblesse. Je ne pouvais pas. Pas si je voulais survivre. Pas si je voulais qu'on survive tous les deux.

Mes yeux furent attirés par la peau exposée de son dos, par chacune des vertèbres qui constituaient sa colonne vertébrale, par sa peau parfaite étendue sur ses os et ses muscles. Elle haleta, et se raidit lorsque je me déplaçai pour défaire ses boutons de perle un par un. J'appréciai ce processus minutieux, voulant faire durer ce moment. Une fois que j'atteignis le milieu de son dos, elle déplaça ses mains pour maintenir sa robe contre sa poitrine. Je m'écartai un peu pour la regarder, et déglutis lorsque, comme de leur propre chef, mes mains se tendirent pour toucher sa chair tremblante en traçant une ligne du milieu de ses épaules au long de sa colonne vertébrale.

Elle tourna la tête pour m'observer du coin de l'œil. Même de profil, avec son nez plissé, ses pommettes hautes et ses lèvres pleines, elle était magnifique. Parfaite en tout point.

— Sagesse, déclarai-je par inadvertance en ouvrant lentement le reste de ses boutons, jusqu'à ce que je puisse apercevoir le haut de sa culotte en dentelle.

— Quoi ? demanda-t-elle dans un murmure.

— Ton nom. Sofia. Ça signifie sagesse.

Nos regards se verrouillèrent, alors que je repoussais sa robe sur ses épaules. Elle hésita avant de faire retomber ses bras à ses côtés, pour la laisser glisser jusqu'au sol, s'éparpiller autour de ses chevilles. Je vis qu'elle ne portait pas de soutien-gorge. Elle couvrit sa poitrine de ses mains. Mon regard glissa sur son dos, jusqu'à ses fesses recouvertes de dentelle. Ma queue tressauta. Cependant, je ne m'attendais pas à une simple baise avec elle.

Ce serait tellement plus. Comme une revendication. Une prise de pouvoir. Une possession. Et même ça ne suffirait pas, parce qu'il ne s'agissait que de son corps.

Je voulais plus que ça.

Je voulais la posséder tout entière.

— Tu es si belle, lui avouai-je en traçant délicatement la ligne de sa colonne vertébrale.

J'appréciais la façon dont son corps réagissait à mon toucher, comme elle se tendait, consciente de chaque contact que je lui offrais. Je me penchai pour embrasser son épaule, ainsi que la courbe douce de son cou. Elle émit un drôle de bruit. Je la fis tourner pour prendre son visage dans mes mains.

— Sofia. Innocente, sage et tellement belle.

J'embrassai ses lèvres, voulant la goûter, avoir un aperçu du feu qui brûlait en elle, avant que le besoin de la revendiquer ne devienne trop fort. Je l'embrassai doucement. Elle s'ouvrit à moi, et je glissai lentement une main à la base de son crâne pour la maintenir contre moi. Elle posa ses mains sur mon torse. Je m'emparai d'un de ses poignets et le plaçai contre ma queue. Lorsqu'elle haleta et tenta de s'éloigner, je resserrai mon emprise sur elle. Je mis fin à notre baiser afin de pouvoir observer son visage.

Elle ouvrit la bouche comme pour dire quelque chose, mais aucun mot n'en sortit.

— Je te désire tellement. Putain, tu ne peux pas imaginer à quel point...

— Raphaël...

Elle tenta encore de s'écarter.

— Je ne veux pas que ça se passe de cette façon. À cause d'un contrat.

— Rien à foutre du contrat. Je me fiche de ce contrat. Ça ne change rien. Je veux que tu sois à moi, Sofia. C'est tout. Je veux que tu sois mienne.

Elle gémit alors que je prenais son visage entre mes deux mains pour l'embrasser à nouveau, puis tenta de s'écarter, mais je ne lâchai pas prise.

— Retire ma chemise.

Prudente, incertaine, ses prunelles curieuses rencontrèrent les miennes. Elle cligna des paupières avant de déplacer lentement ses mains vers les boutons de ma chemise. Elle m'adressa un léger signe de tête, les doigts tremblants lorsqu'ils touchèrent le premier bouton pour le défaire et tâtonnèrent vers le suivant. Son contact hésitant me rendit encore plus dur.

Je voulais prendre un bain pour tenter de la détendre, mais je ne savais pas combien de temps j'allais pouvoir me retenir. La simple pensée d'elle nue, assise dans la baignoire, entre mes jambes, était déjà suffisante pour me faire basculer.

Elle bougeait lentement, et le tremblement de ses doigts rendait la tâche plus difficile. Bientôt, elle retira ma chemise de mon pantalon et, une fois tous les boutons défaits, elle la repoussa. Ses yeux suivirent ses mains alors qu'elle caressait mon torse et écartait ma chemise de mes épaules. Elle m'observa, ses mains enroulées autour de mes biceps.

Son sourire disparut lorsque je l'affrontai à nouveau en posant mes mains de chaque côté de sa taille pour la faire reculer vers le lit. Lorsque l'arrière de ses genoux heurta le matelas, elle s'assit dessus. J'écartai ses jambes pour m'agenouiller entre elles. Mon regard se déplaça de son visage à ses seins, jusqu'à sa culotte en dentelle, ses poils et sa vulve clairement visibles à travers elle. D'une main, j'écartai sa culotte sur le côté, l'exposant à mon regard. Elle haleta. Je m'emparai alors d'une de ses jambes pour l'attirer vers l'avant afin qu'elle soit au bord du lit.

J'approchai ma bouche de son clitoris que je léchai, avant de le sucer. Les jambes de Sofia s'écartèrent plus largement, puis se refermèrent de chaque côté de ma tête.

— Tu le veux autant que moi. Oublie tout. Rien d'autre n'a d'importance.

Je la repoussai avant de lui retirer sa culotte. Elle était désormais nue devant moi. Je me levai alors et pendant qu'elle m'observait, je retirai le reste de mes vêtements.

— Tu vas jouir autour de ma queue ce soir, chérie.

Chérie.

Ça me plaisait. Ça lui allait divinement bien.

La poussant vers l'arrière, je grimpai entre ses jambes et embrassai à nouveau ses lèvres, appréciant la sensation de sa nudité contre la mienne, son sexe pressant contre le mien. Ma queue mourait d'envie de s'enfouir en elle, pourtant je me retins, voulant goûter chaque centimètre de son corps de mes lèvres. Je voulais sentir son pouls battre contre sa gorge. Je voulais embrasser sa clavicule, l'espace entre ses seins, ses mamelons tendus, le plat de son ventre, sa fine toison, ses cuisses.

Sofia était à bout de souffle au moment où je me dressai sur mes genoux pour écarter ses jambes, l'exposant entièrement à moi.

— Je veux te baiser, violemment, Sofia.

La peur et le désir se disputèrent dans ses yeux. En observant cela, en regardant son visage, je pressai ma queue contre son entrée humide et enfonçai mon gland en elle. Ses mains se plaquèrent contre mon torse, sans pour autant qu'elle ne me repousse. J'avançai, l'étirant lentement, centimètre après centimètre, sans jamais quitter son regard. Ses parois internes comprimèrent ma queue jusqu'à ce que je heurte la barrière de son hymen.

— Raphaël, commença-t-elle, sa panique clairement évidente dans sa voix.

— Sofia, gémis-je.

Je voulais tellement m'enfoncer violemment en elle, en sachant combien ça lui ferait mal si j'agissais ainsi. Je reculai, lâchai sa jambe, plaçai ses cuisses sur les miennes afin que je puisse toujours voir son visage.

— Garde les yeux ouverts, regarde-moi.

Elle secoua la tête, ses ongles s'enfoncèrent dans mes épaules. J'allai et vins lentement en elle, sans pour autant briser sa barrière, et glissai deux doigts contre son clitoris afin de le stimuler.

— Ouvre les yeux, lui rappelai-je lorsqu'elle se mordit la lèvre. Regarde-moi.

Au coup de rein suivant, je m'enfonçai profondément, sentit sa résistance. J'entendis son petit cri alors que la chaleur de son sang recouvrait ma queue. Je fermai les yeux un instant ; j'avais l'impression de la posséder entièrement quand bien même ce fut fugace, et je désirais désespérément m'accrocher à ce sentiment. Lorsque je rouvris les paupières, je la trouvai en train de me fixer.

Je recommençai à titiller son clitoris, transformant sa douleur en plaisir alors que je m'enfonçais plus profondément, plus rudement, en observant l'expression de son visage. Je plaçai mon poids sur elle, et refermai ma bouche sur la sienne. Je grognai lorsqu'elle ferma les yeux en gémissant. C'était exactement le même son qu'elle avait poussé, cette nuit-là, sous les étoiles. Son sexe palpita autour de ma queue. J'observai son visage, je la vis se tendre, avant de s'adoucir. Ses paupières papillonnèrent, ses ongles me déchirèrent la peau.

La voir jouir me poussa dans la brèche, et avec une dernière poussée, je me déversai en elle. Je l'observai en me vidant. J'étais satisfait à l'idée que son sang et mon sperme se mélangent en elle. Je voulais qu'elle prenne tout de moi. Finalement, je m'effondrai sous elle, la tenant dans mes bras en me retirant lentement de son corps, souillant la peau parfaitement lisse de sa cuisse et rougissant mes draps par la même occasion.

JE ME RÉVEILLAI À L'HEURE HABITUELLE, 3 HEURES DU MATIN, ET écoutai Sofia dormir, son corps nu pressé contre le mien. Je posai la paume de ma main sur son ventre, la tenant contre moi autant que je le pus.

La nuit dernière avait été bonne. Meilleure que ce à quoi je m'attendais. L'attraction physique entre nous était mutuelle, mais il y avait plus que cela. Je désirais m'y accrocher, à cette chose, peu importe ce que c'était. Je savais que c'était important.

Et éphémère.

Parce que je ne pouvais pas avoir cela, et c'était exactement pour cette raison que j'avais accepté de le faire au départ. C'était l'un ou l'autre.

Le test du vieil homme n'avait fait que renforcer ma détermination. Je ne pouvais pas oublier les raisons pour lesquelles je faisais tout cela. Pourquoi elle était ici.

Je ne le ferais pas.

Me tournant sur le dos, j'observai la lueur du clair de lune qui s'infiltrait entre les rideaux. Sofia fit une sorte de bruit, et pendant un moment, je pensai que je l'avais réveillée, mais elle se recroquevilla contre moi, sa tête enfouie dans mon cou, et son corps m'étreignit de lui-même. Immobile, je l'observai jusqu'à ce qu'elle se détende, avant d'enrouler mon bras autour d'elle. Je me demandai si elle le ferait consciemment, si elle était éveillée. Je pensai qu'elle pourrait peut-être le faire.

C'était ce qui rendait tout cela si difficile.

Marcus Guardia avait utilisé l'amour de Sofia pour sa sœur afin de me tester. Pour tester ma faiblesse. Il avait probablement tout planifié depuis le départ. Ce salaud avait lu en moi comme dans un livre ouvert, et j'étais tombé dans son piège.

Si pour un seul instant j'avais cru qu'il pouvait avoir un minimum d'égards envers sa petite-fille, la facilité avec laquelle il avait sacrifié son corps avait effacé mes doutes. Nous étions tous des pions dans son jeu tordu.

Pourtant, j'étais parvenu à le détourner, j'avais réussi à l'utiliser à mon avantage avec Sofia.

Je supposais que j'étais également un maître manipulateur.

Lui parler de consommer de la manière dont je l'avais fait avait été cruel. Mais lui offrir sa sœur en tant que cadeau de mariage m'avait fait retrouver ses faveurs. Je l'embrouillais sûrement, mais merde, j'étais également embrouillé moi-même.

Son grand-père était un putain de bâtard psychopathe. Je me demandais s'il pensait que je n'irais pas au bout si elle refusait. C'était sans doute pour cela qu'il me l'avait demandé. Peut-être pensait-il qu'elle crierait au viol. Il voulait me remettre derrière les barreaux, ou peut-être qu'il s'en foutait complètement d'elle.

La nuit dernière, tout avait changé. Elle s'était offerte à moi. Je n'avais pas eu à me regarder dans le miroir ce matin pour découvrir un monstre encore plus terrible que Marcus Guardia me rendant mon regard.

Il y avait plus. Mais de toute façon, cette autre raison ne concernait pas Sofia. Je devais m'y accrocher, afin de l'utiliser lorsque j'en aurais le plus besoin.

Marcus voulait récupérer ses cinq pour cent. Lina pouvait passer quelques jours avec sa sœur si je renonçais à ce pourcentage, en acceptant de recevoir quarante-cinq pour cent des actions, et non pas cinquante. De cette façon, il veillait à garder le contrôle sur l'entreprise familiale.

Il était loin d'être un imbécile. Il soupçonnait que je détruirais son entreprise dès que je le pourrais, dès que j'en aurais la capacité. C'était ce qui était prévu. Pourtant, je ne le ferais pas comme je l'avais imaginé à la base. Il payerait tout de même. Comme ça, il perdrait tout, et pas seulement une moitié.

Et une fois que tout ceci arriverait, je perdrais Sofia une bonne fois pour toutes.

Pourtant, je savais qu'il y avait plus à considérer que son grand-père. Ma rencontre avec Moriarty ne s'était pas bien passée. Je n'avais pas réalisé à quel point mon père avait été endetté. Et Moriarty n'était pas prêt à tirer un trait sur sa dette simplement parce que mon paternel était mort. Il avait toujours l'intention d'être payé. Je ne pouvais pas lui donner ce qu'il voulait, parce que ce qu'il voulait, c'était l'héritage de ma mère. Cette maison. Nos terres. Il m'avait même offert de me payer pour cela, au moins pour la part que mon père ne lui devait pas.

Moriarty était un promoteur commercial. Son offre était légitime. Il avait un moyen d'obtenir ce qu'il voulait et n'aurait aucun problème à utiliser tous les stratagèmes pour y parvenir. Lorsque Damon m'avait demandé d'appeler la police afin de les laisser s'en occuper, il n'avait pas réalisé que Moriarty les avait sous sa coupe. Je devais m'occuper de lui, en m'assurant que Sofia ne prenne pas part à tout cela.

J'avais l'impression que des rochers me pressaient de toutes parts, prêts à me prendre la vie à chaque instant. J'essayais de tenir Sofia en l'empêchant de se faire écraser par la même occasion.

Je me levai.

Sofia remua mais se calma rapidement. Je remontai les couvertures sur son corps, avant d'enfiler mon jean. Dans mon placard, je récupérai le drap souillé que Maria avait plié et placé là selon mes instructions pendant que je lavais Sofia. Je l'amenai en bas, dans le salon. Là, j'allumai un grand feu dans la cheminée et observai le bois s'enflammer. J'étudiai ce feu pendant un long moment. Je n'étais même pas certain d'avoir décidé consciemment de l'allumer. Je jetai le drap dans les flammes, afin de le détruire. Je le regardai brûler et réduire en cendres toutes les preuves de notre nuit de noces.

D'une certaine façon, c'était un geste symbolique.

Parce qu'à l'intérieur de moi, tout était en cendres.

15

SOFIA

Quand je me réveillai, Raphaël était parti. Je me demandai s'il avait vraiment dormi, et si oui, durant combien d'heures hier soir, après m'avoir fait l'amour – et il m'avait bien fait l'amour. Il l'avait fait si tendrement, si soigneusement, que cela m'avait surprise. Peut-être que ça n'aurait pas dû. Peut-être que cette dualité était normale avec lui. Peut-être que de savoir qu'il avait la capacité d'être tendre ferait une différence ; cela me rendrait plus supportable le fait de le tolérer lorsqu'il était mauvais. Ou peut-être que de le savoir rendrait ces moments encore plus difficiles.

Après notre nuit passée à Civitella dans le Val Di Chiana, je n'avais pas été certaine de survivre au mariage ni à la nuit de noces. Il m'avait avoué pourquoi tout ceci était nécessaire. Mon grand-père avait utilisé ma sœur comme un pion. Il avait vu une brèche, ma faiblesse, et l'avait utilisée contre Rafael.

J'avais besoin de parler à mon grand-père. J'avais besoin de le confronter et d'entendre sa version de l'histoire, au sujet du vol, et sur son accord avec Raphaël. Mais je n'étais pas assez folle ou stupide pour penser qu'il me dirait la vérité. Du moins, pas entièrement. Pourtant, je savais qu'il y avait toujours deux côtés à chaque histoire, et je ne pouvais oublier le fait qu'il m'avait élevée.

Cet homme nous avait donné un abri, sinon de l'amour, pendant treize années. Il nous avait donné le meilleur de ce que l'argent pouvait nous acheter. Il ne pouvait pas nous haïr à ce point.

Il m'avait pourtant vendue. Littéralement.

Oui, il l'avait fait. Malgré tout, si je devais être honnête avec moi-même, ce qu'il ressentait pour moi n'était pas la même chose que ce qu'il ressentait pour Lina. J'en avais toujours été consciente. Peut-être que c'était parce qu'elle était plus jeune et qu'elle éveillait en lui une certaine affection ?

Lina mise à part, je ne pus oublier ou nier le fait qu'il avait agi contre moi. Et si ce que Raphaël m'avait dit était vrai, qu'il nous volait, Lina et moi, il fallait l'arrêter. Pourtant, il restait toujours mon grand-père.

Je me frottai la nuque, essayai d'apaiser le mal de tête qui pointait le bout de son nez.

Quelque chose me titillait l'esprit depuis plusieurs jours. Depuis mon vol vers l'Italie. J'avais 18 ans. J'étais mariée. Avec Raphaël, j'étais capable de soutenir ma sœur. Pourrais-je demander et obtenir sa tutelle ? Est-ce que je pourrais d'une certaine façon être capable d'amener Lina ici, pour qu'elle puisse vivre avec nous ? Si mon grand-père ne le permettait pas, ce qui, à mon avis, serait le cas, pourrais-je me battre contre lui au tribunal ? Dans quelle mesure serais-je prête à m'afficher en public, si ce que Raphaël avait dit était vrai ? Dans quelle mesure cela nuirait-il à Lina ?

Sa relation avec notre grand-père était différente. Elle vivait dans la même maison. Pour ma part, j'étais partie depuis quatre ans.

Il y avait également une autre question qui me taraudait.

Raphaël m'autoriserait-il à agir ainsi ?

Il m'avait offert du temps avec elle. Il savait combien elle comptait pour moi. Mais de là à l'autoriser à vivre ici avec nous ? Et puis, est-ce que Lina aimerait cela ? Elle devrait tout laisser derrière elle. Que penserait-elle de l'idée de laisser notre grand-père tout seul ?

Pourrais-je remettre en doute sa foi en lui, alors même que je n'étais pas certaine de ce qui était vrai ?

J'avais beaucoup de choses en tête. Je sortis du lit, et en me rappelant le moment où Raphaël m'avait lavée, je me souvins que quelqu'un était venu dans la chambre pour changer les draps. Mon visage rougit à l'idée que quelqu'un – Maria, je supposai – puisse savoir. Où se trouvait le drap maintenant ? Était-il en train de les montrer à mon grand-père ?

Je secouai la tête pour chasser cette pensée au loin. Je ne devais pas m'y attarder. Je ne pouvais pas. C'était trop terrible. Et même si je ne le désirais pas, j'avais conscience qu'il fallait que je parle avec mon grand-père avant qu'il ne rentre à la maison.

Je m'emparai de mon téléphone portable et trouvai son numéro, pourtant je ne le composai pas. Je ne voulais pas appeler ou prendre de rendez-vous. Je me présenterais à son hôtel.

Surprends-le. Prends-le par surprise.

En plus, j'avais des choses plus importantes à faire ce jour-là.

En réalisant que je n'avais pas de vêtements dans la chambre de Raphaël, et que la personne qui avait changé les draps avait également emporté ma robe de mariée, j'ouvris la porte de son dressing. J'allumai et inspirai profondément, son parfum était très présent en ces lieux. Je n'étais pas certaine de ce que je m'attendais à trouver, mais ce n'était pas beaucoup.

Quelques costumes étaient soigneusement accrochés, tous sombres, ainsi que quelques jeans pliés et empilés, ainsi que des T-shirts. Il y en avait toute une montagne, tous noirs ou blancs.

Je ricanai. C'était ironique. Noir et blanc. Bons et mauvais. Tout comme lui, qui était les deux.

En me tournant, je trouvai un T-shirt noir jeté sur le panier à linge. Je regardai autour de moi pour m'assurer d'être seule, avant de le ramasser et de le porter à mon visage. J'inspirai son odeur. Sans trop réfléchir, je le passai par-dessus ma tête. Il m'arrivait à mi-cuisse, ce qui ferait l'affaire. Je quittai sa chambre et descendis sur la pointe des pieds vers la mienne, en étant consciente de la douleur entre mes jambes. Ce qui me fit me rappeler la façon dont il m'avait prise, comment il avait presque été doux. Au début.

Je ne pouvais m'empêcher de me demander s'il m'aurait forcée, si je lui avais dit non.

Une fois dans ma chambre, j'enfilai rapidement mon short et mon débardeur, me brossai les dents et lavai mon visage, avant d'attacher mes cheveux en une queue de cheval et de me diriger vers la chambre de ma sœur. Elle était déjà dans le couloir lorsque je sortis de la mienne habillée. Elle tenait Charlie dans ses bras. Elle lui roucoula quelque chose, et lui remua énergiquement sa petite queue avec bonheur.

— Je l'aime tellement, dit-elle en me voyant.

— Moi aussi. Il est merveilleux.

Elle croisa mon regard en souriant.

— Tu as l'air en forme, ajouta-t-elle avec un clin d'œil.

— Tais-toi, répliquai-je en la prenant par le bras et en l'amenant jusqu'à l'escalier.

— Je meurs de faim. Pas toi ?

— Si.

— Tu as bien dormi ?

— Parfaitement. Je n'ai pas réussi à trouver le sommeil pendant le vol, j'étais morte de fatigue.

— As-tu parlé à grand-père aujourd'hui ?

— Pas encore. Je lui ai dit hier soir que je l'appellerais aujourd'hui pour déjeuner. Ce serait bon pour toi aussi. Tu ne pourras pas l'éviter éternellement. Peut-être que tu pourrais lui donner une chance de s'expliquer.

Nous marchâmes alors en silence jusqu'à la cuisine.

— Je sais qu'il faut que je le voie. Ça va aider de t'avoir avec moi.

— Alors, c'est décidé, conclut Lina.

Nicola me tendit une note dès que j'entrai dans la cuisine.

— Pour vous.

— Merci.

J'observai la feuille de papier pliée, confuse, avant de l'ouvrir.

« Sofia,

J'espère que tu as bien dormi. J'ai des affaires à régler, je ne serai pas de retour avant très tard. Éric a reçu l'ordre de vous emmener toi et ta sœur où vous voulez. Sois dans mon lit ce soir.

Raphaël »

Je le repliai rapidement, avant de le glisser dans ma poche en essayant de ne pas penser à ses derniers mots : « sois dans mon lit ce soir ».

À la place, je décidai que j'étais irritée au sujet d'Éric. J'étais capable de conduire une voiture. Mais il voulait qu'Éric me serve de chauffeur. Il voulait jouer la carte de la sécurité. Je repensai à la nuit précédente, à ces hommes qui étaient arrivés en retard, ceux qu'il avait rencontrés dans son bureau. Je frissonnai en repensant à la manière dont ils m'avaient regardée.

— Qu'est-ce que c'est ? me demanda Lina.

— Rien. Ça dit juste que nous avons un chauffeur, répondis-je avec un sourire résigné.

Lina m'observa pendant une minute. Elle savait que je lui cachais quelque chose. Fort heureusement, elle laissa tomber.

— Tu ne vas pas porter ces sandales, n'est-ce pas ? déclarai-je en observant ses pieds. Nous allons beaucoup marcher.

Elle portait une paire de sandales neuve, avec des talons de dix centimètres. J'avais quant à moi opté pour de vieilles tongs.

— Elles sont mignonnes. Je devais bien les porter quelque part.

— Siena n'est probablement pas l'endroit idéal.

— La beauté ne vient pas sans le moindre prix à payer en retour, ajouta-t-elle en haussant les épaules.

— Pardon, madame la philosophe.

Elle me tira la langue. Après le petit déjeuner, nous décidâmes d'abandonner Charlie derrière nous. Éric nous conduisit à Siena, là où mon grand-père logeait. Lina s'était arrangée pour qu'on le retrouve à son hôtel pour le déjeuner, ce qui nous laissait quelques heures pour faire du shopping et du tourisme. Ce fut génial d'être de nouveau avec elle. Seules dans un bel endroit, je pus presque oublier les raisons pour lesquelles nous étions ici.

Mon grand-père séjournait dans le plus bel hôtel de l'ancienne ville. Alors que nous nous dirigions vers sa table à l'arrière du restaurant, je ne pus m'empêcher de me demander si c'était mon héritage ou celui de Lina qui payait pour ses dépenses. En approchant, je l'observai. Il était assis derrière une table élégamment dressée avec une nappe blanche, un sourire plaqué sur le visage, ses cheveux blancs parfaitement coiffés, son costume impeccable alors qu'il se levait pour nous saluer.

— Lina, Sofia, dit-il en souriant et en tendant les mains.

Lina s'empara de la sienne.

— Bonjour, grand-père.

Elle embrassa sa joue, son sourire s'élargit. Je ressentis ce sentiment habituel d'envie à l'égard de leur relation. Je ne voulais pas l'éprouver, mais c'était ainsi. Même s'il n'avait jamais été comme les autres grands-parents, son affection pour Lina était évidente. Aussi évidente que le fait qu'il n'avait jamais montré les mêmes attentions à mon égard.

— Tu as exactement les yeux de ta mère. C'est remarquable.

Bien que nous nous ressemblions beaucoup, Lina avait hérité de la couleur des yeux de ma mère ainsi que de sa peau olivâtre et de ses cheveux plus foncés, alors que j'arborais les mêmes que mon père. Je me demandais si c'était ça, si c'était pour cette raison qu'il m'aimait un peu moins.

— Sofia, hésita-t-il. Tu as bonne mine.

Je ne pouvais pas répondre, mes pensées étaient trop confuses avec tout ce que j'avais appris à son sujet, avec tout ce dont il aurait à répondre.

— Asseyez-vous, mesdames.

Il leva sa main pour appeler la serveuse. Nous commandâmes des boissons, de l'eau pour Lina et moi, un verre de vin blanc pour mon grand-père. Nous étudiâmes alors le menu en silence plus longtemps que nécessaire. Alors que je me cachais derrière mon menu, j'imaginai comment ce repas allait se passer, comment je lui poserais ma question en essayant de ne pas le faire sortir de ses gonds.

Mon cœur battait la chamade, je transpirais. Je me détestais pour cela.

De façon surprenante, nous déjeunâmes sans parler de Raphaël ni de ce qui nous avait amenés ici. Lina se chargea de gérer la conversation, visiblement nerveuse à l'idée de laisser passer un moment de blanc. Même si elle ne connaissait pas tous les détails, elle savait que l'accord au sujet de mon mariage avait été conclu entre grand-père et Raphaël.

Une heure plus tard, elle se releva pour aller aux toilettes des dames.

— Voudrais-tu m'accompagner ?

Il aurait été plus facile de lui dire oui, de faire l'autruche, cependant j'en fus incapable.

— Non, vas-y.

Lina me pressa l'épaule en souriant. Quoi qu'il en soit, elle n'aimait pas les conflits. Peut-être qu'elle pensait que nous allions nous réconcilier au cours des prochaines minutes. Je la regardai s'en aller. Mon grand-père se tourna ensuite vers moi.

— Comment vas-tu, Sofia ?

— Bien, si on considère les événements récents.

— Je veux que tu saches que je reconnais avoir mal choisi.

Il venait de me surprendre.

— J'aurais dû trouver un autre moyen.

— Waouh. Vous avez mal choisi. Oui, vous auriez très certainement dû trouver un autre moyen.

— J'essaie de régler ce problème.

— Comment voulez-vous régler le problème ? N'est-il pas trop tard ?

Il ne répondit rien.

— J'ai décidé de prolonger mon voyage pour que tu puisses passer du temps avec ta sœur.

— Comme c'est généreux de votre part.

Je ne pouvais pas lui avouer que je savais très bien la raison derrière cela. Comme une imbécile, j'avais beaucoup trop d'informations et ne savais pas quoi en faire.

— Sofia...

— Est-ce que ce qu'il m'a dit est vrai ? Est-ce que vous nous volez notre héritage ?

Il y eut comme une lueur d'ennui dans ses yeux, qu'il parvint néanmoins à masquer rapidement.

— Vous voler ?

— Ma sœur et moi.

— Tu sais que l'argent est à votre nom, et qu'il le sera toujours. Je suis entré dans la famille par le biais du mariage. Vous, vous y appartenez de naissance.

— Alors, est-ce que c'est vrai... dites-moi la vérité.

— J'utilise les fonds nécessaires pour vous élever comme il se doit, répondit-il abruptement.

— Et vous ? N'en mettez-vous pas de côté pour vous-même ?

— Ne sois pas ingrate, Sofia. Ce n'est pas le cas.

— Pas encore ?

Il s'empara de son verre de vin et en avala une gorgée. Il l'avait à peine touché au cours de notre déjeuner.

— Pourquoi me détestez-vous, grand-père ? Que vous ai-je fait ?

Il secoua la tête.

— Je ne te déteste pas, Sofia.

— Vous ne m'aimez pas non plus. Pas comme Lina.

— Ta jalousie n'est pas fondée.

— Est-ce parce que je suis la raison pour laquelle maman s'est enfuie pour épouser papa ?

Il fallait que je sache. C'était une question qui me taraudait depuis longtemps, que je n'avais jamais eu le courage de poser. J'avais fait le calcul après avoir trouvé des lettres de ma mère adressée à ma grand-mère. Mon père et elle n'étaient pas mariés lorsqu'elle était tombée enceinte.

Le visage de mon grand-père s'endurcit. Il pencha la tête sur le côté.

— J'essaie de réparer mes actes, Sofia. J'essaie de réparer ce que j'ai fait. Crois-le ou non, je ne veux pas perdre ma petite-fille comme j'ai perdu ma fille.

J'hésitai, je n'étais pas certaine de ce à quoi je m'attendais. Il ne s'agissait certainement pas de cela.

— Alors, vous cherchez le pardon ? Vous attendez-vous à obtenir le mien ?

Toute cette histoire était ridicule. Il ricana en secouant la tête. J'entendis les sandales de Lina claquer sur le sol en marbre.

— Ne penses-tu pas que je sais que je ne le mérite pas ?

Un instant plus tard, il plaqua un sourire sur son visage, afin de masquer ses émotions, tandis qu'il aidait Lina à prendre place. Nous partîmes vingt minutes plus tard. Je n'avais pas prononcé plus que quelques mots depuis le retour de Lina, mon esprit étant trop chamboulé par ce que mon grand-père avait dit. Il semblait avoir des remords, ce qui était étrange venant de lui. Depuis tout ce temps, regrettait-il ce qui était arrivé à ma mère ? Regrettait-il de l'avoir perdue parce qu'il n'avait pas su accepter le choix de son époux ?

Deux heures plus tard, alors que nous quittions la ville, Lina réalisa qu'elle n'avait pas son portable.

— Je me demande si je l'ai laissé dans les toilettes des femmes de l'hôtel lorsque je me suis lavé les mains.

— Nous pouvons y retourner. Ce n'est qu'à quelques pas d'ici.

— Mes pieds sont en train de mourir dans mes sandales, avoua-t-elle.

Je m'emparai de son bras alors que nous retournions vers l'hôtel.

— La prochaine fois, opte pour des chaussures confortables. Pas jolies.

— Oui, oui.

Nous entrâmes dans le hall de l'hôtel, Lina s'empressa d'aller vérifier la salle de bain. Elle émergea avec un sourire sur le visage une minute plus tard.

— Je l'ai.

— Tu as de la chance. Allons-y.

Grand-père nous avait dit qu'il avait des réunions pour le restant de la journée, alors je ne m'attendais pas à le croiser. Ce pour quoi j'étais reconnaissante. Mais en sortant de l'hôtel, j'entendis sa voix. Nous nous arrêtâmes toutes les deux. Il parlait avec quelqu'un, l'autre homme riait à gorge déployée.

Mon instinct me poussa à me cacher. Je traînai Lina dans une alcôve et lui fis signe de se taire. Depuis notre cachette, nous observâmes mon grand-père et l'homme étrange qui était venu à mon mariage. Ils semblaient tous les deux sérieux, pas le moins du monde amicaux, pourtant lorsque l'homme tendit sa main, mon grand-père la serra. Je sentis un frisson descendre le long de ma colonne vertébrale.

— Nous devons partir, déclarai-je.

— Qu'est-ce qu'il y a ? Qui était-ce ? Il se trouvait à la maison hier soir.

Je hochai la tête, j'étais embrouillée. Je ne savais pas vers qui tourner ma loyauté.

Mon grand-père venait de serrer la main de l'ennemi de mon mari.

16

RAPHAËL

Le temps que je rentre, il était minuit passé. J'allai directement dans ma chambre, je ne savais pas si elle aurait fait ce que je lui avais dit ou non, pourtant elle était déjà là, endormie dans mon lit. Elle était encore habillée, et se trouvait sur les draps. Son bras pendait sur le côté, et un livre gisait sur le sol.

Elle devait m'attendre. Ou en tout cas elle avait essayé.

Je l'observai pendant quelques minutes.

Elle portait un short blanc et un débardeur jaune, ses longs cheveux châtains s'éparpillaient sur son dos et son bras. Ses jambes étaient légèrement bronzées, et en observant ses pieds nus et ses petits orteils, je lui trouvai un air innocent. Comme si elle avait besoin de protection.

Ce qui était le cas. Plus qu'elle ne pouvait l'imaginer.

Je touchai son visage. Elle gémit en se détournant, toujours endormie. Je ramassai son livre. Il s'agissait d'une œuvre de Nietzsche. Je fronçai les sourcils.

Voilà un choix intéressant.

. . .

Après y avoir glissé un marque-page, je le posai sur la table de nuit, avant de m'asseoir sur le lit et d'écarter ses cheveux de son visage pour pouvoir mieux l'observer. Elle ne portait pas de maquillage et avait l'air de dormir paisiblement. Je ne me souvenais pas d'avoir un jour dormi comme ça. Les cauchemars avaient régné sur mon enfance et m'avaient suivi jusque dans l'âge adulte. Ils évoluaient toujours, tout en restant les mêmes. J'étais jaloux de Sofia. Je ne lui en voulais pas. J'étais envieux, tout simplement.

Elle se retourna sur le dos à ce moment-là, ses bras retombant à ses côtés. Elle ne portait pas de soutien-gorge. Son débardeur s'étendit sur sa poitrine, souligna ses mamelons foncés. Son short laissa apparaître ses jambes joliment galbées. Je m'approchai d'elle, me faisant l'impression d'être un sale type, et je lui déboutonnai son short.

En constatant qu'elle ne bougeait pas, je le fis glisser le long de ses jambes. Elle portait une culotte en dentelle rose pâle. Ma queue durcit à cette vue, ainsi qu'à celle du petit triangle de poils juste sous la dentelle. Je me raclai la gorge, remis ma queue en place et me remis debout.

— Sofia, murmurai-je doucement.

Rien.

— Sofia.

Encore une fois, pas de réponse. Elle dormait toujours.

Je la redressai pour la faire s'asseoir et lui retirer son débardeur. Elle s'agita, cligna plusieurs fois des paupières, m'adressa un demi-sourire, puis ferma à nouveau les yeux. Je souris bêtement, en sachant pertinemment qu'elle ne pouvait pas me voir puisqu'elle dormait.

Je repoussai les draps et l'y allongeai. Je lui retirai alors sa culotte. J'aimais l'avoir nue dans mon lit, j'adorais la regarder. Un instant plus tard, je me forçai à la couvrir à nouveau, avant de me rendre à la salle de bain pour prendre une douche et grimper dans le lit à côté d'elle.

— Je suis dans ton lit, murmura-t-elle en se tournant vers moi et en passant son bras autour de moi. Comme tu me l'as demandé.

— Je vois ça.

Elle s'endormit à nouveau. J'enroulai un bras autour d'elle, la tenant près de moi. Me sentais-je coupable à l'idée de ce que j'allais leur faire, à elle ainsi qu'à sa sœur ? Je détruirais leur héritage pour punir leur grand-père. Je savais que cela signifiait que je la détruirais au passage. Ma promesse de ne pas la laisser à la rue ne m'apportait en aucun cas l'absolution.

C'était ironique, à quel point nos vies semblaient parallèles, étrangement les mêmes. Nos chemins ne s'étaient tout simplement pas croisés avant, puisqu'ils suivaient exactement le même axe. Ce que son grand-père avait précipité, l'acte qui avait tué ma mère, il fallait que je le répète. Je m'assurerais de répéter sciemment l'histoire.

Je mettrais le feu aux terres de la famille Guardia. Je mettrais un terme à leur vignoble ainsi qu'à leur nom.

Je m'endormis avec ces pensées qui me traversaient l'esprit, et le cauchemar que j'avais déjà fait mille fois auparavant fut différent cette fois-ci. Je le compris à la façon dont il commença, puisque je m'étouffais avec de la fumée en essayant en vain de l'atteindre, tout en sachant que j'arriverais trop tard.

Pourtant, cette fois, la maison fut différente. Il n'y avait pas d'alarme, seulement le bruit du feu et celui de la destruction d'une maison. Lorsque j'arrivai dans la chambre, lorsque je frappai comme un acharné contre la porte en l'entendant hurler à l'intérieur, je compris qu'il était trop tard. Je savais qu'elle allait mourir.

Et lorsque je parvins à défoncer la porte, ce n'était pas le corps carbonisé de ma mère que je trouvai. Loin de là. Je me relevai dans le lit, le souffle court, en sueur. Mes paupières s'ouvrirent, chassant mon sommeil, ne me laissant qu'avec le souvenir de cette version du cauchemar qui se répétait depuis six ans.

J'observai Sofia qui dormait encore à mes côtés.

Serait-elle la Belle au bois dormant qui se transformerait en cendres à la fin de cette histoire ? Est-ce que je serais celui qui mettrait le feu à cette allumette ? Qui d'autre que moi pourrait la détruire ? Je lui avais dit que je n'agirais pas comme une bête envers elle, mais n'était-ce pas mon intention véritable depuis le début ? Sa destruction n'était-elle pas au centre même de ma vengeance ? N'avais-je pas déjà commencé à entrer pleinement dans le jeu dès lors que son grand-père avait apporté un changement au contrat ?

J'étais un monstre. Je le savais. Mais serais-je capable de la détruire ?

Elle ?

Alors que mon esprit s'agitait, elle dormait, inconsciente du danger que je représentais. Elle avait un pouvoir si étrange sur moi. Pourquoi ne parvenais-je pas à la détester ? J'étais censé la haïr.

Je quittai mon lit, en colère, frustré, avant de descendre à la cuisine en emmenant avec moi ma fidèle bouteille de whisky préférée. Je ne pris même pas la peine de me servir un verre. Je n'en avais pas besoin. Je savais où j'allais. Dans cet endroit que je détestais tant.

Je n'avais toujours pas fait installer des putains de serrure sur la porte. Je ne pouvais pas le faire. Je ne pouvais pas risquer de ne pas pouvoir y entrer.

J'ouvris la porte de la cave, l'odeur me ramena déjà des années en arrière.

Était-ce une sorte de sanctuaire tordu ? Une chose embrouillée et sombre, à laquelle je ne parvenais pas à échapper, que je redoutais mais vers laquelle je me tournais encore et encore ?

Je bus de grandes rasades de whisky en descendant les escaliers. Cette nuit-là, je n'allumerais pas. Je n'en avais pas besoin. Je connaissais chaque centimètre de cet endroit, et les deux petites fenêtres en haut de chacun des murs laissèrent entrer assez de rayons de lune. Elles mettaient en évidence le pilier, comme si c'était un projecteur qui illuminait l'élément clé de cette pièce.

Je soulevai le couvercle de la première malle, la laissant tomber au sol. Une araignée s'éloigna, ses longues pattes s'agitant sur le cuir usé. Les fouets étaient enroulés comme s'ils attendaient leur tour. Ils ne trouveraient plus jamais de cible. Ils ne toucheraient plus jamais mon dos.

Je les observai pendant un long moment. Je connaissais la

sensation de chacun d'entre eux, et je tremblai en me souvenant de la douleur qu'ils m'avaient infligée.

Les coups de fouet n'avaient eu lieu que la nuit. Toujours après que je fus allé au lit. Peut-être que j'étais encore conditionné pour me réveiller à ces heures-là. Je pensais qu'il appréciait cela. Il devait aimer savoir que je me couchais en ayant peur, sans jamais être certain de ne pas être réveillé et traîné ici pour être puni pour des péchés que je n'avais même pas commis. Je ne pensais même pas que cela importait à ses yeux, que j'aie pu faire ou non quoi que ce soit. Qu'aucun d'entre nous l'ait fait ou non.

Je bus encore, ingurgitant la moitié de la bouteille cette fois. Ma gorge brûlait, mais je m'en fichais. J'en avais besoin. J'avais besoin de cette brûlure lorsque je touchai le long cuir fin de l'un des fouets, celui qu'il avait utilisé le plus. Sans réfléchir, j'enroulai ma main autour de la poignée. Elle était usée, sa sueur au cours de l'effort l'avait abîmée. Il était encore souple, malgré les années qui étaient passées.

Alors que je reculais mon bras, j'observai le cuir se dérouler lentement comme un serpent. Je le fis claquer sur le sol. Je tremblai en entendant le son qu'il fit, c'était une chose que je ne pourrais jamais oublier. Me souvenir de cela me fit cambrer le dos, en une tentative pour me protéger.

J'avalai plus de whisky. Puis, en gardant la bouteille à mes côtés, je tournai mon attention vers le poteau. Lui aussi avait été marqué par endroits. Ses sculptures étaient adoucies là où je l'avais étreint à maintes et maintes reprises. Je tirai mon bras en arrière et le frappai. J'entendis le bruit du cuir s'enrouler autour du bois. Je me rappelai parfaitement son extrémité qui me meurtrissait les chairs.

Comme si le cuir lui-même était gourmand. Impitoyable.

Que ressentait mon père en faisant cela ? Se tenir derrière moi ou derrière elle, entendre nos cris, être témoin de notre douleur, observer le sang glisser le long de notre dos. Que ressentait-il en se tenant derrière nous et en ayant tout ce pouvoir ? Avait-il l'impression d'être maître de notre douleur ?

— Raphaël.

Sa voix brisa le silence, perturba le chaos de mon esprit. J'avais toujours su qu'elle viendrait.

— Je veux savoir, déclarai-je en observant le bois usé. J'ai besoin de savoir ce qu'il ressentait.

Lorsque je tournai enfin mon regard dans sa direction, je la trouvai au bas de l'escalier, pieds nus, mon T-shirt sur le dos, ses bras enroulés autour d'elle. Elle m'observa, avant de poser son regard vers le pilier, puis le fouet, et enfin sur mon poing enroulé autour de la poignée.

— Est-ce que tu as bu ?

Je me rendis alors compte que je tenais toujours la bouteille dans mon autre main et que je l'avais machinalement portée à ma bouche. Je l'avais vidée. Je l'envoyai se fracasser contre le mur.

Sofia sursauta.

Je la défiai en faisant un pas vers elle. Puis un autre.

— Viens ici, ordonnai-je.

— Pose ce fouet.

— J'aime le tenir. J'aime ce qu'il me fait ressentir.

— Non. Ce n'est pas vrai.

— Si, je t'assure.

— Que s'est-il passé ce soir ? Pourquoi es-tu ici ? Il est plus d'une heure du matin.

— Viens ici.

Elle observa le fouet et secoua la tête.

— As-tu peur de moi ?

Elle m'étudia, son front se tordant sous l'effet de la concentration.

— Non.

C'était un mensonge.

— Alors viens à moi.

Elle céda finalement à ma demande et traversa l'espace entre nous.

— Tu m'as déshabillée ? Je me suis réveillée entièrement nue.

Je hochai la tête et touchai la courbe de sa taille. J'enroulai le T-shirt dans mon poing et l'attirai vers moi.

— J'aime que tu sois nue.

Je me penchai alors pour l'embrasser. Une de ses mains se pressa sur mon épaule, l'autre serra mon poignet qui tenait le fouet en maintenant mon bras sur le côté. Ses lèvres tremblèrent un peu, trahissant sa prudence.

En la rapprochant de moi, je pressai mon visage contre ses cheveux, et inhalai le parfum de son shampooing. Je fermai les yeux et inspirai profondément.

— Je veux le sentir, lui chuchotai-je à l'oreille. C'est mal, n'est-ce pas ?

La main qui pressa mon épaule se déplaça lentement vers mon visage. Elle m'observa avec une lueur de pitié dans ses yeux.

Je détestais la pitié. Je l'exécrais. Je voulais la voir disparaître.

Ce qui arriva l'instant suivant. Je sentis l'expression de mon visage changer ; mes yeux s'assombrirent, et je vis le moment où elle nota mon changement d'humeur, puisque la peur céda place à la pitié.

Inspirer de la pitié, c'était être faible. Je ne pouvais être faible. Jamais. C'était ce que j'avais décidé la nuit où j'avais tué mon père.

— Ne sois pas désolée pour moi, Sofia. Je m'accepte tel que je suis.

— Non, Raphaël. Tu n'es pas comme ça. Ce n'est pas ce que tu veux... tu ne devrais pas boire autant...

Je la relâchai et marchai jusqu'au poteau, je posai alors ma main dessus pour la toute première fois depuis des années. Je me souvins de ses failles, je les connaissais intimement.

Sofia tendit la main pour s'emparer de la mienne, celle qui tenait le fouet, et se plaça derrière moi. Lorsque les doigts de son autre main tracèrent les cicatrices de mon dos, je grognai en tendant chacun de mes muscles. Elle arrêta de bouger, mais ne s'écarta pas. J'inclinai la tête, alors que je serrais mon poing contre le pilier.

Elle suivit chaque ligne, son toucher aussi doux qu'une plume. Elle put tout voir. Elle me vit vraiment. Je la laissai faire. Je restai là, sans bouger. Ce ne fut qu'après avoir parcouru chacune de mes cicatrices qu'elle s'écarta. Seulement pour un moment, je restai immobile. Lorsque je sentis son souffle sur moi, ses lèvres sur mon dos qui m'embrassaient doucement et se posaient sur mon tissu cicatriciel, je frissonnai.

Lorsque je me retournai, elle se redressa. Elle était nue. Elle avait retiré mon T-shirt. Ses mamelons pointaient dans l'air frais de la cave. Je les observai, je la regardai. Je l'agrippai alors pour la retourner, plaquant son dos contre le pilier. Elle me laissa faire. Même si son regard effleura prudemment le fouet, elle me laissa faire.

En l'embrassant, je plaquai ses poignets au-dessus de sa tête, avant de les enchaîner. Elle gémit en retenant son souffle. Ce bruit ainsi que son regard trahissaient sa peur. Je reculai, et pus voir qu'elle se tenait sur la pointe des pieds en essayant de se défaire de ses entraves. Ma queue se durcit à cette vue. Attachée ainsi au pilier, nue, et mienne.

À ma merci.

— As-tu peur de moi maintenant ?

Elle secoua la tête, bien si elle ne fut pas convaincante. Je souris en faisant claquer le fouet à mes côtés. Elle sursauta et laissa échapper un petit cri.

— Je pense que si.

— Tu ne me feras pas de mal, réussit-elle à répondre, la voix tremblante.

— Je ne sais pas si tu crois vraiment ce que tu dis.

Je fis le tour du pilier. Elle me suivit des yeux.

— Tu joues avec la chance, Sofia.

— Tu veux ressentir ce que cela fait de fouetter quelqu'un ? De blesser quelqu'un qui est impuissant et incapable de te combattre ?

— C'est tordu, n'est-ce pas ?

Elle ne répondit pas. Je me postai droit devant elle. Son regard tomba brièvement sur mon caleçon, sur ma queue qui pressait contre le tissu, avant qu'elle ne plonge ses yeux dans les miens.

— Tu n'es pas comme lui.

— N'est-ce pas une preuve suffisante de ma déviance ? demandai-je en désignant mon érection.

— Je m'en fiche. Tu n'es pas ton père, Raphaël. Quoi que tu

puisses penser, aussi malade que tu penses l'être, tu ne l'es pas. Tu dois laisser partir le passé.

— Peut-être que j'ai besoin de le ressentir d'abord. De savoir ce que cela fait.

Ma voix était cassée, je peinai à déglutir. Il me fallut un peu de temps avant d'avouer la dernière partie.

— Peut-être que j'ai besoin de blesser quelqu'un.

Ses yeux scrutèrent les miens, des larmes délicates comme des gouttes de cristal glissèrent sur ses joues.

— Tourne-toi et serre le poteau dans tes bras, Sofia.

Elle commença à claquer des dents, avant de fondre en larmes. Ma queue me faisait mal. En un pas, je fus sur elle, saisissant l'arrière de sa tête, empoignant une poignée de ses cheveux, tirant vers l'arrière pour forcer son visage à se redresser. J'écrasai ma bouche sur la sienne.

Elle gémit, m'embrassa en retour, même si elle pleurait réellement maintenant. Elle agit presque avec frénésie, comme si ses lèvres seules lui permettaient de s'accrocher à moi. Je glissai la poignée du fouet entre ses jambes, elle cria. Pourtant lorsque je pressai contre sa vulve, je constatai qu'elle était humide, que son clitoris était gonflé. Je portai mon regard vers le bas, avant d'inspirer profondément.

— Tu es trempée, gémis-je en me frottant contre elle.

— Je te veux, dit-elle en tournant son visage dans ma direction.

Je reculai.

— Fais-moi l'amour.

Non, ce n'était pas le moment de faire l'amour, et je n'appréciai pas qu'elle utilise le sexe pour tenter de me manipuler. Je la retournai grossièrement pour qu'elle fasse face au poteau, avant de retirer sa culotte et mon caleçon. Elle poussa ses fesses contre moi.

Je gémis d'envie en enterrant mon visage dans ses cheveux, alors que j'imaginais son fourreau se resserrer autour de ma queue.

— Je n'étais pas le seul, avouai-je comme une confession.

Je lui pinçai un téton avant de m'emparer de ses cheveux et de lui faire tourner la tête. J'embrassai alors sa joue humide de larmes, avant de fondre sur sa bouche.

— Raphaël...

— Il fouettait ma mère aussi. Je ne sais pas depuis combien de temps il le faisait.

Elle secoua la tête.

— Combien de temps a-t-elle gardé le secret ?

Je pressai le fouet entre les cuisses de Sofia. Je voulais la baiser. Mon Dieu, je voulais enterrer ma putain de queue en elle, mais j'en étais incapable. Pas encore.

— Si je l'avais laissé me battre... si je ne m'étais pas défendu, peut-être qu'il ne lui aurait pas fait de mal.

Elle se tordit le cou pour m'observer en m'entendant dire cela. Peut-être qu'il s'agissait de la toute première fois que je prononçais ces mots à voix haute, et bon Dieu, ce que cela fit mal. Je ressentis une énorme culpabilité. Ce n'était pas nouveau. Ce n'était pas quelque chose que je pourrais enterrer. Pourtant, le dire à voix haute ? À un autre être humain ? À Sofia ? Ça me perturbait plus que de raison.

Je secouai la tête en serrant fortement le fouet.

— Accroche-toi au poteau, Sofia.

— Ce n'est pas ta faute.

Elle tira frénétiquement sur ses entraves. Ces dernières ne cédèrent pas. Je le savais mieux que personne.

— Ce qu'il a fait, Raphaël, ce n'est pas ta faute.

— Serre ce putain de poteau ! rugis-je en levant mon fouet.

Elle cria en se retournant, et enroula ses avant-bras et ses jambes autour du pilier du mieux qu'elle le put. Elle pleura, me supplia de la baiser, et Dieu seul savait ce qu'elle racontait d'autre. Je ne comprenais pas ce qu'elle murmurait, je ne parvenais pas à l'entendre. Plus maintenant. Tout ce que je fus capable de faire fut de la regarder s'accrocher, d'observer son corps trembler alors qu'elle attendait que je la fouette.

Je me voyais en elle.

Je pouvais voir sa peur. La ressentir.

Tout ceci me ramena des années en arrière.

Ça manqua de peu de me faire vaciller, et je me détestai pour cela.

Je ne pouvais pas être faible.

Un étrange son sortit de ma gorge, quelque chose d'étranger, comme du verre se brisant en mille morceaux. C'était fracassant. J'étais irrémédiablement endommagé.

Voilà ce que j'étais. C'était moi. Un monstre brisé. Un tueur. Une bête haineuse et vengeresse.

Sofia tourna la tête autant qu'elle le put, ses yeux mouillés de larmes croisèrent les miens, et la terreur en eux me tordit l'estomac. Comme si c'était encore possible. Il n'y avait plus rien à blesser ni à sauver en moi.

La gorge serrée, je m'approchai d'elle afin de l'écarter du pilier.

— Je suis désolé, lui dis-je en la retournant et en la tenant dans mes bras.

J'enterrai mon visage dans ses cheveux, et continuai à m'excuser, encore et encore, et à la serrer de plus en plus fort.

Je tendis les bras pour défaire les sangles. Je m'attendais à ce qu'elle s'écarte. Pour me fuir. C'était ce qu'elle aurait dû faire. Au lieu de cela, elle enroula ses bras autour de mon cou et, toujours en pleurs, ses larmes salées sur les lèvres, elle m'embrassa. Elle m'embrassa de toutes ses forces, s'accrocha à moi comme si j'étais capable de chasser ses peurs. Alors même que j'avais été proche de la fouetter, de lui faire mal comme j'avais été blessé, de l'effrayer comme j'avais été effrayé.

— Je suis désolé. Je suis vraiment désolé.

— Fais-moi l'amour, répondit-elle contre mes lèvres.

Nos corps ne se séparèrent jamais après cela. Je la soulevai en utilisant le pilier pour la maintenir en place alors que je glissais ma queue en elle, encore extrêmement dure après tout cela.

Nos regards s'ancrèrent l'un à l'autre, nos lèvres s'effleurèrent, alors que je m'enfonçais en elle. Elle retint son souffle, et je compris que je venais de lui faire mal. Elle était trop serrée, pas assez élargie pour me prendre. Pourtant je le voulais. Je la désirais. Comme ça. Putain. J'en avais besoin.

— Plus fort.

Parlait-elle pour moi ? Savait-elle ce dont j'avais besoin ? En avait-elle besoin, elle aussi ?

Je fis ce qu'elle me dit, la pilonnant encore et encore, ma verge gonflée ravageant son sexe étroit. Lorsque ses muscles pulsèrent autour de moi, je l'observai. Elle avait fermé les yeux et se mordait la lèvre. Je me déversai alors en elle, enterré au plus profond de son corps, semant quelque chose derrière moi, une partie de celui que j'avais été avant. J'eus l'impression de m'en délester physiquement.

17

SOFIA

Je me réveillai dans les bras de Raphaël. Je restai immobile en tentant de maîtriser ma respiration. Que s'était-il passé hier soir ? À quel point avais-je été proche d'être fouettée ? J'avais compris qu'il avait besoin que cette scène insensée se produise. Il ne pouvait plus tourner le dos à son passé. Peut-être qu'en revenant ici, il avait inconsciemment cherché une sorte de confrontation, parce que sans elle, il ne pourrait jamais être soulagé. J'espérais que la nuit de la veille avait été une victoire contre les démons qui le hantaient. J'espérais que la nuit dernière, il les avait renvoyés dans l'enfer auquel ils appartenaient.

Quel genre d'enfance avait-il eu ?

Quel genre de culpabilité portait-il sur ses épaules ?

Il m'avait dit qu'il avait protégé ses frères de son père, et j'avais compris qu'il avait pris des coups de fouet pour les épargner. Ce qu'il m'avait dit hier soir, cependant... est-ce que son père, au moment où il était devenu trop grand pour être battu sans riposter, est-ce que son père avait reporté sa colère contre sa mère ?

Quelle bête. Quel monstre.

J'observai le visage endormi de mon mari. C'était la première fois que je le voyais ainsi. La première fois que j'étais libre de le contempler sans être surveillée moi-même. Avec toute sa dureté oubliée, je le voyais comme cela, le visage calme, presque apaisé. Il émanait de lui une certaine douceur. Une innocence qu'il parvenait si bien à cacher lorsqu'il était réveillé.

Je savais qu'il était beau, là n'était pas la question. Ses cheveux noirs épais et sa peau couleur olive ainsi que son corps étaient sculptés dans l'albâtre. Mais même sans ça, même s'il avait été laid, l'innocence qui émanait de lui, ce petit garçon endommagé encore enterré là, m'aurait donné envie de le protéger, de le tenir à l'écart de ces monstres.

Il dormait en me tenant, son bras reposant lourdement sur mon flanc. Je me déplaçai quelque peu, incapable de résister à la tentation d'effleurer sa barbe. Je me demandai si Lina était réveillée. Elle devait l'être et probablement m'attendre.

Raphaël cligna des yeux, et j'aperçus le bleu de ses prunelles. Il se retourna sur le dos et observa le plafond.

— Quelle heure est-il ?

— Presque 11 heures. Je ne voulais pas te réveiller.

— Presque 11 heures ?

Il se tourna vers moi, le visage grave. C'était comme si je pouvais le voir se souvenir de ce qu'il s'était passé.

— Est-ce que tu... vas bien ?

Je touchai encore son visage en souriant.

— Oui.

Nous ne nous étions pas douchés lorsque nous étions montés hier soir. Il ne me l'avait pas permis, puisqu'il souhaitait me prendre dans ses bras à la place. La chambre sentait le sexe.

— J'ai besoin de prendre une douche. Ma sœur m'attend probablement, elle doit se demander où je suis.

— Je pense qu'elle a probablement compris où tu es.

Il se retourna sur moi, me piégeant en posant ses coudes de chaque côté de mon visage. Il m'embrassa.

— J'aime sentir mon odeur sur toi.

— Je ne sais pas si ce sera le cas de tout le monde, alors je devrais aller prendre une douche.

— Qu'allez-vous faire aujourd'hui toutes les deux ?

— Je n'en suis pas encore certaine.

Je me rappelai alors avoir aperçu mon grand-père avec cet homme.

— Raphaël, cet homme au mariage, qui est-il exactement ?

Son visage retrouva son sérieux.

— Vincent Moriarty. Un homme d'affaires autoproclamé. Un voyou, ainsi qu'un arnaqueur hors pair, à qui mon père devait de l'argent.

— Il est dangereux, n'est-ce pas ?

— Je t'ai dit que je ne laisserais personne te faire du mal, Sofia.

Je ne m'inquiétais pas pour moi.

— Veut-il te faire du mal ?

— Il s'attend à ce que je rembourse la dette de mon père.

— Je dois te dire quelque chose, déclarai-je en me levant.

— Si c'est à propos de sa rencontre avec ton grand-père, je suis au courant.

— Quoi ? Comment ?

— Éric me l'a mentionné. Il les a vus, lorsque toi et ta sœur êtes allées chercher son téléphone.

— Oh !

J'avais totalement occulté la présence d'Éric. Bien sûr qu'il avait vu quelque chose.

— Je veux revoir mon grand-père aujourd'hui. Lui demander de quoi il est question. Lui demander de mettre cartes sur table.

Raphaël ricana en sortant du lit.

— Tu es bien naïve, Sofia.

Je le suivis.

— Je ne suis pas naïve. Les choses ont changé. Maintenant tu es mon mari, et à mes yeux c'est différent de ce que cela devait être.

Il s'arrêta et se retourna. L'expression de son visage me fit hésiter.

— Je ne veux pas te mentir. Et je ne veux très certainement pas jouer avec toi.

— C'est bien, parce que je ne veux pas jouer avec toi, moi non plus.

— Nous ne sommes pas des ennemis, n'est-ce pas ?

— Non, mais ton grand-père...

— Doit rentrer chez lui et accepter ce qui s'est passé. Accepter d'avoir perdu.

Il prit mon visage entre ses mains et m'attira à lui avant d'embrasser mon front.

— Naïve, mais douce.

Il entra dans la salle de bain, j'en fis de même.

— Tu ne m'as jamais répondu lorsque je t'ai demandé s'il y avait plus à me dire au sujet de la consommation de notre mariage. J'ai réfléchi, et cela n'a pas de sens. Il n'avait rien à y gagner en exigeant cela. Il y avait autre chose, pas vrai ? Qu'as-tu abandonné pour que je puisse passer du temps avec ma sœur ?

— Cinq pour cent.

— Quoi ?

— Je recevrai désormais quarante-cinq pour cent. Et non plus la moitié.

— Pour les quelques jours qu'elle peut passer ici ?

Il hocha la tête en faisant couler l'eau de la douche.

— Raphaël, tu as fait ça pour moi ?

Il n'avait pas été obligé de le faire. À vrai dire, il n'avait été obligé de rien en ce qui me concernait. J'avançai vers lui, mais lorsqu'il se retourna, je vis comment son visage s'était endurci.

— Je te l'ai dit une fois, ne t'imagine pas que je suis un homme bon. Ce n'est pas le cas, Sofia.

Ses paroles m'étonnèrent.

— Qu'est-ce que cela signifie ?

— Je veux que Lina reste. Je veux devenir sa tutrice légale, laissai-je échapper avant de me dégonfler.

— Rester ? Ici, avec nous ?

— Elle aura 18 ans dans deux ans. Elle sait s'occuper d'elle-même, ce n'est plus une enfant...

— Cela ne m'inquiète pas. Qu'est-ce qui te fait croire que ton grand-père le permettra ?

— Je vais lui poser la question.

— Non.

Il secoua la tête.

— Tu ne peux pas le revoir. Je te l'interdis.

— Tu me l'interdis ?

— Il s'agit de mon ennemi, Sofia, ce qui fait de lui ton ennemi. Ce que tu as vu de tes propres yeux ne te l'a-t-il pas prouvé hier ?

— C'est exactement pour cela que j'ai besoin de m'assurer que ma sœur puisse rester ici avec moi. Je ne me sens pas bien à l'idée de la renvoyer chez lui.

Il secoua à nouveau la tête, grimpa dans la douche et s'empara du shampooing.

— Raphaël ! Je te parle.

— Je suis en retard pour une réunion.

— Quelle réunion ? Qu'en est-il de toutes tes réunions ?

— Je peux avoir le temps pour une petite baise rapide sous la douche, cependant.

Il souriait. Cette arrogance que je détestais était de retour.

Je me retournai et quittai la salle de bain, j'enfilai mon T-shirt, et courus jusqu'à ma chambre en ne voulant croiser personne jusqu'à ce que je me sois douchée. Il lui fallut deux minutes pour me rejoindre, dégoulinant d'eau et entièrement nu, dans le couloir. Devant ma porte, il s'empara de mon bras et me poussa à l'intérieur, la refermant brusquement derrière nous.

— Tu ne me referas jamais cela, compris ?

— Quelle partie ? M'enfuir ?

Il serra mon bras en se pinçant les lèvres.

— Tu as envie de jouer ?

Je plissai les yeux, mon cœur battait à tout rompre sous l'intensité de sa voix. Je semblais toujours oublier mon inexpérience, mettre de côté le pouvoir qu'il avait sur moi. Ou peut-être avais-je pensé bêtement que les choses avaient changé entre nous hier soir.

— Nous pouvons jouer.

Il me retourna et me poussa au pied du lit. Je tentai de me lever, mais il pressa une main entre mes omoplates et me maintint dans cette position. Il releva mon T-shirt sur mon dos, et m'écarta les jambes avant de venir se tenir entre elles. Je la sentis alors, sa dureté contre mes fesses. Et même si ce n'était pas ce que je voulais, que je souhaitais rester en colère contre lui, mon corps répondit au sien, comme il le faisait toujours en ce qui concernait Raphaël.

— Tu as un superbe cul, Sofia, dit-il, avant de le gifler une fois.

— Oh !

— Garde ton visage contre le matelas.

Il tordit mes cheveux autour de sa main et se pencha vers moi.

— Tu me fais mal.

— Ça semble être l'histoire de nos vies.

Il me gifla la hanche cette fois-ci.

— Arrête !

— Veux-tu bien garder la tête baissée ?

Il tira sur mes cheveux, je hochai la tête. Lorsqu'il se redressa, je restai à ma place. Ses mains se posèrent sur mes fesses et les ouvrirent.

— Un cul bien foutu, dit-il, ses doigts me caressant, me laissant à sa merci.

Je laissai échapper un gémissement, embarrassée, en enterrant mon visage sur le lit.

— Tu mouilles toujours pour moi, n'est-ce pas ?

— Je te déteste, murmurai-je.

— Ce n'est pas vrai.

L'instant suivant, il me lécha, de mon sexe à mon cul, s'attarda à cet endroit, avant de glisser à nouveau ses lèvres sur ma vulve.

— Je vais te baiser par tous les trous, tu le sais, pas vrai ?

Je déglutis, plus excitée que jamais. Il me lécha encore, cette fois en pressant sa langue contre mon cul.

— Stop.

— Ne t'inquiète pas.

Il se redressa, et présenta sa queue à l'entrée de mon vagin.

— Pas encore.

Il pressa sa queue à l'intérieur, et je cambrai le dos en me mordant la lèvre. Putain. Ce premier instant où il s'infiltrait lentement en moi... Putain.

— Tu veux jouir, n'est-ce pas ?

Il commença à aller et venir lentement.

— Tu aimes être baisée.

Je me mordis la lèvre, m'agrippai au couvre-lit, et refusai de lui répondre. J'étais trop humiliée pour lui faire savoir à quel point j'étais excitée.

— Pas ce matin.

Sa main dans mes cheveux, il me tira vers le haut, son sexe toujours profondément enfoui en moi.

— Considère que c'est ta première punition. Elle est relativement facile.

Il sortit de mon corps, et me retourna pour m'embrasser une fois, avant de me pousser à genoux. Je l'observai, contemplai son érection qui se trouvait face à moi, humidifiée par ma mouille.

— Ouvre grand, chérie. Je veux venir dans ta gorge. Prendre soin de ce trou, avant de m'occuper de ton cul.

Je voulais le haïr, je désirais être rebutée par lui, par ses paroles. Il durcissait en m'humiliant. Alors, pourquoi étais-je incapable de le détester ? Pourquoi, au contraire, je tendis ma langue pour le lécher, goûter nos saveurs mélangées, avant d'ouvrir grand, comme il me l'avait demandé, et de le prendre entre mes lèvres ? Pourquoi faisais-je cela ?

— Putain, gémit brusquement Raphaël.

Je l'observai alors qu'il imprimait son rythme en tirant sur mes cheveux, me blessant quelque peu, sans pour autant ternir mon désir. C'était merdique. Ce n'était pas comme cela qu'une partie de jambes en l'air entre mari et femme devait se passer.

Et le plus tordu dans tout cela, c'était que je mouillai davantage encore.

Lorsqu'il m'observa et m'adressa son sourire lubrique, tout ce que je désirai faire était de tendre la main entre mes jambes pour me faire jouir.

— J'aime ta bouche vierge, Sofia. Je vais aimer venir dans ta gorge, te faire étouffer autour de moi.

Il me déplaça plus vite sur sa queue, allant plus loin, sans me relâcher lorsque je luttai pour respirer.

— Et je veux que tu comprennes que lorsque je t'interdis quelque chose, je m'attends à ce que tu m'obéisses.

Il serra mes cheveux, son sexe enfoncé dans ma bouche, me forçant à le regarder.

— Souviens-toi de tes vœux de mariage.

Il sourit en s'enfonçant plus profondément, le visage tendu. Je pus sentir son sexe s'épaissir.

— Ce n'est pas parce que je ne t'ai pas fouettée hier soir que je ne claquerai pas ma ceinture contre ton cul lorsque tu en auras besoin. Mériter une punition, c'est tout autre chose.

Son gland frappa ma gorge.

— Compris ?

Des larmes m'échappèrent alors que je poussais contre ses cuisses, luttant pour respirer. Il secoua la tête en reculant légèrement.

— Bonne fille.

À ce moment-là, je le détestais. Je détestais son pouvoir sur moi. Qu'il m'excite terriblement, même en cet instant, même à travers tout cela.

Mais alors il se pencha vers l'arrière dans un angle douloureux et baisa mon visage, il le baisa vraiment, et lorsqu'il se calma en se répandant dans ma gorge, tout ce que je fus capable de faire fut de l'accepter, de prendre son sperme, et d'observer son visage. Son beau visage qui s'extasia du plaisir qu'il avait tiré de moi. Il se retira alors, me libérant. Je m'essuyai la bouche du dos de la main, toujours assise sur mes talons.

— C'était bon, pour une première fois, me complimenta-t-il. Mais tu as manqué quelques gouttes.

De la pointe de son orteil, il m'indiqua le sperme qui avait coulé sur le sol.

— Lèche-le.

La rage irradiait en moi, en commençant par mon ventre, et ma gorge me brûlait de lui répondre : « Va te faire foutre ! » Je me relevai, presque sans trébucher, pour me tenir face à lui. Je refusai de détourner mon regard. Lorsqu'il me sourit, je levai la main pour le gifler.

Son corps ne bougea pas, seule sa tête partit légèrement sur le côté. Il expira en souriant presque alors qu'il levait sa main pour toucher sa joue. Lentement, il croisa mon regard. Ce dernier glissa sur moi, et je ne pus m'empêcher de frémir en retenant mon souffle tandis qu'il portait ses doigts sur mon ventre puis les glissait sur mes seins. Sa main s'enroula alors autour de ma gorge, j'attrapai son avant-bras au moment où il se penchait sur moi.

— Ne refais plus jamais ça.

Il serra, je tremblai. Il était instable, comme une mine enfouie dans la terre. J'avais l'impression que si je posais le pied dessus, je disparaîtrais. Il écrasa mon cou dans sa main, j'étais incapable de parler. Je laissai échapper un gémissement lorsqu'il me souleva sur la pointe des pieds. C'est alors qu'il dut réaliser ce qu'il était en train de faire, parce qu'il cligna des yeux plusieurs fois, comme s'il me voyait vraiment. Lorsqu'il me relâcha, je m'agrippai au bord du lit. Ce fut le seul moyen pour moi de rester debout.

Il regarda autour de la pièce, et il lui fallut une minute pour m'affronter à nouveau.

— Habille-toi. Ne me force pas à te punir.

Son avertissement prononcé, il traversa la pièce et s'en alla en claquant la porte derrière lui.

J'inspirai fortement en me frottant la gorge. Que venait-il de se passer ? Après hier soir ? Comment en étions-nous arrivés là ? Qu'avais-je dit ? Qu'avais-je demandé ? Je l'avais énervé, et j'étais partie sans même lui jeter un regard. Ça l'avait mis en colère, terriblement en colère.

Les jambes tremblantes, j'entrai dans la salle de bain et ouvris l'eau. Je me hâtai de me laver et de m'habiller, ainsi que de relever mes cheveux en une queue de cheval. J'allai alors frapper à la porte de Lina. Il n'y avait personne. Lorsque j'ouvris la porte, son lit était fait, sa chambre était vide. Elle avait dormi avec Charlie sur son lit, lui aussi n'était plus là.

Je n'entendis pas Raphaël. Lorsque j'arrivai dans la cuisine, je tombai sur Maria en train d'étaler de la pâte sur le comptoir, et Nicola en train de sécher et empiler la vaisselle.

— Bonjour.

Elles me sourirent en me souhaitant la même chose.

— Ma sœur est-elle ici ?

Maria répondit quelque chose, mais je ne la compris pas, alors Nicola traduisit pour moi :

— Non. Elle est partie avec Damon plus tôt. Elle a dit qu'elle serait de retour à l'heure du dîner.

— Avec Damon ?

J'avais supposé qu'elle m'aurait attendue.

— M'a-t-elle laissé un mot ou quelque chose ?

— Non, désolée. Elle m'a dit de vous laisser dormir.

— D'accord. Merci.

Charlie choisit ce moment pour entrer dans la maison en jappant d'excitation lorsqu'il me vit. Éric suivit derrière lui, l'air passablement irrité.

— Où est Raphaël ?

— Parti à une réunion, répondit Nicola.

Alors me voilà toute seule, ou en tout cas, seule avec Éric.

— Je dois vous conduire là où vous désirerez aller.

— Ça ira. Merci.

Après m'être servi une tasse de café, je décidai de sortir dehors. Charlie me suivit. Il n'y avait pas âme qui vive en vue. Je marchai vers la vigne avec mon café, profitant du soleil, du calme alentour, en étant déçue que Lina soit partie. Pourtant, j'étais heureuse qu'elle ait osé le faire. Il ne lui restait que quelques jours à passer ici, et c'était bien que Damon soit là pour lui faire visiter. Qu'allais-je faire toute la journée ? En restant ici, en fouillant dans la maison, je me sentis encore plus seule, isolée. Je me demandai si un jour je serais chez moi ici, si je considérerais cette maison comme un foyer.

Je sortis mon téléphone de ma poche pour appeler Lina et tombai directement sur son répondeur. Je lui laissai un message en lui disant de s'amuser. J'essayai alors le téléphone de mon beau-frère. Je tombai également sur sa boîte vocale.

Je devais tenter autre chose. Je savais que Raphaël n'approuverait pas. Mais s'il était occupé avec ses réunions et s'attendait à ce que je reste seule ici toute la journée, il avait tort. Je devais me rappeler que peu importe ce qui s'était passé entre nous, cet homme avait beaucoup de bagages. Il avait subi de la violence physique durant l'enfance, probablement accompagnée de violences psychologique et mentale. Il avait commis un meurtre, même si c'était de la légitime défense. Il était allé en prison.

Peu importait ce qu'il faisait, peu importait combien je désirais que ses actions soient bonnes, combien j'avais besoin que ses démons puissent être bannis, je devais me souvenir de la réalité des faits. Et sa main serrée autour de ma gorge, voilà ce qu'était la réalité.

Je touchai mon cou. Des contusions avaient déjà commencé à se former, je décidai de ne pas les couvrir. Il devait être témoin de ce qu'il était capable de faire. Ils le devaient tous.

En parcourant la liste de contacts de mon téléphone, je trouvai le numéro de mon grand-père. Il fut le seul à me répondre à la seconde tonalité.

— Marcus Guardi, déclara-t-il officiellement.

Je levai les yeux au ciel. Il devait bien savoir que c'était moi.

— C'est Sofia.

— Bonjour, Sofia.

— Bonjour, grand-père.

Un moment de silence embarrassant s'ensuivit.

— En voilà une surprise. C'est agréable.

— Je...

Qu'étais-je en train de faire ?

— Je dois vous voir.

— D'accord. Je m'apprête à partir pour le vignoble. Veux-tu te joindre à moi ? As-tu envie de jeter un coup d'œil ?

— Le vignoble ?

Je n'y étais jamais allé. Lina non plus. Au fil des ans, mon grand-père s'y était rendu, mais ne nous avait jamais amenées avec lui.

— Oui.

— Je peux venir te chercher dans environ quarante-cinq minutes, si tu veux ?

Je regardai la maison derrière moi, sans pouvoir apercevoir Éric.

— Oui, s'il vous plaît, j'attendrai à la porte.

— Je te verrai alors dans un instant. Et Sofia, je suis heureux que tu aies appelé.

Il raccrocha. Je retournai à la cuisine en sachant déjà ce que je dirais à Éric pour m'assurer qu'il ne me suivrait pas. Quant à Raphaël, je risquais de devoir faire face à sa rage, mais je n'avais pas le choix. J'avais besoin de parler à mon grand-père au sujet de Lina. À propos de Moriarty. J'avais besoin de mettre les choses au clair et d'en finir.

Quarante minutes plus tard, Charlie et moi nous tenions sur le seuil, seuls. Une berline remonta le long du chemin poussiéreux et s'arrêta à notre hauteur. Mon grand-père ouvrit la porte arrière et sortit en même temps que le conducteur. Je montai dans la voiture, Charlie sur mes genoux.

— Qu'est-ce que c'est ? demanda-t-il avec une expression de dégoût sur le visage.

— C'est un chiot, grand-père. Il s'appelle Charlie.

— Doit-il obligatoirement se joindre à nous ?

— Oui.

Il n'argumenta pas avec moi, néanmoins il m'adressa un regard résigné. Le conducteur ferma la porte et nous partîmes.

— Personne ne vient me saluer ? Où est ta sœur ?

— Elle se repose, mentis-je.

Je savais qu'il n'aimerait pas savoir que Lina était entre les mains de l'ennemi. Même si Damon n'en était pas un. Peut-être était-il mon seul allié. Il y a quelques heures de cela, je pensais que Raphaël était mon allié.

— Et Raphaël ?

— Il est en réunion.

— Sait-il que tu es avec moi ?

— Non.

— Bonne fille, répondit-il avec un sourire en tournant son regard vers la fenêtre.

— Pourquoi ne nous avez-vous jamais emmenées au vignoble ?

— Je n'étais pas certain que ça puisse vous intéresser. Vous étiez toutes les deux trop jeunes.

— Il s'agit de notre histoire. Bien sûr que nous aurions été intéressées.

— Eh bien, pardonne-moi pour mon mauvais discernement.

Son timbre m'apprit qu'il ne désirait pas en parler davantage. Ce qui m'arrangeait, puisque moi non plus.

Nous conduisîmes en silence pendant un petit moment. Charlie rendit ce qui aurait pu être un long voyage un peu moins gênant. Le vignoble était situé à environ une heure de la propriété de Raphaël. Je n'avais pas la moindre idée qu'il était si proche. Pourquoi Raphaël ne l'avait-il jamais mentionné ?

Tout comme le sien, il était éloigné de la route, et comportait une grande maison au sommet d'une colline, entourée de nombreuses vignes en pleine floraison. Leurs feuilles épaisses étaient vertes et luxuriantes. Le raisin y poussait en abondance. C'était si opposé aux vignes noircies entourant la maison de Raphaël que ça me surprit.

— Nous sommes arrivés, monsieur, déclara le chauffeur.

— Merci.

Je tendis la main pour ouvrir la porte, mais mon grand-père plaça la sienne sur mon genou pour m'arrêter.

— On arrive tout de suite.

— Monsieur.

Le conducteur hocha la tête avant de nous laisser tranquilles.

— À propos de ce que tu as dit l'autre jour. Je ne te déteste pas. Je t'ai peut-être blâmée pour le choix de ta mère... je me rends compte que c'était injuste. J'essaie de faire au mieux, Sofia.

Je l'observai. Les rides autour de ses yeux témoignaient de son âge. Je me mordis l'intérieur de la joue, et mon contentai de lui adresser un petit signe de tête. À ce moment-là, j'avais trop de questions à poser, pourtant je sentis cela comme étant la vérité. Sa propre vérité, tout du moins.

Ensuite me revint à l'esprit la modification du contrat. Est-ce que Raphaël m'avait menti à ce sujet ? Mon grand-père n'avait-il jamais demandé que le mariage soit consommé ? J'aurais dû poser la question, mais j'en étais incapable. Au lieu de cela, je le remerciai.

Nous sortîmes alors de la voiture. J'avais Charlie en laisse, alors que nous avancions vers la maison.

— C'est plus grand que ce que je pensais.

— Environ quatre cents acres. J'ai également soumissionné pour obtenir la propriété voisine.

— Une soumission ? Nous allons en acheter plus ?

— Vous allez en perdre la moitié dans trois ans, Sofia. Je veux m'assurer qu'il te restera quelque chose une fois que ce mariage sera dissous et qu'Amado aura l'impression d'avoir obtenu sa part.

Je ressentis l'hostilité dans sa voix, presque palpable.

— Comment comptez-vous le lui cacher ?

— Ce sera à ton nom. Pas à celui de l'entreprise. Mon entente avec Amado porte uniquement sur les actions de la société. Il ne concerne en rien la propriété privée de Sofia Guardia.

Je n'y avais pas pensé. C'était intelligent. Et peut-être que j'étais naïve, comme Raphaël aimait me le rappeler, mais je fus contente de ne pas avoir pensé à comment j'aurais pu manipuler les choses à mon avantage. Il y avait une raison à tout cela.

— Comment comptez-vous acheter tout cela ? Avec quel argent ? Si ce n'est pas celui de la famille...

Mon grand-père me sourit en se tournant vers la maison.

— Ne t'inquiète pas à ce sujet. Il te suffit de garder cette information pour toi.

Je le suivis à l'intérieur, appréciant la fraîcheur de l'endroit par rapport à la chaleur étouffante de l'extérieur. Même si les matinées étaient agréables et que l'air était relativement sec dans la région, le soleil de l'après-midi pouvait être étouffant.

Je me retrouvai à l'entrée de ce qui était une grande demeure. Contrairement à la beauté de la maison de Raphaël, celle-ci était, comme je le lui avais dit, plus utilisée comme une usine qu'autre chose. Ils y entreposaient de la machinerie et il y avait de longs comptoirs de travail où les employés s'activaient alors que nous faisions le tour, arpentant l'ensemble de la propriété.

— Quand ta mère était plus jeune, nous venions au moment de la récolte. Les chambres à l'étage sont toujours intactes. Si tu veux les voir...

— Oui !

J'étais tellement excitée que je l'avais interrompu. Je m'éclaircis la gorge.

— S'il vous plaît.

Un homme s'approcha de nous en nous souriant aimablement, mais avec empressement. Mon grand-père me le présenta comme étant le directeur. Après m'avoir serré la main, l'homme mentionna quelque chose à mon grand-père, et ce dernier se tourna vers moi.

— Si tu n'y vois pas d'inconvénient, tu vas devoir te débrouiller toute seule. Je dois m'occuper de quelque chose.

— Non, ça va. Merci.

C'était encore mieux. Je n'en revenais pas.

— La dernière chambre était celle de ta mère.

En les abandonnant derrière moi, je grimpai les escaliers, Charlie à mes côtés. Il n'y avait que trois chambres. La première était très petite et ne pouvait contenir qu'un seul lit et une table de chevet. Il n'y avait pas de matelas sur le lit, seulement le cadre. Les murs étaient immaculés. Les quelques pas que je fis à l'intérieur furent marqués par l'empreinte de mes pieds à travers la poussière. La deuxième chambre était deux fois plus grande. Il y avait un lit king size contre le mur du fond. Celui-ci comportait son matelas, mais était recouvert d'un monticule de poussière. De chaque côté du lit, il y avait des tables de nuit avec des lampes dépourvues d'ampoules. Une commode se dressait contre un mur. J'essayai les tiroirs, ils étaient vides.

Sur le chemin de la dernière chambre, je trouvai une salle de bain. Il me semblait qu'elle n'avait pas été mise à jour depuis un certain temps. Alors que j'approchais de la chambre de ma mère, mon estomac se serra. Je me demandai quand elle s'était rendue dans cet endroit pour la dernière fois, et quel âge elle avait à ce moment-là.

Je l'atteignis enfin, posai ma main sur la poignée, et pris une profonde inspiration. Je devais être préparée. Les autres chambres n'avaient pas la moindre touche personnelle. N'importe qui aurait pu y vivre. Celle de ma mère pourrait s'avérer décevante.

J'ouvris la porte, entrai, puis, après un moment, je la refermai derrière moi. La poussière recouvrait le sol ici également, je devais être la première personne à entrer depuis longtemps. La chambre était légèrement plus petite que la précédente, un lit double était poussé dans un coin, il y avait une fenêtre à chaque mur. Je soulevai la housse pour trouver un matelas et un oreiller en dessous. Ma mère avait dormi sur ce lit.

J'observai les murs immaculés. Des clous avaient laissé des trous en eux. Une coiffeuse était appuyée contre le mur le plus proche du lit. Je passai mon doigt à travers la surface poussiéreuse avant d'ouvrir le tiroir et souris.

À l'intérieur, je trouvai un vieux tube de rouge à lèvres à moitié utilisé, ainsi qu'un échantillon de parfum. J'en vaporisai un peu, et inhalai rapidement. Un raz-de-marée d'émotions me traversa.

Je n'avais pas beaucoup de souvenirs de mes parents. Je me rappelai à peine à quoi ils ressemblaient, et je devais souvent regarder des photos d'eux pour ne pas oublier. Je ne me souvenais pas non plus de leur voix. Je détestais cela. Nous avions quelques vidéos de nos fêtes d'anniversaire, et la plupart des images qui s'y trouvaient étaient de Lina ou de moi. Ma mère ou mon père se tenait toujours derrière la caméra, et bien que je puisse les entendre, ils n'étaient pas présents dans les vidéos.

Cependant, le parfum – *ce* parfum –, c'était celui de ma mère. Je l'avais oublié, lui aussi.

Je m'assis sur le bord du siège. Mon cœur battit à tout rompre lorsque je réalisai.

Après avoir posé la petite bouteille, je fis courir mon doigt sur la surface du miroir et m'emparai du tube de rouge à lèvres. J'en observai la marque. C'était un rouge à lèvres de pharmacie, bon marché, que j'avais l'habitude d'acheter lorsque j'étais adolescente.

En soulevant le couvercle, je le portai à ma bouche pour en appliquer. Il était dur, mais je l'imaginai glisser sur ma bouche, j'avais l'impression de suivre ses traces. Voilà ce qui me rapprochait le plus de ma mère, physiquement. En empochant les deux, je refermai le tiroir et vérifiai le placard. Je n'y trouvai rien. Ni vêtement, ni peluche oubliée, ni vieux livre.

— Sofia ?

La voix de mon grand-père m'appela au loin. Essuyant mes larmes, je me rendis vers la porte en jetant un dernier coup d'œil dans la pièce.

— J'arrive.

En bas, le directeur nous apprit qu'un nouvel équipement avait été installé, y compris un tout nouveau système de sécurité. Il nous fit visiter les vignobles avec Charlie qui marchait à mes pieds. Même si je voulais lui enlever sa laisse, grand-père m'avait demandé de m'en abstenir.

Ce ne fut qu'à l'heure du déjeuner que j'eus quelques minutes pour parler avec mon grand-père pendant que le directeur nous laissait avec nos verres de vin pour prendre un appel.

— Il s'agit de notre propre vin, évidemment, me dit mon grand-père en me faisant signe de le saisir.

J'hésitai. Il ne nous y avait jamais autorisées à la maison. Pas même une petite gorgée. Je m'emparai de mon verre, il en fit de même. Je le cognai, en comprenant que c'était ce qu'il attendait de moi.

— À l'amélioration de nos relations.

— Vous êtes sérieux ?

J'avalai une gorgée, il était délicieux. Mon grand-père hocha la tête.

— Alors, il est temps pour moi de vous apprendre que je souhaite demander la tutelle de Lina.

L'expression de son visage changea immédiatement, mais je continuai :

— Je souhaite qu'elle reste ici avec moi. J'ai manqué les quatre dernières années de sa vie en étant à l'école, et...

— Il en est hors de question.

— Pourquoi ? Cela n'interfère pas avec votre arrangement financier. Vous pouvez continuer comme vous l'avez toujours fait.

— Non, Sofia.

— Je pourrai faire venir les meilleurs enseignants. Je pourrai...

— Qu'en est-il de ton mari ? Je suis certain qu'il ne voudrait pas que ta sœur traîne dans les parages. Il nous déteste, n'oublie jamais cela.

— Il ne nous déteste pas.

Il baissa la tête en pinçant les lèvres.

— C'est vrai. Il me déteste, moi.

— Ma sœur me manque.

— Si ta sœur te manque, tu dois convaincre Amado de te laisser venir aux États-Unis pour lui rendre visite.

— Allez-vous au moins y réfléchir ? Laissez-la au moins rester tout l'été ?

Deux femmes et le manager entrèrent alors en portant des plateaux de nourriture, des sourires chaleureux plaqués sur leurs visages. Notre conversation s'arrêta, je compris que c'était sans espoir. Lorsque grand-père décidait quelque chose, il ne changeait pas d'avis. Il établissait ses propres règles. Nous devions les respecter.

Pourtant, nous n'étions plus des enfants. Je ne le laisserais pas me réduire au silence, pas à propos de quelque chose d'aussi important.

Je restai sagement assise pendant le déjeuner, sans prendre réellement part à la conversation. La frustration grimpait en moi et je voulais me rebeller face à mon impuissance. Pendant que grand-père et le directeur parlaient affaires, je repoussai mon assiette au loin en décidant que Maria était une bien meilleure cuisinière. Je ne pouvais plus tenir ma langue.

— Que faisait Vincent Moriarty à votre hôtel hier ?

Mon ton avait claqué bien plus durement que ce que j'avais prévu. Le silence régna entre nous. Le gérant s'éclaircit la gorge et se concentra sur la cueillette de minuscules miettes de pain sur la table.

— Monsieur Moriarty est un promoteur d'entreprise dans notre domaine. Je suis surpris que ton mari t'en ait parlé.

— Il s'appelle Raphaël. Juste Raphaël. Pas Amado. Pas ton mari. Et oui, il l'a fait. C'est exactement pour cela que je me demande ce que vous faisiez avec lui.

— Ah.

Je fronçai les sourcils.

— La propriété que je compte acheter pour toi, Moriarty y trouvera également un intérêt.

— Votre discussion portait sur l'achat d'un terrain ?

— Qu'est-ce que tu as imaginé ? Dans quel genre de magouille t'attendais-tu que je trempe ? Peut-être que je ne suis pas l'homme que Raphaël a décrit, Sofia.

Raphaël m'avait-il menti ? Moriarty était-il un homme honnête, et non pas le voyou qu'il m'avait dépeint ? Quelle était vraiment sa relation avec Moriarty ? Et pourquoi cet homme me faisait frissonner ?

— Je... je ne savais pas.

— Malheureusement, notre rencontre n'a pas été aussi fructueuse que Moriarty l'aurait souhaité. En vérité, il a essayé de me convaincre que la propriété que je voulais ne serait pas un bon investissement.

— Pourquoi ?

— Ça n'a pas vraiment d'importance, et lui non plus. J'ai fait une offre. C'est tout ce qui compte.

Je remerciai les femmes qui venaient nous apporter notre dessert. Mon grand-père les complimenta sur son apparence en disant qu'il était trop beau pour être mangé. Elles lui sourirent en rougissant légèrement. Je l'observai, cet aspect de lui était différent de l'homme que je connaissais. Il apparaissait presque charmant en cet instant. Il n'avait rien de l'homme capable de faire les choses que Raphaël prétendait qu'il faisait. Je peinais à l'imaginer menacer la vie d'un homme.

Pourtant, ma présence en ces lieux ne prouvait-elle pas le contraire ?

Même si grand-père souriait, quelque chose de froid et calculateur brillait dans ses yeux.

J'avais besoin de m'éloigner d'ici. Les menteurs apparaissaient sous toutes les formes.

Tout comme les monstres.

18

RAPHAËL

Les regards sur leurs visages lorsqu'ils me virent approcher étaient inestimables. J'aurais aimé avoir une caméra. Je n'avais même pas de mots pour les décrire. Sofia hésitait entre choc et émerveillement. J'eus le sentiment que le vieil homme s'attendait à ce que je me montre. Lorsqu'Éric m'avait appelé pour me dire qu'il n'arrivait pas à la retrouver, ni elle ni son chien, j'avais immédiatement compris où elle était. Ou tout du moins avec qui elle serait. Elle m'avait complètement ignoré et avait fait tout le contraire de ce que je lui avais demandé. Ce qui, je supposais, signifiait qu'elle ne m'avait pas complètement ignoré finalement, puisqu'elle était allée à l'encontre de mes ordres.

J'essayais toujours de voir le bon côté des choses.

J'avais appelé l'hôtel où logeait son grand-père, et il ne me fallut que quelques minutes pour qu'il me dise où leur chauffeur le conduisait : au vignoble Guardia.

— Eh bien, quelle surprise, entama Marcus en s'essuyant la bouche avec sa serviette.

Je l'ignorai en posant mes yeux sur ma désobéissante femme à la place. À cet instant précis, je réalisai que je ne parvenais pas à nommer la tempête d'émotions qui tourbillonnait en moi. C'était trop confus, trop étrange.

— Tu apprécies ton déjeuner ?

J'essayais de maîtriser ma voix, pourtant je soupçonnais de ne pas parvenir à paraître calme. Loin de là. Charlie jappa à ses pieds et sa laisse coincée sous le pied de la chaise l'empêcha de courir vers moi. Il agissait comme si j'étais son maître et qu'il souhaitait me saluer.

— Oui, c'est très bon, répondit-elle en enlevant la serviette de ses genoux et en la plaçant à côté de son assiette. Nous n'avons plus de dessert, sinon je t'en aurais offert.

Elle se mit debout, ce qui me surprit.

— Tu t'en vas ? Si tôt ? s'enquit son grand-père.

— Si Raphaël a fait tout ce chemin pour me voir, je ne veux pas le faire attendre. Il a un emploi du temps chargé. Il est très occupé, vous savez.

Elle les salua alors.

— Un instant, Sofia, l'interrompit son grand-père.

Elle s'arrêta. Marcus adressa un signe de tête au directeur, qui lui tendit des clés. Son grand-père les récupéra avant de les lui tendre à son tour.

— Ces clés te permettront d'ouvrir la porte du bas lorsqu'elle sera verrouillée, ainsi que la maison elle-même.

Sofia avait l'air confuse.

— Prends-les. C'est toujours à toi, après tout.

Elle tendit la main pour les récupérer.

— Merci.

— De rien.

Un instant plus tard, elle se tourna vers moi.

— Tu n'avais pas à venir me chercher. Mon grand-père m'aurait déposée.

Je fulminai intérieurement. Mes ongles s'enfoncèrent dans la paume de ma main. Lorsque je l'aurais ramenée à la maison...

— Prends ton chien, on y va.

— Comme je l'ai déjà dit, tu n'avais pas à venir.

Son grand-père nous observa et peina à masquer son sourire.

Elle prit Charlie dans ses bras, et j'eus le sentiment qu'elle s'efforçait durement d'éviter de croiser mon regard. Une fois qu'elle atteignit ma hauteur, je m'emparai de son bras et l'attirai à moi.

— Lâche-moi.

— Je devrais te mettre une laisse.

— Je parie que ça te plairait. Abruti.

— Venir ici avec lui était une idée stupide.

Nous arrivâmes à la voiture et j'ouvris la porte côté passager
pour la laisser entrer. Elle s'assit en posant le chiot sur ses genoux.
Une fois dans l'habitacle, elle dit :

— Ce n'était pas stupide. Lina était partie avec Damon. Qu'é-
tais-je censée faire ? Traîner avec Éric ?

— Je ne sais pas, jouer avec ton chien, nager, lire. Faire une
putain de sieste.

— Je suis certaine que beaucoup de femmes envieraient ma
position, mais tu sais que j'avais besoin de lui parler.

Je me tournai vers elle et aperçus les marques bleuâtres sur son
cou. Des marques que je lui avais laissées. Je ravalai ma réprimande
en me concentrant sur la route.

— Éric est là pour te protéger, Sofia, déclarai-je calmement dix
minutes plus tard.

— Mon grand-père ne représente pas une menace. Pas
pour moi.

— Peut-être pas, mais ses associés, si.

— Moriarty n'est pas un associé.

Raphaël me jeta un regard en ricanant.

— Tu crois ?

— Qu'est-ce que ça signifie ?

— Ton grand-père te l'a dit ?

Elle sembla confuse. Je sus que ça ne pouvait pas être la vérité.
Le vieil homme était un menteur, un manipulateur.

— Et qu'en est-il de devenir la tutrice légale de ta sœur ? Lui as-
tu posé la question ? A-t-il accepté volontiers ? Fait-il passer le
bonheur de ses petits-enfants avant le sien ?

Elle se déplaça sur son siège en regardant droit devant elle.

— Il a refusé d'emblée.

Je ne répondis rien, même si je le voulais.

— Allez, Raphaël, ne te retiens pas. Tu n'as pas envie de me dire que tu m'avais prévenue ?

— Crois-le ou non, j'aurais aimé me tromper.

Elle expira en secouant la tête et regarda à travers la fenêtre latérale.

— As-tu pensé un seul instant que ta sœur serait plus en sécurité là-bas qu'ici ? Du moins pour l'instant ?

— Plus en sécurité ?

— J'ai des ennemis, ton grand-père en fait partie. Mais Moriarty représente une menace plus sérieuse.

— Tu as dit...

— J'ai dit que je te protégerais, et j'ai l'intention de le faire. Mais ce serait plus facile si je n'avais pas à te courir derrière dans la Toscane tout entière, et je pense que si ta sœur s'en va, elle sera plus en sécurité. Ton grand-père prendra soin d'elle.

— Il ne me ferait pas de mal non plus.

— Je sais qu'il ne te ferait pas de mal physiquement.

Nos regards se croisèrent, je pus deviner dans les siens un millier de questions. Elle ne m'en posa pas une seule. Elle doutait. Elle doutait de son grand-père. Elle doutait de moi. Et elle avait raison de le faire. Elle était intelligente de ne pas nous faire confiance.

— Comprends-tu qu'elle sera plus en sécurité hors de portée de Moriarty ?

— Qu'est-ce que tu lui dois ?

— Je ne lui dois rien. Mon père, par contre, lui doit un demi-million de dollars.

Elle ouvrit la bouche.

— Un demi-million de dollars ?

J'acquiesçai.

— Pourquoi ?

— Il lui a volé. Comme le putain d'idiot qu'il était.

— Ne peux-tu pas simplement pas le rembourser ?

— Il s'agit d'un demi-million de dollars, Sofia. En plus, ce n'est pas ma dette. Si je l'avais payée, ça aurait envoyé un message. Je veux qu'on sache que je ne payerai pas pour les erreurs de mon père. Ses péchés lui appartiennent. Je ne serai plus son bouc émissaire.

— Sur quoi portent toutes tes réunions ?

— Le vignoble. Je pense vendre.

— Vendre les terres ?

— Les terres. La maison. Tout.

— Raphaël...

— Je me demande si ce ne serait pas mieux. De m'éloigner de tout ça. De repartir à zéro.

— Mais c'est ton foyer. Tu me l'as dit toi-même. C'est là que sont tes souvenirs de ta mère. De tes frères. Tu as dit que c'est le seul endroit sur terre où tu te souviens d'avoir été heureux. Si c'était moi, et que j'avais un souvenir de mes parents, je n'y renoncerais pas, quoi qu'il arrive.

Pensait-elle que j'avais pris cette décision à la légère ?

Le silence s'installa entre nous pendant une dizaine de minutes.

— Ton cou, Sofia, lâchai-je finalement.

Elle l'enveloppa d'une main.

— Je suis désolé. Je peux être très... en colère.

— J'ai remarqué.

Je me tournai vers elle.

— Je ne veux pas te blesser.

— Alors ne le fais pas. Tu vas devoir apprendre à gérer ta colère.

— Comment fais-tu pour ne pas me mépriser ?

— Comment pourrais-je le faire ? Comment pourrais-je te haïr ? Tu es une victime. Peut-être plus que moi.

— Je ne sais pas si c'est possible de comparer.

— Que pensent tes frères au sujet de la vente ?

— Ça n'a pas d'importance. Ça m'appartient.

— Raphaël, tu veux...

— Je ne suis pas encore décidé, lui avouai-je honnêtement. Dans un cas ou dans l'autre.

— Mais...

— Laisse tomber, Sofia. J'ai besoin d'y réfléchir.

— Tu ferais vraiment cela ?

Je ne répondis pas. Au lieu de cela, je pris le virage qui menait à la propriété. Lina et Damon sortirent de la maison ensemble pour nous accueillir. Sofia sauta de la voiture juste derrière Charlie. Elle étreignit sa sœur d'abord, puis mon frère. Ce dernier lui dit quelque chose que je n'entendis pas. D'après son regard, il s'agissait d'un reproche. Bien.

Lina s'empara de la main de Sofia et elles entrèrent dans la maison. Mais juste avant qu'elles ne soient hors de vue, je remarquai le regard que Lina jeta par-dessus son épaule en direction de mon jumeau. Il y avait quelque chose d'étrange à ce sujet. Quelque chose d'inattendu.

— Où Damon t'a-t-il emmenée ? demanda Sofia.

Je n'entendis pas la réponse de Lina alors qu'elles disparaissaient devant nous, mais j'étudiai mon frère, et vis comment ses yeux les suivirent, comment ils se rétrécirent en se posant sur Lina.

— Elle est un peu jeune, tu ne trouves pas ?

Je voulais plaisanter, pourtant je me rendis compte qu'il avait pris cela comme un reproche en voyant son visage se tendre.

— Qu'est-ce que tu insinues ?

— Juste qu'elle est jeune. Elle a 16 ans, non ?

— Donc, d'abord, tu m'accuses d'être... quel est le mot que tu as utilisé ? À l'aise ? Oui, à l'aise avec Sofia, et maintenant tu penses qu'il y a quelque chose entre sa sœur et moi ?

Je souris.

— Je pensais que tu serais meilleur pour masquer tes émotions maintenant, mon frère.

— Va te faire foutre, Raphaël.

— Qu'arrive-t-il à toutes ces conneries de clergé ces jours-ci ?

J'entrai dans la maison, puis dans la cuisine en m'arrêtant sur le seuil de la porte.

— Tu viens ? Tu voulais aller travailler à la chapelle. Je veux dire, c'est la raison pour laquelle tu te trouves ici, pas vrai ? Il n'y a pas d'autre raison.

Le visage de mon frère s'empourpra lorsqu'il serra les poings. Pourtant, il garda ses lèvres scellées. Nous prîmes quelques bouteilles d'eau, sortîmes par la porte de derrière et nous nous dirigeâmes vers la chapelle. Nous marchâmes plus d'un kilomètre en silence. Je m'en fichais. J'avais touché une corde sensible, ce qui était quasiment impossible avec Damon.

———

DAMON ET MOI TRAVAILLÂMES EN SILENCE PENDANT LES PREMIÈRES heures, et plus le temps passait, plus je pensais à la façon dont il avait réagi à mon commentaire. S'il contenait une part de vérité, ça aurait de lourdes conséquences pour mon frère.

Je lui jetai un coup d'œil. Il avait retiré sa chemise et soulevait des plaques de pierre brisée pour les porter à l'extérieur.

— Damon, l'appelai-je en essuyant mon front avec ma chemise. Il fait chaud. Nous devrions faire une pause.

— Tu peux en faire une si tu en as besoin. Je dois continuer à travailler.

— Pourquoi ? Ça fait des années que la chapelle est dans cet état. Et maintenant, tu es pressé ?

— J'ai simplement besoin de travailler, Raphaël. Rentre à la maison. Je n'ai pas besoin de toi ici.

Il ne me regarda pas une seule fois pendant qu'il travaillait. Je m'appuyai contre le mur pour boire ma bouteille d'eau, qui était chaude maintenant.

— Dis-moi ce qui s'est passé.

Il s'arrêta en se crispant. Soit à cause de ma question, soit sous l'effet du poids de la pierre qu'il portait.

— Rien, répondit-il en regardant par-dessus son épaule. Je ne sais pas de quoi tu parles.

Il sortit de la chapelle, j'entendis la pierre s'écraser contre la pile que nous avions déjà commencée. Je ricanai. Après tous ses conseils, mon frère avait besoin d'aide pour être honnête avec lui-même.

— Si tu ne sais pas de quoi je parle, comment cela ne peut-il être rien ?

Je lui posai cette question lorsqu'il revint, en avalant une autre gorgée d'eau.

— Elle est chaude comme de la pisse.

Il s'arrêta, ses yeux s'assombrirent.

— Tu es dans une église. Surveille ton langage.

Je tendis les mains face à moi en un signe de reddition simulée.

— Je ne savais pas que ça t'intéresserait tant que ça, étant donné que...

— C'est quoi ton putain de problème ?

— Waouh, frangin. Qu'en est-il de faire attention, maintenant ?

— Si tu essaies de me pousser à me battre...

— Je ne fais que te poser une question.

Nous faisions la même taille, et étions bâtis de la même manière. Je ne m'étais pas battu avec lui depuis qu'il était enfant. Je le ferais s'il le fallait. Peut-être que ça nous ferait du bien à tous les deux.

— Eh bien, arrête.

— Tu es mon frère. Je veille sur toi.

Il grinça des dents.

— Je n'ai pas besoin que tu le fasses. Et je ne t'ai jamais demandé de me protéger. Pas une seule fois. Tu t'es simplement contenté de le faire.

— Qu'est-ce que tu racontes ?

Il leva son poing si rapidement que je faillis ne pas le voir venir. La prison avait perfectionné mes compétences de combat. J'attrapai son bras, empêchant la collision avec mon visage.

— Je t'ai dit de faire attention à ce que tu dis. Tu es dans un lieu saint !

— Un saint homme a-t-il le droit de regarder une jeune fille de 16 ans ?

La main de Damon se serra autour de ma gorge, il me poussa contre le mur de l'église. Je ricanai.

— Où as-tu appris ce mouvement ? Ils vous apprennent à vous battre dans ce séminaire ?

— Arrête.

— Quoi, Damon ? Est-ce que je suis parvenu à entrer dans ta tête ?

— J'ai vu des marques autour de la gorge de Sofia, mon frère.

Je serrai les dents, cette fois c'est mon jumeau qui sourit.

— Elle doit faire la moitié de ta taille ? Mais après tout, tu as pris ça de papa, pas vrai ?

Ma respiration se fit haletante, mon torse se soulevait à chaque inspiration. Je compris qu'il était capable lui aussi de me faire sortir de mes gonds.

— Qu'y a-t-il ? C'est trop de vérités pour toi ?

Merde. Il avait la même voix que moi. Il parlait exactement comme moi.

J'arrachai son bras et balançai mon poing dans sa mâchoire. Damon trébucha en arrière, renversa presque un banc, mais se redressa rapidement. Il se rapprocha de moi, me frappa en retour.

— Oui, c'est mieux. Frappe-moi. Je peux encaisser, et je peux rendre les coups. Tu ne frappes pas quelqu'un qui fait la moitié de ta putain de taille, cria-t-il, son poing heurtant le côté de mon visage.

Je le repoussai, cette fois-ci en le fracassant contre le mur et en le saisissant par la gorge.

— Je ne la frappe pas. Je ne l'ai jamais frappée. Je n'aurais jamais...

— Et ces bleus, elle se les est faits elle-même ?

J'étais tellement en colère que tout ce que je pouvais voir était bordé de rouge. Les yeux de Damon observèrent quelque chose par-dessus mon épaule. Je ne l'avais même pas entendue arriver. Pourtant, tout à coup, les mains de Sofia furent enroulées autour de mon bras, et elle utilisa tout son poids pour m'empêcher d'assommer mon frère.

— Arrêtez ! s'écria-t-elle. Que faites-vous ?

— Dis-lui que je ne te frappe pas.

— Quoi ?

— Putain, dis-lui.

— Lâche-le, Raphaël !

— Va-t'en, Sofia ! lui ordonna Damon.

Il avait réussi à se défaire de mon emprise sur sa gorge.

— Tu vas être blessée.

— Non, dit-elle en m'écartant de mon frère.

— Dis-lui, la suppliai-je, mon regard toujours fixé sur Damon.

Mon jumeau en fit tout autant.

— Il ne me frappe pas. Il ne m'a pas frappée une seule fois. Pas une seule fois.

Damon se tourna vers elle et ses yeux scrutèrent son visage. Je savais qu'il essayait de voir si elle mentait.

— Je le jure, Damon. Raphaël ne me fera pas de mal.

Elle s'interposa entre nous, et se tint devant moi comme si elle voulait me protéger.

— Les contusions sur ton cou...

— C'est autre chose. Je te le promets, d'accord ?

Mon frère observa le sol en se passant une main dans les cheveux et en secouant la tête. Lorsqu'il releva le regard, il semblait confus.

— Rentrons. Maria a pratiquement terminé de préparer le dîner, déclara Sofia en prenant ma main dans l'une des siennes, et en tendant l'autre pour s'emparer de celle de mon frère.

Damon secoua la tête.

— Allez-y tous les deux.

Il fit un autre pas en arrière, et son regard se posa sur l'autel.

— Sofia, attends-moi dehors. J'arrive tout de suite.

Elle hésita.

— Vas-y. Nous ne nous battrons plus.

Elle hocha finalement la tête, et nous adressa à tous les deux un regard pondéré avant de quitter la chapelle.

— Je suis désolé. Tu avais raison. J'essayais de t'énerver. Je ne sais même pas pourquoi.

Damon frotta ses lèvres et secoua la tête.

— Moi aussi, je suis désolé. Je ne sais pas ce qui m'a pris. Je ne suis pas...

— C'est ma faute. Oublie ça. Si tu as besoin de parler...

Je lui adressai un signe de tête avant de me diriger vers la porte.

— Tu viens dîner ?

Il marcha jusqu'à un banc avant de s'y asseoir.

— Je viendrai plus tard.

Je voulus m'avancer vers lui, pour le forcer à me parler. Je forçai pourtant mes jambes à me porter dans l'autre direction, jusqu'à Sofia, qui attendait sur les marches de la chapelle, les yeux grands ouverts d'inquiétude.

— Allons-y.

— Que s'est-il passé ?

— Ce n'est pas le moment.

Je m'emparai de sa main et nous nous dirigeâmes vers la maison. Je me sentis reconnaissant que les ombres de la nuit masquent mon visage, parce que Damon avait raison de s'inquiéter pour Sofia. Et il ne connaissait même pas toute l'histoire. Il ne savait pas ce qui était encore à venir. Et je me détestais un peu plus chaque jour à ce sujet.

19

SOFIA

Raphaël et moi retournâmes à la maison en silence. Il tint ma main, son pouce dessinant des cercles dans ma paume. L'air était lourd autour de lui, son humeur sombre. J'aurais aimé qu'il me dise ce qu'il s'était passé entre lui et Damon.

— Ça va ? m'enquis-je finalement avant d'entrer.

Il se tourna vers moi et frotta mes bras, me pressa contre le mur. L'expression de son visage avait l'air de vouloir dire un millier de choses, mais au lieu de ça, il posa sa main sur ma joue et se pencha pour m'embrasser à pleine bouche, ses lèvres douces contre les miennes, son toucher intime et sensuel.

Ce baiser fut différent des autres. Il n'était pas érotique. Pas au début. Lorsqu'il s'écarta, ses yeux brillaient presque. Je touchai son visage, il grogna. Il aurait un vilain bleu le lendemain.

— Lorsque j'ai commencé tout ça, tout ce temps que j'ai passé à planifier, je n'ai pas pensé une seule seconde à toi. Pas à toi en chair et en os, en tant qu'être humain. Mon frère a raison de s'inquiéter. Je n'arrête pas de te dire que je ne te ferai pas de mal, mais c'est le cas, n'est-ce pas ?

— Raphaël...

— C'est ce que je fais.

Il secoua la tête.

— Je pourrais arrêter. Je pourrais annuler. Te laisser partir. Oublier l'héritage. Si j'étais un homme bon, c'est ce que je ferais. Mais je ne le suis pas.

Je cherchai son regard, confuse. Il avait l'air solennel, presque désolé, et ses paroles, elles semblèrent si... fatalistes. Mais avant que je puisse lui poser la question, la porte s'ouvrit. Maria en sortit accompagnée de Charlie qui courait autour de ses pieds. Elle avait l'air irritée, et quand elle nous aperçut, elle devint embarrassée. Elle nous annonça que le dîner était prêt, et que si nous ne nous dépêchions pas, il refroidirait.

— Allons-y.

Raphaël s'empara à nouveau de ma main pour me conduire à l'intérieur. Après une douche rapide, nous dînâmes tous les trois. Je ne manquai pas la façon dont les yeux de Lina errèrent jusqu'au siège vide où Damon aurait dû s'asseoir.

Lorsque je fus rentrée à la maison, cet après-midi-là, elle avait l'air... différente. Heureuse, mais différente de la normale. Elle me parla de sa journée avec Damon, m'apprit qu'il était arrivé tôt à la maison, et qu'ils avaient pris un café ensemble en m'attendant. Mais puisqu'à 10 heures je n'avais toujours pas fait la moindre apparition, il lui avait proposé de lui faire visiter son village préféré, Pienza. Après cela, le reste de l'histoire avait été assez superficiel.

Ils avaient déjeuné, avaient visité une église. Ensuite, il lui avait fait visiter la campagne. Quelque chose m'avait poussé à ne plus lui poser de questions, mais plutôt à attendre qu'elle me parle d'elle-même. Je me demandais à quel point la journée que ma sœur avait passée en compagnie de Damon était à l'origine de la discorde entre les deux frères. Je mourais d'envie de demander des détails à Raphaël, mais j'en étais incapable, pas alors que Lina était avec nous. Au lieu de cela, nous eûmes une petite conversation, et chaque petit bruit fit se retourner Raphaël et Lina vers la porte.

Damon ne nous a jamais rejoints. Il était plus de 23 heures lorsque Lina remonta finalement dans sa chambre, et sa déception fut difficile à manquer.

— Que s'est-il passé à la chapelle ?

J'osai finalement lui poser cette question lorsque nous fûmes seuls dans notre chambre.

— Eh bien...

Il retira son T-shirt et le jeta par terre avant de me faire face.

— As-tu remarqué la façon dont ils se regardaient à notre retour ?

— J'ai remarqué quelque chose, mais elle a 16 ans. Je veux dire, elle aura 17 ans dans quelques mois, mais je pensais que j'avais tort, étant donné qu'il est dans un séminaire et qu'elle est... encore très jeune.

— Je ne dis pas qu'il s'est passé quelque chose. Damon est beaucoup trop responsable pour cela. Bien qu'aujourd'hui j'aie découvert un autre aspect de mon frère.

— Comment votre bagarre a-t-elle commencé ?

— J'ai fait quelques commentaires au sujet de ce que tu viens de dire... que Lina était jeune, et il a explosé. Les choses ont rapidement dérapé vers ton sujet préféré, mes problèmes de gestion de la colère.

Je me mordis l'intérieur de la joue, sans rien nier.

— Puis tout s'est transformé en ce que tu as vu. Tu sais, il refoule peut-être sa colère depuis des années, lui aussi. Je veux dire, je n'ai pas la moindre idée de ce qu'il peut penser, du bordel qu'il peut y avoir dans sa tête. Au sujet de maman et... de ce que j'ai fait.

— Vous n'en avez jamais parlé ?

— Nous n'avons pas grandi en parlant de quoi que ce soit, Sofia.

— Je pense que Lina a été blessée qu'il ne vienne pas ce soir.

— C'est probablement mieux qu'il ne l'ait pas fait. Il ne pourrait rien arriver entre eux.

En disant cela à voix haute, il eut l'air étrange, presque comme s'il tentait le destin. Je ne trouvai pas quoi lui répondre, il me prit alors la main pour me conduire au lit.

JE PARTAGEAI LA DÉCOUVERTE DU PARFUM ET DU ROUGE À LÈVRES DE maman avec Lina. Elle ne ressentit pas le moindre lien avec le parfum que je pensais être celui de maman, celui que j'avais moi-même reconnu. Je ne voulais pas abandonner cette trouvaille.

Nous passâmes les jours suivants ensemble toutes les deux. Éric nous amena dans certains villages la journée, puis nous restâmes à la maison la soirée. Raphaël nous laissa à peu près seules, et Damon ne se montra pas une seule fois. Chaque fois que j'essayai de lancer une conversation à son sujet, Lina tenta d'éluder. Il était clair qu'elle ne voulait pas me parler de lui.

Le matin où elle devait rentrer chez elle, nous nous levâmes tôt et eûmes une longue promenade autour de la propriété en compagnie de Charlie.

— Je ne sais pas ce qui va te manquer le plus, lui ou moi, me moquai-je.

— Vous deux. J'aimerais pouvoir rester plus longtemps.

— J'ai essayé, mais grand-père ne nous y autorise pas.

J'oubliai de mentionner la partie où Raphaël pensait que c'était plus sûr pour elle de rentrer dans tous les cas.

— Eh bien, peut-être que je pourrai revenir pour Thanksgiving. Nous pourrions montrer à Maria à quoi ressemble une vraie fête à l'américaine.

— Tu veux que nous cuisinions une dinde ? Toi et moi ?

— Non. Je ne souhaite pas l'empoisonner.

Elle fit une pause, et sembla hésitante en plongeant sa main dans sa poche.

— Penses-tu que lorsque tu reverras Damon, tu pourras lui remettre ceci ?

Elle me tendit une enveloppe scellée. Je m'en emparai, l'étudiai, tentai de savoir ce qu'elle contenait.

— Que s'est-il passé entre vous deux ?

— Rien. Pas vraiment.

Elle se tourna pour avancer et je marchai à ses côtés. Elle garda ses yeux rivés sur le sol, mais je ne pus manquer le sourire qui ornait ses lèvres.

— Je ne sais même pas comment le décrire.

Elle croisa mon regard.

— Je veux dire, il a 24 ans et il va devenir prêtre. Il ne peut rien arriver.

— Lui et Raphaël se sont battus hier à la chapelle. Physiquement.

— Damon lui a rendu les coups ?

— Oui. Il a un beau bleu.

— *Aïe.* Que s'est-il passé ?

— Raphaël m'a dit qu'il lui a lancé des piques sur la façon dont vous vous observiez, et que Damon a explosé.

— Ça n'a pas d'importance de toute façon. Je serai bientôt de retour de l'autre côté de l'océan.

— Et tu n'as que 16 ans.

— Presque 17.

— Il va faire vœu de célibat.

— Il ne l'a pas encore fait.

— Lina.

Je m'arrêtai pour m'emparer de ses mains et plongeai mon regard dans le sien. Ma sœur et moi étions proches. Je la connaissais. Pourtant je réalisai à cet instant comment, au cours de ces quatre dernières années, elle avait changé. Lina n'était plus seulement ma petite sœur. Elle avait grandi. Elle était presque adulte. Peu importait ce qu'il s'était passé entre elle et Damon, mon instinct me poussait à laisser faire, à ne pas m'interposer.

Je ne savais plus quoi dire. Elle me regardait comme si j'allais la sermonner. C'était peut-être ce à quoi elle était habituée avec grand-père. Ce n'était pas ce que je voulais.

— Je ne veux pas que tu sois triste en rentrant chez toi.

Des larmes jaillirent de ses yeux, elle tomba dans mes bras.

— Je suis déjà triste. Je te perds, Sofia. Tu n'es pas simplement à deux heures de route. Nous ne sommes même plus dans le même fuseau horaire. Il y a désormais tout un océan entre nous.

Je la serrai fortement contre moi.

— Je m'en fiche. Nous allons nous téléphoner tous les jours. Nous allons nous appeler en FaceTime pendant des heures. Et je viendrai te rendre visite.

— Et s'il ne te laisse pas faire ?

— Il le fera. Il le doit.

— Sofia ! cria Raphaël en se dirigeant vers nous depuis la maison.

Nous nous essuyâmes le visage. Je savais qu'il avait vu nos larmes, mais il n'en parla pas.

— Il est temps de partir.

Nous hochâmes la tête. Les choses étaient différentes avec lui pour une raison ou une autre. J'aimerais savoir ce dont lui et Damon avaient discuté avant de se battre.

Lina monta sur la banquette arrière de la berline, Charlie sur ses genoux. Raphaël nous conduisit à Sienne, là où elle devait retrouver grand-père. J'étais déterminée à profiter de chaque minute qui me restait avec ma sœur.

Lorsque nous arrivâmes à Sienne, grand-père attendait déjà avec son chauffeur à côté de leur berline. Nous sortîmes, Lina et moi avions les larmes aux yeux. Raphaël ne salua pas mon grand-père. Lina se dirigea vers mon mari.

— Prends soin de ma sœur.

Elle le regarda dans les yeux en se tenant bien droite face à lui. Il l'étudia pendant une longue minute, avant de hocher la tête.

— Je le ferai.

Je vis l'ombre dans ses prunelles. Il était préoccupé. Mon grand-père m'offrit une étreinte étrange, et bien que ma sœur et moi nous étions promis de ne pas pleurer, notre dernière étreinte fut emplie de larmes. Même Charlie avait l'air triste lorsque la voiture s'éloigna. Raphaël resta silencieux et attendit jusqu'à ce que le véhicule disparaisse.

— Tu vas bien ? demanda-t-il.

Je haussai les épaules, incapable de soutenir son regard. Nous rentrâmes chez nous en silence. Charlie s'assoupit sur mes genoux, je le caressai machinalement. Je ne fis pas attention à notre environnement, et lorsque je relevai finalement les yeux, je constatai que Raphaël surveillait le rétroviseur. Je regardai par-dessus mon épaule. Un gros 4x4 noir nous suivait.

— Qu'est-ce que c'est ? demandai-je.

Il secoua la tête, le regard braqué sur le SUV, puis vers la route sinueuse. Ces rues n'étaient pas très fréquentées, et je n'étais pas certaine de comprendre la réaction de Raphaël. Tout ce que je pouvais constater était que quelque chose n'allait pas.

Quelque chose au sujet de ce SUV me frappa subitement. Lorsque Raphaël accéléra, notre poursuivant en fit de même. Il sembla suivre notre rythme. Je distinguai deux formes à l'intérieur, bien que toutes les vitres soient teintées.

C'est là que je me rappelai.

Moriarty.

Il était venu à la maison lors de la réception du mariage avec un véhicule identique à celui-ci.

Était-ce lui ?

— Raphaël ? insistai-je.

— Accroche-toi, dit-il en prenant un virage brusque et inattendu.

— Qu'est-ce que tu fais ?

Je criai, effrayée. Le bruit des pneus et des coups de frein me fit paniquer. Raphaël ne me répondit pas. Au lieu de cela, nous vîmes tous deux le SUV rebondir au niveau du virage. Il conduisait désormais comme un fou furieux.

— Enfoiré ! déclara Raphaël en se penchant vers la boîte à gants

C'est alors que je vis la crosse brillante d'un pistolet.

— Raphaël !

Il ralentit la voiture et s'écarta sur le côté.

— Que fais-tu ? Pourquoi possèdes-tu une arme ?

Il s'arrêta complètement et prit son arme dans sa main. Charlie dut ressentir ma panique. Il commença à aboyer et à remuer sur mes genoux.

— Fais-le taire !

— Je n'y peux rien ! Qu'est-ce qu'il se passe ?

Il tendit la main pour ouvrir sa portière, mais je m'emparai de son bras pour l'en empêcher. C'est à ce moment que les freins du SUV crissèrent, alors que nos poursuivants déviaient brusquement autour de nous. J'hurlai, Raphaël jura en se tournant vers moi.

— Ça va ?

— Qu'est-ce que c'était ?

— Ça va ? insista-t-il.

— Oui !

Il rangea l'arme dans la boîte à gants, et démarra pour nous ramener à la maison.

— Les hommes de main de Moriarty.

— Qu'essayaient-ils de faire ?

— De nous faire peur.

— Eh bien, ça a marché.

— Je te ramène à la maison.

— Où vas-tu ?

— Je vais lui rendre visite et mettre fin à cette merde une bonne fois pour toutes.

— Ils sont dangereux, Raphaël. Tu ne peux pas...

Lorsqu'il se tourna vers moi, l'intensité présente dans son regard m'arrêta.

— Je suis dangereux, moi aussi, Sofia.

— L'arme, répliquai-je.

Je n'avais pas besoin d'en dire plus. Il ne répondit pas, garda son regard braqué sur la route. Il passa deux coups de fil, et le temps que nous passâmes les portes et que nous nous garâmes devant la maison, je vis Éric et les deux autres hommes que j'avais rencontrés à mon arrivée.

Raphaël sortit de la voiture sans couper le moteur. Il discuta avec Éric de quelque chose que je n'entendis pas. Je laissai Charlie sortir et me dirigeai tout droit vers Raphaël.

— Que se passe-t-il ?

Éric hocha la tête et donna des ordres aux autres. Raphaël se tourna vers moi.

— Reste ici. Je reviendrai. Compris ?

— Tu ne peux pas aller le voir.

Raphaël m'adressa un sourire pincé, sans réellement me voir. Je pus sentir sa rage, sa colère.

— Raphaël ?

— Va à l'intérieur, Sofia. Nage un peu si tu veux. Peu importe. Ne fais rien de stupide, me suis-je bien fait comprendre ?

Après quoi, il me congédia, et je réalisai que je n'avais pas un, mais deux gardes. Les cousins d'Éric restèrent à la maison tandis que lui et Raphaël partirent. Je les regardai s'en aller, me sentant impuissante et effrayée. J'entrai dans la maison et fis les cent pas, faute de savoir quoi faire. Charlie alla se coucher dans la cuisine pour sa sieste, Maria et les autres travaillaient. Je montai dans ma chambre et repêchai la carte que Damon m'avait donnée, puis je l'appelai. Il ne répondit pas à son portable, alors je décidai d'appeler le lieu du séminaire où, après avoir attendu plus de dix minutes, Damon fut enfin en ligne.

— Damon, dit-il.

— C'est Sofia.

— Sofia ?

— Raphaël vient de partir avec Éric. Il va voir Moriarty.

— Moriarty ?

— Oui. Sur le chemin du retour de Lina à Sienne, un SUV a commencé à nous suivre. C'était assez effrayant, Damon. Il avait une arme.

— Merde.

Lorsque j'entendis l'urgence dans sa voix, je me laissai tomber sur le lit, incapable de rester debout plus longtemps.

— Damon ?

— Ne bouge pas, Sofia. Je vais essayer de l'intercepter.

Bêtement, je hochai la tête.

— Merci, Damon. Merci.

— Je t'appellerai dès que possible.

Il était à deux doigts de raccrocher lorsque j'appelai son nom.

— Oui ?

— Prenez soin de vous.

— Je le ferai. Tout ira bien. Ne t'inquiète pas.

Je détestais ces mots.

Ils signifiaient toujours le contraire de ce qu'ils disaient.

20

RAPHAËL

Mon putain de frère n'arrêtait pas d'essayer de m'appeler. Je devinais que Sofia l'avait contacté dès mon départ, et je compris qu'il n'arrêterait pas. Finalement, après le huitième coup de fil, je répondis :

— Qu'est-ce que tu veux, Damon.

— Où es-tu, Raphaël ?

— Je suppose que tu le sais déjà.

— En route pour les bureaux de Moriarty ?

— Il est allé trop loin.

— Sofia m'a dit que tu avais une arme.

— Proposes-tu que je m'en passe ?

— Ce que je te propose, c'est de ne pas y aller du tout. Pas tant que tu ne te seras pas calmé. Ce n'est pas un petit malfrat dont il est question. C'est un homme d'affaires légitime... un patron de gang.

— Il n'y a rien de légitime chez lui.

— À moins que tu ne veuilles lui fournir des munitions, tu ne peux pas te permettre d'entrer à Florence avec une putain d'arme.

Il avait raison. Je le savais. Mais merde.

— Il a envoyé une voiture sur nos traces. Sofia était avec moi.

— Je sais qu'il faut que tu t'entretiennes avec lui. Mais pas comme ça, pas quand tu perds le contrôle.

— Ai-je un jour eu le contrôle ? Ce n'est pas ce que tu me disais, il y a quelques jours avec tes poings ?

Il soupira.

— Je dois être là, moi aussi. Cela me préoccupe autant que toi.

— Non.

— La maison t'appartient peut-être, mais elle fait également partie de mon passé.

— Non.

— Me protèges-tu toujours, mon frère ?

— C'est vrai, tu ne veux pas de ma protection.

— Bon sang, Raphaël. Attends. Je suis en route. Je t'ai déjà perdu une fois. Je ne veux pas te perdre à nouveau.

Je marquai un temps d'arrêt, comme si j'avais entendu ses paroles au ralenti. Il me fallut une minute entière pour pouvoir lui répondre.

— Je t'attendrai. J'y serai dans quarante-cinq minutes.

— Alors, c'est moi qui t'y attendrai. Je suis plus près. J'y serai dans vingt minutes.

Damon avait raison, je le savais. Moriarty était peut-être un connard, mais c'était un homme puissant. Il avait assez de légitimité pour que je fasse les choses correctement. Si j'entrais dans son bureau en brandissant une arme, il me ferait jeter en prison. Compte tenu de mon passé, je lui faciliterais la tâche.

La circulation à Florence nous retarda tous deux, mais une fois arrivés, je trouvai Damon au café à l'angle du bâtiment de Moriarty, qui était une vieille propriété de trois étages ancienne de l'extérieur, méticuleusement moderne à l'intérieur. Je le savais parce que j'avais vu des photos une fois dans un magazine.

Je demandai à Éric d'attendre à l'extérieur du bâtiment, et me dirigeai vers le café où, avant que je ne puisse protester, mon frère appela une serveuse pour me commander un expresso.

— Assieds-toi.

Bien que réticent, j'obéis.

— Bois un coup, respire.

— S'il ne s'agissait que de moi, ce serait une chose. Mais Sofia était là.

— Je sais. Je comprends. Et j'en conviens, nous devons nous en occuper.

— Il veut la propriété. Il a été parfaitement clair à ce sujet, il a dit qu'il nous la rachèterait, après nous avoir soustrait le montant que notre père lui devait.

— Quel homme généreux.

— Je préfère la voir brûler, plutôt que de la lui donner.

— Eh bien, c'est presque le cas, n'est-ce pas ?

Je secouai la tête, j'étais clairement mal à l'aise maintenant que mon frère était là. Je ne n'avais pas réalisé à quel point j'avais besoin de lui. Il avait raison. J'étais trop en colère. C'était ce que Moriarty voulait. Il savait que cette course-poursuite ferait peur à Sofia, et il savait que je réagirais en conséquence.

— Tu te sens mieux ?

Damon lisait en moi comme dans un livre ouvert. Il avait toujours eu un don pour ça.

— Oui. Allons-y.

Nous nous levâmes, il jeta quelques billets sur la table. Éric nous attendit juste à l'extérieur. Une fois à l'intérieur, nous contournâmes la jeune réceptionniste, et nous nous dirigeâmes vers le grand escalier en marbre.

— Messieurs, vous ne pouvez pas...

Je l'ignorai. Damon aussi. Je savais qu'elle contacterait Moriarty de toute façon. Au troisième étage, nous fûmes accueillis par deux hommes en costume debout devant les grandes portes doubles qui menaient au bureau de Moriarty.

Damon posa sa main sur mon bras lorsque nous nous approchâmes. La secrétaire privée de Moriarty s'éclaircit la gorge.

— Ne le laisse pas t'atteindre. Il va faire tout ce qu'il peut pour y parvenir. Résiste, peu importe ce que tu entends, compris ?

J'eus l'impression que ce qu'il me disait était étrange, et j'aurais pu remettre en question ses paroles, pourtant la secrétaire parla à ce moment-là :

— Monsieur Moriarty vous attend. Vous pouvez entrer.

— Comme c'est gentil.

Les gardes ouvrirent les portes, Damon et moi entrâmes dans le bureau. À l'intérieur, deux hommes étaient assis dans de grands fauteuils, deux autres derrière un grand bureau en acajou. Devant eux, Moriarty s'adossa à son fauteuil, une jambe croisée sur l'autre, un sourire stupide plaqué sur son visage.

— Quel grand plaisir. Une visite, non pas d'un, mais de deux frères Amado. Avec le même regard noir, comme c'est intéressant.

— Six hommes. C'est spécialement pour nous, ou avez-vous besoin d'autant de sécurité ? demandai-je.

— Tu as toujours pensé que tu étais spécial, Raphaël, répondit-il, avant de se tourner vers ses hommes. Fouillez-les.

Deux d'entre eux nous palpèrent. Moriarty se pencha en avant et posa ses coudes sur son bureau odieusement surdimensionné. L'un de ses hommes de main annonça que nous étions désarmés. Moriarty hocha la tête.

— À quoi dois-je le plaisir ?

— Vos hommes ont essayé de nous faire quitter la route, ma femme et moi.

Il feignit la surprise à merveille.

— Il est temps d'arrêter les conneries, Moriarty.

— Je ne sais pas de quoi tu parles.

— Vous n'obtiendrez pas notre propriété.

— Quelqu'un a essayé de vous faire quitter la route ?

Je grinçai des dents, serrai les poings. Lorsque je fis un pas en avant, la main de mon frère se referma sur mon épaule.

— Raphaël. Ne le laisse pas t'atteindre.

— Oui, Raphaël. Ne me laisse pas t'atteindre.

— Vous n'impliquez pas ma femme là-dedans, compris ? Elle n'a rien à voir avec ça.

— Malheureusement, si. Elle a été impliquée au moment où elle a prononcé les mots « je le veux ». Ah, les jeunes amours. Je me souviens de cette époque. Très bien, en fait.

— Arrêtez vos conneries.

— Tu sais, il fut un temps où ta mère, ton père et moi étions très proches.

— C'est de l'histoire ancienne.

Je le savais. Mon père était allé à l'école avec Moriarty lorsque ses parents avaient déménagé en Italie. Il avait rencontré ma mère deux ans plus tard, tous les trois étaient amis. Du moins pendant une courte période.

— Peu importe.

Il haussa les épaules.

— Attendez une minute.

Je ricanai en observant la pièce. J'avais l'impression que les deux fauteuils en cuir sur lesquels les hommes étaient assis avaient été déplacés derrière son bureau pour nous forcer à rester debout.

— Puis-je m'asseoir ?

Je m'emparai d'une petite chaise en bois rigide et la posai devant son bureau avant qu'il ne puisse répondre. Damon resta debout.

— Alors, c'est de ça qu'il s'agit ? Ça a toujours été de cela, n'est-ce pas ?

Ses yeux s'étrécirent quelque peu. J'aurais pu le manquer, si je n'y avais pas prêté attention. Damon n'était pas le seul capable de pouvoir déchiffrer les gens.

— Ma mère ?

— Raphaël, m'avertit mon frère à voix basse.

Moriarty s'empara d'un stylo, je pus voir ses articulations blanchir autour. J'avais raison.

— Elle l'a choisi plutôt que vous, n'est-ce pas ?

— Votre père l'a rencontrée en premier. Ça n'a jamais été un concours.

— Non ? Vous ne pensez pas que je me rappelle que votre nom a été prononcé plus d'une fois à la maison lorsque j'étais jeune ?

Je disais la vérité. Tout d'un coup, tout se mit en place.

— Permettez-moi de vous poser une question. Est-ce que vous l'aimiez, ou la désiriez-vous simplement parce que mon père l'avait ?

— Ça suffit. Êtes-vous ici tous les deux pour m'apprendre que vous avez l'argent que vous me devez ? Parce que si ce n'est pas le cas, il y a un autre moyen.

— Si je suis venu ici, c'est pour vous dire que ce n'est pas ma dette.

— C'est le cas. Dans mon livre de comptes, du moins. Et toi en particulier, Raphaël, puisque tu es responsable de la mort de votre père... légitime défense ou non. Tu as donc hérité de cette dette.

— C'est une logique intéressante.

— Une fois que tu m'auras payé, je laisserai tomber. Si ce n'était pas un montant astronomique, j'effacerais la dette. Encore une fois.

Encore une fois ?

— Ce sont des conneries. Vous ne pardonnez rien.

— Tu vois...

Il se leva et se retourna. Il observa la rue avant de se remettre à parler :

— Ta mère a également essayé cela une fois.

Je serrai les poings à la simple mention d'elle. Damon se racla la gorge.

— Allons-y, Raphaël.

Il se tourna vers Moriarty, qui nous fit maintenant face.

— Nous trouverons un moyen de vous obtenir l'argent, mais la maison restera à nous.

— Ce n'est pas notre dette, répétai-je à l'encontre de mon frère.

Moriarty m'observa, ignorant complètement Damon. Le sourire narquois fiché sur son visage me rendit soudainement malade.

— Votre mère est venue ici une fois. Eh bien, plusieurs fois, pour être exact. Renata aimait Florence, après tout.

— Ne prononcez pas son nom.

La main de Damon se referma sur mon épaule.

— Assez, dit-il à Moriarty. Raphaël. Nous devons partir. Maintenant.

J'observai mon jumeau. Je vis alors comment la couleur avait déserté son visage.

— Vous voyez, votre père et moi, nous nous sommes disputés, il y a très longtemps. Peut-être à peu près au moment de votre naissance. Il était impatient d'engrosser votre mère. Il pensait qu'ainsi, elle resterait liée à lui.

Je me redressai, la respiration haletante. Les hommes qui

étaient assis dans les fauteuils se levèrent à leur tour. Ceux derrière le bureau de Moriarty s'approchèrent, nous laissant savoir à mon frère et moi que ce serait stupide de lancer une quelconque attaque physique.

— Mais votre père, eh bien, je suppose que Renata lui a donné une raison de douter. Même au sujet de votre paternité, croyez-le ou non. Jusqu'à la fin. L'homme ne croyait même pas en la vérité de la science.

— De quoi parlez-vous ?

— Raphaël. Partons. Maintenant.

Cette fois, l'ordre de Damon était teinté d'un réel sentiment d'urgence.

— Renata, que son âme repose en paix...

Damon le coupa :

— Laissez les morts en paix, clama-t-il entre ses dents serrées.

J'observai mon frère, il ne semblait pas aussi bouleversé que moi. Le regard présent dans ses yeux, au moment où il croisa le mien, affichait de la résignation.

— Damon. Toujours si raisonnable, reprit Moriarty. Comment va Zachariah ? Oh, vous ne savez pas. Il est porté disparu, ou simplement absent ? Je ne m'en souviens pas.

— Vous n'aurez pas sa maison, répliqua Damon. Raphaël, allons-y. Nous devons partir.

Moriarty toucha quelque chose sur son bureau, et les portes s'ouvrirent. Les deux hommes qui attendaient à l'extérieur entrèrent.

— Faites-le sortir, lança Moriarty en indiquant Damon.

— Raphaël. Viens avec moi. Nous devons partir. Maintenant.

J'en étais incapable. Tout ce que je pouvais faire, c'était observer le visage laid et gras de Moriarty. Être témoin de la victoire dans ses yeux. Non. Je ne pouvais pas partir. Je devais entendre ce qu'il avait à dire. Damon les combattit, un troisième homme se joignit à eux pour le faire sortir par la porte. Moriarty se tourna vers moi.

— Ton frère connaît déjà cette histoire. Ça l'ennuierait proba- blement de toute façon.

— Dites-moi ce que vous avez à dire, et faites-le vite.

— Comme je le disais, votre mère était une pute. Elle voulait tous les hommes qui la désiraient...

Je ne sus pas s'il avait autre chose à dire. Je cessai de l'entendre à partir du moment où il traita ma mère de pute. Je me jetais sur lui. Ils s'attendaient à ce mouvement. Ces hommes m'attrapèrent par les bras, et me retinrent pour que je n'affronte pas ce bâtard. Moriarty m'observa.

— Vois-tu, ta mère s'est déjà assise sur cette chaise, poursuivit-il en indiquant quelque chose derrière moi.

— De quoi parlez-vous ?

— La première fois qu'elle est venue me voir, elle voulait que j'efface la dette de ton père. Elle savait qu'elle avait choisi le mauvais homme. Elle savait qu'il était faible.

— Ma mère...

— M'a offert de faire n'importe quoi.

Je grognai pour me libérer, sans pour autant y parvenir.

— Elle était prête à tout, répéta-t-il. Tu vois, c'est du déjà vu, vraiment. Seulement je ne souhaite pas que tu t'agenouilles sous mon bureau et que tu me suces la queue, Raphaël. Je préfère les femmes.

Ils me tordirent les bras, alors que je les combattais pour l'atteindre. Je voulais enrouler mes mains autour de sa gorge, et serrer jusqu'à ce que la vie le quitte.

— Je préfère de loin le petit cul serré de ta mère penché sur mon bureau. Je l'ai prise par là. Il fallait lui donner une leçon...

— Vous êtes un putain de menteur ! Un putain de menteur !

Ils me serrèrent plus fort. J'entendis le déclic d'un pistolet, avant de sentir l'acier froid derrière mon oreille.

— Je ne veux pas de désordre dans mon bureau, les gars, déclara Moriarty, aussi calmement que possible.

Il avait toute mon attention.

— Tu vois, j'ai tenu parole. J'ai oublié sa dette. Cette fois-là. Mais ton père n'a pas appris de ses erreurs. Lorsqu'elle est revenue me voir, eh bien, il y a tant de choses qu'un homme peut faire avec une vieille chatte usée, pas vrai ?

La rage jaillit en moi, mon sang saturé en adrénaline. Avec un rugissement plus animal qu'humain, je me libérai des hommes qui me retenaient et traversai le bureau pour tomber droit sur Moriarty. Je renversai sa chaise, l'envoyai au sol. J'enroulai mes mains autour de sa gorge et je serrai. Sa couche de gras était trop épaisse pour que je ne lui brise le cou. Ses yeux s'écarquillèrent, son visage rougit alors qu'il luttait pour respirer. Mais avant que je ne puisse le tuer, je fus traîné au loin et jeté contre un mur, un poing atterrissant dans mon intestin, suivi d'un autre, et encore un autre, jusqu'à ce que je me penche en me tenant l'estomac. On me faucha les jambes, je tombai par terre. Une chaussure se plaqua contre ma gorge, alors que Moriarty se déchaînait sur moi.

Lorsque je levai les yeux, je vis comme il était ébouriffé, sa cravate de travers, sa chemise et son costume éclaboussés par ce que je pensais être mon sang. Je ricanai pendant qu'un de ces hommes me frappait encore et encore, jusqu'à ce que ma vision se brouille.

— Faites-le sortir d'ici, déclara finalement Moriarty.

J'entendis sa chaise protester sous son poids.

— J'ai un acheteur, intervins-je finalement alors qu'on me remettait sur pied. Vous n'aurez pas sa maison, espèce de connard dégueulasse.

Je crachai du sang en parlant, et je ne fus même pas certain qu'il puisse bien comprendre mes paroles.

— Vous n'aurez jamais la moindre part d'elle. Je vous tuerai avant que ça arrive.

DAMON ME RAMENA À LA MAISON, ÉRIC NOUS SUIVIT DANS L'AUTRE voiture. Ma tête tournait, mon corps me faisait mal. Je pense m'être évanoui une ou deux fois. Je regardai mon frère, en me souvenant de l'abattement présent dans ses paupières, de son insistance pour que nous partions.

— Ça va ? me demanda Damon.

— Est-ce que c'est vrai ?

J'ignorai sa question.

— Est-ce important ?

Putain. Ma mère ? Avec lui ? Pour rembourser la dette de notre père ?

— Tu le savais ?

Il ignora à son tour ma question.

— Elle est morte. Il peut dire ce qu'il veut, elle ne peut pas se défendre.

J'enfonçai mes mains contre mes yeux.

— Il essayait d'obtenir une réaction de ta part, poursuivit Damon.

Non. C'était impossible.

— Est-ce que c'est la putain de vérité ? Dis-le-moi. Dis-le.

Il n'eut rien à dire. Il ne fit que me regarder.

— Bordel. Putain.

J'abattis mon poing contre le tableau de bord, la douleur irradia dans mon bras.

— Tu savais ?

Damon focalisa son regard sur la route.

— J'ai retrouvé un journal qu'elle tenait. Dans la chapelle. Je n'aurais pas dû le lire. J'aurais aimé ne pas l'avoir fait.

— Pourquoi ? Pourquoi a-t-elle...

Je m'étouffai sur mes mots en avalant du sang.

— Elle avait l'impression qu'elle n'avait pas le choix. Elle savait qu'il lui en voulait toujours d'avoir choisi notre père. Elle s'en est servi pour se libérer de ses dettes. Papa ne la méritait pas.

— Est-ce pour cela qu'il l'a battue ? Il a commencé avec elle, que plus tard.

— Je pense que oui. Le moment était bien choisi. Il a dû le découvrir.

— Je pensais que c'était parce que je m'étais rebellé.

— Ça n'a plus d'importance, Raphaël. Ils sont tous les deux partis.

— Je vais le tuer. Je vais tuer ce bâtard.

— Nous devons penser à la céder à l'acheteur. Nous n'aurons peut-être pas le choix. Je ne veux pas qu'il obtienne la propriété, même si ça signifie que nous devons la vendre à quelqu'un d'autre.

Je fus incapable de lui répondre. Au lieu de cela, j'ouvris le pare-soleil et bronchai devant mon reflet.

— Sofia va paniquer.

— C'est pour ça que je t'emmène d'abord au pensionnat pour te nettoyer. Nous ne pourrons pas couvrir tes bleus, mais je peux au moins nettoyer le sang et te fournir des vêtements de rechange.

Nous roulâmes en silence, chacun de nous perdu dans ses pensées. J'essayai de donner un sens à tout ça. Mon frère, je n'en avais pas la moindre idée.

— Où est le journal ?

Il m'étudia.

— Donne-toi un peu de temps. Si tu veux le voir après, je te le donnerai. Pas encore. Nous devons d'abord nous occuper de cela.

Il ouvrit sa portière.

— Nous allons te nettoyer et te ramener chez toi. Sofia doit probablement être paniquée.

Damon ne me regarda pas vraiment après cela. Je souffris sous la douche, me demandant s'ils m'avaient cassé des côtes. Je me sentais meurtri à l'intérieur et à l'extérieur. Mon frère avait raison. J'avais hâte de rentrer auprès de Sofia. Il me fallut puiser dans mes dernières ressources pour rester immobile pendant qu'il traitait mes coupures et mes contusions, avant de me tendre un miroir.

— Putain. J'ai bonne mine.

— Oui.

Il m'aida à monter à bord de la voiture.

— Ne se demandent-ils pas ce que tu mijotes ?

J'observai les frères qui nous regardaient au loin.

— Tu pars sans prévenir, et tu rentres avec moi, plein de sang.

— Les choses sont intéressantes par ici.

Damon nous ramena chez nous. Je sus qu'il avait appelé Sofia pour la prévenir, parce que lorsque nous arrivâmes, elle m'attendait devant la porte. À la minute où elle me vit, elle haleta en couvrant sa bouche de sa main, les yeux remplis de larmes.

— Je sais, j'ai déjà eu meilleure mine.

Je tremblai quand elle tenta de me toucher.

— J'aimerais te dire que tu devrais voir l'autre gars...

— Emmène-le à l'étage, déclara Sofia.

— Apporte du whisky, demandai-je en me dirigeant vers les escaliers, offrant à Maria, qui pleurait, un faible sourire.

Je la laissai prendre soin de moi pendant une semaine entière. Damon resta à la maison, Sofia ne me quitta pas d'une semelle. Pendant ce temps, tout ce que j'avais en tête fut des images de ma mère avec cet homme.

Je voulais le tuer. Je le tuerais.

Il l'avait traitée de pute, mais si ce qu'il avait dit était vrai, c'était un violeur. Il l'avait humiliée. Ma mère n'était pas une pute. Son seul péché avait été d'aimer sa famille. À côté de ses pensées, l'image de Sofia ne cessait d'apparaître.

Parce qu'au final, ne lui faisais-je pas la même chose que celle que Moriarty avait faite à ma mère ?

21

SOFIA

Trois semaines passèrent, et pendant ce temps-là, Raphaël guérit. J'avais donné à Damon le mot de ma sœur, et l'avais observé lorsqu'il l'avait pris. Je ne sais pas si j'inventai la tristesse que je vis lorsqu'il observa ses petites notes.

Damon était retourné au séminaire, mais venait dîner avec nous chaque soir. Aucun d'entre eux ne voulut me dire ce qu'il s'était passé ce jour-là, et Raphaël devint de plus en plus distant. Nous ne fîmes pas l'amour une seule fois, pas même lorsqu'il fut entièrement rétabli. Il m'avait dit que c'était plus confortable pour lui de dormir seul, et m'avait congédiée dans ma chambre.

C'est à la fin de la deuxième semaine que j'entendis Maria envoyer Éric chercher Raphaël à la chapelle pour le dîner.

— Je peux y aller, intervins-je. J'ai passé la journée assise.

J'étais désormais certaine qu'il m'évitait, alors je me dirigeai vers la chapelle. C'était en début de soirée, la lune brillait déjà. À ce moment-là, j'avais une assez bonne idée de la configuration de nos terres pour m'y diriger. Je vis une lumière allumée dans la chapelle, et bien que je n'essaie pourtant pas d'approcher sans faire de bruit, Raphaël semblait tellement pris dans ses pensées qu'il ne m'entendit pas lorsque j'entrai.

Je l'observai pendant quelques minutes. Il s'était agenouillé dans le confessionnal. Il avait retiré sa chemise, la sueur perlait sur sa peau bronzée pendant qu'il travaillait le bois. Les contusions avaient pour la plupart guéri et seuls quelques bleus demeuraient. Je me demandai s'ils étaient encore douloureux, et réalisai alors que je ne l'avais pas touché depuis plus d'une semaine.

— Il est tard, déclarai-je après m'être éclairci la gorge pour attirer son attention. Maria a préparé le dîner.

Raphaël leva les yeux. Il vérifia sa montre et referma sa boîte de peinture, avant de se remettre debout. Nous nous observâmes pendant quelques minutes.

— Je vais devoir vendre la maison. Le terrain.

— Mais je pensais...

— J'ai donné le feu vert à l'avocat aujourd'hui.

— Oh...

Je n'avais même pas réalisé qu'il y pensait sérieusement.

— Ça va ?

Il se gratta la tête et se rendit à l'avant de la chapelle pour s'asseoir sur un banc. Je le suivis et m'assis à ses côtés en glissant ma main dans la sienne. Il se mordit l'intérieur de la joue, ses yeux fixés sur l'autel.

— Ma mère aimait cet endroit. C'était un lieu sacré pour elle.

Je l'observai.

— Je n'ai jamais compris. Elle venait si souvent, surtout la dernière année. Je pensais, après avoir appris que mon père la battait, qu'elle venait ici pour se recueillir. Mais je crois que je me trompais.

— Que s'est-il passé avec Moriarty ?

Il m'étudia, ses yeux intensément fixés sur mon visage.

— Je pense que mon père la punissait pour sa trahison.

— Trahison ?

— Elle a essayé de rembourser sa dette à Moriarty. Elle a réussi une fois.

— Je ne comprends pas.

Il se tourna à nouveau vers l'autel, son visage était dépourvu de la moindre expression.

— Il l'a baisée. C'est comme ça qu'elle le payait.

— Quoi ?

Raphaël porta son regard éperdu face à lui.

— C'est logique, tu sais ? Il n'avait jamais levé la main sur elle avant la fin. Il a dû le découvrir.

— Est-ce que c'est ce que Moriarty t'a dit ? Parce que tu sais, Raphaël, les hommes comme lui mentent. Ce sont des monstres haineux.

Il secoua la tête.

— Damon me l'a confirmé. Il a trouvé un de ses journaux intimes.

— Elle n'avait pas le choix.

Il se tourna à nouveau vers moi.

— Je le sais. Ce n'est pas... tu ne comprends pas, Sofia ?

Je l'observai, confuse. La douleur présente dans ses yeux me fit mal au cœur.

— En quoi ce que je te fais est-il différent ?

— Raphaël...

Il me fallut quelques minutes pour comprendre ses paroles. Il repoussa ma main, se leva, se dirigea vers l'autel. Il posa sa main dessus, toucha le crucifix. Il le caressa presque.

— J'ai fait de toi une pute, pas vrai ?

Il ne me regarda pas.

— Je ne fais que répéter l'histoire, agir pour agir.

Sa caresse changea subitement, et en un coup rapide et violent, il arracha le crucifix du mur.

— Agir pour agir.

Il le jeta à travers la chapelle, il s'écrasa contre un mur en se brisant deux.

— Raphaël.

Je me levai et allai m'emparer de son bras alors qu'il arrachait la porte du tabernacle.

— Arrête.

Je fus incapable de l'arrêter. Il s'acharna sur la seconde porte, exposa l'intérieur vide où les objets de la communion avaient été stockés par le passé. Je tirai plus fortement sur son bras.

— Regarde-moi.

Il n'en fit rien.

— Regarde-moi, bon sang !

Il le fit seulement lorsque je parvins à me dresser entre lui et l'autel.

— Ce que cet homme a fait à ta mère est différent. Ce n'est pas comme nous.

Je le secouai, le forçant à m'affronter.

— Après tout, comment pourrais-tu faire une pute de quelqu'un qui est consentante ?

Il m'étudia, il avait l'air plus abattu qu'en colère. Il recula, les épaules tombantes. Je secouai la tête et m'emparai de son visage.

— Non. Tu ne peux pas faire cela. La mémoire de ta mère est sacrée, Raphaël. Ne laisse pas cet homme l'entacher de ses mensonges.

— Mais ce ne sont pas des mensonges, Sofia. Tu ne comprends pas ? Et toi ? J'ai fait de toi ma pute.

— Alors, baise-moi

— Rentre à la maison, Sofia, répliqua-t-il en me repoussant.

— Non. Baise-moi. Baise ta pute.

Je m'énervai de plus en plus.

— Je t'ai dit de partir.

Il s'empara grossièrement de mon bras et m'éloigna physiquement de lui.

— Non. Tu ne peux pas faire cela ! Je ne te laisserai pas faire !

Je criai en revenant dans son espace vital, plaquant mes mains de chaque côté de son visage. J'avais simplement besoin de le récupérer, de le ramener à ce moment, ici et maintenant, de le sortir de cet enfer dans lequel il s'était imbriqué.

— Tu penses être le seul à avoir des démons ?

— Va-t'en !

— Tu penses être le seul à souffrir ?

— Je t'ai dit...

— Je m'en fous de ce que tu as dit. Et je t'emmerde ! Tu m'as amenée ici. Tu m'as épousée. Et je pense que tu tiens plus à moi que ce que tu veux bien admettre. Mais tu ne te laisseras pas obtenir cela, pas vrai ? Tu ne peux pas le faire. Et tu ne veux pas que je l'aie moi non plus. Eh bien, va te faire foutre, Raphaël Amado. Je le prends quand même !

Je défis sa ceinture et ouvris le bouton de son jean. Ses mains recouvrirent les miennes, néanmoins il ne m'arrêta pas.

— C'est ce que tu veux ?

Il se pencha, son visage à quelques centimètres du mien.

— Tu veux une bonne baise bien dure ? Est-ce que ma queue en toi te manque ?

Il me tourna autour, me pencha vers l'avant en plaquant brusquement mes mains sur l'autel.

— Garde-les là. Ne bouge pas.

Je haletai lorsqu'il me débarrassa de mon short ainsi que de ma culotte, avant de remonter mon débardeur et mon soutien-gorge par-dessus ma poitrine. De sorte que lorsqu'il me fit me pencher, la pierre froide de l'hôtel me procura un frisson.

— Ra...

Avant que je ne puisse prononcer son nom, il fut en moi. Il se pencha sur moi et s'enfonça durement dans mon vagin.

— Tu veux te faire baiser ?

Son haleine était chaude sur le côté de mon visage.

— Tu veux ma queue dans ta chatte ? Tu veux que je te fasse jouir ?

Je poussai un gémissement.

— Comme une prostituée ? Ici ? Devant ton Dieu ? Penchée sur son saint autel ?

Ça aurait dû être mal. Je pensais que ça le serait. Nous étions en train de le faire dans un lieu saint. Pourtant, lorsque les mains de Raphaël se plaquèrent sur les miennes pour écarter mes bras sur le côté et m'épingler à l'autel, je me sentis mieux que jamais. Il avait besoin de ça. J'avais besoin de lui près de moi. J'avais besoin de lui en moi. C'était le seul moyen de l'atteindre, de le sortir de son enfer.

— Tu n'en connais même pas la moitié, Sofia.

Sa voix frôla mon oreille, je perdis le souffle lorsque ses doigts caressèrent mon clitoris.

— Je m'en fiche.

Je fermai les yeux. Je pris tout ce qu'il me donna, le laissai me prendre. Je m'en prenais à moi-même.

— Je n'en ai rien à foutre. Je t'aime.

Il se calma brusquement, son sexe enfoui au plus profond de moi. Je ne me retournai pas. Je n'en avais pas besoin, je pouvais parfaitement imaginer son visage, et l'expression de choc qu'il arborait.

— Je t'aime, répétai-je encore une fois, désinvolte.

Finalement, je me tordis le cou pour l'observer par-dessus mon épaule.

— Tu ne sais pas ce que j'avais prévu de faire, répondit-il en se retirant.

Il s'éloigna de moi. Je me retournai. Il remonta son jean sur son érection.

— Raphaël ?

Il était déjà retourné dans son enfer, il n'y avait pas la moindre place pour moi là-bas.

— Est-ce que tu dirais toujours cela si tu savais ? Si tu savais l'ampleur des dommages que j'avais l'intention de te faire ?

— Arrête. Regarde-moi. Regarde-moi. Je suis ici. Avec toi. Tu n'as pas besoin de faire ça.

Il recula.

— Lorsque j'ai conclu l'entente avec ton grand-père pour laisser ta sœur rester, il voulait cinq pour cent de ce que je prendrais. J'étais d'accord, mais il pensait que c'était peut-être trop facile. Que je ne souffrirais pas assez.

Il tomba pratiquement sur le banc. Je me dirigeai vers lui, m'agenouillai face à lui, mes mains sur ses genoux, et pris l'une d'elles entre les miennes. Ses yeux – même s'il se trouvait physiquement ici – étaient ailleurs. Il était parti trop loin pour que je parvienne à l'atteindre.

— Je connais déjà cette histoire.

— C'est là qu'il m'a demandé de lui fournir les preuves que nous avions consommé le mariage. Il le savait déjà. Il savait que tu étais devenue une faiblesse. Ma faiblesse.

En le regardant, en observant ses prunelles, je compris qu'il y avait bien plus que cela. Et que ça n'allait pas me plaire.

— Je ne l'ai pas fait. Je les ai brûlés. Il n'a jamais vu les draps.

— Vraiment ?

— Je me demande toujours pourquoi. Pourquoi il m'a demandé cette unique chose. Ce que je crois, c'est qu'il ne pensait pas que j'irais jusqu'au bout. Il espérait peut-être que tu refuserais. Que tu m'arrêterais. Je ne sais pas.

Il fit une pause.

— Ça n'a pas d'importance. Je lui dirai que le mariage n'a pas été consommé. Nous pouvons le faire annuler.

— Quoi ? demandai-je, stupéfaite.

— Ce qui compte, c'est ce que j'ai décidé après cette journée-là.

Parvenait-il à m'entendre ? Je frissonnai soudainement et entourai mes bras autour de moi.

— Ma soif de vengeance et la haine que j'éprouve pour lui l'emportent sur tout le reste.

— Qu'as-tu décidé ?

Je lui demandai cela d'une toute petite voix. Je ne voulais pas savoir. Vraiment pas.

Il me regarda finalement, et à l'aide de son pouce, essuya une de mes larmes. Je fermai les yeux et m'appuyai contre sa paume. Au moins pour un moment, il m'appartenait encore. J'étais toujours fascinée par la façon dont il pouvait se montrer si tendre, en totale opposition avec sa violence, sa rage.

J'ouvris les yeux lorsqu'il reprit la parole :

— Je me demande si, après te l'avoir dit, tu penseras toujours que tu m'aimes.

— Dis-moi.

Il me caressa la joue encore un instant, avant de retirer sa main. Et ne me laissa plus tenir la sienne.

— Je comptais incendier le domaine de ta famille. Le réduire en cendres.

Je me figeai, l'observant, lui, cet étranger qui, jour après jour, pendant qu'il faisait l'amour avec moi, complotait de me détruire. De me trahir. Cela n'aurait pas seulement un impact sur moi. Il comptait mettre un terme à l'héritage de ma sœur. À son droit de naissance. À son avenir.

— Tu n'as pas le droit de faire ça.

— J'ai envisagé de détruire votre entreprise, ou tout du moins ma moitié. Mais il a conclu cet accord, et a pensé pouvoir m'avoir. À ce moment-là, j'aurais préféré te détruire plutôt que de lui permettre de gagner. Sa défaite était plus importante à mes yeux que tu ne l'étais.

Je hochai la tête.

— Tu n'arrêtes pas de dire : « c'était le cas ». Tu parles comme si c'était du passé.

— Ça n'a pas d'importance. Ne vois-tu pas ?

— Raphaël, ce que tu pensais alors, ce que tu voulais faire, ça n'a pas d'importance. Tout a changé. Ce que cet homme a fait à ta mère... cela ne te ressemble pas du tout. Tu n'es pas un monstre. Et je t'aime.

22

RAPHAËL

Elle pensait qu'elle m'aimait.

La rage de Moriarty était réelle. Sa haine pour moi était parce que j'étais le fils de mon père. Il ne se souciait pas de l'argent qu'on lui devait. Cela n'avait pas la moindre importance. Ce qu'il voulait, c'était décimer ma famille. Parce que c'était la seule façon pour lui de se venger. De se venger contre ma mère pour ne pas l'avoir choisi, lui. De se venger contre mon père pour être celui qu'elle avait aimé. Celui qu'elle avait choisi.

Il voulait obtenir notre maison, nos terres, afin de les détruire. Je savais désormais qu'il ne reculerait devant rien. Ma vie était perdue. Mais la sienne ? Je ne pouvais pas le laisser la détruire à cause de moi.

J'observai le doux visage de Sofia, ses yeux confiants, innocents et pleins d'espoir. Elle croyait qu'elle m'aimait. Et dès qu'elle avait prononcé ces mots, je le compris, moi aussi. Je l'aimais depuis longtemps.

Et ce fut exactement pour cette raison qu'il fallait que je la laisse partir.

J'endurcis mon visage, avant de me relever. Elle resta agenouillée à mes pieds.

— Il n'y a qu'un seul problème, Sofia. Je ne t'aime pas.

Je me demandais comment je parvins à ne pas trembler en disant cela. Et lorsque je vis son visage pendant qu'elle assimilait mes mots, je dus me faire violence pour ne pas la serrer dans mes bras, la serrer contre moi, lui dire que je mentais. Que je l'aimais. Je voulais lui fournir cette vérité que je lui avais promise, qu'elle devait toujours obtenir de ma part.

Parce que maintenant, je lui mentais terriblement.

— Je ne t'aime pas, répétai-je.

— Je ne te crois pas.

Elle s'assit sur ses talons, ses doigts se refermant autour de mes vêtements encore répandus sur le sol de la chapelle.

— Eh bien, fais-le. J'ai aimé prendre ce que j'ai pris. J'ai aimé jouer avec toi, pendant un certain temps.

Je la repoussai à l'aide de mon genou, et avançai vers l'endroit où les morceaux du crucifix cassés se trouvaient sur le sol. En me penchant, je les ramassai.

— Raphaël.

Je me tournai. Elle s'était redressée et reboutonnait son short.

— Tu ne le penses pas. Je te connais.

Je laissai échapper un rire étrange et mauvais.

— Tu n'arrêtes pas de dire cela. Tu penses vraiment que tu peux connaître quelqu'un ? Être capable de savoir ce qu'il y a dans sa tête ?

— Je me fiche de ce que tu as dans la tête. Je sais ce qu'il y a dans ton stupide cœur.

Elle fronça les sourcils, ses bras étaient tendus le long de son corps.

— Tu m'as promis de toujours me dire la vérité, Raphaël.

— Et c'est ce que je fais.

Je posai la croix sur le banc que j'avais abandonné, et touchai mon alliance faite d'épines.

— Demain matin, je vais appeler l'avocat et mettre en marche l'annulation du mariage.

Je retirai ma bague de mon doigt, observai le sang, voulant

ressentir cette douleur, en ayant besoin. Je m'approchai alors de l'autel pour la poser dessus.

— Raphaël, s'il te plaît...

Ses yeux étaient larmoyants alors qu'elle les posait sur mon alliance ensanglantée.

— Tu ne veux pas...

— Je souhaite que ça soit fait le plus tôt possible, répliquai-je d'une voix forte.

Elle m'observa, tremblante, presque surprise.

— Je veux que tu t'en ailles le plus tôt possible. Je vais prendre mes dispositions.

Je me dirigeai vers la porte.

— Allons-y.

— Non.

Elle resta là où elle était. Elle tendit la main pour toucher la bague, avant de refermer ses bras autour de son corps. Je levai les yeux, passablement irrité, même si ça me brisait le cœur de la voir ainsi. J'étais une fois encore la raison de sa douleur.

C'était mieux ainsi. C'était mieux pour elle.

Peut-être qu'une fois que toute cette merde serait réglée...

Non. Pas de peut-être. Nous n'avions aucun avenir.

C'était fini. Ça devait l'être, pour elle.

— Écoute, je dois aller quelque part. Rentre à la maison. Mange. Va te coucher comme une bonne fille.

— Je ne suis pas une petite fille.

— Eh bien, si, en fait. Et, honnêtement, je suis fatigué de ce petit numéro de vierge effarouchée.

— Tu ne penses pas ce que tu dis.

Non. Effectivement. Mais elle devait croire que c'était le cas.

— C'était amusant pendant un certain temps. Mais il est temps pour moi de penser à autre chose. De mettre le passé derrière moi. Qu'as-tu dit ? Si j'abandonne mon passé, peut-être qu'il me laissera aller de l'avant ?

Je regardai autour de moi en agitant les bras.

— Je pense que tu avais raison. Tu appartiens au passé. J'en ai fini avec ça. Je veux vivre ma vie, et la seule façon de le faire, c'est de m'en aller. Je dois laisser tomber, tu dois en faire de même.

Elle se contenta de me fixer.

— Sortons d'ici, Sofia.

— C'est ce que tu souhaites ? Tu veux vraiment t'en aller ?

— Oui.

Quelque chose dans ma poitrine se serra.

— Et si tu crois vraiment que tu m'aimes, tu feras ce que je dis et tu me laisseras partir.

Putain. J'étais un connard de première classe. Je ne méritais même pas de lécher le sol sur lequel elle marchait, mais je devais enfoncer le clou pour la faire réagir.

— J'ai faim. Allons-y.

Elle secoua la tête en s'asseyant.

— Vas-y sans moi.

— Tu ne retrouveras pas ton chemin.

— Si. Je n'ai pas besoin de toi.

Elle releva ses genoux et les entoura de ses bras.

— S'il te plaît.

— Va-t'en, Raphaël.

— Sofia...

— Va-t'en ! Tu veux que je retire ce putain de pansement, n'est-ce pas ? Alors dégage.

— D'accord, comme tu veux.

Je quittai la chapelle et me dirigeai vers la maison en détestant la laisser seule, tout en sachant que je devais le faire. Parce que ce serait plus facile, si elle me détestait.

23

SOFIA

Je ne sais pas pendant combien de temps je restai assise ainsi dans la chapelle, mais lorsque je regagnai la maison, la voiture de Raphaël avait disparu. Charlie était le seul à m'attendre. Au moment où j'ouvris la porte, il poussa sa petite truffe dans l'entrebâillement. Je me penchai pour le prendre dans mes bras.

Que s'était-il passé au cours des trois dernières semaines ? Était-ce à ce moment-là que Raphaël avait compris qu'il ne voulait pas de tout ça ? Qu'il ne voulait plus de moi ? Ou était-ce la vérité depuis le début ? Avais-je simplement été aveugle ?

Je pensais vraiment qu'il tenait à moi.

Non, plus que ça.

Je croyais qu'il m'aimait.

Un frisson soudain me gagna. Je portai Charlie jusqu'à ma chambre.

Lorsque Raphaël s'était tenu debout, moi à ses pieds… quand il m'avait regardée, j'avais aperçu quelque chose d'étrange dans ses yeux. En totale contradiction avec ses paroles. Ou tout du moins, pendant un instant éphémère.

Une fois à l'intérieur de ma chambre, je posai Charlie au sol. Il fit le tour de mes jambes deux fois avant de m'observer avec ses petits yeux. Je me penchai pour le caresser, il prit mon doigt dans sa bouche et essaya doucement de me tirer vers le lit.

— Vas-y, mon cœur. Je n'arriverai pas à trouver le sommeil.

Il jappa, et je jure qu'il savait que je souffrais parce qu'il me regarda quelques secondes encore avant de sauter sur le lit tout seul. Il grandissait.

J'entrai dans la salle de bain et retirai l'alliance de Raphaël de ma poche. En l'étudiant, je passai mon pouce sur ses épines acérées. J'ouvris l'eau pour la rincer, je nettoyai le sang avant de la poser sur l'évier. Je retirai ensuite la mienne et la posai à côté.

Je m'agrippai alors à l'évier, en ayant l'impression que j'allais vomir. J'avais la sensation que quelque chose de mauvais avait besoin de sortir. Je vomis. Uniquement de la bile. Je n'avais rien d'autre à verser que des larmes. Même si je savais que personne ne pouvait m'entendre, je me couvris la bouche pour masquer mes sanglots. Je pleurai pour ce qui me sembla être une éternité. Jusqu'à ce que finalement, il ne reste rien.

Il ne m'aimait pas.

Il ne voulait pas de moi.

Il voulait me faire croire que tout ça avait été un jeu pour lui, mais je ne parvenais à le croire. Pas alors que je me rappelais l'expression de son visage dans la cave, pas alors que sa main était posée tendrement sur ma joue alors qu'il disait qu'il ne m'aimait pas. Qu'il était fatigué de moi. Qu'avait-il dit ? Qu'il était fatigué de mon comportement de vierge effarouchée ?

Une soudaine poussée d'énergie s'abattit sur moi, et je donnai un coup dans les alliances afin de les envoyer valser au loin. Je m'aspergeai de l'eau sur le visage avant d'observer mon reflet. Mes yeux étaient rouges et bouffis.

« Tout ça c'est du passé. Tu appartiens au passé. »

Le souvenir de ses paroles me fit mal au cœur. J'étais en colère, humiliée et terriblement triste. Pour lui. Pour moi. Parce que d'une certaine façon, il avait raison. Il devait laisser le passé derrière lui pour pouvoir avancer. Mais comment pourrais-je m'en sortir sans dommage collatéral ? Je pensais que ce serait différent. Je pensais que ce qui avait commencé de façon si laide s'était transformé en quelque chose de beau. Un amour durable.

J'empoignai mes cheveux et tirai dessus.

Il fallait que je m'en aille. Que je parte d'ici. J'étais incapable de le revoir. Je ne pouvais pas vivre sous le même toit que lui. Je m'emparai de mon téléphone, et même s'il était tard, j'appelai un taxi et pris des dispositions pour que quelqu'un vienne me chercher une demi-heure plus tard. Mon portable était à court de batterie alors je le branchai, puis commençai à empaqueter mes affaires. Je me contenterai d'un sac contenant l'essentiel. Ma priorité était de sortir de là.

Vingt minutes plus tard, j'appelai Charlie qui leva la tête avant de me rejoindre lorsque j'ouvris la porte. Je vérifiai que j'avais bien dans mon sac la clé que grand-père m'avait donnée. Elle se trouvait là où je l'avais laissée, dans la petite pochette sur le côté. Aussi discrètement que possible, je descendis les escaliers. Bien que la voiture de Raphaël ait disparu, je n'étais pas certaine qu'Éric ne se trouve pas sur la propriété. Je ne croisai personne en traversant aveuglément le salon et la cuisine. Je sortis par la porte arrière, avant de marcher sur le chemin de gravier qui menait à l'avant de la demeure.

Lorsque j'arrivai sur place, un taxi m'attendait. J'ouvris la porte de derrière, Charlie sauta avant moi sur le siège. Après avoir traîné mon sac à ma suite, j'installai mon chiot sur mes genoux et indiquai ma destination au chauffeur. Au vignoble Guardia. Heureusement, il savait exactement où il se trouvait, parce que ce n'était pas mon cas. En quelques minutes, je m'éloignai de la maison de Raphaël.

C'était samedi soir. Personne ne travaillait le lendemain, alors j'avais une journée entière pour planifier ce que je voulais faire et régler par moi-même. Je passerai la nuit dans l'ancienne chambre de ma mère, son fantôme pour compagnie. Nous étions à vingt minutes de route lorsque je réalisai que j'avais oublié mon téléphone en charge dans ma précipitation. Tant pis, je ne retournerais pas le chercher. Je ne serais pas assez chanceuse pour pouvoir m'échapper une seconde fois sans me faire prendre. Quand bien même Raphaël ne souhaiterait pas que je reste. Il serait probablement content que je lui facilite la tâche.

Je secouai la tête, repoussant ses pensées moroses au loin.

24

RAPHAËL

Il était près de minuit lorsque je rentrai à la maison. Mon avocat avait fait des heures supplémentaires afin de mettre en ordre les documents au sujet de la vente de la maison. J'étais prêt à signer, mais nous avions un problème. Un document que l'acheteur était censé nous fournir manquait à l'appel. Je supposais que c'était parce que les Italiens n'aimaient pas travailler le weekend. J'avais espéré que tout serait signé et conclu aujourd'hui. Moins j'aurais à y penser et mieux ce serait. Plus vite je pourrais faire ce que j'avais dit à Sofia, abandonner le passé.

Une fois que j'aurais signé, je ne pourrais plus changer d'avis.

Vendre la maison était mon dernier recours. Je détestais avoir à le faire. Damon détestait que je doive le faire. Mais il n'y avait pas d'autre moyen. Moriarty ne plaisantait pas. Je ne pouvais pas prendre le risque qu'il s'en prenne à ma famille. Ça n'en valait pas la peine.

En passant devant sa chambre, j'essayai de ne pas penser à la chapelle. De ne pas me rappeler l'expression de son visage lorsqu'elle s'était agenouillée à mes pieds, alors que je lui disais que je ne l'aimais pas. J'avais simplement besoin de me rappeler que j'avais agi pour son bien.

Lorsque j'arrivai dans ma propre chambre, j'entendis son téléphone sonner, mais décidai de l'ignorer. Il s'agissait probablement
de sa sœur. Il n'était que le début de la soirée sur la côte Est. Je pris
une longue douche avant de m'effondrer sur mon lit.

Mes vieilles habitudes de sommeil étaient revenues au cours
des deux dernières semaines. Je ne parvenais pas à grappiller plus
de trois heures par nuit, j'étais épuisé. Une partie de moi, cependant, ne voulait pas dormir. C'était la seule façon que j'avais de
tenir les cauchemars à distance. Ça, et la présence de Sofia... qui
m'était désormais inaccessible.

Je ne sus pas si c'était le téléphone qui sonnait au loin qui me
réveilla à 5 h 45, mais ce fut la première chose que j'entendis
lorsque j'émergeai. Un pressentiment me força à me lever. J'enfilai
un caleçon et j'allai dans le couloir. Le téléphone cessa de sonner
au moment où j'arrivai, et je faillis retourner me coucher, mais il
recommença.

Ça venait de la chambre de Sofia. Mon instinct me disait que
quelque chose n'allait pas. Je ne frappai pas à sa porte. J'entrai sans
prévenir et allumai.

— Putain.

Elle n'était pas là. Le lit n'avait pas été défait. Charlie n'était pas
là, lui non plus, et il était toujours avec elle. Ses vêtements étaient
encore dans son placard, et ses deux valises sur les étagères. Je ne
fus pas certain de savoir ce qu'elle possédait comme affaires de
toilette, mais je remarquai qu'il n'y avait pas de brosse à dents dans
la salle de bain. En sortant, je vis une bague dans un coin, sur le sol.

Son alliance.

Je me penchai pour la ramasser, et la glissai à mon petit doigt,
avant de voir sa jumelle. La mienne. Elle était dans le coin le plus
éloigné. Je décidai de la laisser là où elle était. Le téléphone sonna à
nouveau. J'allai dans la chambre à coucher pour y répondre. Il était
posé sur la table de chevet, en charge. Je vis qu'il s'agissait de Lina.
Elle devait pourtant savoir qu'on était en plein milieu de la nuit. Je
répondis :

— Bonjour ? C'est Raphaël.

— Raphaël ?

— Oui. Lina, comment vas-tu ?

— Où est ma sœur ?

— Eh bien, c'est une bonne question. L'autre étant de savoir pourquoi tu appelles à une heure pareille ?

— Oui. Je suis désolée. J'ai vraiment besoin de parler à Sofia. J'essaie de le faire depuis des heures.

— Tout va bien ?

— Je ne sais pas.

Elle semblait anxieuse.

— Où est-elle ? Est-ce qu'elle va bien ? Pourquoi répondez-vous à son portable ?

— Parce qu'elle n'est pas dans sa chambre et qu'il m'a réveillé. Elle est probablement en bas.

Je ne croyais pas que ce soit le cas, mais je descendis tout de même pour m'en assurer. Peut-être qu'elle ne parvenait pas à trouver le sommeil. Ou bien qu'elle avait eu une fringale nocturne et s'était levée en quête de nourriture.

— Je vérifie la maison, Lina. Dis-moi pourquoi tu appelles si tôt.

Lina hésita, et mon anxiété redoubla alors que je traversais le salon et la cuisine dans l'obscurité. Lorsque j'arrivai devant la maison, la deuxième voiture ainsi que mon camion étaient toujours garés à leurs places. En rentrant, j'avais décidé de choisir la solution de facilité en pensant qu'elle ferait simplement tout son possible pour m'éviter. Mais... où était-elle vraiment ?

Je me dirigeai vers la porte de la cave.

— Lina ?

J'ouvris la porte et allumai. Elle ne descendrait jamais ici dans l'obscurité, mais j'empruntai les escaliers tout de même. La pièce était vide.

— Je ne trouve pas ta sœur, alors tu ferais mieux de me dire ce qu'il se passe.

— Comment ça, vous ne la trouvez pas ?

— Je veux dire qu'elle n'est pas ici. Pourquoi as-tu appelé ? Peut-être que les deux choses sont liées.

— Elle n'irait nulle part sans son portable.

— Je sais.

J'essayais de paraître plus calme que je ne l'étais en réalité. Je ne voulais inquiéter ou contrarier Lina.

— Attends une seconde. Je vais vérifier sa liste d'appels.

Je parcourus son historique et poussai un soupir de soulagement en constatant qu'elle avait appelé un taxi vers 22 heures. Une part de moi craignait qu'elle n'ait été enlevée par les hommes de Moriarty. Qu'ils l'aient kidnappée pour m'atteindre.

Seigneur, peut-être que c'était le cas.

— Lina, elle a appelé un taxi vers 22 heures. Nous nous sommes disputés. Elle va probablement bien, mais je dois trouver où elle est. Je vais devoir raccrocher pour le faire.

— Vous me rappellerez tout de suite après ?

— Oui.

— Merci.

J'avais presque raccroché lorsqu'elle m'apostropha :

— Raphaël ?

— Oui ?

— Avez-vous signé les papiers pour vendre votre propriété ?

— Quoi ?

Mais comment était-elle au courant de ça ?

— Dites-le-moi. Avez-vous déjà signé ?

— Non. Il y a du retard. Un document manquant.

Je l'entendis pousser un soupir de soulagement.

— Lina, qu'est-ce qui se passe ?

— Ne signez pas, d'accord ? Ne le faites pas.

— J'ai besoin de plus que ça, et je dois vraiment trouver Sofia.

Silence.

— Lina ?

— Je pense que mon grand-père est l'acheteur.

C'était comme si une trappe venait de s'ouvrir sous mes pieds. Je me tins là, le téléphone à l'oreille, essayant de comprendre ce qu'elle venait de dire. L'acheteur avait un représentant, et toute la paperasserie se faisait par message et par fax, aussi vieux jeu que puisse être ce dernier. L'acheteur avait manqué un document juridique qui était nécessaire pour que la vente soit reconnue par la loi italienne. C'était la seule raison pour laquelle je n'avais pas signé aujourd'hui.

J'avais essayé de trouver des informations au sujet de l'acheteur, mon avocat aussi, mais tout indiquait une entreprise du sud de l'Allemagne. Il ne m'avait jamais effleuré l'esprit que ça puisse être lui. L'offre était supérieure à la valeur réelle des terres. Pourquoi Marcus Guardia voudrait-il acheter cette maison ? Cette terre morte ?

— Êtes-vous toujours là ? demanda Lina.

— Je dois trouver ta sœur. Lina, est-ce que ton grand-père sait que tu es au courant ?

— Non. J'ai entendu quelque chose qu'il a dit, et je me suis glissée dans son bureau lorsqu'il est allé dîner. Je savais simplement que quelque chose n'allait pas.

— Merci. Je m'en occuperai plus tard. Ne lui dis pas ce que tu viens de me dire.

— Je n'allais pas le faire. Raphaël, j'ai trouvé d'autres choses également.

Sa voix tremblait.

— D'accord. Je vais trouver Sofia, et nous te rappellerons ensemble tous les deux. Ne fais rien de stupide, d'accord ?

— Elle n'est pas blessée, si ?

Comment pouvais-je répondre à ça ?

— Je suis sûr qu'elle va bien.

Je mentais, je n'étais sûr de rien. Nous raccrochâmes, j'appelai la compagnie de taxis qu'elle avait empruntée. Ils me confirmèrent qu'un de leurs véhicules était arrivé sur ma propriété à approximativement 22 h 30 et avait déposé une femme et son chien au vignoble Guardia.

Je les remerciai et raccrochai. J'envoyai rapidement un texto à Lina, avant de filer m'habiller pour aller la chercher. Son grand-père lui avait donné une clé lors de leur déjeuner. Elle devait avoir eu l'intention d'y rester après notre dispute.

Il y avait un peu plus d'une heure de route jusqu'au vignoble. Je conduisis à travers des routes désertes et sombres, n'ayant que le clair de lune à intervalles réguliers et les phares pour m'aider à sillonner le long de cette route sinueuse. J'avais le sentiment que quelque chose n'allait pas. Ce pressentiment avait des airs de prémonition alors que les images de mon cauchemar récurrent des dernières semaines s'emparaient de mon esprit.

J'accélérai en abaissant la vitre ; j'avais la nausée. Ça devenait vraiment mauvais. Je pouvais presque sentir l'odeur du feu, de la chair en train de brûler et fondre sous les flammes.

Merde. Je devenais fou. C'était un rêve. C'était juste un putain de rêve.

Pourtant, alors que je prenais le virage suivant, les nuages se dissipèrent, et un panache de fumée s'éleva de derrière la colline. Je reconnaissais cette odeur. Ça n'était pas un rêve. C'était celle de la cendre. C'était présent dans l'air.

Alors que mon cerveau tentait de comprendre ce qu'il se passait, mes mains s'agrippèrent au volant et j'écrasai la pédale d'accélérateur à son maximum. Pas plus de trois kilomètres plus loin, un incendie s'élevait. Je perçus le bruit du feu, son rugissement.

— Non.

Je conduisis comme si Satan lui-même était à mes trousses. Je m'emparai du téléphone de Sofia qui se trouvait sur le siège d'à côté et composait le 112. L'odeur se faisait plus forte à mesure que je m'approchais des terres de la famille Guardia.

Ça ne pouvait pas arriver.

Pas encore.

Il s'agissait simplement de mon putain de cauchemar.

Pas de la réalité.

Quelqu'un me répondit, sa voix crépitant à cause de la mauvaise réception. Je m'engageai sur la propriété, où le portail était partiellement ouvert, le repoussant avec ma voiture. Je donnai l'adresse en précisant qu'il y avait un incendie. Nous avions besoin des pompiers. Nous avions besoin d'aide.

J'arrêtai la voiture à mi-chemin de la maison.

On me demanda si quelqu'un se trouvait à l'intérieur. J'ouvris ma portière et bondis hors du véhicule. Les cendres m'étouffèrent alors que j'observais la terre détruite avant de me tourner vers la maison.

Je ne répondis pas. Quelque part sur le chemin, je perdis le téléphone de Sofia en me ruant vers la structure, en hurlant son prénom, en criant contre le rugissement du feu. La porte d'entrée était verrouillée. J'essayai de l'ouvrir d'un coup d'épaule, la douleur irradia dans cette dernière au moment de l'impact. Ça ne donnait rien. Ça ne voulait pas s'ouvrir.

— Sofia !

Tout ce que je parvenais à entendre était le bruit du feu. Tout ce que je pouvais sentir était la cendre. J'avais besoin d'entrer. Pour la faire sortir.

Je fis marche arrière en observant les fenêtres, en voyant qu'une d'entre elles était ouverte au plus proche des flammes. C'était là qu'elle se trouvait. Je le savais.

Sans réfléchir, je m'emparai de la pierre la plus proche et la jetai sur la fenêtre du bas, la fracassant. Sans me soucier des éclats de verre qui déchirèrent mes vêtements et ma peau, je grimpai à l'intérieur. Le son des sirènes dans le lointain me donnait un peu d'espoir alors même que le parfum de l'essence emplissait mes narines.

Elle allait s'en sortir.

Je la trouverais.

J'arriverais à temps.

Je ne la laisserais pas mourir.

Pourtant, tout ce que je vis fut les images de mon cauchemar. Je l'entendais. Je n'arrivais pas à la rejoindre. J'ouvrais la porte pour me rendre compte qu'il était trop tard. Je découvrais ses restes carbonisés...

— Sofia !

J'arrachai ma chemise pour me couvrir la bouche et le nez, et courus jusqu'à l'escalier. L'épaisse fumée m'empêchait de voir au loin.

— Sofia, où es-tu ?

Rien. Pas de réponse de sa part.

Mais un aboiement.

Je me tins en haut des marches et je regardai la dernière porte au bout du couloir. La plus éloignée de moi. J'entendis d'autres aboiements.

C'était Charlie.

Le couloir semblait s'allonger au fur et à mesure que je me déplaçais, trop lentement même si je fonçais de toutes mes forces, luttant contre mon cauchemar, contre les démons qui ne cessaient de me torturer, encore et encore.

— Sofia !

Quelque chose s'écrasa derrière moi. Une poutre venait de tomber, le plafond s'ouvrait vers le ciel. J'avançai, étouffant, et atteignis finalement la porte. Charlie aboya sans s'arrêter.

— Sofia. Je suis là.

Je touchai la poignée de la porte. Elle était brûlante. En enveloppant mon T-shirt autour, je parvins à la tourner.

Dans mon cauchemar, elle était verrouillée. C'était toujours verrouillé, et je devais enfoncer la porte. C'était ce qui me ralentissait chaque fois. Je ne parvenais jamais à l'atteindre. Pas lorsqu'il s'agissait de ma mère. Pas lorsqu'il s'agissait de Sofia. Pourtant cette fois, elle tourna. Je poussai.

La pièce était emplie de fumée, trop épaisse pour que je puisse voir à travers.

— Charlie !

Il aboya, et je suivis son cri jusqu'à une autre porte. Une autre putain de porte. Il devait s'agir de la salle de bain. Elle était ouverte également. Mon cœur battait à tout rompre. Charlie était assis à côté de Sofia, qui était inconsciente sur le sol. Il aboya, lécha son visage et remua brièvement sa queue. Il aboya à nouveau vers moi, se dressa sur ses quatre pattes, puis s'assit à nouveau, lécha son visage encore et encore.

Je tombai à genoux.

Dehors, les lumières clignotèrent, et quelqu'un hurla des ordres.

— Sofia ?

Je touchai son visage, je glissai ma main sur sa poitrine pour sentir son cœur. Je la soulevai ensuite. Charlie aboya à mes pieds et me suivit alors que je couvrais la bouche et le nez de Sofia avec mon T-shirt. Je courus dans le couloir, le feu faisant désormais rage dans toute la maison. Lorsque j'arrivai au niveau de l'escalier, je reculai. C'était trop tard.

Je devais trouver un autre moyen. De retour dans la chambre où je l'avais découverte, je me penchai par la fenêtre pour inhaler de l'air frais. J'appelai les hommes en bas. Deux camions de pompiers et trois voitures de police se trouvaient sur place, et au loin, j'aperçus une ambulance qui approchait.

À l'instant où ils nous virent, ils soulevèrent une échelle. L'un des hommes monta. Sofia bougea dans mes bras, s'étouffa, toussa. Je la regardai sans pouvoir m'empêcher de sourire légèrement.

Elle était en vie. Il n'était pas trop tard.

Elle était en vie.

— Tu es là.

Une quinte de toux interrompit ce qu'elle aurait pu ajouter. Lorsque le pompier nous rejoignit, je la lui remis. Il la hissa par-dessus son épaule et descendit les marches. Je regardai Charlie, qui était retourné dans la salle de bain afin de s'écarter le plus possible des flammes qui arrivaient.

Quelqu'un cria pour que je sorte, mais je courus à l'intérieur, récupérai le drap sur le lit, et l'enveloppai dedans avant de le tenir contre moi. Une chaleur intense me poursuivit jusqu'à la fenêtre. Avec Charlie dans mes bras, je descendis rapidement l'échelle.

Ils retirèrent cette dernière avant d'approcher les tuyaux de la maison. L'eau de pluie s'abattit sur la bâtisse.

Je me dirigeai vers Sofia, qui était allongée sur une civière à l'arrière de l'ambulance avec un masque à oxygène sur le visage. Ses paupières papillonnèrent, elle tendit une main vers moi. Quelqu'un apporta un bol d'eau pour Charlie et je le posai à terre pour qu'il puisse boire.

Sofia se redressa et retira son masque. Elle regarda la maison par-dessus mon épaule, avant de fixer son regard sur moi.

— Raphaël ?

C'est à ce moment-là que tout me frappa de plein fouet. L'incendie, le moment choisi, la destruction du vignoble Guardia, la perte.

J'aurais pu la perdre à tout moment.

Je trébuchai et m'agrippai à la porte de l'ambulance pour me stabiliser. S'agissait-il de l'œuvre de Moriarty ? Était-ce une forme de vengeance ? Était-ce ce que j'avais moi-même prévu de faire ? Avais-je vraiment pensé être capable d'une telle chose ?

Je me rendis à l'hôpital deux heures plus tard, lorsque l'incendie fut finalement maîtrisé et ne menaçait plus les propriétés attenantes. Ils avaient donné un sédatif à Sofia après l'avoir examinée, elle était donc endormie lorsque j'entrai dans sa chambre.

Elle allait bien. J'étais arrivé à temps.

En quittant sa chambre, j'appelai d'abord Lina pour lui dire que Sofia irait bien. Elle était déjà au courant pour l'incendie. Bien sûr qu'elle l'était. Le directeur avait dû appeler son grand-père dès qu'il l'avait appris.

Après avoir rassuré Lina en lui disant que je l'appellerais dès que Sofia se réveillerait, je composai un autre numéro. Je contactai un homme qui avait des liens avec la police et avait fait quelques enquêtes pour moi par le passé. Je voulais savoir si la police avait établi ou non qu'il s'agissait d'un incendie criminel. J'avais senti de l'essence. Cela signifiait que quelqu'un avait intentionnellement mis le feu. Je lui parlai également de ce que Lina m'avait dit en lui demandant de confirmer que Marcus Guardia était celui qui allait acheter la villa Bellini. Après ça, je regagnai sa chambre pour attendre qu'elle se réveille.

Je m'assis sur la chaise à côté de son lit et l'observai dormir. Je sentais toujours l'odeur du feu sur elle, sur moi-même. J'étais presque arrivé trop tard. Si Lina n'avait pas téléphoné, si je n'avais pas entendu le téléphone de Sofia et ne m'étais pas réveillé... Sofia serait morte dans cette chambre.

Cette pensée m'empêcha de trouver le sommeil. Je la regardai, analysai ses moniteurs cardiaques ; je m'assurai qu'elle allait bien.

La sensation de sa main sur la mienne me réveilla finalement plus tard ce matin-là.

— Hé, dit-elle.

Je me redressai, frottai mon visage et observai ma montre.

— Hé.

Ma voix était aussi rauque et groggy que la sienne.

— Merci.

Pourquoi pensais-je que c'était une chose étrange à dire ? Que devrais-je lui répondre en retour ? Il s'avéra que je n'eus pas besoin de le faire. Elle parla avant que je ne puisse ajouter quoi que ce soit :

— Charlie ?

— Il va bien. Damon l'a récupéré et l'a ramené chez lui.

Elle sourit avant que son visage ne reprenne son sérieux.

— Tout est détruit ?

— Oui.

Je n'aimais pas devoir lui dire cela.

— Tout est presque détruit.

Elle hocha la tête.

— Comment savais-tu que j'étais là-bas ?

— Tu avais oublié ton téléphone, ta sœur n'arrêtait pas de t'appeler. Ça m'a réveillé et lorsque j'ai réalisé que tu étais partie, j'ai parcouru ton historique et j'ai découvert que tu avais appelé un taxi. Il ne m'a pas fallu longtemps pour obtenir l'adresse où il t'a déposée.

— Ma sœur !

Elle essaya de s'asseoir, avant de se rallonger.

— Je dois l'appeler.

— Je l'ai déjà fait. Détends-toi. Tu pourras l'appeler plus tard.

— Merci. Encore une fois.

Elle essaya de se redresser à nouveau, je l'y aidai, ajustant les oreillers derrière son dos.

— Tu n'aurais pas dû partir.

— Je ne pouvais pas rester.

Silence.

— Je suppose que toute cette histoire, c'était pour rien, pas vrai ?

— Que veux-tu dire ?

— Tu n'étais pas obligé de m'épouser. Mon héritage vient de partir en fumée.

J'étudiai ses jolis yeux caramel, et les vis s'emplir de larmes qu'elle tenta de retenir.

— Oh, attends... poursuivit-elle. L'assurance. Je suppose que tu seras payé avec l'argent de l'assurance.

Il y avait une centaine de choses que j'aurais pu dire. J'aurais dû le faire. Des choses comme « je suis désolé » ou « je ne pensais pas ce que j'ai dit » ou « je t'aime ». Je n'en fis rien. Au lieu de ça, lorsque mon téléphone sonna, je regardai l'écran et quittai la pièce pour y répondre. Il s'agissait de l'inspecteur.

— Vous aviez raison, dit-il. On a trouvé des bouteilles d'essence dans toute la propriété. La personne qui a mis le feu ne voulait pas cacher qu'il s'agissait d'un incendie criminel.

— Ce qui exclut Marcus Guardia.

Je ne l'imaginais pas capable de détruire le vignoble. S'il avait voulu faire une telle chose, il aurait masqué les preuves.

— Et ce que la fille vous a dit est vrai. Marcus utilise une compagnie allemande comme couverture. C'est lui qui offre de racheter votre maison.

J'avais dit l'autre jour à Moriarty que j'avais un acheteur. Qu'il n'obtiendrait jamais ma propriété parce qu'elle avait été vendue. Savait-il depuis le début qu'il s'agissait du grand-père de Sofia ? Cet incendie avait-il été lancé pour punir le vieil homme ?

— Merci. Tenez-moi au courant, d'accord ?

— Je le ferai.

Lorsque j'ouvris la porte de la chambre de Sofia, je la trouvai assise sur son lit son téléphone à l'oreille, le front ridé.

— Lina, tu en es sûre ?

L'inquiétude que j'entendis dans sa voix me rendit curieux. Elle croisa mes yeux et détourna le regard.

— D'accord. Je dois y aller. Laisse-moi y réfléchir. Je te rappellerai.

Elle raccrocha et m'observa un peu maladroitement. Je voulais lui demander de quoi elle venait de discuter avec sa sœur. Ça l'avait visiblement contrariée. Pourtant, je sentis qu'il ne valait mieux pas que je pose la question. Quelques minutes plus tard, son médecin entra dans la pièce pour nous dire qu'elle allait avoir besoin de se reposer, mais qu'elle se remettrait entièrement.

— Quand pourrai-je sortir ?

— Plus tard dans la journée, répondit le médecin. Je vais signer vos documents.

— Puis-je prendre l'avion ?

Le médecin sembla confus, alors je décidai d'intervenir :

— Tu resteras à la maison le temps de ta convalescence, Sofia.

— Mais...

— Mais rien.

Je sortis avec le médecin pour discuter de certaines choses. A mon retour, l'expression sur le visage de Sofia était illisible.

— Je dois te demander quelque chose, me dit-elle.

— Vas-y.

— Est-ce que c'était un accident ?

Je l'étudiai. La vérité. Je lui avais promis de lui dire la vérité. J'avais déjà rompu cette promesse une fois. Je ne le referais pas.

— Non.

Elle déglutit, cligna des yeux plusieurs fois, avant de détourner le regard. Sa voix trembla davantage lorsqu'elle reprit la parole :

— As-tu quelque chose à voir avec ça ?

Je reniflai, secouai la tête, et étouffai l'émotion qui bouillonnait dans mes tripes face à la douleur de son accusation.

— Je ne souhaiterais jamais ta mort, Sofia.

25

SOFIA

I ncendie criminel.

  Quelqu'un avait délibérément mis le feu au vignoble de ma famille pour le détruire.

Deux semaines s'étaient écoulées, et l'information que Raphaël avait obtenue de sa source avait été confirmée par l'inspecteur. Mon grand-père était arrivé le lendemain de l'incident. Il n'avait pas amené Lina avec lui. Je ne l'avais pas encore vu, même si je devais le rencontrer plus tard dans la journée. Je ne savais pas comment je serais capable de le regarder, en sachant ce que Lina m'avait dit. Ce qu'elle avait trouvé. Des preuves au sujet des transactions dont Raphaël m'avait parlé. Ça, ainsi que d'autres informations qui laisseraient l'entreprise vulnérable si elles apparaissaient au grand jour.

Je ne parlai pas à Raphaël de ce que Lina m'avait dit. Il avait bien pris soin de moi durant ma convalescence, passant du temps en ma compagnie en journée, prenant ses dîners avec moi dans ma chambre. Lorsqu'il me touchait, c'était avec tendresse, mais rien de plus. Pas une seule fois nous avions parlé de ce qu'il s'était passé dans la chapelle. C'était tabou, aucun de nous ne désirait en parler. Même si je désirais qu'il me dise que tout ça n'avait été que des mensonges, je ne voulais pas perdre les moments que j'avais passés avec lui.

Raphaël m'avait avoué ce que Lina lui avait dit à propos de grand-père, qu'il était celui qui avait fait une offre au sujet de son domaine, qu'il lui avait pratiquement tout vendu. Je ne comprenais pas. Était-ce la terre que mon grand-père souhaitait acheter pour moi ? Pour redorer mon nom lorsque j'aurais tout perdu ? Allait-il voler la maison de Raphaël en représailles de ce qu'il obtiendrait de la famille Guardia ?

Œil pour œil, dent pour dent.

Ça me donna mal à la tête.

Aujourd'hui, Raphaël m'amènerait sur place pour que je puisse constater les dégâts. Puis nous aurions une réunion avec grand-père et ses avocats.

Au vignoble, nous conduisîmes le plus loin possible, puisque l'enquête n'était pas encore terminée. Je sortis de la voiture, Raphaël à mes côtés.

— Oh, mon Dieu.

Les dommages étaient considérables. Les terres – tout ce qu'il restait des vignes – étaient carbonisées. Une odeur de brûlé demeura dans l'air, la maison elle-même était en ruines. Un mur se dressait encore partiellement, du ruban jaune bouclait la zone. C'était toujours considéré comme une zone dangereuse.

— Je me souviens de l'odeur de notre maison par la suite, déclara Raphaël.

— Je n'arrive pas à y croire. Quelles pertes considérables.

Je frissonnai, et pensai un instant que Raphaël levait son bras pour l'enrouler autour de moi, mais il glissa ensuite maladroitement ses mains dans ses poches.

— Qui ferait une telle chose ?

— Un seul nom me vient à l'esprit, Sofia.

— Moriarty.

Il hocha la tête.

— Mais pourquoi ? Quel sens cela aurait-il ? Ne lui serait-il pas préférable de mettre le feu à la propriété Amado ?

— Tu as dit toi-même que ton grand-père et Moriarty avaient

des intérêts communs. Je me demande s'il s'agit de ma propriété, et que Moriarty a menacé ton grand-père pour qu'il retire son offre.

— Il a dit que ce n'était pas dans l'intérêt de Moriarty d'acquérir cette propriété.

Raphaël regarda devant lui sans rien répondre. Je me rappelai alors quelque chose.

— Attends une minute.

Il se tourna vers moi.

— Le directeur a dit à mon grand-père qu'ils avaient fait installer un nouveau système de sécurité. Est-il possible qu'il y ait un enregistrement de la nuit de l'incendie ? Peut-être que nous pourrions y avoir accès ?

— La maison est détruite. Je ne peux pas imaginer que quoi que ce soit ait pu résister aux flammes. Si c'était le cas, tu peux être certaine que la police analyserait déjà les preuves. Je suis désolé, Sophia. Quoi qu'il en soit, je n'ai jamais voulu ça.

Nous retournâmes à la voiture pour gagner Sienne où mon grand-père nous attendait pour rencontrer les avocats. Les bureaux étaient en plein cœur du centre-ville, dans un bâtiment qui avait des centaines d'années. Une fois à l'intérieur, j'aperçus mon aïeul, toujours aussi fier même s'il avait l'air fatigué, assis en tête d'une longue table. Deux hommes étaient installés de chaque côté de cette table, en train d'examiner de la paperasse.

Ils levèrent tous les yeux lorsque nous entrâmes. Le regard que mon grand-père adressa à Raphaël me fit me tendre.

— Sofia. Raphaël, dit-il.

Il hocha à peine la tête en direction de ce dernier. Il nous présenta les deux avocats, dont l'un était américain, l'autre italien. Ils posèrent leurs cartes de visite sur la table. Une fois que nous fûmes assis, l'un des avocats commença à parler, à examiner nos options maintenant que la récolte était entièrement perdue, ainsi que les détails concernant la police d'assurance.

— Mais puisque l'incendie est criminel, tout est... compliqué, ajouta mon grand-père.

— Des suspects ? demanda Raphaël.

— Non. En connaissez-vous ? répliqua grand-père.

— Grand-père, dis-je.

Ce n'était pas le moment. Il ferma la bouche et laissa l'avocat continuer. Essentiellement, nous passâmes une heure à examiner le fait que nous n'avions rien, ou en tout cas jusqu'à ce que la compagnie d'assurance nous paye. Même la maison de Philadelphie était en danger.

Je supposai que je n'avais pas mesuré l'ampleur de notre perte. Il ne m'était jamais venu à l'esprit que nous allions passer de tout à rien. Je me demandais si c'était pour cette raison que mon grand-père paraissait vieilli, son aspect n'étant pas aussi strict qu'à l'accoutumée.

— Messieurs, pourriez-vous sortir un instant ? ordonna presque mon grand-père.

Les deux hommes hochèrent la tête, sachant pertinemment ce qui allait arriver. Ils sortirent de la pièce en traînant les pieds. Raphaël s'éclaircit la gorge, son regard ne quitta jamais mon grand-père. C'était évident qu'il le soupçonnait de préparer quelque chose.

Une fois la porte fermée, grand-père ramassa sa mallette, qu'il avait posée à ses côtés sur le sol, et la disposa sur la table. Il l'ouvrit pour en sortir une grande enveloppe, avant de nous observer.

— Raphaël, vous comprenez que quarante-cinq pour cent de rien ne vaut rien.

— La propriété était assurée.

— Oui, cependant, avec l'enquête sur l'incendie criminel, rien n'est sûr.

— Êtes-vous en train de dire qu'ils peuvent décider de ne pas nous payer ? intervins-je.

— Eh bien, il s'agit de beaucoup d'argent, alors ils vont tout faire pour ne pas avoir à nous rembourser.

— Parce que l'incendie était intentionnel, compris-je. Ils pensent que cela a été fait par quelqu'un qui essaie de tirer avantage d'un gros versement de l'assurance.

— Le vignoble Guardia est une entreprise rentable depuis très longtemps. Au cours des dernières années, les ventes ont diminué, les choses ont changé.

— Que voulez-vous dire ? Le vignoble était-il en difficulté ? m'enquis-je.

— Non, pas en difficulté, mais les revenus diminuaient de façon constante au cours des dernières années. C'est pourquoi j'ai embauché un nouveau gestionnaire. Il a des idées modernes.

— Mais...

Il leva la main.

— Et avec ses idées modernes est venu le nouveau système de sécurité, qu'il avait insisté que nous installions.

Grand-père ouvrit son dossier et tira une pile de papiers contenant une plus petite enveloppe.

— De quoi s'agit-il ?

— J'ai un nouveau contrat, Raphaël.

— Quoi ?

Mon regard passa de mon grand-père à Raphaël.

— Une fois que l'assurance nous aura payés, il ne sera pas nécessaire d'attendre que Sofia ait 21 ans pour collecter les fonds. En tant que gestionnaire de la fiducie, ce sera à moi de le lui verser, ou dans ce cas, à vous.

— Mais vous avez dit que le paiement est lié à l'enquête, répliquai-je en réalisant où cela nous menait.

— Pas éternellement, répondit grand-père en glissant sa paperasse en direction de Raphaël. Je vous propose un paiement. Un paiement valable.

J'observai le dossier en clignant des yeux deux fois face au montant.

— C'est peut-être plus que ce que les actions auraient valu, compte tenu du déclin de nos ventes.

Raphaël analysa la première page, puis la deuxième et la troisième, avant de repousser le dossier sur le côté et d'attendre que mon grand-père continue.

— Annulez le mariage, et l'argent vous appartiendra dès que la situation de l'assurance sera réglée.

— Quoi ? haletai-je, le cœur battant à tout rompre.

Je glissai une main sous la table pour m'emparer de celle de

Raphaël, qui resta particulièrement calme. Il ne s'écarta pas et prit ma main dans la sienne.

— Vous voulez la racheter ? s'enquit Raphaël, sans me regarder une seule seconde.

— Ne soyez pas grossier.

— Grossier ? Être grossier m'importe peu, vieil homme. Qu'y a-t-il dans cette enveloppe ?

— Une carte mémoire.

— Et que contient cette carte mémoire ?

— Des preuves que ce sont les hommes de Moriarty qui ont mis le feu.

— Comment est-ce possible ? intervins-je.

— Les portails comportent des caméras. Ses hommes ne s'en étaient pas rendu compte. Je ne pense pas que Moriarty le savait, puisque le système de sécurité était récent. Les images de la maison ont dû être détruites, mais il est facile de les voir aller et venir au moment où l'incendie a commencé.

— Pourquoi ne l'avez-vous pas donnée à la police ?

Raphaël, assis à sa place, le dos bien droit, étudia mon grand-père.

— Moriarty a de nombreuses connexions en Italie, expliqua mon grand-père.

— Mais il n'est pas au-dessus des lois, poursuivis-je.

— J'ai bien peur qu'il le soit.

— Mais vous avez des preuves !

— Et je vais les utiliser pour racheter ta liberté, Sofia.

Il se tourna vers Raphaël.

— Signez le contrat, et vous aurez la carte mémoire. Il est difficile de faire peur à cet homme, mais j'ai le sentiment que vous serez en mesure de le convaincre d'effacer la dette de votre père et de sauver votre propriété.

Je me tournai vers Raphaël. C'était tout ce dont il avait besoin. Cela le libérerait, lui donnerait exactement ce qu'il m'avait dit désirer à l'église. Avoir cela, la garantie que Moriarty ne pourrait plus faire de mal à sa famille...

Raphaël détourna son regard de mon grand-père pour le poser

sur moi. Ses yeux étaient inexpressifs. Ma main reposait toujours dans la sienne. Son pouce traça les cercles dans ma paume. Plus il tardait à répondre, plus le silence devenait pesant, plus mes yeux s'emplissaient de larmes.

Voilà, nous y étions. C'était terminé entre Raphaël et moi.

Mon grand-père se racla la gorge et se leva de son siège.

— L'offre expire dans cinq minutes.

Il boutonna sa veste.

— J'attendrai dehors.

Nous ne l'observâmes pas partir et nous regardâmes en silence pendant une éternité après que la porte se fut refermée. Raphaël se leva et se dirigea vers l'une des deux fenêtres.

— Je pensais que tu étais morte, déclara-t-il en me tournant le dos.

— Quoi ?

Je tentai de ravaler la boule qui étreignait la gorge. Il me fit face, mais resta là où il était.

— Je fais ce cauchemar... depuis six ans... je continue de voir l'incendie dans ma maison, de courir à l'intérieur pour sauver ma mère et d'arriver trop tard.

Le poids du monde sembla peser sur cette pièce, nous étouffant.

— Mais le cauchemar a changé au cours des dernières semaines.

Il passa ses mains dans ses cheveux, avant de les glisser dans ses poches. Il m'adressa alors un étrange sourire.

— Ce n'était plus ma mère que je trouvais.

Il marcha vers l'autre fenêtre, puis sembla se forcer à me regarder.

— C'était toi, Sofia. C'était ton corps que je trouvais quelques minutes trop tard.

Des larmes chaudes dévalèrent mes yeux, j'ouvris la bouche pour parler, mais rien ne vint, pas pendant un long moment. Et lorsque ça arriva, ça me parut bizarre, ça ne sonnait pas comme moi.

— Raphaël, c'est un rêve. Un cauchemar. Ce n'est pas réel.

— L'incendie était réel. Tu as failli mourir.

J'avais l'impression d'entendre ses mots, un à la fois, et je peinai à en comprendre la signification. Je ne voulais pas y arriver.

— Je pensais ce que je t'ai dit à l'église. Que je te laisserais partir. Je pensais que c'était la bonne chose à faire.

Il s'arrêta, inspira profondément.

— Je le pense toujours.

J'ouvris à nouveau la bouche pour parler, cependant il leva sa main pour m'arrêter.

— Tu dois d'abord savoir quelque chose. Je t'ai menti, Sofia. Je t'ai promis de toujours te dire la vérité, mais je t'ai menti.

— Raphaël...

— À l'église. Ce que tu as dit, lorsque tu as avoué que tu m'aimais, m'a pris au dépourvu. Je n'ai pas réalisé...

Il sortit quelque chose de sa poche. Il s'agissait de mon alliance, celle que j'avais laissée dans la salle de bain.

— C'est ridicule, n'est-ce pas ? Une alliance faite d'épines.

Je ne répondis rien.

— Pourtant, je trouve qu'elles correspondent. En étant mariée à moi, Sofia, tu devras toujours affronter les épines, sans avoir droit aux roses.

Mes genoux flanchèrent, je retombai dans ma chaise, étouffée par un sanglot brutal. Je savais ce qu'il faisait. Et j'avais raison. Il s'agissait d'un adieu. Il signerait ce contrat, sans me rendre ma liberté. Il me placerait sous la tutelle de mon grand-père.

Cette fois, c'était bien pire qu'à l'église. Cette fois, ça me détruirait. Parce que me dire qu'il ne m'aimait pas, même si ça avait fait mal, n'était rien en comparaison de cet instant. Il glissa l'alliance sur son pouce et s'avança vers moi.

— Je t'aime, Sofia, et je t'ai presque perdue...

Il secoua la tête en frottant sa barbe de deux jours.

— Je suis brisé et en colère, je ne peux pas te retenir.

— Non.

Il s'agenouilla devant moi, prit mon visage entre ses mains, essuya mes larmes de ses pouces.

— Peu importe à quel point j'en ai envie, je ne peux pas te retenir. Ton grand-père a un sérieux problème avec Moriarty. Il ne s'arrêtera pas. Il ne se souciera pas de cette preuve. Sa haine pour moi te met en danger. L'autre soir en était la preuve. Quoi qu'il arrive, nous devrions sans cesse regarder par-dessus nos épaules.

— Non, pas avec cette preuve.

— Même s'il ne s'était pas agi de lui, Sofia, je n'aurais jamais dû t'amener ici. Je n'aurais jamais dû commencer tout ça. Te punir, pour punir ton grand-père ? Regarde ce qui en est ressorti.

— N'ai-je pas mon mot à dire ?

Il se redressa, m'attirant à lui, avant de m'embrasser. C'était un baiser rude. Notre dernier baiser.

— Je t'aime, Sofia.

Son regard sonda le mien, comme s'il tentait de mémoriser chaque détail de mon visage.

— Je t'aime trop pour te faire ça.

Avant même que je ne puisse répondre, avant que j'aie pu analyser ces paroles, il s'empara d'un stylo sur la table et signa le contrat. Je l'observai, stupéfaite, alors qu'il apposait sa signature sur la feuille. Il posa alors le stylo sur la table, et mon alliance juste à côté.

Après un dernier regard sur moi, il attrapa l'enveloppe contenant la carte mémoire, la glissa dans sa poche, se tourna, et sortit par la porte.

26

SOFIA

Après que Raphaël eut quitté le bureau, je restai dans la pièce, à regarder droit devant moi. J'observai l'espace où il s'était tenu juste avant que je ne tombe dans ma chaise, les jambes flageolantes et incapables de me soutenir.

Je n'étais pas certaine de savoir ce qui aurait été le plus facile : de penser qu'il ne m'aimait pas ou de connaître la vérité. Bien que j'imagine que ça ne pourrait être facile dans aucune circonstance. Ça fit mal. Ça ferait mal pendant très longtemps.

Mon grand-père entra dans la pièce, suivi par les deux avocats. Personne ne sembla me remarquer. Grand-père s'empara de l'alliance et du stylo, avant de vérifier la signature sur le contrat.

— C'est fait, déclara-t-il en le remettant à l'un des hommes qui le glissa dans sa mallette.

Personne ne se rassit.

— Merci, Messieurs. Je vous tiendrai au courant.

Ils se serrèrent la main. Ils avaient pratiquement atteint la porte lorsque je pris la parole :

— Pourquoi voulais-tu que le mariage soit consommé ?

Ils s'immobilisèrent tous. L'un d'entre eux se racla la gorge. Mon grand-père se tourna dans ma direction, une telle froideur dans le regard que je me figeai, avant qu'il ne détourne son attention vers les deux hommes.

— Transmettez-moi les copies officielles par voie électronique et sur papier.

Ils s'en allèrent. Grand-père referma la porte derrière eux et me fit face en restant où il était.

— Quelle question inappropriée à poser devant nos avocats.

— Tout comme ta demande, qui était tout bonnement inappropriée.

Il s'approcha de moi.

— J'ai fait ça pour toi.

— Vous me l'avez fait subir, vous voulez dire.

— Je te l'ai dit, je devais faire amende honorable.

— Dites-moi pourquoi vous vouliez qu'il soit consommé ?

Il m'étudia.

— Parce que je ne pensais pas qu'il irait jusqu'au bout. Parce que je pensais que face à une jeune mariée vierge et réticente...

Je tremblai de rage face à ces mots.

— Sa moralité l'arrêterait. Qu'il déciderait de mettre fin à tout ça. Peut-être que j'imaginais que tu crierais au viol.

J'étais bouche bée. Il était prêt à aller aussi loin ? Non. Mon Dieu, non.

Il s'approcha de moi en penchant la tête. Toute la faiblesse que j'avais cru apercevoir dans son regard lorsque nous étions arrivés avait disparu.

— Pourtant, tu n'étais pas réticente, n'est-ce pas, Sofia ? Tu t'es prostituée pour cet homme. Tout comme ta mère l'a fait avec ton père.

Je peinai à reprendre mon souffle, et en puisant dans mes dernières ressources, je trouvai le courage de me lever.

— Ne vous avisez pas de me traiter de pute, vieil homme.

Il fit alors quelque chose qu'il n'avait jamais fait avant ce moment. Avec toute sa froideur et la distance qu'il avait instillée entre nous, il n'avait jamais levé le petit doigt sur nous. Pas avant aujourd'hui.

Le son de sa gifle sur mon visage résonna entre les murs alors que ma tête partait sur le côté. Je trébuchai en arrière. Je touchai ma joue. Elle palpita, devint chaude sous mes doigts.

— Ne me parle plus jamais comme ça, compris ?

La porte se rouvrit, l'un des avocats entra.

— Désolé, j'ai oublié...

Il s'immobilisa brièvement.

— Excusez-moi.

Il fit mine de repartir, mais avant qu'il ne puisse le faire, je repris la parole :

— Vous êtes un vieillard vil, clamai-je à l'attention de mon grand-père. Vous êtes un vieillard égoïste et cupide. Vous n'avez jamais pardonné à ma mère d'être tombée amoureuse d'un homme que vous n'approuviez pas, alors que vous n'avez jamais eu votre mot à dire. Vous m'avez utilisée comme un pion. Vous ne m'avez pas traitée différemment de votre ennemi. Vous nous avez volées, ma sœur et moi, toute notre vie. Il est grand temps que cela se termine.

Je me tournai vers l'avocat.

— Je souhaite obtenir la tutelle de ma sœur. Rédigez tous les documents dont j'ai besoin.

— Et comment pourrais-tu t'occuper d'elle ? Avec quel argent ? L'État ne le permettra jamais.

Je jetai un regard noir à mon grand-père.

— Si vous vous dressez contre moi, j'irai voir les autorités pour leur dire tout ce que je sais. Vous ferez l'objet d'une enquête. Vous serez arrêté. Vous serez emprisonné.

Pour la première fois depuis que je le connaissais, mon grand-père demeura silencieux. Il pâlit à vue d'œil.

— Partez, et vous pourrez garder ce que vous avez volé, ajoutai-je.

— Tu ne sais pas de quoi tu parles, commença-t-il avant que je ne l'interrompe.

— Êtes-vous prêt à prendre ce risque ?

Le téléphone de mon grand-père sonna à ce moment-là. J'imaginai le soulagement qu'il avait dû ressentir, la gratitude pour cette distraction. Il s'éloigna en le sortant de sa poche. Je ramassai alors l'alliance que Raphaël avait laissée sur la table et la posai dans mon sac avant de sortir.

Je ne savais pas où j'allais. Je ne savais même pas si ma carte de crédit fonctionnerait, je n'avais plus de vêtements à me mettre. Heureusement, j'avais toujours mon passeport. J'avais besoin de sortir de là. De quitter cette pièce étouffante, ce bâtiment, avant que les murs ne se referment sur moi.

Je sortis par les portes d'entrée dans la chaleur et le bruit environnant du centre-ville animé. Je me perdis dans la foule, sans réussir à fondre en larmes alors que je marchais plus loin, toujours plus loin, sans savoir où j'allais. J'avais tout simplement besoin de disparaître.

27

RAPHAËL

Il me fallut faire un effort considérable pour tourner le dos à Sofia et quitter ce bureau. Je cognai l'épaule de quelqu'un en sortant, sans regarder en arrière. Je ne m'excusai pas, je ne pouvais pas m'arrêter. Je sortis, et dans le couloir, je descendis les escaliers avant de franchir les portes d'entrée où je m'arrêtai. Haletant, les mains sur les genoux, sur le point de vomir.

Mentir à Sofia à la chapelle, ça m'avait blessé. Mais ça ? Aujourd'hui ? La laisser comme ça, signer ce foutu contrat et la laisser tomber, ça m'acheva. Je lui avais promis la vérité, et j'avais enfin tenu ma promesse. Ce faisant, j'étais détruit.

Je me redressai, essuyai la sueur de mon front.

Je ne me rappelai pas avoir traversé la ville pour me rendre à ma voiture. Je ne me souvins pas avoir conduit jusqu'à la maison. Dès que je sortis de mon véhicule, Charlie arriva en courant vers moi. Je m'arrêtai pour l'observer. Je le regardai attendre que la porte du côté passager s'ouvre, que Sophia en sorte. Il aboya plusieurs fois, courut vers moi, remua la queue, puis revint s'asseoir près de la porte pour attendre.

— Elle n'est pas là.

Charlie se tourna vers moi, inclina la tête d'un côté comme s'il ne me comprenait pas, puis fit à nouveau face à la porte. Il aboya une fois de plus, attendit.

— Elle ne reviendra pas.

J'entrai dans la maison, puis dans mon bureau. En chemin, je demandai à Nicola d'emballer les affaires de Sofia. Je les lui enverrais plus tard.

Après avoir examiné la vidéo de sécurité sur la carte mémoire, j'en fis plusieurs copies, j'en plaçai une dans le coffre-fort, j'en envoyai une au pensionnat à l'intention de Damon, et n'en gardai qu'une pour Moriarty.

Cette fois-ci, nous nous rencontrâmes dans un lieu public. J'avais choisi le restaurant, et m'étais arrangé pour arriver avant lui. En choisissant un box à l'arrière, je commandai mon dîner et attendis. Lorsqu'il arriva finalement, je ne me levai pas pour le saluer, mais j'essuyai ma bouche et lui indiquai de prendre place.

— Tu es entièrement guéri, Raphaël ?

Bien qu'il s'efforce de paraître décontracté, ses yeux n'avaient de cesse de balayer la pièce. Ce n'était pas un de ses restaurants habituels, et Moriarty avait lui aussi des ennemis.

— Tout va bien. Merci de demander.

Une serveuse se présenta et il commanda un verre d'eau.

— Ce n'est pas très amusant, n'est-ce pas ? De l'eau ? Commandez autre chose. C'est moi qui offre.

Je me tournai vers la serveuse.

— Un double whisky.

Cette dernière hocha la tête avant de partir.

— Vous allez en avoir besoin.

— Mes hommes attendent à l'extérieur. Si tu as besoin d'une autre raclée pour apprendre le respect...

— Les coups n'ont jamais fonctionné sur moi, Moriarty. Mon père n'a-t-il jamais mentionné à quel point il avait essayé ? Vous savez où il a fini.

L'expression de son visage ne changea pas, et lorsque la serveuse lui apporta son verre, il commença à le siroter.

— De quoi s'agit-il ?

— De l'incendie sur la propriété Guardia, répondis-je.

— Quelle honte !

— C'est une énorme perte, enchaînai-je en l'observant attentivement. Quand avez-vous découvert que le vieillard était mon acheteur potentiel ?

— Je ne sais pas de quoi vous parlez, répondit-il en avalant une autre gorgée.

— Je suppose que ça n'a pas vraiment d'importance, de toute façon.

Je mangeai ma dernière pomme de terre, avant de boire une gorgée.

— Étiez-vous au courant du nouveau système de sécurité qu'ils avaient installé ?

Moriarty se dandina sur son siège.

— Il s'avère qu'il y avait quelques caméras au-dessus du portail de la propriété.

Je mangeai une bouchée de mon steak, avant de poser mon couteau et ma fourchette dans mon assiette. Après m'être essuyé la bouche, je jetai ma serviette par-dessus.

— Allez droit au but, Raphaël.

— Je serais heureux de le faire, déclarai-je.

Je levai ma main pour demander l'addition. Je fouillai alors dans ma poche pour en sortir l'enveloppe contenant les photos des images de la vidéo de sécurité.

— Il est intéressant de voir à quel point ces objets sont sophistiqués de nos jours. C'est incroyable, en fait.

Moriarty observa l'ensemble du restaurant, sans toucher l'enveloppe. La serveuse réapparut avec mon addition, je lui tendis quelques billets.

— Qu'est-ce que c'est ?

— Une voiture qui arrive et qui s'en va la nuit de l'incendie. Le moteur est coupé. Il y a un conducteur, et deux passagers. Le logo de votre entreprise se trouve sur la fenêtre latérale. J'ai toujours pensé qu'il était prétentieux. Les plaques d'immatriculation confirment que le véhicule vous appartient.

Il s'empara de l'enveloppe, regarda son contenu, avant de la placer rapidement dans sa poche.

— Où les avez-vous obtenues ?

— Marcus Guardia ne joue pas de façon fair-play, Moriarty.

Je remplaçai mon sourire par quelque chose de beaucoup plus sinistre.

— Voilà ce qui va se passer. Vous allez rester loin de moi, de ma famille, de Sofia et de Lina. Vous resterez loin de tout ce qui à avoir avec moi, ma famille, ou les deux jeunes femmes Guardia. De tout ce qui pourrait être associé à moi, à ma famille ou aux deux sœurs. Si vous ne le faites pas, une copie de cette carte mémoire ainsi que les photos que vous avez dans votre poche seront livrées à tous les organismes de presse à travers l'Italie, dans le bureau de chaque procureur, de chaque juge... Dois-je continuer ?

Il ne répondit pas. Je me levai.

— Toute dette que vous pensez que je vous dois est effacée. Restez loin de moi, ou la prochaine fois, je vous prendrai la vie, espèce de porc dégueulasse.

Il n'eut pas la chance de parler. Lorsqu'un de ses hommes se plaça en travers de mon chemin, je le contournai avant de conti-nuer ma route. Il ne me suivit pas. Je quittai le restaurant, et me rendis en direction de ma voiture pour rentrer à la maison. J'en avais fini avec Moriarty et ses dettes, je venais de faire un pas de plus pour m'éloigner de mon passé. Le seul problème était que je savais que je ne lui donnerais jamais une chance de me lâcher, parce que j'étais incapable de le laisser partir.

Pas alors que ça voulait dire devoir tirer un trait sur Sofia.

28

SOFIA

Je partis en train de Sienne pour me rendre à Venise ce soir-là. Après m'être enregistrée dans un petit hôtel, j'appelai l'avocat qui avait entendu ma conversation avec mon grand-père et lui donnai mon adresse en lui disant de me rapporter ici toute la paperasse. J'appelai Lina pour l'informer que j'étais à Venise, je lui appris ce qu'il s'était passé, ce que j'avais fait, et lui demandai quelques jours de repos loin de tout.

Charlie me manquait. Sa présence sur mes genoux, son amour inconditionnel.

Je passai les douze premiers jours dans mon lit en me sentant complètement désespérée. Le treizième, quelqu'un frappa à ma porte. Lorsque je lui demandai de partir, on me répondit que j'avais reçu un colis.

À contrecœur, je m'approchai de la porte. Je m'aperçus alors dans le miroir. Sans prendre ombrage de mon reflet, j'ouvris la porte et m'emparai de la grande enveloppe blanche en supposant que c'était la paperasse au sujet de la tutelle de Lina. Après quoi, je repoussai les volets et la fenêtre pour laisser entrer de l'air frais et du soleil. La pièce sentait le renfermé, il semblait que ma tristesse avait pénétré même les murs.

Une fois assise derrière le bureau, j'ouvris l'enveloppe et en sortis des papiers. Je les observai. Je vérifiai l'adresse de retour. Il s'agissait de mon avocat, je supposai donc que c'étaient les papiers que je lui avais demandés. Pourtant, lorsque je les ouvris, il y avait une deuxième enveloppe à l'intérieur. Celle-ci venait de Raphaël ou de son avocat. Il avait dû les envoyer à mon avocat, qui me les avait transmis. C'était le document sur l'annulation de notre mariage.

— Incroyable.

Je feuilletai les pages en secouant la tête.

— Tu n'as pas perdu de temps, pas vrai ?

Après ce qui s'était passé, il avait rédigé les papiers et mis la machinerie en marche. Tout ce qu'il fallait, c'était ma signature, et il recevrait un gros paiement de la part de mon grand-père. Je me demandais ce qui s'était passé dans ce bureau ce jour-là. Peut-être n'avait-il pas menti dans la chapelle. Peut-être l'avait-il fait après avoir entendu parler du paiement, en sachant qu'il pouvait se débarrasser de moi et être payé en quelques semaines, plutôt qu'en quelques années. Tout en sauvant sa maison et en laissant Moriarty sur la touche. Peut-être qu'il n'avait jamais voulu de moi. Après tout, il ne s'était pas vraiment battu pour moi.

Je reculai la chaise, et trouvai un stylo dans le tiroir. Au lieu de signer le document, je dessinai un grand X à travers celui-ci, avant d'y apposer les mots « va te faire foutre » en grands caractères.

À moins que je ne signe, il n'aurait rien. Pourquoi devais-je lui faciliter les choses, alors que ça n'avait jamais été le cas pour moi ? J'appelai la réception après avoir griffonné « retour à l'envoyeur » sur l'enveloppe. Je la remis à l'homme qui venait de la livrer, et je lui demandai de la renvoyer. Je me rendis alors dans la salle de bain pour prendre une douche et me secouer les puces.

Pourquoi m'étais-je vautrée dans ma douleur, alors que lui, était en train de rédiger des documents pour se débarrasser de moi ? Pour recueillir l'argent dont il était question ?

À part mon grand-père, j'avais connu deux autres hommes. Ils m'avaient tous les deux trahie. Ils m'avaient utilisée, et m'avaient jetée comme si j'étais une ordure.

Qu'ils aillent tous se faire foutre. J'en avais assez.

Je quittai l'hôtel plus tard ce matin-là et me dirigeai vers une télécabine qui me fit traverser le canal. Je passai la journée à explorer la belle et ancienne ville de Venise. J'avais toujours voulu venir ici, pour la voir de mes propres yeux. Je n'avais jamais imaginé que je le ferais seul. Pourtant, je me forçai à sourire en marchant au milieu des touristes à travers les marchés et les rues étroites. Je pris mon déjeuner dans un petit café, où je commandai en pointant le plat qu'un autre couple mangeait. Je retournai à mon hôtel lorsqu'il faisait noir avec une bouteille de vin que j'avais achetée. J'étais épuisée, la déprime que j'avais poussée de côté manqua de me submerger alors que j'ouvrais la porte de ma chambre et pénétrais à l'intérieur. J'ouvris la fenêtre, tirai la chaise devant cette dernière. J'observai la ville et les gens qui s'y promenaient. Je bus toute la bouteille de vin, et ne pris même pas la peine de me déshabiller avant de m'effondrer sur les draps.

L'oubli me sembla être une bonne idée à ce moment-là.

AU DÉBUT, JE PENSAI QU'IL S'AGISSAIT DE MA TÊTE. J'AVAIS DÉJÀ ÉTÉ saoule une fois, chez Raphaël, la première nuit. Pourtant, cette gueule de bois n'était rien en comparaison de ce qui se passait maintenant. Le bruit ne s'arrêtait pas, les battements ne voulaient pas cesser.

— Sofia ! Ouvre la porte !

Je me tournai sur le côté en réalisant que j'avais encore mes vêtements, et même une chaussure.

— Je sais que tu es là. Ne m'oblige pas à défoncer la porte.

Je jetai un coup d'œil en direction de la porte. Le martèlement recommença. J'entendis une autre porte s'ouvrir et quelqu'un crier, en précisant qu'on était en plein milieu de la nuit. Je vérifiai l'heure. Il était presque 2 heures du matin.

— Bon sang.

Il recommença à frapper. Raphaël ?

Je m'assis en serrant ma tête entre mes mains. Étais-je encore ivre, ou était-ce une gueule de bois ? En me levant, je déverrouillai la porte et l'ouvris pour trouver Raphaël debout à l'extérieur, comme s'il s'apprêtait à enfoncer son épaule dedans.

— Pourquoi est-ce que tu frappes comme ça ?

Je lui demandai cela avant de faire un pas en arrière. Il se fraya un chemin afin de pouvoir refermer la porte derrière lui.

— Parce que tu dors aussi profondément qu'un mort. J'ai essayé de frapper à la porte comme une personne normale, crois-moi.

Il me regarda, fronça les sourcils, renifla, puis se concentra sur la bouteille de vin vide qui se trouvait sur le côté près de la fenêtre. Mon regard surpris suivit le sien. Avais-je bu toute cette bouteille ?

— Tu es ivre, dit-il.

— Non.

Je secouai la tête, mais ça me fit mal, alors j'arrêtai.

— J'étais ivre. Maintenant, j'ai la gueule de bois.

Il sourit en hochant la tête.

— Non, chérie, tu es toujours bourrée.

Chérie. Ah.

— Comment m'as-tu trouvé ?

Personne ne savait où j'étais, pas même Lina. Seulement mon avocat, pour que je puisse signer tout ce dont j'avais besoin afin d'éloigner Lina de mon grand-père.

— Ce n'était pas facile.

— Qu'est-ce que tu veux ?

Je clignai des yeux en forçant mes paupières à rester ouvertes. Il se déplaça dans la pièce, s'empara du téléphone, et commanda du café et quelques bouteilles d'eau. L'eau me paraissait être une bonne idée.

— Va prendre une douche.

Il s'empara de mon bras et commença à me diriger vers la salle de bain.

— Non. Je retourne me coucher dès que j'aurai bu un peu d'eau. Va-t'en.

— Je ne crois pas.

Il me souleva dans ses bras, et me déposa dans la salle de bain.

— Déshabille-toi.

— Va te faire foutre.

— Tu m'as déjà dit cela sur les documents d'annulation, tu as oublié ?

Quelqu'un frappa à la porte.

— Va prendre ta douche, je vais ouvrir.

— Non.

Il partit toutefois pour répondre à la porte en me laissant seule pour obéir à ses ordres. Eh bien, comme je l'avais dit, il pouvait aller se faire foutre. Je m'assis sur le bord de la baignoire, et décidai de prendre un bain à la place. Je l'entendis remercier l'homme de chambre. Quelques minutes plus tard, la porte de la salle de bain s'ouvrit à nouveau, et il entra avec une bouteille d'eau. Je ne m'étais toujours pas déshabillée, mais il sembla heureux que je fasse couler l'eau.

— Tiens.

Il me tendit la bouteille. Je m'en emparai et je bus pratiquement tout ce qu'elle contenait alors qu'il retournait dans l'autre pièce. Il revint avec une tasse de café.

— Tu ne devrais pas boire une bouteille entière.

Je lui pris le café des mains, en avalai une longue gorgée. C'était bon. Je me sentis un peu plus humaine.

— Je m'en soucie. Je te l'ai déjà dit. Qu'est-ce qui s'est passé pour que tu me renvoies les papiers ainsi, Sofia ?

— Ça ne t'a pas plu ?

— Non. Tu es immature.

— Eh bien, je suis une petite fille, pas vrai ? N'est-ce pas ce que tu m'as dit ?

Je vidai le café, avant de lui tendre ma tasse.

— Excuse-moi, je vais prendre mon bain.

— Je reste ici.

Il posa ma tasse sur le meuble.

— Qu'est-ce que tu veux, Raphaël ? Tu veux toujours obtenir ma signature ? Après tout, tu souhaites tout effacer comme si rien ne s'était passé, pas vrai ? Flash info, ce n'est pas possible. Ça ne fonctionne pas comme ça.

Je retins mes larmes, et décidai de fixer l'eau du bain.

— Tu as failli être tuée à cause de moi.

— Non, pas à cause de toi. À cause de mon grand-père.

— Je te rends ta liberté.

— Tu veux obtenir ton argent.

— Ce n'est pas une question d'argent.

— Tu as été bien rapide à signer les papiers.

— Cinq minutes où l'offre expirait.

— Tu as presque trébuché sur la table pour signer.

— As-tu seulement entendu un seul mot de ce que je t'ai dit dans ce bureau ?

— Tes mensonges, tu veux dire ? Tu m'as dit une fois de ne pas croire que tu étais un homme bon. Je l'ai bien entendu, haut et fort. Tu n'es pas quelqu'un de bien. Je le sais. Je m'en souviens. C'était beaucoup plus facile de partir en me disant que tu faisais ça pour moi. Admets-le, Raphaël. Admets que c'était plus facile. Et fous le camp de ma vie.

Je me sentis plus forte, comme si les effets du vin s'estompaient. Peut-être était-ce dû à l'eau ou au café, mais j'eus le sentiment que la colère brûlait en moi plus que tout autre chose.

Ce qu'il dit alors me coupa dans mon élan :

— Si tu voulais que je sorte de ta vie, tu aurais dû signer les documents.

Je savais que c'était vrai. Il avait raison. Si je désirais qu'il parte, j'aurais dû signer, et mettre tout ça derrière moi.

— J'ai changé d'avis de toute façon. Tu ne vas nulle part, Sofia.

— Pas avant d'avoir ma signature, tu veux dire ? As-tu apporté une copie des documents ?

— Tu deviens stupide.

— Non, je pense que le mot que tu veux employer est naïve. Tu l'as utilisé une fois aussi, tu t'en souviens ? Tu as bien joué ton numéro depuis le début. J'ai été folle de tomber dans le panneau, de voir ton acte comme celui d'une âme torturée. Sors d'ici. Je le pense vraiment.

— Non.

— Fous le camp.

Il pencha la tête sur le côté.

— D'accord. Tu veux que je parte ? Force-moi à partir.

Je plissai les yeux en me dirigeant vers lui. En posant mes deux mains sur son torse, je le poussai en arrière. Mais il ne bougea pas.

— Tu vas devoir faire mieux que ça.

— Va te faire foutre.

— C'est une proposition ?

Je le repoussai encore. Et encore une fois. Rien.

— Va-t'en, dis-je en serrant les poings à mes côtés.

— Comme je l'ai dit, force-moi à le faire.

Il me sourit avec arrogance. C'était le même sourire qu'il m'avait adressé lorsque je l'avais rencontré pour la toute première fois. Celui qui me disait qu'il ne croyait pas que j'oserais.

Eh bien, j'osai.

Les larmes aux yeux, je levai le bras pour le gifler violemment. Il bougea à peine. Ses yeux clignèrent, sa tête tourna un peu, mais il ne bougea pas de là où il était. Pendant un moment, je me figeai sur place. Ce n'était pas la première fois que je le giflais. Je me souvins avec précision de ce qui s'était passé la dernière fois.

Pourtant, Raphaël resta là, à m'attendre. En attendait-il plus ? Je pouvais très certainement lui en donner plus.

— Je n'avais jamais vraiment été giflée auparavant.

Je levai à nouveau mon bras en me rappelant que mon grand-père m'avait giflée quelques jours auparavant.

— C'est quelque chose de vraiment personnel, n'est-ce pas ? C'est humiliant.

Il attrapa mon poignet, et lorsque je levai l'autre, il le saisit également avant de me pousser dos contre le mur. Il pressa son corps contre le mien, étendit mes bras au-dessus de ma tête.

— Oui, c'est personnel.

Il fondit sur mes lèvres, et se redressa rapidement.

— C'est très personnel.

Je grognai, tentai de me libérer. Je refusai de lui ouvrir ma bouche et tournai la tête.

— Va te faire foutre.

Il transféra mes deux poignets dans une de ses mains et s'empara de ma mâchoire de l'autre, me forçant à le regarder.

— Je te l'ai déjà dit, je t'aime, m'avoua-t-il.

— C'est pour ça que ça n'a pas été très difficile de m'abandonner.

Il secoua la tête avant de m'embrasser à nouveau.

— Ce que tu peux être stupide.

— Laisse-moi partir ? Je le pense vraiment, ou je vais me mettre à crier.

— Vas-y, essaie.

Il me souleva du sol, et m'emmena dans la chambre, là où il me jeta sur le lit.

— Je vais vraiment le faire.

— Je t'ai dit d'essayer.

Il passa sa chemise par-dessus sa tête avant de venir vers moi, en me posant à genoux sur le lit, et en m'attrapant alors que je me précipitais de l'autre côté. Une fois qu'il me tint, il me traîna vers lui. Je fis ce que je lui avais dit et ouvris la bouche pour crier. Il referma sa main sur elle en affichant son sourire et en déchirant ma robe en deux.

— La prochaine fois que je te demanderai de te déshabiller, tu apprendras à le faire.

Je me débattis, et il se contenta de rire de mes tentatives avant de me débarrasser de mon soutien-gorge. Il me retira ensuite ma petite culotte.

— Ça m'a manqué de ne pas te voir nue, dit-il en m'observant. De ne plus te toucher.

Il chevaucha mes cuisses en m'épargnant son poids, mais en me piégeant. Il se pencha plus près.

— Dois-je te bâillonner ?

J'ouvris la bouche pour crier. Il étouffa le bruit en capturant mes lèvres.

— Je suppose que c'est un oui, murmura-t-il contre elles.

Il écrasa ses lèvres sur les miennes, et plaqua un bras sur mon ventre, m'épinglant au matelas. Après un baiser, il recula.

— Maintenant, tais-toi et écoute.

Je tentai de bouger, de me libérer. C'était impossible. Je cessai de me battre et l'observai.

— As-tu seulement pris la peine de lire les documents que je t'ai envoyés avant de griffonner ta réponse ?

Je ne l'avais pas fait. Je ne pensais pas que c'était nécessaire.

— Alors ?

Je secouai la tête.

— Si tu l'avais fait, tu aurais vu que j'ai ouvert un compte bancaire à ton nom et que l'argent que le vieil homme me devait te sera immédiatement retourné. Je ne veux pas d'argent, Sofia. Ça n'a jamais été une question d'argent. Mais... putain de merde. Ça n'a jamais été une question d'amour, non plus.

29

RAPHAËL

Finalement, elle se calma.

Merde. Je n'étais pas venu ici dans le but de la baiser. Ce n'était pas mon intention.

— Tu veux toujours que je m'en aille ?

Elle secoua la tête. Je relâchai ses poignets et la retournai sur le ventre. Je la chevauchai encore, la piégeant sous mon corps.

— Je t'aime, lui dis-je à nouveau en tendant la main pour attraper la bouteille de crème hydratante pour les mains qui se trouvait sur sa table de nuit. Mais tu es une véritable épine dans mon cul.

Je remontai ses hanches pour la faire se mettre à genoux.

— Ne te lève pas, lui intimai-je alors qu'elle commençait à se redresser.

J'écartai ses genoux des miens, serrai ses cheveux dans mon poing en plaquant son visage sur le matelas.

— Les fesses en l'air, la tête baissée. Compris ?

— Raphaël...

Je lui assenai une petite tape sur la hanche. Pas trop fort, mais suffisante pour attirer son attention. Elle cria et m'observa du coin de l'œil.

— Compris ?

— Oui.

Je relâchai ses cheveux, j'ouvris le couvercle de la crème. Je lui versai environ la moitié du tube sur le bas du dos.

— Maintenant, comme je l'ai dit...

Je commençai en déboutonnant mon jean et en le faisant glisser. Ma queue était dure comme l'acier en prévision de ce qui allait arriver. Je n'avais pas possédé d'autres femmes depuis Sofia, et ça faisait bien trop longtemps que je ne l'avais pas eue contre moi.

J'écartai ses fesses et observai son cul parfait et vierge, avant d'enfouir mon érection dans son vagin. Elle haleta.

— Comme je l'ai dit...

Elle m'observa.

— Tu es une véritable épine dans mon cul, alors je vais en être une dans le tien.

Elle écarquilla les yeux quand elle comprit la signification de mes paroles. Je souris, entrant et sortant lentement de son sexe. Dans un même temps, j'enduisis de la lotion partout sur son petit trou serré.

— Tu ne peux pas, dit-elle en fermant à nouveau les paupières.

— Je t'ai dit que je te baiserais par tous les trous, pas vrai ?

— Mais...

— Ne t'inquiète pas, je m'assurerai que tu jouisses, mais pas avant d'avoir été profondément en toi.

Je glissai mon pouce dans son cul en disant cela. Elle arqua le dos, ses muscles se contractant face à mon intrusion.

— Détends-toi, laisse-toi aller.

Cela lui prit quelques minutes. Pourtant, elle le fit en cambrant légèrement le dos et en me laissant déplacer mon doigt dans son canal alors que je la baisais toujours par-devant. J'étalai plus de lotion à l'intérieur et autour de son cul, et lorsqu'elle prit deux de mes doigts en gémissant, je retirai mon érection d'elle et la tint par les hanches.

Elle se raidit instantanément, ouvrit les paupières et essaya de s'éloigner.

— Sofia.

Je raffermis ma prise sur elle, avant de claquer à nouveau sa hanche pour attirer son attention.

— Je vais baiser ton cul, maintenant. Détends-toi. Regarde-moi, d'accord ?

Elle hocha la tête. Je pressai mon gland contre elle, l'étalant dans la lotion, frottant et poussant jusqu'à ce que son ouverture se détende pour me laisser entrer.

— C'est trop gros.

Elle gémit en essayant encore de s'éloigner.

— Chut, tout va bien.

Elle pleurnicha de douleur, alors que je poussais un peu plus profondément.

— C'est ça. Détends-toi. Merde, tu es tellement serrée.

— Ça fait mal.

— Ça te fera bientôt du bien. Je te le promets.

Je tendis la main pour prendre son clitoris entre mes doigts et le caressai. Elle ferma à nouveau les yeux en arquant le dos. J'entrai un peu plus profondément en elle, doucement.

— C'est si bon, Sofia.

— Je vais jouir, Raphaël.

— Laisse-toi aller, bébé. Laisse-moi te sentir jouir.

Elle le fit, presque sur commande, en gémissant avec ma queue à mi-chemin en elle, mes doigts lui frottant le clitoris. Je la caressai sans cesse, pour prolonger son orgasme. Son corps se détendit, et je remuai plus profondément mes hanches en elle. Il me fallut faire un grand effort pour ne pas y aller trop violemment. J'avais besoin de la revendiquer, chaque partie d'elle. J'avais besoin de la faire mienne.

— Tu aimes avoir ma queue dans ton cul ?

Je remuai des hanches un peu plus brusquement, mon érection étant pratiquement entièrement enterrée en elle désormais.

— Vas-tu prendre mon sperme dans ton cul ?

— Oui. Putain, Raphaël...

Elle ferma les yeux en jouissant à nouveau, et cette fois-ci, je me retirai avant de m'enfouir plus fortement en elle. Elle haleta, courba le dos, pressa ses hanches contre moi.

— Plus dur, réussit-elle à dire, les mains à plat sur le lit, le visage enfoui dans les couvertures. Je veux que ce soit dur.

Je tournai mon regard vers son cul, vers ma queue épaisse qui entrait et sortait d'elle, scintillante de lotion, sa mouille inondant ses cuisses et les miennes. Lorsqu'elle cria pour la troisième fois, je m'enfouis profondément en elle et arrêtai de bouger, ma queue pulsante. Je hurlai son nom en me déversant à l'intérieur de son corps, tenant fermement ses hanches. C'était l'extase.

Je tins alors Sofia dans mes bras. Son dos contre mon torse, sans vouloir lui dire ce que j'avais à lui dire.

— Ça va ? lui demandai-je.

Elle hocha la tête.

— Comment va Charlie ?

— Tu lui manques. Il dort à côté de ta porte, comme s'il attendait que tu en sortes.

Elle se tourna vers moi.

— Tu es vraiment venu parce que tu étais tellement contrarié par mon « va te faire foutre » ?

— Ça et d'autres choses.

Je n'étais pas encore prêt en parler.

— Sofia, tu as dit quelque chose plus tôt. Tu as dit que tu n'avais jamais vraiment reçu de gifle, ce qui me fait penser...

Je fis une pause, afin de changer ma façon de poser la question.

— Que voulais-tu dire ?

Elle renifla en détournant à nouveau son visage pour se pencher sur moi.

— Après que tu as quitté le bureau ce jour-là, j'ai confronté mon grand-père au sujet de... bref, il m'a traitée de pute et m'a giflée au visage.

Mon visage se tendit, alors que la colère m'engloutissait.

— Ce jour-là, à l'hôpital après l'incendie, lorsque tu es entré dans ma chambre, je parlais avec Lina. Elle était très contrariée, c'est pour ça qu'elle essayait de me joindre. Tout ce que tu as dit,

Raphaël, c'était vrai. Tout et plus encore. Elle a trouvé un carnet, un grand livre de comptes. Il contient les notes personnelles de mon grand-père, les numéros de ses comptes. Il ne nous a pas seulement volé à nous, mais à nos investisseurs également... des millions de dollars, Raphaël.

Je le savais déjà. Probablement plus en détail qu'elle ne le pensait. Et je n'étais pas le seul. J'étais content qu'elle m'en parle, parce que je n'étais toujours pas prêt à lui avouer ce que j'étais venu lui dire. Je ne voulais pas gâcher ce moment.

— Je lui ai dit que je désirais la tutelle de Lina, sinon je dévoilerais la vérité. Je le dénoncerais.

— Je dois te parler de cela, en fait.

Moment gâché. Elle se rassit, son expression devenant sérieuse.

— Ton grand-père a été placé en détention hier, Sofia. Il est extradé aux États-Unis.

— Quoi ?

— Cette preuve que tu as menacé de rendre publique, quelqu'un t'a devancée. Et dès lors qu'il aura débarqué à Philadelphie, il sera officiellement accusé.

NOUS PRÎMES L'AVION POUR PHILADELPHIE LE LENDEMAIN MATIN. J'avais emporté les valises de Sofia dans la voiture et avais déjà pris des billets d'avion avant de me rendre à Venise.

— Tu n'es pas réellement venu à Venise à cause des papiers d'annulation, n'est-ce pas ? me demanda-t-elle alors que nous franchissions les portes de sa maison familiale.

— Non.

— Que va-t-il se passer maintenant ?

— Je ne sais pas. Les accusations portées contre ton grand-père sont accablantes. S'il est intelligent, il signera un accord de plaidoyer, mais il ira en prison. Et il devra rembourser ce qu'il a volé aux investisseurs, ce qu'il vous a volé.

Elle secoua la tête en souriant alors que Lina ouvrait la porte d'entrée et en sortait.

— Je me fiche de l'argent. Du mien, de toute façon. Je veux simplement m'assurer que ma sœur va bien.

Nous nous garâmes avant de sortir de la voiture. Des avocats nous attendaient déjà à l'intérieur. Sofia et Lina passèrent quinze minutes ensemble, avant qu'elle ne revienne me trouver, seule. Je m'attendais à des larmes, mais au lieu de cela, son visage était dur.

— Tu vas bien ? lui demandai-je devant le bureau.

— Je vais bien. C'est Lina qui m'inquiète.

— Elle ne se joint pas à nous ?

— Non.

Nous entrâmes ensemble dans le bureau. Sofia connaissait l'un des avocats par son nom, M. Adams. C'était à lui que j'avais envoyé les documents d'annulation. Il nous présenta les deux autres, et nous nous assîmes.

— J'ai pris des dispositions pour trouver un avocat spécialisé dans la criminelle pour Marcus, déclara monsieur Adams. J'irai le voir plus tard aujourd'hui, après l'audience sur sa libération sous caution.

— Sera-t-il libéré jusqu'au procès ?

— C'est peu probable, Sofia.

La salle tomba dans le silence, jusqu'à ce que Adams s'éclaircisse la gorge. Il parla brièvement des accusations face auxquelles Marcus serait confronté, mais se concentra davantage sur le vignoble.

— Tous les comptes bancaires ont été gelés. Tout l'argent sera utilisé pour rembourser les investisseurs.

Il balaya la pièce du regard.

— La maison...

— Qu'en est-il de la maison ? Elle sera probablement saisie.

— Mais elle était dans la famille...

— Tout est lié à l'entreprise. Si elle était à votre nom, ou à celui de votre sœur...

— Que voulez-vous dire exactement ?

— Je veux dire que vous devrez déménager.

— Quoi ? Mais qu'en est-il de l'argent de l'assurance ? Cela ne payera-t-il pas...

Elle s'arrêta lorsque Adams secoua la tête.

— Non. Et tout l'argent qui reste servira à payer les frais de justice de votre grand-père. Tout a disparu, Sofia. Je suis désolé.

Sofia resta muette. Je me relevai pour serrer la main des hommes alors qu'ils se levaient. Je les conduisis à la porte. À mon retour, je la trouvai au même endroit.

— Qu'est-ce que je vais faire ? Comment vais-je pouvoir m'occuper de Lina ? Qu'en est-il de son avenir ?

— Tu n'es pas seule, Sofia.

Je me tins derrière sa chaise, lui serrant les épaules. Je me déplaçai alors pour m'emparer de ses mains.

— Je ne te laisserai pas affronter tout ça toute seule.

— Même l'argent qu'il t'a promis...

— Cet argent n'a jamais été le mien.

Je fis une pause.

— Sofia, ta sœur... c'est elle qui a rendu la preuve publique ?

Elle m'observa, et il lui fallut beaucoup de temps pour me répondre :

— Non.

C'était le premier mensonge que Sofia me disait.

30

SOFIA

J e ne m'étais jamais sentie comme chez moi dans cette maison. Je ne voulais pas rester ici, je ne l'aurais pas fait sans Lina. Mais elle était plus proche de notre grand-père que je ne l'avais jamais été. Et elle avait vécu ici aussi longtemps qu'elle pouvait s'en souvenir.

Après le scandale dévoilé au grand jour, grand-père accepta le plaidoyer qu'on lui offrit. Ce qui signifiait une peine d'emprisonnement réduite – ils prirent son âge en considération – en échange d'une divulgation complète de ses méfaits. Il avait gardé ses notes méticuleusement. En plus du carnet que Lina avait trouvé, il y en avait d'autres. Au moins trois d'entre eux furent découverts. Je me demandai s'il en restait davantage. S'il nous le dirait un jour. La terre en Italie fut mise aux enchères, et achetée par Vincent Moriarty. C'était injuste, mais c'était également une autre histoire sur laquelle je pouvais tirer un trait.

Je vis mon grand-père pendant le procès qui détermina sa peine. J'avais regardé à l'intérieur de la salle d'audience. Je n'avais pas pu établir de contact physique avec lui. En le voyant comme ça, plus petit, plus vieux, je me demandai si quelque chose n'allait pas chez moi parce qu'après tout ce qu'il avait fait, après toute la destruction et la douleur qu'il m'avait causée, je ressentis comme un sentiment de perte et des regrets à son égard. Chose que je ne m'étais pas attendue à ressentir. C'était peut-être pour Lina. Je n'en savais rien. Pourtant, avant qu'ils ne l'emmènent, il se tourna vers moi. Je fus incapable de sourire. Je n'avançai pas dans sa direction. Je me contentai de l'observer avec des yeux tristes, résignée. Justice venait d'être rendue, retour à la case départ.

Lina n'avait fait que précipiter les choses en dénonçant grand-père. Je savais qu'elle payait le poids de ce fardeau, et bien que l'on partage tout, elle ne m'en parla plus jamais après ce premier jour, après m'avoir avoué que c'était elle.

Raphaël resta durant toute la procédure, sans rien me demander. Nous ne dormîmes pas dans le même lit, et nous n'en parlâmes pas. J'eus l'impression qu'il devenait de plus en plus distant alors que je passais de plus en plus de temps avec Lina. J'avais besoin d'être avec ma sœur. Elle était blessée, et en ce moment, elle était tout ce qui comptait à mes yeux.

Lina s'était couchée tôt lors de notre dernière soirée à la maison. La banque devait prendre possession de cette dernière au matin. Raphaël était absent. Il était sorti, comme il semblait le faire la plupart des nuits. Je comprenais. Être ici était probablement déprimant pour lui. Bon sang, ça l'était pour moi. Lui, au moins, avait le luxe de pouvoir s'en aller. D'ailleurs, je ne savais toujours pas ce qui allait se passer pour nous. Même après Venise, maintenant que tout était parti en fumée, je n'étais pas certaine qu'il voudrait rester. Je ne savais pas comment je me sentais à l'idée de le laisser s'en aller, pas après tout ce qui lui était arrivé.

Je me tournai pendant des heures dans mon lit, quand, vers 1 heure du matin, j'abandonnai et décidai de descendre pour me faire une tasse de thé. La plupart des meubles étaient déjà partis, mais la table de la cuisine avec ses deux chaises était restée. J'allumai au-dessus du poêle et plaçai la bouilloire dessus en écoutant le silence, le silence d'une maison vide. C'était presque sinistre, mais d'une certaine façon, j'appréciais. Je me sentais en sécurité, comme si j'étais cachée dans l'ombre. Comme si personne ne pouvait me voir ici. Peut-être était-ce à cause de toute la publicité et l'intrusion dont nous avions été victimes ces dernières semaines.

Lorsque la bouilloire siffla, je m'en approchai pour l'éteindre. C'est alors que j'entendis la clé dans la serrure. Surprise, je levai les yeux pour trouver Raphaël qui entrait dans la pièce. Il m'adressa un drôle de sourire. Je voulus savoir où il s'était rendu, mais j'étais incapable de lui poser la question. Au lieu de cela, je m'éclaircis la gorge et je tournai mon attention vers le thé. Je déballai mon sachet et le plaçai dans la tasse.

Raphaël resta silencieux. Je l'entendis ouvrir une armoire et sortir un verre, avant de reculer sa chaise et de s'asseoir à la petite table.

— J'ai comme une impression de déjà vu.

Je me tournai pour lui faire face. Il poussa la chaise en face de lui avec son pied.

— Assieds-toi.

Il s'était emparé d'une bouteille de whisky et s'en était servi pour lui-même. Ses yeux froids et calculateurs étaient fixés sur moi. Je m'approchai, avant de m'asseoir. Il renversa la bouteille de whisky et en versa un peu dans mon verre.

— Merci.

— Est-ce que tu tiens le coup ?

Je haussai les épaules avant d'enrouler mes mains autour de la tasse fumante. Je croisai alors son regard.

— Ça va aller. Merci d'être ici. Je t'en suis très reconnaissante. Tu n'avais pas à…

— Bien sûr que si. Qu'est-ce que tu pensais, que je m'en irais lorsque les choses iraient mal ?

Je baissai mon regard vers ma tasse.

— Est-ce que je te rends toujours nerveuse ?

Lorsque je croisai son regard, je vis qu'il affichait une expression arrogante.

— Tu ne me fais plus peur. Plus maintenant, Raphaël.

— C'est vrai ?

J'acquiesçai.

— Je devrais peut-être faire plus d'efforts.

Je n'étais pas d'humeur à plaisanter.

— Où étais-tu ? Où te rends-tu le soir ?

— Nulle part en particulier.

— Qu'est-ce que c'est que cette réponse ?

— Qu'est-ce que tu veux ?

— La vérité.

— Je ne t'ai pas menti.

— Tu ne m'as rien dit non plus.

— Que veux-tu savoir exactement ?

Il savait pertinemment ce que j'avais envie de savoir. Il voulait simplement me le faire dire à voix haute. Je bus une longue gorgée de mon whisky aromatisé au thé, et fermai les yeux alors que l'alcool brûlait ma gorge.

— Attention. Tu bois trop vite, je vais devoir à nouveau te mettre au lit.

Un sourire sardonique illumina son visage.

— Je ne voudrais pas te déranger. Tu as probablement été occupé ce soir, à mettre quelqu'un d'autre dans ton lit.

Je n'avais pas voulu que cela paraisse autant teinté de colère.

— Ah !

Il finit son verre avant de s'en verser un autre.

— Enfin, la vérité ! s'écria-t-il.

— Je ne t'ai jamais menti.

— Tu l'as fait une fois.

— Quand ?

— Tu as menti pour protéger ta sœur.

Je sentis la chaleur gagner mes joues. Comment avait-il su ?

— Je n'ai mis personne dans mon lit à part toi depuis que nous sommes ensemble, avoua-t-il, sans la moindre arrogance.

— Oh.

— Pensais-tu vraiment le contraire ?

— Je ne sais pas quoi penser. Tu n'as plus besoin d'être marié avec moi. Je ne suis plus sous ta responsabilité.

— Je te considère comme un être humain, pas comme un fardeau.

— Mais je ne suis pas un atout, non plus.

— Ah, l'être humain... Ne t'apitoie pas sur ton sort, Sofia. Des choses te sont arrivées. Tu y as survécu, et maintenant, tu vas aller de l'avant. Bienvenue dans la vraie vie.

— Va te faire foutre.

Son visage se durcit quelque peu.

— Fais attention, chérie.

Chérie.

Mon Dieu, j'adorais quand il m'appelait ainsi.

— Je ne m'apitoie pas sur mon sort.

— Alors, pose-moi les questions qui te taraudent, et ne te cache pas derrière ta peur.

— Qu'est-ce qui va se passer pour nous ?

— Voilà. Tu vois, ce n'est pas si difficile, pas vrai ?

Je secouai la tête en reculant ma chaise.

— C'est tellement facile de se moquer de moi, n'est-ce pas ? Ça te plaît tant que ça ? Je pensais que tu en avais déjà assez.

— Assieds-toi correctement, ne sois pas si dramatique.

— Tu sais quoi ? C'est un des moments les plus dramatiques de ma vie. Désolée si ça t'ennuie.

— Par tous les dieux. Assieds-toi, Sofia.

— Je vais me coucher, déclarai-je en me levant et en me dirigeant vers la porte.

— Non, tu n'en feras rien.

Sa chaise racla le sol, et au moment où j'arrivai à la porte, il s'empara de mon bras. Il me fit me retourner. J'entrai, me cognai contre son torse, et je serais tombée à la renverse s'il ne m'avait pas rattrapée.

— Tu es douée pour fuir, n'est-ce pas ? Tu te lèves, et tu t'en vas lorsque les choses ne te conviennent pas. Lorsque les choses deviennent difficiles. Voyons voir, je crois que c'est la troisième fois. D'abord, il y a eu la cave, ensuite Venise, et maintenant ça.

— Je ne te fuyais pas. Pas en me rendant à Venise. Et puis, tu m'as bien fait comprendre que tu ne voulais pas de moi dans cette cave.

— N'ai-je pas été assez clair sur le fait que tu avais eu tort lorsque je suis venu te chercher ?

— Tu ne me l'as jamais dit, Raphaël.

— Les actions ne comptent-elles pas à tes yeux ? Est-ce que le fait que je revienne vers toi à chaque fois ne te prouve rien ? Le fait que je sois encore ici, malgré tout ? Ça compte, pour moi.

Je cessai de me battre et inclinai la tête. Je plaquai mon front contre son torse.

— Sofia, je t'aime. Combien de fois devrai-je te le dire avant que tu y croies ?

Je levai les yeux vers lui. Son regard m'hypnotisa avec encore plus d'intensité que ses mains qui me serraient.

— Comment puis-je rendre les choses évidentes à tes yeux ?

Il nous fit reculer jusqu'à ce que mon dos heurte le mur.

— Sais-tu ce que je désire faire le plus en cet instant ?

Il me souleva, me força à enrouler mes jambes autour de lui.

— Ce que je désire faire maintenant...

Il retira son jean, sans jamais perdre le contact visuel avec moi, remonta ma chemise de nuit jusqu'à ma taille, et poussa ma culotte sur le côté.

— C'est entrer en toi contre ce mur.

Comme pour faire valoir son point de vue, il le fit en poussant son épaisse verge en moi, me faisant haleter alors qu'il m'étirait trop vite, trop brusquement.

— J'ai tellement envie de te baiser, de t'entendre hurler mon nom, de réveiller le putain de quartier.

J'enfonçai mes ongles dans ses épaules. Je peinai à reprendre mon souffle alors qu'il allait et venait en moi rapidement, puis m'allongeait contre la table. Il arracha ma culotte et écarta largement mes jambes. Avec un coup de reins puissant, il s'enfonça en moi et plaqua ses mains de chaque côté de mon visage.

— Je veux te baiser si fort que tu en auras mal, Sofia. Je veux que tu me sentes pendant des jours. Je veux que tu saches que tu m'appartiens. Que tu m'appartiendras toujours.

— Raphaël.

Il ne souhaita pas me laisser parler. Au lieu de cela, il s'empara de mes cuisses et les écarta largement, presque douloureusement.

— Non. Ressens-le. Ressens-moi. Tu es trop têtue pour que je te baise doucement. Tu en as besoin, toi aussi, pas vrai ?

L'angle de sa pénétration était différent, mon vagin était trempé et il allait et venait facilement à l'intérieur de moi.

— Est-ce exact ?

Son sourire arrogant fut de retour.

— Tu en as vraiment besoin ?

— Oui.

— En voilà une bonne fille, déclara-t-il. La vérité. Toujours la vérité.

Il sortit de moi.

— Non, gémis-je en observant sa grosse queue mouillée par mon excitation.

Il attrapa mes cheveux et me fit m'agenouiller.

— À genoux, Sofia. Suce-moi. Putain, suce-moi avec adoration si tu veux que j'enfonce encore ma queue en toi.

Il ne me laissa pas un instant pour réfléchir, pour réagir, pas même une seule seconde. Au lieu de cela, avec sa main dans mes cheveux, il se glissa entre mes lèvres consentantes, entrant et sortant rapidement, durement. Il me baisa la bouche à sa convenance. Fidèle à sa parole, il voulut que je le sente, que je sache qu'il me possédait. Que je comprenne qu'il aimait me faire un peu de mal, dans un contexte bien précis.

— Je devrais jouir sur ton joli petit visage.

Au lieu de cela, il se retira de ma bouche et me remit sur pied. Il réclama mes lèvres, gémit alors qu'il m'embrassait. Sa langue fut à l'intérieur de moi, une main dans mes cheveux, l'autre pétrissant mes fesses. Il recula et, sans jamais détourner le regard, arracha ma chemise de nuit.

— Tu devrais être nue plus souvent.

Il m'observa, se pencha vers l'avant pour pouvoir prendre un de mes mamelons entre ses lèvres, puis l'autre. Il me téta fortement, tira mes tétons tour à tour à l'aide de ses dents.

— J'ai besoin de toi à l'intérieur de moi.

J'étais parvenue à prendre la parole en l'attirant à moi.

— S'il te plaît.

Il se redressa en souriant, et me pencha sur la table. En s'emparant de mes hanches à deux mains, il les écarta avant d'enfouir sa
queue en moi et un doigt dans mes fesses.

— Baise-moi, Raphaël. Fortement. Fais-moi jouir.

Il le fit. Nous n'échangeâmes plus le moindre mot, nous nous
contentâmes de baiser. Nous nous contentâmes de prendre et de
posséder. Il me fit quelque peu mal, mais en fait, ça me procura du
bien. Je sentis son sexe gonfler en moi, et lorsqu'il enroula une
main autour de mon cou et qu'il serra, je jouis à mon tour. Je jouis
si fortement que lorsque je fermai les yeux, je vis des étoiles. Et
lorsqu'il serra plus fort, je pensai être en train de mourir, j'arrêtai
de respirer, et m'imaginai ne plus être capable de pouvoir
reprendre mon souffle.

Nous glissâmes ensemble sur le sol, Raphaël me berça dans ses
bras, me tint contre lui, ma tête reposant sur son torse. Notre respiration ralentit avec le temps, mais lorsque j'essayai de bouger, il ne
me laissa pas faire. Il se contenta de me tenir, et je m'agrippai à lui.
Je fermai les yeux et tournai mon visage contre son torse.

— Mes intentions étaient-elles claires ? finit-il par demander.

— Est-ce bien évident que c'est toi que je veux ? enchaînai-je.

Il me porta à l'étage et me conduisit dans mon ancienne
chambre, là où il dormait. Il m'allongea sur le lit avant de venir
s'étendre à côté de moi. Il me tint dans ses bras comme la première
nuit où nous avions couché ensemble après que je l'avais trouvé
dans cette cave.

Il me tint dans ses bras comme s'il ne pouvait pas me laisser
partir, et je sus que pour ma part, je ne pourrais jamais le laisser
s'en aller.

ÉPILOGUE
RAPHAËL

Printemps, un an plus tard

Elle n'eut jamais à signer les papiers d'annulation.

Ma femme, belle et têtue.

Je bus mon café à la fenêtre de la cuisine, et observai Sofia parler à l'un des travailleurs. Charlie, désormais adulte et massif, ne la quittait jamais.

Nous étions revenus en Toscane quelques jours après que la banque avait pris possession de la maison de Philadelphie. Lina était venue avec nous et allait commencer sa dernière année dans une école de Florence destinée aux musiciens surdoués.

Grâce à la cupidité de leur grand-père, Sofia et Lina avaient tout perdu. Le vignoble Guardia n'existait plus. Exemple même de la corruption et de la destruction.

Lina n'en reparla jamais. Elle mentionna rarement son grand-père. Sofia s'inquiéta, mais je pensai que l'Italie était une bonne chose pour elle. Ça l'éloignait de tout, de son passé, des médias, ça lui permettait de se fondre dans l'anonymat. Et j'espérais de tout cœur que ça lui donnerait un nouveau départ.

Je terminai mon café, et posai la tasse dans l'évier avant de sortir. Sofia me salua lorsqu'elle me vit approcher.

Nous avions décidé de replanter le vignoble. La terre était riche après l'incendie, et bien qu'il faille quelques années avant que les vignes produisent des raisins, ça finirait par arriver. Nous allions rétablir le vignoble villa Bellini, pour ce qu'il était à l'époque de ma mère. J'avais déjà commandé et accroché le nouveau panneau au-dessus des portes, et, pour la première fois depuis très longtemps, je me sentais excité. J'avais l'impression d'avoir quelque chose à espérer. Un avenir.

Sofia me rencontra à mi-chemin, Charlie sur ses talons.

— Tu es sortie du lit en cachette, la sermonnai-je en l'attirant pour une étreinte et un baiser.

Voilà autre chose. J'étais à nouveau capable de dormir correctement. J'avais l'impression de rattraper des années de sommeil perdu.

— C'est toi qui dors comme un mort, ces jours-ci.

— On est samedi. Je pensais que nous pourrions passer la matinée au lit.

— Tu veux passer toutes les matinées au lit.

— C'est ta faute, mon cœur, répliquai-je en palpant ses fesses.

Nous marchâmes vers la chapelle et Sofia retrouva peu à peu son calme.

— Ça va ?

J'avais l'impression de savoir ce qui allait suivre.

— Lina a décidé de retourner aux États-Unis après l'obtention de son diplôme, mais elle veut prendre une année sabbatique avant de poursuivre ses études.

— C'est très bien. Elle est jeune. Et honnêtement, elle a probablement besoin d'un peu d'espace.

— Elle ne compte même pas se rendre à l'audition, Raphaël.

Je le savais. Elle me l'avait avoué avant de le dire à Sofia, en sachant pertinemment que sa sœur serait déçue.

— Il y en aura d'autres.

Sur recommandation de son professeur de piano, elle avait obtenu une audition dans une prestigieuse école de musique.

— Elle va manquer sa chance. Il s'agit d'une bourse complète.

— Donne-lui un peu d'espace. Tout ira bien pour elle.

Elle s'arrêta à l'approche de la chapelle.

— Tu le savais, n'est-ce pas ?

Je l'observai. La vérité. Toujours la vérité. Je ne lui mentirais plus jamais.

— Oui.

Elle lâcha ma main, et s'avança en secouant la tête.

— Sofia.

Je la suivis à l'intérieur.

— Elle te fait plus confiance qu'à moi.

Je la rattrapai, et la fis se retourner pour qu'elle soit face à moi.

— Non. Elle se sert de moi pour prendre la température avant de venir vers toi.

Je suivis son regard qui balayait la chapelle, que Damon et moi avions presque entièrement restaurée. Damon. Il était devenu plus distant avec moi l'an passé.

— Suis-je si mauvaise que ça ?

Elle s'assit sur le dernier banc.

— Tu es vraiment bonne avec elle. Elle t'aime et ne veut pas te blesser, mais il s'agit de sa vie, et tu dois la laisser partir. Souviens-toi de ce que tu m'as dit une fois.

« Si tu laisses s'en aller le passé, peut-être qu'il te laissera aller de l'avant. » Je ne sais pas si ces mots cesseront un jour de me hanter.

— Peut-être que c'est de ça qu'elle a besoin maintenant. Elle culpabilise...

— Elle ne devrait pas se sentir coupable. Grand-père devrait être le seul à avoir des remords.

— Eh bien, la vie est injuste, pas vrai ? Je pensais que tu aurais compris cela.

Elle haussa les épaules.

— J'ai quelque chose pour toi.

Je sortis une petite boîte de ma poche. Elle se pencha dans sa direction, et tenta de la toucher du bout des doigts.

— De quoi s'agit-il ?

Ses yeux étaient déjà emplis de larmes lorsqu'ils croisèrent les miens. Elle avait compris.

— Notre mariage, bien que beau, n'était pas authentique.

Elle cligna des yeux, et ferma les paupières momentanément.

— Et comme tu es trop têtue pour signer les documents d'annulation...

— Je veux rester mariée à toi, imbécile.

J'ouvris la boîte, jetai un œil à l'intérieur et, souriant, la tournai vers elle. Elle haleta en posant sa main devant sa bouche.

— Plus d'alliance avec des épines.

À l'intérieur, il y avait une belle bague en platine avec un diamant solitaire au centre de celle-ci. Elle jeta ses bras autour de moi et ses larmes mouillèrent mon visage alors qu'elle m'étreignait.

— Elle est belle. Magnifique.

— Je veux faire les choses correctement, lui avouai-je en la tenant dans mes bras et en essuyant ses larmes. Ici. Nous le ferons ici. Juste la famille. Nous prononcerons nos vœux comme il se doit, nous ferons les choses comme il faut.

Je sortis sa bague de la boîte et l'observai. Elle me tendit sa main gauche, je retirai son alliance originale et la remplaçai par la nouvelle.

La voilà. Mon ardoise vierge, mon nouveau départ.

Notre nouveau départ.

L'anneau en fer noir fut remplacé par du platine éblouissant. De l'obscurité à la lumière.

Sofia et moi étions en quelque sorte passés de l'obscurité à la lumière.

— Veux-tu m'épouser à nouveau, ma chérie ?

— Je le veux. Je t'épouserais une centaine de fois.

CORRUPTION

1

DAMON

J e compris qu'il s'agissait d'elle au moment où j'entendis la musique.

Je franchissais la porte du club Carmen.

Une femme ricana, trébucha en dépassant le rideau, et me heurta l'épaule en sortant. Elle rebondit contre mon corps et je la rattrapai avant qu'elle ne tombe.

Elle tourna vers moi ses yeux écarquillés par l'ivresse et voulut s'excuser. Cependant, face à l'insistance de son ami, elle s'éloigna.

— Damon ?

Stéphanie, la femme avec qui j'étais, appela mon nom. Elle me regardait depuis le vestiaire, alors que je restais sur place, hypnotisé par le piano. Je souris, avant de me tourner vers elle en me demandant ce que je faisais. Pourquoi avais-je accepté de l'amener ici après un dîner d'affaires qui n'avait déjà que trop duré. Gavin, le doyen de mon séminaire, avait organisé cette réunion. Nous avions besoin de financement, et il était de mon devoir de veiller à ce que nous le recevions.

Je l'aidai avec son manteau avant de retirer le mien et de le tendre à la fille derrière le comptoir. Après avoir récupéré nos billets, je conduisis Stéphanie jusqu'à la pièce d'à côté, un espace richement décoré qui figurerait bien mieux dans un palais vieux de plusieurs siècles en France plutôt que dans le sous-sol d'un bâtiment récent à Manhattan.

Mon regard se tourna vers la pièce d'où provenait la musique. Ce son me sembla familier. Je ne pus pourtant pas l'identifier, quand bien même, tout au fond de moi, je le reconnaissais. Pas le morceau en lui-même, mais la pianiste. Chaque musicien n'avait-il pas sa propre signature sonore ? Ou bien avais-je simplement mémorisé la sienne inconsciemment ?

Je secouai la tête pour m'éclaircir les idées. C'était impossible que ce soit elle. Elle n'était pas ici. Pas à New York. Pas dans ce club.

L'établissement semblait être constitué d'une série de pièces, qui convergeaient toutes vers un espace central bien plus grand. Nous entrâmes dans celui où le piano à queue se trouvait, juste sous le plafond voûté et orné de fresques. Des dieux grecs se tenant de chaque côté. Ils paraissaient tenir les murs du bâtiment lui-même. Comme si sans eux, ils pouvaient s'effondrer à tout moment.

La jeune fille assise derrière le piano était éclairée par un doux projecteur, alors que son regard se posait sur les touches. Mon attention fut immédiatement attirée vers elle. Une étrange sensation me traversa en la regardant.

— Vous allez adorer cet endroit, me dit Stéphanie.

Il me fallut un moment pour intégrer ses paroles et son profond soupir m'informa qu'elle était ennuyée par mon manque d'attention à son égard.

— C'est déjà le cas.

J'indiquai d'un geste une table vide.

C'était surréaliste. Comme si la musique, les lumières, et sans doute la bouteille de vin que nous avions commencée avec le dîner... étaient mélangés avec quelque chose de plus, quelque chose d'illicite. Quelque chose d'érotique et d'interdit.

Interdit pour moi.

Alors que Stéphanie cherchait une serveuse, j'observai la fille. Ça ne pouvait pas être elle. Elle était à Chicago. Elle étudiait. Elle ne pouvait pas jouer du piano dans ce club un vendredi soir.

Ses doigts travaillaient furieusement sur le clavier, sa concentration paraissait intense. Les tatouages qui recouvraient l'ensemble d'un de ses bras ornaient chaque centimètre de peau exposé par la petite robe noire qu'elle portait.

Ça ne pouvait pas être elle. Lina n'avait pas un seul tatouage.

— Enfin, murmura Stéphanie à l'approche d'une serveuse.

— Puis-je vous offrir un verre ? s'enquit cette dernière.

— Une vodka martini, répondit-elle.

— Je prendrai un bon whisky.

— Je reviens tout de suite.

Je croisai le regard de Stéphanie. Elle était séduisante et avait clairement des attentes pour ce soir. Des attentes que je pensais être parvenu à détourner au cours des trois derniers jours que j'avais dû passer avec elle. Je les avais tolérées au début. Maintenant, j'étais irrité. Je n'étais pas là pour la baiser.

Lorsque la serveuse revint avec nos verres, je lui demandai si elle connaissait le nom de la pianiste. Elle regarda par-dessus son épaule en souriant.

— Elle est incroyable, n'est-ce pas ?

— Oui, elle l'est.

— Kat quelque chose. Je ne connais pas son nom de famille. Je peux lui poser la question, si vous voulez ?

Stéphanie fit courir son regard de moi à la musicienne, en prenant la mesure de ce qu'elle pensait être de la concurrence. Cela me rappela la raison pour laquelle j'étais venu dans cette ville, pour comprendre ce que je voulais, où était ma place.

Qui j'étais.

Je hochai la tête. Ce n'était pas le moment de penser ainsi.

— Non. Ça ira. Je pensais simplement qu'il s'agissait de quelqu'un d'autre.

J'avais cru qu'il s'agissait de Lina.

Je l'avais écoutée jouer d'innombrables fois lorsqu'elle avait vécu avec Raphaël et Sofia. Pourtant, je n'avais pas entendu parler d'elle au cours des deux dernières années. Elle avait disparu de ma vie aussi soudainement que moi de la sienne.

Dès que la serveuse s'éloigna, Stéphanie recommença à parler :

— La connaissez-vous ou quelque chose comme ça ?

Elle ne cachait pas bien son mécontentement. Elle comprenait qu'elle avait un avantage de taille dans ces négociations. Son père avait été un grand partisan du séminaire de St Mark. Il y avait assisté dans ses plus jeunes années, et même s'il avait choisi une vie en dehors de l'Église, il lui avait toujours donné généreusement pour l'aider à continuer à fonctionner.

En tant que fille unique, Stéphanie avait hérité de la fortune familiale. On m'avait envoyé ici pour m'assurer que ses dons continueraient d'arriver. C'était en tout cas une des raisons.

— Non. Elle me semblait familière, mais je me suis trompé.

— Vu la façon dont vous la regardez, je pensais que c'était le cas.

Elle se pencha vers moi en souriant.

— Quel gâchis.

— Comment ça ?

— Vous êtes bien trop jeune, et beau, pour consacrer votre vie à l'Église. Je suis certaine que je ne suis pas la première femme à vous le dire.

Je sentis sa main se poser sur mon genou, mais changeai de position avant de m'éclaircir la gorge.

— Non, en fait. Vous êtes la première.

Je terminai mon verre, j'en avais fini avec elle.

— Vous vous rendez bien compte que rien ne va se passer entre nous, ajoutai-je sans détour en comprenant qu'elle avait besoin de franchise.

— Je ne comprends pas ce que vous voulez dire.

— Vous savez pertinemment que je n'ai pas quitté le séminaire. Je suis ici en tant que représentant.

— Je ne sais pas de quoi vous voulez parler.

Elle se redressa et jeta un coup d'œil dans la pièce.

— Non ? demandai-je en m'approchant d'elle.

Elle se pencha dans ma direction, apparemment encouragée par mon attitude. Son regard erra sur mon visage, et s'attarda sur ma bouche avant de revenir à mes yeux.

— Lorsque le père Gavin a organisé cette entrevue, je m'atten-dais à rencontrer un homme très différent.

— Différent ?

Je fronçai les sourcils. Elle haussa les épaules.

— S'il vous plaît, Damon. Vous n'êtes pas stupide. Et vous oubliez que je connais Gavin. Je sais comment il travaille. Il vous a exilé dans cette ville, pas vrai ? Il m'a suffi de poser le regard sur vous pour comprendre pourquoi.

Avait-elle fini de jouer les timides ? Il était temps. Je laissai mon regard balayer son visage, avant de sourire. En réponse, elle se pencha sur son siège, trop sûre d'elle.

— Peut-être qu'il vous connaît mieux que vous-même. Peut-être qu'il…

Elle laissa ses mots mourir, avant de glisser sa main sous la table. Ses doigts traînèrent le long de l'intérieur de ma cuisse.

— Vous met à l'épreuve ? termina-t-elle.

Je m'éclaircis la gorge. Je l'avais sous-estimée. Sa tentative de séduction était risible, comme je m'y attendais. Pourtant, je n'avais pas réalisé qu'elle avait compris la raison pour laquelle j'avais été envoyé ici. La véritable raison.

— Peut-être que vous devriez simplement céder.

Elle était désormais si proche de moi que je pouvais sentir son souffle sur ma joue. Je demeurai silencieux alors que je tentais de gérer l'irritation que je ressentais envers cette femme. Un sourire victorieux naquit sur son visage. Du moins, jusqu'à ce que je reprenne la parole :

— Pensez-vous qu'il m'a envoyé ici pour coucher avec vous, Stéphanie ?

En toute honnêteté, connaissant Gavin, ça aurait été une possi-bilité. Elle s'étouffa avec la gorgée de martini qu'elle venait de prendre. Je vérifiai ma montre.

— Il est tard.

Je me levai. Elle se racla la gorge, et regarda autour d'elle. Appa-remment, elle ne s'attendait pas à ce que les choses prennent ce tournant.

— Je vais vous appeler un taxi.

Je décalai sa chaise. Incapable de faire autre chose, elle se leva. Je plaçai une main sur son dos pour la guider vers le vestiaire. Une fois sur place, je l'aidai à enfiler son manteau, et la conduisis dehors. Un taxi s'arrêta sur le trottoir.

Elle se tourna dans ma direction avant de grimper dans le véhicule.

— Vous m'avez mal comprise, déclara-t-elle, gênée.

— Je n'en doute pas. Bonne nuit.

Je tendis au chauffeur l'argent pour la course, avant de pénétrer à nouveau dans le club, et de reprendre ma place à table. Je regardai Kat jouer pendant environ une heure. Finalement, elle se remit debout, et jeta un regard circulaire dans la pièce pour la toute première fois.

Personne n'interrompit sa conversation, personne ne l'applaudit. Je devinai que ce n'était pas le but. Elle servait à mettre l'ambiance. Comment pouvait-on penser à cette musique comme arrière-plan ? Lorsque son regard pointa dans ma direction, j'arrêtai de respirer.

Je reconnus ces yeux.

Elle était plus âgée, mais c'était elle. Lina.

J'en fus certain.

Avec les projecteurs braqués sur elle, elle ne pouvait pas me voir. Je l'étudiai depuis l'anonymat de mon siège. La dernière fois que je l'avais vue, c'était il y a deux ans. Elle avait désormais 20 ans. Ses cheveux étaient plus longs, et arboraient une teinte plus foncée que son brun chocolat naturel. Le contraste entre sa chevelure, sa peau d'olive et ses yeux vert mousse était frappant.

Lorsqu'elle se tourna pour partir, je pus apercevoir ses tatouages qui disparurent sous sa robe. Je fis signe à la serveuse et réglai ma note, avant de marcher jusqu'aux vestiaires. Je ne pris même pas le temps de boutonner mon manteau en sortant, et me dirigeai vers l'arrière du bâtiment. Là où je pensais que se trouvait l'entrée du personnel.

Lorsque j'arrivai sur place, Lina – ou Kat – se trouvait déjà à mi-chemin dans la rue, et avançait rapidement à travers les gouttes d'eau qui s'écrasaient sur son visage.

Je ne compris pas pourquoi je ne l'appelai pas.

Au lieu de cela, je la suivis comme un harceleur. Je m'accordai à son pas, alors qu'elle dépassait trois immeubles, puis tournait à gauche afin de se diriger vers le métro.

Merde. Il fallait que j'aille acheter un ticket. Elle semblait avoir une carte, qu'elle glissa dans l'automate qui s'ouvrit pour la laisser passer.

Il me fallut quelques minutes pour obtenir un ticket. Heureusement, il n'y avait qu'une seule direction dans laquelle elle avait pu aller. Je ne parvenais pas à comprendre pourquoi je me mettais dans un tel état de panique à l'idée de perdre sa trace. Je dévalai rapidement les escaliers, et au moment où j'atterris sur le quai, une rame arriva et ses portes s'ouvrirent. Je jetai un œil à droite et à gauche, sans parvenir à la voir. Quelques passagers débarquèrent, personne ne monta à bord.

Confus, je me dirigeai vers la droite.

Les portes du train se fermèrent et je le vis repartir. L'avais-je manquée ? Je restai ici quelques minutes, et constatai que je me trouvais seul sur la plate-forme. C'est en me retournant pour partir que je les entendis.

Les sons d'une bagarre.

Sans y réfléchir, j'avançai dans cette direction. Vers un barrage de construction. La voix rauque d'un homme ordonnait à quelqu'un de se taire. Je ralentis mes pas, mais lorsqu'elle cria, je fonçai et tombai face à deux hommes qui l'avaient acculée contre un blocus. Ce devait être des sans-abri. L'un d'eux brandit un couteau.

Je ne parvenais à discerner que Lina, qui rivait ses yeux sur les deux hommes. Ils étaient ivres. Je pouvais le sentir.

Pourtant, force était de constater qu'ils étaient armés, et que, moi, je n'avais aucun moyen de défense.

— J'ai appelé la police. Vous feriez mieux de sortir d'ici avant qu'ils n'arrivent, les prévins-je.

— Va te faire foutre, mec.

Il regarda de façon incertaine son partenaire qui braqua l'arme. Il se balança d'un pied sur l'autre, comme s'il était bien plus qu'ivre. Je m'approchai.

— Derrière moi, déclarai-je à Lina en étirant mon bras entre ses assaillants et elle.

Elle obéit. Je me tins entre eux, la protégeant de mon corps.

— Le sac, déclara l'homme qui brandissait le couteau. Donnez-moi le sac.

Des pas résonnèrent depuis le haut de l'escalier.

— Merde, ce sont les flics. Allons-y.

Son ami s'enfuit, laissant l'autre homme regarder autour de lui, avec confusion et incertitude.

— Allez ! hurlai-je.

Il courut, obéissant. Je me tins dos à Lina, afin de la protéger jusqu'à ce que je sois certain qu'ils étaient partis.

Lina émit un son derrière moi, une expiration vacillante et bruyante. Je me retournai lentement.

— Ça ne s'est jamais produit auparavant.

Elle se trouvait à quelques pas de moi. Je l'étudiai, et peu importait ce que la serveuse avait dit, je fus certain qu'il s'agissait d'elle. Ma Lina. Je n'avais pas le moindre doute à ce sujet.

— Est-ce que ça va ? Est-ce qu'ils vous ont fait du mal ?

Elle inspira un souffle tremblant et se redressa, les yeux rougis par les pleurs. Elle secoua la tête.

— Je vais bien.

Elle m'observa alors, ses yeux verts plongés dans les miens. Une étincelle d'incrédulité passa à travers eux alors qu'elle comprenait lentement qui j'étais.

— Damon ? demanda-t-elle finalement, brisant le sort.

Je passai une main dans mes cheveux.

— Tu es censée être à Chicago.

Elle regarda mon manteau noir. Je ne portais pas de col. Mais je devinais que ça n'était pas ce à quoi elle s'attendait.

— Tu es censé être prêtre.

Je n'eus pas de réponse à cela. Elle avait raison. J'aurais dû être ordonné il y a deux ans de cela. Toutefois, les choses étaient devenues compliquées.

Je m'efforçai de ramasser ses affaires qui étaient tombées de son sac au cours de sa lutte.

— Tu ne devrais pas être ici seule si tard dans la nuit.

— Je prends toujours ce train.

— Donne-moi ton sac.

Elle parut confuse. Pourtant, elle me le tendit. Je replaçai le tout à l'intérieur.

— Allons-y.

J'indiquai les escaliers de la main en gardant son sac.

— Où ?

— Nous allons prendre un taxi.

— Que fais-tu ici ? Comment m'as-tu trouvée ?

— Je ne t'ai pas trouvée. Je me suis simplement rendu au club Carmen. Lina, ta sœur pense que tu étudies à Chicago.

Ses yeux s'élargirent, avant que le rose ne lui monte aux joues. Le bruit de voix chantantes en haut des escaliers nous interrompit. D'autres ivrognes.

— Allons-y, déclarai-je.

Ma colère grimpait maintenant que les choses se tassaient.

— Tu pourras m'expliquer tout ça lorsque je t'aurai ramenée à la maison.

2

LINA

Une fois dans la rue, Damon signala à un taxi de s'arrêter. Après avoir ouvert la portière pour me laisser entrer, il se glissa à mes côtés. Je l'observai pendant une longue minute. Le revoir, mon Dieu, c'était très étrange. Comme être propulsée dans le passé.

Que faisait-il ici ? À Manhattan ? Je pensais – eh bien, je supposais du moins –, qu'il serait ordonné à l'heure actuelle.

— Lina ?

Je hochai la tête.

— Pardon, qu'as-tu dit ?

Avait-il parlé ?

— Ton adresse. Où est-ce que tu habites ?

— Oh.

Je me tournai vers le chauffeur, et énonçai l'adresse de mon appartement. Je jetai alors un dernier regard vers Damon avant de prendre place en prétendant tenter de réorganiser mon sac à main. En vérité, j'avais besoin de me reprendre.

— Ils n'ont rien pris, n'est-ce pas ?

— Non. Ils auraient été déçus de toute façon. Il n'y a pas grand-chose.

Je souris faiblement.

Que faisait-il ici ? Personne ne savait que j'étais à New York, et je voulais que ça reste comme ça.

Il faisait chaud dans le taxi, qui sentait la fumée de pipe et la nourriture rance. Je retirai mon bonnet en tricot de ma tête, et desserrai le foulard autour de mon cou. Je me tournai vers lui.

— Que fais-tu ici ?

Il m'observa, de façon étrange, le bleu de ses yeux étant plus sombre que ce dont je me souvenais. Il avait environ 27 ans désormais, pourtant il avait l'air bien plus âgé que ce à quoi j'aurais pu m'attendre. La dernière fois que je l'avais vu remontait à quelques semaines avant mon départ pour Chicago. Ma sœur m'avait tellement donné du fil à retordre entre le lycée et mon école de musique que j'avais fini par accepter. Ou du moins, je lui avais fait croire que c'était le cas.

Je n'avais pas vraiment décidé à ce moment-là de ne pas me rendre à l'école. En fait, ma décision avait été prise pendant les premiers mois de cours. Ce n'était tout simplement pas pour moi. Pas à ce moment-là. J'avais trop de choses à faire et à vivre, et même si ça avait été merveilleux en Toscane avec Sofia et Raphaël que j'aimais tous les deux, j'avais besoin de mon propre espace. J'avais besoin de temps. Et je devais ressentir toute cette merde que Sofia, avec les meilleures intentions du monde, avait essayé de m'épargner.

J'avais fait quelque chose de terrible, même si, selon le FBI, c'était la bonne chose à faire. J'avais trahi mon grand-père. L'homme qui nous avait accueillies et avait pris soin de nous. Peu importait ce qu'il avait fait. Je devais accepter le rôle que j'avais joué dans sa chute, et je ne savais pas comment m'y prendre.

Et même en sachant que je devais m'arrêter pour y faire face, je continuais à courir et à m'enfuir à chaque tournant.

— Je suis ici pour une demi-année, déclara Damon.

Pendant un instant, j'avais presque oublié de quoi nous étions en train de parler.

— Oh.

Cela me parut étrange.

Pourquoi devait-il être à New York ? J'avais toujours pensé qu'il resterait en Italie, qu'il s'intégrerait dans une congrégation près du domaine Bellini.

— Pourquoi ?

Il ignora ma question, mais je ne pus manquer l'ombre qui obscurcit son regard.

— La serveuse t'a appelée Kat.

Je détournai le regard alors que le taxi ralentissait jusqu'à s'arrêter.

— C'est ici, dis-je en cherchant mon portefeuille dans mon sac à main.

Damon posa sa main sur la mienne.

Je perdis mon souffle. Je baissai le regard. Là où sa grande main couvrait la mienne. Puis je le regardai. C'était le contact le plus platonique qui soit, mais lorsque je croisai son regard, j'aurais pu jurer qu'il l'avait sentie lui aussi, l'étrange électricité qui crépitait entre nous.

Cependant, ce furent des vœux pieux.

Il se racla la gorge et s'empara de son portefeuille afin de régler la note. Après avoir payé le chauffeur, nous sortîmes du taxi. J'hésitai, et réalisai qu'il n'irait nulle part. Pas encore. Pas maintenant.

Damon regarda la rue presque déserte qui abritait de jolies maisons. Se demandait-il comment je pouvais me permettre de vivre ici ?

— Celle-ci est à moi.

Je gravis les escaliers en pierre menant à la maison. Damon me suivit de près. Je n'avais pas oublié à quel point il était imposant. Ni comment ses épaules étaient larges. Et encore moins sa présence parfois si écrasante.

Il me fallut trois tentatives afin de parvenir à glisser ma clé dans la serrure, et à la tourner avant de finalement ouvrir la porte. La main de Damon s'y posa avant que nous entrions. Je l'observai à nouveau, comme dans le taxi, avant de le dépasser et de grimper les escaliers qui menaient au second étage où se trouvait mon appartement. Celui que j'empruntais. Merde. Comment allais-je pouvoir expliquer ça ? Il devinerait aisément qu'un endroit comme celui-là ne rentrait clairement pas dans mon budget.

Nous entrâmes dans l'appartement. J'allumai. Je glissai mon manteau et mon foulard sur le crochet près de la porte avant de retirer mon bonnet et de le poser sur la table avec mon sac et mes clés. Damon déboutonna sa veste sous mon regard, ses yeux se déplaçant vers mon visage. Je parvins à lire une myriade de questions en eux. Il glissa alors son regard vers mon épaule, là où mon pull avait glissé pour exposer ma peau.

Mes tatouages.

Ils recouvraient l'ensemble de mon bras droit, de mon épaule ainsi qu'une bonne partie de mon dos. Ils représentaient des fleurs de toutes couleurs et formes. Jolies et délicates. Je l'avais conçu moi-même durant de nombreux mois avant d'avoir finalement le courage de passer sous les aiguilles.

Je me raclai la gorge et tirai sur mon pull pour me couvrir l'épaule avant d'entrer dans la cuisine.

— Est-ce que tu veux boire quelque chose ?

J'ouvris le réfrigérateur, prétendant faire le point sur ce qu'il contenait, même si je le savais déjà.

— Je n'ai pas grand-chose. Du thé glacé ou de l'eau.

Je m'éclaircis la gorge.

— Du whisky aussi, ajoutai-je en regardant la bouteille onéreuse d'Alexi qui se trouvait sur le comptoir.

Je n'y avais jamais touché, mais chaque fois qu'il passait pour « vérifier son investissement », comme il aimait le dire, il s'asseyait sur son canapé, mettait les pieds sur la table basse et s'attendait à ce que je lui verse verre après verre pendant qu'il me contemplait.

— L'eau me convient.

Damon s'approcha de la fenêtre. Je le vis prendre conscience de l'espace joliment décoré avec son canapé luxueux, la table à manger avec quatre chaises, la cuisine pourvue d'appareils électroménagers dernier cri. Je n'en utilisais aucun en dehors de la machine à café. Je ne cuisinais pas. Ce n'était pas chez moi. Ce ne serait jamais le cas.

Il s'arrêta devant le grand tirage d'une vieille photo d'Alexi, que ce dernier avait tenu à exposer lorsqu'il avait obtenu cet appartement il y a quelques mois. Je lui tournai le dos, ne voulant pas savoir ce qu'il pensait de tout ça.

Merde, je réalisai qu'il ne devait rien en penser de bon.

— L'appartement était meublé. J'habite ici pendant que le propriétaire est absent.

Ce n'était pas tout à fait un mensonge.

— Ce n'est pas le mien. Rien de tout cela n'est à moi.

Je lui jetai un coup d'œil le temps de le voir pencher la tête sur le côté pour regarder une photographie. Il s'agissait de deux femmes, une à quatre pattes, les fesses nues face à la caméra. L'autre accroupie sur elle, son chemisier ouvert, les seins exposés, un bras levé en l'air sur le point de frapper le dos de celle qui se trouvait sous elle.

Je sentis mon visage rougir lorsque Damon se tourna vers moi. Je ne pus me résoudre à croiser son regard en lui tendant une bouteille d'eau.

— Le propriétaire est... excentrique.

— On dirait.

Il s'empara de la bouteille.

— J'ai des questions, Lina.

— Je suppose que oui.

— Assieds-toi.

Je ne remis pas en question son autorité. Damon resta debout quelques instants avant de s'asseoir sur le bord de la table basse.

— Tu veux me dire ce qui se passe ?

— Pas vraiment, répondis-je avec un faible sourire.

Lui me sourit vraiment, les yeux brillants. Mon estomac se tordit. J'avais presque oublié à quel point il était désarmant. Il se pencha afin que ses genoux touchent les miens. Ma bouche s'assécha alors que nos regards se croisaient. Savait-il ce que je ressentais lorsqu'il me touchait ? Savait-il à quel point mon cœur battait à tout rompre dans ma poitrine ?

Il prit la bouteille d'eau que je tenais, et ouvrit le bouchon avant de me la rendre.

— Détends-toi, Lina.

Je clignai plusieurs fois des paupières, avant de baisser le regard vers mes genoux. Puis j'osai relever le visage. Il ne me quitta pas des yeux.

— Je suis juste... surpris d'être tombé sur toi ici. Surpris par tout ça.

Il fit un geste qui engloba tout l'appartement. Je hochai la tête avant de boire une petite gorgée.

— Que fais-tu ici ? Pourquoi n'es-tu pas à l'école ?

— Je...

Je m'éclaircis la gorge.

— Cette école n'a pas fonctionné pour moi. C'était trop... difficile.

Est-ce que ma voix grimpait dans les aigus lorsque je mentais ? Parce que, oui, c'était un mensonge. J'étais partie. Je ne pouvais pas changer les faits. Loin de là.

— J'ai raté ma première année. J'aurais dû redoubler, et je ne voulais pas le faire, alors je suis partie. J'ai décidé de prendre un peu de temps libre. J'ai besoin de réfléchir à ce que je veux vraiment faire de ma vie.

Depuis quand mentir était-il devenu si facile ?

— Tu as échoué ?

Il ne me croyait pas. Je l'entendais dans sa voix. Pourtant, je me contentai de hocher la tête en déglutissant.

— Sofia n'est pas au courant. Je ne voulais pas l'inquiéter ou la stresser. Je voulais qu'elle soit fière de moi.

Oh, waouh. Qui était cette personne qui prenait la parole ?

— C'est vrai ?

— Oui.

Il se releva pour faire les cent pas dans la pièce.

— Donc tu as décidé de venir à New York. Tu t'es fait tatouer...

Il s'éloigna. J'avalai une autre gorgée d'eau.

— Et tu joues du piano au club Carmen, un endroit au sujet duquel j'ai entendu... de nombreuses histoires.

— Je ne fais que jouer du piano. C'est tout. Je ne travaille pas pour les soirées privées.

La culpabilité me tomba dessus.

— Les tristement célèbres fêtes privées du club.

Je n'aurais jamais dû mentionner cette partie. Bien sûr, il était au courant. Tout Manhattan était au courant.

— Et tu t'occupes d'entretenir cet appartement ? enchaîna-t-il.

— En quelque sorte.

Ça semblait ridicule lorsqu'il le présentait ainsi, qu'il répétait cette histoire que j'inventais de toutes pièces.

— En quelque sorte ?

— Le propriétaire du club... est également le propriétaire de l'appartement.

Damon sembla confus. En vérité, toute cette histoire l'était. Alexi Markov possédait le club Carmen. Il lui avait été légué le jour où son père, Sergei, avait été arrêté. Ce dernier possédait toujours l'appartement, même si Alexi aimait agir comme si c'était le sien.

— Ceci explique donc la bouteille de whisky très onéreuse, sans parler de tout le reste.

Son regard se tourna à nouveau vers cette maudite peinture.

— C'est temporaire.

Je me raclai la gorge.

— Il ne voulait pas laisser l'appartement vide, et j'avais besoin d'un endroit où dormir lorsque je suis arrivée ici.

— Depuis combien de temps avez-vous cette entente ?

Touché.

Je ne voulus pas répondre à cela. Je décidai donc d'ignorer sa question.

— Vas-tu le dire à Sofia ?

— Que devrais-je faire selon toi ?

Je n'eus pas le temps de répondre, puisqu'il continua :

— Lina, s'arrêta-t-il, la déception présente sur son visage. Que dois-tu faire exactement pour que le propriétaire du club se montre si généreux avec toi ?

Je me levai. Je détestais ça. Tout le monde pensait que je devais coucher avec Alexi, avec son père. Ce n'était pas vrai, et j'en avais marre de tout ça.

— Je ne couche pas avec lui, si c'est ce que tu tentes d'insinuer.

J'avançai pour me poster face à lui.

— De quel droit viens-tu me poser toutes ces questions ? C'est ma vie.

— Je suis heureux de voir que tu es immature à ce sujet.

— Va te faire foutre, Damon !

Merde.

J'insultais un prêtre. Ou en tout cas, un homme qui en était presque un.

Il ricana. Rien de plus.

— Tu ne peux pas entrer ici et exiger d'obtenir des réponses.

— Je ne suis pas d'accord. Je viens de tomber sur toi à New York alors que tu es censée être à Chicago, je ne pense donc pas qu'il soit déraisonnable de ma part de te poser des questions. Ni même d'en exiger les réponses.

— Et si je ne te réponds pas, tu feras quoi ?

Son regard se dirigea vers ma bouche, puis mon épaule. Mon fichu chandail avait à nouveau glissé. Il m'adressa le plus faible des sourires, avant de jeter un coup d'œil vers la peinture.

— Je...

Je serrai les poings autour de la bouteille d'eau, que je n'avais pas conscience de tenir jusqu'à ce qu'elle éclabousse mon poignet.

— Putain.

Damon s'empara de la bouteille afin de la reposer, puis enroula ses mains autour de mes bras, me serrant quelque peu. Il afficha un sourire crispé.

— Je tiens à toi, Lina. Voilà pourquoi je te pose toutes ces questions.

Je clignai des yeux plusieurs fois, et mon regard se fit soudainement brumeux alors que je plongeais dans le sien. Ses prunelles s'étaient assombries en l'espace de quelques minutes.

— Tu étais au séminaire, répondis-je bêtement. Tu es censé être prêtre.

Il baissa le regard en poussant un soupir résigné, puis lâcha mes bras et me tourna le dos pour regarder par la fenêtre.

— Il s'agit de ma dernière affectation avant l'ordination.

— Qu'est-ce que ça veut dire ? Je pensais maintenant...

Il lui fallut quelques minutes pour se tourner. Cet instant était chargé de non-dits.

— Pense à moi comme étant lent à parfaire mon apprentissage.

Il essaya d'avoir un ton léger, pourtant je compris qu'il n'en était rien. Son expression devint sérieuse avant qu'il ne parle à nouveau :

— Peut-être que comme toi, j'essaye de comprendre qui je suis, et à quel monde j'appartiens.

Son regard se posa sur moi.

— Ce que je veux.

— Tu ne le sais pas ?

Il sourit à ma question, mais ses yeux n'exprimèrent pas la moindre joie.

— Tu n'es pas la seule à te chercher, Lina.

Je lui rendis son sourire en ayant l'impression que nous étions sur un même pied d'égalité, au moins face à cela.

— Est-ce que tu veux manger quelque chose ?

Je me dirigeai vers la cuisine.

— Je peux faire des œufs brouillés.

— Bien sûr.

Il me suivit et s'appuya contre le comptoir. Quant à moi, je pris les œufs, ainsi qu'une poêle. Il ouvrit ensuite quelques placards. J'eus conscience qu'il ne trouverait rien à part du café, du thé et un sachet de pâtes.

— Je ne suis pas une grande cuisinière.

— Je peux voir ça. Cependant, je sais que tu aimais manger.

— C'est toujours le cas. Je dîne habituellement au club.

— Combien de nuits par semaine y joues-tu ?

— Quatre.

— Et que manges-tu les trois autres nuits ?

— Oh, tu sais. Je sors où je prends quelque chose à emporter.

Je me tournai et vis qu'il me dévisageait. Je portais désormais un chandail ample, mais il m'avait vue dans ma robe moulante au club. Alexi choisissait toujours ce que je devais porter pour travailler. C'était une partie de l'entente qui avait été formulée lorsqu'il avait pris le contrôle du club. J'étais contente que la robe de ce soir ait finalement été relativement conservatrice. Pourtant, en un coup d'œil, Damon avait sans doute réalisé à quel point j'étais mince.

— Tu as perdu du poids depuis la dernière fois que je t'ai vue.

Quel euphémisme. Je pesai cinquante-huit kilos pour un mètre soixante-cinq.

Je haussai les épaules.

— J'ai un métabolisme élevé. Crois-moi, je mange.

Et voilà, un autre mensonge. Seulement, celui-ci était destiné à sauver la face. S'il savait que je n'avais pas d'argent, je me retrouverais humiliée. Et s'il essayait de m'en donner, je crois que je mourrais.

Alexi aimait que je dépende de lui. C'était une façon pour lui de se venger, je supposais. Parce que désormais, il m'avait sous sa coupe. Pas comme il le souhaitait. Bien qu'il n'ait jamais forcé en cela. Pas encore, en tout cas. Toutefois, il me possédait de toutes les autres façons.

Je terminai les œufs brouillés, m'emparai de deux fourchettes et plaçai le tout sur le comptoir.

— J'ai du ketchup, ajoutai-je en regardant l'assiette ordinaire que je venais de lui servir.

J'ouvris un tiroir pour partir à la recherche des petits sachets.

— C'est très bien.

Je m'assis, et nous mangeâmes en silence. Alexi était hors de la ville jusqu'à demain soir, ce qui était un véritable soulagement. Je n'aurais pas su comment lui expliquer pour Damon, ni dire à ce dernier qui était Alexi, s'ils étaient amenés à se rencontrer.

Non. J'avais besoin de garder Damon aussi loin que possible d'Alexi Markov, et de sa famille. C'était le seul moyen de le garder en sécurité.

— Alors, tu vis à New York ? demandai-je.

— Je suis ici depuis environ cinq semaines. Et ça sera le cas pendant au moins six mois.

— Puis-je te demander pourquoi ?

Il se frotta la nuque en détournant le regard, comme s'il considérait la réponse qu'il devait me fournir

— C'est compliqué.

Je compris qu'il ne désirait pas en parler. Je pouvais tolérer cela, même si j'étais plus qu'un peu curieuse.

— Comment va Sofia ?

Ma gorge se serra en mentionnant ma sœur. Je ne l'avais pas appelée depuis deux semaines, et je me sentis terriblement mal à cette idée. Mais la vérité était que lui mentir devenait de plus en plus difficile.

— Bien. Elle est très enceinte.

— Des jumeaux. Est-ce qu'elle est énorme ?

— Pas loin. Cependant, Raphaël prend bien soin d'elle.

— Il ferait mieux.

— Pourquoi la serveuse t'a-t-elle appelée Kat ?

Je haussai les épaules pour faire comme si ce n'était rien.

— C'est mon nom. Katalina. Tout le monde m'appelait Lina lorsque j'étais enfant, alors ça m'est resté. J'avais juste... j'avais besoin d'être quelqu'un d'autre. Pendant un petit moment. Peut-être pour plus longtemps.

Je poussai la nourriture dans mon assiette, ayant perdu l'appétit.

— Tout le monde a toujours pris toutes les décisions à ma place, Damon.

Je n'eus pas besoin de le regarder pour savoir qu'il me surveillait de près. Je pouvais sentir son regard sur moi.

— Est-ce que tu veux que je t'appelle ainsi ?

Je me tournai vers lui, surprise par sa question.

— Non.

Il y eut un moment de silence, alors je décidai de me relever pour débarrasser nos assiettes.

— Je ne veux pas que tu le dises à Sofia.

— Tu es adulte, Lina. C'est ta vie.

Je l'affrontai, souriante et soulagée. Pourtant, il continua :

— Tu devrais lui dire toi-même. Lui mentir à elle, à tout le monde, c'est la partie avec laquelle j'ai du mal.

Mon sourire disparut. Soudainement, je fus en colère, alors que quelques instants à peine plus tôt, j'avais eu la fugace impression qu'il m'avait comprise.

— Est-ce que tu me sermonnes comme un prêtre le ferait ?

Il grimaça à mes mots.

— Lina...

— Vas-tu me faire la leçon ? Peut-être que tu as envie d'agir comme si cet endroit était ton confessionnal, et que je ne suis qu'une pécheresse venue y trouver l'absolution ? Afin d'être pardonnée ? Ou peut-être as-tu envie d'être une personne de plus à me dire ce que je dois faire de ma vie ? Qui je devrais être ?

— Lina.

Il se leva. Et lorsque j'essayai de passer devant lui, il me rattrapa facilement.

— De quoi parles-tu ?

— Je n'ai pas besoin que tu me juges, et je n'ai pas besoin non plus qu'une personne de plus me dise ce qui est le mieux pour moi. Tu ne sais rien de moi.

— Je ne te juge pas. Et je ne prétends pas non plus savoir ce qui est le mieux pour toi.

— Vraiment ? La seule personne qui est en droit d'avoir du mal avec quoi que ce soit dans ma vie, c'est moi-même. Pas toi.

— D'où est-ce que ça vient, ça ?

Il sembla surpris par mon explosion, ce que je pouvais comprendre. Alors, je choisis d'adopter une approche différente.

— Sofia s'inquiéterait si elle savait. C'est pour ça que je ne lui ai rien dit. Je parle de sa grossesse et...

— Tu as quitté l'école avant sa grossesse. Tu as déménagé à New York bien avant.

J'essayai de le secouer, mais il resserra sa prise sur mon bras, avant de se saisir de l'autre.

— Laisse-moi partir.

— Pourquoi ? Pourquoi veux-tu partir ? Me tourner le dos ? Sera-t-il plus facile de me mentir ainsi ?

— Je ne suis pas... lâche-moi.

— Tu espères peut-être que je m'en irai, et que je ne te pose pas de questions qui te mettent manifestement mal à l'aise.

— Ça ne te regarde pas. Ça ne t'a jamais regardé.

— Je suis ton ami, Lina. Pas ton ennemi.

— Évidemment. Mon ami.

— Et oui, j'ai une opinion sur ta gestion des choses.

— Bien sûr, tu te sens libre de la partager avec moi, même si je ne t'ai rien demandé. Tout comme tu t'es senti libre de fouiller dans mes placards.

— Tu es tellement têtue.

— Tu ne me connais pas.

— Nous ne sommes pas des étrangers.

— Ah non ?

Il sembla blessé par cela, je me sentis immédiatement mal.

— Écoute, je suis simplement fatiguée que les autres pensent savoir ce qui est le mieux pour moi. Comme si je ne pouvais pas y parvenir par moi-même.

— Permets-moi de te poser une question. Qu'aurais-tu fait ce soir si je n'étais pas intervenu ?

— Ça ne s'est jamais produit avant.

L'incident du métro m'avait chamboulée, mais il restait un événement isolé. Je serais plus vigilante la prochaine fois.

— Et s'ils avaient voulu obtenir plus que ton portefeuille ?

— Merde, Damon. Il ne s'est rien passé. Laisse tomber. Laisse-moi partir.

J'appuyai mes mains contre son torse afin de le repousser, mais c'était comme essayer de déplacer un mur de briques.

— Il ne s'est rien passé ? insista-t-il en me secouant encore une fois.

Ma voix craqua. Je détestais ça. Je détestais la faiblesse.

Un moment plus tard, il me relâcha et recula. Il fit courir une main à travers ses cheveux, et secoua la tête comme pour tenter de s'éclaircir les idées.

— Écoute, il est tard. La nuit a été longue. Puis-je passer te voir demain ? Je t'invite à dîner. Nous pouvons recommencer à zéro.

Il s'arrêta, et m'adressa un petit sourire.

— Pas d'œufs brouillés.

Je compris alors qu'il tentait de se moquer gentiment de moi.

— Je ne...

— C'est un dîner. Juste un dîner. Pas un interrogatoire.

J'hésitai. Il leva les sourcils, et m'adressa le sourire dont je me souvenais. Un sourire qui emplissait toujours mon ventre de papillons. Il était encore plus magnifique que dans mes souvenirs. Ses yeux, sa bouche, juste... lui.

C'était une mauvaise idée.

— J'aimerais vraiment qu'on recommence, ajouta-t-il. Comme au bon vieux temps.

Je l'étudiai pendant un moment. Je désirais aussi cela.

— D'accord. Va pour le dîner.

— Bien. Je passerai te prendre à 19 heures.

— Je peux te retrouver...

— Je passerai te prendre à 19 heures. Bonne nuit, Lina.

Il sortit alors par la porte. J'observai l'espace où il s'était tenu, avant de me rendre à la fenêtre. Je le vis apparaître sur le perron. Lorsqu'il leva le regard et qu'il m'aperçut, il m'adressa un signe de la main, avant de disparaître dans la nuit.

Je le regardai jusqu'à ce qu'il soit hors de vue, puis verrouillai la porte et éteignis les lumières. J'étais à la fois excitée et nerveuse à propos de ce dîner.

J'en avais envie, je voulais être avec Damon, le revoir, tout en restant prudente en sachant que ça ne mènerait nulle part.

Il fallait que je me souvienne de ne pas me faire de faux espoirs.

Il y avait trop d'enjeux pour cela.

3

DAMON

La pluie se transforma en bruine quand je marchai pendant une demi-heure pour me rendre à mon appartement emprunté à l'église catholique romaine de St Mark. L'air frais et la marche m'aidèrent à analyser tout ce qui s'était passé ce soir.

Lina Guardia, qui aurait dû être en train d'étudier dans une école de Chicago, vivait dans un très bel appartement de Greenwich village dont son patron était le propriétaire, gratuitement, et travaillait comme pianiste dans un club éclectique à la mauvaise réputation.

Elle vivait désormais sous le nom de Kat, qu'elle m'avait expliqué être son véritable nom, et même si c'était le cas, il lui allait aussi bien que le fait que son patron la laisse vivre sans payer de loyer dans son propre appartement.

Sans parler du fait qu'elle mentait à sa sœur, qui était certaine de savoir où elle se trouvait depuis plus d'un an.

Dès que j'arrivai à mon appartement, je retirai mon manteau et mes gants. Puis je démarrai mon ordinateur portable. La première chose que je fis fut de taper sur Google « club Carmen ». Ce fut à cet instant précis que les choses dégénèrent. Je m'y attendais, puisque je savais pertinemment qu'elle mentait également au sujet de son école. Elle n'aurait en aucun cas échoué.

Mais d'abord, je devais me concentrer sur le club.

Il appartenait à Alexi Markov, fils de Sergei Markov, qui se trouvait actuellement derrière les barreaux d'une prison fédérale en attendant son procès pour racket, extorsion, blanchiment d'argent et meurtre.

Un gentil gars.

Son fils, qui d'après les journaux, était aussi proche de son père que n'importe quel membre d'une famille mafieuse pouvait l'être, avait apparemment l'intention de reprendre l'entreprise familiale une fois que son père aurait été enfermé pour de bon.

La pomme n'était pas tombée bien loin de l'arbre.

Le club ne faisait pas l'objet d'une enquête. Du moins, au départ. Le FBI n'y avait rien trouvé pour le relier aux transactions illégales de Sergei, bien qu'il paraisse étrange et qu'il ait changé de propriétaire le jour de l'arrestation de Sergei.

Or, je savais que ne rien trouver ne signifiait pas qu'il n'y avait rien à cacher.

La question était de savoir ce que Lina savait au sujet de son employeur.

Je fermai mon ordinateur et me frottai le visage. Il était 3 heures du matin. Trop tard pour faire quoi que ce soit.

J'envisageai d'appeler Raphaël. Il était 9 heures en Italie. Pourtant, je ne désirai pas le faire tout de suite. Mes raisons pour cela étaient purement égoïstes. Je voulais Lina pour moi pendant un petit moment de plus. Même si je réalisai que c'était mal, je le voulais, et je ne nierais jamais cette vérité. La vouloir était déjà assez mauvais en soi. Je ne mentirais pas à ce sujet.

Après m'être déshabillé, je pris une douche. Il fallait que je trouve comment gérer cela avec elle. Si je ne m'y prenais pas correctement, si elle pensait un seul instant que je l'attaquais, elle me fermerait la porte. Je ne pouvais pas me le permettre.

Et j'avais le sentiment qu'elle ne pouvait pas non plus.

JE SONNAI À LA PORTE DE LINA UN PEU APRÈS 19 HEURES LE lendemain soir. Au lieu de me faire patienter, elle apparut rapidement, son manteau à moitié enfilé alors qu'elle sortait du bâtiment, me donnant un aperçu du jean déchiré et de la chemise blanche moulante qu'elle portait. Elle s'arrêta pour boutonner son manteau puis tourna son visage vers le mien en souriant.

— On va où ?

Elle m'apparut comme étant sublime, ses cheveux cascadant en de longues vagues dans son dos, son visage rougi, et ses lèvres plus brillantes que ce dont je me souvenais. Je m'éclaircis la gorge.

— J'ai entendu parler de cet endroit semblable au Moyen-Orient, répondis-je en la conduisant vers le taxi. Ce n'est pas trop loin et c'est censé être délicieux.

— J'adore le Moyen-Orient.

Ses talons hauts claquèrent alors qu'elle descendait les marches pour monter dans le taxi, son humeur étant beaucoup plus légère que celle d'hier soir, même si elle semblait pressée de quitter son appartement. Je la suivis et indiquai l'adresse au chauffeur. Lina tapa quelque chose sur son téléphone, avant de le poser dans son sac à main et de se tourner vers moi.

— Que fais-tu lorsque tu ne travailles pas ? demandai-je.

— J'enseigne le piano à quelques enfants. Je veux dire, des tout petits. Je pense que les parents apprécient de se servir de moi comme d'une baby-sitter, mais ça ne me dérange pas. C'est amusant, et les enfants sont gentils. À part ça...

Elle haussa les épaules.

— Pas grand-chose, je suppose.

Elle hésita.

— Mes amis ont un groupe, je joue parfois avec eux. Tu sais, ça marche bien.

— Un groupe ?

Elle hocha la tête et sembla presque embarrassée.

— Oui, ce sont juste des amis que j'ai rencontrés dans un bar.

Je parvins à deviner aisément comment elle avait pu entrer dans un bar sans en avoir l'âge, mais décidai de ne pas faire de commentaire.

Nous arrivâmes au restaurant. Je payai le chauffeur, puis sortis afin d'aider Lina à en faire de même. Il me fut difficile de ne pas penser à cela comme étant un rendez-vous, surtout quand, lorsque nous entrâmes dans le café bruyant et qu'elle retira son manteau chaque regard se tourna dans sa direction. Je ne fus pas surpris. Lina était déjà belle en temps normal, mais vêtue comme elle l'était aujourd'hui avec ses bottes noires à talons hauts, son jean déchiré qui étreignait à la perfection ses fesses et ses cuisses, ainsi que sa chemise dont la manche laissait apercevoir ses tatouages, elle était magnifique.

Après avoir tendu nos manteaux à la jeune femme chargée du vestiaire, je mis une main dans le bas de son dos, et enroulai mes doigts autour de sa taille. Ma façon de faire était possessive, mais je ne m'en souciai guère. Je ne supportais pas l'idée que d'autres hommes puissent la regarder. Et ils le firent quand même alors que nous suivîmes l'hôtesse jusqu'à une table au fond, près d'un groupe assis sur des coussins qui jouaient de la musique orientale sur une scène.

Si Lina pensait que la façon dont je la tenais contre moi était étrange, elle n'en montra rien. En fait, elle sembla même se rapprocher de moi. Elle appréciait peut-être cela. Parce que je devais bien l'admettre, même si c'était mal, j'appréciais cela moi aussi.

Nous nous assîmes, et lorsque la serveuse arriva, elle commanda des boissons. Un coca pour elle et une bière pour moi, ainsi que des amuse-gueule. Elle se tourna alors vers moi.

— C'est formidable. J'adore la musique.

Je souris, tellement de pensées me tournèrent dans la tête.

— C'est vraiment bon de te revoir, Lina.

— Toi aussi, Damon.

Le silence revint entre nous jusqu'à ce que la serveuse apporte nos boissons ainsi que les apéritifs. Lina s'empara d'un morceau de pain pita, le trempa dans le houmous, et mordit dedans.

— Je meurs de faim.

Je le regardai choisir un second triangle de pain et suivis son exemple. Elle lut le menu en ramassant par inadvertance une des boulettes de viande, qui éclata dans sa bouche. Tout ce que je pouvais faire était de la contempler, d'étudier chacun de ses mouvements, de mémoriser ses traits comme si son absence au cours des deux dernières années avait grandement impacté sur son apparence. Plus que ce que j'aurais pu imaginer en tout cas.

Je m'éclaircis la gorge.

— Sais-tu ce que tu aimerais manger ?

— Je pense prendre un kebab. Ou des falafels. Je n'arrive pas me décider. Et toi ?

Elle se tourna vers moi. La serveuse passa avant que je puisse répondre, je jetai un coup d'œil vers Lina.

— Elle va prendre le kebab et une barquette de falafels. Quant à moi je prendrai les côtelettes d'agneau.

Une fois que la serveuse fut partie, Lina s'empara de son coca et se tourna vers moi.

— Je vais ressembler à un véritable cochon lorsque mon assiette arrivera.

Je haussai les épaules.

— Tu peux rester debout pour manger.

Elle ramassa une autre boulette de viande.

— Alors, tu vis ici maintenant ? Où exactement ?

— À environ une demi-heure de marche de chez toi, dans l'un des deux appartements de l'église St Mark. L'un d'entre eux est utilisé par le curé de la paroisse, le père Léonard, je vis dans l'autre depuis quelques mois. Je dois y rester pendant l'entièreté de mon séjour.

— As-tu...

Elle fronça les sourcils.

— Est-ce que tu présentes la messe ?

— Je n'en ai pas encore le droit, mais je peux faire des sermons et aider un peu.

— Que se passera-t-il lorsque ces six mois seront écoulés ? Tu seras prêtre ? Ordonné ?

— Ça dépend. Je pourrais l'être.

Comment pouvais-je lui expliquer ce que je ressentais ? Ce que je pensais à propos de tout cela ?

— Si tu ne veux pas en parler, ce n'est pas grave.

— Ce n'est pas que je ne veux pas en parler. Je ne sais pas quoi dire. Je suppose que je fais un peu ce dont je t'ai accusé hier soir.

Je compris qu'il fallait que je gagne sa confiance pour qu'elle me parle, me raconte ce qu'il se passait, et si ça voulait dire que je doive y passer en premier, je le ferais.

— Je suppose que la meilleure façon de présenter les choses est de dire qu'il s'agit de ma dernière occasion de dire non. De décider que je ne veux pas de cela.

— Est-ce pour cela que tu es ici ? À New York ?

— En partie, je suppose. Je travaille aussi à obtenir un financement pour le séminaire.

— Est-ce que tu as des doutes ?

Je ne pouvais pas répondre à cette question. Je ne voulais pas le faire, puisque je ne souhaitais pas le dire à voix haute.

— Les choses ont changé après le retour de Raphaël. D'une certaine façon, lorsque je suis entré au séminaire, c'était un endroit sûr. Mais j'ai réalisé assez tôt que c'était une façon pour moi de fuir tout ce qui arrivait à ma famille.

Ses épaules s'affaissèrent, elle me dévisagea pendant un moment. Pourtant, je continuai sur ma lancée :

— Je ne sais pas ce que tu sais au sujet de Raphaël, de notre père, ou de ce qu'il nous a fait. Surtout à lui.

— Dis-moi tout.

— Dès mon plus jeune âge, je me souviens d'avoir eu l'impression que notre père ressentait une haine particulière envers lui. Mais pas envers moi. Ni Zach. C'était juste Raphaël. Je ne comprenais pas puisque nous étions jumeaux. Identiques, au moins physiquement. Bien que Raphaël ait grandi plus rapidement que moi. Tout au long de notre adolescence, il était un peu plus grand. Mais c'était peut-être aussi parce qu'il se battait toujours. À l'école, ou avec nos cousins, et même ses amis. C'était presque comme si sa colère durcissait. Je me demande toujours si c'est cette colère qui a poussé notre père à le haïr, à se retourner contre lui comme il l'a fait, ou si c'est sa haine de Raphaël qui l'a rendu si furieux. Si dur.

— La poule et l'œuf.

Il me fallut une minute pour continuer. Je n'avais jamais prononcé tout cela à haute voix.

— Notre père battait Raphaël. Il ne touchait ni à Zach ni à moi, mais il fouettait Raphaël... souvent jusqu'à ce qu'il saigne. Parfois plus longtemps que cela. J'ai vu tout ça se produire à quelques reprises. Lorsque notre père me menaçait, Raphaël intervenait. Je me suis toujours demandé si mon père le faisait exprès. S'il faisait en sorte que mon frère intervienne, pour lui foutre une raclée.

— Je savais qu'il était violent, mais je ne pensais pas à ce point ; c'était un malade.

— Ma mère était une fervente catholique. À ses yeux, le pardon était divin. Peut-être que je voulais que ce soit le cas pour moi aussi. J'essaye de penser que tout le monde a en lui une part d'ombre et de lumière, de bien et de mal, mais mon père ?

Je secouai la tête.

— Son âme était aussi noire que celle de Satan.

Après avoir débarrassé nos apéritifs, la serveuse revint avec nos repas, ce qui me permit d'obtenir quelques minutes pour réfléchir. Je n'avais jamais eu à parler de tout ça. La plupart des gens ne posaient pas la question.

— Après l'incendie, lorsque Raphaël est allé en prison, je suis devenu le tuteur de notre jeune frère, Zach, qui avait 16 ans à l'époque. La maison est allée à Raphaël, puisqu'il était le premier né...

— Vous êtes jumeaux.

— Il a quelques minutes de plus que moi.

Je lui fis un clin d'œil. Elle me sourit.

— Zach et moi y vivions avec Maria, qui était notre cuisinière et notre nounou depuis toujours. Les souvenirs de cet endroit, Lina, ils me hantaient. Mes parents étaient morts. Mon frère était en prison. Et le passé s'accrochait aux murs de cette maison. Après un certain temps, je ne parvenais plus à y respirer. La seule chose qui me réconfortait, c'était la chapelle. J'y allais souvent, je m'asseyais sur un banc et j'écoutais le silence, j'essayais de comprendre tout ce qui se passait. Je suppose que c'est à ce moment-là que j'ai décidé de devenir prêtre. C'était une décision égoïste prise purement en ne pensant qu'à moi-même. Je ne me souciais pas d'aider quelqu'un d'autre. Je voulais simplement... non, il fallait que je sorte de ma propre tête. L'Église m'a aidé à me sentir plus proche de ma mère, et d'une certaine façon, en voilà la raison. Ça m'a donné une orientation et une routine, quelque chose à penser qui n'était ni moi, ni mon passé, ni ce qui était arrivé à la famille Amado.

— Alors tu t'es enfui.

— Oui.

— Et le doyen t'a envoyé ici pour savoir si le sacerdoce est ce que tu désires vraiment ?

— Oui, et dès que j'ai l'impression d'avoir pris ma décision, quelque chose m'amène à me poser des questions.

Ou quelqu'un.

Elle mordit dans un morceau de falafel en m'étudiant.

— De toute façon, je pensais que c'était du gâchis, déclara-t-elle, avant de tourner son attention vers son assiette.

— Que veux-tu dire ?

— Damon, regarde-toi. Toutes les femmes de cet endroit, et certains hommes aussi, se sont tournés sur ton passage lorsque nous nous sommes approchés de la table.

— Chérie, c'est toi qu'ils regardaient. Pas moi.

Je lui fis un clin d'œil. Elle rougit et leva ses prunelles dans ma direction.

— De plus, ça n'a pas d'importance.

Lorsqu'elle soutint mon regard, l'expression de son visage devint sérieuse.

— Tu as donc six mois pour comprendre quoi faire de ta vie ?

— Ça m'en a tout l'air.

— Que désires-tu ?

— Mes six mois ne sont pas encore terminés, répondis-je en avalant ma dernière gorgée de bière.

Je fus heureux d'avoir déjà posé mon verre lorsqu'elle reprit la parole, et changea brusquement de sujet :

— C'est moi qui ai donné les preuves qui ont permis de mettre mon grand-père en prison.

Je l'étudiai alors qu'elle se concentrait sur son assiette, et jouait avec sa nourriture. Il était temps pour nous d'être honnêtes.

— Je sais.

— Il y a une chose que je n'ai pas dite à Sofia. Une chose que je n'ai dite à personne.

Elle me regarda finalement.

— Ils pensent que je leur ai tout dit.

Elle s'arrêta pour laisser échapper un rire nerveux. Son visage s'assombrit presque au même instant.

— Je pourrai probablement aller en prison pour ça.

— De quoi tu parles ?

Ses yeux se mouillèrent de larmes, le bout de son nez rougit. Elle secoua la tête.

— Je vais exploser si je mange une autre bouchée.

Je baissai les yeux sur son assiette, qui était presque vide.

— Tu as bien mangé. Est-ce que tu veux un dessert ?

Elle secoua à nouveau la tête.

— Sortons d'ici. Je veux te montrer quelque chose. Si tu veux, bien sûr. Le groupe dont je t'ai parlé joue ce soir. Aimerais-tu les voir ? Ils sont vraiment formidables, et l'endroit est... eh bien, je pense que tu l'apprécieras.

— Très bien.

Je demandai à la serveuse de nous apporter l'addition, et une fois que j'eus payé, nous récupérâmes nos manteaux. J'aidai Lina à enfiler le sien, en étudiant les détails de ses tatouages, à l'abri des regards. J'aurais pu passer des heures à le faire.

Une fois dehors, j'hélai un taxi, mais elle m'arrêta en posant une main sur mon bras.

— Marchons. C'est seulement à une vingtaine de minutes, et pour une fois il ne pleut pas, et il ne neige pas.

— D'accord, montre-moi le chemin.

Je pris son bras sous le mien. Elle sembla surprise au début, mais s'abandonna à moi. Nous avançâmes, l'air frais frappant nos visages. Nous ne parlâmes pas et, environ vingt minutes plus tard, nous entrâmes dans une vieille église nichée entre deux grands bâtiments.

Elle reprit son bras. J'observai le bâtiment, puis elle.

— Ça s'appelle la Rédemption, déclara-t-elle. Évidemment, c'était une église avant. Est-ce que ça va te paraître bizarre ?

Je souris.

— Non. Ce n'est pas bizarre. Mais je suis intrigué.

J'ouvris une des grandes portes doubles, et tombai sur un videur assis juste à l'intérieur. Je me demandai comment elle allait faire pour entrer puisqu'elle était mineure, mais elle sourit à l'homme qui l'appela par son nom avant de me regarder de la tête aux pieds, pendant qu'elle le serrait dans ses bras.

— Kat, c'est bon de te voir, dit-il en tournant son attention vers elle.

— C'est bon de te voir également, R.J. Je te présente mon... beau-frère, Damon.

— Beau-frère, hein ?

— Oui. Ma sœur vient de se marier à son frère.

R.J. eut besoin d'une minute avant de me tendre la main.

— Content de te rencontrer, mec.

— Ravi de vous rencontrer.

— Entrez. C'est bondé ce soir.

— Merci, répondit-elle en reprenant ma main pour me guider à l'intérieur.

L'église était petite mais jolie. Les vitraux étaient toujours en place, et l'encens parfumait l'air. J'avais toujours aimé cette odeur.

De longues barres se trouvaient aux extrémités opposées, et quelque chose avait été érigé contre le mur lointain. De la musique s'élevait, les gens dansaient ou se tenaient autour de la piste en parlant et en buvant. Des tabourets de bois étaient les seuls sièges présents dans l'espace. Tout ici était à l'opposé de ce que représentait le club Carmen.

— Est-ce que tu veux un verre ? s'enquit-elle auprès de moi en arrivant près du bar.

Elle parut brusquement hésitante. Peut-être réalisait-elle que notre relation battait de l'aile. Il fallait qu'elle me dise la vérité.

Le barman s'essuya les mains sur une serviette et s'approcha d'elle avec un sourire.

— Kat. Ça fait des semaines que je ne t'avais pas vue.

— Je travaillais, Shawn, répondit-elle avec une grimace.

— Je n'arrête pas de te dire qu'il faut que tu quittes cet endroit pour venir travailler pour moi.

Elle sourit et se retourna pour me présenter.

— Voici mon ami, Damon. Damon, voici Shawn.

Le barman hocha la tête froidement à mon attention.

— Comme d'habitude pour toi, Kat ?

— S'il te plaît.

— Qu'allez-vous prendre ? me demanda-t-il.

Je commandai une bière pression. Quelques instants plus tard, nous nous emparâmes de nos boissons. Lina rapprocha un tabouret et se pencha contre le bar, afin d'observer la scène vide en sirotant à la paille.

— Qu'est-ce que tu bois ?

Je lui posai cette question lorsqu'elle me surprit en train de la contempler.

— Juste un coca.

Elle leva les yeux au ciel.

— Ne t'inquiète pas, il ne me servira pas d'alcool avant mes 21 ans.

— Je n'étais pas inquiet, simplement curieux. Tomber sur toi dans cette ville, tout ça, ce n'est pas ce à quoi je me serais attendu venant de toi.

— Qu'est-ce que ça veut dire ?

— Je suis content que ce soit arrivé, c'est tout.

— Quand vas-tu me poser tes questions ?

— Je ne vais pas le faire.

Cela sembla la surprendre.

— Pourquoi pas ?

— Tu me diras tout lorsque tu seras prête.

— Et si je ne le suis jamais ?

— Je ne m'inquiète pas à ce sujet.

Elle rougit en se concentrant sur sa boisson.

— C'est un changement appréciable par rapport à la nuit dernière, avoua-t-elle sans me regarder.

— Je n'étais pas préparé à ce qui allait se passer hier soir.

— Oui, moi non plus.

— Tu as bonne mine, Lina. J'aime bien tes tatouages. Ils te représentent, ils ont du sens.

Elle me regarda du coin de l'œil, comme si elle tentait de déterminer si je mentais ou si je me moquais d'elle.

— Merci.

Elle rougit encore.

— C'est peut-être la seule chose dont je suis fière en ce moment.

Elle fit une pause.

— Que crois-tu que ma sœur pensera lorsqu'elle le verra ?

— Est-ce que ça t'inquiète ?

Elle dévisagea son verre à moitié plein.

— Honnêtement, j'essaye de ne pas y penser. Je sais que c'est stupide. Je veux dire, je ne pourrai pas le cacher éternellement.

— Pourquoi as-tu l'impression de devoir te cacher ? Tu es adulte, et elle est une personne raisonnable. Dis-lui simplement la vérité.

— C'est compliqué, Damon.

Je la regardai parler, et vis ses yeux rougir de nouveau et s'emplir de larmes.

— J'ai une question à laquelle j'aimerais que tu répondes.

— Tu as dit...

— Une seule.

— D'accord, accepta-t-elle avec hésitation.

— Est-ce que tu as des problèmes, Lina ?

Ses yeux s'élargirent, elle parut presque paniquée. Comme si elle se trouvait devant les phares d'une voiture.

J'obtins ma réponse.

Mais avant que l'un ou l'autre de nous ne puisse parler, un groupe de trois personnes s'avança vers elle en l'appelant par son nom. Une fille avec les cheveux roses tomba dans ses bras pour l'étreindre. Je m'écartai pour les observer. Je vis comment les hommes lui souriaient. Shawn tendit un verre à la jeune femme, qui lui fit un clin d'œil.

— C'est si bon de te voir, Jana. Le rose te va terriblement bien.

Lina toucha les pointes de ses cheveux.

— C'est Damon.

Pas mon beau-frère ni mon ami. Juste Damon.

— Damon, voici Jana, ma meilleure amie. C'est la chanteuse du groupe dont je te parlais. Elle et Shawn sont fiancés. Et ces deux-là, ce sont Jace et Benji.

— Ravi de vous rencontrer, répondis-je en leur serrant la main.

— Il était temps que Kat nous amène quelqu'un.

Jana déclara cela, avant de retourner son attention sur Lina et de lui prendre les mains.

— Tu vas jouer quelques chansons avec nous, pas vrai ?

Le sourire de Lina s'élargit, ses yeux étincelèrent.

— Je pensais que tu ne me le demanderais jamais.

— Allons-y.

Jana fit lever Lina, qui m'accorda un regard.

— Est-ce que ça te dérange ?

— Tu plaisantes ? J'aimerais beaucoup t'entendre jouer.

Un instant plus tard, je pris le tabouret que Jana avait libéré et commandai une autre bière alors que le groupe montait sur scène. Je décrirais probablement leur musique comme étant du punk, avec un accompagnement au piano, qui ajoutait une touche plus sombre, presque gothique. C'était très différent de cette musique classique qu'elle jouait au club Carmen.

Je le regardai, étudiai son visage. J'y vis toute sa concentration, son intensité. Elle jouait avec une passion qui s'inscrivait dans sa musique, et affichait sa douleur pour quiconque voulait bien la remarquer.

C'est ce que j'avais perçu la première fois que je m'étais rendu au club. Un coup au cœur. La musique qu'elle jouait résonnait en moi comme des battements cardiaques. Et pour des raisons que je ne parvenais pas à expliquer, je voulus l'entendre dans un autre genre musical, afin de faire taire son chagrin.

— Elle est très talentueuse, commenta Shawn, le barman.

Je me retournai pour le trouver en train de m'étudier, avant de se remettre à essuyer le comptoir.

— Elle l'est.

— C'est une gamine spéciale.

J'eus l'impression qu'il tentait de faire valoir son opinion. J'étais bien disposé à l'affronter.

— Je connais Li… Kat depuis qu'elle a 16 ans. Je sais à quel point elle est spéciale. Je suis heureux de voir qu'elle a des amis ici qui veillent sur elle.

Que voulais-je lui faire comprendre ? Que je n'étais pas un loup perdu au milieu des moutons ? Parce que depuis hier soir, j'étais incapable de me la sortir de l'esprit. Et je mentirais en disant que mes pensées étaient pures.

Il avait peut-être raison de m'interroger.

La musique changea alors, et les projecteurs se concentrèrent sur Lina. Le reste du groupe prit son rôle au fond, lorsqu'elle commença à jouer quelque chose de plus récent d'un groupe populaire. Seulement sa version était mille fois plus intense alors qu'elle pilonnait les touches du piano à un rythme implacable.

Lorsqu'elle termina, il y eut un court moment de silence avant que la foule ne se mette à applaudir.

Lina m'adressa un léger sourire en se tournant vers moi. Je pus voir comment ses yeux brillaient, comment ils me regardaient avec une émotion insondable. Ils contenaient énormément de désir.

Ça me frappa comme un poing dans le ventre.

Jana fut de retour au piano, brisant la connexion entre nous pour venir embrasser Lina. Je posai mon verre sur le bar, et réalisai que le barman m'observait. Peut-être m'examinait-il. Il n'avait pu manquer l'échange qu'il y avait eu entre Lina et moi.

Le groupe fit une pause. Lina avança vers moi alors que la musique vibrait autour du bar. Elle s'empara du coca que le barman avait placé devant elle en la complimentant. Elle rougit, visiblement mal à l'aise de recevoir autant d'attention. Je la vis rougir. Quelques gouttes de sueur mouillaient son front. Elle posa son verre et s'empara de mon bras.

— Danse avec moi.

Elle commença à me tirer vers la foule. Je secouai la tête.

— Vas-y, toi, répondis-je, ne souhaitant pas danser, mais voulant la voir faire.

Elle tira encore, son regard tombant sur Jana, qui la salua depuis la piste de danse.

— Allez, la pressai-je.

— Tu es sûr ?

Je hochai la tête. Elle partit. Je la contemplai sur la piste, son corps semblant être fait pour danser. Ses hanches se balançaient, en un mouvement sensuel, presque érotique. Ses cheveux tournaient autour d'elle, et bien qu'elle danse avec Jana, des hommes les entouraient comme des prédateurs. Tandis que j'assistais à la scène de loin, ma main se serra autour de mon verre et mon regard se durcit.

Il me fallut faire preuve de contrôle pour ne pas l'éloigner du cercle d'hommes qui s'était formé autour d'elles, et au moment où je réalisai qu'elle en était consciente, du pouvoir qu'elle avait sur moi, je reculai.

Elle se détourna de Jana pour danser avec un homme, puis un autre, mais pendant tout ce temps, elle me regarda, moi. Son regard ne quitta jamais le mien.

Lorsque l'un des abrutis enroula ses mains autour de ses hanches pour la rapprocher de lui, je posai mon verre sur le bar. La bière éclaboussa mes doigts. Je marchai vers eux, sans me soucier d'être raide comme un piquet sur la piste de danse, mon regard brûlant plongé dans le sien.

Je saisis son bras.

Ils arrêtèrent de danser, tous les deux, pour se tourner vers moi.

— Partez, lui dis-je sans jamais le regarder, lui.

— Quoi ? Non, on est en train de danser.

Je me tournai vers lui, et m'approchai davantage.

— Je vous ai dit de partir.

Je n'étais pas certain de ce qu'il m'arrivait, même ma voix semblait différente. Animale.

Il ouvrit la bouche, la referma et jeta un coup d'œil à Lina avant de m'obéir. En posant une main sur son ventre, je la conduisis à reculons hors de la piste de danse jusqu'à un coin sombre. Je l'observai. Même avec ses talons hauts, le sommet de sa tête atteignait mon menton et elle devait tordre le cou pour me regarder. Ses grands yeux verts, ses lèvres brillantes, sa jolie petite bouche.

Putain.

Je posai mes avant-bras de chaque côté de sa tête, et je pus voir son pouls battre à travers sa peau et ses pupilles se dilater.

Qu'est-ce que je foutais ?

— Tu aimes ça, déclarai-je.

— Aimer quoi ?

— Ce jeu.

— Quel jeu ?

— Tu aimes qu'ils te regardent. Tu aimes que moi, je te regarde.

Elle se dressa sur la pointe des pieds, afin d'être plus près de moi. Je parvins presque à sentir son shampooing.

— Qu'est-ce que tu veux, Damon ? Qu'est-ce que tu désires maintenant ? Si rien d'autre ne comptait, que voudrais-tu en cet instant ?

Mon regard tomba à nouveau sur ses lèvres, j'inhalai son parfum. Quelque chose de musqué.

C'était l'odeur du désir. Du sexe.

Elle souhaitait savoir ce que je voulais ? Elle le savait déjà. Je pus le voir dans ses yeux, le sentir en pressant ses mamelons durcis contre mon torse. Et je n'avais aucun doute quant au fait qu'elle parvenait à sentir la barre d'acier que ma queue était devenue contre son ventre.

Je réalisai avec certitude ce que je désirais.

Pourtant, il y avait une différence entre nous. Je savais ce qui était permis. Et mieux encore, ce qui était interdit.

Elle posa ses mains sur mon torse, hésitante au début. Puis elle les mit à plat contre mes muscles, afin de les sentir. Me voilà baisé. J'aurais dû m'écarter, m'éloigner d'elle. La traîner hors d'ici, loin de tous ces hommes. Ces hommes qui la reluquaient.

Pourtant, je n'en fis rien.

Je me penchai dans sa direction pour lui chuchoter à l'oreille, quand bien même la musique était trop forte, comme si nous étions seuls au monde.

— Tu veux vraiment savoir ce que je veux ?

Ma voix était basse et rauque. Plus comme un avertissement qu'autre chose. Elle se lécha les lèvres avec anticipation.

Nos regards se verrouillèrent. Un courant électrique passa entre nous alors que chacune des inspirations qu'elle prenait faisait se cogner ses mamelons contre mon torse. Dieu, ce que j'aurais donné pour en avoir un dans ma bouche. Ce que j'aurais donné pour poser ma bouche partout ailleurs.

— Je désire quelque chose que je ne pourrai jamais avoir, avouai-je.

Bordel. Qu'est-ce que je foutais ?

Brusquement, je la pris par le bras afin de la mener vers la sortie.

— Qu'est-ce que tu fais ?

Son sourire s'estompa, quelque chose ressemblant à de la peur passa momentanément dans ses yeux.

— Je te ramène à la maison, jeune fille.

Elle résista, mais je m'en fichais. Je n'étais pas en colère contre elle, mais contre moi-même.

— Tu me fais mal, finit-elle par dire lorsque nous sortîmes.

Il avait déjà commencé à pleuvoir. Je me tournai vers elle et vis à quel point mon étreinte sur elle était ferme. En prenant une inspiration profonde, je me forçai à expirer et à relâcher un peu ma poigne. En levant mon autre main, je hélai un taxi qui passait et qui s'arrêta sur le trottoir.

— Je vais marcher, ajouta-t-elle lorsque j'ouvris la portière.

— Entre là-dedans.

— Je t'ai dit que j'allais marcher.

— Je t'ai dit d'y entrer.

— Je ne suis pas une petite fille, Damon !

Je l'observai.

— Tu penses que je ne le vois pas ?!

Je secouai la tête.

— Putain. Monte dans le taxi. Monte avant que je ne fasse quelque chose de stupide.

Elle cligna des paupières, comme si elle désirait quelque chose, mais décidait finalement de ne pas le faire. Elle grimpa dans le taxi, je montai après elle. J'indiquai son adresse au chauffeur.

Nous ne parlâmes pas de tout le trajet. Et lorsque nous arrivâmes chez elle, elle sauta du taxi, et se précipita pour trouver ses clés.

— Merci pour le dîner, déclara-t-elle alors qu'elle commençait à grimper les escaliers.

Je payai le chauffeur avant de la suivre. Elle essaya de se glisser à l'intérieur. Pourtant, lorsqu'elle ouvrit la porte, j'entrai à mon tour.

— Je vais bien. Tu peux y aller, ajouta-t-elle en refusant de me regarder alors qu'elle fuyait pour déverrouiller sa porte.

Je refermai ma main sur la sienne en prenant la clé pour le faire moi-même. J'ouvris la porte et lui rendis sa clé. Elle entra dans son appartement et regarda ma paume ouverte comme si elle s'attendait à ce que je lui arrache la main lorsqu'elle s'en emparerait. Je n'en fis rien.

— Bonne nuit, conclut-elle, sans jamais me regarder.

Je me tins dans l'encadrement de la porte afin qu'elle ne puisse refermer.

— Tu n'as jamais répondu à mon unique question.

Son regard chercha le mien, et je compris qu'elle s'en souvenait. Je parlais de celle où je lui avais demandé si elle avait des problèmes.

— Ne peux-tu simplement pas laisser tomber ? Me laisser tranquille ?

— Non. Dans les deux cas.

Elle soupira profondément. Je sentis ma queue durcir en repensant à ce que j'avais fait dans ce club, en la coinçant comme ça. En la désirant ainsi.

Qu'est-ce qui me prend ? Je la connais depuis qu'elle est petite.

— Donne-moi ton téléphone, Lina.

— Pourquoi ?

— Donne-le-moi.

Elle chercha dans son sac, et après l'avoir déverrouillé, elle me le tendit. Je composai mon numéro et appuyai sur « Envoyer ».

— Je t'accorde ce soir. Mais demain matin, je m'attends à recevoir un appel avec une heure et un lieu de rendez-vous. Je sais où tu
vis, et je sais où tu travailles. Tu ne pourras pas te cacher de ça, ni
de moi.

— Ça ne ressemble pas du tout à un harcèlement.

Si elle cherchait une lueur d'espoir à laquelle se raccrocher,
c'était raté.

— Je ne laisse pas tomber. Ne m'oblige pas à venir te chercher.
Si tu le fais, il y aura des conséquences.

Ses yeux s'écarquillèrent en entendant mon avertissement.

— Tu as compris ?

Comme elle ne répondait pas, je m'approchai et m'emparai de
son menton, inclinant son visage vers le haut.

— Je t'ai posé une question.

Son pouls battait encore rapidement, alors qu'elle léchait ses
lèvres bien trop pleines.

— Tu as dit que tu comptais attendre que je te le dise lorsque je
serais prête.

— J'ai dû oublier de mentionner la limite de temps. Tu vas
m'appeler demain matin. Me suis-je bien fait comprendre ?

Elle hocha la tête.

— Bonne fille.

4

DAMON

Je me branlai en pensant à Lina.

J'avais honte de l'admettre. Peut-être devrais-je me rendre au confessionnal. N'importe quel homme honorable... Non, pas un homme, un prêtre... Tout prêtre honorable le ferait. Pourtant, je n'étais pas très honorable ces jours-ci. Parce que la pensée d'elle pressée contre le mur, son odeur, la sensation de ses petits tétons durcis contre moi, eh bien, putain, ça me faisait durcir encore et encore.

Heureusement que ma soutane permettait de cacher mon érection.

Putain.

Comme je le faisais chaque matin depuis mon arrivée à St Mark, je me rendis dans la petite chapelle pour préparer les choses dont le père Léonard aurait besoin pour la messe de 10 heures. En dehors de moi, il n'y aurait qu'un seul participant, une veuve de 80 ans qui assistait à la messe tous les jours. J'avais le sentiment que c'était sa seule porte de sortie.

Si le père Léonard remarqua quelque chose d'inhabituel chez moi, il ne le mentionna pas. Mais je dus admettre que tout au long de la messe, je fus distrait.

Une fois de retour à mon appartement, je composai le numéro de la petite école que Lina aurait dû fréquenter à Chicago. Un des professeurs que je connaissais de mon séminaire y enseignait désormais, et même si c'était une violation de la vie privée de Lina, je décidai de découvrir si les détails de son départ étaient nécessaires pour son propre bien.

Le fait que l'une de ses plaintes était que tout le monde décidait à sa place ce qui était pour son bien ne quittait plus mon esprit. Ça me paraissait trop important.

Le père Aaron, son conseiller à l'école, hésita dans un premier temps. J'expliquai honnêtement la situation, sans trop en dire. Il se souvenait bien de Lina, et il l'appréciait, d'après ce que je compris. Et il semblait déçu de la façon dont elle avait quitté l'école.

Elle était prometteuse, ce que je savais, mais n'avait jamais vraiment réussi à trouver sa place ni essayé de se faire des amis durant tous les mois où elle avait été présente.

Mois. Pas une année complète.

Ses notes avaient été bonnes, excellentes en réalité. Elle aurait fait partie de la liste du doyen si elle était restée sur le droit chemin. Mais soudainement, elle était allée le rencontrer pour l'informer qu'elle partait. Qu'elle avait besoin de temps. Elle lui avait dit exactement ce qu'elle m'avait confié hier soir.

Mais elle n'avait pas dit à sa sœur ni à Raphaël qu'elle était partie. Elle m'avait menti, et elle l'avait bien fait. Enfin presque.

J'indiquai à Lina qu'il lui restait jusqu'à midi pour m'appeler, mais elle n'en fit rien. Je ne fus pas surpris.

Se posait-elle des questions sur ce que j'avais mentionné ? Pensait-elle que je plaisantais ?

Après le dîner, je me douchai et me changeai en enfilant un pantalon noir et une chemise de la même couleur. Je passai mon manteau et mes gants avant de sortir. Je pris un taxi et arrivai au club Carmen environ vingt minutes plus tard.

J'arrivai aux heures de grande écoute, et lorsque j'entrai, je ressentis un intense sentiment de soulagement en percevant le piano. C'était elle. Je n'eus pas besoin de la voir pour le savoir. Pour autant sa musique sonnait plus sombre, plus intense.

Je me rendis au bar de la pièce principale là où se trouvait le piano. Lina portait une robe rouge moulante. La couleur étant un contraste saisissant avec ses cheveux et sa peau. Les bretelles étaient fines et le décolleté plongeant. Je vis encore une fois ses tatouages, et déglutis en réalisant qu'ils couvraient presque tout son dos en disparaissant sous sa robe. Des fleurs. Tellement de fleurs, de toutes les couleurs, comme pour représenter un bouquet.

Elle n'est pas pour toi.

Je bannis cette pensée dans les recoins les plus reculés de mon esprit.

Ma queue tressauta à la vue de toute cette peau nue. En me rappelant sa danse d'hier soir. Ses seins aux mamelons durcis se pressant contre mon torse. Son pouls battant la chamade.

Le problème était que, depuis le jour où j'avais posé les yeux sur elle il y a quatre ans de cela, j'étais attiré par elle. Cependant, à cette époque, elle n'avait que 16 ans. Elle était hors limite. Et j'étudiais moi-même pour devenir prêtre. J'avais déjà des doutes avant de la rencontrer. L'idée que j'utilisais l'Église pour fuir mes problèmes, pour fuir mon passé, était toujours là. Mais après Lina, après cette journée que nous avions passée ensemble, cette pensée n'était plus seulement en arrière-plan. Elle avait pris le devant de la scène.

— Je vous sers quelque chose à boire ?

La question du barman me bouleversa.

— Un whisky sec.

Il hocha la tête, et un moment plus tard, j'avais un verre dans la main. Je m'assis pour la regarder.

Elle leva la tête plusieurs fois au cours des deux heures suivantes, semblant plus distraite qu'elle ne l'était lorsque j'étais venu ici la dernière fois. Je fis en sorte qu'elle ne puisse pas me voir.

À minuit, sa prestation prit fin. Elle se leva et sembla apprécier de rassembler ses affaires. La robe, comme une seconde peau, se drapait doucement en étreignant son corps, et tombait asymétriquement juste sous ses genoux. De fines lanières de cuir liaient ses sandales à talons hauts à ses jambes. Elle ne portait pas de soutien-gorge. Je pouvais le voir même à cette distance. Et une partie de moi n'appréciait pas cela. Elle n'aimait pas que les autres puissent la regarder ainsi. La voir comme ça.

Lorsqu'elle tourna le dos à la pièce, mon regard la parcourut tout entière, ma respiration devint saccadée, ma queue, une fois de plus, réagit. Je finis le reste de mon whisky et bougeai pour me lever quand, derrière la porte, elle sortit de la pièce, accompagnée d'un homme de mon âge, plus petit que moi vêtu d'un smoking. J'eus immédiatement envie d'effacer le sourire qu'il arborait.

— Qui est-ce ? demandai-je au barman.

Pourtant, d'après mes recherches, je parvins aisément le deviner.

— Alexi Markov. Le propriétaire du club. Son père possède l'immeuble.

Lina s'arrêta près de lui. Je pus comprendre même à distance qu'elle était surprise par son apparition soudaine. Il se tenait trop près d'elle. Elle posa sa main sur la poignée. Je vis son poing libre se tendre alors qu'il étendait le bras pour la toucher. Figé sur place, j'observai leur brève interaction, ils semblèrent hausser le ton.

Il lui dit quelque chose. Elle lui adressa un demi-sourire, avant de baisser le regard vers ses pieds. Comme elle ne voulut pas lui tendre la main, il s'empara de son petit poignet, et le lui tordit légèrement, afin de l'obliger à le regarder. Encore une fois, il parla. Cependant, elle ne se força pas à sourire.

Elle avait peur de lui.

Je pouvais le voir d'ici.

Je pouvais le sentir.

Et je pariais qu'il le pouvait lui aussi.

Je fis un pas vers eux, mais ce qui se passa ensuite me surprit. Elle se dégagea de son bras, et lui adressa deux mots avant de disparaître derrière la porte par laquelle il venait d'apparaître. Il se retourna pour la suivre, mais quelqu'un l'interrompit. Une femme. Il arbora alors un large sourire et se tourna vers son invitée.

Je payai rapidement et traversai le club pour récupérer mon manteau. Comme l'autre soir, je fis le tour du pâté de maisons jusqu'à atteindre la sortie qu'elle utilisait. Mais contrairement à cette nuit-là, je la surpris en train de partir, son manteau à moitié enfilé, ses talons hauts claquant sur le sol puisqu'elle courait.

Elle s'arrêta net lorsqu'elle me vit, et j'aurais juré voir des larmes briller dans ses yeux. Mais elles disparurent rapidement puisqu'elle secoua la tête et referma son manteau. Elle portait toujours la robe. L'autre soir, elle avait enfilé des vêtements plus confortables. Ce soir, elle tremblait de froid avec sa robe et son manteau, sans parler de ses sandales bien plus adaptées à un climat tropical.

Je me tournai pour appeler un taxi, et lorsqu'il arriva, j'ouvris la portière pour elle. Sans un mot, elle monta à bord. Je la suivis et donnai son adresse au chauffeur. Mais Lina secoua la tête.

— Non. Ailleurs. N'importe où.

J'étudiai son visage. Elle ne me regardait pas tout à fait, et fixait plutôt l'espace devant elle.

— D'accord.

Sans hésiter, j'indiquai au chauffeur de nous rendre à mon appartement. Pourquoi, je n'en étais pas certain. J'avais simplement besoin d'être avec elle. Seul avec elle. On ne se parla pas. Je ne dis pas un mot pendant que je payais ni lorsque je la conduisis sur le côté de l'église pour atteindre l'entrée de mon appartement. Je fus reconnaissant que la porte de celui de père Léonard se trouve de l'autre côté du bâtiment.

Elle n'hésita pas à me suivre, et ne s'écarta pas du contact de mes doigts sur le bas de son dos. J'eus le sentiment qu'elle, comme moi, voulait être hors de vue le plus rapidement possible.

Je déverrouillai la porte extérieure, et nous montâmes les escaliers jusqu'au second étage, là où mon studio se trouvait. Une fois à l'intérieur, je me tournai vers elle, qui s'arrêta pour observer le petit espace qui était le mien. Un salon combiné avec une salle à manger, une petite cuisine, ainsi que mon lit tout au fond de la pièce. Son appartement était environ deux fois plus grand.

Pendant qu'elle étudiait tout cela, j'en fis de même avec elle. Ses longs cheveux foncés étaient ramenés sur le dessus de sa tête, ses lèvres colorées d'un rouge profond, et ses cils épaissis par du mascara.

Aussi belle allure que ça lui donnait, je voulais tout lui retirer.

Ce n'était pas Lina.

— Va dans la salle de bain et lave-toi le visage, ordonnai-je en fermant derrière nous.

Lina me fit face, confuse.

— Quoi ?

— Retire ton maquillage.

J'indiquai la salle de bain du doigt, sans comprendre pourquoi je me sentais tellement en colère, si possessif. Mais lorsqu'il s'agissait d'elle, je perdais tout contrôle.

Elle sembla vouloir dire quelque chose, peut-être me demander ce qui n'allait pas chez moi, mais au lieu de ça, elle obéit. Elle retira son manteau, me le donna, avant de se rendre dans la salle de bain et de fermer la porte derrière elle. Je regardai cette porte fermée, me tenant debout comme un idiot son manteau dans les mains, portant toujours le mien, et écoutant l'eau couler.

Tout en secouant la tête, je posai son manteau sur la chaise avant d'en faire de même avec le mien. J'allai ensuite dans la cuisine pour prendre la bouteille de whisky, ainsi que deux verres avant de retourner dans la salle de séjour. Je nous en servis un à chacun, et m'emparai du mien en allant me poster à la fenêtre. De là, je pus distinguer quelques personnes qui se promenaient dehors, sans vraiment les voir. J'avalai le contenu de mon verre et le posai sur la table d'appoint. Machinalement, je retroussai les manches de ma chemise avant de me servir un second verre et de m'asseoir sur le canapé pour l'attendre tout en sachant ce que je comptais faire.

À quel point ce serait mal.

Lina émergea quelques minutes plus tard. Elle avait tressé ses cheveux. Elle se tint là, sans bouger, ce qui me permit de l'admirer, dans sa robe et ses talons hauts, cette seule et mince couche de soie entre nous, m'empêchant de la voir réellement.

Et je voulais la voir. Tout entière. Plus que tout, je désirais en voir plus.

— Je t'ai servi un verre.

Ma propre voix me sembla étrangère. Elle m'observa, ouvrit la bouche, puis la referma. Elle traversa la pièce et se saisit de son verre, avant de le boire d'un coup, et de fermer les yeux lorsque le whisky brûla sa gorge. Je la regardais. J'étais incapable de la quitter des yeux. J'appréciais que le whisky la brûle. Je désirais la punir.

— Tu m'as menti, déclarai-je.

Elle cligna des paupières en ayant la grâce de détourner son regard, sans pour autant nier mes paroles. Nous restâmes silencieux, tout en nous étudiant.

— Enlève ta robe, Lina.

Je pris une gorgée de whisky, et me penchai en arrière en croisant les jambes.

— Ma robe ?

— Enlève-la.

Je vis ses tétons se tendre sous la soie, alors qu'elle déglutissait. L'air dans la pièce sembla soudainement chargé d'électricité, prêt à nous électrocuter tous les deux.

Lina bougea lentement et fit glisser ses mains vers les bretelles, ses yeux rivés sur les miens. Elle descendit sa robe jusqu'à sa taille et s'arrêta là, me laissant les observer, elle et ses petits seins aux mamelons durcis.

J'avalai une autre gorgée de mon whisky et hochai la tête pour qu'elle continue, tout en ignorant la voix de ma conscience qui me demandait ce que je pensais faire.

En passant ses pouces sous chaque côté de sa robe, elle la fit glisser sur ses hanches avant de la laisser tomber au sol. Elle en sortit, et la repoussa sur le côté comme si elle n'était rien. Elle se tint debout, les bras pendant à ses côtés. Elle portait une culotte en dentelle noire, ses bas qui lui arrivaient à mi-cuisse et ses talons hauts.

Je laissai mon regard la parcourir, et se figer sur la vulve rasée visible sous la dentelle. Je fis ensuite se déplacer mes yeux vers son ventre plat, ses os pelviens saillants. Elle me parut trop maigre. Puis par-dessus ses seins, que je voulais prendre entièrement dans ma bouche afin de les sucer jusqu'à ce qu'elle prononce mon nom. Jusqu'à ce qu'elle me supplie.

Je me forçai alors à croiser son regard.

— Est-ce que tu fais cela pour lui ?

Je devais poser la question. Je n'avais pas le choix.

Des yeux écarquillés me rendirent mon regard. Elle savait exactement ce que je voulais dire. Et de qui je voulais parler. Elle n'ouvrit pas la bouche pour parler. Elle n'essaya pas d'expliquer quoi que ce soit. Mais elle secoua la tête. Une fois.

Non.

Je ne serais pas parvenu à exprimer le soulagement que je ressentis face à cela. Ma queue pressa fortement contre mon pantalon. Je dénouai mes jambes et posai mon verre sur le côté.

— Viens ici.

Elle obéit, se déplaçant lentement. Je me penchai en avant, et une fois qu'elle fut assez proche, je m'emparai de ses mains pour l'attirer entre mes genoux. En gros plan, je pus sentir son sexe humide. Son excitation. Un parfum musqué et léger. Je tins son bras tatoué et traçai une fleur du bout des doigts.

Je voulais la punir. La blesser pour m'avoir menti. La blesser pour cet homme qui la touchait. Pour porter cette robe. Pour s'être montrée à eux, à tous ces hommes et à toutes ces femmes dans ce club qui la regardaient avec de la convoitise dans les yeux. Qui la voulaient. Je souhaitais la punir pour tout ça.

Les poils de ses bras se dressèrent, sa respiration devint courte, agitée. Elle devait ressentir ce que j'éprouvais. Elle devait savoir ce qui allait arriver.

En tenant son poignet, je l'attirai près de moi. En posant une main à la base de son crâne, je poussai son visage vers le canapé, et l'observai, entre mes genoux, nue, ou presque. J'étudiai son tatouage pendant un long moment. Elle ne bougea pas.

Son dos se crispa à mon premier contact, pourtant elle se détendit rapidement.

Je pris mon temps pour caresser chaque centimètre, chaque bourgeon ancré sur sa peau. J'y trouvai un petit oiseau – un merle – que je n'avais pas remarqué auparavant. Je fus soudainement, et irrationnellement jaloux de l'homme ou de la femme qui avait tenu l'aiguille pour la marquer, jaloux de quiconque avait pu la toucher.

De quiconque les avait déjà vues ainsi, elle et ses fleurs. Toutes ses putains de fleurs.

Ma queue tressauta. Je ressentais le besoin de la libérer. Je désirais me branler tout de suite, jouir sur elle, la marquer comme étant mienne. Je ressentais le désir de la voir ainsi.

J'ajustai mes jambes, et déplaçai mon regard vers ses fesses désormais plus hautes que le reste de son corps. Savait-elle ce que je désirais ? En soulevant sa culotte en dentelle, je la glissai vers le bas pour la dénuder entièrement. Lina se décala légèrement, fit un petit bruit, mais resta penchée sur mes genoux. Elle ne bougea pas pour se couvrir.

Je la pris alors de plein fouet, ses fesses pâles et immaculées, l'ombre de son sexe entre ses globes rebondis, son odeur.

Je ressentis le besoin de la toucher immédiatement, en sachant qu'elle serait mouillée.

Ruisselante.

J'en étais certain. Je pouvais le voir.

Je pouvais le sentir.

Mais je ne parvenais pas à y penser. Pas encore. Pas si je ne voulais pas jouir dans mon pantalon. Mes doigts caressèrent sa cuisse et grimpèrent lentement jusqu'à sa hanche, flirtant avec les courbes de ses fesses.

— Tu es tellement belle.

Ma voix sembla rauque, comme si elle était coincée dans ma gorge.

— Et c'est terriblement mauvais pour moi.

Elle se déplaça, et lorsque je la regardai, je pus la voir poser sa joue sur le canapé et m'observer à son tour. Elle se cambra, s'offrit à moi. M'offrit ses fesses pour obtenir sa punition.

— Ne me regarde pas, lui dis-je.

Il fallait que je le fasse. Je ne pouvais pas la laisser me voir. Pas maintenant. Pas comme ça.

Elle détourna son visage. Mais garda son corps incliné, ses fesses vers le haut. Son anxiété était palpable, accompagnée d'autre chose. Du désir. De l'envie. Du besoin.

Nous le désirions tous les deux.

Peut-être en avions-nous besoin. La serrant autour de la taille pour la maintenir stable, je levai la main, tandis que résonnaient dans ma tête les avertissements que je ne désirais pas entendre. C'était hors de mon contrôle.

Ce soir, moi, Lina... tout était hors de contrôle.

Je frappai.

Elle haleta, son cri rebondissant sur les murs. Après une minute, je giflai son autre fesse, et vis sa peau rosir, et mon empreinte s'y apposer. Je la tenais fermement contre moi pendant qu'elle luttait. Et elle luttait la moitié du temps. Elle désirait être comme ceci. Sur mes genoux. Elle avait besoin de l'être.

Elle ne me demanda pas d'arrêter. Au lieu de cela, elle enfouit son visage dans le coussin du canapé pour étouffer ses cris. Elle ne se couvrit pas, mais me tendit ses poignets pour que je les maintienne dans son dos, afin de la garder près de moi. Je la frappai dix fois. Seulement dix. Une fesse, puis l'autre, mesurant ma force, et voyant sa chair pâle rougir.

Lorsque j'eus fini, ma respiration était laborieuse, et ma queue hurlait d'être libérée. Je posai ma main sur ses fesses. Elles me parurent chaudes au toucher.

Aucun de nous ne bougea. Il m'était difficile de respirer, de réfléchir, une voix m'accusait d'avoir péché, d'être plus faible que mon excitation, de facilement m'écarter du droit chemin. Il faudrait que je m'en occupe, mais pas maintenant. Plus tard.

Parce que maintenant, tout ce dont j'avais besoin était ce moment.

Elle. Ici. Comme ça.

Lina se tourna. J'en fis de même, surprenant à nouveau son regard, les yeux doux, brillants, les pupilles dilatées, ses lèvres écartées et gonflées comme si elle les avait mordues.

Je ne l'arrêtai pas lorsqu'elle vint s'agenouiller entre mes jambes. Je la regardai, nue, les mains sur mes cuisses, les yeux écarquillés. Je passai mon pouce sur son front, comme par bénédiction – même en sachant que je n'en avais pas le droit – avant de tenir l'arrière de sa tête, et de caresser ses doux cheveux. Pendant un instant, je me souvins de ce qui avait tant compté pour moi. Ce qui avait éclaté en moi lorsque je l'avais vue.

Par tous les dieux.

Je le savais à l'époque.

Elle posa sa joue sur mes genoux, je la caressai. Je me contentai juste de la caresser.

Lorsqu'elle bougea sa main pour la poser sur mon érection, je déglutis.

J'aurais dû l'arrêter. Je le savais. Mais je n'en fis rien. J'en fus incapable.

Lentement et sans jamais détourner les yeux, elle défit ma ceinture et ouvrit ma braguette. Je me décalai légèrement lorsqu'elle en sortit ma queue et mes bourses pour les libérer. Elle se plaça à genoux. Encore une fois, je ne fis rien pour l'arrêter. Je ne la repoussai pas. Pas alors qu'elle s'humidifia les lèvres. Ni quand elle toucha de sa petite langue rosée mon gland pour en lécher le liquide séminal.

Non.

Au lieu de cela, je fermai les yeux et glissai mes doigts dans ses cheveux afin de la rapprocher de moi, de la laisser me prendre dans sa bouche, sa bouche tentatrice, humide et chaude.

— Putain.

Je laissai échapper un gémissement, alors qu'elle me prenait plus profondément en elle, doucement au début, en bougeant lentement, me léchant sur toute ma longueur et me suçotant. Et lorsque j'ouvris les yeux et que nos regards se croisèrent, j'accentuai mon emprise sur ses cheveux et la rapprochai, la guidant pour qu'elle avale ma queue, augmentant la pression alors que j'épaississais entre ses lèvres.

— Putain, Lina.

Je me redressai afin de pouvoir prendre appui, et la fit pencher vers l'arrière pour pouvoir baiser sa bouche. Je ressentais le besoin de le faire. Sa bouche si chaude et humide autour de moi, et ses larmes au coin des yeux alors qu'elle tentait de prendre en elle toute ma longueur, toute mon épaisseur. Tout ceci me rendit fou.

Avec elle à genoux devant moi, sa bouche remplie de ma queue, tout en sachant que je ne devais pas agir ainsi, que je devais m'arrêter, je m'enfonçai profondément dans sa gorge et l'entendis s'étouffer. Alors que ma queue palpitait et que je jouissais dans sa gorge. Je ressentis une extase comme jamais auparavant, l'idée même qu'elle avale mon foutre fut presque trop dure à supporter.

Lorsque j'eus terminé, je me retirai juste assez pour la laisser respirer. Elle avait poussé contre mes cuisses. Je m'en rendais compte désormais. Je restai ainsi, la tête baissée, et la tins contre moi en sentant sa petite langue sur moi.

Lorsque j'ouvris les yeux, je la surpris en train de me regarder et de m'embrasser. La contempler comme ça, entièrement nue avec mon sexe toujours fourré dans sa bouche, aurait le pouvoir de me faire bander encore et encore.

Pourtant, je glissai hors d'elle et remontai mon pantalon.

Une fois. Juste une fois. Ça n'arriverait plus jamais. J'avais juste... j'en avais eu besoin. Merde. Je la voulais. Je la désirais tellement. Je l'avais toujours désirée.

En la remettant debout, j'embrassai sa bouche encore humide de mon foutre, me goûtant sur elle, la goûtant, et glissai une main entre nous pour la refermer sur son sexe moite. En la dirigeant vers le lit, je la poussai à s'y allonger, les jambes écartées. Je m'agenouillai entre ses genoux et contemplai sa vulve humide et offerte à mon regard.

Mon Dieu. J'aurais pu la regarder ainsi pour toujours. Je le fis pendant un long moment.

Je me régalai d'abord par les yeux, puis par ma bouche, en la léchant, en écoutant ses halètements, en sentant ses mains se nouer dans mes cheveux lorsque je suçai son clitoris jusqu'à ce qu'elle gémisse. Elle cria, me pressa fortement contre elle, enroula ses jambes autour de mon cou. Elle se plaqua contre ma langue, hurla mon nom.

5

LINA

Nous nous allongeâmes sur le lit, et aucun de nous ne parla pendant longtemps. Peut-être que nous nous questionnions tous d'eux sur ce qui venait de se passer. Au moins, j'étais presque certaine que ce devait être ce qui se passait dans la tête de Damon.

Moi ? Je le désirais. Je l'avais toujours désiré. Je le voulais, lui. Depuis ce jour que nous avions passé ensemble, il y a quatre ans. C'était lui que je voulais. Il ne s'agissait même pas juste de sexe. Je voulais simplement être avec lui.

Je n'avais jamais cru au coup de foudre, et ce n'était pas non plus ce dont il s'agissait. C'était plus profond que ça. Comme deux âmes qui trouvaient leur place en se réunissant. Cela n'avait aucun sens. En imaginant cela, je me fis l'effet d'être une idiote, pourtant je ne pus m'empêcher d'y penser en ces termes.

Damon me tenait contre lui, son bras drapé autour de moi. Mon dos était pressé contre lui, ses jambes repliées derrière les miennes, sa nudité plaquée contre la mienne. Je l'écoutais respirer. Je pouvais sentir la culpabilité s'abattre sur lui.

— Je voulais te punir. Seulement te punir.

Je déglutis.

— Mais putain. Putain de merde.

Il s'assit et balança ses jambes hors du lit avant d'allumer. Je remontai les couvertures sur moi, puis la regardai en train de passer une main dans ses cheveux, l'expression de son visage plus que tendue.

— Cela ne peut pas se reproduire. Cela ne se reproduira pas.

J'ouvris la bouche, mais il s'empara de ses vêtements et s'écarta. Il se dirigea vers la salle de bain. Arrivé là, il se retourna.

— Habille-toi. Je te ramène chez toi.

Il ferma la porte derrière lui. Quelques minutes plus tard, j'entendis l'eau de la douche couler. Je me rassis et secouai la tête, confuse. Blessée.

Il regrette. Il tente de se laver de moi.

En repoussant les couvertures, je m'habillai rapidement et pris mon sac et mon manteau. Je m'arrêtai puis jetai un coup d'œil à son portefeuille. Je n'avais pas d'argent. Je devais rentrer chez moi, et je n'avais pas d'argent. Alexi contrôlait tout.

Non. Je ne pouvais pas penser à lui maintenant.

J'ouvris son portefeuille et m'emparai d'un billet de cinquante dollars. Je sortis de la pièce et descendis les escaliers. À l'extérieur, j'arrêtai un taxi. Je grimpai rapidement à bord et donnai mon adresse au chauffeur. Je ne regardai pas une seule fois en arrière lorsque le taxi s'éloigna, et essuyai mes larmes.

Qu'est-ce que j'attendais ? Une déclaration d'amour ?

Pourquoi avait-il fait cela ? Pourquoi avait-il même commencé ? Il ne pouvait pas commencer quelque chose qu'il n'avait pas l'intention de finir.

Mon téléphone portable sonna un instant plus tard. Je fouillai dans mon sac à sa recherche. *Damon.* Bien sûr. Je ne répondis pas. Je ne voulais pas lui parler. J'envoyai à la place un rapide message, en sachant qu'il me poursuivrait si je ne le faisais pas.

« Je vais t'épargner un voyage. Je suis en taxi et je rentre chez moi. Je ne veux pas te revoir, Damon. Et je suppose que tu ne diras pas un mot à Sofia sur le fait de m'avoir rencontrée. Je te souhaite d'avoir une belle vie. »

Puis, en me sentant coupable pour l'argent, j'envoyai un second texto.

« Je t'ai emprunté de l'argent pour payer le taxi. J'ai oublié mon portefeuille. Je t'enverrai un chèque. »

J'éteignis alors mon portable, en sachant qu'il rappellerait. Lorsque j'arrivai à la maison, il était un peu plus de 2 heures du matin. Je payai le chauffeur, et grimpai les marches, en sentant une panique momentanée monter en moi à la pensée qu'Alexi soit de retour en ville. Il aimait y passer de façon inattendue.

Putain de connard.

Je ne comprenais pas pourquoi il agissait ainsi.

Ce n'était pas comme si j'allais lui offrir ce qu'il désirait.

Le jour où son père, Sergei, avait été arrêté, il avait cédé son club à son fils. Je ne comprenais pas pourquoi, mais j'étais certaine que c'était lié aux frais et à la protection des biens. Je savais parfaitement qui était Sergei Markov en arrivant à New York. Je l'avais cherché. Je connaissais le genre d'affaires qu'il dirigeait, les choses qu'il avait faites. Pourtant, il avait été différent de ce à quoi je m'étais attendue. Et avec moi, il avait toujours été gentil.

J'étais peut-être aveugle ou désespérée, mais il m'avait acceptée, et d'une certaine façon, il m'avait accueillie. À l'époque, j'avais besoin de ça plus que je ne le pensais. Peut-être que grandir avec un substitut froid comme père m'avait rendue comme ça. Avait fait que j'étais prête à oublier des choses terribles.

Il m'avait prêté de l'argent pour que je puisse m'installer à mon arrivée. Il m'avait également proposé de vivre dans son appartement jusqu'à ce que je trouve autre chose. Pourtant, je n'avais jamais été pressée de déménager. Il avait prétendu vouloir de moi là-bas, plutôt que de le laisser vide, et j'avais donc accepté son offre, en me disant toujours que je trouverais bien quelque chose rapidement.

Lorsque Sergei avait été arrêté, et qu'Alexi était arrivé à la place, tout avait changé.

Alexi m'avait accusée de voler son père, de le séduire et de le piéger pour qu'il me donne de l'argent et un endroit où vivre. Il m'avait fait une autre offre. *Enfoiré.* Il traiterait mon prêt comme n'importe quelle banque le ferait. Si je n'acceptais pas, je devais lui rembourser les intérêts, chose que lui et moi savions impossible.

 Puisque je n'avais pas accepté sa première offre, il avait insisté pour que je reste au club et dans l'appartement, en prétendant qu'il devait être sûr de pouvoir récupérer son argent. Lorsque j'avais fait l'erreur de lui rappeler qu'il s'agissait de l'argent de son père, il m'avait giflée si fort que j'avais besoin de maquillage pour couvrir le bleu sur mon visage pendant plus d'une semaine. Son garde du corps privé, Maxx, était présent. Il m'avait attrapée lorsque j'étais tombée. Mais n'avait rien fait pour me protéger. Au lieu de cela, il m'avait tenue contre lui afin de m'immobiliser. Alexi ne m'avait encore jamais frappée avant cela.

 Il avait répété son offre. J'avais à nouveau refusé poliment, et accepté son arrangement. Désormais, je travaillais – essentiellement pour pouvoir manger – puisqu'il puisait tellement dans ma paye que j'avais à peine de quoi survivre sans devoir me rendre au club.

 J'avais compris depuis le début que ce n'était pas une question d'argent. Alexi détestait son père. Il voulait que Sergei soit crucifié. Parce que l'entreprise familiale lui reviendrait alors. Le fait que j'aie une relation spéciale avec son père le déconcertait. Je n'étais toujours pas certaine qu'il ne croyait pas qu'il n'y ait rien eu de sexuel entre nous. Son petit cerveau ne pouvait pas traiter une relation basée sur autre chose.

 Je n'étais même pas sûre qu'il me désirait parce qu'il se croyait attiré par moi, ou si c'était uniquement pour s'emparer d'une chose de plus à laquelle son père tenait. J'avais réalisé, cependant, à quel point Alexi Markov était dangereux.

 En pensant à Damon en travers de sa route, je pris peur.

 En jetant un regard vers le haut, je constatai qu'il n'était pas là. Maxx attendait habituellement dehors dans son SUV ridiculement surdimensionné, bloquant parfois la rue comme le connard qu'il était alors qu'Alexi se trouvait à l'intérieur.

 En poussant un soupir de soulagement, je m'emparai de mes clés et pénétrai dans l'immeuble. Je grimpai alors les escaliers jusqu'à mon appartement. Après avoir fermé la porte, je retirai mon manteau et mes chaussures, et posai mon sac sur la table avant d'allumer.

Dès que je le fis, je poussai un petit cri.

— Tu vas réveiller les voisins.

Alexi était assis au centre du canapé dans le noir, les bras étendus sur le dossier de celui-ci, et paraissait énervé.

— Merde, Alexi. Tu m'as foutu la trouille !

Mieux valait agir comme si rien ne sortait de l'ordinaire.

— Où étais-tu ? demanda-t-il avec son accent qui roulait les *r*.

Il avait grandi dans une petite ville de Russie, et peu importait depuis combien de temps il vivait ici, son accent persistait. Bizarrement, il était plus accentué que celui de Sergei, ce qui était probablement dû au fait que Sergei n'avait pas découvert qu'il avait un fils, jusqu'à ce qu'Alexi ait 10 ans. Il l'avait alors ramené aux États-Unis, mais son accent était resté.

Je me dirigeai vers la cuisine pour prendre une bouteille d'eau, refusant qu'il voie mon visage.

— Je suis allée prendre un verre avec une amie.

— Tu n'as pas d'amie.

Je me penchai contre le comptoir, et restai dans la cuisine afin de l'observer depuis le bar.

— J'ai des amies.

— Qui ?

— Les filles avec qui j'avais l'habitude de travailler.

Avant de bosser au club Carmen, j'avais été serveuse dans un restaurant bon marché pendant cinq semaines. J'en avais détesté chaque minute, mais ça avait payé mon lit dans un appartement que je partageais avec six autres personnes. Mes conditions de vie avaient été terribles, mais c'était mieux qu'actuellement, n'est-ce pas ? C'était mieux que de devoir avoir à répondre à un mafieux qui me détestait.

— Je n'étais pas fatiguée après ma prestation, alors je suis allée là-bas, et nous avons pris quelques verres. C'est tout. Pourquoi est-ce que tu t'en soucies, Alexi ? Pourquoi étais-tu assis dans le noir ?

Il se leva. Mon cœur battit la chamade alors qu'il s'approchait de moi, et que je me demandais s'il pourrait sentir l'odeur du sexe sur moi. S'il pourrait sentir Damon sur moi.

Ma poitrine se comprima en pensant à lui.

Alexi se tint debout droit devant moi, ses chaussures appuyant contre mes pieds nus. Je n'avais pas pris la peine de remettre mes bas avant de partir. J'avais simplement eu envie de sortir avant de devoir faire face à l'humiliation de voir Damon me ramener à la maison. Alexi se trouvait maintenant assez près de moi. Je pouvais sentir sa chaleur corporelle, et espérais de tout cœur que mon visage ne trahisse pas ma panique.

Il me dévisagea lentement, et posa son regard sur mes lèvres pendant un instant. Il inhala alors profondément.

— Je sens un mensonge, Kat.

Kat. J'avais oublié qu'il m'appelait ainsi. J'étais redevenue Lina dès que j'avais vu Damon.

— Les menteurs racontent des mensonges, continua-t-il. Je n'aime pas les menteurs, tu le sais, n'est-ce pas ?

— Ton odorat te trompe, répliquai-je, d'une façon ou d'une autre, en paraissant mille fois plus décontractée que ce que je n'étais.

Je le contournai pour aller dans le salon afin de regarder le courrier que j'avais empilé sur la table basse.

— Je ne mens pas.

En déposant les enveloppes sur la table d'appoint, je lui fis face.

— Écoute, je suis fatiguée. La nuit a été longue. Que puis-je faire pour toi, Alexi ?

Il sourit.

— Tu peux commencer par retirer cette robe.

Pendant un instant, je me demandai s'il pensait vraiment avoir une chance avec moi. S'il pensait que je puisse être un peu intéressée par lui. Mais son expression changea.

— Tu sais que tu es censée laisser tes robes au club. Les uniformes ne sont pas des biens personnels.

— Tu es sérieux ?

Il entra dans le salon et se posta juste assez près de moi pour que je sache à quel point il était plus grand. À quel point il était plus fort. À quel point il était plus dangereux.

— Ce sont des vêtements de haute couture. Ils coûtent cher. Tu ne peux pas te permettre d'en endommager un. Sinon tu me devras encore plus d'argent qu'actuellement, tu comprends ?

Ma mâchoire se serra. Ce n'était pas à propos de la robe. Il souhaitait simplement m'humilier.

— Tu comprends, Kat ? Tu ne peux pas te permettre de me devoir encore plus d'argent, pas vrai ?

— Non.

— Enlève-la.

Je fis un pas pour entrer dans ma chambre et me changer, mais il m'attrapa par le bras.

— Ici.

J'étudiai ses yeux froids, bleus, comme ceux de Damon, mais tellement différents. Inhumains. Morts. Je récupérai ma main pour retirer mes bretelles et enlever ma robe. C'était la deuxième fois ce soir-là. Je lui tendis la main, ne me couvrant pas même si je n'étais plus que vêtue de ma culotte. Je ne voulais pas lui montrer qu'il avait gagné, qu'il m'avait humiliée.

Son sourire s'élargit, il fit lentement traîner son regard sur moi.

— La culotte m'appartient, précisai-je en entrant volontairement dans son jeu de domination. Prends la robe et va-t'en. Je dois me coucher.

Son regard s'étrécit, et alors qu'il tentait de prendre la robe, il s'agrippa à mon poignet.

— Mon offre de travailler dans les soirées privées tient toujours, ajouta-t-il. Tu aurais fini de me payer en un tiers du temps. Et si tu souhaites me rembourser en une fois, tu sais ce que je désire.

— Non merci. Pour les deux propositions.

Il relâcha mon poignet et s'en alla, en prenant son manteau qu'il avait accroché sur le dossier d'une chaise.

— Ne sois pas si rapide pour répondre.

Il ouvrit la porte, mais se retourna pour me regarder une fois de plus.

— Tu pourrais te faire beaucoup d'argent, Kat. Je connais beaucoup d'hommes et de femmes qui payeraient cher pour t'avoir à genoux...

— Sors d'ici.

— Es-tu en train de me mettre à la porte de mon propre appartement ?

Il aimait avoir le pouvoir sur moi.

— C'est celui de ton père.

Il serra les dents et le poing. Il fallait que je fasse attention.

— Comment va ta sœur, au fait ? Son ventre gonfle avec ses adorables petits bébés ?

Je l'observai, ma colère se transformant en autre chose. En peur. Ravalant ma fierté, j'inclinai doucement la tête.

— Je suis juste fatiguée, Alexi. Merci d'être venu chercher la robe que j'ai empruntée. Je ne laisserai pas cela se reproduire.

Cela sembla le satisfaire puisque lorsque je levai les yeux, il sourit victorieusement.

— J'ai presque oublié. Il y a une raison à ma venue. Leslie est malade. Je ne pense pas qu'elle sera en mesure de faire la soirée de demain soir. Je vais avoir besoin que tu la remplaces.

— Je te l'ai dit, je ne suis pas intéressée...

— Détends-toi. Je te parle simplement de servir les boissons. Pas de ton cul.

Je me tus, lui fournissant la seconde dont il avait besoin avant que je ne lui dise non.

— Après ta prestation au piano.

Il glissa la main dans sa poche et en retira son portefeuille, avant de sortir des billets qu'il jeta sur la table.

— Assure-toi que tout soit parfait, Kat. Mes invités payent pour avoir la crème de la crème.

Je regardai les billets sur la table, en me donnant l'impression d'être une pute pour la seconde fois de la nuit. Même si je ne baisais pas avec lui, n'était-ce pas ce que tout le monde pensait ? Que j'étais sa pute qu'il prenait plaisir à exhiber et à humilier.

— Tu es une bonne fille. Tu as simplement besoin d'apprendre quand te prosterner. Je t'apprendrai. Mon père t'a gâté, moi je te dresserai.

Nous nous affrontâmes du regard un moment avant qu'il ne s'en aille. Je verrouillai la porte derrière lui et m'appuyai contre elle en respirant fortement.

Je le détestais. Je détestais Alexi. Je détestais m'être fourré dans ce pétrin avec lui, parce qu'il n'allait jamais me laisser partir. Il venait toujours me trouver avec une autre requête, une autre chose que je lui devais. Et la menace de blesser non seulement moi, mais ma famille, lui donnait de l'emprise sur moi. Je n'avais pas la moindre issue. Je n'en aurais pas jusqu'à ce qu'il en ait assez de moi.

J'avais pensé céder, le laisser m'avoir en espérant qu'il se lasse de moi. Mais j'en étais incapable. Je ne pouvais tout simplement pas m'y résoudre.

Et puis, de toute façon, est-ce que ça suffirait ? Il ne serait satisfait qu'au moment où je ramperais à ses pieds, et embrasserais le dessous de sa chaussure, face à son public.

6

LINA

Est-ce que je m'attendais à ce que Damon me poursuive jusqu'à mon appartement ? Ou à ce qu'il m'y rejoigne le lendemain matin ?

Il ne fit aucune de ces deux choses. Je rallumai mon portable plus tard dans l'après-midi pour découvrir que j'avais quatre messages. Je composai le numéro de ma messagerie vocale afin d'entendre Sofia sur le premier d'entre eux :

« Salut ma sœur. Ça fait longtemps. Je sais que tu es trop occupée avec l'école pour me téléphoner. Je m'ennuie à pleurer ici toute la journée. Je déteste être alitée. Ça craint. On se parle bientôt ? S'il te plaît ? Je t'en supplie ? »

Je souris, pourtant ma culpabilité effaça rapidement ma joie. Je mentais à Sofia depuis plus d'un an, et je me sentais mal à ce sujet. Au moins, je savais que Damon ne lui avait pas dit m'avoir rencontrée. Était-ce à cause de mon message de la veille ? Était-il obligé de garder mon secret, maintenant que la nuit dernière était arrivée ?

Mon téléphone passa au message suivant. Mon cœur s'accéléra lorsque j'entendis sa voix, profonde, sombre, inquiète.

« Lina. Merde ! Tu étais censée attendre que je te ramène à la maison. Réponds à ton putain de portable. Tu sais que je n'aime pas te savoir seule si tard dans la nuit. »

Quelques secondes plus tard :

« Il faut qu'on parle. Je ne peux simplement pas t'effacer de ma tête. »

Et encore :

« Écoute, je dois aller en Floride demain. Je serai de retour dans deux jours. Je viendrai te voir. Cela nous donnera à tous les deux une chance de réfléchir. Lina... je suis désolé de la façon dont les choses... je suis désolé de t'avoir fait du mal. »

Trop tard.

Je supprimai tous les messages, et le regrettai immédiatement. J'essuyai mes yeux, et me levai. J'avais une fête à laquelle assister ce soir. Peut-être qu'Alexi avait raison. Peut-être qu'il fallait que je travaille pendant ces soirées afin de pouvoir le rembourser.

Il me restait quelques options. Je n'avais pas à me prostituer. Je pourrais servir les boissons, comme je le faisais chaque fois que je remplaçais Leslie. Où je pourrais accepter son offre. Celle qui effacerait ma dette en une seule nuit.

De la soumission publique. Une punition publique. Être publiquement mise à genoux. Ce n'était pas comme si je connaissais les gens qui assisteraient à tout ça. Bien que je ne sache pas si c'était entièrement vrai, puisque les invités portaient des masques.

La seule fête à laquelle j'avais assisté remontait à des mois. Il m'avait embauchée comme pianiste et m'avait prévenue que je verrais peut-être des choses qui pourraient me choquer. Même avec son avertissement, rien ne m'avait préparée à cette nuit-là, et les quelques choses que j'avais entraperçues se trouvaient derrière un écran vaporeux qui me séparait de la pièce. Au moins, Alexi s'était assuré pour que tout le monde sache que j'étais hors d'atteinte. Le ferait-il à nouveau ? Me protégerait-il une fois encore ? Et pire encore, qui pourrait me protéger de lui ?

Damon.

Non. Pas question. Je devais me sortir cette idée de la tête avant qu'elle n'y prenne racine. Alexi soupçonnait déjà quelque chose. S'il apprenait pour Damon, il lui ferait du mal.

Il fallait que je le garde loin d'Alexi. Voilà pourquoi il valait mieux que Damon s'en aille. Il ne fallait rien poursuivre.

Bon sang, je devrais même le remercier. Il m'évitait la peine de m'enliser dans plus de mensonges afin de faire en sorte qu'il me laisse tranquille.

PLUS TARD CE SOIR-LÀ, JE ME FORÇAI À DÎNER, MÊME SI JE N'AVAIS PAS beaucoup d'appétit. Je jouai au club, mais fit plusieurs erreurs en cherchant dans la foule, espérant y voir le visage de Damon. En espérant, bêtement, qu'il viendrait me chercher.

Mon travail se termina rapidement, et un autre pianiste, un homme dans la cinquantaine, prit la relève alors que je disparaissais dans le secteur du personnel. Nous savions tous que les soirées privées existaient, et tous ceux qui y avaient assisté, à quel titre que ce soit, devaient signer une entente de non-divulgation, qui stipulait également qu'il ne pouvait y avoir de conversation entre les membres du personnel présents. Nous devions tous faire comme si tout était normal. Faire semblant de ne pas voir des choses qui pouvaient difficilement être invisibles.

Ces soirées avaient lieu dans le penthouse du bâtiment du club Carmen. Je m'y fis mon chemin un peu après 23 heures, en suivant les instructions laissées pour moi de mon casier : « entre par la porte désignée pour les serveurs. Lave-toi le visage et enfile l'uniforme ». Tout ceci me fit rire.

Par uniforme, Alexi voulait habituellement dire nue. Ou presque. La dernière fois, les serveurs portaient des lanières pour les distinguer de ceux qui étaient disponibles pour être utilisés. Personne ne voulait qu'un invité se mélange les pinceaux. Après nous être changés, nous dûmes attendre dans la pièce désignée.

Lorsque j'arrivai, six autres personnes étaient déjà là. Toutes sauf une étaient des femmes. J'eus un aperçu de l'uniforme en entrant. Un string en or, un masque en dentelle, et des chaussures à plate-forme dorée.

Oh mon Dieu.

Je retirai mon maquillage en essayant de prétendre ne pas être debout dans une pièce pleine de gens alors que je me déshabillais, enfilai mon string, plaçai mon masque devant mes yeux. Une autre porte s'ouvrit, deux femmes entrèrent en faisant rouler une table dans la pièce. Personne ne parla. C'était une autre règle. Absolument aucune discussion. Je me demandai ce qu'Alexi ferait, ou comment il pourrait savoir si quelqu'un enfreignait cette règle, mais personne ne pipa mot.

Les femmes commencèrent par la personne la plus proche d'elles, en l'emmenant dans un coin qui avait été dégagé. Elles passaient derrière, et nous observions tous le rideau, alors que le silence emplissait la pièce.

Dix minutes plus tard, la jeune fille resurgit. Elle était superbe. Chaque centimètre d'elle était recouvert d'or. Elle se tenait contre un mur, les bras étendus. Je supposai que l'or qu'ils utilisaient devait sécher. Elle avait l'air ridicule. Mais peut-être que cela faisait partie du plan d'Alexi. Il aimait que ses serviteurs sachent qu'ils étaient inférieurs à lui. Qu'il pouvait les humilier, et le ferait à chaque instant.

La fille suivante prit place, nous attendîmes. Je me demandai comment ils allaient s'y prendre au sujet de l'homme. Lorsque son tour vint, il chaussa les plates-formes comme le reste d'entre nous et se plaça derrière le rideau, et émergea dix minutes plus tard également recouvert d'or.

Je fus la dernière à y aller.

Derrière le rideau, j'étendis mes bras et écartai les jambes. Les femmes recouvrirent chaque centimètre de mon corps, travaillèrent de concert comme elles avaient dû le faire une centaine de fois auparavant. Et lorsque j'eus terminé, je fixai le miroir du regard sans parvenir à me reconnaître. Mes tatouages semblaient intacts, et je compris qu'ils ne passeraient pas inaperçus dans la pièce d'à côté. Une instruction spéciale d'Alexi, j'en étais certaine.

Je me demandai qui m'avait aperçue ici chaque fois que je jouais du piano, et je sentis déjà mon visage brûler d'embarras.

La musique commença à s'élever dans la salle principale, ce qui signifiait que la fête venait de débuter. Je ramassai un plateau de flûtes de champagne et suivis les autres. La pièce, tout comme celles du bas, était finement éclairée en une teinte rougeâtre qui adoucissait les angles et rendait tout plus beau. Il y avait environ soixante-quinze, peut-être cent invités, et bien que l'une des règles pour les serveurs soit que nous devions garder les yeux baissés, je leur jetai des coups d'œil en cachette, incapable de résister à la tentation d'observer leurs visages masqués, leurs robes élaborées, et les masques parfois effrayants des hommes.

Je sentais des regards me suivre à chaque instant, et avais aussi bien l'impression d'être entièrement nue.

Les hommes parlaient, les femmes riaient, les boissons coulaient à flots. D'innombrables bouteilles de champagne vide s'empilaient dans la cuisine. Puis les groupes commencèrent à se former, de petites cliques tenant des discours privés dans diverses alcôves, ou pas si privés que cela à la vue de tous.

Je me demandai où Alexi engageait ses putes. De beaux hommes et de belles femmes, payés pour assouvir tous les besoins de ses invités, même les plus pervers. Bientôt, la conversation mourut au profit du son de la chair claquant contre la chair, des gémissements de douleur et d'extase. J'essayais de me contenter de fixer le sol en marbre face à moi, mais je sentais leurs regards à chaque mouvement.

Je cherchai le regard glacial d'Alexi, en sachant pertinemment qu'il se délecterait de mon humiliation, mais ne parvins pas à le trouver.

Un peu après 1 heure du matin, un gong retentit.

Tout le monde s'arrêta. Quelqu'un applaudit. Les serveurs posèrent les plateaux de côté et s'alignèrent contre un mur. Je devinai qu'on leur avait donné l'instruction d'agir ainsi. Je n'en fis rien, mais les suivis pourtant jusqu'au bout de la ligne. Non seulement ils baissaient le regard, mais également la tête. De toute évidence, nous n'étions pas censés regarder ce qui allait suivre.

Des hommes vêtus de noir se déversèrent depuis deux portes latérales, et se dirigèrent vers les chaises disposées face au gong. Les gens prirent place, ressemblant davantage à des vautours qu'à des personnes sophistiquées. Les hommes en noir disparurent, et maintenant que tout le monde était assis, je compris clairement ce qui allait suivre.

Le gong retentit une fois de plus, et le calme tomba sur la foule.

Alexi marcha au centre de la scène, je le compris aussi à sa démarche. Il portait du noir et un masque en forme de crâne. Je ne l'avais jamais vu, mais je reconnus la bague en or que j'avais remarquée sur un homme plus tôt. Ce n'était pas un masque qu'il avait porté auparavant, alors je n'avais pas réalisé qu'il s'agissait de lui. Il avait dû échanger le masque qu'il portait avant contre celui-ci.

— Bienvenue, chers et distingués invités.

Il inspira avant de passer en russe. Je ne parvins pas à suivre le discours, mais je réalisai que la plupart de ses invités en étaient capables, d'après leurs réactions. À un moment donné, la foule éclata dans des acclamations avides. C'est alors qu'Alexi s'écarta, et qu'une porte s'ouvrit. Une femme fut conduite sur scène par un des hommes vêtus de noir. Il était masqué, lui aussi. Elle était vêtue d'une élégante robe de soirée noire, ses cheveux et son maquillage étaient impeccables. Le regard qu'elle adressa à Alexi fut tout ce qui trahit son inquiétude.

Ce dernier repassa à l'anglais, que ce soit pour le bénéfice de la femme ou non, je n'en fus pas certaine. Je ne voulais pas penser qu'il agissait ainsi pour s'assurer que je le comprenne. Pas au vu de ce qui suivit.

— Nadia a accepté le dédommagement que je lui ai offert. Elle implore votre pardon et est prête à accepter la punition nécessaire pour regagner votre confiance.

La foule siffla. Alexi leva sa main pour les faire taire.

— Nadia, montre-leur à quel point tu es repentante.

Nadia lui jeta un coup d'œil, avant d'observer la foule. Sa lèvre trembla lorsqu'elle tendit la main pour dézipper sa robe et la laisser tomber autour de ses chevilles. Elle ne portait rien en dessous. La faim du public était palpable par leur attitude calme, alors que Nadia quittait ses chaussures et se dressait entièrement nue devant eux.

L'homme qui l'avait conduite à l'intérieur revint en compagnie d'un autre homme habillé exactement comme lui.

Entre eux, ils portaient un banc rembourré avec des lanières de cuir. Ils le placèrent face à la foule. Nadia vit Alexi hocher la tête. Elle se pencha ensuite sur le banc face aux invités, et étendit ses bras et ses jambes. Son menton reposait sur un petit socle afin qu'elle puisse regarder directement le public.

— La supplication est une chose magnifique, pas vrai ?!

La foule se mit à acquiescer.

— Qu'en dites-vous ? Cinq coups pour la réchauffer avant qu'elle... s'ouvre, pour ainsi dire. Dix ?

Alors qu'il parlait, il se déplaça pour fixer les sangles autour de Nadia, une dans le bas de son dos pour la forcer à cambrer les fesses, l'autre juste sous ses omoplates, tandis que les deux autres hommes travaillaient pour lier ses chevilles et ses poignets. Tout cela pendant que le public hurlait son approbation.

Qu'allait-il se passer ? Pourquoi l'attachaient-ils, et qu'avait fait cette pauvre femme ? Était-ce une sorte de jeu ? Pourquoi se laisserait-on traiter ainsi ?

— Calmez-vous. Vous aurez tous votre tour. Ne jouons pas les barbares, voulez-vous ?

Je regardai un des hommes s'avancer en tenant une longue et fine lanière de cuir. Nadia l'observa, des larmes coulant sur ses joues tandis qu'Alexi s'emparait de la sangle. Il la tourna autour d'elle.

Voilà la raison pour laquelle il voulait que je sois présente ce soir. Leslie n'était pas tombée malade. Il voulait que j'assiste à cela. Il espérait, non, il s'attendait à ce que j'approuve quelque chose comme ceci ? Lui permette de me punir afin de me libérer de ma dette ?

L'instant suivant, mon regard croisa celui d'Alexi. Il me fixait droit dans les yeux, comme s'il s'attendait à ce que je fasse quelque chose de stupide.

— D'accord. D'accord. Partons donc pour dix coups, ensuite le corps de Nadia sera à vous pour le reste de la soirée. Aucune limite. Personnellement, je ne peux plus attendre.

Il leva le bras, et en gardant ses yeux rivés aux miens, il frappa si fort que je sursautai lorsque Nadia poussa un cri. Alexi retira son masque et le jeta de côté. Son visage se tordit alors qu'il la frappait à nouveau, ses lèvres pincées avec férocité.

Nadia poussa un autre cri, des larmes coulèrent sur son visage. Le public regardait en silence. Je me demandai si, sous leurs masques, ils souriaient tous. Je pariai que oui.

Sans se laisser décourager par ses cris, Alexi assena le reste des coups, puis posa la sangle sur son dos et adressa un sourire à ses invités en m'épargnant un rapide coup d'œil.

Mon cœur battait à tout rompre dans ma poitrine.

Il fit signe à un homme d'ouvrir la porte. Une femme nue fut alors conduite à quatre pattes dans la pièce. Une autre femme, également nue, la menait à Alexi. Arrivée à sa hauteur, elle lui tendit la laisse.

— Ah.

Alexi encercla la femme, qui resta dans sa position. Il mentionna son nom, avant de discuter de divers aspects de son anatomie. Il la fit ensuite se tourner et se prosterner pour le plus grand plaisir de la foule. Une fois qu'il eut tendu la laisse à la femme qui l'avait conduite ici, il commença les enchères.

Une vente aux enchères. Voilà ce qu'il désirait de moi.

L'enchère commença. Le gagnant paya plus de dix mille dollars pour obtenir cette femme. Je vis avec stupeur la femme être amenée à s'agenouiller le long du mur, pendant qu'une autre prenait sa place sur la scène.

Au total, dix femmes et huit hommes furent mis aux enchères cette nuit-là. Je n'étais pas parvenue à suivre la quantité d'argent qui avait changé de main au moment où la session prit fin et que la soirée débuta.

Alors que les serveurs allaient remplir leur plateau de champagne, je les suivis, mais Alexi m'appela. Je m'arrêtai. Sans me retourner, pas encore.

— Adorable, n'est-ce pas ? dit-il. Viens ici, Kat.

Je me retournai pour le voir parler avec un couple. Ils avaient retiré leur masque, et m'observaient avec des yeux gourmands.

— Nous vous avons tout de suite remarquée, déclara l'homme.

Je regardai Alexi sans comprendre. Il m'examina lentement, et s'arrêta sur mes mamelons durcis sous la couche de peinture sèche.

— L'or est définitivement ta couleur, commenta-t-il.

— J'aimerais faire une offre, intervint la dame.

Ma bouche s'ouvrit, et, paniquée, je me tournai vers Alexi. Il sourit.

— Pas ce soir, j'en ai bien peur. Kat... n'est pas tout à fait prête pour nous, n'est-ce pas ?

Je ne répondis pas.

— Bientôt cependant, je pense. Très bientôt, j'en suis sûr, en fait.

Ils s'en allèrent, me congédiant. Je restai un moment à les regarder, avant de me tourner vers le reste de la pièce. Les sons, les images, les odeurs, le sexe, tous les actes – dépravés ou non – se déroulaient sous mes yeux, et la femme, Nadia, pleura encore pendant que les invités faisaient la queue pour l'attacher ou la baiser. La plupart d'entre eux faisaient même les deux.

Je fis un pas en arrière, puis tournai en essayant de fuir tout ce bruit. J'allai dans la cuisine et me tins en ligne pour ramasser un plateau, tout en regardant l'horloge. Plus que deux heures. Plus que deux heures avant que je puisse quitter cet endroit, laver toute cette crasse de moi, et essayer d'oublier cette nuit. Oublier ce qu'avait dit Alexis. Non, promis.

Je devais trouver un moyen de m'en sortir. Alexi jouait avec moi, et je savais que bientôt, il prendrait ce qu'il pensait que je lui devais. Bientôt, il n'attendrait même plus ma permission.

— Essaye de te détacher de tout ça, déclara quelqu'un à mes côtés.

Il s'agissait d'une des serveuses. Elle sourit en chargeant son plateau.

— Tu es nouvelle, pas vrai ?

J'acquiesçai.

— N'y pense pas. Concentre-toi sur l'argent. C'est le plus facile.

— Comment fais-tu ?

— Eh bien, je ne supporte pas qu'Alexi Markov me regarde comme un faucon.

Elle cligna des paupières.

— Il t'aime bien.

Nous ramassâmes nos plateaux.

— Non, il pense qu'il a des droits sur moi.

— Alexi Markov obtient toujours ce qu'il veut. Et puis ce n'est pas comme s'il était moche à regarder. Si j'étais toi, je le ferais.

Elle mâchait son chewing-gum, qu'elle était parvenue à cacher, puisque c'était interdit.

— Mais si tu ne comptes pas le faire, garde profil bas.

Elle entra dans la salle. Je posai mon plateau en ayant mal au ventre. Je me rendis alors à la salle de bain et m'y enfermai en essayant de bloquer les bruits de la fête.

Il fallait que je trouve une solution. Je devais trouver un moyen de me débarrasser définitivement d'Alexi. Je ne pouvais ni courir, ni fuir, ni me cacher. J'avais essayé une fois, il m'avait retrouvée dans les vingt-quatre heures. D'ailleurs, je n'avais plus les moyens de le faire. Il s'en était assuré. Et désormais, il y avait plus que ma propre sécurité en jeu. Il y avait Sofia. Ses bébés. Il en avait parlé plus d'une fois. Et ce n'était pas une histoire de baise. Il voulait plus que cela. J'étais devenue une sorte d'obsession pour lui.

Quelqu'un frappa à la porte.

— Un instant.

Il s'en alla. J'observais mon visage dans le miroir, sans parvenir à respirer, lorsque j'entendis Nadia crier à nouveau. Mon Dieu, ils n'en avaient pas encore fini avec elle. Je tirai sur mes cheveux. Il fallait que je sorte d'ici. Je ne pouvais pas rester une minute de plus.

Je frottai furieusement la peinture sur mon visage avant de m'habiller. Je sortis de la salle de bain, et quittai le bâtiment aussi rapidement que possible.

La neige avait commencé à tomber, le blizzard qu'ils avaient prédit était maintenant réalité. Je courus, m'arrêtai au magasin d'alcool qui était ouvert toute la nuit à un pâté de maisons de la station de métro et achetai une bouteille de whisky bon marché. Il fallait que je me sorte tout ça de la tête.

Je me hâtai, une habitude que j'avais prise en quelque sorte à force d'emprunter le métro. Je grimpai à bord de mon train, sans parvenir à oublier le sourire victorieux d'Alexi. Je descendis au bon arrêt. Il fallait que je me rende dans mon appartement, que je m'y enferme, même si je savais à quel point c'était inutile. Je voulais me plonger dans l'eau chaude, si chaude qu'elle ferait fondre la peinture de mon corps. Qu'elle brûlerait les images, et les chasserait hors de mon esprit.

Alexi aimait m'embrouiller l'esprit. Il savait que cette soirée allait me terrifier. La conversation avec ce couple ? Je n'avais aucun doute, il avait organisé cela. Il voulait que je sois déséquilibrée, effrayée, que je me sente comme de la merde.

Eh bien, c'était réussi.

Et je ne doutais pas non plus qu'il serait bientôt de retour pour tenir sa promesse.

Il n'y avait qu'une seule personne capable de m'aider. Sergei.

Mais m'aiderait-il plus que son propre fils ? Et s'il ne le faisait pas, et qu'Alexi découvrait que j'étais allée le voir ? Que se passerait-il alors ?

Sous toute cette folie, l'image de Damon cette nuit-là s'imposa à moi. Ses yeux, son visage, la sensation que j'éprouvais lorsqu'il me tenait, ses bras autour de moi... je voulais me perdre dans ce souvenir.

Je voulais me laisser, pour une putain de seconde, me sentir en sécurité.

Et dans ses bras... j'avais eu l'impression d'avoir un certain contrôle sur ma vie. J'avais l'impression de pouvoir respirer. Mais je ne pouvais pas faire cela. Je ne pouvais pas penser à lui. Je ne pouvais plus du tout penser à lui.

7

DAMON

Lina ne revint à son appartement que tard le lendemain soir. Plusieurs heures après sa prestation habituelle. Elle ne me vit pas lorsqu'elle tourna au coin de sa rue. Pour une quelconque raison, le lampadaire était cassé de sorte qu'il faisait noir. Pour une autre, elle s'attendait à ce que je sois en Floride, alors elle n'avait aucune raison de me chercher.

Mais je n'étais pas allé en Floride, pas après son second message me disant qu'elle avait emprunté de l'argent dans mon portefeuille. Au lieu de ça, j'étais là, à me geler le cul, à l'attendre alors qu'il neigeait.

Je me fichais de l'argent. Je n'aimais pas qu'elle n'ait même pas assez de fric pour se payer un taxi pour rentrer chez elle.

Lorsque j'avais regardé dans les placards de sa cuisine, ils étaient tous vides. Son frigo ne contenait que des œufs et de l'eau. Elle m'avait dit qu'elle mangeait au club, et m'avait servi l'excuse de ne pas aimer cuisiner, mais il n'y avait pas un seul plat à emporter dans tout son appartement. Je n'étais pas certain de pouvoir la croire, et je n'aimais pas ça. Elle ne pesait vraiment pas grand-chose.

Elle avait des problèmes. À n'en pas douter. Mentir à propos de l'école était une chose. Je croyais qu'elle avait besoin d'espace et de temps pour guérir après ce qui s'était passé avec son grand-père, après avoir tout perdu. Elle se blâmait probablement d'avoir fourni les preuves.

Cependant, désormais les choses étaient différentes. J'avais besoin de comprendre dans quel genre d'ennuis elle s'était fourrée.

Alors qu'elle approchait de la maison, je me levai. Un détecteur de mouvement éclaira l'espace. Lina s'arrêta, serra sa poitrine, trébucha en arrière, comme si elle voulait s'enfuir. Je fis un pas en avant, pour qu'elle comprenne qu'il s'agissait de moi.

Elle pleurait.

— Que fais-tu ici ?

— C'est bon de te voir, toi aussi.

— Tu es censé être en Floride.

— J'ai reporté mon voyage.

Elle secoua la tête et grimpa les escaliers en me frôlant lorsqu'elle glissa la clé dans la serrure. Je ne manquai pas le tremblement de ses doigts.

— Il s'est passé quelque chose, Lina ?

Elle ouvrit la porte, et s'arrêta avant de laisser retomber sa tête.

— Je ne veux pas te voir, Damon. Je te l'ai dit. Laisse-moi tranquille.

Elle ouvrit la porte plus largement et tenta de s'enfuir, mais j'attrapai son bras.

— Dans quels genres d'ennuis t'es-tu fourrée ?

Elle se retourna pour m'observer. Je remarquai une tache d'or sur sa joue. Du maquillage ?

— Je dois y aller.

Elle tenta de se libérer. Je ne lâchai pas prise.

— Respecte mon souhait et laisse-moi tranquille.

— Tu as bu. Je peux le sentir.

Elle me tourna le dos.

— Tu n'as pas idée à quel point je suis fatiguée, Damon. S'il te plaît, laisse-moi.

Sa voix se brisa.

— Est-ce que tu es ivre ?

— Il n'y a pas assez d'alcool dans le monde.

Je la retournai pour qu'elle me fasse face. Des larmes mouillaient la peau autour de ses yeux qui étaient cernés. Comme si elle n'avait pas bien dormi depuis longtemps. Je vis encore cette étrange nuance dorée, sur une mèche de cheveux qui s'échappait de son bonnet. En levant la main, je voulus la nettoyer.

Elle posa sa main sur la mienne.

— Ne fais pas ça.

En l'ignorant, je retirai lentement son bonnet. Elle ne me combattit même pas. Ses cheveux étaient peints en or. Pas seulement, son cou aussi, ainsi que le dos de ses mains.

— Qu'est-ce que c'est que ça ?

Elle croisa mon regard, refusant ou ne pouvant répondre. Je n'avais pas besoin qu'elle le fasse. Je parvenais aisément à deviner.

— S'il te plaît, va-t'en.

— Non. Je ne pars pas, Lina. Je ne te laisserai pas te débrouiller toute seule.

Sa lèvre trembla, alors que ses yeux s'emplissaient de larmes. Elle serra le col de mon manteau et plaqua son front contre mon torse. Un sanglot secoua son corps.

Je fixai le haut de sa tête, ses cheveux recouverts de peinture dorée, et enroulai mes bras autour d'elle pour l'attirer à moi. J'étalai ainsi de la peinture sur mon manteau, mais peu importait. Elle pleura pendant ce qui me sembla être une éternité, de lourdes de larmes qui la firent trembler.

— Allons à l'étage, dis-je en prenant les clés de sa main et en la soulevant dans mes bras.

Elle me parut si légère alors qu'elle enfouissait son visage contre mon torse. J'ouvris la porte de son appartement et décidai de la mettre au lit. Elle entra sans faire d'histoires dans sa chambre. Je la suivis et la vis retirer son manteau, le déposer sur le sol. Son chandail suivit, puis son jean. Elle était nue en dessous, et chaque centimètre d'elle, à part ses tatouages, était recouvert d'or.

— Qu'est-ce que c'est ?

Ma voix ne parvenait pas à masquer la rage qui commençait à bouillir en moi. Sans répondre, Lina alla dans la salle de bain, mit le bouchon de la baignoire et fit couler une eau si chaude que la vapeur s'éleva immédiatement.

Je me tins dans l'embrasure de la porte, et la vis étreindre ses genoux pendant que l'eau remplissait la baignoire en une mer dorée autour d'elle. Je retirai mon manteau, retroussai mes manches et avançai vers elle.

Elle ne me regarda pas. Elle garda les yeux fermés. Des larmes silencieuses coulaient sur ses joues tandis que l'eau atteignait le sommet de ses bras.

— Que s'est-il passé ce soir ?

J'ajustai la température de l'eau. Je tendis la main pour retirer le bouchon et laisser l'eau dorée s'écouler. Son visage se crispa à ma question, elle ne répondit pas, ne bougea pas. Elle semblait même incapable de lever les bras pour se nettoyer.

Je ramassai le savon afin de la débarbouiller, et commençai à retirer la peinture de son dos, de ses épaules et de ses bras en frottant plus fort que nécessaire, en souhaitant qu'elle disparaisse.

— Que s'est-il passé ?

Je ne voulais pas entendre sa réponse. Je savais. Le fils du mafieux russe était impliqué. Je bouchai la baignoire une fois qu'une grande partie de l'or eut disparu dans le drain. Lorsque l'eau fut assez profonde, je pris la tasse sur le bord de la baignoire et versai de l'eau sur sa tête, avant de shampouiner ses cheveux, là où l'or s'accumulait.

Je dus vider trois fois la baignoire et la remplir, pendant que l'eau chaude coulait. Pendant ce temps, elle resta assise là et me laissa faire.

Ce fut seulement lorsque la totalité de la peinture eut disparu que j'arrêtai. Je m'agenouillai alors à côté de la baignoire et la contemplai, ses bras enroulés autour de ses genoux, ses yeux baissés, son visage maculé par les pleurs, entièrement rincée par l'eau chaude. Je pris son menton dans ma main et la forçai à me regarder.

— Est-ce qu'il t'a fait du mal ?

Elle traîna lentement son regard vers le mien, confuse durant un instant, puis elle m'observa comme si elle me voyait pour la toute première fois.

— Pas encore.

Le soulagement que je ressentis fut de courte durée. Elle tendit ses bras vers le haut, les enveloppa autour de mon cou et referma sa bouche sur la mienne. C'était comme si elle ne parvenait pas à être assez proche de moi. Comme si elle souhaitait s'enfouir sous ma peau. Disparaître en moi.

Je l'embrassai en retour. Je savais que c'était mal, quand bien même c'était bon. Je savais qu'il fallait que j'arrête, mais je n'en fis rien. Pas au début. Je l'embrassai en retour, la goûtai, tout en me remémorant notre soirée d'hier soir. Je me souvins de la sensation de la tenir sur mes genoux, avant de la faire ployer sur les siens. Je me rappelai l'avoir allongée sur son lit et avoir écarté ses jambes pour la regarder, la goûter.

— Putain.

Je gémis en écartant ses poignets.

— Damon.

— Nous ne pouvons pas, répondis-je, la voix rauque.

Elle avait une certaine douleur dans le regard. Mais il y avait des choses plus importantes en cet instant. J'avais besoin qu'elle me parle. J'avais besoin de savoir à quoi nous avions affaire.

Je me levai, et réajustai ma queue, parce que putain, elle se rappelait, elle aussi.

Elle resta dans la baignoire, l'eau coulant toujours autour d'elle. Je déglutis fortement en l'observant. Je la désirais.

— Juste un baiser.

J'enveloppai mes mains autour de ses poignets, et sentis son corps nu céder devant moi, me mouillant alors qu'elle se moulait contre moi. Je lâchai un de ses poignets pour refermer ma main à l'arrière de sa tête, et l'embrassai plus fortement. Ses lèvres douces s'ouvrirent, son goût fut comme le mélange d'un bon whisky et de désir.

Putain. Je la voulais. Je désirais la baiser.

En gémissant, je la sortis de la baignoire et m'emparai d'une serviette, avant de la porter dans la chambre et de la faire asseoir sur le bord du lit. Je drapai la serviette sur ses épaules et la regardai. Ses yeux grands ouverts sur les miens, elle s'agrippa au tissu.

J'expirai, puis m'assis à ses côtés.

Elle interpréta mal mon attention et se tourna vers moi, avant de repousser sa serviette et de chevaucher mes genoux.

— Non, dis-je en m'emparant de ses bras. Nous ne pouvons pas.

Elle embrassa mon visage, puis ma bouche, ses mamelons effleurant mon torse, ma chemise trempée devenant la seule barrière entre nous. Et je ne désirais rien entre nous. C'était déjà trop.

— Arrête. Je t'ai dit que ça ne doit pas se reproduire.

— Pourquoi pas ? s'enquit-elle, son haleine m'effleurant le visage.

— C'est tout simplement impossible.

— Alors pourquoi es-tu ici ?

Elle ferma les yeux pour m'embrasser à nouveau. Il me fallut tout ce que j'avais pour ne pas lui rendre son baiser, ne pas la jeter sur le lit et la recouvrir de tout mon poids, afin de la baiser jusqu'à ce que j'en aie assez d'elle.

Je serrai les dents, et m'emparai de ses mains avant de me redresser et de la forcer à se relever.

— C'est trop dur.

Je la poussai dans la chaise présente dans la pièce. Je devais mettre de la distance entre nous. Je trouvai un pull jeté sur le lit et le lui tendis.

— Enfile ça.

Elle le fit, bien qu'à contrecœur, et me regarda ce faisant. Je me penchai sur elle et posai mes bras sur sa chaise.

— Dis-moi ce que c'était. Tout cet or. Dis-moi à quoi ça servait, où tu étais et ce que tu voulais dire quand tu as dit qu'il ne t'a pas encore fait de mal.

Elle s'éteignit instantanément, et déplaça son regard vers ses mains, avant de commencer à les tripoter.

— Je ne peux pas t'aider si tu ne me laisses pas faire.

Lorsqu'elle leva le regard, elle m'adressa un drôle de sourire.

— Je n'ai pas besoin d'aide. Je ne te demande rien.

— Je pense que tu as besoin d'aide. Je pense que tu t'es empêtrée dans quelque chose qui te dépasse.

— J'étais à une fête, Damon. Je travaillais.

Mon emprise sur la chaise se resserra, j'avais besoin de m'y accrocher. Si je ne le faisais pas, je la secouerais afin d'exiger la vérité.

— J'ai travaillé pour une des fêtes privées d'Alexi. Ils nous ont peintes en or. Voilà ce que c'était, juste un peu de maquillage. Je serai payée demain. Je te rendrai les cinquante dollars.

— Ce n'est pas une question d'argent, et tu le sais.

— Vraiment ?

Elle pencha sa tête sur le côté.

— Alors, de quoi s'agit-il ?

Son visage se durcit, ses yeux devinrent plus froids alors qu'elle se fermait complètement à moi. Cette fille que j'avais tenue dans le bain était partie. Elle était si loin que je doutais un jour l'avoir aperçue.

En soupirant, je m'écartai.

Lina se releva, et lorsque je me retournai, je pus apercevoir son sexe humide entre ses jambes. Était-ce son intention ? Je restai là à chercher une réponse pendant une longue minute, alors que ma queue se rebellait. Elle la désirait.

Je détournai le regard. Penser à elle dans une de ces fêtes, nue, et peinte en or afin que tout le monde la contemple, me donna envie d'abattre mon poing dans ce putain de mur.

— Qu'entends-tu par travailler dans une de ces fêtes ?

— Que penses-tu que j'insinue ? Tu as raison. Je ne vis pas ici gratuitement, Damon. Je paye. Je paye mais pas avec de l'argent. Je me rends disponible pour Alexi. Je l'ai laissé se servir de moi. Il aime les tatouages. Je l'ai laissé m'utiliser comme il le souhaitait, et j'ai été payée pour cela.

Je regardais son visage pendant qu'elle parlait, j'entendais à quel point elle avait l'air froide et creuse.

— Je ne te crois pas.

Je serrai les poings, à tel point que mes ongles coupèrent ma peau.

— Tu m'as dit…

Je me détournai, passai une main dans mes cheveux. J'avançai vers elle, la tirai par les cheveux pour la faire se redresser.

— Tu me fais mal !

Je ne baissai pas le bras. Je fis plutôt en sorte qu'elle ne me regarde pas.

— Tu m'as dit que tu ne faisais rien de tel pour lui. Tu me l'as dit.

Elle tenta de sourire, mais je resserrai ma prise, ce qui effaça sa tentative.

— J'ai menti, répliqua-t-elle. J'ai menti à ce sujet, comme je t'ai menti sur tout le reste. Tu ne veux tout simplement pas le voir.

Je sondai son visage. Je regardai les larmes qui s'accumulaient au coin de ses yeux.

— Tu mens actuellement.

Je la jetai sur le lit.

— Tu vas encore me donner la fessée, Damon ? Tu veux que je me penche sur le lit ? Peut-être que tu devrais utiliser ta ceinture cette fois ? Afin de vraiment me donner une leçon. Sois prudent.

Elle fit une pause.

— Peut-être que tu ne t'arrêteras pas au fait de me lécher cette fois. Peut-être que tu ne pourras pas résister à l'envie de me baiser.

Je comptai jusqu'à dix, me concentrai sur ma respiration. Elle m'aiguillonnait.

Elle était blessée. Elle était jeune. Je devais m'en souvenir.

— Comment me désires-tu ?

Elle glissa jusqu'au pied du lit. Elle traîna son regard sur mon torse, puis mon jean, là où elle ne put manquer mon érection. Elle vint à moi, et referma sa main sur la boucle de ma ceinture.

— Comment me désires-tu ? répéta-t-elle.

Elle paraissait à cran, dure et brisée. Comme une petite poupée fragilisée.

Je couvris sa main.

— Ne fais pas ça.

— Comment ? Dis-le-moi.

— Arrête. Lina, arrête ça.

Que lui arrivait-il ?

— Pourquoi ?

— Parce que ce n'est pas toi.

Je la poussai hors de mon chemin.

— Tu es ivre, et ça ne te ressemble pas.

— C'est moi ! Cette fille que tu connaissais ? Lina ? Elle est partie, Damon. Elle est partie depuis longtemps. Il ne reste plus que Kat. C'est exactement qui je suis.

Son visage s'effondra momentanément, mais elle cligna des paupières, ce qui fit disparaître son instant de faiblesse. Ça n'avait pas d'importance. J'avais entrevu cette vulnérabilité.

— Quelle quantité as-tu bue ce soir ?

Il ne fallait pas que je sois doux avec elle. Pas maintenant. Elle ne l'accepterait pas.

Elle haussa les épaules et se détourna.

— Où est ton sac à main ?

Je n'attendis pas qu'elle réponde. Elle l'avait laissé tomber par terre dans la chambre à coucher. Je l'ouvris et en sortis la demi-bouteille de whisky.

— S'il te plaît, dis-moi que tu n'as pas bu tout ça ce soir.

— Qu'est-ce que ça peut te faire ?

— Putain, Lina...

— J'emmerde Lina. Mais si tu ne comptes pas me baiser, va-t'en. Pourquoi ne pas me demander si ça m'a plu, se moqua-t-elle.

— Tais-toi.

— Demande-moi. Demande-moi si j'ai aimé que tout le monde me regarde.

— Bon sang, je t'ai dit de te taire.

Je m'emparai de son bras et retirai les couvertures avant de la jeter dessus. Pourtant, dès que je m'écartai, elle se releva.

— Allonge-toi, ordonnai-je implacablement.

— Je pensais que tu me préférais penchée.

— Tais-toi et allonge-toi. Tu vas dormir.

— Fais-moi taire. Force-moi à me taire. Force-moi à m'allonger.

— Est-ce que c'est ce que tu veux ?!

Je croisai son regard en m'approchant d'elle, en me penchant au-dessus d'elle, de sorte qu'elle dut incliner la tête pour me voir. J'étais énervé parce qu'elle demandait. Ses yeux s'élargirent, elle recula quelque peu. Elle garda le silence. Un changement agréable.

— Tu veux que je te force ?

Je déboutonnai ma ceinture. Ses yeux se fixèrent dessus alors que je la retirais.

— C'est ce que tu veux ?

Je la retournai sur le ventre, et soulevai sa chemise jusqu'à apercevoir ses fesses nues.

— Damon...

— Tu dégriseras rapidement, pas vrai ?

Je grimpai sur le lit, et chevauchai ses hanches. Le denim fut la seule barrière entre ses fesses et ma queue durcie. Je m'emparai de ses bras, les fixai au-dessus de sa tête, et enroulai ma ceinture autour de ses poignets et à travers la barre de la tête de lit.

— Qu'est-ce que tu fais ?

Elle lutta, trop tard. Je descendis de son corps, elle se retourna pour m'observer alors que je me dirigeais vers le placard et revenais un moment plus tard avec deux foulards.

— Damon.

Je tirai une de ses jambes vers la droite, et attachai sa cheville au pied du lit.

— Qu'est-ce que tu fais ?

Elle lutta, mais je m'emparai de sa jambe droite et l'écartai largement, elle aussi, avant de l'attacher. Je reculai pour la regarder allongée sur le lit, ligotée, écartée... Putain, ça me faisait mal à la queue de la regarder ainsi, de ses fesses jusqu'à la fente attrayante de son sexe.

Je n'avais pas besoin de le faire. Je n'avais pas besoin de l'attacher comme ça.

Je forçai mon regard à remonter vers son visage, et songeai à la placer sur le ventre dans l'éventualité où elle vomirait, afin qu'elle ne s'étouffe pas.

Mensonge.

Je déboutonnai ma chemise mouillée afin de la retirer, et la contemplai une fois encore. Je pris la couverture qui était tombée par terre pour la couvrir, mais pas avant de lui assener une bonne fessée.

— Va te faire foutre !

— Au fait, j'accepterai ton offre plus tard, Kat. J'adorerais te botter le cul. Je pense que tu en as besoin. Mais je veux que tu sois sobre pour que tu sentes bien chaque coup de ma ceinture.

Je marchai jusqu'à la porte.

— Je serai de l'autre côté. Tu n'as qu'à crier si tu as besoin de quelque chose. Dors un peu.

Je pris la bouteille de whisky à moitié vide avec moi, et fermai la porte. Elle cria :

— Tu ne peux pas faire ça ! Tu ne peux pas me laisser comme ça !

Je souris.

Après avoir avalé une grande gorgée de whisky bon marché, je jetai le reste dans l'évier, puis m'installai sur le canapé pour une courte nuit de sommeil. La seule chose qui me faisait me sentir mieux était de savoir qu'elle allait souffrir demain pour ses conneries de cette nuit.

8

LINA

J e me réveillai face à un éclat soudain de lumière. Quelqu'un m'arrachait la couette. Ma tête cognait, j'avais l'impression que ma bouche était bourrée de coton et mes yeux scellés avec de la colle.

— Lève-toi, chérie. Tu as un vol à prendre.

J'ouvris les paupières, et louchai à cause de la luminosité. Damon se tenait près de la fenêtre et m'observait avec un sourire satisfait. Je m'efforçai de tenter de comprendre pourquoi il était si lumineux, et réalisai alors que le ciel dehors était dégagé et que le soleil reflétait ce qui semblait être de la neige. Le blizzard.

— Mal de tête ?

Il s'approcha de moi. J'essayai de m'asseoir, mais ne put ni libérer mes bras ni mes jambes. Je tournai le regard, et pus apercevoir une de mes jambes exposées. Je me rappelai brusquement la nuit précédente.

Comment il m'avait attachée au lit. La raison pour laquelle il l'avait faite. Toutes les choses que j'avais dites.

— Il faut toujours quelques minutes pour que les souvenirs reviennent, pas vrai ?

Il s'assit sur le bord du lit, et défit une de mes chevilles, puis la suivante, avant de grimper vers la tête de lit. Il attendit que je l'observe pour défaire mes poignets.

Le feu me monta aux joues.

— Quelle heure est-il ?

— Sept heures. Lève-toi, va prendre une douche. Je vais emballer tes affaires.

— Emballer mes affaires pour quoi ?

Ma tête me donnait l'impression d'être une boule de bowling.

— Nous allons en Floride. J'ai des réunions, et je ne te laisse pas seule ici. Pas après hier soir.

Je frottai mes poignets endoloris.

— Je ne peux pas partir en Floride. J'ai un emploi.

— C'est exactement le fond du problème.

— Damon, je ne peux pas partir.

— Tu diras que tu es malade. Je ne te demande que deux jours.

Il se leva et ouvrit mon placard afin d'en sortir mon sac de sport.

— Je ne peux pas appeler pour dire que je suis malade, répliquai-je.

Je ne pouvais tout simplement pas. Pour de nombreuses raisons, dont l'emploi en lui-même. Si je n'étais pas au club Carmen ce soir, Alexi viendrait ici pour comprendre. Eh bien, s'il n'était pas déjà en route, puisque j'étais partie de la fête hier soir avant qu'elle ne soit terminée. Avant d'avoir été autorisée à m'en aller.

— Tu dois partir, Damon.

Je me forçai à bouger en balançant mes jambes sur le côté du lit, et pressai mon crâne. J'avais besoin d'un médicament.

— C'est ce que je vais faire. Ce que nous allons faire. Ensemble. Le taxi sera là dans une vingtaine de minutes, alors lève-toi et va prendre ta douche.

J'entrai dans la salle de bain et ouvris l'armoire à pharmacie. J'avalai deux comprimés avec une gorgée d'eau.

— Écoute.

Je revins dans la chambre pour le trouver en train de fouiller dans mes tiroirs.

— Je suis désolée pour hier soir. J'étais bourrée.

En sortant une poignée de mes petites culottes, il me jeta un regard avant de les mettre dans le sac.

— Je sais que tu étais ivre. Nous en reparlerons plus tard. Est-ce que tu as un maillot de bain ?

— Je ne pars pas. Je ne peux pas.

Il s'arrêta pour m'observer.

— Tu sens comme une distillerie de whisky. Ce serait bien si tu prenais une douche. Pour moi et les autres passagers.

Je secouai la tête.

— Tu n'es pas croyable.

Je me tournai et entrai dans la salle de bain. En pensant à la Floride, à sa chaleur et à son soleil, à quelques jours hors de portée d'Alexi Markov, je me sentis réchauffée de l'intérieur.

— Nous manquons de temps, alors fais vite.

J'entrai sous la douche. Pouvais-je y aller ? Que ferait Alexi ? Je l'appellerais une fois arrivée à l'aéroport. De toute façon, il serait énervé. Il l'était déjà, j'en étais certaine. Que pouvait-il faire ? Me virer ? Me mettre à la porte de cet appartement ?

Damon entra dans la salle de bain, un jean et un chandail dans les mains.

— Tu pourras porter ça. Dépêche-toi.

Il vérifia sa montre. Je coupai l'eau, pris une serviette et l'enroulai autour de moi. Il se tenait devant la porte et m'observait.

— Pourquoi n'es-tu pas partie hier soir ? demandai-je. Après tout ce que je t'ai dit. J'ai été horrible avec toi.

Il s'approcha de moi, et repoussa une mèche de mes cheveux.

— Je t'ai dit que je ne te laisserais pas gérer tout ça toute seule. Nous allons nous en aller, et tu vas me dire exactement ce qui se passe, ensuite nous réglerons le problème. Il faut te sortir de ce dans quoi tu t'es fourrée. Ensemble. Je tiens à toi, Lina. Je ne vais pas te laisser te détruire.

Je cherchai son visage, ses yeux. C'était comme si on se connaissait depuis toujours. Comme si peu importait à quel point j'étais horrible, ou à quel point je me perdais, Damon serait toujours là. Aussi simplement que ça.

— Ce n'était pas vrai, ajoutai-je. Hier soir, ce que j'ai dit, j'ai menti.

— Je sais.

— Je pensais que ce serait mieux si tu n'étais pas impliqué.

Je sentis la chaleur de mes larmes, mais réussis à les contenir.

— Ça ne dépend pas de toi. Ça ne l'a jamais été, pas depuis la seconde où je suis revenu dans ta vie.

— Damon...

Il posa un doigt sur mes lèvres pour me faire taire. Je déglutis, sa douce caresse me laissait désirer tellement plus. Ma poitrine se comprima alors que nous nous regardions, et je compris à cet instant précis que je l'aimais.

J'aimais Damon Amado.

Je réalisai que ça avait toujours été le cas et ce depuis notre première rencontre. Et évidemment, il était le seul homme que je ne pouvais avoir.

Pourtant, nous pourrions avoir cela. Nous pourrions avoir deux jours, pas vrai ? Cela me briserait, mais nous pourrions l'avoir. Un peu de temps volé. Pourrait-on voler ce temps ? Non. Cela ne fonctionnait pas de cette façon. Il y avait toujours un prix à payer. Mais je le ferais. Je le payerais. Pour être avec lui.

Une voiture klaxonna au-dehors, et Damon me relâcha.

— C'est le taxi. Habille-toi et nous partirons. Nous nous arrêterons à l'église pour prendre mes affaires. As-tu besoin d'autre chose ?

Je regardai autour de moi.

— De la crème solaire ?

Il sourit.

— Nous en trouverons en temps voulu.

Quelques minutes plus tard, nous sortîmes de l'appartement et entrâmes dans le taxi. Lorsque nous arrivâmes à l'église, j'attendis dans le taxi pendant qu'il montait chercher ses affaires. J'appelai le bureau d'Alexi au club, sachant qu'il n'y serait pas encore, et laissai un message pour dire que je serais partie quelques jours. Je ne lui en dis pas plus, sachant qu'il irait vérifier l'appartement après avoir entendu ce message. Je raccrochai et éteignis mon téléphone.

Lorsque Damon revint, il chargea un sac dans le coffre et remonta dans le véhicule.

DAMON DEVAIT RÉGLER QUELQUES AFFAIRES RELIGIEUSES À MIAMI, ET l'hôtel qu'il avait réservé était à un pâté de maisons de la plage. Je n'étais jamais venue en Floride. La chaleur, contrastant avec le froid glacé et humide de New York, fut encore plus agréable que ce que j'avais pu imaginer.

À notre arrivée, nous prîmes un taxi pour nous rendre à l'hôtel. À l'enregistrement, lorsque l'agent du bureau mentionna que c'était une chambre avec un lit king size, il accepta. Je fus surprise, en pensant qu'il demanderait une chambre avec des lits doubles, puisqu'il semblait déterminé à ce que rien ne se passe entre nous. Je savais qu'il luttait contre lui-même, qu'il le voulait, qu'il me voulait, autant que je le voulais lui.

— J'ai annulé ma réunion de ce soir, alors je serai de retour vers 15 heures. Tu seras toute seule d'ici là.

— C'est très bien. Je pense que je vais aller m'allonger et faire la sieste. J'ai encore mal à la tête. Peut-être pourrons-nous aller à la plage ensemble après ?

— Peu m'importe où nous allons, mais nous devons parler. J'ai besoin que tu me dises la vérité, Lina. Que tu me dises tout.

Je hochai la tête sans rien promettre. Il en allait de sa propre protection.

— Assure-toi de manger quelque chose. Utilise le service en chambre.

Embarrassée, je détournai le regard.

— Et achète de la crème solaire à la boutique de souvenirs si tu sors.

— Tu sais que je vis seule depuis deux ans, pas vrai ?

— Je sais, répondit-il en prenant de l'argent dans son porte-feuille et en le plaçant sur le bureau. Je t'ai en quelque sorte fait porter le chapeau, alors je me sens responsable.

Mon Dieu. C'était tellement embarrassant.

— Merci.

Notre chambre donnait sur la plage. Après le départ de Damon, je décidai de faire une sieste sur la plage plutôt qu'à l'hôtel. Je déballai mes affaires, enfilai mon bikini et un paréo, avant de m'emparer d'une serviette, et de partir. Je décidai de me détendre et de profiter des prochaines heures sans penser à rien.

Je devrais y faire face bien assez tôt, de toute façon.

Après avoir acheté de la crème solaire, un chapeau de paille, une paire de lunettes bon marché et un magazine, je me dirigeai vers la plage, en enfilant mes tongs dès que mes pieds frappèrent le sable. J'aimais la sensation entre mes orteils, appréciais la chaleur du soleil sur mes épaules. Je trouvai un endroit, et y posai ma serviette avant de retirer mon paréo. Je me passai ensuite de la crème solaire avant de sortir mon portable. Je devais envoyer un message à Damon, afin de lui dire où j'étais.

Je le regrettai au moment où des messages se succédèrent sur mon écran. Tous en provenance d'Alexi. Chacun plus énervé que le précédent. J'en lus seulement d'eux, que je ne parvins pas à effacer assez rapidement, et ignorai les autres. J'envoyai ensuite un rapide message à Damon, afin de lui faire savoir que j'étais sur la plage, puis j'éteignis mon portable. Je m'allongeai, posai mon chapeau sur mon visage et fermai les yeux.

Lorsque je me réveillai, ce fut au toucher de quelqu'un qui me passait lentement de la crème solaire sur le dos.

Surprise, je m'assis pour trouver Damon à mes côtés, souriant.

— Tu brûlais.

— Oh !

Je regardai autour de moi, et me souvins brusquement de là où nous étions.

— Je me suis endormie. Quelle heure est-il ?

— Seize heures. Ma réunion a pris du retard.

— Seize heures ? Waouh. J'ai dormi des heures.

Il se déplaça derrière moi et commença à frotter mes épaules, mes bras et mon dos avec la crème solaire.

— Depuis combien de temps as-tu tes tatouages ?

— J'ai commencé il y a un an et demi. C'est un long processus. Tu les aimes ?

Il hocha la tête.

— Est-ce que ça fait mal ?

— J'ai souffert ma race.

Il ricana.

— Dire que tu étais si sage et polie.

J'appréciais ses taquineries. Il referma la crème solaire et contempla la mer.

— Tu sais ce que je veux ? demandai-je.

— Quoi ?

— Je veux tout oublier pendant les quelques jours que nous allons passer ici. Je veux simplement en profiter. Oublier New York, oublier le club, tout oublier pendant un petit moment.

— Nous devons en parler. On ne peut pas remettre ça à plus tard.

— Je sais, et nous le ferons. Mais pas encore. S'il te plaît.

Il me dévisagea comme s'il allait me dire non. Je me levai alors et lui tendis la main.

— Tu viens nager avec moi ?

Nous passâmes les heures suivantes à nager et à nous prélasser au soleil. Même si nous étions hésitants l'un envers l'autre, je pensais que c'était parce qu'aucun de nous deux ne voulait briser l'ambiance entre nous. C'était exactement comme je l'avais voulu. Comme si nous avions un temps limité, juste quelques jours, et que nous le savions tous les deux.

Après avoir nagé, nous retournâmes à l'hôtel. En sortant de la douche, j'entendis Damon parler. J'enroulai une serviette autour de moi et sortis de la salle de bain. Il se tenait près de la fenêtre, une main dans sa poche, ses cheveux encore humides de sa douche. Lorsqu'il entendit la porte s'ouvrir, il se retourna, sourit, puis posa un doigt sur ses lèvres. Dans la phrase qui suivit, je l'entendis prononcer le nom de son frère.

Il parlait à Raphaël.

J'avançai sur la pointe des pieds jusqu'à mon sac, et y repêchai la jupe et le débardeur qu'il avait emballés pour moi. Lorsque j'enlevai ma serviette, je le regardai du coin de l'œil. Il ne se détourna pas, et se contenta de m'observer pendant qu'il continuait sa conversation.

Il me désirait. Et c'était peut-être égoïste, mais je ne voulais pas lui simplifier la tâche de résister.

Une fois habillée, j'allai dans la salle de bain et peignai mes cheveux. Je les avais colorés en une teinte un peu plus foncée après mon arrivée à New York. J'aimais qu'ils soient presque noirs. Ça faisait ressortir mes yeux. J'avais déjà pris quelques couleurs, et le bout de mon nez était quelque peu brûlé par le soleil. Je me sentais mieux. Je comprenais que la chaleur du soleil n'en était pas la raison. Mais Damon.

Quelques instants plus tard, il raccrocha.

— Tu n'as pas parlé de moi, déclarai-je en gardant les yeux fixés sur le miroir de la salle de bain pendant que je démêlais mes cheveux.

Damon apparut derrière moi.

— Pas encore. Mais...

— Je sais.

Je me tournai vers lui.

— Ce n'est pas bien, j'en parlerai moi-même à Sofia. Accorde-moi simplement ce petit interlude en Floride.

Il hocha la tête et me regarda. Je fis la même chose. Il portait un T-shirt bleu et un jean, son teint hâlé davantage mis en valeur depuis cet après-midi.

— Comment peux-tu être plus bronzé que moi ?

Il sourit.

— Tu me rattraperas demain, bien que...

Il fit une pause et posa son doigt sur mon nez.

— Tu aies déjà un peu brûlé.

Il m'étudia pendant un long moment. Je sentis mes joues rougir.

— Tu es très belle, Lina. Et très mauvaise pour moi.

Avec cela, il se tourna et marcha jusqu'à la porte. Il l'ouvrit.

— Prête ?

— Laisse-moi juste prendre mon sac à main.

J'étouffais sous la puissance de son regard.

Nous sortîmes et prîmes un taxi. Damon avait un restaurant en tête, et il nous fallut environ quinze minutes pour nous y rendre.

— C'est mignon.

Je regardais ce qui semblait être un centre commercial, pareil à un village.

— Coconut Grove. Il y a un restaurant à tapas où je veux t'emmener. Tu aimes la cuisine espagnole, n'est-ce pas ?

— Je mange de tout.

Il ne me tenait pas par la main, mais ses doigts brossaient le bas de mon dos alors qu'il nous conduisait vers Two To Tango, un endroit vibrant de vie. La plupart des tables étaient pleines à l'intérieur et à l'extérieur. Les gens riaient, parlaient, la musique forte s'échappait des haut-parleurs.

L'hôtesse confirma sa réservation et nous conduisit à l'une des tables extérieures, vers le patio climatisé. Je m'assis et observai tout autour de moi.

Avait-il choisi cet endroit pour la nourriture, ou pour s'assurer qu'il serait si fréquenté que notre dîner ne ressemblerait pas un rendez-vous galant ?

— Tu aimes ?

— Honnêtement, j'aurais préféré rester dans la chambre et commander le service en chambre.

— Lina...

La serveuse nous interrompit alors pour prendre nos commandes. Damon opta pour une bière, moi pour une margarita frappée. Je lui fus reconnaissante de ne pas me demander mon âge, pourtant je pus voir son hésitation. J'imaginais que puisque Damon sembla bien plus âgé, elle pensait que c'était également mon cas.

Je ne me sentais pas prête à ce qu'il commence à m'interroger, alors je décidai de prendre les devants :

— Le fait d'être à New York a-t-il fait une différence pour toi ? Est-ce que ça a consolidé ta position d'une façon ou d'une autre en ce qui concerne l'église ? Penses-tu que tu vas retourner au séminaire ?

Je ne me souciais guère de ne pas être dans un endroit plus privé. Mes heures avec lui étaient limitées. Je n'allais pas les gâcher.

— C'est compliqué.

— Pas vraiment. Est-ce que tu es heureux ?

À la minute où je posai cette question, j'eus l'impression de l'entendre moi-même pour la toute première fois. Trois mots : « Es-tu heureux ? », qui changeaient pourtant toute la donne.

Je sentis mon cœur se serrer. Je n'étais pas certaine de parvenir à masquer mes émotions, parce que je sentais son regard sur moi. Il semblait être capable de lire en moi. Directement dans mon âme.

— Le bonheur, c'est compliqué, Lina. Je me contente de peu de choses. Avoir mon frère à la maison. Travailler avec lui sur la demeure. Le voir heureux avec ta sœur. Savoir que je vais devenir oncle très bientôt. Ce sont toutes des bénédictions pour lesquelles je suis reconnaissant chaque jour. Mais suis-je heureux ? Je suppose que je devrais définir ce que représente le bonheur pour moi-même avant de pouvoir y répondre.

— On dirait que c'est un long chemin détourné pour simplement répondre non.

— Peut-être. Et toi ?

La serveuse apparut avec les assiettes de tapas qu'elle disposa sur notre table. Mon estomac gargouilla à cette vue et aux effluves. Je ramassai ma fourchette alors qu'elle s'en allait. Lorsque je me tournai vers Damon, la bouche pleine, je le vis en train de m'observer. Il sourit.

— Tu es très différente de la première fois où je t'ai rencontrée il y a quatre ans.

— J'avais 16 ans, répondis-je en mâchant. J'ignorais tellement de choses.

Je n'arrêtai pas de mastiquer et enfonçai rapidement ma fourchette sur une crevette marinée à l'ail. Je m'accommodais bien vite dans l'oubli dans lequel j'avais passé la majeure partie de ma vie. Je comprenais pourquoi Sofia m'avait caché certaines choses lorsque grand-père avait fait cet arrangement en l'offrant à Raphaël, comme si elle n'était qu'une marchandise à échanger. C'était du passé, et j'aurais pu en rester là.

— L'ignorance est sous-estimée, répondit Damon.

— Je suis d'accord.

— Réponds à ma question.

— C'était plus facile d'être heureuse avant.

Il tendit le bras sur le dos de ma chaise, et passa ses doigts dans mes cheveux.

— Tu ne m'as jamais appelée par la suite. Lorsque je suis retournée à Philadelphie, précisai-je.

Je lui avais envoyé une lettre, en lui disant combien j'avais apprécié la journée que nous avions passée ensemble, et en lui demandant de rester en contact. Je lui avais bêtement écrit tous les moyens possibles pour qu'il le fasse. Repenser à mon empressement me fit me sentir embarrassée.

— Comment aurais-je pu ? Tu avais 16 ans, et j'allais devenir prêtre. Tu aurais dû voir qu'il pourrait y avoir un conflit. L'Église ne nous autorise pas cela.

Je le savais. Pourtant, dans mon esprit, il m'avait laissée tomber.

— J'ai grandi enfermée dans une tour d'ivoire. Tu as été le premier homme de ma vie, à part grand-père.

— Ce n'était qu'un béguin d'adolescente.

— Non, ce n'était pas le cas, et tu le sais.

D'après son expression, je pus affirmer que ce fut le cas.

— En parlant de Marcus Guardia, que voulais-tu dire l'autre soir ? Quand tu as dit qu'il y avait une chose que tu n'as jamais dite à personne au sujet de ton grand-père ?

Son brusque changement de sujet me prit par surprise. Je baissai ma fourchette. Elle me parut brusquement très lourde.

— Quoi que ce soit, je promets de ne pas te dénoncer, ajouta-t-il en m'adressant un clin d'œil lorsqu'il réalisa que je ne parvenais pas à parler.

Il ricana à son propre commentaire, pourtant il me fallut une minute pour comprendre ce qu'il avait voulu dire. Il faisait allusion à ma plaisanterie, celle où j'avais dit que je pouvais aller en prison pour avoir falsifié des preuves.

— Je ne peux pas te le dire, Damon.

— Quelle différence cela ferait-il ?

— Demande-moi autre chose.

Il me dévisagea gravement, se décidant peut-être de poursuivre ou non.

— Quand vas-tu dire la vérité à ta sœur au sujet de l'année passée ?

Je ne m'attendais pas à une question facile. Il n'y en avait pas, pas vraiment.

— Une fois que j'aurai trouvé comment réparer les choses.

— Lina...

— Damon, j'ai juste besoin de temps. Un jour. Deux.

— Je ne te parle pas du club ou de ce qui se passe là-bas. Je parle du fait que tu aies quitté Chicago. Que tu ne sois pas dans la ville où tu es censée être, sans parler de ton école.

Je levai la main pour attirer l'attention de la serveuse.

— Pouvons-nous avoir une autre tournée de boissons, s'il vous plaît ?

Damon soupira à côté de moi tandis que la serveuse notait la commande sur son bloc-notes électronique. Il tendit la main sous la table pour me presser le genou. Je posai la mienne par-dessus.

— Ainsi que la liste des desserts, ajouta-t-il.

Je lui souris.

— Bien sûr, répondit la serveuse en s'emparant de nos assiettes.

— Je t'accorde le temps de notre séjour en Floride, céda Damon une fois qu'elle fut partie. Après, tu me parleras. Tu me diras tout. D'accord ?

Je hochai la tête. Il tourna nos mains pour que ma paume se retrouve à l'intérieur de la sienne, et que mes doigts s'entrelacent avec les siens.

9

DAMON

En décidant d'accorder cet interlude en Floride à Lina, inconsciemment, je me l'accordais à moi aussi. Nous aurions deux jours hors du temps. Hors de la réalité.

Il y aurait un prix à payer, je n'étais pas assez bête pour croire le contraire. Toutefois, je le fis quand même.

J'eus des réunions la journée suivante. À mon retour à l'hôtel, il faisait sombre et Lina sortait tout juste de la salle de bain.

— Hé, dit-elle en enveloppant ses cheveux dans une serviette, une bouteille de lotion à la main. Tu m'as surprise.

Je l'observai. Elle ne tentait pas de paraître modeste, et même si je ne pensais pas qu'elle avait conscience de sa séduction, je compris que c'était ce qu'elle tentait de laisser paraître. Je la désirais moi aussi.

J'aurais dû demander une deuxième chambre, ou au moins des lits séparés, lorsque nous nous étions enregistrés. La demande avait été sur le bout de ma langue, mais la réceptionniste venait de me donner les clés et je m'étais contenté de la remercier et d'emmener Lina dans notre chambre commune.

J'avais dormi à côté d'elle la veille au soir, et putain, j'avais été dur toute la nuit et j'avais probablement dormi à peine plus de deux heures, sans trouver le soulagement dans ma douche au matin. Elle portait un de mes T-shirts, et lorsque j'étais entré, elle s'était recroquevillée dans mes bras comme si c'était la chose la plus naturelle au monde. Et je ne l'avais pas repoussée. Je l'avais tenue, j'avais senti ses cheveux, sa peau, sa présence dans mes bras. J'aimais l'avoir là.

En me chassant de mes pensées, je me souvins que je tenais un sachet à la main.

— Qu'est-ce que c'est ?

— Je l'ai vu dans une boutique à proximité et j'ai tout de suite pensé qu'il s'agissait de ta couleur.

Je le lui tendis. Elle m'observa de manière étrange, presque confuse. Lentement, elle s'en empara et s'assit en le prenant sur ses genoux. J'eus soudain l'impression que ça faisait très longtemps qu'on n'avait pas dû lui faire de cadeau. L'idée me dérangea.

Lina tira lentement la robe du sac. Elle était pâle, rose, atteignait les genoux, au crochet, simple à l'ancienne et très jolie.

— Elle est magnifique.

Elle la toucha délicatement.

— Vraiment magnifique. Merci.

— Il y a des chaussures pour aller avec.

Elle sortit la boîte, l'ouvrit et me sourit.

— Des sandales roses. Jamais au cours de ma vie je n'aurais pensé que j'aurais un jour des sandales roses.

Elle se releva, sa robe dans une main, ses sandales dans l'autre, et embrassa ma joue.

— Merci, Damon.

Merde. Qu'est-ce que je faisais ?

— De rien.

— Alors nous allons sortir ? Nous n'utilisons pas le service d'étage...

Je n'avais pas encore décidé. Lorsque j'avais acheté la robe, j'avais prévu de l'emmener dîner dehors. Et peut-être de nous promener sur la plage. Mon intention était innocente.

Mais après tout, la route vers l'enfer était pavée de bonnes intentions. Ou tout du moins, c'était ce que l'on disait. Et j'étais loin d'être innocent.

— Retire ta serviette.

Elle déglutit, surprise. Je marchai vers elle, et m'emparai de sa lotion.

— Fais-le.

Ses mains tremblaient alors qu'elle desserrait son nœud et le défaisait lentement, laissant tomber la serviette sur le sol.

Je la regardai, avec sa peau bronzée à la suite de ces heures passées sur la plage, et ses mamelons durcirent sous mon regard. Sa vulve rasée et entièrement nue. Je me rappelai son goût.

Je me penchai, inhalai le parfum de ses cheveux, son shampooing. En ouvrant la lotion, j'en versai sur la paume de ma main et commençai à lui en mettre, en gardant les yeux rivés aux siens, voyant ses lèvres s'ouvrir de surprise, écoutant son souffle. Je commençai par ses bras, ses épaules, avant de passer derrière elle et de frotter ses épaules. Je la contournai à nouveau.

Je m'accroupis face à elle pour lui frotter les cuisses, mon regard au niveau de son sexe. J'étais capable de la sentir. Son excitation. Je me redressai, jetai la lotion sur le lit et m'assis sur le bord de celui-ci. Je fis courir une main à travers mes cheveux.

— Damon...

Son visage rougit, ses pupilles se dilatèrent. C'était mal. Tellement mal. Pourtant, je pourrais aisément nous accorder cet interlude. Je pourrais nous offrir cela. N'est-ce pas ?

Ce péché.

Quel prix devrions-nous payer ? Pourrais-je demander à Dieu de me punir ? Seulement moi ?

Combien ça lui coûterait, à elle ?

J'étais plus vieux. J'étais censé être responsable. Je devais arrêter. Je devais relâcher sa main, la forcer à me dire la vérité, faire ce que j'avais dit que je ferais. Comprendre ce qui se passait et l'aider. La sortir de ses ennuis et la laisser s'en aller.

La laisser partir.

Cependant, je ne parvenais plus à nier cette chose entre nous. Plus maintenant.

— Montre-moi, lui dis-je.

Je lui indiquai du regard ce que je souhaitais.

— Écarte tes lèvres et montre-moi tout.

Ses mains tremblaient alors qu'elle m'obéissait, et qu'elle s'ouvrait à moi. Je la regardai, puis son sexe rose et luisant.

Je voulais la lécher. Je voulais enfoncer ma queue en elle.

Je me levai.

— Une nuit. Juste une nuit.

C'était la plus grosse erreur de ma vie, mais je ne parvenais plus à résister. Je la désirais. Je la désirais plus que jamais.

— Une nuit, répéta Lina.

Je la tirai vers moi, je plaquai mon corps contre le sien et je l'embrassai. C'était tellement bon. Tellement agréable.

— Un soir, répétai-je, comme si ça allait permettre de rendre les choses moins mauvaises.

Elle me rendit mon baiser, je passai mes doigts dans ses cheveux, tirai sa tête en arrière en ressentant le besoin de contempler son visage. Son beau visage. Elle écarquilla les yeux sous la pression de ma main dans ses cheveux.

En balayant la pièce du regard, je l'accompagnai jusqu'au bureau, et la fit pivoter pour qu'elle soit dos à moi.

— Tes mains restent ici.

Je la penchai en avant, et tirai à nouveau sur ses cheveux pour tourner son visage vers le mien. En l'embrassant durement, je croisai son regard dans le reflet de la vitre, qui agissait désormais comme un miroir.

Notre chambre se trouvant à un étage élevé, si quelqu'un levait les yeux, il nous verrait. Ce qui était d'autant plus excitant.

— Cambre-toi.

Je me déplaçai derrière elle, la poussant vers l'avant en posant une main entre ses omoplates, puis j'écartai ses jambes.

— Écarte bien les jambes. Je veux te voir.

Debout derrière elle, je l'observai avant d'en faire de même avec notre reflet. Je la regardai me regarder. Nous regarder.

Ma queue dure comme l'acier, je me déplaçai derrière elle, retirai ma chemise et la jetai sur le côté avant de saisir ses fesses, de les pétrir, et de les séparer pour l'exposer à moi.

Après un dernier coup d'œil à notre reflet, je m'agenouillai derrière elle, la gardant bien écartée.

Lina cambra le dos, s'offrant à moi. Et que Dieu me pardonne, mais je comptais prendre ce qu'elle m'offrait. Ce que je voulais tellement.

— Tu es ruisselante, Lina.

Elle émit un bruit alors que j'approchais mon visage et inhalais son parfum avant de la lécher, de son clitoris jusqu'à ses replis intimes et même entre ses fesses, encerclant son anneau de muscles, la faisant haleter avant de glisser à nouveau ma langue en elle.

Son odeur, son goût devinrent addictifs. Comme une putain de drogue. Comme ma putain de drogue parfaite.

Elle me rendait fou, fou de désir, et je la dévorai. Je léchai son sexe, suçai son clitoris et titillai son anus jusqu'à ce que ses genoux ne lâchent, et qu'elle chute sur le tapis en arquant le dos. Ma queue était sur le point de déchirer mon jean, alors que je léchais sa vulve et doigtais son clitoris pour la faire gémir. Je voulais qu'elle jouisse.

J'avais besoin de la baiser. Putain. J'allais éclater dans mon jean si je ne la baisais pas maintenant.

Je reculai, elle se tourna pour me faire face. Nous nous agenouillâmes alors que je l'embrassais, ma langue sur la sienne, afin de lui partager son goût. Sa saveur. Je posai ma main sur son sexe, elle agrippa mes épaules.

— Laisse-moi te goûter, Damon, me supplia-t-elle. S'il te plaît.

Je défis mon jean, avant de les repousser lui et mon caleçon vers le bas.

Lina, comme une bonne fille, se pencha entièrement, ses fesses se reflétant dans la fenêtre alors qu'elle me prenait en bouche et avalait ma queue. Je la tins par les cheveux pour la guider, et me gorgeai de cette vision, sa bouche pleine de mon sexe.

Cependant, je ne voulus pas qu'elle avale. Pas ce soir. Je désirais entrer en elle.

— Tu es tellement belle avec ma queue dans ta bouche, lui dis-je en la faisant se relever.

— Je veux…

Je secouai la tête, me levai et la traînai avec moi.

— Je veux être en toi.

Elle déglutit, et m'observa pendant que je finissais de me déshabiller. Je la soulevai, la couchai sur le lit et grimpai entre ses jambes. Je les écartai largement pour mieux la regarder, j'avais une vue complète sur son sexe et son anus.

Je pressai ma queue contre elle et elle se mordit la lèvre alors que j'y glissais. Elle n'était pas vierge, mais tellement étroite.

— Putain, Lina.

Je gémis en fermant les yeux pour mieux ressentir les choses pendant une minute, avant de rouvrir les paupières.

— J'aime sentir ma queue dans ta petite chatte étroite.

Je reculai, poussai plus fort, en sachant que j'étais parvenu à frapper cet endroit si spécial, puisqu'elle fermait les yeux et mordait sa lèvre en laissant échapper des gémissements. Je la regardai, la baisai plus fortement, et sentis ses ongles s'enfoncer dans mes épaules alors que je la prenais, la réclamais, et la faisais mienne.

— Damon… c'est tellement bon.

En me soulevant quelque peu, je la retournai sur le ventre, et fis remonter ses hanches, tout en poussant sa tête vers le bas. Je m'agrippai à ses cheveux, lui fit tourner la tête pour apercevoir le côté de son visage, enfonçant un doigt en elle, puis le glissant jusqu'à son anus.

— Oh mon Dieu, commença-t-elle à gémir lorsque j'enfonçai ma queue en elle, et que je frottai mon doigt sur son anneau de muscles.

— Ouvre-toi. Je veux sentir ton cul.

— Je vais jouir, encore, laissa-t-elle échapper en fermant les yeux, alors que j'insinuais mon doigt en elle.

Je relâchai ses cheveux, agrippai sa hanche tout en regardant ma queue aller et venir, et mon doigt s'enfoncer entre ses fesses. Et lorsqu'elle jouit, lorsqu'elle gémit mon nom et que ses muscles m'entourèrent, je contemplai son visage, l'expression de son regard lorsque j'entrai en elle. Un profond gémissement m'échappa lorsque je me déversai.

10

DAMON

Je me réveillai en sentant les lèvres de Lina enroulées autour de ma queue. Avec un gémissement, je touchai son visage, caressai ses cheveux. Agenouillée entre mes jambes, elle déplaça sa bouche le long de ma longueur, les yeux rivés sur moi.

— Putain.

Elle m'aspira en elle, son autre main plaquée entre ses jambes.

La culpabilité me rongea les tripes. J'étais plus âgé qu'elle, j'allais être ordonné dans six mois. Elle avait confiance en moi. Elle était vulnérable. C'était une erreur. Ce que je faisais était mal. Je devais l'arrêter. Je le savais. Mais bordel...

À contrecœur, je l'écartai et me rassis.

— Un soir, gémis-je. Nous étions d'accord.

— Nous sommes encore en Floride, répondit-elle.

Elle s'agenouilla devant moi, ses doigts s'agitant sur son clitoris et en elle. Je ne pouvais pas la quitter des yeux. J'avais parlé d'un soir, mais effectivement, nous pourrions avoir la Floride.

— Tu es une vilaine fille.

— Fais-moi jouir, Damon. Je veux jouir sur ta queue.

Je la regardai se caresser, la regardai s'activer sur sa vulve moite.

Je m'agenouillai et la poussai vers l'arrière, afin d'enterrer mon visage contre son sexe. Il lui fallut deux minutes pour jouir. Je reculai, enduisis sa mouille sur ma main, puis la fis se lever du lit.

— Mets-toi à genoux.

Elle tomba à genoux devant moi, et ouvrit la bouche en pensant que c'était ce que je désirais. Pourtant, je secouai la tête et commençai à me masturber.

— Pas encore. Regarde. Regarde ce que tu me fais.

Elle s'agenouilla et me dévisagea.

— Je vais te recouvrir de mon foutre.

Elle se lécha les lèvres, son regard se déplaçant momentanément vers les miennes avant de revenir à mon sexe. Elle glissa encore ses doigts entre ses cuisses.

Je souris en la regardant.

— Tu aimes regarder ?

Elle hocha la tête, et sortit la langue pour lécher mon gland, lorsque je l'apportai à ses lèvres.

— J'aime regarder aussi. J'aime te voir te doigter.

— Je vais jouir, Damon.

— Vilaine fille. Ouvre la bouche et sors la langue.

Elle m'observa, j'en fis de même. Elle rougit, mordit sa lèvre, avant que son regard ne s'adoucisse et qu'elle ouvre la bouche.

Nous jouîmes en même temps. Elle sur ses doigts, moi sur son visage, sa langue, sa poitrine. Je la recouvris, alors qu'elle se tenait agenouillée si docilement devant moi.

Si parfaite.

11

DAMON

près la douche, nous commandâmes au room service et prîmes notre petit-déjeuner devant la fenêtre. Il m'était difficile d'éviter de penser à mes valeurs, au mal, mais le temps commençait à manquer, et nous avions besoin de parler.

— Je suis libre jusqu'à l'heure du déjeuner. Ensuite, tu seras seule cet après-midi. Puis nous dînerons ensemble.

— Merci de m'avoir amenée ici. Je suis heureuse d'être venue. Même si je ne sais pas si j'avais vraiment le choix.

— Es-tu prête à me parler ?

Elle ne hocha pas vraiment la tête, pourtant elle ne dit pas non.

— Je veux t'aider. Je ne te jugerai pas, quoi qu'il arrive.

— Je sais.

— Pourquoi est-ce si difficile ?

— Parce que j'aimerais que tu n'aies pas à t'impliquer. J'aimerais que les choses soient différentes, et que nous nous soyons revus dans d'autres circonstances.

— Les circonstances sont ce qu'elles sont.

Je l'étudiai, remplissant ma tasse de café pendant qu'elle sirotait la sienne.

— Sais-tu à qui appartient le club Carmen ? demanda-t-elle.

Merde. J'ai l'impression de nous ramener à la réalité.

Je ressentis la même chose.

— Jusqu'à il y a peu de temps, il appartenait à Sergei Markov. Depuis son arrestation, il a changé de propriétaire et se retrouve entre les mains de son fils, Alexi. L'homme à qui je t'ai vu parler il y a quelques nuits. J'ai l'impression qu'il te faisait peur.

— Tu es perspicace. Tu sais donc qui sont les Markov ?

Je hochai la tête.

— L'appartement dans lequel je vis appartient à Sergei, et non à Alexi. Ce dernier a tout simplement hérité de l'appartement, ou l'a repris, je ne sais pas, lorsqu'ils ont arrêté son père.

— Continue.

Elle se mordit la lèvre.

— Je n'ai pas mis les pieds au club Carmen par accident.

— Que veux-tu dire ?

— Je l'ai cherché. J'ai cherché Sergei Markov.

J'attendis, quelque chose me faisait comprendre que ça allait aller de mal en pis.

— Tu te souviens lorsque j'ai dit que j'avais fait quelque chose qui pouvait m'attirer des ennuis ? Que j'avais caché quelque chose à Sofia et aux enquêteurs ?

— Je me souviens, mais...

J'étais confus.

— Je supposais que c'était lié à ton grand-père.

— Eh bien, lorsque j'ai remis les journaux qui ont fait arrêter grand-père, j'en ai... gardé un.

— Comment ça, tu en as gardé un ?

Elle soupira profondément.

— Il avait des relations avec Sergei Markov. Ils avaient fait des affaires ensemble.

— Quoi ? Ton grand-père et Sergei Markov ?

Elle hocha la tête.

— D'après ce que j'ai compris, Sergei était intéressé par le marché italien, intéressé pour reprendre le contrôle de la mafia italienne. Je n'en sais pas beaucoup plus. Les notes de grand-père n'étaient probablement destinées qu'à lui-même. Il a mentionné des noms et surtout noté des transactions avec des dates et des sommes en dollars, certaines avec des initiales et des emplacements. Il n'y en avait que quelques-unes qui étaient... plus détaillées.

— Lina, tu dois remettre cela aux autorités.

Elle secoua la tête.

— Mon grand-père a fait de mauvaises choses, Damon. De très mauvaises choses.

Elle commença à pleurer.

— Pire que de voler de l'argent.

— Où est ce cahier ?

— Caché.

— Sergei est-il au courant de son existence ?

Elle secoua à nouveau la tête.

— Comment peux-tu en être certaine ?

— Je le sais, c'est tout.

Je l'étudiai. Sergei Markov était trop intelligent pour ne pas le savoir. Cela n'expliquait-il pas son élan de générosité à son égard ? Pourquoi il s'efforçait de la garder si proche ? Afin de garder un œil sur elle ?

— Je ne comprends toujours pas pourquoi tu as cherché Sergei Markov.

— Je ne sais pas. Ou alors je ne le savais pas. Pas à l'époque. J'avais besoin de croire que grand-père n'était pas aussi mauvais que ce que ce journal laissait croire. J'avais besoin de voir Sergei Markov par moi-même. Je... je ne sais pas. Peut-être que j'avais besoin de le blâmer. Peut-être que je pensais que cela exonérerait mon grand-père, du moins dans mon esprit. Je n'avais pas vraiment de plan. Je voulais simplement le voir.

— Lina...

— C'est un tel soulagement de le dire enfin à quelqu'un.

Elle m'adressa un léger sourire, et pendant un moment, je ne fus pas certain qu'elle comprenait à quel point sa situation était désormais dangereuse.

— Nous parlons d'un seigneur du crime russe.

— Je sais.

Elle se calma, mordit l'intérieur de sa joue, et fronça les sourcils en détournant le regard vers la fenêtre.

— Continue, Lina.

Elle se tourna à nouveau dans ma direction.

— Je suis seulement allée à l'audition pour le poste de pianiste au club Carmen afin de le voir. Je ne m'attendais pas vraiment à obtenir le poste. Je n'en voulais même pas.

Elle secoua la tête.

— Je suppose que je ne sais pas vraiment ce que je voulais. Je n'avais pas de plan. Mais Sergei m'a embauchée sur-le-champ, et... je ne sais pas, j'ai accepté. C'était comme si le destin m'envoyait un signe, alors je m'en suis emparée. J'ai appris à le connaître un peu. Il était différent de ce à quoi je m'attendais. Je suppose que je pensais qu'il serait un monstre, mais il ne l'est pas. Pas du tout.

— Les monstres sont de toutes formes et de toutes tailles.

— J'avais besoin de croire que mon grand-père n'en était pas un. Trouver Sergei était censé faire cela. Me faire savoir que c'était lui le monstre.

Elle soupira et ferma les yeux. Il lui fallut un certain moment avant de poursuivre :

— Il savait que j'avais des difficultés financières, et il m'a dit que je pouvais rester à l'appartement jusqu'à ce que je trouve autre chose. Il a dit qu'il était vide. Ces derniers locataires l'avaient quitté, et il n'avait pas eu le temps de chercher quelqu'un d'autre. C'est comme ça que j'ai fini là-bas.

— Tu n'as jamais cherché autre chose ? Un endroit à toi ?

— Je sais que j'aurais dû le faire, mais non. J'avais partagé un appartement... en vérité, j'ai loué un lit de camp, avant de tomber sur le club. Cet appartement était bien plus beau que tout ce que je pouvais me permettre. Et il était gratuit.

— Rien n'est jamais gratuit. Surtout de la part d'un homme comme lui.

Elle détourna le regard.

— Il m'a aussi donné une avance.

— C'est de mieux en mieux.

— Je te dis la vérité, Damon. Tu me l'as demandé. Tu as dit que tu ne me jugerais pas.

— Continue.

Je n'avais pas pu m'empêcher de prendre la parole.

— Sergei était gentil avec moi. Affectueux. Bien plus que mon grand-père. Et je ne te parle pas de quelque chose de sexuel. Il ressemblait plus à un père. J'ai même commencé à oublier pourquoi j'étais venue à New York. C'était plus facile comme ça. C'est plus facile de tourner le dos au passé, même si je savais qu'il me faudrait y faire face à un moment ou un autre. Faire face à mes décisions, au rôle que je jouais.

— Qu'en est-il du journal ? As-tu envisagé de le rendre ?

Elle secoua la tête.

— Je devrais le brûler. J'aurais déjà dû le faire. Ça ne peut que faire davantage de mal à grand-père, et j'ai déjà fait bien assez de dégâts.

— Tu n'as rien fait de mal.

Elle haussa les épaules.

— À cause de moi, mon grand-père est en prison. À cause de moi, nous avons tout perdu.

— Non. Pas à cause de toi. C'est entièrement sa faute. Pas la tienne. Et il y aurait eu une enquête de toute façon, Lina. Après l'incendie, avant que l'assurance ne soit payée, ils auraient creusé profondément, et qui sait combien de choses ils auraient découvertes.

— Le fait est qu'ils ne l'ont pas fait. Ils n'ont pas eu à le faire. Je l'ai fait. Et je l'ai fait parce que je savais ce que grand-père avait fait à Sofia. Comment il l'avait vendue. Comment il avait manipulé Raphaël en m'utilisant. En menaçant de ne pas m'emmener au mariage de ma sœur.

Sa voix se brisa.

— Ce qu'il a forcé Sofia à faire, ça me rend malade, Damon.

Elle essuya ses larmes et se redressa.

— Je suppose que c'est là que j'ai finalement compris. J'ai ensuite réalisé qu'il avait prévu de blesser Raphaël en lui volant sa maison familiale. C'était tellement mal. Tellement affreux. Et le truc c'est que, lorsque je suis allée au mariage, j'ai compris que

Sofia et Raphaël feraient en sorte que ça marche. Je pouvais le voir, voir ce qu'ils ressentaient l'un pour l'autre, même s'ils ne parvenaient pas encore à l'admettre.

— Si tu sais tout ça, pourquoi est-ce que tu te sens coupable ?

— Je ne sais pas.

— Continue à me parler de New York et des Markov.

— Eh bien, tout allait bien, jusqu'à ce que Sergei soit arrêté et qu'Alexi se présente. Il a pris un nouvel arrangement en ce qui concerne l'avance qui m'avait été faite. Il a commencé à retirer ce que je devais à son père de mes payes, en disant que je le devais au club Carmen, ce qui voulait dire que je lui devais à lui, et il a ajouté un taux d'intérêt exorbitant et rétroactif. Je n'avais aucun moyen de le rembourser, et il le savait.

— De combien parlons-nous ?

Elle baissa le regard vers son assiette vide, à l'intérieur de laquelle elle posa sa serviette froissée.

— Tu dois comprendre, je n'avais rien...

— Combien, Lina ?

Elle croisa mon regard, et je compris que ça allait être mauvais.

— Un peu plus de cent mille dollars

— Cent mille dollars ? Tu te fous de ma gueule ? Pourquoi avais-tu besoin d'autant d'argent ?

— Tout n'était pas personnel. Sergei voulait que je porte des robes de créateurs. Il voulait que j'aille chez les coiffeurs qu'il choisissait, les maquilleurs, les artistes. J'étais son pianiste...

— Tu étais sa poupée. Sa jolie petite poupée.

Elle ouvrit la bouche, puis la referma. Je vis la douleur dans ses yeux.

— Lina, tu dois bien savoir qu'il ne t'aurait pas donné tout ça sans raison.

— Je n'avais rien !

Ses larmes affluèrent.

— Je venais d'obtenir tout pour trois fois rien. Je ne pouvais pas rentrer chez moi. Bon sang, je n'avais pas de maison. Je ne voulais pas retourner à l'école. Je... je sais que c'était stupide. Je sais à quel point j'ai l'air stupide. Je sais à quel point je suis naïve. Je le sais.

Elle frotta ses yeux du dos de sa main.

— Ne penses-tu pas que je le sais ?

Je me passai une main sur le visage. C'était encore pire que tout ce que j'avais imaginé.

— Voilà pourquoi tes placards sont vides. C'est parce que tu as besoin d'argent pour te payer le taxi.

Elle regarda ailleurs. Je poursuivis :

— D'où les œufs, et l'eau.

— C'est tellement embarrassant.

Elle secoua la tête et se tourna vers la fenêtre pendant quelques minutes avant de continuer :

— Il a pris les robes que son père voulait que je porte lorsque je jouais au club, affirmant qu'il s'agissait d'une forme de travail. Il m'accuse d'être la pute de son père et n'accepte pas la vérité. Il est jaloux de son père. Il le déteste alors qu'en même temps, il est désespéré d'obtenir son approbation, et terrifié par la colère de Sergei. Je suis devenue une sorte d'obsession pour lui. Peut-être que si je l'avais simplement laissé...

Elle me jeta un coup d'œil avant de s'interrompre.

— Je jure que si tu finis cette phrase, Lina...

— Ce n'est même pas qu'il me veut, Damon. Pas vraiment. Je suis simplement quelque chose qu'il peut prendre à son père. Comme s'il lui volait une de ses possessions.

Elle regarda au loin. Et lorsqu'elle reprit la parole, elle chuchota plus qu'elle ne parla :

— Je suis désolée. Je suis désolée pour tout, Damon.

— Nous allons aller au FBI.

— Le FBI ? Non. Hors de question. Ils ont des informateurs partout. Et tu ne t'impliqueras pas dans cette histoire. Il te fera du mal. Il te fera du mal, pour m'en faire à moi. Damon, il ne doit jamais être au courant pour toi.

Mon téléphone sonna alors. Je regardai l'écran. C'était le séminaire. Probablement Gavin. Je refusai l'appel, pourtant il sonna immédiatement à nouveau.

— Je dois décrocher, dis-je en me relevant.

Elle hocha la tête. Je répondis. Lina resta assise tranquillement et m'observa, j'en fis de même tout en écoutant Gavin parler. J'eus l'impression que nous étions de mèche. Elle sut se taire. Pour garder notre secret.

Lorsqu'elle se leva pour récupérer son téléphone dans son sac à main et s'assit sur le lit afin de faire défiler ses messages, je lui tournai le dos.

— La réunion n'aura lieu que cet après-midi, informai-je Gavin.

Je faisais affaire ici avec un homme dont les dons annuels au séminaire rendaient les choses très confortables. Il avait besoin de déplacer la réunion et, pour autant que Gavin le savait, il n'y avait pas une seule raison pour laquelle je ne pouvais pas ajuster mon emploi du temps. Je ne voulais pas lui parler de Lina.

Je me tournai vers elle.

— Je dois y aller.

— Déjà ?

Je hochai la tête.

— Mon rendez-vous de cet après-midi ne peut pas me rencontrer au moment où nous avions prévu de le faire, mais nous avons du temps maintenant.

— Les affaires de l'Église.

— Oui.

Elle ne m'adressa pas de signe de tête et s'occupa à la place de déposer nos assiettes sur le plateau du room service.

— Lina. Je suis désolé.

— C'est bon.

Elle se redressa et me fit face.

— Tu n'as pas le choix.

Sa voix me parut pourtant accusatrice. Je pris une grande inspiration, et glissai ma main vers la sienne, je tournai alors sa paume vers la mienne. Mon pouce y traça un cercle à l'intérieur. Lorsque je levai les yeux, je la vis regarder nos mains liées.

— Je serai de retour le plus rapidement possible, nous continuerons de parler à ce moment-là. Nous passerons alors l'après-midi ensemble.

— Ça ne change rien, n'est-ce pas ?

Elle croisa mon regard.

— Tout ça. Pas pour nous.

Merde.

— Lina...

Elle secoua la tête et retira sa main de la mienne.

— Une nuit. Deux. C'est ce que nous avons accepté.

Elle haussa la tête en essayant de paraître décontractée. Elle ne trompa personne.

— Je reviendrai. Nous parlerons alors, d'accord ?

Il lui fallut beaucoup de temps pour répondre :

— D'accord.

Elle m'adressa un léger sourire. Me sentant comme un con, je la relâchai pour m'emparer de ma veste de costume et l'enfiler.

— Tu n'as pas à faire ça toute seule. Je suis avec toi, Lina. Je vais t'aider. Je ne vais pas le laisser te faire du mal.

Je m'avançai vers elle, me penchai et embrassai son front.

— À tout à l'heure. Nous discuterons de nos options. Détends-toi et profite de la plage, du soleil. Essaye de ne pas t'inquiéter, d'accord ? Nous allons essayer de comprendre ensemble.

Elle hocha la tête, se mordit l'intérieur de la joue, et je sus qu'elle dut faire un grand effort pour prendre la parole :

— Vas-y, tu vas être en retard.

Je compris que je ne devais pas m'en aller. La voix dans ma tête m'avertit de ne pas le faire. De ne pas sortir de cette pièce. Parce que je compris que si je le faisais, elle ne serait sans doute plus là à mon retour.

— Je serai de retour dès que je le pourrai, ajoutai-je.

Comment parvenais-je à paraître si calme, si serein à l'extérieur, alors qu'à l'intérieur, le chaos régnait sur mon esprit ?

— D'accord.

Je fis deux pas vers la porte, mais Lina me prit par la main.

— Je t'aime beaucoup, tu le sais, pas vrai ?

— Je sais. Je ressens la même chose.

Et plus encore. Bien plus.

— Nous parlerons à mon retour.

Je forçai un sourire, et embrassai ses lèvres alors qu'une larme s'échappait de son œil.

12

LINA

Je m'appuyai contre la porte pendant un moment après le départ de Damon, mon cœur était lourd, mon estomac noué. La nuit dernière avait été incroyable. Ces derniers jours étaient les plus beaux de ma vie. Notre attirance était électrique, le sexe entre nous intense, mais c'était plus que ça. En étant avec lui, je me sentais en sécurité. Je me sentais chez moi.

Pourtant, je savais que nous étions en sursis.

Je savais que mon cœur se briserait à notre retour de Floride. Je savais que Damon allait entrer dans les ordres. Qu'il n'était pas à moi, ou tout du moins que je ne pouvais le garder. Je lui avais donc menti lorsque je lui avais répondu « d'accord », quand il m'avait dit que nous nous reverrions ici dans quelques heures.

Je ne serais plus là. J'avais déjà pris ma décision de m'en aller. Je devais m'occuper de mes affaires, finir ce truc avec Alexi. Damon ne pouvait pas y prendre part. Alexi ne devait jamais apprendre son existence.

Je fis mes valises et appelai la compagnie aérienne pour changer mon billet. Je partais maintenant, je retournais à New York, pour mettre un terme à cette histoire avec Alexi. Après cela, je pourrais me concentrer sur la perte de Damon et me laisser abattre par mes émotions.

Damon allait être énervé de ne pas me trouver, pourtant il fallait que je le fasse maintenant. Il fallait que je le fasse de cette façon. En plus, il serait parti pendant un long moment. Peut-être que je pourrais tout arranger d'ici son retour à New York.

Changer de vol fut facile, et je me promis de rembourser à Damon les frais que la compagnie aérienne facturerait sur sa carte de crédit dès que j'en aurais la possibilité. Je pris un taxi pour l'aéroport, et en début d'après-midi, je fus de retour à New York, où la neige immaculée quelques jours plus tôt ressemblait désormais à de la boue le long des routes.

Je vérifiai mon téléphone, mais mis à part les messages d'Alexi, il n'y avait rien de nouveau. Damon ne savait pas encore que j'étais partie.

En ne voulant pas prendre le risque qu'Alexi soit à mon appartement, je ne m'y rendis pas. Au lieu de cela, je récupérai une carte dans mon portefeuille, et composai le numéro avant de perdre mon sang-froid. Sergei avait mis mon nom sur le compte du club en tant qu'utilisateur autorisé lorsque j'avais commencé à travailler pour lui. Lorsque j'appelai en leur disant qui j'étais, ils ne mirent pas longtemps à m'apprendre qu'une voiture viendrait me chercher à l'aéroport dans vingt minutes.

Il fallut peu de temps avant que la berline noire aux vitres teintées s'arrête. Je lui fis signe, en reconnaissant le conducteur d'après les quelques fois où j'avais utilisé ce service. Je me sentais coupable d'en profiter. Voilà pourquoi je préférais habituellement prendre le métro ou bien encore marcher. Pourtant, Stanley m'avait conduite généreusement chaque fois que j'avais fait appel à ses services, et je savais qu'il était le chauffeur personnel de Sergei.

Après avoir arrêté la voiture, il sortit et m'adressa un sourire chaleureux.

— Miss Kat, dit-il avec son accent anglais.

Depuis que Damon était arrivé en ville, il me fallait réfléchir à deux fois lorsque quelqu'un m'appelait ainsi.

— C'est très agréable de vous revoir.

J'aurais juré que Stanley avait environ 80 ans, et était l'homme le plus poli que j'aie jamais rencontré.

— Bonjour, Stanley. C'est bon de vous revoir.

Je faillis le prendre dans mes bras, mais je me retins.

— Ça fait longtemps, répondit-il.

— Je suis heureuse que vous vous souveniez de moi.

— Monsieur Markov voulait s'assurer que je prenne bien soin de vous lorsque vous faites appel à mes services. Grimpez et dites-moi où vous voulez aller.

Je m'installai à l'arrière de la berline avec ses vitres teintées, et une fois que Stanley fut monté derrière le volant, je croisai ses yeux dans le rétroviseur et lui indiquai que je voulais qu'il m'emmène à la prison pour voir Sergueï.

Il ne cilla pas, et même s'il trouva cela étrange, il n'en dit rien. Au lieu de cela, il hocha la tête et entreprit l'heure et demie de route vers l'endroit où Sergei Markov était retenu.

Lorsque Sergei avait été arrêté, il avait ajouté mon nom en tant que visiteur autorisé. Je me souvenais encore de lorsqu'il m'avait appelée pour me dire qu'il l'avait fait environ deux semaines après son arrestation. J'avais trouvé cela si étrange, pourtant il avait insisté pour me dire que si jamais j'avais besoin de quelque chose, de quoi que ce soit, je devais venir le voir. Je me demandai maintenant s'il s'attendait à ce que je sois venue plus tôt.

Une fois arrivée, Stanley m'informa qu'il m'accompagnerait aussi loin qu'il le pourrait. Je lui en fus reconnaissante. Je n'avais jamais été dans une prison auparavant, et le bâtiment avec ses hautes clôtures surmontées de barbelés était impressionnant, pour ne pas dire tout bonnement effrayant.

— C'est terrible, pas vrai ?

— Oui.

Je le suivis. À ma grande surprise, le gardien de la première porte le salua par son nom. Nous passâmes par une autre porte, où il se pencha pour parler à la femme derrière le comptoir. Elle me jeta un regard, et m'informa qu'il fallait que je lui laisse mon sac. Je le lui remis donc sans faire d'histoires. Elle me donna un ticket. Elle pressa ensuite un bouton. Un bruit résonna, indiquant qu'une autre porte venait de s'ouvrir.

— Allons-y, déclara Stanley.

Je le suivis, doucement et silencieusement, trop intimidée pour dire un mot.

— Monsieur Markov sera heureux de vous voir.

— Stanley, je suis confuse.

Nous atteignîmes une petite pièce qui contenait un très vieux canapé usé.

— À propos de quoi ?

— Je n'étais même pas certaine qu'ils me laisseraient entrer. Honnêtement. Je ne pensais pas que ce serait aussi facile.

— Monsieur Markov a autant d'amis que d'ennemis, et tout autant d'influence, même ici.

Il m'adressa un clin d'œil. Un autre bip résonna, une autre porte s'ouvrit, avant même que je ne puisse traiter cette information.

— Par ici, dit le gardien.

Je me levai, Stanley quant à lui resta assis.

— Vous ne venez pas ?

— Je serai là lorsque vous aurez terminé.

— D'accord, merci.

Je suivis le garde dans un long couloir étroit, puis dans une pièce où six tables étaient disposées en trois rangées. Chaque table contenait quatre chaises en métal de chaque côté. Un distributeur automatique avec des bonbons et un autre avec des sodas se trouvait à une extrémité de la pièce. Les murs, le plafond et le sol étaient peints d'un beige terne.

Le gardien désigna une table. Je m'y assis et attendis. Quelques minutes plus tard, une porte s'ouvrit et un garde entra, suivi de Sergei, qui parlait à l'autre garde.

— Eh bien, eh bien !

Sergei s'arrêta lorsqu'il me vit.

— N'es-tu pas un réel plaisir pour les yeux, ajouta-t-il avec un sourire joyeux.

Je lui rendis son sourire, et me levai, incertaine de savoir si je devais rester assise ou non.

— Kat, ajouta-t-il en s'approchant de la table pour m'étreindre, alors que les gardiens se mettaient en retrait. Je suis heureux que tu sois venue.

Il me donnait l'impression d'aller bien, remarquablement bien. Il portait un uniforme de la même couleur beige que les murs, mais je m'attendais à ce qu'il soit plus mince, ou plus âgé.

— Qu'est-ce qu'il y a ? demanda-t-il juste après notre étreinte.

— Oh, j'ai juste pensé...

Je bégayai, me sentant brusquement gênée.

— Je pensais que tu serais différent, je suppose.

J'eus l'air complètement stupide.

— J'ai de la chance. Mes garçons prennent bien soin de moi, répondit-il en faisant signe aux gardiens.

Ses garçons ?

Waouh.

Nous nous assîmes tous deux.

— Comment vas-tu, Kat ? J'espère que mon fils te traite bien ?

— Je vais bien. Le club se porte bien. Il est toujours bondé, tu sais.

— Je sais. Et Alexi ?

J'observai mes genoux pendant une minute, afin d'avoir le courage de faire ce pour quoi j'étais venue. Il le fallait.

— C'est la raison pour laquelle je suis ici, en fait.

Il ne parut pas surpris.

— Raconte-moi.

— J'apprécie tout ce que tu as fait pour moi, et je me rends compte maintenant que je n'aurais peut-être pas dû avoir si hâte d'accepter...

— Accepter quoi ?

— L'avance. L'appartement.

— C'est un métier comme un autre. J'avais besoin que tu joues du piano, et que tu fasses bonne figure. Tu m'as fait gagner de l'argent, Kat. C'était une transaction commerciale.

— Alexi pense que je dois cet argent au club. Il l'a retiré de mes payes...

Je détournai le regard.

— Je ne serais pas venue, mais je suis... il désire des choses, Sergei, et je ne peux pas...

Les yeux de Sergei se durcirent, il leva la main vers son menton, et se caressa la barbe en me regardant.

— Mon fils dépasse les bornes. Comme d'habitude.

— Je suis désolée, je sais que ce n'est pas le bon moment pour venir te voir. Je ne savais tout simplement pas quoi faire d'autre.

— Veut-il que tu travailles pour une des soirées privées ?

— Tu es au courant ?

Sergei afficha un sourire.

— J'ai toujours apprécié ta naïveté.

Plutôt ma stupidité. Il se redressa sur sa chaise, et pencha la tête sur le côté.

— Accepte, déclara-t-il tout à coup.

— Quoi ?

— Accepte de travailler dans les soirées.

— Mais...

— Je doublerai ce qu'il te paiera, et je veillerai à ce que toute dette soit effacée.

— Je...

— Tu feras quelque chose pour moi en échange, et tu t'occuperas immédiatement du problème de mon fils.

— Que dois-je faire ?

Il se pencha, sourit et m'adressa un clin d'œil.

— Allez, soyons francs les uns avec les autres. Ce n'est pas comme si tu étais venue me voir sans avoir ta propre idée en tête, pas vrai ? Lina ?

Ma bouche s'ouvrit. J'eus soudainement du mal à respirer. Savait-il qui j'étais depuis le début ? Étais-je si stupide ?

— J'ai toujours été curieux de savoir ce que tu cherchais, honnêtement. Ton grand-père et moi... nous avons été amis, il fut un temps.

Il me regarda, laissant l'implication de ses dernières paroles s'élever entre nous.

— Il n'y a plus rien qui me lie à ton grand-père maintenant, pas vrai ? S'il y avait quelque chose, je suis certain que ce serait très mauvais pour lui... pour toi, pour tout le monde... alors, mettons-nous sur la même longueur d'onde.

— Tu savais qui j'étais depuis le début.

Il ignora mon commentaire.

— Y a-t-il quelque chose ?

Je secouai la tête lentement en sentant mon visage pâlir face à mon mensonge.

— Bien. Nous pouvons donc passer à la suite. Un service, Kat. Rien de plus.

— Mais...

— Je veux connaître quelques participants. Je vais demander à mon avocat de me faire parvenir les noms et les visages que je recherche.

— Je ne comprends pas.

— Il n'y a rien à comprendre. J'ai besoin d'informations, et tu as besoin de quelque chose. C'est une simple transaction commerciale. Fais-le pour moi, et je m'assurai de te débarrasser d'Alexi. En vérité, tu n'auras plus aucun lien avec ma famille. Je te le garantis.

— Monsieur Markov, déclara l'un des gardiens.

— Juste une minute.

Sergei garda les yeux rivés sur moi, implacable.

— Réfléchis. Tu serais libre. Bien sûr, tu devras quitter la ville. Alexi n'a jamais aimé que je lui enlève ses jouets.

Il se leva.

Je le vis me survoler du regard. Je pensais qu'il était comme un père pour moi. Avais-je tellement besoin de l'affection parentale que je m'étais accrochée à la moindre touche d'attention qu'il me fournissait ?

Parce que Sergei, ce Sergei-là, n'était pas l'homme dont je me souvenais.

— Merci d'être venue me voir.

Il parla encore avec désinvolture, en affichant un sourire qui ne réchauffa pas l'expression de son visage.

— Je préfère de loin observer ton joli visage, que celui de ces deux-là, dit-il en parlant des gardiens.

Ils ricanèrent, et Sergei se pencha pour me serrer dans ses bras. Je réalisai pourquoi en sentant son souffle chaud se perdre contre mon oreille.

— L'appartement est sur écoute, murmura-t-il. Stanley s'occupera de tout. Fais-le-lui savoir sur le chemin du retour.

Lorsqu'il s'éloigna, et que j'ouvris la bouche pour parler, il posa son doigt sur mes lèvres pour m'intimer le silence.

— Merci d'être venue, Kat.

La porte derrière moi s'ouvrit, et celui qui m'eut escortée me conduisit à nouveau près de Stanley. Même lui, je le voyais sous un jour différent désormais.

Ils étaient tous impliqués dans ce jeu étrange et dangereux.

L'expression « gardez vos amis proches, et vos ennemis encore plus » prit plus de sens que jamais.

13

LINA

Quand Stanley arriva à l'appartement, je vis immédiatement le SUV d'Alexi garé devant. Mon cœur battit à tout rompre dans ma poitrine alors que nous nous approchions, et que je croisai le regard de Stanley dans le rétroviseur.

— Dois-je continuer à conduire ? demanda-t-il en ralentissant.

La porte latérale du SUV s'ouvrit, et Maxx en sortit, les yeux rivés sur les miens à travers le pare-brise. Il s'appuya contre la voiture et croisa les bras. Alexis n'était pas avec lui. Mais ça ne voulait rien dire.

— Non, Stanley, ça ira.

Il me fallait y faire face.

— D'accord.

Il se tourna vers moi, et sembla attendre quelque chose. Je m'éclaircis la gorge.

— Sergei a dit que vous arrangeriez les choses ?

Il sourit et me tendit une carte.

— Contactez ce numéro. Dites-lui qui vous êtes. Et si vous avez encore besoin de moi, appelez le service. Ils me contacteront.

Il sourit encore, pourtant cette fois-ci, ce fut différent. Toute chaleur semblait avoir déserté son sourire.

— Merci.

— Tout le plaisir est pour moi.

Je sortis de la voiture en prenant mon sac. En contournant l'escalier de l'appartement, je me rendis directement vers le SUV, Maxx ouvrit la portière arrière et attendit que je monte avant de la refermer. Il me regarda avec méfiance dans le rétroviseur, puis démarra la voiture pour se diriger vers le club. Nous ne parlâmes pas tout du long, et je ne pris pas la peine de vérifier mon portable à la recherche d'un message de Damon.

Je savais qu'il y en aurait un, et entendre sa voix mettrait à l'épreuve ma détermination.

Nous entrâmes au club Carmen avant l'ouverture, alors nous ne croisâmes qu'une partie des employés sur le chemin du bureau d'Alexi. Maxx m'y accompagna et resta près de moi comme pour éviter que je ne tente de m'enfuir. Comme si je pouvais le faire. Pendant tout ce temps, ma rencontre avec Sergei se rejoua dans mon esprit.

Ce qu'il voulait. Son alternative à l'obligation de devenir la pute d'Alexi.

Lorsque nous arrivâmes finalement, Maxx tendit la main pour frapper contre la porte avant de l'ouvrir. Alexi se trouvait assis derrière son bureau. Lorsqu'il me vit, il s'adossa dans son siège, le visage dur et froid.

— Eh bien, eh bien, la servante prodige est de retour.

— Je ne pense pas que tu utilises ce mot correctement.

Ce ne fut pas mon geste le plus intelligent, mais je ne parvins pas à m'en empêcher.

Il se leva et contourna son bureau. J'entendis la porte se fermer et vis Maxx prendre position devant, ses grands bras repliés devant son torse.

— Je fermerais ma gueule si j'étais toi, déclara Alexi.

Il s'assit sur le bord de son bureau, et pencha sa tête sur le côté pendant qu'il m'observait.

— Enlève ton manteau.

J'obéis, et le pliai sur le dossier de la chaise sur laquelle il ne m'avait pas invitée à m'asseoir.

— N'as-tu pas l'air... rafraîchie ? Même légèrement bronzée. Tu n'aurais jamais pu obtenir cette couleur ici à Manhattan, pas vrai ?

— Il s'est passé quelque chose. Je devais quitter la ville.

— Tu m'en diras tant ?

— Oui.

— Que s'est-il passé exactement ?

— Une de mes amies avait besoin de moi en Floride. Je suis allée l'aider.

— Une ?

— Oui.

Il vint vers moi. Je me souvins de comment il m'avait giflée une fois, et me préparai instinctivement à ce qu'il recommence. Il dut apprécier cela, puisqu'il ricana.

— Avec qui était-elle, Maxx ?

— Elle est sortie du taxi toute seule, monsieur.

Quoi ?

Je jetai un rapide coup d'œil vers Maxx, qui regarda droit devant lui, avant de me reconcentrer sur Alexi.

Pourquoi avait-il menti ? S'il avait dit à Alexi que j'étais sortie d'une voiture privée avec chauffeur, il aurait compris immédiatement qu'il s'agissait de celui de son père. Mais pourquoi Maxx mentirait-il pour me protéger ?

Était-ce réellement pour me protéger ?

Les yeux froids et pâles d'Alexi croisèrent les miens avant qu'il ne me tourne autour et ne s'approche si près que je pus sentir son souffle sur mon épaule. Il inhala.

— Je ne sens pas le sexe sur toi, mais ça ne veut pas dire que tu n'as pas été baisée récemment.

— Si c'était le cas, en quoi cela te regarderait-il ?

— L'as-tu été ?

— Que veux-tu, Alexi ?

— Je veux savoir pourquoi tu es partie alors que tu étais censée travailler pour ma soirée. Tu as laissé les autres serveurs prendre le relais. Et je veux savoir comment tu as pu disparaître en Floride pendant deux jours, au vu de ta situation financière, sans parler du fait que tu as été supposément malade à la dernière minute, et que tu m'as laissé en plan.

— Écoute, je suis désolée, mais il fallait que j'y aille. Une bonne amie à moi a eu un accident et avait besoin de moi. Je ne pouvais pas la laisser tomber. Elle a payé pour mon billet. Pour ce qui est de quitter la fête...

Je fis une pause, baissant la tête. Alexi campait toujours derrière moi, planant au-dessus de moi comme la faucheuse. Je me tournai vers lui.

— Honnêtement, Alexi, j'ai eu peur, déclarai-je en essayant d'avoir l'air pitoyable. Et je sais que c'était mal de partir comme ça, mais tous ces gens et toutes ces choses qui se passaient...

Il tendit la main pour m'arrêter, et se tourna vers Maxx.

— Tu peux sortir.

Maxx hocha la tête et quitta la pièce.

— Continue.

— J'allais te demander si je pouvais rattraper le temps perdu. Je me sentais mal de partir comme ça, et je suis prête à me rattraper maintenant. D'autant plus que désormais je sais à quoi m'attendre. Et comme tu le sais, je pourrai utiliser cet argent. Si cela te convient, bien évidemment.

Il étudia mon visage, ayant apparemment du mal à me croire.

— Qu'est-ce qui se passe, Kat ?

— Que veux-tu dire ?

— Ton intérêt soudain pour les soirées ?

— Je gagnerai plus d'argent, ce qui signifie que je pourrai te rembourser plus rapidement, et continuer à vivre ma vie.

Il n'eut pas l'air convaincu.

— Tu me déçois d'être partie aussi tôt. Ça a fichu en l'air ma soirée.

— Je suis désolée. C'était trop dur à gérer, Alexi. Vraiment.

— Il y a une soirée mercredi soir, répliqua-t-il.

— C'est vrai ?

Merde.

Je compris que je devais le faire, mais mon instinct m'ordonna le contraire. Il m'ordonna de courir.

— Si tu es sérieuse à ce sujet...

— C'est le cas. C'est juste que... c'est difficile, tu peux comprendre ?

— Mercredi à minuit. Je te verrai à l'étage. Si tu n'es pas là...

— Je serai là. Je te le promets.

Il reprit place sur son siège et s'empara d'un stylo. Je restai debout, à attendre qu'il me congédie. Il adorait faire cela.

— Tu peux t'en aller.

Va te faire foutre.

— Merci.

À la suite de cela, je partis en déclinant l'offre de Maxx de me conduire à la maison. Je choisis de marcher à la place. Je pris mon téléphone et la carte que Stanley m'avait donnée. La secrétaire m'écouta tout de suite, et lorsque je dis mon nom, elle sut exactement qui j'étais et m'informa qu'elle avait un dossier à envoyer à l'appartement. Je la remerciai et raccrochai pour écouter mes messages vocaux.

Damon en avait laissé trois. Le premier devait être avant qu'il ne rentre à l'hôtel, puisqu'il était aimable. Ça me tordit le cœur de l'entendre me parler ainsi. Le suivant ne fut pas aussi sympa. Pas du tout. Et le dernier, eh bien, je l'écoutai en tournant au coin de ma rue, pas du tout surprise de le trouver là, à m'attendre.

Il me regarda attentivement, je ne lui souris pas. Au lieu de cela, je récupérai ma clé et déverrouillai la porte en le laissant me suivre à l'intérieur.

14

DAMON

— Ça devient épuisant, déclara Lina en retirant son manteau et en se tournant vers moi.

— Tu n'as même pas idée.

Je fulminais. Je m'inquiétais depuis que j'avais trouvé notre chambre d'hôtel vide et toutes ses affaires disparues. Pas de note. Rien. Pourtant, au moment où elle avait tourné au coin de la rue, mon inquiétude s'était transformée en une colère foudroyante. En la prenant par le bras, je la traînai dans la chambre.

— Qu'est-ce que tu fais ?

Elle résista, mais elle était trop faible physiquement pour y parvenir.

— J'accepte ton offre.

— Quoi ?

Je claquai la porte de sa chambre derrière nous et la jetai sur le lit, déchirant son chemisier par inadvertance.

— Stop !

Elle s'écarta, mais je la rattrapai par la ceinture de son jean.

— Retire tes vêtements.

En la tenant, je le fis pour elle. Elle tenta de se libérer en vain, alors que je tirais son pantalon et sa culotte jusqu'à ses genoux, sans lui donner la moindre occasion de riposter. Je lui tournai autour et la poussai à se pencher sur le bord du lit en pressant un genou dans son dos pour la maintenir en place tandis que j'ouvrais ma ceinture.

— Damon !

Elle lutta sous mon corps, se tordit le cou pour me regarder prendre la boucle de ma ceinture dans ma main. Je rencontrai son regard, furieux, son souffle court, alors que je me forçais à compter jusqu'à dix avant de commencer.

— Tu as merdé, Lina.

— Damon, je sais. Je... je...

— Je t'avais dit que nous allions travailler ensemble pour arranger les choses.

Je levai le bras. Elle s'agrippa aux couvertures, dans l'attente. Je frappai, et entendis le bruit du cuir sur la chair.

Lina cria fort. Je la frappai encore.

— Ce sont des hommes dangereux.

Deux vilaines marques rouges apparurent sur ses fesses.

— Je t'ai dit que je reviendrais. Je t'ai dit que je ne te laisserais pas gérer ça toute seule.

Trois autres marques les rejoignirent.

— Damon, écoute-moi...

Elle gémit à ma prochaine attaque.

— Non. J'ai fini d'écouter. C'est ton tour maintenant. Et je vais laisser ma ceinture parler pour moi.

Pendant les cinq minutes qui suivirent, les seuls sons résonnant dans la pièce furent ceux de sa chair fouettée, ses cris et ma respiration haletante. Tout au long de sa punition, elle ne s'excusa pas. Je ne pensais pas qu'elle était désolée. Pas à propos de s'être enfuie comme elle l'avait fait.

Lorsqu'elle arrêta de se débattre et s'allongea, je déplaçai mon genou et l'observai, penchée sur le bord du lit, son jean autour de ses chevilles, son chemisier remontant à mi-hauteur dans son dos, ses fesses nues et ses cuisses striées de rouge.

Elle enterra son visage dans le matelas, ne relâcha pas le drap, et attendit que je continue.

— Tu n'as même pas laissé un putain de mot.

Ma voix était plus calme, je me sentais plus apaisé qu'à mon arrivée, lorsque je l'avais vue pour la première fois. Elle se retourna pour me regarder.

— Punis-moi, Damon. Je le mérite.

Je réalisai alors qu'en lui administrant sa punition, ma queue avait durci. Je prenais conscience que c'était mal de la désirer ainsi alors que je la blessais.

— Tu as raison. Tu as raison. Étire tes bras de chaque côté du lit.

Elle obéit lentement.

— Lève-toi sur le bout des orteils et cambre le dos. Je veux que tu soulèves les fesses.

Elle redressa ses jambes, fit ce que je lui demandais, et m'offrit son cul.

— Ne bouge pas.

Je levai le bras et frappai à nouveau. Son souffle s'arrêta sur un couinement lorsqu'elle arrondit son dos. Elle se reprit rapidement et tint la position. Je pus entrapercevoir son sexe. Je voulus la fouetter également.

Un bruit monta du plus profond de moi lorsque je la fouettai à nouveau, plus fort qu'avant, voulant la punir pour cela, pour mon désir, pour me la faire désirer. Pour m'avoir toujours fait la désirer ainsi.

— Ouvre les jambes.

Elle élargit sa position afin que je puisse la voir. Elle posa sa joue sur le lit et glissa une main entre ses cuisses. Je fus capable de voir ses doigts s'affairer. Je pus l'entendre.

Je levai le bras et la fouettai encore une fois. Elle gémit, ferma les yeux, courba le dos sans jamais arrêter de se doigter. Ma queue tressauta contre mon jean. Elle désirait cette punition.

— Mon Dieu. Pourquoi me fais-tu cela ?

Je posai cette question en la frappant encore. Elle laissa sortir un grognement, presque un miaulement, et tendit son autre main vers l'arrière pour écarter ses lèvres.

— Baise-moi. S'il te plaît, baise-moi.

— Je n'ai pas fini de te fouetter. Étire les bras. Tu ne dois pas te toucher.

Elle obéit en suppliant. Je la punis, laissant ma propre culpabilité me châtier. Sa peau devint rouge feu. Je serrai ma ceinture dans mes mains.

Qui étais-je ? Que faisais-je ?

Son regard brûlait lorsque je le croisai. Je jetai ma ceinture sur le sol, la boucle laissant échapper un grand fracas lorsqu'elle frappa le parquet. Je posai mes mains sur ses fesses et déglutis en l'observant. Sa chair brûlait les paumes de mes mains. Je passai un doigt contre l'humidité qui coulait sur ses cuisses.

Je soutins alors son regard. Elle ne bougea pas, mais se mordit la lèvre.

— Mon Dieu, Lina.

— J'ai besoin de toi, Damon, murmura-t-elle. J'ai besoin de toi en moi.

— C'est mal, répondis-je en secouant la tête.

Parce que même si je savais à quel point c'était mal, même si j'avais conscience du péché que je m'apprêtais à commettre, j'avais conscience que j'allais le faire. Je ne pouvais pas résister à cette tentation.

— S'il te plaît. J'ai besoin de ça. J'ai besoin de toi.

Je baissai le regard vers ses fesses, j'ouvris mon jean et le repoussai à mi-cuisse. En empoignant ma queue, je la plongeai en elle et fermai les yeux en y pénétrant. Sa chaleur m'engloutit, comme le sentiment d'être de retour à la maison.

— Pourquoi l'as-tu mise sur mon chemin ? demandai-je à Dieu tout en la baisant.

À quel point était-ce tordu ? À quel point étais-je tordu ?

— Fais-moi jouir, Damon. Je dois jouir.

Je la baisai plus durement, m'insinuant profondément en elle. J'arrêterais après cela. J'arrêterais. Je lui donnerais ce dont elle avait besoin. Je m'autoriserais à prendre ce dont j'avais besoin encore une fois, et j'arrêterais tout.

— J'ai tellement besoin de toi, se lamenta-t-elle.

Je la regardai bien en face.

Cette fois seulement. Une fois de plus, et je la laisserais partir. Ensuite, je ferais ce qui s'impose.

J'en avais besoin moi aussi. J'avais besoin d'être près d'elle. Elle ferma les yeux, et serra ses mains sur les draps.

— Pourquoi es-tu partie comme ça ?

Je n'attendais ni ne désirais de réponse. Mes yeux se rivèrent sur ses fesses, sur ma queue disparaissant en elle. À l'intérieur de son sexe humide.

— Damon.

Elle tendit la main dans son dos et s'empara de la mienne, la serrant fermement alors que je m'allongeais sur elle. La sueur coula de mon front sur son visage, mon torse contre son dos, toujours en train de la pilonner, ne désirant plus le moindre espace entre nous. J'avais besoin de la tenir, comme si être à l'intérieur d'elle n'était pas encore assez proche. Comme si je ne pouvais jamais être assez proche d'elle.

— Tu me fais faire des choses, Lina.

— Jouis en moi. Je veux te sentir. Je veux tout sentir.

Putain. Putain. Putain.

Je gardai sa main dans la mienne, et tirai sur ses cheveux de l'autre, afin de lui tordre le cou pour pouvoir embrasser le coin de sa lèvre.

Lui résister était trop dur. Trop dur. Je me faisais l'impression d'être un animal, une bête sauvage, une bête en rut. J'étais incapable de m'arrêter. Je n'arrivais pas à m'approcher assez, et lorsque son souffle s'interrompit, que son sexe se comprima autour de ma queue et qu'elle laissa échapper un bruit désespéré, je me raidis avant de jouer en elle.

Putain, je n'ai jamais joui aussi brutalement.

Je me déversai en elle, le paradis et l'enfer menant leur guerre tordue en moi alors que je m'abandonnais à l'extase, tout en sachant que c'était éphémère, que c'était tout ce que je pouvais donner. Tout ce que je pouvais avoir. En comprenant que c'était la dernière fois. Que ça devait l'être.

Et alors que mon orgasme s'estompait, une amertume s'installa brutalement dans mes tripes.

Je me redressai et me retirai. Je vis mon sperme s'écouler de son corps, se répandre sur ses cuisses. C'était tout ce que je pouvais faire. Parce que je ne pouvais pas la regarder, pas dans les yeux. Pas encore.

Elle se releva. Le chemisier déchiré qu'elle portait encore tomba sur le haut de ses cuisses pour la couvrir, pour la protéger de ma vue. Je tirai sur mon jean, m'emparai de ma ceinture, et la passai à travers les passants avant de finalement lui faire face en la regardant de biais.

Lina se passa une main dans les cheveux, l'air désorientée. Je me frottai la mâchoire.

— Habille-toi.

— Quoi ?

J'avançai en direction de la porte. Je fis une pause, et manquai de peu de faire demi-tour.

— Je ne suis pas venu ici pour ça. Je ne suis pas venu ici pour ça.

Je frappai mon poing contre l'encadrement de la porte, et entendis son souffle se couper derrière moi.

— Bon sang ! Je ne suis pas venu ici pour ça !

Étais-je en train de Lui parler ? Étais-je en colère contre Lui ? Pour ma faiblesse ?

— Je hais ton Dieu, murmura Lina.

Je me tournai pour lui faire face. Je vis les larmes déborder de ses yeux, comment ses lèvres se serraient, comment elle agrippait des poignées de ses cheveux.

— Je le déteste. Je le déteste.

J'étais à l'origine de tout ça.

— Lina...

— Va-t'en.

Je me frottai le visage, enroulai mes mains autour de mon cou.

— Allez. Va-t'en, Damon. Sors de mon appartement.

Elle s'avança vers moi et me frappa le torse de ses poings.

— Sors de ma vie.

Je m'emparai de ses poignets, et plongeai dans ses yeux verts larmoyants. Elle savait ce qui arrivait. Elle comprenait que c'était la dernière fois.

— Allez.

Sa voix se brisa, elle baissa la tête en reculant.

Je la laissai partir, et la vis s'affaisser sur le bord du lit, là où je l'avais baisée. Dans cette chambre qui sentait le sexe et la sueur, sa couette à moitié renversée. Lina se laissa glisser sur le sol, son visage dans ses mains.

C'était peut-être mieux ainsi.

Putain.

Comment cela pouvait-il être mieux ? Comment pouvais-je la laisser comme ça ? Aucun dieu n'accepterait cela. Pas même celui qu'elle détestait. Celui que j'avais choisi.

Choisi à sa place.

Putain.

— Je t'aime, déclarai-je, les mots me prenant à la gorge, me donnant l'impression de m'étouffer. Mais c'est une erreur.

Je m'appuyai contre le mur et m'agenouillai en croisant son regard. Mon cœur martelait ma poitrine, le sang battait à mes oreilles. J'avais du mal à penser. Impossible. Il me fallait puiser dans tout ce que j'avais pour continuer à la regarder, pour être témoin du mal que je lui avais fait. Du mal que j'avais causé par mon propre égoïsme. Mon besoin. Mon désir.

— Je suis désolé.

— Va-t'en.

Cette fois, elle prononça cela si discrètement que je ne fus pas certain qu'elle eut réellement parlé.

— Va-t'en, Damon.

Sa voix se fissura. Je trébuchai en me relevant.

— Je vais t'aider, dis-je en avançant vers elle pour essayer de la soulever et de la remettre debout.

Lina me repoussa et s'efforça de tenir debout toute seule. Je vis l'effort qu'il lui fallut pour y parvenir. Pour se tenir debout.

— Tu ne m'entends pas, répliqua-t-elle. Tu ne veux pas m'entendre.

— Lina...

— Je vais appeler la police si tu ne sors pas maintenant, ajouta-t-elle en s'emparant de son téléphone. Je leur dirai que tu es entré par effraction ici. Que tu m'as violée.

J'ouvris la bouche pour parler, surpris par ses paroles.

— Je suppose que l'Église ne voudra plus de toi après cela, pas vrai ?

Sa voix était pleine de venin. J'avançai vers elle, l'entourai de mes bras, et la fit asseoir sur le lit. Elle me laissa l'aider, cette fois, me laissa la toucher aussi facilement qu'elle laissa le téléphone glisser de sa main lorsque l'expression de son visage s'effondra.

Elle frappa son front contre mon torse.

— Je suis fatiguée. Je suis tellement fatiguée. S'il te plaît, pars. Laisse-moi dormir.

Elle ne voulut pas me regarder, mais je sentis ses larmes humidifier ma chemise.

— Je vais te sortir de ce pétrin avec Alexi.

Elle ne répondit pas.

— Je vais arranger ça. Je vais te rendre ta vie.

Elle secoua la tête et leva finalement son regard vers le mien.

— Une vie sans toi.

— Tu sais que ça ne peut pas arriver.

Elle sourit alors que des larmes roulaient sur ses joues.

— Va-t'en. Va rejoindre ton Église. Ton Dieu. Non. Mieux encore. Va en enfer, Damon.

15

LINA

Je dormis toute la journée et le lendemain, me réveillant la nuit suivante avec une faim dévorante, même si penser à la nourriture me donnait la nausée. Je ne savais pas si je m'étais attendue à ce que la douleur soit moindre, mais ça ne fut pas le cas. Était-ce pire parce qu'il m'aimait ? Avait-il même voulu me le dire ?

Je grimpai dans la douche pour me frotter, pour effacer toute trace de son contact, de son odeur. Je pleurai en me lavant, pleurai sa perte. Je savais que je le perdrais. Je le savais depuis le début.

Ce que je ne savais pas, c'était que ça allait faire si mal.

Après m'être habillée, je me servis une tasse de café et avalai un comprimé. Ma tête me lançait, mon cœur me faisait mal. Chaque fois que je m'asseyais, ma chair meurtrie et châtiée me rappelait à lui, à ce qu'il avait fait. À ce que nous avions fait.

Je me trouvai dans mon appartement... non, pas le mien. Celui de Sergei. Celui d'Alexi. Je me rappelai alors ce que Sergei m'avait dit, qu'il était sur écoute. Si c'était vrai, ils en auraient long à dire sur ce qu'ils avaient entendu. Et pourquoi serait-il sur écoute ? Pour moi ? Il ne pouvait s'agir de Sergei. J'eus l'impression qu'il n'avait jamais vécu ici. Était-ce Alexi ?

Pourtant, tout cela pâlit en comparaison des paroles de Damon répétées inlassablement dans ma tête. Le regard qu'il avait affiché lorsqu'il les avait prononcées. Lorsqu'il m'avait dit qu'il m'aimait.

Mais ça n'avait pas vraiment d'importance, pas vrai ? Il ne m'aimait pas assez pour rester. Il ne m'aimait pas assez pour me choisir, moi.

Je posai ma tasse de café, les larmes me venant à nouveau. J'allai dans la chambre, où nos odeurs combinées me frappèrent instantanément. Comme une folle, j'arrachai la couette, puis les draps. C'est alors que le portefeuille de Damon roula sur le sol.

Je le dévisageai, surprise. Il avait dû tomber de sa poche.

Assise sur le lit, je le tins dans mes mains, comme si je me raccrochais à un espoir. Même si je savais que je ne devais pas le faire. Que rien ne changerait. C'était impossible. Il avait déjà choisi, et ce n'était pas moi qu'il avait choisie.

En reposant le portefeuille, je m'allongeai dans le lit défait et tirai la couette sur moi. Demain, je lui rendrais.

Demain, je lui rendrais le dernier morceau de lui que j'avais encore. Parce que je ne voulais pas le garder. Je ne pouvais pas. Ça faisait trop mal.

Lorsque je me réveillai le matin suivant, je m'habillai et fus prête à partir. Je remarquai alors la grande enveloppe que quelqu'un avait glissée sous la porte. Mon cœur battit plus vite lorsque je me penchai pour la ramasser, sachant de quoi il s'agissait. Je l'ouvris pour trouver un grand dossier, ainsi qu'une petite enveloppe à l'intérieur. Je sortis la plus petite, et l'ouvris.

Merde.

Une pile de billets s'en échappa.

Non. Pas encore. Il devait y avoir pas moins de cinq mille dollars à l'intérieur. J'avais dit non à Sergei.

Je cherchai une note explicative, mais il n'y en avait pas.

Vraiment, l'argent ne s'expliquait donc pas ? Je travaillais désormais pour un mafieux russe. Un mafieux actuellement en prison.

Mis à part cela, j'ouvris la plus grande enveloppe et étalai les photos sur la table basse. Il y en avait cinq : quatre hommes et une femme. Je reconnus deux des hommes, et si je n'en étais pas certaine auparavant, un avertissement résonna dans ma tête et m'indiqua que c'était une mauvaise idée.

Parmi ceux que je reconnus, l'un était un habitué du club, ou l'avait été pendant un certain temps, mais avait récemment cessé de venir. L'autre, celui qui me déconcertait le plus, était Maxx, le garde du corps le plus proche d'Alexi.

Qu'est-ce que c'était que ça ? Pourquoi Sergei se souciait-il de l'un ou de l'autre ? Qu'attendait-il ?

Les trois autres avaient environ entre 30 à 50 ans. La femme paraissait la plus âgée. Deux étaient russes, un asiatique. Leurs noms, leurs âges ainsi que leurs marques distinctives étaient inscrits au verso. Je me demandai s'il les énumérait parce que les invités portaient habituellement des masques. J'étudiai les photos, essayai de mémoriser les détails, et décidai que je ne prendrais pas l'argent. Je le rendrais à Stanley.

Et puis alors quoi ?

Que ferais-je après ? Retourner en Italie ? Vivre avec Sofia et Raphaël, me rappeler de Damon chaque fois que je regarderais Raphaël parce qu'ils étaient aussi identiques que possible, physiquement du moins ? Non. Cette issue était fermée. Du moins pour l'instant. Il faudrait que je quitte New York. Sergei m'en avait parlé.

En remballant les photos, j'allai dans la chambre pour les cacher sous le sommier. Je ne pouvais pas prédire quand Alexi comptait passer, et je songeai que Sergei ne voudrait pas qu'il les trouve.

Cela m'amena à penser à Maxx. Mentait-il à Alexi pour se retrouver dans cette pile ? Alexi devait savoir que Stanley travaillait pour son père. Alexi aurait voulu savoir ce que je faisais avec lui s'il avait su, et j'avais toujours pensé que Maxx était loyal envers lui. Mais était-ce vraiment le cas ?

En secouant la tête, j'attrapai mon manteau et mon sac. Je fis tomber le portefeuille de Damon à l'intérieur. J'avais besoin de faire ça. Plutôt que de prendre un taxi, je marchai la petite demi-heure jusqu'à l'église, espérant retrouver mon courage. Le ciel était clair, bien que les bulletins météorologiques avertissent d'une autre tempête à venir. Mon cœur battait à tout rompre dans ma poitrine alors que je tournai au coin de la rue. J'avais déjà décidé que je le poserais sur un banc afin qu'il le trouve plutôt que d'aller frapper à sa porte. Je ne pouvais pas risquer de le voir. Je n'étais pas assez forte pour cela.

Une fois arrivée à l'église, je jetai un coup d'œil dans l'allée qui menait à sa porte. Elle semblait déserte. Je me rendis à l'entrée principale de l'église, et ouvris la grande porte. L'odeur familière de l'encens et des bougies m'engloutit. Toutes ces prières, cet espoir et ce désespoir pesaient lourd dans l'air.

J'entrai. J'étais seule. La messe devait avoir pris fin il y a une demi-heure de cela. Est-ce que je tomberais sur lui ici ? Est-ce qu'il porterait sa soutane ? Que ferait-il, que penserait-il, en me voyant ici ?

Et que ferais-je si je le voyais ainsi ?

Même si je ne connaissais pas Damon comme faisant partie de l'Église, c'était le cas.

Je fis quelques pas dans l'espace faiblement éclairé. Peu de lumière du soleil parvenait à passer le vitrail. Les appliques le long des murs étaient tamisées, mais allumées pour ceux qui entraient afin de prier. Les portes de l'église restaient ouvertes pendant toute la journée.

Je levai les yeux vers l'autel. La lampe du tabernacle rougeoyait doucement.

Elle était constamment allumée, sauf le Vendredi saint. Le jour de l'exécution du Christ. Pourquoi m'en souvins-je ?

Un frisson courut le long de ma colonne vertébrale.

Je grimpai l'allée centrale, mes semelles en caoutchouc résonnèrent bruyamment dans cet endroit tranquille et silencieux. C'était peut-être parce que je souhaitais rester invisible, même si je n'étais qu'en présence des icônes mortes décorant les murs.

Le crucifix qui pendait au-dessus de l'autel sembla grandir à mesure que j'approchais, et même si les yeux du Christ restaient fermés, je sentis ceux des autres sur moi. Les saints. Les martyrs.

J'avais eu une éducation catholique, mais ça n'avait jamais compté pour moi. Je n'avais jamais rien ressenti à ce sujet. Je ne réfléchissais pas aux questions philosophiques, je ne m'étais jamais demandé si Dieu existait. Je m'en fichais.

Alors pourquoi tremblais-je désormais ? Pourquoi mon souffle s'étranglait, et la sueur perlait sur mon front ? Que ressentais-je ?

Pas le néant que j'étais habituée à ressentir. En observant Jésus suspendu à sa croix, là, devant moi, ça me parut étrange. Faux.

Je me sentis mal.

Je me sentis jalouse.

Le silence, comme une chose tangible, s'arrêta ici, m'entoura. Je me stoppai en haut de l'allée, à quelques pas de l'autel, et levai les yeux.

Vers lui.

Comme s'il possédait une part de Damon, une part de lui que je ne pourrais jamais avoir.

Je ressentais pourtant une espèce de triomphe coupable. Parce que j'avais pris quelque chose qu'il n'aurait jamais.

J'avais eu Damon pour moi. J'avais eu son sperme en moi.

Cela ne devait-il pas faire de lui ma propriété ? Du moins d'une certaine façon ?

Pourquoi cela ne pouvait-il suffire ?

Une porte latérale s'ouvrit, et mon cœur se serra. Je me retournai juste au moment où il s'arrêta, nous nous vîmes tous deux au même instant. Damon se tenait à la porte latérale, encadré par des moulures en bois élaborées, et portait du noir de la tête aux pieds. Mais pas sa soutane. Au moins, il ne portait pas sa soutane.

Il se racla la gorge et entra en fermant la porte derrière lui. Le bruit de ses chaussures sur le sol de pierre résonna contre les murs lorsqu'il s'approcha de moi. Lui aussi, comme le Christ sur sa croix, grandit en s'approchant, et me fit incliner la tête en arrière afin de pouvoir soutenir son regard.

Je ne pensais pas avoir respiré une seule seconde, alors que mon cœur cognait contre ma poitrine.

Les yeux bleus de Damon sondèrent mon visage, son regard se déplaça sur mon corps, sur mon manteau boutonné jusqu'à mon cou. Ses yeux tombèrent alors sur ma main, et un instant plus tard, son poignet se referma sur moi.

Je regardai sa main.

Non.

Je devais tenir le coup. Le portefeuille.

J'avais oublié.

Il s'en empara. Ce fut tout. Il ne me retint pas.

Pourtant, il ne bougea pas, il ne parla pas. Il garda simplement ma main enveloppée dans la sienne. Lorsque je tournai le visage vers le sien, et que j'ouvris la bouche pour lui dire que je venais simplement le lui apporter, j'en fus incapable. Je sentis le parfum de son après-rasage par-dessus l'encens qui emplissait l'espace. C'était comme une petite part de lui, de Damon, séparée de cet endroit, de l'Église, de Jésus. De Dieu. Une partie de Damon, l'homme. Damon, l'humain. Damon, de chair et de sang.

Corruptible.

Corrompu.

Non.

Je rompis le contact visuel en tournant la tête.

C'était moi. C'était moi, la corrompue.

Que faisais-je ? À quoi pensais-je ? Pourquoi étais-je venue ici ?

Je reculai et dégageai ma main de la sienne. Le portefeuille tomba au sol avec un bruit sourd, résonnant bien plus fort qu'en réalité à mes oreilles.

— Lina...

Ce pour quoi j'étais ici, pourquoi j'étais venue, vraiment... ce que je désirais... lui, alors qu'il ne m'appartenait pas.

Il ne pouvait pas m'appartenir parce qu'il s'était promis à un autre.

Je contemplai encore le crucifix, et je jurai pouvoir sentir son accusation, sa condamnation, la colère venant des yeux fermés du Christ décédé.

J'étais une voleuse. Je comptais toujours lui voler Damon.

Je me tournai à nouveau vers lui, ses yeux bleus fixés sur moi, emplis de quelque chose qui les faisait paraître plus sombres... comme empreints de tristesse.

Ou peut-être était-ce des regrets. Des regrets pour ce que nous avions fait.

Sans mon consentement, mes doigts se levèrent pour toucher son visage, sa peau douce et chaude. Fraîchement rasée. Elle m'apparut rugueuse, comme elle l'avait été lorsque je l'avais vu pour la dernière fois.

Sa main s'enroula autour de mon poignet, sans le retenir ni m'attirer vers lui. Son pouce se frotta contre ma peau, je me surpris à m'approcher, incapable de lui résister.

— Que fais-tu ? murmura-t-il.

La porte s'ouvrit à ce moment-là, et Damon s'éloigna, me relâcha. Je regardai l'homme qui se tenait dans l'embrasure de la porte. Un autre prêtre. Je baissai les yeux.

L'homme plus âgé s'éclaircit la gorge. Je ne regardai même pas en arrière. Je ne jetai pas un dernier regard à Damon. Au lieu de cela, me sentant honteuse, je me retournai et sortis rapidement de l'église, en sentant quelque chose de chaud grandir dans mon ventre et remonter jusqu'à ma poitrine. Quelque chose qui m'emplissait la gorge, qui me briserait si je ne le laissais pas sortir, si je ne laissais pas éclater ma rage.

— Je suis désolée, dis-je à personne en particulier en poussant les lourdes portes, et en sortant dans la rue, là où le soleil matinal avait fait place à des nuages sombres.

Le vent annonçait la tempête à venir. Une rafale balaya mes cheveux, et me fit passer mes bras autour de moi alors que je fuyais à l'église, que je fuyais Damon, que je fuyais Dieu. Ma vision s'estompa lorsque je voulus disparaître d'ici, que je désirai que la terre s'ouvre et m'engloutisse tout entière et efface mon esprit, m'efface, pour ne plus avoir à penser, à ressentir.

Je ne devais plus penser à lui. Ni à Sofia, à Alexi ou à Sergei. Ni à ce que j'avais à faire. Ni au sujet du sentiment qui me tordait les tripes, en me faisant comprendre que j'allais tout perdre. Que je n'étais pas encore assez proche de la perte qui devait être la mienne.

Parce que je n'avais toujours pas payé pour mon péché. Pour avoir essayé de voler Damon, de l'écarter de son Dieu.

J'étais toujours redevable, et je devais en payer le prix.

16

DAMON

J
e me fichais que le père Léonard soit resté pour me regarder. Qu'il nous ait vus. Vu à quel point nous étions proches. S'il avait senti la tension dans l'air qui semblait défaire toute paix, tout ce qui était saint en ce lieu, qui en blasphémait son caractère sacré. Tout ce que je pus faire fut de contempler l'espace où elle s'était tenue, d'observer les portes fermées par lesquelles elle s'était enfuie.

C'était comme si elle était un fantôme. Comme si elle n'avait jamais été là. Comme si ça n'avait été qu'éphémère. Un instant. Un moment hors du temps.

— Damon, déclara le père Léonard d'un ton profond.

Je ne me retournai pas. Je m'en fichais. Quelque chose me tordit les tripes, scella ma gorge. Alors que je me penchais pour récupérer le portefeuille, je fermai les yeux et inspirai profondément, voulant refermer la brèche, voulant me retrouver seul. Afin de pouvoir me laisser abattre sans le moindre témoin.

Pourtant, lorsque la main du père Léonard toucha mon épaule, je tombai à genoux et baissai la tête sous le coup de la honte, face à ma faiblesse et à l'agonie que je ressentais. Sa perte pesait comme un poids sur mon ventre, comme une corde autour de mon cou.

Il ne parla pas, moi non plus. Quelques minutes plus tard, il me serra l'épaule et s'en alla tranquillement. Il me laissa là, sur le sol, à genoux devant l'autel. Je la regardai, elle et le Christ crucifié. Les bougies allumées devant lui. La lampe du tabernacle.

Le corps et le sang du Christ.

Qu'en avions-nous fait ? Quelle était cette chose, cette céré-monie pour célébrer le plus grand des saints ? Que cherchions-nous ? Le salut ? L'absolution ? Le confort ? L'amour ? Était-ce pour cela ?

C'était à l'église que tout avait commencé. Là où la graine du doute avait germé. Il y avait quatre ans de cela à Pienza. Lorsque sa sœur s'était retrouvée avec mon frère. Lina avait attendu que Sofia vienne et, comme elle n'en avait rien fait, j'étais intervenu.

Juste pour une sortie, je comptais lui montrer un de mes villages toscans préférés. Après le déjeuner, nous étions allés dans l'église. Une belle et ancienne structure. Il n'y avait pas le moindre touriste, ce qui avait été étrange à cette époque de l'année.

Lina avait alors 16 ans. J'en avais 24. Mais c'était innocent. Nous étions assis dans cet endroit calme et frais, à l'avant-dernier banc. J'avais dit une prière. Je me souviens encore du moment où je m'étais rendu compte que je l'avais prononcée à voix haute. Je l'avais trouvée en train de me regarder, les yeux écarquillés.

— *Je n'ai jamais vu quelqu'un d'aussi perdu dans la prière, avait-elle dit. Tu es vraiment dévoué.*

— *Je ne le suis pas. J'ai plus de doutes que tu ne peux imaginer.*

Je l'avais observé, surprise par mon aveu. Elle m'avait adressé un léger sourire en glissant sa main sous la mienne sur le banc de l'église. Pas dessus, mais dessous.

Une sensation étrange avait bouillonné dans mes tripes, quelque chose de neuf. Quelque chose qui me remplit d'espoir.

Je me rappelai encore le regard de Lina. Et malgré toute la foi dans le monde, je n'avais pas pu retirer ma main, n'avait pas pu m'éloigner de son regard. J'avais légèrement déplacé ma main afin que mes doigts s'enroulent autour des siens.

Il y avait eu quelque chose dans ce contact, dans ce regard, qui n'aurait pas dû être là. Je n'aurais pas dû le permettre.

À ce jour, je ne comprenais toujours pas pourquoi j'avais agi ainsi. À ce jour, je ne m'étais jamais confessé. Pas à une seule âme.

Pourtant, je m'étais repenti. Parce que ça l'aurait ruinée, détruite. Parce qu'alors, comme maintenant, elle était vulnérable et jeune, et j'étais égoïste. Je n'avais même plus l'excuse de la jeunesse désormais. Le célibat peut-être. Un manque de ce genre de... divertissement.

Quoi que ce soit, j'avais compris à quel point c'était mal. Terriblement mal. Pourtant, mes raisons étaient différentes.

C'était mal, parce que j'étais engagé envers l'Église, envers le Christ, envers Dieu.

Aujourd'hui, c'était mal parce que j'étais perdu entre deux esprits. Et je l'entraînais dans mes travers, sans même penser à elle. Sans penser à la façon dont elle souffrirait, à la façon dont je lui ferais du mal.

J'allais l'endommager. J'allais la ruiner, la détruire.

Cette fois-ci, de façon permanente.

17

LINA

L e soir de la fête, je jouai au club. Une fois ma prestation terminée, je montai dans l'appartement pour me changer, en me demandant dans quelle tenue ridicule il me mettrait cette fois. Si on allait me repeindre d'or. Je détestais cette peinture. J'avais l'impression de ne pas pouvoir respirer avec. Mais si les choses se passaient comme prévu, ce serait le dernier soir. J'en finirais avec ça.

En montant, je tombai sur Maxx en sortant de l'ascenseur.

— Kat, dit-il en m'adressant un signe de tête depuis l'extrémité du couloir.

— Je suis de service. Je crois que c'est le vestiaire, expliquai-je en désignant la porte droit devant, qui s'ouvrit à la fin de ma phrase.

Deux femmes sortirent dans le couloir. Cette fois, elles étaient peintes en argent, et au lieu de la lanière qui nous avait été attribuée l'autre fois, elles portaient chacune une chaîne en argent fine accrochée à leurs hanches, et reliée à un anneau percé sur leurs lèvres inférieures.

Je les observai, choquée, jusqu'à ce que Maxx s'éclaircisse la gorge.

— Par ici, monsieur Markov vous attend.

Je lui permis de me conduire vers une porte que je n'avais jamais traversée auparavant. Il ouvrit et se plaça sur le côté. À perte de vue, tout était rouge et or, les tapis, les rideaux, la tapisserie. Ça puait trop le fric et le manque de goût.

Il me conduisit à travers la pièce principale, où Alexi était assis derrière un bureau, et lisait quelque chose sur son ordinateur portable. Lorsque nous entrâmes, il ferma son ordinateur et me regarda. Maxx resta près de la porte et replia ses bras devant son torse.

— Kat.

Ce ne fut pas tout à fait une salutation.

— Assieds-toi.

J'obéis.

— Tu as l'air... fatiguée.

— Je vais bien. Je m'inquiète juste pour la soirée.

— Hum.

Il se leva et contourna son bureau pour s'y appuyer. Il croisa ses bras sur son torse et pencha la tête sur le côté.

— Anxieuse ?

— Je crois.

Il leva les yeux au ciel, avant de me regarder. Chacun de ses mouvements semblait calculé, déterminé. Cela me rendit d'autant plus nerveuse.

— La confiance est une chose difficile à gagner, pas vrai ?

— Je suppose que oui.

— C'est important de faire confiance à ses employés, n'est-ce pas ? Par exemple, Maxx. Je lui fais confiance. Lui et moi, ça remonte à loin, pas vrai, Maxx ?

Le silence lui répondit. Maxx semblait inconscient en regardant au loin. Je supposai alors qu'il savait ne pas devoir répondre à cette question.

— Lorsqu'ils ont mis mon père derrière les barreaux, j'ai dû défier chacun de ses employés. Je devais repartir de zéro. J'en ai laissé partir beaucoup. Mais j'ai quand même fait des erreurs.

Je me dandinai sur mon siège en comprenant ce qu'il voulait dire par « laisser partir ».

— Tu sais que mon père et moi ne sommes pas tout à fait d'accord. Nous ne l'avons jamais vraiment été.

— Je ne suis pas certaine de comprendre ce que cela a à voir avec moi, Alexi.

Il tendit la main et étudia ses ongles.

— Ta relation avec mon père était étroite, n'est-ce pas ?

— Je ne sais pas où tu veux en venir.

— Je sais que tu n'aimes pas laisser entendre qu'il t'a baisée, et je comprends cela. Les gens perdraient le respect qu'ils ont à ton égard.

— Je ne l'ai pas fait. Il ne l'a pas fait.

— Je veux dire, j'ignore les rumeurs. Je comprends ce que peut être la jalousie, surtout pour une jeune femme si attirante.

— Va droit au but, Alexi.

Il s'agrippa au bureau, toujours face à moi.

— Parlais-tu à mon père de cette façon ?

— Il n'y a jamais rien eu entre nous. Et même si ça avait été le cas, pourquoi t'en soucier ?

— Comment va papa ?

Sa question arriva de façon inattendue.

— Quoi ?

— Comment va-t-il ? Je l'admets, je ne suis pas allé le voir. Qu'est-ce que mon cher vieux papa voulait ? Tu sais, lorsque tu lui as rendu visite l'autre jour.

Les battements de mon cœur accélérèrent. Il savait. Merde. Il savait. Je jetai un coup d'œil en direction de Maxx, qui bloquait toujours la sortie. Non pas que je puisse m'échapper, pas si Alexi en avait décidé autrement.

— J'étais proche de lui, dis-je après m'être éclairci la gorge. Comme tu l'as dit. Je voulais lui rendre visite. Voir comment il tient le coup.

Alexi sourit.

— Tu ne penses pas que je suis stupide, si ?

— Alexi...

II fut brusquement hors de contrôle. Ce n'était pas comme ça que cela devait se passer.

— Bien sûr que non.

Alexi souleva son téléphone de son bureau, et déclara à celui qui était sur la ligne « il y en a une de plus ». Un moment plus tard, la porte derrière son bureau s'ouvrit, et une femme plus âgée, en haillons, apparut. Elle se tint là et m'adressa un bref sourire. Elle avait l'air de s'ennuyer.

— Debout, Kat.

Maxx fit un pas en avant.

— Alexi... commençai-je.

— Debout. La fête va bientôt commencer. J'ai besoin que tu ailles au maquillage. Tu ne m'apporteras pas grand-chose comme ça. Maintenant, lève-toi.

— Non, répondis-je en secouant la tête et en m'accrochant à mon sac alors que Maxx traversait la pièce.

Ses mains se refermèrent sur mes bras alors qu'il me mettait sur pied.

— Je n'étais pas d'accord.

— Ce que tu as accepté ou non de faire n'a plus d'importance. Tu as perdu tes droits lorsque tu as décidé de t'opposer à moi.

— Mais, Alexi !

Maxx me raccompagna à la porte, en direction de la femme, qui demeura silencieuse.

— Je t'en prie !

Alexi ouvrit un tiroir et en retira quelque chose de familier : le dossier que j'avais caché sous le sommier de mon lit. Mais lorsqu'il l'ouvrit et me montra les photos, je remarquai qu'il n'y en avait que quatre. Celle de Maxx manquait à l'appel.

— Hors de ma vue.

Alexi reprit place derrière son bureau. Maxx me conduisit à travers le couloir vers une autre pièce. Là, il me serra fortement alors que la femme coupait mes vêtements avec une paire de ciseaux et me dépouillait de tout, même de mon soutien-gorge et de ma culotte, avant de me disposer sur une table en métal froid et d'y lier mes poignets et mes chevilles. On plaça même un harnais en cuir sur mon front pour que je ne bouge pas la tête.

— Est-ce qu'elle crie ? Tu sais que je déteste le bruit, déclara la femme.

— Elle ne criera pas, répondit Maxx en croisant mon regard. Le feras-tu ?

Je jetai un coup d'œil à ses énormes bras, ne voulant pas savoir les dégâts qu'ils pouvaient causer. Je murmurai un « non » alors que la femme commençait à me préparer pour ce que je savais être la vente aux enchères.

Je me réprimandai pour ma stupidité, ma naïveté. Pour m'être laissé mettre dans cette position.

Ce soir, je serais battue. Et violée. Ou pire.

Je n'en savais rien.

Tout ce dont j'étais certaine, c'était que j'avais renoncé à ma liberté au moment où j'étais allée demander de l'aide à Sergei.

18

DAMON

Le père Léonard ne m'accusa pas vraiment de quoi que ce soit, mais il avait vu comment Lina et moi étions ensemble. Il avait vu comment nous nous regardions. Il n'était pas stupide. Il avait seulement mentionné en passant que si je voulais parler, sa porte était toujours ouverte.

Je me demandai s'il savait que Gavin m'avait envoyé ici. S'il connaissait la vraie raison pour laquelle j'avais été banni du séminaire.

Je vérifiai mon téléphone en montant les marches jusqu'à mon appartement, espérant toujours qu'elle appellerait, mais il n'y avait pas le moindre message. Je glissai mon portable dans ma poche, et pris les clés de l'appartement. Lorsque je l'atteignis, je trouvai la porte entrouverte. Une faible lumière s'élevait depuis l'intérieur.

Prudemment, je l'ouvris et m'arrêtai. Là, sur le canapé, se trouvait Alexi Markov. Il avait une jambe croisée sur l'autre et feuilletait un magazine. Il le ferma lorsqu'il me vit, et m'adressa ce que j'imaginais être un sourire.

La porte se ferma derrière moi lorsque j'entrai dans la pièce. Je me retournai pour apercevoir un deuxième homme debout devant celle-ci, comme s'il s'attendait à ce que je me retourne pour m'enfuir.

Je n'avais pas l'intention de fuir. En fait, ce bâtard venait de m'épargner un voyage.

— Où est Lina ? demandai-je en l'imaginant aux mains de ces deux hommes.

Je repensai à quel point elle pouvait être vulnérable dans tous les domaines. J'étais un homme. En dépit du reste, j'étais capable de me battre.

Alexi pencha la tête sur le côté, et fronça légèrement les sourcils, avant de tourner son attention sur une cuticule qu'il arracha et jeta sur le sol.

— Alors, voici l'homme.

Il ignora ma question.

— Celui qui a fait fuir ma fille en Floride à l'improviste.

Il croisa mon regard.

— Un prêtre, rien de moins.

Je marchai vers lui, mais l'homme derrière moi posa fermement sa main sur mon épaule, afin de m'arrêter.

— J'espère que cela ne vous dérange pas qu'on passe comme ça, poursuivit Alexi.

— Où est Lina ?

Alexi décroisa les jambes et se pencha vers l'avant, jetant un regard autour de lui.

— Qui ?

— Vous savez de qui je parle. Où est-elle ?

Putain.

S'il lui avait fait du mal, je ne me le pardonnerais jamais. Comment avais-je pu la laisser seule dans cet appartement, en sachant qu'il s'y rendait comme bon lui semblait ? J'avais suspecté que tout cela était hors de son contrôle. Je n'aurais jamais dû la laisser faire. J'aurais dû la traîner de force en Toscane.

Il sourit et se pencha pour soulever un magazine se trouvant sur la table basse.

— Peut-être qu'elle est ici ? Elle est petite, pas vrai ?

Il fit mine de regarder sous un presse-papier.

— Si vous lui avez fait du mal...

— Moi ? Lina ? Non. Kat, comme je la connais, va très bien. Elle est splendide, pour tout dire. Je ne toucherais jamais à un cheveu de sa somptueuse tête.

Pour une quelconque raison, je le crus. Il était ici pour me prévenir. C'était une démonstration de pouvoir.

— Écartez votre gorille de moi.

Alexi lui fit signe de s'écarter.

— Que voulez-vous, Markov ?

Il haussa les épaules.

— J'étais simplement curieux au sujet de cette amitié spéciale qu'entretient Kat avec vous. Elle n'a jamais eu d'amis auparavant, que je sache. Je tiens à elle, vous savez. Je veux simplement m'assurer qu'elle est en sécurité et avec la bonne personne. Elle peut se montrer impulsive, n'est-ce pas ?

— Que faites-vous ici ? Que voulez-vous ?

— Je suis confus. Mais alors, je ne suis pas un homme religieux moi-même. Un homme comme vous, un homme du peuple, est-ce ainsi que vous le dites ? Je croyais que vous deviez rester célibataires.

Je serrai les poings.

— Vous ne rompez pas vos vœux, n'est-ce pas, mon père ?

— Que voulez-vous ?

— Eh bien, je suppose que ça vous concerne.

Il sortit une enveloppe de sa poche.

— Je voulais vous inviter à une soirée. Mais si vous préférez que je parte...

Il resta debout, et remit l'enveloppe dans sa poche.

— C'est pour les débuts de Kat. Je pensais que vous voudriez être là. Si c'est autorisé pour un homme pieux, je veux dire. Mais après tout, si vous avez le droit de baiser, je suppose qu'une fête ne posera pas de problème.

Il traversa la pièce, et lorsqu'il arriva assez près, je posai ma main sur son épaule.

— De quoi parlez-vous ?

Il regarda ma main. Je ne bougeai pas.

Il releva alors le regard. J'avais quelques centimètres de plus que lui.

— La fête de ce soir. Le grand spectacle commence à peu près vers 1 heure du matin. Croyez-moi, vous ne voudrez pas manquer ça.

Il sortit à nouveau l'enveloppe et la jeta sur la table, là où je remarquai une petite boîte noire.

Il marcha, je jetai un coup d'œil vers l'enveloppe en relief, épaisse et argentée. Je ne me retournai pas pour m'assurer qu'ils étaient partis. Au lieu de cela, dès que j'entendis la porte se fermer, je me penchai pour m'en emparer et en retirer l'invitation. À l'intérieur, la lourde carte noire comprenait une date, une heure et un lieu : ce soir.

Je reposai l'invitation et ouvris la boîte pour trouver un masque noir avec un long nez, comme un masque de médecin de la peste d'autrefois, en plus inquiétant.

C'était quoi ce bordel ?

En sortant mon portable de ma poche, je composai le numéro de Lina. Je compris qu'elle ne décrocherait pas. Elle ne pourrait probablement pas. Alexi la détenait.

Je ramassai la boîte contenant le masque et me précipitai dans les escaliers afin de sortir pour appeler un taxi. En lui indiquant l'adresse du club Carmen, j'appelai Raphaël.

Lina était à court de temps. J'espérais simplement qui n'était pas déjà trop tard.

19

DAMON

Le trajet n'aurait pas dû durer plus de trente minutes en raison du trafic dense, mais ce soir cela sembla prendre plus de temps que d'habitude. Nous avançâmes lentement au son des klaxons et des lumières clignotant au loin.

— Que se passe-t-il ?

— On dirait qu'il y a un accident.

— Vous ne pouvez pas prendre un autre itinéraire ?

— Comment ? Devrais-je survoler le reste de ces trous du cul ?

— Je n'ai pas le temps pour ça.

— Aucun d'entre nous n'a le temps pour ça.

— Merde !

Je jetai des billets sur le siège avant, et sautai dans la rue. Les voitures klaxonnèrent, mais elles n'allèrent nulle part. Je traversai la ruelle jusqu'au trottoir et courus aussi vite que possible vers le club. Le temps que j'arrive, il était déjà minuit. L'ambiance au club lui-même battait son plein. C'est alors que je vis le tapis rouge à côté de l'entrée, avec deux hommes en costume noir et des masques blancs de sentinelle.

En reprenant mon souffle, je sortis mon invitation de ma poche et me dirigeai vers eux. L'un prit mon invitation, la regarda et me la rendit. L'autre m'ouvrit la porte. J'entrai dans une petite pièce, dont les murs étaient drapés de velours. De grandes bougies de cathédrales brillaient, et des chants grégoriens étaient chuchotés comme des avertissements en arrière-plan. Cet endroit était sombre et inquiétant, à l'image de ce qu'Alexi désirait.

Il y avait deux hommes à l'intérieur, tous deux arborant de longues capes noires et des masques blancs sur leurs visages. Deux femmes portant des robes en argent transparent, avec chaque centimètre de peau visible peinte en argent, se levèrent pour me saluer. Elles ne parlèrent pas, ne prirent que mon invitation, la regardèrent et me conduisirent au vestiaire. Je supposai que c'était là qu'il fallait se changer à moins de traverser Manhattan avec une cape et un masque. Tenue qui, même dans une ville comme New York, détonnerait.

J'enlevai mon manteau et le tendis à la dame. Des paillettes d'argent tombèrent alors qu'elle se déplaçait, me faisant sourire alors qu'elle poussait ce que je supposai être une cape noire, accompagnée du billet de retour de mon manteau, à travers le comptoir. Je mis le billet dans ma poche.

La femme qui m'accompagnait m'adressa un sourire similaire et ramassa mon manteau. Je devinai alors que j'étais censé enfiler le costume ici. Je le glissai sur mes épaules, la femme l'ajusta. Je me demandai si ça avait été le rôle de Lina lors de la nuit où elle était rentrée peinte en or. Si elle avait dû être à moitié nue comme ça.

La servante prit la boîte de mes mains, l'ouvrit et me la tendit. Je plaçai le masque sur mon visage, nous marchâmes alors vers l'ascenseur. Deux filles, habillées comme celle à côté de moi en sortirent, mon escort et moi y entrâmes. Elle appuya sur le bouton du penthouse, et nous montâmes en silence, chacun de nous regardant son propre reflet sur les portes-miroirs. Elle, belle, petite, délicate, moi ressemblant à la peste. Comme la mort noire venant réclamer ses victimes.

Les portes s'ouvrirent pour laisser échapper le même chant, mais ici, il sembla plus fort, plus inquiétant. Ce n'était pas un enregistrement, d'après ce que j'avais supposé au début, mais un groupe d'hommes sur une légère estrade qui chantaient.

Les murs étaient également drapés de noir ici, pourtant cette pièce était plus grande, à peu près aussi grande que tout le club Carmen. Des bougies coulaient sur de longs candélabres, et sur le sol en marbre veiné de noir et de blanc.

Chaque homme ici était habillé de la même manière que moi, avec des capes noires et des masques. Certains d'entre eux simples, d'autres richement ornés. Tous terrifiants.

Il y avait également des femmes. Leurs capes d'un violet profond, alors qu'elles portaient des masques rigides. Le rapport homme-femme était d'environ cinq pour une, et il devait y avoir bien plus d'une centaine de personnes.

La fille à côté de moi me fit signe d'avancer. Je m'exécutai. Elle me sourit encore, et lorsque les portes de l'ascenseur se refermèrent, elle disparut derrière elles.

Si quelqu'un se retourna à mon entrée, je ne le remarquai pas. Ils semblaient absorbés dans leur conversation, chacun tenant une flûte de champagne à la main. Les serveuses étaient moins habillées que celles qui m'avaient accueilli en bas. Elles ne portaient que des chaussures à talons hauts, et des chaînes d'argent accrochées à leurs hanches. Elles traversèrent la foule avec des plateaux remplis de verres de champagne frais.

Mes mains se serrèrent en pensant à Lina parmi elles, exposée de la même manière. Pourtant, j'observai chacune de ces femmes et ne la vis pas. Je ne savais pas si je devais me sentir soulagé ou anxieux. Alexi avait parlé de ses débuts. Qu'est-ce que cela voulait dire ?

En m'emparant d'une coupe de champagne que je n'avais pas l'intention de boire, je commençai à me frayer un chemin à travers la foule, partant à sa recherche tout en sachant que je ne pouvais pas la voir, pas encore. Pas avant qu'il ne le veuille.

Je vérifiai les sorties autres que les ascenseurs, mais toutes les portes étaient cachées derrière des rideaux. Les alcôves menaient hors de la pièce principale, et comportaient des petites zones de repos, ou de petits groupes se rassemblaient, riaient, parlaient. C'était similaire au club en dessous, mais ce qui se passait ici était différent. Au fil du temps, les rires se faisaient de plus en plus forts, et les invités se mettaient en cercle.

Une foule se rassembla autour d'un amusement particulier, et lorsque j'avançai vers elle, je compris pourquoi. J'ignore pourquoi il me fallut si longtemps pour comprendre quel serait le thème de la soirée de ce soir.

Je tournai le dos au trio gémissant, et fis un pas vers l'endroit où les hommes en costume installaient des chaises en face du centre du rassemblement où une plate-forme avait été érigée. Je vérifiai ma montre. Un peu plus d'une heure du matin. Je me redressai un instant, remarquant pour la première fois que même si tout le monde portait un masque, beaucoup étaient similaires et qu'il n'y en avait pas un seul comme le mien dans toute la pièce.

Bien sûr. C'était logique. Alexi voulait que je sois reconnaissable, même avec le masque dissimulant mon visage.

En passant, je me retournai vers là où une scène d'amour, non, de baise, s'intensifiait. La femme était désormais entièrement nue et à genoux. Elle avait un homme dans la bouche, l'autre derrière elle. Les hommes, bien que pour la plupart toujours habillés, avaient retiré leurs masques. Ils les avaient jetés de côté. En me déplaçant rapidement, je retirai le mien et le remplaçai par l'un des leurs, et y posai le mien à la place. Il s'agissait d'un simple masque blanc, rien de spécial. En fait, je ressemblais désormais à environ la moitié des hommes présents dans ce lieu.

Un gong résonna, les têtes se tournèrent. La mienne aussi.

Des chaises avaient été disposées. Deux femmes nues s'agenouillaient de chaque côté du gong, qui trônait sur une plate-forme en bois à environ deux mètres du sol. Un homme portant seulement une sorte de pagne se tenait devant les femmes et sonna à nouveau le gong. Les gens se déplacèrent pour prendre place. Je suivis, choisissant un siège le long de l'allée.

J'avais l'impression que Lina était sur le point de faire ses débuts. Mais avait-elle accepté ou Alexi l'avait-il forcée ? Était-ce là son plan ? Lorsqu'Alexi avait appris mon existence, il avait voulu s'assurer que j'étais témoin de sa chute ? Était-ce pour la déshonorer ? L'humilier ? Parce que j'avais compris qu'il s'assurerait qu'elle soit humiliée ce soir. Je n'avais plus aucun doute au sujet de ses intentions.

Ou était-ce pour me la montrer comme une sorte de pute ? Pour me forcer à sortir ? Non. Ce ne serait pas ça. Un homme comme Alexi Markov ne perdrait pas son temps sur ce genre de suppositions. C'était un voyou. Il utiliserait ses poings. Une autre frappe sur le gong fit plonger la pièce dans le silence. L'obscurité s'abattit, l'éclairage s'estompa de sorte que seule la lumière des chandelles éclaire la foule. Quelques instants plus tard, un projecteur s'alluma sur une porte par laquelle un homme entra habillé comme les invités, sauf qu'il arborait une cape rouge sang. Et son masque, qui couvrait tout sauf ses lèvres souriantes, était le plus élaboré de tous. Alexi Markov. Je le reconnus tout de suite à sa démarche, à la façon dont il se promenait dans les lieux comme s'il se prenait pour Dieu.

Des applaudissements suivirent son entrée. Alexi fit une sorte de révérence avant de lever la main pour intimer le silence.

— Ce soir, chers invités, est une nuit spéciale, commença-t-il.

Je regardai l'obscurité par laquelle il était entré, mais ne parvint pas à y discerner quoi que ce soit. En me concentrant sur lui, j'attendis qu'il continue à parler. Je suivis son regard autour de la pièce, il me cherchait. Il cherchait le masque de la peste noire. Nous le trouvâmes en même temps. L'homme qui le portait se trouvant deux rangées devant moi.

Après environ cinq minutes de plus à débiter des inepties, un projecteur se focalisa sur l'espace juste au-dessus de la scène. Deux hommes masqués écartèrent les rideaux noirs et les maintinrent ouverts. Après quelques secondes, la première femme en sortit.

Ma gorge se serra en la regardant, ainsi que la douzaine d'autres qui suivit. Elles étaient toutes belles. Toutes entièrement nues. Toutes avaient des barres de fer sur les épaules, dont le poids faisait plier leurs dos. Leurs bras avaient été écartés et liés aux barres par leurs poignets. Une par une, tandis qu'elles approchaient, je les scrutais attentivement, craignant le moment où j'apercevrais Lina. Je désirais en finir avec ça. Je voulais savoir si elle était en sécurité. Je me demandais également comment j'allais pouvoir la faire sortir d'ici.

Mais elle ne vint jamais.

Alors que chaque femme marchait sur la scène, Alexi les présenta, les fit tourner, les fit se pencher, puis les fit se tenir sur un bloc de bois pour commencer l'enchère. Même si cela me rendit malade, je compris que ces femmes avaient probablement été embauchées à cette fin.

Lina n'apparut pas.

Et alors que l'offre finale fut prise et que l'enchérisseur disparaissait derrière le rideau où j'imaginais que la compatibilité avait lieu, je devins plus anxieux, sachant qu'Alexi gardait le meilleur pour la fin.

20

LINA

Un masque de la honte me mit en cage.

Pourtant, Alexi n'en avait pas encore fini avec moi. En fait, il venait tout juste de commencer.

Je me tenais juste de l'autre côté des rideaux qui me protégeaient de la pièce où j'avais servi la fête d'Alexi il n'y avait pas si longtemps. Je portais une longue robe de soirée argentée qui pendait sur mes épaules et drapait le bas de mon dos. Mes bras étaient liés derrière moi avec des attaches en cuir aux coudes et aux poignets, me forçant à me tenir bien droite, faisant ressortir mes seins contre la soie délicate, mes mamelons visibles contre elle.

Les chaussures que je portais étaient d'une taille trop petite. Je me demandai si ça avait été intentionnel. Ma peau picotait encore à cause de la chair chaude qui avait été appliquée pour retirer tous mes poils, à part mes cheveux.

Pourtant, rien de tout ça n'avait d'importance. Tout était simple en prévision de ce qui allait venir, puisque la dernière femme avant moi monta sur la scène et fut mise aux enchères.

J'étais la suivante.

Je portais mon masque de la honte, un dispositif médiéval utilisé pour punir les commères et les humilier. Le métal lourd emprisonnait mon visage, laissant apercevoir mes yeux, et mon nez afin de me permettre de respirer. Dans ma bouche, la bride enfonçait ma langue, me rendant impossible la tâche de déglutir, de parler, de crier. Implorer l'aide d'un groupe de gens qui ne feraient que se délecter d'être témoins de ma honte.

— Avance, ordonna l'homme qui montait la garde.

Je pris peur, mais il ne croisa pas mon regard. Au lieu de cela, il me poussa seulement vers l'avant lorsque mes jambes refusèrent d'avancer.

Les murmures d'anticipation cessèrent lorsque je plaçai un pied sur la plate-forme, puis l'autre. Je m'arrêtai. Mon garde se pencha plus près.

— Avance.

Lorsque je croisai son regard, il me transmit un avertissement silencieux. Alors, j'obéis. Des paillettes d'argent tombèrent de mes épaules alors que j'entrais dans la pièce où Alexi m'attendait au centre de la scène, là où une mer de visages masqués me fournit des sons d'approbation alors que j'apparaissais entièrement.

Mon humiliation les excitait.

— Ah... voilà la pièce de résistance.

Chaque personne dans la pièce rassembla ses mains pour applaudir avec ferveur. Je les observai, la terreur m'emplissant. J'aurais crié si j'en avais été capable. J'aurais fui. Mais il n'y avait pas d'issue, pas pour moi, pas cette fois. Cette fois, j'étais terminée. Et tout ce que je pouvais faire était de me tenir debout, tremblante, et muette face à mon destin.

Je n'entendais pas ce qu'il disait. Je ne parvenais pas à l'écouter, car de la bile remontait dans ma gorge et menaçait de m'étouffer.

Deux femmes apparurent de nulle part, je sentis le froid du métal sur mes épaules. En un instant, elles m'arrachèrent la robe. La soie fraîche glissa le long de mon corps et s'accumula à mes pieds sur le sol. J'eus à peine l'occasion de le regarder, avant d'être tournée sur moi-même. Déplacée alors qu'Alexi parlait de mes charmes. Je fus ensuite pliée en deux, et sentis l'excitation des spectateurs comme s'ils n'étaient plus qu'un seul corps.

Je trébuchai lorsqu'on me hissa, mais ne tombai pas. Alexi

déclara un montant, la première main se leva, suivie rapidement par une seconde, une troisième et une quatrième. Ça continua, Alexi cria des numéros, les enchérisseurs enchérirent. Je luttai pour me retrancher dans un coin de mon esprit en comprenant que j'allais bientôt être violée.

La pièce commença à tourner, tous les bras se levant quand chaque homme ou femme surenchérissait face à moi, la voix d'Alexi se perdant au milieu des cris des invités. Un nombre final fut appelé, le temps sembla s'arrêter.

Tout le monde se tourna vers l'homme qui se tenait debout. Celui qui venait de placer ce que je savais être l'enchère finale.

J'observai Alexi, qui étudia l'inconnu masqué en une expression de pure haine. Je ne compris pas. N'était-ce pas ce qu'il voulait ? N'était-ce pas ainsi qu'il voulait me punir ? Me forcer à subir sa violence ?

— Vendue.

Je trébuchai lorsqu'il prononça ce mot, et manquai de peu de m'évanouir. Alexi me rattrapa, alors que les lumières s'éteignaient sur la scène. Il me fit face, et une fois que je fus stable sur mes pieds, il enroula sa main à l'arrière de la bride pour saisir la serrure et forcer ma tête à se pencher vers l'arrière. Les invités commencèrent à se lever de leurs sièges.

— Je t'aime comme ça, Kat. Peut-être que j'aurais dû te le faire porter lorsque tu jouais au club.

Je notai qu'il parlait au passé. Lorsque je fis un bruit en essayant de m'écarter, il tira plus fort. Un instant avant de me libérer.

Deux femmes réapparurent pour m'emmener, un garde me suivit de près. Leurs mains étaient plus douces que celles d'Alexi. Elles me firent entrer dans une pièce ronde, dénuée de meubles, drapée lourdement de riches rideaux cramoisis, de grands carreaux recouvrant le sol en noir et blanc.

Un homme monta la garde pendant qu'une femme me conduisait au centre même de la pièce, où ils enroulèrent une lanière de cuir autour de ma cheville, avant de me lier à un anneau sur le sol. Une des femmes aspergea une poignée de riz à mes pieds. Je trouvai cela étrange, incompréhensible au début.

— À genoux, ordonna-t-elle.

Alors, je compris.

Les femmes tinrent chacune un de mes bras pour me stabiliser, tandis que je m'agenouillais sur les grains durs. Ils creusèrent dans ma peau, et je compris qu'ils allaient bientôt me faire souffrir.

Je regardai par-dessus mon épaule le gardien qui congédia les femmes. Il attendit à côté de la porte jusqu'à ce que, un instant plus tard, elle s'ouvre. Alexi entra, le sourire plaqué sur son visage était plus terrifiant que n'importe quel masque qu'il aurait pu porter. Il m'encercla une fois, s'arrêta juste devant moi, la bosse dans son pantalon à quelques centimètres de mon visage.

— Bonne nouvelle. Ton chevalier en armure étincelante a payé ta dette. Ou devrais-je dire prêtre en soutane étincelante ?

Je l'observai fixement.

Il rit de sa propre blague idiote et frotta son érection à travers son pantalon. Alors qu'il cherchait sa fermeture éclair, la porte s'ouvrit et un homme masqué entra.

21

DAMON

Mon sang battait si fort dans mes oreilles que je ne m'entendais pas penser.

Mes mains tremblaient en la regardant, agenouillée sur le sol, les bras liés par ses coudes et ses poignets derrière son dos, sa cheville attachée à un anneau sur le sol, nue, le masque de la honte l'étranglant.

Elle tremblait alors que des larmes coulaient sur son visage, et je me demandai combien de ces autres, combien de ces putains de bâtards qui avaient enchéri sur elle trouveraient ses larmes excitantes. Trouveraient du plaisir dans sa douleur.

— Ah, déclara Alexi en se tournant vers moi. Le voici, notre heureux acheteur.

Je vis les yeux terrifiés de Lina, et me retournai vers Alexi avant de retirer le masque de ma tête. Je pouvais dire qu'il n'était pas surpris de me voir.

— Achetée et payée, déclara Alexi. Tout comme la pute qu'elle est.

Lina secoua sauvagement la tête, mais je ne parvins pas à la regarder. Je ne pouvais m'y résoudre, pas si je voulais la sauver.

— Achetée et payée, répondis-je en grinçant des dents, reconnaissant à peine ma propre voix.

La rage brûlait dans mes veines, alors que je réalisais que si je ne nous sortais pas rapidement de là, j'allais le tuer. J'allais le tuer, putain.

— Les clés, dis-je en tendant la main.

Il mit la main dans sa poche pour récupérer un trousseau.

— Dois-je retirer la bride ? Vous voudrez utiliser sa bouche, je suppose ?

— Achetée et payée, Alexi. Elle est à moi. Donnez-moi ces putains de clés et foutez le camp.

— Aïe, répliqua Alexi en feignant l'infraction.

Pourtant, ses yeux brillèrent, et je compris qu'il aimait cela.

— Je suppose que pour le montant qu'elle a coûté, vous pouvez garder la bride. Peut-être que vous voudrez la maintenir dedans. Charmant, n'est-ce pas ?

Il déplaça son regard vers elle. Je m'avançai vers lui avant que le garde ne puisse m'approcher, attrapai le col de sa chemise, et le poussai contre le mur. Des mains atterrirent sur mes épaules, mais je m'accrochai au visage d'Alexi. Je n'avais pas fini. Loin de là.

— Sa dette est payée. Elle en a fini avec vous et votre père. Suis-je bien clair ?

J'entendis la porte s'ouvrir et d'autres soldats entrer. D'autres mains me saisirent les bras.

— Est-ce que c'est clair ? demandai-je alors qu'ils me faisaient reculer.

Alexi renifla et ajusta son col. Il s'approcha, et lorsqu'il fut à un mètre de moi, il leva le poing et me frappa brutalement dans le ventre.

— Vous n'êtes pas celui qui donne les ordres ici, mon père.

Il me frappa encore, mais je m'en fichais. Il pouvait me faire ce qu'il voulait, du moment qu'il ne touchait pas à Lina. Pourtant, il lui rendit son attention bien trop tôt, et se pencha de sorte qu'il soit au niveau de son regard.

— Je ne sais pas si tu as entendu, mais il y a eu un terrible accident à la prison, chuchota-t-il en feignant d'être bouleversé.

Les yeux bouffis et rougis de Lina s'écarquillèrent, alors qu'Alexi tirait sur ses cheveux afin de lui faire relever le visage.

— Une émeute, ont-ils dit. Heureusement, un seul prisonnier a été tué.

Lina essaya de dire quelque chose, mais elle ne parvint pas à former ses mots. J'essayai de me libérer, mais Alexi se leva et se tourna vers moi.

— Finissez-en avec lui.

Il m'adressa un drôle de sourire avant de jeter les clés par terre devant les genoux de Lina.

— Pendant qu'elle regarde. Et lorsque vous en aurez fini avec lui, prenez ce que vous voulez de cette pute.

Il s'approcha de la porte. Quelqu'un l'ouvrit pour lui. Avant de partir, il se retourna pour nous faire face une fois de plus.

— Assurez-vous qu'il surveille cette partie. Après quoi, ils seront libres de s'en aller. Si l'un d'eux peut marcher, cela va de soi.

Alexi sortit, laissant trois gardes derrière lui. J'observai le visage désespéré de Lina, la regardai lutter, impuissante contre ses attaches. Je ne réfléchis pas à ce moment-là. Je n'entendis rien non plus, du moins rien d'autre que ma rage.

Ça a une sonorité, la rage. Ça consume, sans mot, sans forme, comme le chaos. Comme un putain de champ de bataille. Je me demandai si ça ressemblait au bruit du sang en train de bouillir.

Quoi que ce soit, cela emplit mes oreilles. La pièce autour de moi recula, laissant seulement Lina, agenouillée, enchaînée, à leur merci. Lina à genoux sous leurs mains.

Je laissai cette pensée m'alimenter, ces images brûler mes rétines, et d'une certaine façon, avec un rugissement sauvage, je levai mes mains et mes bras vers l'avant, traînant les hommes qui m'avaient rejeté en arrière, prenant le pouvoir sur eux alors que j'écoutais ses cris, leur colère, et les poussai l'un contre l'autre. Crâne contre crâne, jusqu'à ce qu'ils me libèrent, étourdis et confus. Pendant qu'ils trébuchaient, le poing du troisième homme entra en collision avec ma mâchoire. La douleur irradia momentanément comme un éclair devant mes yeux, mais je n'eus pas le temps de m'attarder dessus. Je n'avais pas le temps pour quoi que ce soit. Toute mon attention était concentrée sur elle.

Je frappai les hommes d'Alexi, les uns après les autres, ils en firent de même en m'atteignant au visage, au ventre, dans les reins. Je ripostai à chaque fois jusqu'à ce que finalement, je prenne le dessus.

Après que le premier ne fut tombé, je me jetai sur les deux autres, les pressant contre le mur. Je tirai sur les rideaux suspendus là, je déchirai le matériau pour révéler le mur de briques derrière. En les tirant tous deux par les cheveux, je fracassai leurs visages contre ce dernier, entendis l'os se briser, sentis le sang éclabousser mon visage, mes vêtements.

Je ne réalisai pas combien de fois j'agis ainsi. Je ne compris qu'à un moment donné que j'étais incapable de m'arrêter. Jusqu'à ce que des mains se referment sur mes bras et me traînent en arrière, me forçant à les relâcher. Je donnai un coup de pied dans leurs corps sans vie, avant de retomber sur un autre, et de revenir lentement à la réalité en entendant quelqu'un hurler des ordres, des cris provenant d'ailleurs, et la sensation d'un métal froid se refermant autour de mes poignets.

Je me tournai vers Lina alors que des hommes en noir, le FBI d'après ce que je parvenais à lire sur leurs équipements de protection, prenaient d'assaut la pièce, en entrant de derrière un rideau où une porte se trouvait. Un homme se pencha vers Lina, et encore une fois, j'essayai de m'échapper de l'étreinte de ceux qui me maintenaient en place. Ils ne lui feraient pas de mal. Je ne les laisserais pas lui faire de mal. Je ne les laisserais pas la blesser.

— Lina !

L'homme se redressa, tira la bride pour la libérer. Je suivis son regard jusqu'au sien et redoublai mes efforts pour me libérer, échouant à nouveau alors qu'il se penchait à sa hauteur.

— Maxx ? réussit à prononcer Lina.

L'homme d'Alexi, celui qui était passé chez moi.

— Retirez-moi ces choses.

Je hurlai en me tordant contre ceux qui, tout en me menottant, m'écartaient loin d'elle.

— Lina !

Max passa derrière elle, et je perdis les pédales. Bon sang, je les avais déjà perdues, pas vrai ? Est-ce que l'homme inerte à mes pieds pourrait se relever ? Il était mort. Je savais qu'il était mort, et qui il était.

— Ne la touchez pas !

Il n'en fit rien, pas comme ça. Il défit ses liens et l'aida à se relever. Des grains de riz saupoudrèrent le sol, pourtant beaucoup d'entre eux restèrent gravés dans la chair de ses genoux. Il ramassa ensuite la cape, la mienne, qui avait dû tomber pendant mon combat, et l'enveloppa sur ses épaules avant de la laisser venir à moi.

— Damon, pleura-t-elle, en me serrant contre elle, plus fortement qu'elle ne l'avait jamais fait auparavant.

Je ne pus bouger mes propres bras pour l'encercler à mon tour, pour l'éloigner de cette scène sanglante, alors que de nombreux cris provenaient de l'extérieur.

— Emmenez-les à l'hôpital, dit Maxx. Ne les perdez pas de vue.

Il jeta un dernier coup d'œil à la pièce, me regarda encore, et disparut à l'extérieur.

22

LINA

J'étais responsable.

Je restai assise seule dans un bureau semblable à celui de l'émission télévisée *Law and Order* je ne sais pendant combien de temps. Je ne portais pas de montre, et il n'y avait pas la moindre horloge dans la pièce. Ils m'avaient amenée ici une fois que j'avais obtenu le feu vert de l'hôpital. Je n'avais pas été blessée. Personne ne m'avait touchée.

Damon, par contre ? Je n'arrivais pas à me chasser l'image de son combat de mon esprit. Je n'arrêtais pas de voir ses poings s'abattre sur la chair de ces hommes, leurs têtes entrant en collision avec le mur de briques. Du sang éclaboussant et tachant Damon. Et l'homme étendu sur le sol. Celui qui aurait dû tabasser Damon, qui aurait dû me violer. Qui était demeuré immobile sur le sol.

Non. Il était plus probable qu'il soit dans un tiroir à la morgue à l'heure actuelle.

Merde.

Je m'étais endormie une fois. Ou plusieurs. Je n'en savais rien. J'avais juste conscience de me réveiller, la tête sur la table. Il n'y avait même pas de fenêtre dans la pièce, alors je ne pouvais pas voir le soleil. Ni le ciel nocturne. Ou n'importe quoi d'autre.

Après m'être levée, j'allai vers la porte pour la millième fois pour la trouver verrouillée. Ils ne m'avaient pas laissé entrer pour voir Damon à l'hôpital. À notre arrivée, ils nous avaient emmenés dans des pièces séparées, avec chacun sa propre escorte policière.

Ils avaient menotté Damon. Cela voulait-il dire qu'il avait des problèmes ? Il s'était simplement défendu. Il m'avait défendue. Je pourrais en témoigner. Mais qui me croirait après ma visite à Sergei qui, j'en étais certaine, avait été enregistrée quelque part.

Je tirai sur mes cheveux, jusqu'à ce que, finalement, la porte s'ouvre. Je me levai et observai Maxx entrer accompagné d'un autre homme qui portait un énorme dossier.

Ils fermèrent derrière eux, et Maxx me fit face, le regard attentif.

Je portais un pantalon de survêtement gris, un sweat assorti, ainsi qu'une paire de baskets usées. Le tout étant trop grand pour moi. J'avais replié le pantalon plusieurs fois pour le garder en place, mais c'était soit ça, soit être entièrement nue, puisque je n'avais pas de vêtements lors de mon hospitalisation.

— Madame Guardia, dit-il en déposant le dossier et en s'asseyant.

Il avait l'air si différent, complètement différent. Il portait toujours le noir de sa tenue, ses muscles gonflés sous sa chemise. Ses sourcils se froncèrent, et son expression devint sérieuse. Lorsque je l'avais connu comme étant le garde du corps d'Alexi, il avait toujours été distant, comme s'il ne voyait ou n'entendait rien. J'avais toujours su que le contraire était vrai, mais c'était... bizarre.

— C'est Lina, répondis-je en reprenant mon ancien nom.

Il me surveilla, sans trahir la moindre pensée.

— Je ne comprends pas. Vous travaillez pour Alexi.

Il secoua la tête.

— Je suis un agent fédéral. Maxx Carson. Je travaille sous couverture, et dans ce cas précis, je devais m'approcher d'Alexi Markov.

Il s'éclaircit la gorge.

— Je suis heureux que vous n'ayez pas été blessée. Physiquement, je veux dire.

— Mais Damon a été blessé, lui. Personne ne veut me dire ce qu'il se passe.

— Damon Amado ira bien. Il a deux côtes contusionnées et un poignet fracturé. Ce n'est pas surprenant, et il a eu beaucoup de chance, compte tenu de la situation.

Je soupirai, un poids énorme s'enlevant de mes épaules. Mais alors, je réalisai quelque chose.

— Est-ce que j'ai des problèmes ?

Il m'étudia à nouveau. Par tous les dieux, c'était grandement perturbant.

— Vous savez que Sergei Markov a été blessé dans une émeute à la prison hier ?

— Blessé ? Alexi m'a dit qu'il était mort. Ou en tout cas il l'a suggéré.

Bien qu'il n'ait jamais réellement mentionné son père, maintenant que j'y pensais.

— Il se remet. Ses blessures sont graves, mais il s'en sortira.

Il me contempla. Était-ce mal que je me sente soulagée qu'il ne soit pas mort ?

— Est-ce que j'ai des ennuis ? demandai-je à nouveau.

— Nous avons des questions. Pour l'instant, c'est tout.

Je hochai la tête. Était-il au courant du journal que j'avais gardé au lieu de le rendre ? Est-ce là-dessus qu'ils avaient des questions ?

— Quelle était votre relation avec Sergei Markov ?

— Il était mon employeur au club Carmen, jusqu'à ce qu'il soit arrêté et qu'Alexi prenne la relève.

Maxx sourcilla.

— C'est tout ? Il vous a logée gratuitement, vous a offert des vêtements...

— En quoi cela importe-t-il ?

En quoi ma stupidité comptait-elle ?

Il se renfonça dans sa chaise, et croisa les bras sur son torse.

— C'est important. Surtout compte tenu du fait que vous lui avez rendu visite il y a quelques jours en prison. D'autant plus que trois personnes nommées dans le dossier qu'il vous a remis ont été retrouvées mortes au cours de la dernière année, et qu'une autre a disparu.

— Mortes ?

— Mortes.

— Vous étiez dans ce dossier.

Il m'adressa un demi-sourire. Avant d'en dire plus, j'entendis du bruit au-dehors, et la porte s'ouvrit.

— Je suis désolée, Maxx, déclara une femme.

Un homme plus âgé en costume trois pièces entra et posa sa mallette sur la table entre les agents et moi. Il prit une carte et la tendit à Maxx, qui s'en empara. Il m'en remit ensuite une.

— Reginald T. Lewis. Ma cliente ne répondra plus à vos questions.

— Cliente ?

Monsieur Lewis tira une chaise et s'assit à mes côtés.

— Votre beau-frère, Raphaël Amado, m'a engagé pour vous représenter.

— Raphaël ?

Merde. Il était au courant ? Cela voulait dire qu'il en allait de même pour Sofia. Je secouai la tête.

— Vous me représentez ? Suis-je en état d'arrestation ?

Maxx s'empressa de répondre avant que l'avocat ne puisse prendre la parole :

— Non. Ce n'est pas le cas. Nous cherchons simplement à répondre à certaines questions, Madame Guardia. C'est tout. J'ai participé à cette enquête bien longtemps avant votre rencontre avec Alexi Markov, et à moins que vous ne me disiez quelque chose que je ne sais pas déjà, vous n'avez aucune raison de prendre un avocat.

— Je vais vous demander de ne pas intimider ma cliente, déclara monsieur Lewis.

Maxx l'observa et se redressa sur sa chaise.

— Je peux répondre aux questions, intervins-je. Je veux le faire.

Mais d'abord, j'en avais une pour mon supposé avocat.

— Raphaël vous a embauché ?

— Oui. Un collègue est un ami commun.

— Est-ce qu'il... vient ici ?

— Non. Votre sœur est incapable de voyager, et il ne la quittera pas à ce stade de sa grossesse.

— Elle va bien, n'est-ce pas ?

Depuis combien de temps n'avais-je pas parlé à Sofia ?

— À ma connaissance, oui, elle va bien.

Maxx s'éclaircit la gorge. Nous retournâmes tous deux notre attention vers lui.

— Vous avez rendu visite à Sergei Markov en prison, il y a quelques jours.

— Oui. Je suis allée le voir parce que j'avais peur de ce qu'Alexi ferait, s'il s'en prenait à moi. Il pensait que je lui devais de l'argent. Mais vous connaissez cette partie. Vous étiez là.

Il n'avait pas bougé lorsqu'Alexi m'avait giflée. Il m'avait attrapée et m'avait fait reculer pour que je ne puisse pas m'enfuir.

— Vous l'avez laissé me frapper.

Il ne dit rien, mais son regard me fit comprendre qu'il n'avait pas oublié.

— Sergei m'a dit qu'il m'aiderait. Il a dit qu'il effacerait ma dette et me débarrasserait d'Alexi si je lui disais que les gens dans ce dossier se trouvaient à sa fête. Mais ils sont morts ou disparus, alors je ne comprends pas.

— Il tentait d'envoyer un message à Alexi. Il savait qu'il vous faisait suivre. J'ai fait ce qu'il fallait. C'est pourquoi ma photo n'était pas dans le dossier lorsqu'Alexi l'a reçu.

— Il s'est servi de moi ?

Maxx me dévisagea comme si j'étais une idiote ; je supposai que pour lui, c'était le cas.

— Il voulait envoyer un message à son fils. Le fait d'avoir ma photo parmi les personnes qu'ils savaient tous deux être des informateurs rendrait Alexi soupçonneux.

— Il voulait aider Alexi ?

— Il voulait surtout protéger ses intérêts.

— Mais Alexi a essayé de le faire tuer ?

Il ne répondit pas.

— Sergei Markov vous a également fourni une belle avance de payement, déclara-t-il à la place.

— Je lui ai dit que je ne voulais rien. Il a simplement inclus l'argent dans le dossier. Je n'avais jamais prévu de le garder.

— C'est vrai ? demanda-t-il sarcastiquement.

— Oui. Ne me croyez pas, si c'est ce que vous voulez. Mais tout est encore là. Et c'est la vérité.

— L'argent n'a pas d'importance, Lina, intervint monsieur Lewis. Vous ne pouvez pas empêcher quelqu'un de vous en faire cadeau, même s'il s'agit d'une personne comme Sergei Markov.

— Où est Alexi ? m'enquis-je.

— Sain et sauf dans une cellule de prison, là où il se doit d'être.

— Et pourquoi voudrait-il que son père soit tué ? Surtout après que Sergei a essayé de l'aider.

Il répondit à ma question par l'intermédiaire d'un autre de ses collègues.

— Monsieur Markov a mentionné quelque chose pendant votre visite à la prison.

Il fit une pause, sans doute pour donner un petit effet.

— Il a mentionné des liens avec votre grand-père.

Comment savait-il de quoi nous avions parlé ? Il devait s'agir des gardiens de la prison. Sergei était arrogant. Était-il devenu négligent ?

Je jetai un coup d'œil à mon avocat, qui posa sa main sur la mienne et la tapota.

— Vous n'avez pas à répondre à d'autres questions, déclara-t-il en se tournant vers Maxx. Je crois que madame Guardia a été plus que généreuse en partageant ce qu'elle sait. Je suis certain que les événements de la nuit ont eu des répercussions sur elle, et qu'elle aimerait rentrer chez elle. Afin de se reposer.

— Sergei et Alexi Markov essayent tous deux de conclure un marché, Madame Guardia. Ils racontent tous les mensonges qu'ils peuvent pour sauver leur peau. Père contre fils, fils contre père. Et ils pourraient s'en tirer en semant assez de doutes. Ce sont deux hommes très dangereux dont nous parlons.

Il prit des photos de l'intérieur du dossier. Je n'en regardai qu'une seule avant de devoir me détourner, mon souffle se coupant face à cette horrible vision.

— Oh, voyons. Ce n'est pas nécessaire, intervint monsieur Lewis au sujet des photos.

Maxx l'ignora et reprit la parole :

— Votre avocat a raison. Vous n'avez pas à répondre aux questions. Je peux vous assigner à témoigner sous serment. Ce serait beaucoup plus facile de le faire maintenant.

Il se pencha vers moi.

— Vous n'aurez pas le moindre problème. Nous voulons simplement mettre des criminels derrière les barreaux. Pas vous.

— Lina... commença monsieur Lewis.

— Non, dis-je en croisant le regard de Maxx.

Je devais dire la vérité. Je devais terminer cela. J'avais caché des preuves. Est-ce qu'il y avait des gens sur ces photos qui étaient morts à cause de ça ? Parce que j'avais essayé de protéger mon grand-père et de protéger par inadvertance la famille Markov ?

— Mon grand-père... c'est un vieil homme.

Les larmes me montèrent aux yeux.

— Je ne veux pas qu'il ait d'autres ennuis.

— Dites-moi ce que vous savez, et je verrai ce que je peux faire.

— Nous conclurons l'entente avant qu'elle ne communique des renseignements. Je souhaite l'immunité pour ma cliente, pour son grand-père...

— J'ai un journal. Je l'ai gardé lorsque j'ai remis les deux autres aux autorités. Ceux qui montraient d'où venait l'argent volé par grand-père. Et là où il disparaissait.

Monsieur Lewis maugréa quelque chose.

— Continuez.

— Le nom de Markov est mentionné plusieurs fois. Sergei, ou peut-être les deux, a travaillé avec mon grand-père.

— Où est-il ?

— En Italie. Dans la maison en Toscane. Je l'ai caché dans la chapelle de la propriété.

Lewis leva le bras, et Maxx se renfonça dans sa chaise.

— Allez passer quelques coups de fil.

Le collègue de Maxx fut déjà debout.

— Merci, ajouta Maxx. J'ai besoin que vous restiez dans le coin au cas où j'aurais d'autres questions. Puis-je avoir confiance ?

Je hochai la tête.

— Puis-je aller voir Damon ?

— Je vais demander à quelqu'un de vous reconduire à l'hôpital.

— Ce ne sera pas nécessaire. Je vais raccompagner ma cliente.

— Mon appartement. Sergei a dit qu'il était sur écoute. Était-ce le cas ?

— Non, pas par nous, du moins.

Donc, il m'avait menti. Il s'était servi de moi et m'avait menti.

— Puis-je retourner y chercher des vêtements ?

— L'accès à l'appartement est interdit pour l'instant. Mes hommes le parcourent au cas où d'autres preuves y seraient cachées.

— Et Damon, il n'aura pas de problème, pas vrai ?

— La légitime défense n'est pas un crime.

Je soupirai de soulagement.

— J'aimerais y aller.

Maxx hocha la tête.

— Ça me va.

Il mit la main dans sa poche et en retira un téléphone portable.

— C'est pour que je puisse vous joindre. C'est ça ou une cellule de détention, et je ne veux pas vous faire ça.

Je m'en emparai en hochant la tête. Nous nous levâmes tous.

— Madame Guardia.

J'arrivais à la porte lorsque Maxx me rappela. Je me retournai.

— Je n'aimais pas qu'il lève la main sur vous. S'il avait fait plus, je l'en aurais empêché.

Je n'étais pas certaine de savoir ce à quoi il s'attendait. S'il pensait que je lui dirais que c'était acceptable ; à mon sens, ce n'était pas le cas. Au lieu de répondre, je me tournai vers M. Lewis pour partir.

Lorsque nous sortîmes, je pus constater que c'était le matin d'après la position du soleil.

— Depuis combien de temps suis-je là ?

— Trente-six heures.

— C'est plus qu'une journée.

Il fronça les sourcils et hocha la tête, avant de me conduire à l'hôpital. Je l'informai rapidement que je ne souhaitais pas faire la conversation lorsque je m'assis en silence sur le siège passager et qu'il tenta de lancer une discussion. Lorsque nous arrivâmes à l'hôpital, je sortis du véhicule.

— Merci, Monsieur Lewis.

Il me tendit la main pour me remettre sa carte. Je n'avais pas pris celle qu'il m'avait tendue au FBI.

— Il n'y a pas de problème, mais il faut faire attention avec le FBI. Ils soupçonnent tout le monde d'être un criminel, peu importe à quel point ils essayent de se faire passer pour les bonnes personnes. Votre beau-frère paye une grosse somme pour me retenir, alors j'aimerais m'assurer que vous me contacterez s'ils vous approchent directement.

— Je n'ai rien à cacher, Monsieur Lewis. Je viens de distribuer toutes mes cartes.

— C'est la façon dont ils se joueront de ces cartes qui m'inquiète.

Je voulais me rendre à l'intérieur. Je ne voulais pas rester ici et avoir cette conversation.

— Je vous appellerai, promis-je en récupérant la carte.

Une fois à l'intérieur, je montai au cinquième étage pour me rendre dans la chambre de Damon. Ou tout du moins, là où je pensais qu'il s'agissait de sa chambre, mais lorsque j'ouvris la porte, un vieil homme dormait dans le lit où Damon aurait dû être. Paniquée, je reculai et vérifiai le numéro de la chambre avant de tourner dans le couloir et de chercher le poste des infirmières. Je m'y précipitai presque.

— Excusez-moi. L'homme dans la chambre 523, Damon Amado, où est-il ?

L'infirmière leva le doigt pour me signaler qu'elle serait à moi dans un instant, et termina d'abord son appel téléphonique, qui ressemblait plus à une conversation privée.

— Excusez-moi ! essayai-je encore.

En me jetant un regard irrité, elle raccrocha le téléphone et pencha la tête sur le côté, sans prendre la peine de sourire.

— Comment puis-je vous aider ?

— Damon Amado. Il était dans la chambre 523 hier. Où est-il ?

Elle cliqua sur plusieurs onglets sur son ordinateur avant de répondre :

— Il a été libéré il y a quelques heures.

— Libéré ?

Dieu merci.

— Savez-vous où il est allé ?

Elle se pencha sur son siège.

— Cela pourrait vous surprendre d'apprendre cela, mais nous ne sommes pas des gardiennes d'enfants ici, mademoiselle.

Je courus vers les ascenseurs, et en arrivant dans la rue, je réalisai que je n'avais ni mon sac ni mon portefeuille. Et je n'avais réellement pas envie d'appeler M. Lewis. L'église se trouvait à une heure de marche. En enroulant mes bras autour de moi, frissonnant dans ma tenue de jogging qui me couvrait à peine, je me dirigeai loin de l'hôpital et en direction de l'église.

23

DAMON

Je m'assis sur le premier banc de l'église et observai le Christ crucifié. Ma vision s'estompa, et je ne réalisais plus depuis combien de temps je me trouvais là. J'avais besoin de nourriture et de sommeil, mais je ne parvenais pas à bouger de cet endroit.

Lina avait été emmenée au FBI pour être interrogée. J'avais essayé d'aller la voir ce matin une fois après avoir été libéré, mais je n'avais pas pu passer le stade de la réception. J'avais laissé un message manuscrit pour elle, mais je ne savais pas si elle l'avait reçu. S'ils avaient pris la peine de le lui donner.

Raphaël s'était arrangé pour engager un avocat, alors au moins elle ne serait pas seule. Et j'avais eu besoin de revenir à l'église, mon esprit étant inondé par les événements de la nuit précédente.

J'avais sauvé Lina, mais en attendant, j'avais tué un homme. Je l'avais battu à mort.

Je glissai mes doigts d'une perle à l'autre de mon chapelet, sans pour autant prononcer de prière. Ce n'était pas tout à fait conscient. Les perles, c'était une habitude. Des années d'entraînement. Je contemplai l'autel, le cadavre du Christ.

J'avais pris une vie. Cet événement se répétait inlassablement dans ma tête. Ça n'était pas la chose la plus bouleversante ni la plus troublante.

Je n'étais pas désolé.

Je ne l'avais pas été à ce moment-là. Je ne l'étais pas plus en cet instant.

Tout ce à quoi je pouvais penser, en réalité, était au fait d'enrouler mes mains autour de la gorge d'Alexi Markov et de lui arracher la vie.

Était-ce ce qu'on appelait une soif de sang ? Était-ce ce qui se passait une fois que vous aviez tué ? Est-ce que l'on développait une envie de toujours plus ?

Il avait mis Lina aux enchères, l'avait assommée avec la bride, l'avait ligotée avec du cuir et des chaînes. Il l'avait déshabillée pour que tout le monde puisse la voir. Il avait ordonné son viol.

Un bruit remonta du fond de ma gorge, un grondement, semblable à celui d'un animal.

Quelque chose de sauvage. Je n'arrêtais pas de penser à quel point tout cela aurait pu se passer différemment. À ce qui aurait pu lui arriver.

J'avais parlé au père Léonard une fois arrivé à l'église. Ce n'était pas une confession. Pas du tout. J'avais simplement besoin de dire la vérité. De prononcer à voix haute la putain de vérité.

Je lui avais raconté ce qu'il s'était passé. Ce que je ressentais. Comment je voulais détruire Alexi Markov. Comment je ne me sentais pas désolé d'avoir tué un homme. Comment je le referais, si c'était pour la protéger. Je lui avais avoué l'avoir baisée.

Je l'avais baisée, elle. Volontairement.

Il était soit incroyablement bien entraîné pour masquer ses émotions, soit pas surpris, du moins pas par ma dernière phrase. Je supposai qu'il s'agissait là d'une sorte de confession. Mais ne devait-on pas s'excuser pour que cela compte comme une confession ?

J'avais passé toutes ces années au séminaire, et je n'y avais jamais pensé.

Je n'étais pas désolé. Même pas un peu.

J'étais en colère. Non. Ce n'était même pas suffisant. J'étais en rage. Cette soif de sang brûlait encore dans tout mon corps.

Les portes de l'église s'ouvrirent, je me redressai, écoutant les bruits de pas s'approcher de l'autel.

Je compris que c'était elle. Je la sentis.

Elle s'arrêta, mais je ne levai pas les yeux. Au lieu de s'asseoir sur le banc, elle s'agenouilla face à moi, tourna son visage vers le mien, puis déposa sa tête sur mes genoux et pleura silencieusement, de lourdes de larmes.

J'arborais des points de suture sur le visage, juste sous mon œil et à l'arcade. Je portais une attelle au poignet, mes côtes étaient bandées. Chose qu'elle ne pouvait voir. Ma chemise dissimulait les dommages. Du sang souillait encore mes vêtements, le mien ainsi que le leur.

Au moins, il ne lui appartenait pas à elle.

Elle avait besoin d'être lavée. Son corps avait besoin d'être nettoyé. Pour enlever la saleté de cette nuit-là. Pour en bannir toute trace de sa peau. De son esprit.

Elle portait un horrible survêtement gris surdimensionné, ainsi qu'une vieille paire de baskets trop grande pour ses pieds. Je tendis la main pour toucher sa tête, caressai doucement ses cheveux. Elle tourna son visage vers le mien, les yeux recouverts de maquillage. Ce qui les fit paraître d'autant plus vides. Sa peau semblait avoir perdu la couleur qu'elle avait gagnée en Floride. Elle paraissait pâle et fatiguée à la place.

En repensant à elle portant ce masque, je serrai les mains.

— Damon.

Elle dut sentir le changement en moi. Je me penchai et pris délicatement son visage entre mes mains. Il faisait froid, mais je ne m'en souciais guère. Je la fis se remettre debout.

— Je suis vraiment désolée, dit-elle, encore et encore, encore et encore. Je suis vraiment désolée.

— Lina, commençai-je, la voix rauque, sombre, comme si elle ne m'appartenait pas et était celle d'un autre.

Je l'accompagnai vers l'autel. Elle trébucha lorsque ses pieds heurtèrent la première des trois marches menant vers le haut. Ça n'avait pas d'importance, pas pour ce que j'avais à faire. Ce que je ferais. Je n'arrêtais pas de la regarder. Je n'arrêtais pas de penser à ce que j'avais presque perdu.

Mon emprise sur son visage se durcit. C'était comme si j'avais besoin de savoir qu'elle était réelle. Tangible. Je l'embrassai. Je ne réalisai même pas de quel genre de baiser il s'agissait, mais un besoin s'éleva en moi, autre que celui du désir ou de la passion.

Je détournai mon regard d'elle pour le fixer sur l'autel, vers le Christ crucifié.

Je pensais avoir fait le bon choix. Mais tout était flou avec elle. Toutes ces lignes que je n'aurais jamais dû franchir, je me tenais fermement de l'autre côté.

Elle hurla quand je la soulevai de terre, ses baskets tombant au sol lorsque je la portai par-dessus mon épaule pour la faire sortir de l'église. Il fallait que je la conduise loin d'ici, dans ma chambre.

Je ne parlai pas. Elle non plus. Je la déposai au pied de mon lit, et m'emparai de la ceinture du pantalon hideux, avant de le descendre sur ses cuisses, sur ses jambes. Je poussai alors Lina à s'asseoir sur le bord du lit.

Je me sentais fou, enragé, et pourtant, alors que j'observais son visage effrayé, ses yeux confus, la fente de son sexe nu, tout ce à quoi je pensais, tout ce que je pouvais entendre, tout ce que je pouvais sentir était le sang qui affluait dans ma queue, mon érection durcie par le besoin de s'enfouir en elle, ici, comme ça.

Je l'allongeai et défis mon pantalon, repoussant celui-ci ainsi que mon caleçon vers le bas aussi loin que possible avant de m'emparer de mon sexe.

— Que...

— Chut.

— Damon...

Lorsqu'elle essaya de se lever, j'appuyai une main sur sa poitrine et glissai en elle. Elle était serrée, pas encore prête pour moi. Pourtant, je ne m'en souciai guère. Je voulais la blesser, comme avant. Comme quand je l'avais punie. Je voulais la blesser parce que j'étais tellement en colère.

Elle poussa un son. Je reposais de tout mon poids sur elle et je couvris sa bouche de ma main.

— Prends-le. Prends-moi.

Je reculai et poussai plus fortement. De la sueur perla sur son front. Ses yeux se fermèrent, elle haleta sous ma main. Je me retirai et recommençai, plus fort, en la regardant me prendre, en la blessant.

Ses mains se levèrent vers mes épaules, je retirai les miennes de sa bouche, les plaçant de chaque côté de sa tête. Ses ongles creusèrent dans ma chair meurtrie alors qu'elle se mettait à gémir.

Elle gémit derechef lorsque j'entrai à nouveau en elle. Je n'avais jamais baisé par colère avant cela, et je me sentais bien en le faisant. C'était délicieux de la posséder ainsi. De savoir que je lui faisais mal. De savoir que la prendre comme ça la faisait mienne. Qu'elle était entièrement mienne. Qu'il avait fallu cette nuit, cette nuit terrible, pour que mes yeux s'ouvrent enfin.

La main de Lina toucha mon visage. Sa caresse fut douce, terriblement tendre. À l'inverse de ce que je lui faisais.

Je lui retournai son regard. Je me redressai un peu, et soulevai son genou droit afin de le plaquer contre sa poitrine. Je jetai alors un coup d'œil vers son sexe, son petit trou serré, alors qu'elle était entièrement exposée à moi.

Comme il se devait. Comme ça aurait toujours dû l'être.

Je glissai hors d'elle, et pendant un moment, elle parut confuse. J'agrippai ma queue trempée de sa mouille, et la guidai vers son anneau de muscles serrés avant de presser, de me frotter contre elle jusqu'à ce qu'elle s'ouvre et absorbe mon gland.

Je plongeai alors dans ses yeux. Ils étaient un peu plus écarquillés, et j'appréciais cela. J'aimais sa panique. J'aimais le fait qu'elle se donne à moi, malgré sa peur.

— Je m'en fiche que tu jouisses, lui dis-je en enfonçant ma queue plus profondément, dans son passage si serré et si chaud.

Ses ongles labourèrent la peau de mes épaules, ses yeux se fermèrent, ses dents mordirent sa lèvre alors que j'en prenais plus, que je trouvais mon rythme, la possédant par-derrière, centimètre par centimètre jusqu'à être enfoncé jusqu'à la garde.

Je m'arrêtai là, savourant sa chaleur, le fait d'être en elle, si profondément en elle.

Elle émit un gémissement. Elle bougeait, frottait son clitoris contre moi, et sous mon regard, elle gémit en jouissant...

Putain, il lui fallut une éternité pour finir de jouir.

Je sentis mon ventre et mes cuisses s'humidifier sous l'effet de son plaisir, les muscles de ses fesses se contractèrent autour de moi alors que je la regardais perdue dans l'extase, mémorisais son visage en cet instant parfait, cette milliseconde avant que je la défonce par-derrière et entende ses cris, lâchant toute ma colère contre elle. Tout cela en la regardant jouir encore, finalement, j'atteignis l'extase et me calmai, en palpitant et en me vidant en elle, la remplissant de mon sperme, la remplissant de moi.

24

LINA

Je me ramollis dans les bras de Damon. Je le sentais toujours en moi, sa queue plongée dans mon endroit le plus secret, son sperme à cet endroit. Je voulais le garder pour toujours, une partie de lui, en moi.

Damon semblait différent. Si je m'attendais à ce qu'il soit désolé ou se sente coupable de ce qui venait de se passer, je compris qu'il n'en était rien. En réalité, il semblait déterminé, sûr de lui. Pas le moins du monde confus.

— Damon ?

Il se tourna vers moi, m'observa de la tête aux pieds. Il n'avait pas ramassé les chaussures qu'on m'avait prêtées. Elles étaient toujours sur le sol de l'église. Comme s'il ne m'avait pas entendue, il me déshabilla entièrement. Ça ne fut ni érotique, ni dur, ni tendre. Ce fut mécanique.

— Allonge-toi sur le ventre.

Même avec son sperme encore en moi, mon clitoris enfla à cet ordre. Je déglutis. Damon se dirigea vers la salle de bain, et se tourna vers moi arrivé au niveau de la porte alors que je ne bougeais toujours pas.

— Fais ce qu'on te dit, Lina. Je sais que ce n'est pas ton point fort, mais ça doit changer. Maintenant. Allonge-toi sur le lit et sur ton ventre. Je dois te nettoyer.

— Je peux le faire moi-même, rétorquai-je en comprenant ce qu'il voulait dire par là.

Mes paroles furent calmes alors que la chaleur irradiait sous ma peau.

— Hum.

Il me tourna le dos.

— Allonge-toi, répéta-t-il en m'ignorant complètement.

Il disparut dans la salle de bain. J'entendis l'eau couler. Je me déplaçai lentement vers le bord du lit, et m'allongeai comme il me l'avait demandé. Il me rejoignit rapidement, et s'empara d'un oreiller.

— Soulève tes hanches.

Je regardai le mur en face de l'endroit où il s'assit, et m'exécutai. Il glissa l'oreiller sous mes hanches, afin de les élever.

— Est-ce nécessaire ?

— Oui.

Il s'installa sur le lit.

— Écarte les jambes.

J'obéis, me sentant à nouveau excitée alors que je tentais de ne pas laisser son sperme s'échapper de moi, sachant que je mourrais d'humiliation si cela arrivait.

— Bonne fille. Cambre le dos et écarte les fesses.

— Damon...

— Fais-le.

Je reculai lentement pour lui obéir. Je m'ouvris à lui, et regardai fixement le mur face à moi, mortifiée.

— Regarde-moi maintenant.

Je hochai la tête. Je ne voulais pas le voir, je ne souhaitais pas qu'il me voie. Pas comme ça.

— Je t'ai dit de me regarder.

À contrecœur, je tournai la tête, de sorte que je sois étendue face à lui. Il rencontra mon regard, puis déplaça résolument le sien jusqu'à mes fesses.

— Les choses auraient pu se passer très différemment.

Il frotta le linge chaud et savonna l'endroit le plus privé de mon corps qu'il venait d'utiliser.

— Il n'était pas nécessaire d'en arriver là. Je suis tellement reconnaissant que tu sois en sécurité, que tu ne sois pas blessée, et en même temps, je suis tellement en colère contre toi.

— Je n'avais pas le choix, Damon. Alexi m'a forcée...

— Je t'ai donné le choix ! Tu as fait le tien.

— Tu es parti !

— Je t'ai dit que je t'aiderais. Que je te sortirais de ce pétrin.

Je baissai les paupières.

Il avait raison. Il avait entièrement raison.

Je l'entendis respirer profondément. Peut-être comptait-il jusqu'à dix.

Il frotta le gant de toilette sur moi. Je gémis, me tordis, mais il s'empara de ma hanche, et m'arrêta.

— Non. Garde les yeux sur moi.

En constatant que je ne bougeais pas, il me claqua les fesses. Je sursautai, plus surprise que blessée, et posai ma joue sur le lit afin de pouvoir l'observer. Il portait toujours la chemise tachée de sang, et les points de suture sur son visage semblaient douloureux.

— Je veux que tu comprennes quelque chose, commença-t-il en prenant son temps. Ce qui est arrivé hier soir, je n'arrive pas à y penser sans me sentir malade. En te voyant là-haut, incapable de parler, ligotée, nue devant tous ces...

Sa lèvre se tordit en un signe de répulsion.

— Devant ces monstres.

Il frappa son poing contre la tête de lit, laissant une marque dans le bois.

— Si tu avais été blessée...

— Je ne l'ai pas été. Tu m'as sauvée.

Une larme coula de mon œil, passa sur mon nez et tomba sur le lit. Je compris à quel point nous aurions été proches de la catastrophe s'il ne m'avait pas sauvée. Je réalisai ce qu'il se serait passé alors. À lui. À moi.

— Tu dépends de moi à partir de maintenant, compris ?

Je hochai la tête.

— Tu resteras ici avec moi, et je déciderai de ce qui se passera à l'avenir avec cette enquête, avec tout. Y compris avec le fait de passer un appel à ta sœur pour tout lui expliquer.

— Damon, je ne peux pas faire ça...

— Tu vas appeler ta sœur, tu lui expliqueras chaque putain de détail.

Je hochai à nouveau la tête, incapable de soutenir son regard.

— Mais d'abord... écarte les fesses.

J'avais relâché mes mains, mais désormais, je m'écartai encore plus pour lui. Il frotta le chiffon sur mes fesses, avant de le poser entre mes jambes écartées et de retirer l'oreiller de dessous moi.

— Ramène tes genoux vers ta poitrine.

— Damon, je t'en prie.

Il me caressa la tête, avant de s'emparer d'une poignée de mes cheveux et de me la tordre en arrière. C'était doux et... dur à la fois.

C'était lui. Entièrement lui.

— Mon sperme est-il encore en toi, Lina ?

Je déglutis fortement. Il le savait parfaitement, il voulait simplement que je le dise.

— Réponds à ma question.

— Oui.

— Je m'évertuerai de connaître chaque partie de toi. Même ça. Je vais le regarder glisser. Maintenant, mets-toi à genoux et garde tes yeux rivés sur moi tout le temps. Il y a des façons plus embarrassantes de le faire si tu préfères.

— S'il te plaît, Damon...

— Détends tes muscles.

Lentement, je fis ce qu'il me dit, me sentant honteuse et excitée en comprenant que c'était un acte de soumission à lui, ce qu'il voulait, tout en sachant que cette petite humiliation l'était tout autant pour moi que pour lui. C'était une démonstration de son pouvoir sur moi. C'était ma soumission pleine et entière à lui.

Et c'est ce que je fis. Je gardai mes yeux rivés sur les siens alors que je détendais mes muscles, et j'observai son visage alors que son sperme glissait hors de moi, se répandait, chaud et poisseux, et tombait sur le gant de toilette. Je vis sa queue se tendre contre son pantalon alors qu'il me contemplait. Et lorsqu'il croisa mon regard, mon châtiment, quelque chose changea entre nous.

Le changement fut petit, et pourtant important. Quelque chose de lourd. Nous appartenions l'un à l'autre, d'une manière inédite. C'était entier, complet, final. J'étais à lui, il était à moi.

— Je t'aime, chuchotai-je.

Il sourit.

Lorsque ce fut terminé, il me fit rouler sur le dos et posa sa main sur mon sexe. Son regard plongé dans le mien, il frotta mon sexe humide, mon clitoris, et m'embrassa. Ce fut tendre, doux. Ce fut comme faire l'amour. Je me donnai entièrement à lui en jouissant, sa langue contre la mienne, sans être touchée davantage.

Après cela, nous allâmes dans la salle de bain où Damon se déshabilla entièrement. C'est alors que je vis les bandages autour de ses flancs. Il fit couler l'eau dans la baignoire, vérifia la température avant de poser le bouchon.

— L'eau est chaude. Trop chaude. Mais j'ai besoin que tu te nettoies. Je dois nettoyer toute la saleté d'hier.

Il grimpa dans la baignoire. Il me laissa l'observer, son corps endommagé, avant de tendre son bras vers moi, paume vers le haut. Je réalisai alors ce qui était différent. Jusqu'à présent, il avait toujours fait passer mes besoins en premier, il avait pensé à moi en premier. Il le faisait aussi en cet instant, pourtant différemment. Selon ses conditions.

— Viens ici, Lina.

En avançant, je plaçai ma main dans la sienne et entrai dans la baignoire. L'eau était brûlante. Il faisait trop chaud, pourtant je m'y habituai rapidement. Je m'y glissai lentement. Il passa derrière moi, me serra entre ses genoux.

— Comment es-tu arrivée ici ? demanda-t-il.

— J'ai marché.

— Tu as marché ? Depuis le bureau du FBI ? Sans manteau ?

— Non. Depuis l'hôpital. L'avocat que Raphaël a engagé m'a conduite jusqu'à l'hôpital lorsqu'ils m'ont laissé partir, mais tu avais déjà été relâché.

Je fis une pause, mes yeux s'emplissant de ces malheureux souvenirs.

— Tu as été blessé à cause de moi.

— Je vais bien. Ce n'est rien.

— Ils doivent être remplacés.

Il ramassa une éponge et commença à me frotter le dos. Ça faisait du bien, au début, mais il accentua de plus en plus la pression. Je me laissai faire, cependant. Je ne bougeai pas. Au lieu de cela, je contemplai son visage dans le reflet du miroir sur le mur opposé.

— Sergei n'est pas mort, déclarai-je, sans vraiment savoir si je devais en parler.

— C'est dommage. Retourne-toi.

Je me décalai alors pour lui faire face, faisant sortir de l'eau de la baignoire.

— Damon, ça va ?

Était-il en état de choc ? À cause du meurtre ? Je voulais lui poser la question, en parler, mais je compris que je ne devais rien en faire.

Il s'arrêta pour me regarder.

— Je ne suis pas désolé.

— Quoi ?

— Je ne regrette pas d'avoir tué un homme. Ni d'avoir blessé les autres. En réalité, tout ce à quoi je peux penser, c'est enrouler mes mains autour de la gorge d'Alexi et l'étrangler.

— Damon...

Il recommença à me nettoyer, son regard se perdit au loin. Je le laissai faire.

Nous ne parlâmes pas avant qu'il ait terminé. Il laissa l'eau quitter la baignoire et en sortit, attrapa une serviette, m'enveloppa dedans, et me sécha avant d'en prendre une pour lui. Il se sécha rapidement et la fit tomber au sol.

— Dormons, déclara-t-il. Je pense que nous avons tous les deux besoin de dormir.

Il tira les rideaux et me conduisit au lit, là où il m'allongea avant de grimper à côté de moi et de m'envelopper dans ses bras. Sa

respiration se stabilisa presque immédiatement. Je restai allongée-
là, pendant un moment, à savourer la sécurité de ses bras. De sa
chaleur. De ce sentiment d'être enfin la maison.

— Merci, murmurai-je. Merci d'être venu pour moi.

Il m'attira plus près de lui.

— Dors, Lina.

25

DAMON

Tôt le lendemain matin, je me rendis dans un magasin de proximité afin d'acheter des vêtements basiques pour Lina, qu'elle pourrait porter jusqu'à ce que les fédéraux la laissent retourner à son appartement pour récupérer ses affaires.

Je m'assis ensuite face à elle pendant que nous écoutions tous deux le téléphone sonner chez Sofia et Raphaël.

Raphaël n'avait rien dit à sa femme. Ce fut en tout cas ce qui ressortit de sa façon de répondre au téléphone, et de la petite conversation qu'elle entretint avec Lina. Et au vu de la surprise qu'elle laissa échapper en m'entendant avec elle.

— Je suis confuse, je pensais que tu étais à New York, Damon ? Est-ce que mon cerveau de femme enceinte me joue des tours ?

— Je suis à New York. Tout va bien dans ton cerveau. Mais je t'ai caché quelque chose que je n'aurais jamais dû, avouai-je.

— Ce n'est pas sa faute, intervint Lina.

— Que se passe-t-il ? demanda Sofia.

J'entendis Raphaël en arrière-plan, nous écoutâmes tranquillement, sans parvenir à entendre toute la conversation, mais certaines parties de celle-ci, surtout lorsqu'elle lui demanda depuis combien de temps il était au courant et pourquoi il ne lui avait rien dit.

— Ce n'est pas la faute de Raphaël non plus, Sofia. C'est la mienne. J'ai fait jurer à Damon de garder le secret. Je l'ai fait chanter pour qu'il ne dise rien.

— Est-ce que ça va, Lina ?

Sofia semblait préoccupée. Les larmes coulaient des yeux de Lina, et le bout de son nez rougissait comme toujours lorsqu'elle était sur le point de pleurer. Pourtant, elle inspira profondément et se redressa.

— Ça va, maintenant. Raphaël, tu m'entends aussi ?

— Oui, répondit mon frère.

— Je suis désolée de t'avoir fait mentir à Sofia.

— Tu ne m'as pas forcé à faire quoi que ce soit que je n'ai pas choisi de faire, Lina. Je n'ai pas aimé ça, mais c'était pour le mieux. Je suis heureux que tu sois maintenant hors de danger.

— Est-ce que la police s'est déjà rendue sur place ?

— La police ? s'enquit Sofia.

— Oui, ajouta Raphaël. Ils ont trouvé le journal et l'ont pris. J'imagine qu'il sera bientôt entre les mains du FBI.

— Quel journal ?

Lina expliqua à Sofia comment elle avait gardé une preuve trop accablante pour leur grand-père. Elle l'écouta en silence.

— C'est l'une des raisons pour lesquelles je suis venue à New York. C'était tout ce à quoi je pouvais penser, ce journal, ce qu'il contenait. Grand-père a mentionné quelqu'un : Markov. Alors je l'ai trouvé. J'avais besoin de le voir par moi-même. De donner un sens à toutes ces choses.

Lina lui raconta toute la longue histoire sordide, sa sœur ne pipa mot.

— Que va-t-il se passer maintenant ? demanda Sofia.

— J'ai embauché Lewis pour la défendre, si on en arrive là. Il sera présent lorsqu'elle se fera interroger, lui apprit Raphaël.

— Ils ne peuvent pas t'arrêter. Tu avais 16 ans.

— Je ne pense pas que ce soit ce qu'ils désirent, répondit Lina.

Je veux simplement m'assurer que grand-père n'aura pas plus de problèmes.

— Il mérite sa peine. Ça n'avait rien à voir avec toi ! craqua Sofia. Pourtant, tu as choisi de te mêler de toute cette histoire.

— C'est notre grand-père, dit Lina doucement.

— Et regarde ce qu'il a fait. Détruire notre héritage n'était pas suffisant. Il a failli t'avoir...

Lina s'essuya les yeux lorsque Raphaël prenait la parole :

— Quand vas-tu la ramener à la maison, mon frère ?

Je dévisageai Lina.

— Ce sera à elle de décider, lorsqu'elle aura obtenu le feu vert du FBI.

Je ne la traînerais nulle part, je ne la forcerais pas. C'était ainsi qu'elle s'était retrouvée dans ce pétrin. C'était l'une des premières choses qu'elle m'avait dites. Que tout le monde prenait toujours les décisions à sa place, pour son bien. Moi aussi, je l'avais fait.

— Je vais rester ici avec elle. Je ne la quitterai pas des yeux tant que toute cette affaire ne sera pas réglée.

— Je n'ai pas le droit de prendre l'avion, répliqua Sofia. J'aimerais être là avec toi, Lina.

— Ta place est là-bas, Sofia. Tu dois penser aux bébés. Vous ne savez toujours pas s'ils sont des garçons et des filles ?

— D'après leurs coups de pied, je suis certaine qu'au moins l'un d'entre eux sera un joueur de foot, répondit Sofia.

Lina sourit, ce fut son premier sourire authentique depuis bien longtemps.

— J'ai hâte de les rencontrer.

— Moi aussi, ajouta sa sœur.

Le téléphone portable que Maxx avait confié à Lina sonna. Elle l'observa, puis me regarda.

— Nous devons partir, intervins-je. Nous vous rappellerons plus tard.

— Damon ? m'appela mon frère.

Je pris le téléphone, désactivant l'option haut-parleur.

— Oui ?

— Nous devons parler.

Je soupirai.

— Laisse-moi m'occuper de Lina d'abord.

— D'accord. Si tu as besoin d'autre chose...

— Je n'hésiterai pas.

Nous raccrochâmes. Je me tournai vers Lina, qui hocha la tête et apprit à la personne qu'elle avait au bout du fil, qu'elle la verrait dans une heure. Elle raccrocha ensuite.

— C'est Maxx. Je peux entrer dans l'appartement pour récupérer mes affaires.

Son soulagement était visible sur son visage.

— J'apprécie les vêtements que tu m'as achetés, mais honnêtement, j'aurai l'impression d'être une nonne.

Je souris.

— Je n'ai pas l'habitude d'acheter des vêtements pour femme.

J'avais pris une jupe lui arrivant aux genoux, ainsi qu'un chandail surdimensionné. Cependant, ce à quoi j'avais prêté attention était les sous-vêtements. Puisque je lui avais acheté une culotte en dentelle rouge, ainsi qu'un soutien-gorge assorti.

— Et ils ont bien le journal. Ils vont faire des tests là-dessus, je suppose, en le comparant aux preuves qu'ils avaient déjà. Maxx sera ici dans quarante-cinq minutes. Il m'emmènera à l'appartement, puis dans leurs bureaux pour d'autres questions. Je devrais probablement appeler monsieur Lewis.

— Je pense que c'est une bonne idée.

— Je n'ai rien à cacher, Damon.

— Je sais, mais il connaît la loi. Ça pourrait aider de l'avoir là-bas. Je serai là, moi aussi.

— Je ne sais pas s'ils te l'autoriseront.

— Je m'en fiche.

Je vérifiai ma montre.

— Je dois descendre pour parler au père Léonard.

L'homme en question était debout à balayer le sol de l'église lorsque j'entrai. J'eus le sentiment qu'il m'attendait.

— Damon, dit-il en s'avançant vers moi.

— Père.

Lorsque je croisai son regard, il ne fut pas ce à quoi je m'attendais. Cependant, j'eus le sentiment que Gavin avait bien fait de m'envoyer ici plutôt qu'ailleurs.

— J'étais en train de terminer, m'apprit-il. Je pensais prendre une tasse de café. Veux-tu te joindre à moi ?

— J'aimerais bien.

Nous sortîmes de l'église et entrâmes dans un café en bas de la rue. Nous commandâmes nos boissons habituelles et prîmes une table à l'arrière. Le père Léonard m'étudia.

— Comment va la jeune fille ?

Il devait savoir que Lina était avec moi.

— Mieux.

— Je suis content. Comment vas-tu ?

— Mieux, moi aussi.

Lorsque je m'arrêtai, il sirota son café.

— Gavin est un vieil homme intelligent, tu sais. Il a l'œil vif. Il m'a fait la même chose. Il s'est assuré que je comprenais qu'il n'y avait pas de péché à semer mon avoine sauvage avant de me décider à faire le dernier pas. Du moins, dans mon cas, c'était ça. J'ai l'impression que ce sera différent pour toi.

Je soutins son regard et je compris. En réalité, je n'en doutai pas.

— Je l'aime.

Il hocha la tête en souriant.

— Quand vas-tu faire savoir à Gavin que tu quittes le séminaire ?

———

J'ACCOMPAGNAI LINA À SON APPARTEMENT. LE FBI AVAIT ÉTÉ minutieux dans leurs recherches, même le plancher et les armoires avaient été fouillés. Je ne savais pas ce qu'ils espéraient trouver. Lina ne m'apprit pas ce qu'elle ressentit en voyant cela, mais j'eus le sentiment qu'elle ne s'était jamais sentie à la maison dans cet endroit. Pas avec Sergei, et encore moins avec Alexi.

Elle emballa ses affaires personnelles, remplit trois sacs de sport, alors que Max l'observait, les bras repliés sur son torse. Nous allâmes ensuite à son bureau, où elle fut interrogée à nouveau.

Monsieur Lewis nous y rencontra, et lorsque j'entrai dans la salle d'interrogatoire, Maxx ouvrit la bouche, vit mon expression, et la referma.

— Le journal est authentique, déclara-t-il. Il prouve le lien que Markov entretenait avec votre grand-père.

— Que va-t-il lui arriver ? À mon grand-père, je veux dire ?

— Il coopère avec nous, lui apprit Maxx, qui semblait contrarié à ce sujet. Il conclura un accord pour faire tomber Sergei.

— Seulement Sergei ? Qu'arrivera-t-il à Alexi ?

— Nous nous en servirons pour veiller à ce que Sergei fournisse des preuves à l'encontre de son fils.

— Le fera-t-il ? s'enquit Lina.

Maxx nous regarda tour à tour.

— Les deux hommes sont coupables de beaucoup de choses. Si je peux les mettre tous les deux derrière les barreaux pour au moins trente ans, je les remplacerai par une mise à l'ombre de cinquante ans, et laisserai l'autre s'en aller.

— Lina est-elle en sécurité ?

— C'est une des choses dont je dois vous parler. Nous aimerions que vous témoigniez contre Alexi Markov. Que vous disiez au jury que vous avez été retenue contre votre volonté, mise aux enchères. Il faudrait leur donner une idée claire du déroulement de ces soirées. Sergei et Alexi ne sont pas les deux seuls que nous poursuivons. Nous en avons ramassé plusieurs autres pendant le raid. D'autres qui ont été prêts à acheter votre corps sans votre consentement.

Le visage de Lina pâlit.

— Non, dis-je.

— Ce serait...

— J'ai dit non.

— Ces gens... ils sont horribles. Ce que je les ai vus faire...

Elle secoua la tête, et se força à faire face à Maxx à nouveau.

— Mais cette nuit-là, ils portaient des masques. Je ne serai pas en mesure d'identifier qui a enchéri sur moi.

— Cela n'aura pas autant d'importance que ce que vous nous

direz, il faudra dépeindre le tableau pour le jury. Ce soir-là, et l'autre soir où vous avez servi des boissons.

— Et qu'en est-il de sa sécurité ? Est-ce que cela ne placera pas une cible sur son dos ?

— Elle sera sous notre protection.

— Sous votre protection ? Vous l'avez laissé se faire kidnapper par Alexi Markov. Vous l'avez même aidée à le faire.

— L'opération...

— Au diable votre opération, tempêtai-je en me levant. Lina.

Lina se leva lentement. Lewis en fit de même et commença à remballer sa mallette.

— Je ne voudrais pas devoir vous assigner à comparaître, ajouta Maxx lorsque nous arrivâmes à la porte. Vous avez les moyens de quitter le pays, une maison où aller. Je préférerais un témoin coopératif et volontaire plutôt qu'un risque de fuite.

— Menacez-vous ma cliente ?

— Et si... puis-je retourner en Italie ? J'aimerais aller voir ma sœur, intervint Lina. Si j'accepte, je veux dire.

— Lina, tu ne témoigneras pas, répliquai-je.

Maxx m'ignora et se concentra sur Lina.

— Vous n'êtes pas en état d'arrestation. Et si vous acceptez de devenir un témoin coopératif, je ne vois pas pourquoi vous ne pourriez pas vous y rendre, même si votre protection ne sera alors plus de mon fait.

— Elle n'a pas besoin de votre protection.

— Avec tout le respect que je vous dois, un seul homme ne pourra rien faire contre l'armée de Markov, déclara Maxx.

Je vis à nouveau cette nuit-là défiler devant mes yeux.

— Avec tout le respect que je vous dois, où étiez-vous, vous et vos hommes, lorsque Markov a ordonné que son gang la viole ?

L'avocat s'éclaircit la gorge, alors que Maxx et moi nous regardions.

— Je suis sûr que vous êtes tous les deux sincères, s'interposa monsieur Lewis.

Maxx inspira profondément et se pencha sur son siège en clignant des yeux.

— Mon frère et moi avons de nombreuses ressources. Je m'assurerai de la garder en sécurité.

— Madame Guardia, réfléchissez-y. Décidez par vous-même.
Vous pouvez mettre ces monstres de côté, ou les laisser libres de
blesser d'autres gens, d'autres femmes.

— N'est-ce pas votre travail ?

J'ouvris la porte.

— Allons-y.

26

LINA

— Maxx ne faisait que son travail, ai-je dit plus tard ce soir-là, alors que nous retournions chez Damon après le dîner.

— Il savait depuis le début ce qu'Alexi avait l'intention de te faire, et il l'a accepté. Il était prêt à ce que tu deviennes un dommage collatéral.

— Je ne connais pas ses intentions ni ce qu'il pensait, et honnêtement, je m'en fiche. Nous sommes désormais en sécurité. Alexi est derrière les barreaux.

— Et maintenant, le FBI souhaite que tu témoignes contre lui et contre une foule de mafieux russes.

— Peut-être que je devrais le faire. Je ne peux pas avoir peur d'eux continuellement, et si je peux les aider à les mettre dans l'ombre, ne devrais-je pas tenter le coup ?

Je fis une pause, lui jetai un coup d'œil.

— Tu n'étais pas là pour l'autre soirée, Damon. Tu n'as pas vu ce qu'ils ont fait.

— Je m'en fiche. C'est de toi que je me soucie.

Je retirai ma main de la sienne et m'écartai.

— Pourquoi cela t'intéresse-t-il ? Tu t'en vas, de toute façon.

— Quoi ?

— Tu vas partir dans six mois. L'Église t'attend.

— Je n'y retournerai pas. J'en ai informé le père Léonard ce matin.

— Je ne comprends pas. Tu t'étais décidé.

— Je me suis trompé.

— Quoi ?

Avais-je bien entendu ?

— Je suis tout à toi, Lina. Si tu veux de moi.

— Quoi ?

— Je quitte le séminaire.

Il me fallut une minute entière pour retrouver ma voix.

— Tu es sérieux ?

Il sourit. Ce ne fut pas un sourire facile, et je compris à quel point cette décision lui coûtait, mais pendant un instant, je ne m'autorisai pas à penser à cette partie. Je bondis dans ses bras, ma poitrine gonflant de bonheur.

Il m'a choisie, moi.

Damon m'attrapa dans ses bras en riant. Et pendant un court instant coupé du temps, je pensai que c'était ça. Qu'il s'agissait de notre fin heureuse. Ne l'avions-nous pas méritée après tout cela ? N'avions-nous pas payé assez ? Serait-ce suffisant ?

Pourtant, avant qu'il ne me repose à terre, le téléphone que Maxx m'avait donné se mit à sonner. Damon le remarqua en premier, et mon sourire disparut peu après le sien. En réalisant que je ne bougeai pas, Damon prit le téléphone de ma poche afin de répondre.

— Oui.

— Monsieur Amado, ici Maxx Carson.

Bien qu'il n'ait pas mis le téléphone sur haut-parleur, je parvins à entendre clairement sa voix.

— J'ai des renseignements qui, je le pense, pourraient intéresser madame Guardia.

— Quels renseignements ?

— Est-elle là ?

— Quels renseignements ?

— Son grand-père est transféré.

J'observai Damon, qui demeura silencieux.

— Ne vous inquiétez pas. Il ne s'est rien passé. Il a une santé de cheval.

Maxx s'éclaircit la gorge.

— Pour l'instant, au moins.

— Qu'est-ce que ça veut dire ?

— Il va être transféré dans la prison où sont détenus Sergei et Alexi Markov.

— Quoi ?

— Malheureusement, la décision ne m'appartient pas.

— Est-ce parce qu'elle ne veut pas témoigner contre Alexi ?

— Les deux événements ne sont pas liés.

— Exact.

Ce fut calme pendant un long moment, et j'eus le sentiment qu'il avait prévu tout cela.

— Je ne suis peut-être pas en mesure d'arrêter le transfert, mais je peux assurer la sécurité de votre grand-père.

— Laissez-moi deviner. Vous voudrez la coopération de Lina en échange de cette sécurité.

— Une coopération est toujours appréciable, Monsieur Amado.

— Allez vous faire foutre, Maxx.

Je pris le téléphone des mains de Damon.

— Je vais le faire. Je vais témoigner. Mais vous devez m'assurer qu'il sera protégé. S'il est blessé...

— Lina, m'avertit Damon.

— Vous ne pouvez pas les laisser lui faire du mal.

Je ne pourrais supporter d'être responsable d'avoir encore fait du mal à mon grand-père.

— Je suis heureux de l'entendre. Pourquoi ne pas venir au bureau demain matin, nous pourrons alors discuter des détails. Laissez votre petit ami à la maison.

— Ce n'est pas juste. C'est un vieil homme.

— Ce n'est peut-être pas juste, mais c'est la vie. Et votre grand-père est très loin d'être innocent. Il y a une raison pour laquelle il est en prison. Je vous verrai demain matin, Madame Guardia.

Il raccrocha.

— Je vais appeler Lewis. Voir s'il y a quelque chose que nous pouvons faire, m'informa Damon.

— Je suis fatiguée.

— Allons à l'étage. Tu pourras t'allonger un peu...

— Pas ce genre de fatigue. Je suis fatiguée de tout ça. De la vie n'ayant de cesse de finir toujours ainsi. Est-ce que je suis punie ? Est-ce que c'est ça ? Est-ce à cause de ce que j'ai fait à mon grand-père ? Ou est-ce à cause de nous ? Parce que je t'ai volé ?

— Tu as fait ce qu'il fallait. Ton grand-père est un criminel, Lina.

— Il reste toujours mon grand-père.

Damon soupira.

— Et tu ne m'as pas volé. Je t'ai choisie.

— Ton Dieu est vengeur.

— Non, il ne l'est pas.

— Comment peux-tu dire cela après tout ce qui t'est arrivé ? À toi, à ta famille ?

— Parce que l'alternative est trop horrible.

27

LINA

D amon, M. Lewis et moi rencontrâmes Maxx le lendemain pour revoir mon témoignage. Le procès, que je pensais long à venir, était prévu pour dans quatre semaines. Je ne savais pas si j'étais heureuse, soulagée, ou nerveuse. Au moins, cela signifiait que je pouvais retourner en Italie voir ma sœur plus tôt que prévu. Je pouvais vraiment clore ce chapitre de ma vie et recommencer.

Pourtant, il y avait une chose que je devais faire avant de pouvoir y arriver. Autant que je le redoutais, le moment était venu.

Maxx s'arrangea pour que je rende visite à mon grand-père plus tard cette semaine-là. Damon me proposa de m'accompagner, mais j'avais besoin de le faire moi-même. Je m'assis seule à l'arrière de la voiture que Maxx avait envoyée, anxieuse, l'estomac noué. Je me rappelai la dernière fois où j'avais emprunté cette route avec Stanley pour rendre visite à Sergei, qui était toujours à l'infirmerie, bien qu'apparemment plus dans un état critique.

Une fois à l'intérieur, la procédure pour voir grand-père fut similaire à la dernière fois que j'étais venue ici. L'agent m'y ayant conduite me présenta de la paperasse, avant de m'emmener dans la même pièce où j'avais rencontré Sergei.

La seule différence cette fois fut que, là où Stanley avait attendu dans l'autre pièce, l'agent resta avec moi tout du long, en se postant debout devant la porte alors que je m'installais sur une chaise afin d'attendre mon grand-père.

Damon m'avait dit que je n'avais pas besoin de faire ça, que je ne lui devais rien. Assise ici, maintenant, je remis en question ma décision de venir. C'était le dernier endroit où je souhaitais être. C'était la dernière personne que je voulais voir. Pourtant, Damon avait tort. Je devais quelque chose à mon grand-père. Je lui devais le droit de me voir, de me dire d'aller en enfer, si c'est ce qu'il souhaitait.

La porte s'ouvrit et un garde entra. Derrière lui, un homme que je ne reconnus presque pas suivait. Ma bouche s'assécha, et mon cœur battit encore plus vite alors que nos regards se croisaient. Mon grand-père, Marcus Guardia, un homme dont je me souviendrais toujours comme étant tout-puissant, se tenait désormais devant moi... en ayant l'air différent.

Cependant, pas de la manière dont je m'y attendais.

Il paraissait plus dur. Plus méchant.

— Eh bien, eh bien.

Il m'adressa un sourire cruel.

— Katalina.

Un garde plaça sa main sur l'épaule de Grand-père, afin de lui ordonner de s'asseoir. Si j'avais pu penser que la prison l'aurait adouci, l'aurait rendu repentant ou un peu désolé de ses actes, je m'étais fourvoyée. Je le compris en voyant son regard, l'intonation de sa voix. L'énergie qui émanait de lui menaçait de me faire vomir.

— Le chat a mangé ta langue ? demanda-t-il.

Je déglutis et mes mains tremblèrent.

— Non.

Je croisai son regard, plus sombre à présent.

— C'est tout ce que tu as à dire après quatre ans de silence ? Pas une seule visite. Pas une seule lettre. Pas même une carte postale pour le vieil homme que je suis ?

— Je suis désolée.

— Pour quoi exactement ?

Sa question me troubla, me prit par surprise.

— Je suis désolée de ne pas être venue vous rendre visite.

— Non, tu ne l'as pas fait. Ta sœur non plus. Quelles filles ingrates j'ai élevées.

— Nous ne sommes pas ingrates.

— Non ?

Je me sentis soudainement protectrice, défensive envers ma sœur. Je me fichais de ce qu'il pouvait penser de moi, mais Sofia n'était pas là pour se défendre.

— Ce que vous avez fait à Sofia était impardonnable. Je sais combien ça lui a coûté d'assister à votre procès, de tout organiser pour nous lorsque la banque a saisi la maison, lorsque les fédéraux se sont emparés de tous nos biens. Vous n'avez pas le droit de la traiter d'ingrate. Je suis simplement heureuse de la façon dont les choses se sont déroulées pour elle. C'est un miracle.

Il gronda.

— Un miracle, en effet. Tu couches avec le diable, tu élèveras sa progéniture.

— Comment pouvez-vous dire cela ? C'est votre petite-fille. Ce seront vos arrière-petits-enfants.

— Pourquoi es-tu venue ?

Il ne tenta pas de masquer son mépris pour moi. Qu'avais-je espéré ? Attendu ? Rien de tout cela.

— Pour m'adresser un dernier regard avant que tes amis ne mettent fin à mes jours ? poursuivit-il.

— Mes amis ?

— Ne joue pas les innocentes. Tu ne l'as jamais été. Vous êtes les filles de votre mère, toutes les deux.

Il se pencha plus près.

— Dis-moi quelque chose. As-tu couché d'abord avec le père, puis le fils ?

Ma bouche s'ouvrit.

— Je n'ai couché avec aucun d'entre eux. Et vous serez en sécurité ici. J'ai accepté de témoigner contre Alexi en échange de votre sécurité.

Il ricana.

— Qui t'a nourrie de toutes ces conneries ?

Je faillis répondre, puis m'arrêtai. Toute ma vie, je lui avais donné le pouvoir sur moi. J'avais peur de lui lorsque j'étais enfant, je m'étais recroquevillée sur moi-même lorsque j'étais adolescente, je m'étais promenée sur la pointe des pieds toute ma vie. C'était fini.

Je reprenais mes droits.

Maintenant.

— Êtes-vous seulement un peu repentant de ce que vous avez fait ? En assumez-vous la responsabilité ?

Il renifla, ne me fournissant pas la moindre réponse. Il m'étudia, l'accusation clairement présente dans son regard. *Traîtresse.* Je parvins à entendre ce mot aussi clairement que s'il l'avait prononcé à haute voix.

— Ça veut dire non, je suppose. Pendant quatre ans, je me suis accrochée à cet autre journal en me sentant coupable, comme si je vous avais trahi en rendant les preuves. J'ai voulu vous épargner, voulu ne pas croire ce qu'il y avait écrit. J'espérais qu'il n'était pas possible que vous connaissiez toutes ces choses. Je pensais que vous ne pouviez pas savoir. Je pensais venir ici, et vous voir comme un homme différent, un homme qui se sentirait désolé, du moins en partie.

Je pris une grande inspiration.

— Tu as grandi avec une cuillère en argent dans ta petite bouche gourmande. Tu es la raison de tout ceci, c'est à cause de toi que je suis ici.

— Je ne suis pas cupide, vous avez tort. Je ne suis pas la raison pour laquelle vous êtes ici. C'est vous-même.

Il ne répondit rien, je continuai en demandant quelque chose dont je n'étais pas certaine de vouloir connaître la réponse :

— Nous avez-vous jamais aimées ?

Cela sembla le surprendre. Il lui fallut quelques instants pour répondre :

— Nous sommes de la même famille, Katalina.

Pourquoi sa réponse me blessa-t-elle encore ? Je me levai.

— Je suis heureuse d'avoir accepté de témoigner. Je suis heureuse que vous soyez en sécurité.

Il ricana à nouveau.

— Je suis heureuse de pouvoir aider à mettre Alexi Markov derrière les barreaux pendant très longtemps.

— Fais attention. Il sera peut-être derrière les barreaux, mais il n'en restera pas moins dangereux. S'il est comme son père, et j'ai l'impression que c'est le cas, il ne sera pas du genre à accepter cette trahison.

J'ignorai son avertissement.

— Je suis heureuse d'être venue, mais je ne reviendrai pas.

Son expression changea, son regard s'adoucit, mais c'était peut-être le désespoir que j'entrevoyais en eux qui me faisait penser cela.

— Pour ce que ça vaut, je ne vous souhaite pas le moindre mal. Je ne l'ai jamais fait. Et je vous aimais, avouai-je.

Les larmes me remplirent les yeux alors que je lui tournais le dos.

— C'est toujours le cas.

J'avançai rapidement vers la porte.

— Lina, appela-t-il lorsque l'agent qui m'avait escortée tenta de l'ouvrir.

Je me retournai et le trouvai sur pied, entouré des gardiens de prison. Il paraissait un peu moins grand, ses épaules moins larges, son visage moins impressionnant.

— J'aurais aimé que les choses se passent différemment, dit-il.

Je ne lui offris pas la moindre réponse. Ça aurait pu signifier une centaine de choses différentes. C'était, après tout, la pire façon de faire. Il aurait pu parler avant de se faire prendre. Il aurait pu discuter de Sofia et de l'entente qu'il avait conclue avec Raphaël. Il aurait pu parler de n'importe quoi. Tout ce que je pouvais faire était de croire ce qu'il voulait dire, en parlant de nous, de notre famille, qu'il aurait peut-être aimé que cela se passe différemment. Mieux encore.

Sur cela, je partis, l'agent sur mes talons.

28

LINA

Les deux jours suivants s'écoulèrent sans un appel de Maxx, et ce soir-là, nous allions voir Jana et le groupe. Damon était sorti chercher quelques provisions à l'épicerie, mais juste au moment où je sortais de la douche, il s'approcha, l'expression sérieuse.

— Qu'est-ce que c'est ?

Il me tendit une enveloppe.

— Je n'en suis pas sûr. Quelqu'un l'a glissée sous la porte en bas.

Je la pris, elle comportait mon prénom complet, Katalina, bien écrit sur le devant. Nous n'échangeâmes pas le moindre mot pendant son ouverture. La note était imprimée, et non manuscrite.

« Tu voulais me protéger. Maintenant, c'est à mon tour de le faire. »

C'était tout ce qu'elle disait. Je la relus deux ou trois fois. Mon cerveau comprenait ce qui était écrit, je comprenais, mais n'en voulais pas. Je la remis à Damon et n'attendis pas qu'il la lise. Je partis m'habiller. Un instant plus tard, j'entendis le bruit distinctif du papier en train d'être déchiré. Je levai les yeux dans sa direction alors qu'il entrait dans la salle de bain, et qu'il faisait tomber les morceaux dans les toilettes avant de tirer la chasse.

Nos regards se croisèrent.

— Je veux réserver nos billets pour rentrer à la maison.

— J'appellerai Lewis demain matin.

Aucun de nous ne mentionna ce qui venait de se passer.

— Pourquoi Lewis ? demandai-je.

— Afin de voir s'il peut faire pression sur Maxx pour qu'il se dépêche. Alexi est mort. Il n'y a aucune raison pour que tu témoignes désormais.

Nous restâmes comme ça un moment, à nous étudier. Nous avions un secret désormais. Aucun de nous ne le mentionnerait plus jamais.

Je me retournai pour terminer de m'habiller. Après avoir enfilé une robe noire moulante et une paire d'escarpins à talons hauts, je l'affrontai à nouveau. Il n'avait pas bougé.

— Prête ?

Le regard de Damon brûla alors qu'il passait sur moi. Cela me fit penser à la dernière fois que nous étions allés au club.

Il hocha la tête une fois, son expression ne se détendit pas pour autant. Nous descendîmes les escaliers et sortîmes par la porte, hélant un taxi à environ un demi-pâté de maisons. Agissant toujours comme un gentleman, Damon m'ouvrit la portière, me laissa entrer avant de monter lui-même et d'indiquer l'adresse au chauffeur.

Le groupe jouait déjà lorsque nous arrivâmes. Il était près de minuit. Le club était bondé, le parfum de la bière et de la sueur attaqua mes sens dès mon entrée.

— Nous n'avons pas besoin de rester longtemps. Je veux juste voir Jana. Lui dire que je pars bientôt.

— D'accord. Tu veux boire un soda ?

Shawn, le barman, s'approcha de nous.

— S'il te plaît.

Il commanda, et Shawn m'adressa un clin d'œil. Nous nous emparâmes alors de nos boissons. Damon tourna le dos au bar et sirota sa bière.

— Te souviens-tu de la dernière fois où nous étions ici ?

— Oui.

Je m'assis en me souvenant de la fin de cette soirée. Il glissa son regard sur moi.

— Tu as dansé avec tous ces hommes pour attirer mon attention.

Je penchai ma tête sur le côté.

— À voir comment tu y as répondu, j'avais déjà capté ton attention.

— Je t'ai demandé si cela te plaisait. Si tu aimais être regardée par ces hommes. Je te désirais. Tu n'as jamais répondu.

— Je croyais que tu flirtais.

— Le faisais-tu ?

Son expression demeura immuable. Implacable. C'était la première fois qu'il agissait plus comme un petit ami possessif qu'un beau-frère, ou qu'un homme qui allait bientôt devenir prêtre. Il n'aimait pas que les hommes me regardent. Je ne voulais pas lui avouer que j'appréciais cela. Je l'avais particulièrement adoré à ce moment-là. Son regard, le désir que j'y avais lu. Il n'avait pas pu supporter que les yeux d'un autre homme se posent sur moi.

Je haussai les épaules et il regarda les gens danser. Il prit mon verre et le posa à côté du sien. Avec un bras enroulé autour de ma taille, il me conduisit à travers la piste de danse, en direction des salles de bains, vers une alcôve isolée.

— Cet endroit devait être un confessionnal.

Il me poussa dans le petit espace, et tira le rideau rouge foncé pour nous isoler.

— Maintenant, c'est une salle de rencontre.

Il me plaqua contre le mur et posa sa bouche contre la mienne, ses doigts s'agrippant à l'ourlet de ma robe.

— Est-ce pour cela que tu m'as emmenée ici ?

Il sourit, remonta ma robe jusqu'à ma taille et tira l'entrejambe de ma culotte de côté pour faire traîner ses doigts à travers mes replis de chair.

— Non.

Il me pinça le clitoris entre son pouce et son index, me fit me mordre la lèvre alors que je soulevais une jambe et l'enroulais autour de sa hanche.

— Alors pourquoi ?

Damon ouvrit sa braguette, et repoussa son caleçon assez loin pour pouvoir libérer sa queue. Il me souleva pour que je le chevauche. J'enroulai mes jambes autour de lui, il riva son regard au mien et il m'empala sur sa queue.

— Je t'ai emmenée ici pour te baiser.

Il poussa en moi, je m'accrochai à lui.

— Damon...

— Ce n'est pas tout.

Il m'embrassa fiévreusement, saisit les cheveux à l'arrière de ma tête et me fit lever le visage.

— Je veux que chaque homme présent ici sache que tu es à moi. Je veux sentir mon parfum sur toi. Mon sperme en toi.

Je lâchai un gémissement, alors qu'il tirait plus fort, me blessant un peu, et, en même temps, me faisant me sentir mieux que jamais.

— Je ne sais pas si je devrais jouir entre tes cuisses et laisser mon sperme dégouliner pendant que tu danses, ou te faire t'age-nouiller ici et baiser ton visage. Jouir dans ta gorge.

Je glissai autour de lui, plus excitée par ces mots que je n'étais prête à l'admettre.

— Ou peut-être que je devrais te retourner, continua-t-il en s'exécutant. Te pencher et baiser ton petit cul serré.

Il repoussa l'entrejambe de ma culotte et posa un doigt contre mon anus.

— Te faire garder mon sperme en toi toute la nuit.

Je gémis, enroulai mes doigts dans ses cheveux. Mais il s'arrêta en moi, m'observant de près.

— J'aime ce petit trou serré, Lina, avoua-t-il en posant mes mains sur le banc.

Je cambrai le dos alors qu'il s'accroupissait derrière moi en tenant ma culotte de côté pour me lécher de trou en trou, avant de titiller mes fesses avec sa langue. Il se redressa, et enfonça son pouce. Je gémis en le regardant.

— Va pour ce trou, conclut-il en souriant.

Il se glissa en moi avec un profond soupir et je sentis ses muscles se bander. Il poussa une fois, deux fois, en prenant de l'épaisseur, me faisant craindre de ne pas être capable de pouvoir le prendre dans mon autre cavité. Pourtant, lorsqu'il sortit de moi et approcha son gland de mon orifice, je le désirais. Je voulais qu'il soit en moi. L'idée qu'il jouisse en moi m'excitait terriblement.

— Pousse-toi contre moi, ordonna-t-il lorsque mon corps résista.

Il caressa mon clitoris. Je fermai les yeux et fis ce qu'il me demandait en sachant que quelqu'un pouvait nous surprendre à tout moment. J'entendais les sons du club, de toutes ces personnes si proches de nous, dans ce lieu privé. J'étais transcendée par le fait que Damon me baise ici, comme ça.

— C'est... tellement bon.

J'entendis un *pop* avant que mes muscles ne se détendent, laissant entrer en moi la partie la plus épaisse de sa queue. Damon gémit et se pencha sur moi pour embrasser mon cou.

— J'adore ton cul, mon cœur. J'adore comment il s'étire pour m'attirer à l'intérieur.

Je le regardai par-dessus mon épaule. Je cambrai le dos pour en avoir plus. Je le voulais durement en moi. — Baise-moi violemment, Damon. Je veux te sentir entrer en moi.

Il marmonna ce que je pensai être un « putaiiiiin » avant de saisir mes hanches et d'obéir à ma supplication. À ce que nous désirions tous deux.

29

DAMON

Lina était exténuée alors que nous rentrions chez moi.

— Je suis épuisée, avoua-t-elle en grimpant les escaliers.

Je fis une pause. Quelque chose me semblait bizarre.

— Ne bouge plus, lui dis-je, alors que je la dépassais à mi-chemin dans les escaliers.

— Qu'est-ce qu'il y a ? demanda-t-elle, soudainement alerte.

Je posai un doigt sur mes lèvres, et glissai la clé dans la porte. Je la déverrouillai, et vis l'ombre qui se tenait dans l'appartement alors que j'ouvrais. Lina, m'ayant suivi, haleta.

J'étudiai le dos de cet homme pendant qu'il soufflait de la fumée de cigarette. Il baissa le rideau et se tourna vers nous.

— Zach ?

J'allumai. Mon jeune frère se tenait à côté de la fenêtre. Il glissa le capuchon de son sweat-shirt et déplaça son regard de Lina à moi, qui avait glissé sa main dans la mienne, les yeux braqués dans sa direction.

La dernière fois que j'avais vu Zach, c'était lorsqu'il avait eu un congé de trois semaines. Il y a deux ans de cela. Ces trois semaines avaient été écourtées. Je m'en souvenais encore. Il avait l'air différent désormais. Il sembla plus âgé que ses 24 ans. Ses cheveux foncés n'étaient plus aussi courts que l'exigeaient les militaires. Il portait du noir de la tête aux pieds, et je pus voir l'encre d'un nouveau tatouage sur un côté de son cou. D'après la barbe sur son visage, il ne s'était pas rasé depuis plus d'une semaine.

Ses yeux arboraient des rides qui n'étaient pas là il y a deux ans, et une cicatrice fendait son sourcil en deux. J'attendis jusqu'à ce que Zach tourne son attention vers moi, et je ressentis un intense sentiment de soulagement lorsqu'un sourire arrogant adoucit ses traits.

— Eh bien, eh bien, mon frère. Tu as bon goût. Mais je vais être honnête, te voir ramener une fille à la maison est à peu près la dernière chose que je m'attendais à trouver en arrivant ici.

— Qui est-ce ? me demanda-t-elle.

Son regard inquiet croisa le mien.

— Je te présente mon petit frère, Zach.

Je fermai la porte et fis un pas vers Zach, afin de mieux l'observer. Il était désormais grand comme Raphaël et moi, pourtant il semblait s'être épaissi, et son regard s'être endurci.

— Ils vous apprennent à entrer par effraction chez les gens à l'armée ?

Je lui adressai un sourire en essayant de cacher mon inquiétude alors que je l'attirais dans une étreinte.

— Entre autres choses, répondit-il en me serrant dans ses bras.

Il me relâcha alors, se racla la gorge, et regarda Lina.

— Je te présente Lina Guardia.

Il en attendait clairement plus. Lina s'avança vers lui et lui tendit la main. Il s'en empara.

— Ravie de vous rencontrer, même si vous m'avez fait très peur.

Je partis en direction de la cuisine pour sortir deux bières du frigo.

— Lina, pourquoi ne vas-tu pas prendre une douche ?

— Oh, je peux le faire plus tard...

— Tu peux y aller maintenant, insistai-je.

Je tendis une bière à Zach, et posai la mienne sur le comptoir. Elle ouvrit la bouche pour protester, mais je fronçai les sourcils, très conscient du fait que les yeux de Zach suivaient chacun de nos mouvements.

Elle jeta un coup d'œil en direction de Zach.

— Très bien, dit-elle, avant de se retourner pour entrer dans la salle de bain.

Une fois la porte fermée, quand j'entendis la douche, je pris ma bière et m'assis sur le canapé.

— D'abord Lina, maintenant toi.

— Quoi ?

— Dans quel genre d'ennuis t'es-tu fourré, petit frère ?

Il devait bien l'être. Je n'avais pas eu de nouvelles depuis des mois, et voilà qu'il se pointait dans mon appartement, dans le noir comme un criminel, alors qu'on dirait qu'il ne s'était pas douché depuis des jours.

— Rien que je ne puisse gérer moi-même, répondit-il en désignant la salle de bain. L'Église autorise les petites amies maintenant ?

— Je quitte l'Église. Non. Je suis parti. Nous restons ici seulement jusqu'à ce que certaines choses soient réglées. Ensuite, je la ramènerai chez elle. C'est la sœur de Sofia.

— Ah. Voilà pourquoi elle me semblait familière.

Zach avait rencontré Sofia lors de son voyage à la maison, il y avait deux ans de cela.

— Les voies du Seigneur sont impénétrables, ajouta-t-il.

Son sarcasme était évident. Aucun de mes frères n'avait respecté mon choix d'entrer au séminaire.

— Que se passe-t-il, Zach ?

Il fit passer son sweat au-dessus de sa tête et le jeta de côté, avant de se rasseoir et de poser sa bouteille vide sur la table basse. Je pus voir le tatouage que j'avais aperçu sur le côté de son cou, et constatai qu'il s'enroulait autour de son bras. C'était un serpent à deux têtes, bouches ouvertes, crocs dénudés. Pourtant, ce qui m'inquiéta le plus était la peau de son autre bras. Elle semblait bosselée et cicatrisée. Comme si elle avait été brûlée.

— Comment puis-je dire cela ? commença-t-il. Tu pourrais recevoir une lettre dans les prochaines semaines t'informant que je suis porté disparu ou mort en mission, ou une autre connerie du genre. Eh bien...

Il me fixa.

— Ce n'est rien de plus que ça : des conneries. Je me suis fait baiser, mon frère.

— Porté disparu ou mort ?

— La mission a mal tourné. La plupart de mes hommes sont morts. Treize d'entre eux, pour être exact.

Il secoua la tête.

— J'aurais dû mourir, moi aussi.

— Comment ? Quand ?

— Environ trois mois après nous être vus. C'était une mission dont le public américain n'entendra jamais parler.

— Où étais-tu pendant près de deux ans ?

— Comme je te l'ai dit, j'aurais dû mourir. Moins tu en sais, mieux ce sera.

— Tu te caches ?

Il y réfléchit pendant quelques instants avant de secouer la tête.

— Non. Je ne me cache pas. Je viens de rentrer au pays il y a quelques jours. Je suis ici pour obtenir des réponses.

— Zach...

— Parle-moi de cette fille.

Il n'avait clairement pas envie de parler de lui. Il semblait que tout le monde autour de moi avait des secrets.

— J'ai rencontré Lina par accident. Elle était censée être à Chicago. Il s'est avéré qu'elle avait déménagé à New York, et avait réussi à se trouver un emploi auprès d'un mafieux russe.

Zach renifla.

— Tu sais comment les trouver. Ça te dérange si j'en prends une autre ? s'enquit-il en indiquant sa bière.

— Sers-toi.

Il sortit une bière du frigo et revint dans ma direction.

— Alors, un mafieux russe ?

— Et son fils. On s'en occupe maintenant, mais les fédéraux la font suivre. Pour sa sécurité, d'après ce qu'ils disent. Ils ont besoin de son témoignage. Et puisque j'ai l'impression que tu ne veux pas qu'on te trouve...

— Voilà donc qui sont les deux bouffons de l'autre côté de la rue. Ils font un travail remarquable pour la protéger.

Il frappa sa bouteille de la mienne en simulant un toast.

— Tu as quitté l'Église pour elle ?

— Je n'avais pas encore été ordonné.

Pourquoi étais-je toujours sur la défensive à ce sujet, comme si j'avais besoin de m'expliquer ? Pourquoi était-ce si important ?

Il m'étudia.

— Tu l'aimes.

Ce n'était pas une question.

La douche se termina, nous nous retournâmes tous deux vers la porte de la salle de bain. Zach avala la moitié de sa bière.

— J'ai besoin de sortir d'ici.

Il mit une main dans sa poche.

— J'ai juste besoin que tu fasses quelque chose pour moi.

— Tout ce que tu voudras.

Il me tendit une feuille de papier comprenant un nom, ainsi qu'une longue série de chiffres.

— J'ai besoin que tu me vires de l'argent sur ce compte. Ma part de l'entreprise familiale.

— C'est beaucoup d'argent.

— Et tu ne peux pas le transférer à partir de mon contrat en Italie. Ils vont le suivre. J'ai besoin que ce soit fait différemment. Je vais te rembourser.

— Je me fiche que tu me rembourses. Qui sont-ils ?

— Moins tu en sais, mieux c'est, mon frère.

— Je veux t'aider, Zach.

— Ça m'aidera. Peux-tu le faire ?

— Oui, acceptai-je à contrecœur, voulant toujours en faire plus. Je trouverai un moyen.

Il hocha la tête.

— Merci.

Il regarda autour de lui.

— Je dois sortir d'ici.

— C'est le milieu de la nuit.

— Le meilleur moment pour disparaître.

— Zach...

Il me regarda.

— J'ai simplement besoin de me doucher. Je dois aussi me raser le visage. Je ne ressemble à rien.

Il se frotta la mâchoire. Je ne niai pas ses propos.

— Puis-je t'emprunter des vêtements ? Une soutane, peut-être ?

Je le dévisageai en comprenant que son esprit était déjà passé en mode défensif.

— Tout ce dont tu auras besoin.

— Merci.

La porte de la salle de bain s'ouvrit alors. Lina en sortit enveloppée d'une serviette, un nuage de vapeur derrière elle.

— J'ai terminé, déclara-t-elle. Avez-vous besoin que j'y retourne ?

Zach sourit. Quant à moi, j'étais trop inquiet pour le faire.

— Non, répondis-je alors que Zach et moi nous relevâmes. Tout va bien.

Je me tournai vers mon frère.

— Vas-y. Prends tout ce dont tu auras besoin. Je vais préparer des affaires pour toi.

Il hocha la tête et tapota mon bras avant de se rendre à la salle de bain. Il s'arrêta en approchant de Lina, admirant l'encre sur son bras, son épaule et son dos.

— C'est très beau.

— Merci. Le tien aussi.

La porte de la salle de bain se ferma et l'eau coula. Lina vint se poster près de moi.

— Que se passe-t-il ?

— Je n'en suis pas certain. En réalité, je dois emballer quelques affaires pour lui. Pourrais-tu préparer de la nourriture ?

— Bien sûr. Je vais faire quelques sandwiches.

— Merci.

Je sortis mon portefeuille de ma poche en me dirigeant vers mon placard, heureux d'avoir quelques centaines de dollars en liquide à fournir à Zach, en attendant de transférer l'argent pour lui. Lina m'aida à lui préparer des affaires et, même pas une demi-heure plus tard, mon frère me dit au revoir et franchit la porte comme un autre homme... rasé, portant un de mes costumes, un long manteau noir, et un de mes sacs d'affaires, y compris une soutane, et la nourriture emballée par Lina.

Je le vis disparaître dans la nuit, et me demandai où il allait. Parce que je savais parfaitement ce qu'il comptait faire.

Les ennuis n'auraient aucun problème à le trouver. Zach allait foncer droit dedans.

30

LINA

Voir Zach debout dans le noir de l'appartement emprunté par Damon m'avait effrayée bien plus que je ne l'avais admis. J'avais pensé que c'était la fin. Que Sergei avait envoyé quelqu'un pour moi. Ce serait la chose la plus normale pour lui, et ce serait ma punition pour avoir rendu le journal. Pour lui avoir menti quant à son existence. Je supposai que ça me faisait réaliser à quel point j'étais vulnérable, parce que mon grand-père avait raison lorsqu'il m'avait prévenue à propos d'Alexi. Ce n'était pas parce que quelqu'un était derrière les barreaux qu'il ne pouvait pas m'atteindre s'il le désirait vraiment.

Réaliser cela me fit réfléchir.

Monsieur Lewis m'appela deux jours plus tard pour me dire que Maxx avait fixé une heure pour que mon témoignage soit enregistré. Maintenant qu'Alexi était mort, leur affaire contre les autres avait faibli. Il ne pouvait pas m'obliger à rester indéfiniment, étant donné qu'il n'y avait pas encore d'affaires à poursuivre. Sergei était toujours en convalescence, et ils avaient dû reporter sa date de procès de quelques mois, maintenant qu'ils enquêtaient sur le meurtre d'Alexi.

Damon nous réserva des billets aller simple pour Florence pour la fin de la semaine. Désormais, j'attendais que M. Lewis arrive pour me conduire au bureau de Maxx. Damon n'avait pas le droit d'assister à celui-ci, mais c'était tout aussi bien. Il n'avait pas besoin d'entendre tous les détails.

La première entrevue dura trois heures, avant que nous ne prenions une pause pour le déjeuner. Nous nous réunîmes une heure plus tard pour le reste de l'après-midi. Nous eûmes quatre jours exactement comme ça, et je me sentis épuisée tous les soirs lorsque M. Lewis me ramenait à l'appartement.

Je répondis aux questions de Maxx, revivant chaque moment humiliant face caméra, même s'il en savait déjà beaucoup.

Ce ne fut que le dernier jour que Maxx me posa la question que j'attendais. Celle où je pourrais, sans me parjurer, apprendre à Sergei que je ne lui voulais aucun mal.

— Sergei Markov vous a donc embauchée, par coïncidence, en raison de vos compétences au piano ? me demanda-t-il.

— Il savait qui j'étais lorsque je suis arrivée au club Carmen. J'étais naïve de penser qu'il n'en ferait rien. Nous n'avons jamais discuté des détails. J'imagine qu'il m'a engagée parce qu'il voulait garder un œil sur moi. Je veux dire, je l'ai cherché. Et il savait que j'avais fourni des preuves sur mon propre grand-père. Mais il n'a jamais été méchant avec moi, et je n'ai jamais vu de preuve d'acte répréhensible de sa part. En vérité, j'ai seulement réalisé qu'il savait qui j'étais depuis le début lorsque je suis allée le voir à la prison pour lui demander son aide avec Alexi. Et même alors, connaissant ma dépendance financière à l'égard de son fils, et tout en sachant que je lui avais expressément dit que je ne voulais pas de son aide dans ce domaine, il m'a donné de l'argent pour quitter la ville et m'éloigner d'Alexi.

— Après que vous avez fait une faveur pour lui, il vous a fourni un emploi, un vrai, en considérant tout ce qu'il vous a payé.

— Non, il voulait me payer pour me libérer d'Alexi. C'est tout. L'argent qu'il a envoyé, je ne voulais pas le garder. Et je sais qu'il s'est servi de moi pour envoyer un message à son fils au sujet des traîtres, et de vous en particulier. Mais en ce qui me concerne, Sergei Markov ne m'a aidée qu'au tout début.

— Pensez-vous qu'il voudrait vous aider suffisamment pour faire tuer son propre fils ?

Je me penchai sur ma chaise et, même si mon cœur battait plus fort, je croisai les bras devant ma poitrine et essayai d'avoir l'air détendue.

— Il faudrait lui poser directement la question.

Maxx inspira profondément et termina l'enregistrement. Maintenant qu'Alexi était mort, l'agent était découragé par le fait que beaucoup des crimes de Sergueï seraient rattachés au cadavre d'Alexi. Père et fils étaient si retranchés, leurs affaires si proches, qu'il était difficile de dire qui avait fait quoi.

Même le carnet de mon grand-père indiquait le nom de Markov. Jamais Sergei, ou Alexi. Et, après la mort de ce dernier, mon grand-père avait déclaré que la majorité de ses relations avaient été avec Alexi, et non pas Sergei. La tentative de Maxx de me faire chanter afin de témoigner contre Alexi se retourna contre lui.

Plus j'y pensais, et plus je comprenais que mon grand-père avait fait ce qu'il avait fait pour réaffirmer sa loyauté envers Sergei. Ils lui avaient sauvé la vie, tout en protégeant la mienne. Et après tout ça, je supposais que Sergei sortirait de prison, alors que son fils pourrirait sous la terre.

— Qu'arrivera-t-il à Sergei ?

Je demandai cela alors qu'il ne restait plus que Maxx, M. Lewis et moi. Nous enfilâmes nos manteaux.

— Il sortira de l'infirmerie cette semaine et sera transféré dans sa cellule. Nous avons des preuves contre lui, mais pas autant que je le souhaiterais.

Il parut frustré.

— Qu'en est-il de mon grand-père ? Puisqu'il collabore.

Il m'adressa un regard calculé.

— Aucun commentaire quant à sa coopération.

Maxx savait que mon grand-père était impliqué dans le meurtre d'Alexi. C'était obligé. Pourtant, il ne pourrait jamais le prouver, je le savais.

— Combien d'années Sergei passera-t-il en prison ?

— C'est difficile à dire.

Monsieur Lewis ferma sa mallette avant de venir se poster près de moi.

— Eh bien, agent Carson, je crois que nous avons terminé.

Maxx croisa mon regard.

— Oui. Effectivement. Merci, Madame Guardia.

— Merci à vous, répondis-je en serrant sa main tendue.

— Si j'ai besoin d'autre chose, je communiquerai avec monsieur Lewis.

Je hochai la tête, impatiente de partir, de sortir de ce bureau, de ce bâtiment, de fermer cette porte et de rentrer chez moi.

À la maison.

Je rentrais chez moi.

Damon et moi rentrions chez nous.

31

LINA

Tôt le matin du jour de notre vol, le portable de Damon sonna, nous réveillant tous les deux. Il répondit dès qu'il vit qu'il s'agissait de Raphaël et lui parla quelques instants, avant d'allumer. Son visage devint alors sérieux.

— Quand ?

— Que se passe-t-il ?

J'eus le cœur brisé en posant cette question. Je compris ce qu'il se passait. Ce dont il devait s'agir. Damon leva un endroit et écouta ce que Raphaël lui dit.

— Quoi ? demandai-je.

— Deux filles, hein ? dit-il en souriant.

Le soulagement l'inonda. Il raccrocha et se tourna vers moi.

— Dis-moi ! l'implorai-je avec excitation.

— Tu es tata. Et ta sœur avait tort. Ce ne sont pas des joueurs de foot.

— C'est sexiste. Les filles aussi peuvent jouer au foot.

— Tu sais quoi, tu as raison.

— Ils vont bien ?

— Tout le monde va bien. Raphaël voulait que nous venions directement à l'hôpital.

Je fus inquiète durant tout le vol. Je ne parvins pas à fermer l'œil. Le soleil s'éleva lentement à l'horizon, mais je ne pris pas la peine de l'admirer. Après la douane et l'immigration, nous trouvâmes rapidement un taxi et nous dirigeâmes vers l'hôpital Careggi à Florence.

Damon prit la relève, parlant couramment l'italien. Quelque chose que j'avais oublié à son sujet, puisqu'il avait grandi ici.

— Elle dit que nous pouvons laisser nos bagages ici, m'apprit-il.

Nous en avions quatre en tout. Comme il n'était allé à New York que temporairement, Damon n'avait qu'une grande valise avec ses vêtements et quelques objets personnels. En le voyant s'emparer de mes affaires – deux années entières – qui tenaient dans trois sacs, je trouvai cela étrange. Je n'avais pas réellement vécu pendant les deux dernières années.

— Prête ?

Je fus soudainement anxieuse de voir ma sœur.

— De quoi ai-je l'air ?

Je lui demandai cela en tirant ma manche vers le bas pour couvrir mon tatouage autant que possible, voulant avoir une bonne apparence pour me montrer face à Sofia. Damon prit ma main, et m'attira près de lui. Il toucha mon cou, et je réalisai alors qu'elle pourrait en voir une partie.

— Tu n'as rien à cacher. Tu es magnifique. Tu as l'air heureuse, en fait. C'est bon de te voir heureuse.

J'inspirai profondément, nerveuse, et m'accrochai à sa main en remarquant qu'il ne se retira pas. Nous ne nous cachâmes pas. Il m'avait promis cela. Je supposai qu'il comptait tenir sa promesse.

Nous prîmes l'ascenseur jusqu'au troisième étage et nous nous dirigeâmes vers la chambre de Sofia. Avant que nous arrivions, cependant, Raphaël apparut au coin du couloir en tenant ce que je devinai être une tasse de café. Il portait un jean et un T-shirt, comme à son habitude. Ses cheveux semblaient froissés, on aurait dit qu'il ne s'était pas rasé depuis trois jours.

Il s'arrêta, et cela lui prit un moment, puisqu'il fut surpris de nous voir. Mais alors, un sourire s'étendit sur son visage. Nous franchîmes la distance nous séparant et nous rencontrâmes au milieu.

Raphaël jeta un coup d'œil vers son frère qui me tenait par la main, mais croisa bien rapidement son regard.

— Alors, tu vas te retrouver avec une maison pleine de filles, le taquina Damon.

Je les observai pendant qu'ils s'étreignaient. Ce fut une vraie étreinte. Je pris la tasse de café de la main de Raphaël lorsqu'il s'éclaboussa alors que Damon lui tapotait le dos. Raphaël se tourna alors vers moi, me toisant de la tête aux pieds. Ses yeux s'étrécirent légèrement lorsqu'ils trouvèrent la partie visible de mon tatouage. Pourtant, son regard s'adoucit à nouveau alors qu'il m'enlaçait. Ce fut étrange d'être étreinte par lui, l'identique jumeau de mon amant. Néanmoins, son étreinte fut entièrement différente.

— C'est bon de te voir, Lina.

Il me tint à distance.

— C'est bon de te voir, toi aussi, Raphaël.

— Sofia a essayé de rester éveillée pour toi.

— Je ne peux pas attendre une minute de plus. Où est-elle ? Et les bébés ?

— Par ici.

Il nous conduisit le long du couloir, et poussa une porte. Le soleil emplit la chambre blanche et se répandit sur Sofia allongée sur un lit d'hôpital. Il lui fallut un moment pour s'apercevoir que c'était nous, tout comme pour Raphaël, mais l'instant d'après, elle me tendit les bras. Un grand sourire apparut sur son visage.

— Lina !

Je pleurai immédiatement en me penchant pour embrasser ma sœur, pour la serrer fortement contre moi, si fortement que je réalisai à quel point elle m'avait manqué.

— Je suis désolée d'avoir été si distante, dis-je, nos larmes coulant sur nos joues alors qu'elle me repoussait pour me dévisager avant de passer ses pouces sur mon visage et de m'attirer à elle.

— Je suis tellement, tellement contente que tu sois là et que tu sois en sécurité, Lina. Tu m'as tellement manqué. Tellement fait peur.

— Sofia, intervint Raphaël depuis l'autre côté du lit. Fais attention à tes points de suture.

Sofia gémit, je m'écartai. Elle observa Damon et lui fit signe de s'avancer. Il la prit dans ses bras, bien plus doucement que moi, et je l'entendis lui chuchoter :

— Merci de l'avoir ramenée à la maison.

— Je sais qu'elle est heureuse d'être ici. Je regrette seulement que nous n'ayons pas pu arriver plus tôt, répondit-il.

Une fois que Damon s'écarta, elle me détailla de la tête aux pieds.

— Ne t'ont-ils pas nourrie à New York ?

J'avais pris quelques kilos, mais j'étais plus mince qu'il y a deux ans. Je n'avais pas réalisé combien de poids j'avais perdu en stressant sous le joug d'Alexi.

— Je me préservais pour la cuisine de Maria.

— Elle m'a bourrée pendant les huit derniers mois, alors ce sera bien qu'elle porte son attention sur quelqu'un d'autre, me taquina ma sœur.

— Tu vas bien ? demandai-je en m'asseyant sur une chaise, même si j'avais hâte de voir mes nièces.

Elle hocha la tête.

— Oui. Les filles sont jeunes, mais en bonne santé. J'aurais aimé les garder en moi, les garder en sécurité le plus longtemps possible, avoua-t-elle, ses yeux rougissant à nouveau. Tu devrais venir rencontrer tes nièces.

Elle commença à s'asseoir, et Raphaël posa immédiatement un bras autour d'elle, afin de l'aider. Il indiqua le fauteuil roulant que Damon poussait, et en quelques instants, il y installa précautionneusement Sofia.

— Tu sais que je ne suis pas invalide, pas vrai ?

— Je n'ai pas le droit de m'occuper de ma femme ?

Elle lui jeta un regard, il se pencha pour l'embrasser. J'étais si heureuse de les voir ensemble, de les voir toujours aussi amoureux l'un de l'autre. Je serrai la main de Damon pendant que nous les suivions dans le couloir et à travers l'unité pédiatrique pour trouver mes nièces en compagnie de tant d'autres enfants. La pièce avait été aménagée avec des fauteuils confortables, et de jolis murs peints en rose et bleu pastel, arborant des canards, des ours et des ballons le long de chaque surface.

— Il faudra au moins trois à quatre semaines avant que nous puissions les ramener à la maison, déclara Sofia alors que Raphaël l'installait autour de deux petites choses minuscules partageant un incubateur.

Les deux petites avaient des tubes dans le nez, de minuscules couches, leurs petits membres maigres et roses, et leurs têtes recouvertes de petits bonnets rayés rose et bleu. Sur leurs poignets, elles portaient des bracelets avec leur prénom et ceux de leurs parents. Je remarquai que Raphaël et Sofia avaient des bracelets correspondants.

Ma sœur glissa sa main à l'intérieur pour en toucher une.

— Voici Elena, elle est arrivée la première.

Je me penchai pour la regarder, et Elena se tortilla, cligna des yeux deux fois, bien qu'elle ne les ouvre pas tout à fait.

— Et voici Siena. Elle a suivi quelques minutes plus tard.

Siena tourna le visage au son de la voix de sa mère, mais garda les yeux fermés.

— Elles sont magnifiques. Parfaites.

Sofia me regarda.

— Oui, elles le sont.

— Les tubes ? s'enquit Damon.

Raphaël regarda Elena.

— C'est pour les nourrir.

Nous admirâmes tous ces deux petits miracles pendant un moment, jusqu'à ce que Sofia ne bâille.

— Tu as besoin de dormir, dis-je.

— J'essaye... De temps en temps.

— Quand pourrez-vous rentrer chez vous ?

— Dans quelques jours. Mais nous reviendrons voir les filles tous les jours.

— Je viendrai avec toi, ajoutai-je. Je te conduirai.

Je lui adressai un clin d'œil. Mes compétences de conduite étant épouvantables.

— Je conduirai, déclara fermement Raphaël en tournant le fauteuil roulant de Sofia pour nous ramener à sa chambre.

Une fois sur place, il l'aida à se recoucher, avant qu'elle ne me demande de rester avec elle quelques minutes de plus. Raphaël et Damon nous laissèrent seules. Je m'assis sur une chaise, et Sofia m'étudia, son visage plus sérieux que je ne l'avais jamais vu.

— J'étais vraiment inquiète pour toi.

— Je sais. Je suis désolée.

— Tu aurais dû me parler de l'école. Me parler au sujet de l'autre journal. Qu'est-ce que tu pensais que j'allais faire ?

Je baissai honteusement le regard vers le sol, en colère contre moi-même pour l'avoir blessée. Pourtant, je savais qu'il fallait que ça arrive.

— J'avais besoin de faire la paix avec ça. Je n'ai jamais voulu te blesser. C'est juste que je suis allée plus loin et plus profondément que je ne le pensais avant de comprendre, et je ne pouvais pas t'impliquer après cela. Ni toi ni les bébés, et encore moins Raphaël.

— Il peut plus que prendre soin de nous.

— Je le sais. Il est comme Damon.

— Tu es allée voir Grand-père ?

— Oui. Et je pense que je suis enfin en paix avec cette idée. Il est ce qu'il est. Et je crois que, à sa façon, il éprouve des remords.

Je n'en dis pas plus. Peut-être un jour, mais pas maintenant. Sofia hocha la tête, prit ma main et repoussa ma manche vers le haut pour voir le tatouage qui enveloppait mon bras.

— Waouh, Lina. C'est magnifique.

Je sentis mon visage rougir, embarrassée par ses éloges.

— Je l'ai conçu moi-même. Attends de voir le reste.

Elle me tint par la main, et me rendit son attention.

— Et Damon ?

— Il quitte le séminaire. Il ne sera jamais ordonné.

Elle m'adressa un beau sourire qui se transforma en bâillement.

— J'ai besoin d'entendre cette histoire du début à la fin.

— Mais d'abord, il faut que tu dormes.

— Oui.

Elle bâilla encore, ses yeux se fermant.

— Je suis tellement heureuse maintenant, Lina. J'ai mon mari, mes enfants, toi et Damon de retour à la maison. J'ai tout.

Damon et Raphaël entrèrent alors qu'elle s'endormait. Je tirai les couvertures jusqu'à son cou et me relevai.

— Devrions-nous sortir pour ne pas la réveiller ?

Raphaël me sourit.

— Une fanfare ne pourrait pas la réveiller.

Je ricanai. C'était entièrement vrai. Sofia avait le sommeil très lourd.

— Rentrez à la maison et reposez-vous. Revenez ce soir. Et apportez de la nourriture.

Raphaël fit une grimace.

— C'est dégueulasse ici.

Il mit sa main dans sa poche.

— Prenez ma voiture. Ce sera plus facile.

Damon s'empara des clés.

— Merci. Besoin d'autre chose ?

— Des vêtements de rechange seraient appréciables. Nous n'avons fait nos valises que pour Sofia, ce qui était un peu idiot, avoua Raphaël.

— Où est-ce que tu dors ? lui demandai-je.

— Ils apporteront un lit de camp.

Nous nous dîmes au revoir, et j'embrassai le front de Sofia avant de partir. Damon et moi rassemblâmes nos bagages au poste des infirmières. Nous nous dirigeâmes ensuite vers le parking, où la voiture de Raphaël était garée, et retournâmes à la maison.

Nous ne parlâmes pas beaucoup en cours de route, tous les deux fatigués, soulagés. Pourtant, il tint ma main dans la sienne, qui reposait sur mes genoux, entre deux changements de vitesse. Plus nous nous approchions de la maison, plus ce sentiment qui enflait en moi me paraissait juste. Plus je me sentais chez moi. Et alors qu'il s'arrêtait devant la maison, je me tournai vers lui et touchai son visage, croisant son regard.

— Merci beaucoup pour tout ce que tu as fait pour moi. Honnêtement, je n'étais pas certaine de revenir ici avant que tu ne me trouves. Tu as risqué ta vie pour moi, Damon.

En disant cela, le poids de mes mots, de cette nuit-là à l'appartement d'Alexi, de Damon ayant été retenu par ses hommes, d'Alexi ordonnant mon passage à tabac, mon viol... tout cela me frappa comme une tonne de briques, et tout à coup, des larmes incontrôlables inondèrent mes yeux. Je compris que c'était une réaction nécessaire, mais je ne m'attendais pas à ce que ça arrive comme ça, pas après tout ce temps ni tout ce qui s'était passé depuis.

Damon m'enveloppa dans ses bras, me serra fort contre lui.

— Tu n'auras plus jamais à faire face à quoi que ce soit toute seule, Sofia. Je suis là. Et je ne m'en irai plus jamais.

ÉPILOGUE 1

DAMON

Automne

Zach avait été en contact avec Raphaël via une brève lettre postée sans adresse de retour lui disant seulement qu'il était en vie et qu'il entrerait en contact dès que possible. Il avait raison au sujet d'une visite de l'armée américaine. Ce n'était pas avec moi, mais avec Raphaël. Comme l'appartement à l'église n'était pas enregistré à mon nom, officiellement, je n'y habitais pas.

Lors de leur visite, ils avaient dit à Raphaël que la mission finale de Zach avait échoué, et qu'ils le croyaient soit prisonnier d'un groupe terroriste, soit, s'il avait eu de la chance, qu'il avait déjà été tué. J'avais parlé de la visite de Zach avec Raphaël, alors il avait été préparé à entendre ces nouvelles.

Nous avions transféré des fonds sur le compte que Zach avait créé sous le pseudonyme de Michael Beckham. C'était plus que ce qu'il avait demandé, autant que Raphaël et moi pouvions lui donner. On aurait aimé qu'il nous laisse l'aider, mais après l'avoir vu ce jour-là à New York, j'avais compris qu'il devait le faire lui-même. J'espérais simplement qu'il serait en sécurité.

Au cours des deux dernières années, alors que le vignoble grandissait lentement, la cendre qui le noircissait auparavant était remplacée par des vignes vibrantes aux feuilles qui germaient aussi vertes que les yeux de Lina. Des raisins gras et juteux, prêts à être cueillis, pesaient désormais sur chaque branche.

Depuis la seconde cérémonie de mariage de Sofia et Raphaël, Raphaël et moi avions aussi commencé à travailler sur la maison, du moins jusqu'à ce que je sois envoyé à New York. Lina et moi avons emménagé dans une partie séparée de la maison.

Elena et Siena étaient rentrées à la maison quatre semaines après leur naissance. En les regardant maintenant, personne n'aurait deviné à quel point elles avaient été petites le jour de leur venue au monde.

— C'est presque effrayant de voir à quel point toi et Raphaël leur ressemblez, déclara Lina un matin alors qu'elle posait la couverture sur elles.

Sofia et Raphaël sortaient pour la première fois depuis que Sofia avait été alitée.

— Qu'entends-tu par effrayant ? Elles sont magnifiques, répondis-je en lui adressant un clin d'œil.

Elle me fit un énorme sourire.

— Eh bien, oui, elles le sont. J'espère seulement qu'elles n'auront pas la même barbe significative de la famille Amado sur le menton.

Lina frotta la barbe de deux jours sur mes joues. Nous sortîmes dans le couloir. Je l'attirai et frottai mon visage contre le sien.

— Tu aimes ma barbe, admets-le.

— Ça gratte tellement.

Je mordis doucement son lobe d'oreille.

— Je ne t'entends jamais te plaindre lorsque j'enterre mon visage entre tes jambes, la taquinai-je en quittant le couloir.

Le bruit fait par de nombreuses personnes résonna depuis l'étage.

— Je n'arrive pas à croire que tu as failli être prêtre au vu de la façon dont tu parles, déclara-t-elle en se dirigeant vers les escaliers.

Je ris, tandis que nous descendions rejoindre les travailleurs. Tout le monde se préparait pour la récolte. Lina, quant à elle, resta à l'intérieur avec les bébés. L'avoir pour tante signifiait qu'elles allaient être très gâtées.

C'est seulement après que tout le monde fut rentré à la maison, après le dîner et le coucher, que nous nous dirigeâmes vers le salon.

— Je ne t'ai pas entendue jouer depuis longtemps, déclarai-je en ouvrant le piano et en m'y asseyant.

Elle glissa naturellement sur le banc à côté de moi.

— Nous n'allons pas réveiller les bébés ?

Je secouai la tête et l'embrassai alors qu'elle posait ses doigts sur les touches, jouant déjà un morceau tranquille.

— C'est ce que tu jouais le soir où je suis entré pour la première fois au club Carmen.

Elle hocha la tête, la musique douce emplissant l'espace.

— Je savais que c'était toi au moment où je l'ai entendu, lui appris-je.

Mon regard se déplaça de l'endroit où ses doigts dansaient sur les touches vers son visage, si concentré, presque perdu dans sa mélodie.

— Comment ?

Elle ne me regarda pas.

— Je l'ai entendu. Et tout ce à quoi j'ai pu penser, c'était que la musique avait comme un air de chagrin, une dimension mélancolique.

Elle tourna alors son regard dans ma direction.

— Tu l'as entendu ?

— Oui.

— Je ne l'avais pas joué depuis si longtemps.

Elle porta son attention vers le piano.

— Tu l'as composée ?

Elle hocha la tête.

— C'est magnifique.

Elle joua, et ma mémoire me ramena à cette nuit-là.

— Damon... tu ne t'inquiètes jamais ?

— M'inquiéter ?

— Au sujet de certaines choses. De ton frère, par exemple. Zach, je veux dire.

— Bien sûr que si, mais j'ai aussi appris à savoir ce qui était sous mon contrôle, et ce qui ne l'était pas.

— Et il est en dehors de ça.

— Oui.

Elle hocha à nouveau la tête, mais je compris qu'elle n'en avait pas terminé.

— Que se passe-t-il, Lina ?

Elle me jeta un rapide coup d'œil, avant de se concentrer sur les touches. Il lui fallut beaucoup de temps avant de commencer à parler.

— Je ne veux pas tout gâcher.

— Tu n'en feras rien.

J'étudiai son visage de profil, et vis comment ses yeux s'embuèrent.

— Lina, tu ne le feras pas.

Lorsqu'elle arrêta de jouer, je pris doucement ses doigts entre les miens, et attendis qu'elle me fasse face. Le silence s'éleva autour de nous. Les seuls bruits provenaient des insectes nocturnes à travers la fenêtre ouverte.

— Il n'y a que deux choses qui me rendraient plus heureux que je ne le suis en ce moment, déclarai-je.

Elle attendit que je continue.

— L'une d'elles serait d'avoir Zach avec nous.

Elle hocha la tête avec un sourire triste, et retira pratiquement sa main de la mienne.

— Et la seconde, continuai-je en l'en empêchant.

Je glissai ma main dans ma poche, pour récupérer la petite boîte qui se trouvait à l'intérieur. En la tournant vers elle, j'ouvris le couvercle. Les yeux de Lina s'élargirent encore plus, elle cligna des paupières comme si ce qu'elle voyait n'était pas réel.

— Quoi...

— La seconde chose est la suivante. Toi. Veux-tu m'épouser, Lina ?

ÉPILOGUE 2
LINA

Noël

— Tu es magnifique.

Sofia planta une autre épingle dans mes cheveux, alors que je me scrutais une dernière fois.

— Prête ?

— Je suis nerveuse.

J'avais froid et je transpirais même un peu.

— Je pense que c'est normal. Ce serait bizarre si tu ne l'étais pas. Oh !

Sofia se précipita vers l'endroit où elle avait posé une petite boîte sur la table de nuit.

— J'ai presque oublié.

Elle me la tendit.

— Qu'est-ce que c'est ?

Sofia était somptueuse, debout, là, dans la robe étroite vert émeraude qu'elle portait. Elle avait perdu tout le poids de sa grossesse, et l'allaitement semblait la sublimer.

— Ouvre-la. Quelque chose d'ancien et de nouveau à la fois.

Je m'en saisis, et vis comment ses yeux rougirent.

— Tu ne vas pas déjà me faire pleurer, pas vrai ?

Je sentis l'humidité gagner mes propres yeux.

— Ne t'inquiète pas, tout ton maquillage est waterproof.

Je soulevai le couvercle de la petite boîte blanche, et poussai le papier pour trouver à l'intérieur le médaillon que je lui avais offert le jour où Raphaël était venu la chercher, des années auparavant.

— Merde, tu vas réussir à me faire pleurer.

Je me tapotai les yeux avec un mouchoir.

— Ouvre-le. Je l'ai apporté à un bijoutier pour y faire quelques changements.

Les doigts tremblants, je sortis le médaillon de la boîte et l'ouvris. À l'intérieur, plutôt que l'espace réservé à seulement deux photos, il y avait deux compartiments de plus. Le médaillon était maintenant comme un petit livre. À l'intérieur, il y avait une photo de papa et de maman, une photo de famille de Raphaël, Sofia, Elena et Siena, une photo de Damon, et une dernière photo... qui me fit rire. Celle de Charlie, lorsqu'il était chiot.

— Charlie est un ajout indispensable.

— Quoi ? Il fait partie de la famille, lui aussi.

— Évidemment !

Je touchai la photo de nos parents avant de fermer le médaillon et de regarder ma sœur.

— Tu m'aides à le mettre ?

Elle s'en saisit et se plaça derrière moi afin de l'attacher autour de mon cou.

— Merde.

Je pris un autre mouchoir dans la boîte devant moi, et lui en tendis un.

On frappa à la porte, Raphaël ouvrit. Il avait l'air incroyable, comme d'habitude, et à la simple pensée que Damon m'attendait au bout de l'allée en lui ressemblant, une nuée de papillons s'envola dans mon ventre.

— Vous êtes magnifiques toutes les deux, dit-il. Prêtes ?

— Prêtes.

Je fis face à Sofia, qui abaissa le voile devant mon visage.

Raphaël nous conduisit à la chapelle sur les champs enneigés. Il avait neigé cinq centimètres la nuit dernière. Même si je portais un manteau en fausse fourrure blanche, je tremblais lorsque nous arrivâmes à la chapelle de la propriété. Elle avait été entièrement rénovée et, j'étais heureuse de le signaler, avait un système de chauffage parfaitement fonctionnel.

Comme la chapelle était petite, la cérémonie serait une affaire de famille avec les personnes les plus proches de nous pour seuls témoins. Ça ne me dérangeait pas, et la seule lueur de tristesse que je ressentis fut que mon grand-père ne puisse pas être présent. J'avais accepté le fait que je ne pourrais jamais lui tourner le dos, quoi qu'il arrive, et nous avions commencé à nous écrire des lettres. Je lui avais même envoyé une invitation, et il m'avait témoigné ses félicitations en retour.

Raphaël nous accompagna Sofia et moi à l'église, et fit signe pour que la musique commence. Une fois que cela fut fait, il ouvrit la porte.

Tout le monde se leva, et je posai mon premier regard sur Damon, mon futur mari.

J'avais tort. Il n'était pas aussi beau que Raphaël.

Il l'était encore plus.

Et pendant qu'il attendait, Sofia prit sa place à l'avant de l'église et tout le monde se tourna vers moi. Raphaël prit mon bras sous le sien et me sourit.

— Je suis heureux qu'il t'ait choisie, me dit-il.

— Moi aussi.

Je n'arrêtai pas de pleurer depuis le moment où Damon s'empara de mes mains, et tout du long de la cérémonie, de la levée de mon voile, à la passation des anneaux, à l'échange de nos vœux, jusqu'à ce que le prêtre nous prononce mari et femme, et que nous nous embrassions.

Damon me tint près de lui, si proche que je pensai pour la première fois depuis que j'étais avec lui que c'était fait. Ça y était.

Nous ne faisions plus qu'un. Nous serions ensemble pour

toujours, comme ça, deux âmes ayant toujours été faites pour être ensemble, qui avaient traversé l'enfer, qui en étaient revenues, pour arriver ici. Nous serions ensemble pour toujours.

— Je t'aime, Lina, me chuchota-t-il à l'oreille.

— Je t'aime.

TRAHISON

À PROPOS DE CE LIVRE

Elle a passé un pacte avec le diable, et c'est moi qui ai perdu.

Il y a deux ans, la fille que je protégeais, l'innocente que j'étais prêt à tout pour sauver, m'a trahi. Cela a coûté la vie à mes hommes, et aurait dû me coûter la mienne.

Mais j'ai survécu au guet-apens. Et j'ai décidé de la retrouver à tout prix.

Je l'ai traquée partout, pistée comme une bête, suivant ses moindres faits et gestes.

Je me suis introduit chez elle. J'ai mangé sa nourriture. Je me suis penché sur son lit pour la regarder dormir.

Maintenant, l'heure de mon grand retour dans la vie d'Eve El-Amin, cadette de la famille El-Amin, a sonné.

Je vais lui apprendre les conséquences de ses actes.

Mais quand le diable montre à nouveau son affreux visage, la mettant en danger, je n'ai pas d'autre choix que de lui offrir ma protection. Parce qu'elle ne survivra pas sans moi.

Et cela risque bien de nous coûter absolument tout ce qu'il nous reste.

PROLOGUE
ZACH

De nos jours

Débusquer des gens qui ne veulent pas qu'on les trouve a toujours été une de mes spécialités. C'est ce qui m'a conduit dans les opérations spéciales.

C'est aussi ce qui m'a fait tuer.

Qui a failli me faire tuer.

Il ne fait pas tout à fait noir lorsque je sors de mon SUV dans la rue. Sa rue. La pleine lune brille dans le ciel, faisant paraître les nuages argentés, les poussant à projeter des ombres sur nous autres. Cependant, ça m'arrange, puisque je me dissimule dans ces ombres. Je prends mon temps pour avancer jusqu'à sa maison. Je ne me cache pas. En réalité, un homme de ma taille ne pourrait pas passer inaperçu, alors je me contente d'avancer jusqu'au 13 Rattlesnake Valley Lane.

Son jardin est petit, mais propre, pas une seule mauvaise herbe ne dépasse de l'herbe verte et luxuriante. L'allée a été balayée. C'est parfait. Il n'y a aucune fissure dans le béton. Exactement comme elle, en réalité. Parfait... de l'extérieur. C'est à l'intérieur qu'il y a des fêlures.

La nuit est chaude, même pour Denver, et toutes les fenêtres sont ouvertes. Ses rideaux se soulèvent doucement, alors que la brise se fait de plus en plus forte. Annonciatrice d'une tempête à venir. Un mauvais présage. Lorsque j'arrive au niveau de sa porte, je glisse ma clé à l'intérieur. J'en ai fait une copie il y a quelques semaines. Elle n'a pas remarqué que j'allais et venais depuis si longtemps. Mais elle n'était jamais à la maison lors de mes visites. Pas encore, du moins. Pas avant ce soir.

Je déverrouille et ouvre la porte d'entrée. Je sais exactement quand elle va craquer, donc je m'assure d'être présent avant que ce soit le cas. Je ne me donne pas la peine de verrouiller derrière moi. Les serrures ne gardent jamais ceux qu'elles ont l'attention de garder à l'intérieur. C'est naïf de croire le contraire.

À présent, j'ai mémorisé la disposition entière de cette petite maison. C'est un autre de mes talents. Je vois tout, chaque détail que même la plupart des gens ne remarquent pas. C'est ce qui m'a sauvé la nuit où je devais mourir.

Le salon est totalement impersonnel. C'est comme si personne ne vivait ici. Je me demande si elle a trouvé cet endroit meublé pour être loué parce qu'il ne ressemble pas à ce que j'imagine être ses goûts. Ce truc est trop grand, trop rustique. Pas assez sophistiqué.

Je me suis presque entaillé le tibia au même endroit que deux fois auparavant, mais juste à temps, je me dirige vers sa chambre. Elle dort la porte ouverte. Je suppose que c'est pour la ventilation. Je me demande pourquoi elle ne fait pas fonctionner la climatisation, mais c'est peut-être à cause de ses antécédents, de l'endroit d'où elle vient. Elle a vécu dans le désert. Elle y a grandi. Peut-être que pour elle, les températures sont bonnes.

Alors que je m'approche, je peux apercevoir sa forme douce et féminine allongée sous le drap blanc présent sur le lit. Elle est sur le côté, face à la fenêtre. De longs cheveux foncés parsèment son oreiller. Elle a un bras posé au-dessus du drap, et j'aperçois la cicatrice où une balle lui a effleuré la peau il y a deux ans. Elle a été si proche de mourir. Si je ne l'avais pas plaquée au sol, elle serait morte.

Et peut-être que six autres auraient survécu à cause de ça.

Stop.

Je ne peux pas.

Pas maintenant.

Maintenant, j'ai besoin de réponses.

Un nuage passe devant la lune, projetant une ombre sur son visage alors que je m'approche. Cependant, il disparaît aussi vite qu'il est apparu, et un moment plus tard, je la vois, Eve El-Amin. Et même si je la suis depuis des semaines, pour mémoriser chaque détail de sa nouvelle vie, être si proche d'elle, ça me fait quelque chose. Être près d'elle a toujours été difficile pour moi, dangereux, mais cette fois, c'est plus que ça. Ou tout du moins, c'est différent. Ça attise toutes mes vieilles émotions, la colère prédominante, mais également quelque chose d'autre. Quelque chose de sombre et de tordu en moi.

Une chose faite de désir.

Je ferme les yeux momentanément, étouffant cette dernière partie. Je l'enfonce profondément dans mes tripes. Ça ne sert à rien. Pas ici. Pas maintenant. Parce que l'enjeu est trop important pour que cet aspect-là prenne le dessus.

C'est comme demander pourquoi. Ce n'est pas la peine d'essayer de comprendre. Savait-elle que cette nuit était un piège ? Savait-elle qu'elle nous envoyait tout droit dans un massacre ? Pourquoi aurait-elle fait ça ? Pourquoi, alors que chaque homme qui est mort cette nuit-là aurait donné sa vie pour protéger la sienne ?

Je sens mon cœur se serrer, ma mâchoire se contracter, et mes poings se fermer. Eve murmure quelque chose dans son sommeil. Je n'ai pas peur qu'elle se réveille. Mon cœur ne rate même pas un battement lorsqu'elle pivote sur le dos. Voilà jusqu'où je suis allé. Voilà à quel point je m'en fiche de savoir si elle ouvre les yeux et m'aperçoit dans sa chambre, en train de la contempler pendant qu'elle dort.

Et c'est ce qui me rend dangereux. Qui rend cette mission... ma vendetta privée... si bancale.

Je dois m'en soucier.

Je dois me sortir la tête du cul et me concentrer sur la raison pour laquelle je suis ici.

Si elle m'aperçoit maintenant, ça foutra en l'air la grande entrée que j'ai prévue. Depuis des semaines, j'entre dans sa maison. Je bois son alcool. Je mange sa nourriture. Je laisse des contenants vides sur le comptoir de la cuisine. Je déplace son courrier. Je fais toutes ces petites choses merdiques pour la pousser à croire qu'elle perd la tête. Ça l'énerve. Elle n'arrête pas de regarder par-dessus son épaule.

Tout ceci va changer demain matin.

Demain, tout deviendra réel.

Je contemple son visage. Elle est jolie. Elle l'a toujours été. Elle n'a pas beaucoup changé en l'espace de deux ans, ce qui me surprend. J'aurais pensé qu'envoyer six hommes à leur mort auraient entraîné des conséquences sur elle. Mais il faudrait qu'elle ait une conscience pour cela.

Ses cheveux sont plus longs. Je parie que les vagues épaisses qu'elle avait l'habitude d'attacher en une queue de cheval atteignent désormais le milieu de son dos. Sa peau olive est pâle pour la période de l'année, et semble toujours lisse, toujours aussi parfaite, tout comme son petit nez, et ses lèvres pleines et charnues. J'aperçois ses dents blanches derrière ces mêmes lèvres.

Je m'accroupis. Je suis désormais si proche, que je peux l'entendre respirer.

J'inhale, j'inspire son parfum, je me rappelle. Je le mémorise. Je m'écarte lorsque ma queue tressaute.

— Dors bien ce soir, Eve El-Amin, murmuré-je.

Je ne peux m'empêcher de la toucher, d'écarter une de ses mèches de cheveux noirs de son visage.

— Parce que demain, tes jours seront comptés et ton sommeil appartiendra au passé.

1

EVE

Autrefois

Aller demander de l'aide aux soldats américains est mon dernier recours. Si mon frère découvre ce que je suis en train de faire, il me tuera. Mais je n'ai pas le choix. C'est le seul moyen de sauver ce qu'il reste de ma famille.

Je pénètre dans l'immeuble où se trouve leur quartier général. C'est plus facile que je m'y attendais, en réalité. Tout ce que j'ai eu à faire, c'est leur dire mon nom. Eve El-Amin. La famille El-Amin est bien connue ici.

D'après les conversations que j'ai entendues entre mon frère et ses « collègues », je sais qu'il y a au moins une douzaine de soldats ici. J'en ai rencontré deux jusqu'à présent. Le garde à l'entrée, qui était plus jeune que ce à quoi je m'attendais, et un autre qui avait le grade de commandant. Je ne me souviens pas de son nom. À l'heure actuelle, je suis assise dans la salle d'interrogatoire où j'imagine qu'ils sont en train de me regarder depuis le miroir sans tain, comme ils le font dans les émissions de télévision américaine. Et tout ce que je peux faire, c'est espérer apaiser les battements de mon cœur.

Je jette un coup d'œil en direction de la porte pour la centième fois. Il y a une horloge au-dessus de celle-ci, et à chaque clic qui retentit pour annoncer le passage d'une seconde, je me surprends à regarder vers la porte. J'ai envie de rentrer chez moi et d'oublier tout ça.

Seulement quinze minutes se sont écoulées depuis que le commandant a quitté la pièce, pourtant j'ai l'impression que cela fait des heures. Plus je reste ici, plus c'est dur pour moi de ne pas m'enfuir. Je me demande s'ils le font exprès, s'ils utilisent cette tactique pour me secouer, pour s'assurer que je leur dis la vérité. C'est le cas, mais j'imagine que ce n'est pas facile de croire aux paroles de quelqu'un qui porte le nom de famille El-Amin.

Je finis le contenu du gobelet en plastique que le commandant a placé devant moi, essuie mes mains moites sur mon jean et commence à me lever. C'était une mauvaise idée. Ils ne vont jamais accepter de m'aider.

Pourquoi ? Mon frère représente le camp ennemi.

C'est alors que je les entends. Une discussion dans le couloir. Deux hommes. Leurs voix résonnent comme le tonnerre, profondes et puissantes. C'est comme s'ils attendaient que je m'enfuie.

Dès que j'aperçois la poignée de la porte pivoter, mon estomac se retourne et je me fige sur place, à moitié debout. Tout ce que je peux faire, c'est observer sans bouger. Ma bouche est sèche, et mon sang pulse si rapidement dans mes veines que le son en devient assourdissant. Et lorsque la porte s'ouvre enfin, ce n'est pas le commandant que j'aperçois. Il se trouve derrière un soldat qui porte son treillis ainsi qu'un gros dossier. Les yeux du soldat se posent immédiatement sur moi, et celui-ci prend conscience de ma position embarrassante. Lorsqu'il rencontre mon regard, il fait quelque chose à laquelle je ne m'attendais pas. Il me sourit.

— Mademoiselle El-Amin, dit-il.

Je prends alors conscience qu'il sait pertinemment que je suis terrifiée. Il pose son dossier sur la table. Je me redresse, comme si je m'étais levé pour pouvoir le saluer. Il me tend la main. Je l'observe, cette énorme main tendue dans ma direction, dans laquelle je place la mienne.

— Je suis le sergent-chef Zachary Amado, réplique-t-il, tandis que je me tiens là, stupéfaite.

Je me racle la gorge et laisse mon regard le parcourir. Ses yeux sont si bleus qu'on dirait un ciel de minuit. Ils ont l'air également très doux. Quelque chose en eux me pousse à lui faire confiance instantanément.

— Eve, dis-je d'une voix presque normale. Je suis juste Eve.

Il me sourit à nouveau, et son regard s'illumine.

— Eh bien, nous sommes heureux que tu sois venue ici, *juste* Eve. Tu peux m'appeler Zach.

Je sens mon visage rougir, alors je baisse le regard. Il tient toujours ma main, qu'il presse délicatement. Et lorsque je lève mon regard, il m'adresse un clin d'œil.

— Tout ira bien, déclare-t-il. Tu as pris la bonne décision en venant ici. Nous pouvons t'aider.

Je hoche la tête, sans vraiment savoir pourquoi, car je ne suis toujours pas certaine que ce soit la bonne chose à faire.

— Assieds-toi, dit-il en libérant ma main.

J'obéis. J'ai l'impression qu'il a l'habitude de donner des ordres et qu'on s'exécute.

Il se tourne ensuite vers l'autre soldat, l'homme que j'ai rencontré à mon arrivée ici. Celui qui m'a posé des questions pendant près d'une heure. Il a l'air d'avoir la cinquantaine, et est très loin d'être aussi amical que le sergent-chef Zachary Amado. Zach. Ils échangent un bref regard, en parlant bien trop doucement pour que je puisse les entendre. Un instant plus tard, le commandant dit quelque chose à Zach, hoche la tête dans ma direction, et quitte la pièce pour que nous soyons seuls. Zach me fait face, et m'adresse à nouveau un sourire. Je pense qu'il essaie de me rassurer.

— Je sais que tu as déjà dit au commandant pourquoi tu as choisi de venir nous voir, mais est-ce que tu pourrais également me le dire ?

— Je suis ici pour sauver mon frère.

— Ton frère.

Il ouvre le dossier qui se trouve devant lui, parcourt quelques pages avant de soulever une photo d'Armen. Il l'étudie lui-même pendant quelques instants, puis m'observe, et je pense qu'il remarque la similarité de nos traits. Nos yeux se ressemblent, surtout. Comme le miel le plus doux, disait ma mère. Ce souvenir me rappelle combien elle me manque.

Je cligne des yeux, deux fois, en espérant chasser les larmes qui me gagnent.

— Ce frère-là, Eve ? demande-t-il en utilisant mon prénom.

Il m'observe. En effet. J'ai senti ses yeux se poser sur moi dès que j'ai aperçu la photo d'Armen. Il la fait pivoter pour qu'elle soit orientée dans ma direction.

— Armen El-Amin ?

Je lève les yeux pour croiser les siens. Je sais qu'il a aperçu mes larmes. Je hoche la tête, parce que je crains trop qu'en parlant, ma voix ne se brise.

Il tourne à nouveau son regard vers le dossier, et le mien en fait de même. Il se fait un point d'honneur de feuilleter des pages et des pages de notes, que je ne peux pas distinguer de là où je suis assise. Certaines de ces notes parlent uniquement de mon frère. Et plus important encore, d'autres parlent de l'homme pour qui il travaille. Sauf que le visage de cet homme est dissimulé derrière un foulard. Il se cache toujours. Il envoie sans cesse les autres à sa place pour faire son sale boulot. Cette pensée me donne de la force. Elle me rappelle la raison de ma présence ici. Pourquoi je dois faire tout ça.

Je me redresse. Il m'observe.

— Ma famille est partie. J'ai perdu mes parents et deux de mes frères, et Armen a noué des relations avec un homme très mauvais.

Je désigne la photo.

— Malik le Boucher.

Ma voix devient rauque, je l'entends moi-même. Je ressens tellement de colère contre cet homme, tellement de haine pour lui. Il va détruire mon frère si je n'agis pas.

— Je peux vous aider à mettre la main sur lui. Vous donner la date à laquelle ils doivent se rencontrer. Si vous acceptez de m'aider à sauver mon frère.

2

ZACH

Quand je suis entré dans la salle d'interrogatoire, je savais que la fille était sur le point de s'enfuir. Elle était terrifiée, et elle l'est toujours, mais elle est loin d'être faible. Elle est là pour sauver son merdeux de frère. Elle ne doit pas le connaître vraiment. C'est impossible. Si c'était le cas, elle ne serait pas ici maintenant parce qu'elle saurait qu'il n'y a aucun moyen de le « sauver ».

Eve El-Amin, fille cadette de la famille. Ce qu'il en reste, du moins. Son père était important sur le plan politique, et son travail correspondait à nos objectifs. Du moins dans une certaine mesure. Mais lui et sa femme ont été emportés en quittant un restaurant il y a quelque temps. Ses autres frères, Rafi et Seth, ont disparu peu de temps après. Je dirais qu'ils sont morts. Et c'est à ce moment-là qu'Armen, l'aîné de la famille, est allé travailler pour Malik, alias le Boucher.

Beyrouth n'est pas un foyer d'activités au Moyen-Orient. En réalité, c'est probablement l'un des endroits les plus sûrs de la région. Cela ne veut pas dire pour autant que des hommes comme Malik n'opèrent pas par ici. Ne dirigent pas les opérations depuis la sécurité de leur foyer. Le fait est que nous ne parvenons pas à trouver ce bâtard. Et que la jeune femme qui se tient devant moi représente notre meilleure piste depuis une éternité.

— Si tu nous aides, nous serons en mesure d'en faire de même, dis-je, sans la regarder, en faisant mine de fouiller dans les documents face à moi, même si j'ai déjà mémorisé tout le dossier.

J'essaie d'être aussi honnête que possible. Je n'ai pas envie de lui mentir, mais elle possède l'information dont nous avons terriblement besoin et retrouver Malik est notre priorité numéro un. C'est la raison pour laquelle nous sommes ici, comme des fantômes, un bataillon secret de soldats d'élite avec pour seule mission de capturer et tuer Malik le Boucher. On ne le veut même pas vivant.

Lorsque je lève les yeux, les prunelles caramel d'Eve me scrutent, et je me retrouve momentanément désarmé. Elle est jolie. J'avais établi cela avant même qu'elle n'entre dans notre quartier général. Nous avons également un dossier sur elle. Cependant, je ne vais pas lui montrer celui-là. Elle est innocente. Je le vois dans ses yeux, sur son visage. Si j'avais des doutes auparavant, je le sais maintenant, en la jaugeant. Je le sens jusque dans mes tripes.

Même si je me suis déjà trompé.

Je chasse cette pensée et la contemple en me demandant si elle est consciente qu'elle est en train de s'entourer de ses bras.

Elle est petite, peut-être 1 mètre 60. Lorsqu'elle m'a serré la main plus tôt, la sienne a disparu dans ma paume. Elle me fixait alors, comme maintenant, et je sais pertinemment ce qu'elle cherche en agissant ainsi. Elle est là pour sauver son frère, tout en sachant que s'il a eu vent de sa visite, c'est de lui qu'elle aura besoin d'être protégée. Je me demande si elle s'en rend compte et, tout à coup, je ne pense plus à quoi que ce soit d'autre.

— Ton frère sait-il que tu es ici ?

Elle secoue la tête et tend la main pour désigner une photo qui se trouve à proximité d'elle.

— Non.

— Mais vous vivez dans la même maison.

— Il n'est pas au courant.

— Tu comprends que tu ne peux rien lui dire, pas vrai ?

— Je sais.

Au vu de la manière dont elle répond, je réalise qu'elle hésite. Ses épaules s'affaissent et elle baisse le regard. C'est une trahison de sa part d'être assise ici avec moi. Nous sommes supposés représenter l'ennemi, et elle en a conscience. Je pose ma main sur la sienne. Elle est effrayée par mon contact, mais putain, moi aussi. On se regarde tous les deux, ma main sur la sienne, si douce et si petite que je dois me forcer à me racler la gorge pour reprendre la parole :

— Eve, regarde-moi.

Elle s'exécute, et ses yeux brillent de larmes contenues. Elle désire désespérément le sauver. Elle n'a plus d'autre option. C'est la raison pour laquelle elle est venue nous trouver.

— Quoi qu'il arrive, tu ne pourras jamais dire à Armen que tu es venue ici.

Je m'arrête, et me retrouve incapable de détourner mon regard du sien. Je vois une larme couler sur sa joue. Elle ne l'efface pas. J'ai envie de le faire pour elle. Il me faut faire preuve d'un grand contrôle de moi-même pour ne pas passer mon pouce sur sa joue.

— Je ne veux pas que tu sois blessée, tu comprends ?

Elle arrache sa main de la mienne.

— Il ne me ferait pas de mal. C'est mon frère.

Je l'observe, et je sens un changement peser dans l'air alors que je pense à la manière de gérer tout ça. De m'assurer qu'elle comprenne qu'il n'est pas l'homme qu'elle pense connaître. Qu'il est tout à fait capable de s'en prendre à elle.

— Dis-moi tout ce que tu sais au sujet de Malik, dis-je.

J'ai besoin de temps pour l'étudier, pour comprendre sa manière de penser. Pour découvrir ce qui la motive.

Et surtout, pour me souvenir de la mission de mon équipe.

3

EVE

Il est tard lorsque je quitte le bureau. J'ai dit à Zach tout ce que je savais, malheureusement je ne possède aucune information sur les rencontres entre Armen et Malik. Il ne me dit jamais rien. Je sais seulement où il était lorsqu'il revient après plusieurs jours et plusieurs nuits, parce qu'il est alors d'une humeur terrible. Je sens sa haine émaner de lui lorsqu'il rentre à la maison, et les paroles de Zach résonnent à mes oreilles.

Je ne veux pas que tu sois blessée.

Je n'ai pas envie de le croire. Ou peut-être que je refuse d'admettre qu'il a raison. Je ne sais pas jusqu'où mon frère irait s'il l'apprenait. Je ne sais pas si sa loyauté envers Malik est plus forte que le sang qui nous unit.

C'est facile de parler avec Zach. Je pense qu'il a essayé de me détendre, mais c'est impossible. Je ne pourrai pas me détendre tant que je ne saurai pas qu'Armen est en sécurité. Il m'a proposé de me reconduire jusqu'à la maison, j'ai refusé. J'aime marcher dans la ville, et notre maison ne se trouve pas très loin. Toutefois, je sais qu'il me suit. Je peux le sentir, même si lorsque je regarde par-dessus mon épaule, je ne parviens pas à l'apercevoir dans la foule. J'aime savoir qu'il me surveille. Je me sens plus en sécurité.

Je me rends jusqu'à notre maison, et je remarque que la voiture de mon frère n'est toujours pas revenue. Ce n'est pas inhabituel, alors j'ouvre la porte et je rentre. Depuis que papa et maman sont morts, notre maison est différente, plus grande. Et lorsque Seth et Rafi ont disparu à leur tour, elle est devenue vide. Creuse. Comme s'ils manquaient tous à notre maison. Que cette dernière attendait qu'ils franchissent à nouveau la porte d'entrée.

J'observe la rue une fois de plus avant de verrouiller la porte. En avançant dans le grand salon, je me fais un point d'honneur de ne pas contempler le plafond orné des fresques que ma mère aimait tant, et je me rends dans la cuisine. J'allume la bouilloire et je me prépare un sandwich. J'ai besoin de manger quelque chose, même si je n'en ai pas envie. Je suis encore trop anxieuse, préoccupée par ce que je viens de faire. J'ai mis en marche des choses que je ne peux plus défaire. J'ai offert des informations aux Américains, et même s'ils les possédaient déjà, j'ai trahi mon frère. Les raisons pour lesquelles j'ai fait une telle chose n'ont pas d'importance. Je suis allée à l'encontre de mon propre sang, même si mon intention est de préserver ce qu'il reste de ma famille.

Une fois que la bouilloire siffle, je me prépare une tasse de thé et l'apporte dans ma chambre. C'est la première en haut de l'escalier. Je ne regarde pas toutes les autres portes fermées. Toutes les pièces sont vides. J'entre dans ma chambre et ouvre la fenêtre pour contempler le ciel sombre, et bois la première gorgée de mon thé encore brûlant. Le téléphone dans ma poche semble peser énormément. C'est celui que Zach m'a donné. Je jette un coup d'œil en direction de ma porte fermée une fois que je suis assise sur le bord de mon lit, et je le sors de ma poche. Il est vieux, et il a servi plus que de raison, mais quelles que soient les informations qu'il contenait auparavant, elles ont toutes été effacées, puisque désormais, il n'y a plus qu'un numéro programmé à l'intérieur.

Le sien. Juste Zach. Pas son titre, pas son nom de famille.

Je dois l'appeler si je ne me sens pas en sécurité. À n'importe quel moment. J'ai conscience qu'il craint qu'Armen ne me fasse du mal s'il découvre ce que j'ai fait, mais il se trompe. C'est mon frère. Il ne me fera pas de mal.

Zach m'a posé des questions sur le bureau d'Armen. Il m'a posé des questions sur tous les documents qu'il y emmagasine. Il m'a demandé de prendre des photos de tout ce que je pouvais trouver, même si ça n'a pas le moindre sens à mes yeux.

Mon estomac se tord à l'idée de ce que je m'apprête à faire, pourtant je finis ma boisson et je me lève. Je prends une grande inspiration, et replace le portable dans ma poche en descendant jusqu'au bureau de mon frère. La porte n'est pas verrouillée. Il me fait confiance pour rester à l'écart de ses affaires. Il me faut une minute pour accepter ce que je compte faire. J'ouvre la porte et j'allume. Il garde les rideaux fermés ici. Cette pièce ne bénéficie jamais de la lumière du soleil ni même de l'air frais, et recèle une odeur de vieille cigarette. Comme de la fumée rassise.

La première chose que je fais en contournant le grand bureau, c'est de vider le cendrier dans la poubelle. Il a pris cette mauvaise habitude il y a quatre mois, et je ne la supporte pas.

Il a emporté son ordinateur portable, alors je n'ai pas besoin d'essayer de le déverrouiller. Il le prend habituellement, et quand ce n'est pas le cas, il le cache. Il a peut-être toujours soupçonné une éventuelle trahison de ma part. Peut-être que son instinct le pousse à me cacher son ordinateur.

Je touche le bloc de papier jaune avec de la graisse de poulet dessus. Je ne sais pas comment ils pourront faire quelque chose de ça, mais je le prends photo. Je passe à la page suivante et je recommence. Une fois toutes les pages photographiées, j'ouvre un tiroir. Il est vide à l'exception de deux stylos, quelques Post-its encore emballés dans du plastique, ainsi qu'un paquet de cigarettes à moitié plein. Un briquet se trouve à l'intérieur.

J'en ouvre un autre. Celui-ci contient des morceaux de papier. Certains sont déchirés, d'autres arborent des taches de café. Je ne peux pas dire leur âge ou leur importance. J'essaie le tiroir suivant, et je découvre la même chose. Il doit tout garder, puisque tout est en désordre. Je le ferme et ouvre celui en bas à droite. Je recule en haletant, surprise par ce qu'il y a à l'intérieur.

Un revolver noir. Étincelant.

Je savais qu'il en avait un. Je l'ai vu dans son étui sous la veste qu'il porte en pensant pouvoir me le dissimuler. Le fait qu'il en possède probablement plus d'un me frappe alors. Il ne quitte plus jamais la maison sans arme.

Précautionneusement, je le touche. Il est froid et dur, et pour une quelconque raison, je le prends dans mes mains. Je sens son poids. Je le contemple. Et je réalise alors qu'il a déjà servi, et cette pensée me fait le relâcher dans la seconde. Je referme rapidement le tiroir, et je pousse contre ce dernier lorsqu'il se coince. Je ne veux plus voir cette arme. Je veux sortir de cette pièce. Je ne veux pas savoir ce qu'il a fait avec. Qui il a blessé.

Je remonte dans ma chambre et je cache le portable sous mon oreiller avant de me déshabiller et d'aller prendre une douche bien chaude. Je me sens sale. Je me sens... mal. Mais après tout, ça fait une éternité que je ne me suis pas sentie bien, et s'il faut que je me sente mal pour sauver mon frère. Je dois m'y résoudre. Je vais devoir me sentir mal un peu plus longtemps parce que, pour une quelconque raison, je fais confiance à Zach. Je sais qu'il va m'aider.

La semaine suivante, je me rends au bureau, mais cette fois, j'utilise la porte à l'arrière de l'immeuble, dans une ruelle. Le soldat qui montait la garde à l'autre porte se trouve ici, et il n'est pas seul. Il y en a un autre avec lui et dès le premier instant, je ne l'aime pas. Je n'apprécie pas le regard qu'il jette sur moi lorsque je passe devant lui. La façon dont je sens ses yeux se poser sur moi lorsque l'autre soldat me raccompagne jusqu'au bureau, où j'ai été conduite la première fois. Je suis à nouveau assise dans cette grande pièce avec seulement une table et deux chaises. Je pose le portable sur cette dernière lorsque le soldat s'en va, et aujourd'hui, je ne dois attendre que quelques minutes avant que Zach n'arrive avec un PC sous le bras.

— Pile à l'heure, déclare-t-il avec un sourire.

Ses yeux se posent sur la table avant de rencontrer les miens.

— Regardons ce que tu as trouvé.

Zach prend le téléphone et parcourt rapidement les photos. Il sourit, hoche la tête, puis ouvre l'ordinateur et y relie le portable avec un câble. Plusieurs minutes passent avant qu'il ne reprenne la parole :

— C'est difficile à lire, mais c'est bien, dit-il.

Je ne sais pas du tout ce qu'il cherche.

— Je ne savais pas ce que tu voulais. Ce qui était important.

Il ferme l'ordinateur et m'accorde toute son attention.

— Tout ce que tu pourras trouver, même si tu n'es pas certaine de ce que ça peut être, ça pourrait être important. Ces hommes utilisent des codes secrets pour communiquer...

— Ces hommes ? Mon frère n'est pas...

— Les hommes avec qui ton frère travaille actuellement, tu as toi-même dit qu'ils n'étaient pas... bons.

Je ne sais pas quoi répondre.

— Je vais envoyer tout ça à notre spécialiste. Il examinera attentivement chacune des photos, j'espère qu'elles contiennent quelque chose d'utile. Est-ce que tu as fait attention à toi ?

— Oui.

— Armen ne sait pas que tu as pris ces photos ?

— Non.

— Bien.

Il se lève. Moi aussi, je me sens gênée. Déçue.

— Nous nous reverrons la semaine prochaine.

Il glisse la main dans sa poche, en retire une feuille de papier pliée qu'il lit une fois avant de me la tendre.

— C'est un lieu public. Sais-tu où ça se trouve ?

— Oui.

C'est un café de l'autre côté de la ville.

— Même jour et même heure.

— D'accord.

Je fais un pas vers la porte, mais il me passe devant avant que je ne puisse l'atteindre. Sa main se referme autour de mon bras pour m'arrêter. Sa poigne est douce. Je regarde l'endroit où il me tient et lorsque je relève les yeux, je croise son regard.

— Tu as bien fait, Eve.

Je sonde ses yeux, et perçois le sourire en eux. Le réconfort. Je

sais que mes informations étaient inutiles, pourtant je me retrouve
à sourire.

— Je trouverai quelque chose de mieux pour la prochaine fois.
Je chercherai mieux.

— Surtout, sois prudente.

— Je le serai.

4

ZACH

Une semaine plus tard, j'attends au café. Je suis en avance, je le suis toujours. Je suis habillé en civil et je ressemble à n'importe quel touriste. C'est la raison pour laquelle j'ai choisi ce café, le fait est qu'il y a beaucoup de monde ici. Nous allons passer inaperçus. J'ai placé un homme le long du chemin, pour qu'il la voie arriver. Je veux être certain qu'elle n'est pas suivie. Qu'Armen n'émet pas le moindre doute à son sujet. Elle n'a pas assez d'expérience pour reconnaître les signes, et je ne vais pas la laisser se faire prendre dans sa toile. Je ne compte pas la laisser souffrir.

Les informations qu'elle nous a fournies la semaine passée n'étaient pas très utiles, mais c'était sa première fois et c'est ce à quoi je m'attendais. Aujourd'hui, ce sera mieux. Et les prochaines fois, encore mieux. Elle désire sauver son frère. Je n'ai pas besoin de lui fournir davantage de motivation. Elle est cependant différente de nos autres informateurs. Peut-être à cause de qui elle est. Ou peut-être que c'est à cause de ce quelque chose qui m'attire vers elle. Quelque chose d'innocent, de doux et de vulnérable. C'est la raison pour laquelle je la rencontre aujourd'hui. Je vais lui offrir plus de temps, ce qui pourrait représenter une perte de temps pour moi. C'est en tout cas ce que mon commandant pense. Ce n'est pas souvent qu'on s'interroge au sujet de mon travail, mais aujourd'hui, il se pose des questions.

Elle entre à ce moment précis, et mon cerveau passe en mode protecteur. Je la regarde depuis l'endroit où je me trouve, dans un coin. Elle porte une jupe courte et un T-shirt. Ses cheveux sont relevés en une queue de cheval, elle est maquillée, même si c'est très minime.

Elle ne me voit pas tout de suite, et je détache mon regard d'elle, pour pouvoir analyser l'endroit et voir si quelqu'un l'observe de plus près que nécessaire. C'est une jeune femme attirante. Elle attire forcément l'attention. Je le sais, mais je n'aime pas la manière dont certains regards s'attardent sur elle, la façon dont les hommes l'observent en biais. Je dois me rappeler que je ne suis pas là pour eux. Je suis à la recherche d'autres hommes. Du genre dangereux. Du genre avec l'intention de nuire. Je me racle la gorge et esquisse un geste.

Elle me voit, sourit, et laisse retomber sa main avant de me fixer avec une expression sérieuse lorsqu'elle se dirige vers moi. Je me demande si elle a conscience du soldat qui l'a suivie. Je n'ai pas l'intention de lui en parler, je me demande juste si elle le fera.

— Bonjour, dit-elle en s'asseyant sur la chaise en face de moi.

La mienne se trouve contre le mur, de manière à ce que je puisse tout analyser dans le café. Jared, le soldat qui la suivait, entre dans le bâtiment, un journal plié sous son bras, et commande un café. Du coin de l'œil, je le vois s'asseoir au bar et ouvrir son journal. Je sais qu'il n'en lira pas un mot. C'est un journal en langue arabe. Il ne pourrait pas le faire même s'il le voulait, et sa mission n'est pas de lire les nouvelles. C'est de s'assurer qu'elle est en sécurité.

— Tu as facilement trouvé ? lui demandé-je en levant la main pour attirer l'attention de la serveuse.

— Oui. Je connais bien la ville.

— Bien.

La serveuse arrive.

— Que veux-tu ?

— Oh, juste une tasse de thé, s'il te plaît.

Je me commande un autre café, et lorsque la serveuse s'en va, Eve glisse une main dans son sac et en retire son portable. Elle le pose sur la table en souriant nerveusement.

— Il y a plus cette fois. J'espère que ce sera utile.

En posant mon journal sur le téléphone, je souris à mon tour.

— Est-ce que tu étais en sécurité ? Armen est-il au courant ?

— Tu n'arrêtes pas de me poser la question. Je t'ai dit que non. Et il ne le découvrira pas.

Armen est un homme intelligent. Je sais qu'elle compte sur son innocence pour la protéger pendant qu'elle fait ce qu'elle fait, mais elle ne connaît pas les hommes comme Armen El-Amin. Il est bien loin du frère aimant qu'elle pense qu'il est.

— Ne prends aucun risque, compris ?

— Oui.

La serveuse arrive avec nos commandes. Je profite de l'occasion pour glisser le journal vers moi, empoigner le portable et placer l'autre que je lui ai apporté sur la table.

— Et voilà.

Elle le récupère en jetant un coup d'œil nerveux dans le café avant de le glisser dans son sac à main. Lorsqu'elle croise à nouveau mon regard, il y a un long moment de silence. Je sais que ça la désarme. Je peux le voir sur son visage, dans le fard qui lui monte aux joues et le long de son cou. Elle se racle la gorge un moment plus tard et se relève. Je ne sais pas pourquoi, mais je mets ma main sur la sienne.

— Assieds-toi.

Je la vois déglutir. Elle est nerveuse. Anxieuse. Pourquoi est-ce que j'aime la voir comme ça ? J'abuse de mon pouvoir sur elle. Elle est inexpérimentée. C'est une jeune fille, à peine une femme. Elle est intimidée, cependant curieuse. Je vois son pouls battre frénétiquement au niveau de sa gorge, témoignant des battements frénétiques de son cœur. Elle se lèche les lèvres en se réinstallant. Elle ne retire pas sa main, et ancre son regard au mien. Un coin de ma bouche se recourbe vers le haut tandis que je la relâche et que je m'assieds en ramassant ma petite tasse de café. Je sirote l'épais liquide noir en la regardant, et c'est peut-être le fait de ne pas avoir été avec une femme depuis quelques semaines, mais mon esprit s'emballe avec des images d'Eve qui feraient virer son visage au cramoisi.

Je me racle la gorge. Ma voix semble toutefois enrouée lorsque je reprends la parole :

— Bois ton thé, Eve.

Elle ne sait pas quoi faire, ce qui est normal. Je me demande si elle a déjà eu un rencard. Je doute que ce soit le cas. Mais je sais qu'elle apprécie ça. Elle aime être assise en face de moi. Elle m'observe. Elle aime que je la regarde.

Elle avale quelques gorgées de son thé.

— Bien.

Je ne la regarde pas en disant ça. Au lieu de cela, je finis mon café et glisse ma main dans ma poche pour récupérer mon portefeuille, extraire quelques billets et les déposer sur la table.

— Commande-toi quelque chose à manger si tu veux. Ne pars pas avant dix minutes. Je te tiendrai au courant de notre prochaine entrevue.

Je me lève et je sors du café, sachant que je viens de la perturber, mais le fait est que je suis moi-même confus. C'est une informatrice. La sœur d'un homme recherché. Il n'y a rien que je devrais vouloir faire avec elle à part recueillir des informations. La garder en sécurité fait partie de ma mission, toutefois la collecte d'informations doit rester ma priorité numéro un. L'enjeu est trop important pour que cela devienne autre chose.

Un peu plus tard, Jared entre dans mon bureau au sein de notre quartier général. Il se montre désinvolte à ce sujet, frappant à peine à la porte pour me prévenir de son arrivée. Je le connais depuis quatre ans, et bien que nous ne soyons pas amis, je lui confierais ma propre vie.

— Est-ce qu'elle a été suivie ?

Je lui pose cette question lorsqu'il ferme la porte pour s'asseoir en face de mon bureau. Il secoue la tête.

— Non. Et elle a fait exactement ce que tu lui as dit. Elle est restée là-bas pendant dix minutes avant de sortir. Elle avait l'air un peu déçue que tu te sois éclipsé si rapidement. Elle n'a même pas terminé son thé.

Je sais d'après son expression qu'il cherche à déceler quelque chose. Je ne lui accorde aucune réponse.

— Tu penses qu'elle est digne de confiance ? Je veux dire, c'est la sœur d'El-Amin après tout.

Voilà, c'est là où il voulait en venir. Je sens ma mâchoire se crisper.

— Est-ce que tu remets mon jugement en question ?

— Bien sûr que non.

— OK.

— Elle est belle, n'est-ce pas ?

— C'est une informatrice, pas une chose. Tu dois la respecter. Est-ce que je suis assez clair ?

Ma voix est bien plus dure que je ne le voudrais. Un côté de la bouche de Jared se courbe vers le haut. Je viens de lui confirmer ce qu'il pensait.

— Du calme. Elle est un peu trop proprette à mon goût.

Je ne sais pas s'il avait l'intention de me faire chier, mais il vient de le faire. Je me lève et constate que mes mains sont serrées en poings.

— Je t'ai posé une question, soldat.

Le fauteuil sur lequel il était assis grince sur le plancher lorsqu'il se lève à son tour.

— Compris, monsieur.

Je m'assieds à nouveau. Il reste debout. Je me concentre sur les feuilles de papier devant moi et les feuillette.

— Y a-t-il autre chose ?

— Simplement que le véhicule de son frère était garé dans l'allée lorsqu'elle est arrivée.

Je dresse le menton.

— Tu l'as vu ?

— Non.

Je déteste la laisser dans cette maison, toute seule, avec lui.

— Des renseignements utilisables ? change de sujet Jared.

Je tape sur une touche de mon ordinateur et l'écran prend vie.

— Jette un coup d'œil à ça.

Jared se déplace pour pouvoir observer l'une des photos prises par Eve. C'est une photo d'une photo. Et le panneau dans le coin représente ce qui m'intéresse.

5

ZACH

J'attends à proximité de notre point de rencontre. Eve est en retard, ce qui est inhabituel. Ça m'inquiète. Je m'inquiète pour elle depuis le premier jour. Plus j'apprends à la connaître, plus je me sens protecteur envers elle. Plus je deviens anxieux chaque fois qu'elle entre dans sa maison, pendant que je l'observe, sans être vu. Je la suis jusque chez elle après chacune de nos entrevues. Cela fait maintenant deux mois que nous y travaillons. Je n'aime pas l'idée qu'elle marche toute seule dans la rue. Au moment où elle entre dans sa maison et ferme la porte, je me sens mieux. Ou pas. Je n'arrête pas de penser à ce qu'Armen ferait s'il découvrait notre alliance, sœur ou pas.

Je contemple ma montre pour la centième fois lorsque je l'aperçois. Au moment où elle tourne au coin de la rue, je soupire de soulagement. Je n'avais pas réalisé à quel point j'étais stressé en l'attendant. Elle m'aperçoit et m'adresse un grand sourire, quelque chose me tord l'estomac. Il s'agit de culpabilité. Parce que j'ai conscience de me servir d'elle pour obtenir des infos, que je l'utilise pour capturer son frère et Malik. Pour tuer l'un et placer l'autre à l'ombre, dans le meilleur scénario.

— Désolé, je suis en retard, dit-elle en me rejoignant.

— Je m'inquiétais.

Avec une main dans le bas de son dos, je la guide entre deux étals pour que nous soyons dissimulés par des tapis d'un côté et de la soie de l'autre. La lumière du soleil est filtrée à travers le tissu, ce qui lui donne un aspect encore plus doux et la rend d'autant plus jolie.

Je mémorise ses yeux, ses notes caramel, inhabituelles, envoûtantes. Elle m'observe également, m'analyse. Ma conscience me tiraille. Elle n'a même pas 20 ans. C'est à peine une femme, et si je l'observe bien, je peux voir son innocence. J'aurais dû la renvoyer chez elle dès l'instant où elle est apparue dans notre quartier général. Elle est bien trop jeune, trop inexpérimentée, et nous en profitons. J'en profite. Et tout ce que je vois, tout ce à quoi je pense, c'est à son visage, à ses yeux, et à la manière dont elle me regarde. Je vois ses lèvres. J'imagine leur sensation contre les miennes. Leur goût.

Elle cligne des yeux, et baisse la tête vers le sac qu'elle tient entre ses doigts. Elle tâtonne à l'intérieur. Lorsqu'elle lève à nouveau son regard, son visage rougit. C'est comme si elle lisait dans mes pensées, et peut-être que les siennes n'en sont pas trop éloignées. Je me racle la gorge.

— Qu'est-ce qu'il y a ?

Elle sort une enveloppe avec le portable. Au moment où je lui pose cette question, l'expression de son visage change. Elle devient sérieuse. Presque effrayée.

— Il va y avoir bientôt une vente d'armes. Dans deux jours, si je comprends bien. Voici une liste des hommes qui seront présents. Malik se trouve sur cette liste.

Je récupère l'enveloppe et l'ouvre. Je sors la feuille de papier. C'est une liste de noms, et je reconnais environ la moitié des participants. Je l'observe.

— Comment est-ce que tu obtenu ça ?

Ça vaut de l'or.

— Cette feuille était posée sur le sol dans le bureau d'Armen.

Mon regard croise le sien.

— Posée sur le sol ? Juste comme ça ?

Elle hoche la tête.

— Il était pressé. Il a dû la laisser tomber.

— Et il ne découvrira pas que tu l'as prise ?

Elle m'étudie.

— Il m'a dit qu'il serait parti pendant quatre jours.

La vente aura lieu au cours de ces jours, et elle pense alors que ce sera fait. Que ce sera terminé et que ça n'aura plus d'importance. Parce qu'on aura tué Malik et libéré son frère.

— Eve, les choses peuvent changer.

Je remets la feuille dans l'enveloppe et je la lui tends.

— Tu dois la reprendre, la laisser où tu l'as trouvée. Si cette vente n'a pas lieu et qu'il se rend compte que cette liste est manquante, il te posera des questions.

Elle ne récupère pas l'enveloppe. Elle secoue la tête. Je peux voir qu'elle est anxieuse. Je me rends compte qu'elle en souffre depuis tout ce temps.

— Ça ne peut pas changer. Je ne peux pas continuer à faire ça, ajoute-t-elle, les yeux brusquement inondés de larmes. C'est trop dur.

Je touche ses bras, l'agrippe, et lorsqu'une larme glisse sur sa joue, je l'attire à moi. C'est la première fois que je le fais. Je la tiens dans mes bras. Et ça fait du bien. Elle est bien dans mes bras. Sa place est ici. Son corps tremble lorsqu'elle pleure, et je sais que c'est à cause du stress. Comment n'avais-je pas pensé à ça plus tôt ? Comment ai-je fait pour ne pas réaliser à quel point elle serait stressée de faire ça toute seule ? En vivant sous le même toit que l'ennemi ?

— Tout ira bien, Eve. Ce sera bientôt fini.

C'est une promesse que je ne suis même pas certain de pouvoir tenir.

— Il ne va rien t'arriver. Je ne laisserai personne te blesser.

Elle se fond contre moi, moulant son corps au mien. Je ne sais pas si elle est consciente du petit mouvement qu'elle vient de faire, mais moi j'en suis conscient, putain. Son souffle est chaud contre mon cou. Elle est si petite. Si vulnérable.

Un cri me fait pivoter, et je la place derrière moi en récupérant mon arme. Elle est cachée sous ma veste, mais ma main se referme facilement autour du pistolet, alors même que je garde une paume sur Eva lorsque le bruit d'hommes en train de courir fait hurler les femmes et les enfants. Je ne sais pas ce qui se passe, mais avant même d'avoir eu le temps de dégainer mon arme, le bruit de balles qui sifflent dans les airs me fait fuir et emmener Eve avec moi. Je l'entends crier. Je la pousse à terre, la recouvrant de mon corps tandis qu'une douzaine d'hommes en treillis passent devant nous, visages couverts.

— Ne bouge pas !

Je tente de me lever, mais elle tire sur mon bras en faisant un bruit étrange. Je me tourne vers elle, mon cœur luttant pour retrouver son rythme normal après avoir entendu un tel son.

— Eve !

Il y a du sang. Beaucoup. Je lâche mon arme et soulève son bras pour découvrir la source de ce saignement.

— Zach ?

En arrière-plan, je me rends compte que les bruits de courses se sont estompés. Les hommes sont partis. Je ne sais pas qui ils étaient ni ce qu'ils voulaient, mais une de leurs balles a effleuré le bras d'Eve, et ce n'est pas très loin de me faire péter un câble. Je croise son regard effrayé.

— Ça fait mal, dit-elle en sanglotant.

Je déchire une bande de tissu de ma chemise, l'enroule autour de sa blessure et la soulève dans mes bras en me relevant. J'entends déjà les sirènes de la police et les ambulances, mais je décide de l'éloigner du marché, des étals. L'éloigner de tout ça.

Je ne m'arrête pas tant que nous ne sommes pas entrés dans le quartier général. Jusqu'à ce que le médecin nettoie sa plaie, lui fasse un bandage. Je reste là, adossé au mur, les bras croisés devant mon torse. Mon regard fixé sur elle, en sachant qu'elle a eu énormément de chance. Si je ne l'avais pas poussée à terre au moment où je l'ai fait, où cette balle l'aurait-elle frappée ? À quel point les choses auraient-elles pu être pires ?

Elle a l'air si petite assise là. Effrayée. Même si elle essaie toujours de sourire, je vois l'effort qu'il lui faut faire pour ne pas pleurer.

Ce n'est pas bien. Que lui arrivera-t-il si son frère est au courant depuis le début ? Qu'arrivera-t-il si tout ça a été mis en place simplement pour faire ce qu'ils ont fait ? L'effrayer ? Ou peut-être pire ? Comment ai-je pu laisser cette jeune femme s'impliquer dans quelque chose de si dangereux ?

— Vous allez avoir une cicatrice, mais ce n'est qu'une blessure superficielle. Vous allez guérir en un rien de temps, la rassure le médecin.

Je vois Eve glisser de la table d'auscultation et se tenir debout. Je ne manque pas le tremblement de ses genoux.

— Merci, dis-je.

J'ouvre la porte et j'attends. Elle me regarde. Elle acquiesce, remercie le médecin et passe devant moi. Elle s'arrête une fois que nous sommes seuls dans le couloir.

— Zach ? Est-ce que ça va ?

Je ricane, même si tout cela n'a rien de drôle.

— On vient de te tirer dessus, et tu me demandes si je vais bien ?

— Ce n'est qu'une blessure superficielle. Tu as entendu le médecin. Mauvais endroit, mauvais moment.

— C'est moi qui t'ai placée au mauvais endroit. J'aurais dû mieux te protéger.

Elle effleure ma main, et le contact de ses doigts sur ma peau fait naître une décharge d'électricité pure dans tout mon corps.

— C'était un accident, réplique-t-elle finalement.

Je fais courir mes yeux de nos doigts à son visage. Je secoue la tête.

— Tu en as terminé. On arrête. Tu dois oublier tout ça. C'est trop dangereux.

— Quoi ?

J'agrippe son bras et la fais pivoter dans le couloir.

— Tu vas rester ici jusqu'à ce que ce soit terminé. Je ne veux pas que tu rentres chez toi avant qu'on ait mis la main sur Malik et ton frère.

— Rester ici ?

Je hoche la tête.

— Ensuite, nous te sortirons d'ici. De Beyrouth. Et nous te placerons dans un endroit sûr.

— Ce n'est pas ce que je veux.

Elle s'arrête, et tire sur son bras.

— Ce n'est pas l'accord que nous avons passé.

Il me faut un moment pour ravaler ma colère, qui se retourne contre moi, et qui n'est pas de son fait. Je n'ai pas envie de l'effrayer plus qu'elle ne l'est déjà.

— Eve, ce qui s'est passé aujourd'hui, et si ce n'était pas un accident ?

— Quoi ?

Elle secoue la tête.

— Non. Ça n'a rien à voir avec moi. Avec Armen.

— Jusqu'à ce que j'en sois certain, tu ne retourneras pas dans cette maison. C'est hors de question.

— Il n'est pas...

J'agrippe son bras indemne, ma poigne plus serrée qu'elle ne le devrait lorsque je la secoue.

— Tu te rends compte de ce qui aurait pu se passer aujourd'hui ? As-tu une idée de ce qui serait arrivé si cette balle avait frappé quelques centimètres plus à gauche ?!

— Zach...

Je suis tellement en colère contre moi-même que je n'arrive pas à réfléchir correctement. Comment ai-je pu être aussi stupide ? Comment ai-je pu mettre cette innocente autant en danger ?

— Je tiens à toi, Eve. Je ne veux pas te voir souffrir.

EVE

Quand je rentre chez moi, c'est en plein milieu de la nuit. Mon bras palpite alors que l'effet des analgésiques disparaît. Je suis encore un peu secouée par ce qui s'est passé, et je n'étais pas certaine de savoir si je parviendrais à sortir de ce bâtiment aujourd'hui, mais Zach et ses hommes s'en sont allés. Je sais que c'est à cause de l'information que je leur ai fournie. Ils se préparent pour la vente d'armes.

Zach ne pense pas que je sois en sécurité. Il pense que ce qui s'est passé aujourd'hui a quelque chose à voir avec Armen. Il se trompe. Il n'y a aucune chance pour que mon frère sache ce que j'ai fait. J'ai été trop prudente. Et même si c'était le cas, il ne me ferait jamais ça.

La maison est plongée dans l'obscurité. Je sors ma clé de mon sac et j'entre, accompagnée par l'écho de mes pas. Je suis toute seule. Armen n'est pas là, et il ne sera pas de retour avant quatre jours. Et après cela, Malik sera soit mort ou sous la garde des Américains, et Armen sera libre.

J'entre dans la cuisine et allume la faible lumière sur la cuisinière. Je meurs de faim. Après ce matin, j'ai tellement hâte de manger quelque chose. En récupérant mon reste de soupe dans le frigo, je le verse dans une casserole pour le réchauffer et ne peux m'empêcher de penser à Zach. À ce qui s'est passé aujourd'hui. Lorsque les coups de feu ont retenti au marché, la première chose qu'il a faite a été de me pousser derrière lui. Il a utilisé son corps pour protéger le mien. Il m'a également dit qu'il se souciait de moi. J'essaie encore de comprendre tout ça.

Lorsque la soupe bout, je m'assieds pour manger, mais je ne parviens à avaler que quelques cuillerées avant que l'anxiété ne me retourne l'estomac, m'empêchant d'avaler quoi que ce soit.

Et si Zach a raison ? Et si je me trompais sur mon propre frère ?

Depuis que Zach m'a dit cela le premier jour, je n'ai eu de cesse d'y repenser, et depuis deux mois, j'ai vu des choses.

J'ouvre mon sac et en sors l'enveloppe. Je déplie la feuille de papier que j'ai fournie à Zach. Celle qui comporte tous les noms. Des hommes recherchés, je le sais. Des hommes dangereux. Un frisson me traverse face aux quelques noms que je reconnais. Il m'a dit de la remettre à sa place. Que si cette vente ne se passait pas comme prévu, si Armen réalisait ce que j'avais fait, il me ferait du mal. Je ne peux pas y penser, alors je me lève et me dirige vers le bureau de mon frère. J'ouvre la porte. Il fait noir à l'intérieur. J'entre, juste de quelques pas, ma main toujours posée sur la poignée, et je dépose la feuille sur le sol, là où je l'ai ramassée des heures plus tôt.

Et je réalise à cet instant que c'est terminé. Que c'était la dernière information que je fournissais à Zach. Cette réalisation me fait frissonner, parce que cela veut dire que je ne le reverrai plus jamais.

Pourtant, lorsque j'entends la serrure de la porte d'entrée tourner, je me fige sur place. Mon regard se pose dessus. Je n'ai pas allumé les lumières lorsque je suis rentrée à la maison, donc le couloir est seulement éclairé par le faible faisceau en provenance de la cuisinière et la pleine lune qui brille à travers les fenêtres. C'est comme si mes pieds étaient ancrés dans le sol lorsque la porte s'ouvre.

J'aperçois immédiatement Armen.

Et lui aussi me voit.

Moi, avec ma main sur la poignée de son bureau. Avec un pied à l'intérieur et un autre à l'extérieur de cette pièce où il m'a interdit d'entrer.

Il ne réagit pas lorsqu'il pénètre dans la maison, comme s'il n'était pas surpris de me trouver là. Plusieurs hommes le suivent de près. Des hommes que je ne reconnais pas. Les soldats de Malik, qu'il laisse rarement entrer dans la maison.

En les voyant, et en constatant qu'ils sont six, dans la maison de mes parents, certains avec des fusils posés sur leurs épaules, certains avec des armes dans des étuis, mon sang ne fait qu'un tour. Je croise le regard de mon frère et de tous ces hommes, ils pourraient être une douzaine qu'ils ne m'effraieraient pas autant que ce que je distingue dans le regard d'Armen. J'y vois celui qu'on prétend qu'il est depuis le début.

Ils braquent tous leurs visages dans ma direction.

Le dernier ferme la porte et quelqu'un allume les lumières. C'est surprenant, toute cette luminosité qui explose tout à coup. Ça m'expose. Ça ne me laisse nulle part où me cacher.

Armen fait un pas dans ma direction. Puis un autre. Il claque ensuite la langue, et j'ouvre ma bouche pour parler, mais rien ne sort. Seulement un bruit étouffé. J'essaie de m'éclaircir la gorge, je m'en retrouve incapable. Tout ce que je peux faire, c'est le regarder s'approcher, voir celui-ci qui avance sur ses traces, et ne pas savoir qui est le plus mauvais. Celui que je devrais craindre le plus. Celui que je devrais fuir.

Je ne m'enfuis pas.

Où pourrais-je aller ?

— Armen ? déglutis-je lorsqu'il m'atteint.

Ses yeux, comme les miens, étudient mon visage, glissent sur le bandage présent sur mon bras. Il enfonce un doigt dans sa bouche, l'humidifie, et essuie une trace de sang séché. Il ne me regarde pas lorsqu'il prend la parole. Ne me pose pas de questions au sujet du bandage. Le soldat se déplace derrière moi et saisit mes cheveux, afin de me tirer la tête vers l'arrière.

— Qu'as-tu fait, petite sœur ?

Armen me pose cette question en sortant une seringue de sa

poche. Lorsque j'ouvre la bouche pour crier, l'homme qui me tient tire sur mes cheveux et me rend muette de douleur. Armen se rapproche, et j'essaie de ne pas regarder l'aiguille présente dans sa main, de ne pas le voir enfoncer le piston pour chasser l'air avant de la porter à mon cou exposé, et de l'enfoncer dans ma peau.

— Qu'as-tu fait ?!

7

EVE

De nos jours

Une autre mauvaise nuit. Un autre mauvais pressentiment. Presque comme si on me regardait. Seulement, quelque chose de différent cette fois. C'est plus proche. Plus effrayant.

Je prépare une deuxième tasse de café, et je m'empresse de me secouer lorsque Miranda, la réceptionniste, entre dans la salle de pause.

— Bonjour, Eve.

Elle appuie sur le bouton de la machine à café et m'étudie pendant que le liquide noir remplit sa tasse. Sa tête est penchée sur le côté.

— Tu as encore mal dormi ?

Je connais Miranda depuis un peu plus d'un an et je ne suis toujours pas certaine de l'apprécier. Ni de lui faire confiance. Mais peut-être que c'est ma faute. Que c'est dû à ma propre nature. Peut-être qu'on ne peut pas me faire confiance, et que je ne peux faire confiance à personne d'autre.

— Il fait trop chaud, mens-je.

NATASHA KNIGHT

— Mh-hmm, réplique-t-elle en me faisant un clin d'œil.

Je passe devant elle et vérifie ma montre.

— Je dois y aller. Devon veut que j'aille le retrouver.

— Je l'ai vu.

Miranda remue les sourcils.

— Tu as toujours les plus sexy.

Je lui adresse un demi-sourire.

— Tu penses que chaque homme qui entre ici et sexy.

Elle tourne son attention vers sa tasse de café, y verse du lait et du sucre.

— Ce n'est pas faux.

J'avance jusqu'à mon bureau, qui se trouve à côté de celui de Devon. Devon est mon patron. Il est propriétaire d'Alderson Realty. C'est une petite entreprise familiale qui remonte à près de cent ans. Elle a été lancée par son arrière-arrière-grand-père, Marty Alderson, et a été transmise au fil des générations. Je travaille ici depuis mon arrivée à Denver, soit environ six mois après mon arrivée au pays. Ici, je suis connue comme Eve Adams. Et en m'entendant parler, n'importe qui penserait que je suis née aux États-Unis. Mon apparence témoigne de mes racines, mais mis à part une ou deux questions, auxquelles je réponds par des mensonges, la plupart des gens supposent que je suis de deuxième ou troisième génération d'immigrés et s'en tiennent à cela.

Mon nom a changé, ce n'était pas ma décision. Je désirais garder El-Amin, mais c'était impossible. Je devais devenir une personne différente après cette nuit pour tant de raisons. Et je m'efforce vraiment de devenir Eve Adams. Cependant, il y a ce vieux dicton : *où que tu ailles, tu seras toujours toi-même.*

Et c'est bel et bien le cas.

Peu importe le temps qui passe, c'est comme si mon passé était toujours là... comme un compagnon de chaque instant, et qu'il me rappelait sans cesse ce qui s'est passé.

Arrivée au niveau de mon bureau, je pose mon café et je prends une profonde inspiration avant de rassembler mes dossiers. Le nouveau client que Devon souhaite que je rencontre cherche une grande propriété avec beaucoup de superficie. J'ai entendu les chiffres et si nous pouvons appâter ce client, ce sera très important pour nous. Je sais que l'entreprise a besoin d'argent. Alderson Realty a tenu bon pendant un certain temps, mais avec la concurrence accrue des grands courtiers et le marché étant ce qu'il est, l'avenir ne semble pas très prometteur.

Mon téléphone m'annonce l'arrivée d'un nouveau message. Je n'ai pas besoin de lire mon écran pour savoir que Devon m'attend avec le client. Je suis en retard, et ce dernier est arrivé tôt. Je tape une réponse rapide lui disant que je suis en chemin, je rassemble tout ce dont j'ai besoin et m'empresse de me rendre en salle de conférence. Miranda me fait un clin d'œil lorsque je passe devant son bureau et je lève les yeux au ciel. Une fois au niveau de la porte, je vérifie mon apparence dans le miroir, ajuste la jupe de mon costume, puis ouvre.

— Ah, la voilà, déclare Devon.

Il me fait face, assis en tête de la table prévue pour douze personnes. Il se lève et touche la chaise à sa droite. Ma place habituelle. Le client est assis à l'autre bout avec le dos tourné à moi, mais il est si proche que je peux sentir son après-rasage, qui me semble familier pour une étrange raison. Il ne se lève pas pour me saluer lorsque j'entre.

— Bonjour, dis-je en fermant la porte.

Je n'aperçois que l'arrière de la tête du client. Il a les cheveux foncés, courts et bien coupés, les épaules très larges et les bras également. C'est comme si la chaise n'était pas assez large pour contenir sa musculature.

— Désolée d'être en retard, m'excusé-je, mon cerveau essayant de se rappeler où j'ai déjà senti cet après-rasage.

Parce qu'il est accompagné d'un sentiment étrange. Je contourne la table, les yeux posés sur mes dossiers et la tasse de café trop pleine que j'aurais dû boire avant de venir ici.

— Pas de problème, répond le client.

Je me fige. Mon cœur rate un battement tandis que mon souffle se meurt et que cette sensation que quelque chose va mal, que je suis observée, me saisit tout à coup.

— Je suis en avance, ajoute-t-il.

Depuis ma vision périphérique, je le vois qui se lève, et je réalise alors quelque chose à ce moment-là... Ses paroles, sa voix, lui...

Oh mon Dieu.

Je me souviens pourquoi cet après-rasage m'est familier.

Mon estomac se retourne. Et je trébuche en arrière.

— Eve ?

Devon fait un pas dans ma direction. Je me racle la gorge, et je sens le sang déserter mon visage lorsque je lève les yeux. Je ne regarde pas le client. Pas encore. Je souris faiblement à mon patron à la place.

— Est-ce que ça va ?

— Je vais bien, dis-je, sans reconnaître ma propre voix.

J'entends mon vieil accent revenir dans mes paroles. Je me retourne lentement pour faire face à l'homme désormais debout à côté de Devon, et qui m'observe attentivement.

J'ai l'impression que je vais être malade.

Il sourit. Je reconnais ce sourire.

Il n'a rien de gentil.

Ses yeux sont devenus sombres, plus foncés que dans mes souvenirs, et je remarque des cicatrices qui n'étaient pas là avant cette nuit. Il a l'air différent, trop grand, trop sauvage, son costume le contient à peine. Il est énorme. Beaucoup plus impressionnant qu'auparavant. Est-ce que c'est possible, ou est-ce que c'est simplement ma mémoire qui me joue des tours ? La culpabilité qui se joue de mon esprit ?

Devon fait le tour de la table pour me prendre les dossiers et la tasse de café des mains.

— Tu es sûre que tu vas bien ? me demande-t-il avec un sourire embarrassé.

— Je...

Je suis incapable de le quitter des yeux. C'est impossible. Il est mort. Il est mort il y a deux ans. Il est mort dans l'explosion avec tout le monde.

— Peut-être devriez-vous ouvrir une fenêtre, dit-il nonchalamment à mon patron. Elle a l'air d'avoir besoin d'air.

— Je vais bien.

Il me faut prendre sur moi pour parler, comme je me suis entraînée à le faire. Comme une Américaine. Ma voix tremble, et je m'installe dans la chaise que Devon a tirée pour moi. Toutefois, je ne parviens toujours pas à détourner mon regard de lui.

— Je vais t'apporter un peu d'eau, déclare Devon.

— Non !

Le distributeur se trouve dans le couloir, et je ne veux pas être seule avec lui. Je ne peux pas.

— Très bien. Eve, voici le client dont je t'ai parlé, Michael Beckham. Michael, voici mon agent principal, Eve Adams.

Michael Beckham ?

Non.

Ses yeux s'assombrissent légèrement tandis que sa bouche forme un sourire. J'aperçois la menace sur son visage, dans son regard. Je contemple ses yeux. C'est lui. Je n'en doute pas. Le sergent-chef Zach Amado est revenu à la vie.

— Eve, tu es sûre... commence Devon.

— Tout va bien. Vraiment.

Je soulève ma tasse de café et l'apporte à mes lèvres. Mes mains tremblent tellement que c'est un miracle que je n'en renverse pas le contenu sur mes genoux. J'avale quelques gorgées qui m'apaisent un peu. Je pose la tasse et je reprends contenance.

— C'est un plaisir de vous rencontrer, Monsieur Beckham.

Ma voix ressemble plus à celle d'Eve Adams. Il tend sa main dans ma direction. J'espérais que la table entre nous m'éviterait d'avoir à le toucher. Je l'observe un moment, puis je place la mienne en son centre.

— Ravi de vous rencontrer, Madame Adams, c'est ça ?

Il serre. Je tressaille.

— Eve sera suffisant.

— Eve, répète-t-il en faisant un signe de tête et en me tenant toujours par la main.

Ses yeux sont fixés sur moi et je me souviens qu'une fois, un de ces hommes a essayé de m'appeler « bébé » en arabe avant qu'il n'abatte son poing sur la table. Il n'avait même pas eu besoin de réprimander verbalement son soldat. Je devais être traitée avec respect. Après tout, je risquais ma vie pour aider les soldats américains.

Et je ne les ai pas aidés du tout, au final.

Michael... le sergent-chef Zach Amado... me relâche.

— Eve vous a trouvé des propriétés, intervient Devon.

Je ne lui prête pas la moindre attention. Je ne sais pas si Zach le fait, lui. Il n'arrête pas de me fixer, tout comme je suis incapable de détourner mon regard. Pas avant qu'il ne détourne le sien une minute plus tard. Devon et lui passent alors en revue les propriétés pendant que j'ouvre mon carnet et que je prétends prendre des notes.

Je ne comprends pas ce qui se passe. Il est censé être mort. Je ne sais pas ce que je ressens à l'idée qu'il ne soit pas mort. Je me sens bien, je pense. Soulagée ? C'est une vie de moins sur ma conscience.

Comme si ça pouvait faire une différence...

Je lui jette un coup d'œil. Il fait face à Devon. Mon Dieu, je me souviens tellement bien de lui. Je me souviens de tout à son sujet. Des choses auxquelles on ne pense jamais, comme la texture de ses cheveux. La fossette sur sa joue droite lorsqu'il sourit. À quel point sa peau était bronzée sous le soleil méditerranéen. Plus foncée que les autres. Après tout, il est à moitié italien et à moitié portugais. Il est né en Amérique et a grandi en Italie. Il a deux frères. C'est tout ce que je savais de lui. Tout le monde était au courant, pour autant que je sache. Il ne m'a jamais parlé de sa famille ou de son passé. Et pour un homme dans la vingtaine, il semblait avoir déjà vécu beaucoup de choses.

— Eve, ça ne te dérange pas, pas vrai ? me demande Devon.

— Quoi ? Désolée. Je n'ai pas entendu.

— Je te demandais si ça ne te dérangeait pas d'emmener Michael au premier rendez-vous. Je dois gérer des affaires personnelles à l'école de ma fille, explique-t-il à notre client.

— Moi ?

Je fais ça tout le temps. J'emmène toujours les clients voir les maisons. En vérité, j'adore cette partie de mon boulot.

— Est-ce que tu es certaine que tout va bien ? Je peux demander à Miranda...

Le regard de mon patron me fige sur place. Nous connaissons tous les deux Miranda.

— Si Eve est mal à l'aise... commence Zach.

Je me demande si Devon perçoit la note de défi dans sa voix.

— Elle n'est pas mal à l'aise, n'est-ce pas ?

— Non, pas du tout.

— Bien.

Devon se lève.

— C'est réglé dans ce cas.

Zach en fait de même, et il domine Devon de sa hauteur.

— C'était bon de vous rencontrer, Michael. Je suis convaincu que nous pourrons vous trouver une fabuleuse nouvelle maison.

Ils se serrent la main.

— Je n'en ai pas le moindre doute, réplique Zach.

Ils se tournent alors tous les deux dans ma direction et je me rends compte que je suis toujours assise. Je hoche la tête et ramasse mes dossiers pendant que je me remets sur pied.

— Si vous êtes prêt, alors, hum, Michael, dis-je en utilisant de justesse son nouveau prénom.

— Nous allons prendre mon camion, réplique-t-il.

— Mais...

Il me fait taire d'un regard.

— Nous prendrons mon camion.

— Bien sûr, si...

Je me surprends à avoir envie de l'appeler « monsieur », comme je le faisais auparavant. Mon hésitation le fait sourire un peu et si Devon remarque à quel point la situation est bizarre, il n'en dit rien. Un instant plus tard, mon patron s'en va et nous nous retrouvons seuls dans la pièce. Il a laissé la porte ouverte. Dieu merci.

Je tourne à nouveau mon attention vers Zach. Ma gorge est aussi sèche que le désert lorsque je le contemple et que je le vois vraiment. Il a toujours eu des tatouages, et je réalise qu'il en a bien plus. Quelque chose, un serpent, peut-être deux... ont été tatoués sur sa gorge. Ce n'est pourtant pas ce qui attire mon attention. Mais bel et bien l'autre côté de son cou. La cicatrice qui s'y trouve. Une brûlure. De cette nuit-là.

— Tu as déjà senti le feu mordre ta peau, Eve ? me demande-t-il.

Je me rends compte alors que je le fixais depuis trop longtemps. Et il m'a observée pendant tout ce temps. Je remonte lentement mon regard vers le sien. Je me force à le regarder.

— As-tu déjà senti la chair humaine brûler ?

Je transpire. Je sens que je vais être malade.

— C'est comme un putain de barbecue.

Il ricane, même si ça n'a rien de drôle. Même pas pour lui.

— Comme des hamburgers grillés.

Que sait-il ? Il utilise un pseudonyme, tout comme moi, mais le mien ne m'a pas été offert par le gouvernement américain. Le mien est simplement estampillé dans un passeport. Il est censé être mort. Ils m'ont dit qu'il avait été victime de l'échec de la mission. Il inspire profondément.

— Allons-y.

— C'est toi, pas vrai ?

Je pose bêtement cette question. Il a déjà fait un pas vers la porte, mais il s'immobilise et se tourne vers moi.

— En chair et en os. Même si ma chair est légèrement carbonisée. Nous devons y aller.

— Où ça ?

Il vient se poster juste devant moi. La seule chose entre nous est désormais ma pile de dossiers que je tiens d'une poigne mortelle. Mon cœur s'emballe, et je sens une goutte de sueur glisser le long de ma tempe. Son regard se pose sur mon visage, se déplace vers le bas jusqu'à ma nuque exposée, s'arrête sur ma gorge, et observe mon pouls qui bat, avant de dériver jusqu'à l'endroit où se trouvent mes seins qui se soulèvent à chacune de mes respirations laborieuses. Il remonte alors lentement vers mes yeux et m'adresse un sourire narquois. Il sait exactement l'effet qu'il me fait. Il sait que je suis nerveuse. Et il aime ça.

Lorsque sa main bouge, j'ai le souffle coupé. Il se fige un

moment... nous le faisons tous les deux, ensuite il effleure un dossier.

Qu'est-ce que j'attends de lui ?

— À la première maison, bien sûr, répond-il.

— Qu'est-ce que tu veux ?

Il se penche près de moi. Suffisamment pour que je puisse sentir son souffle sur mon visage.

— Attention, murmure-t-il, ce qui me fait frissonner. Ton accent apparaît. Tu vas te trahir.

— Bien, vous êtes toujours là.

Miranda se trouve à la porte. Elle s'immobilise lorsqu'elle nous voit. Est-ce qu'elle peut sentir la tension présente dans l'air ? Cette chose lestée, lourde, et presque palpable entre nous ? Ça lui prend un moment, puisqu'elle jette un regard affamé en direction de Zach, avant de me tendre un morceau de papier.

— Le code de la propriété McKinney a changé.

— Oh, dis-je.

Je me tiens toujours là comme une idiote.

— Merci, réplique Zach en lui prenant le papier des mains.

Je le regarde, puis je la regarde.

— Je vous en prie, minaude Miranda. En fait, si vous avez besoin de quoi que ce soit, Monsieur Beckham...

— Michael, s'il vous plaît, répond-il.

Elle lui sourit comme une adolescente.

— Je suis sûr qu'Eve sera heureuse de m'aider avec tout ce dont je pourrai avoir besoin, ajoute Zach, sans pour autant arrêter de flirter avec elle.

— Oh, oui, d'accord.

Miranda hausse les épaules.

— Je suis là, au cas où.

Elle s'attarde une minute de plus en triturant ses cheveux. C'est tellement évident que ça en devient embarrassant.

— Nous devrions partir, dis-je.

Je sais qu'il ne me fera pas de mal. Si c'était son plan, il serait venu chez moi. Pas ici. Pas là où d'autres gens peuvent le voir.

— D'accord, ajoute Miranda. Au revoir.

Elle sort de la salle de conférence en étant manifestement déçue. Nos regards se croisent.

— C'est toi, n'est-ce pas ? Qui déplace des choses dans ma maison.

— Tu devrais vraiment posséder de meilleures serrures, *habibi.*

Bébé. C'est le mot qui l'a énervé lorsque son soldat l'a utilisé sur moi. C'est un terme affectueux en arabe. Mais il ne l'utilise pas de cette manière.

Non.

Il s'assure que je sache que j'ai perdu sa protection.

En réalité, c'est de lui qu'il faut désormais me protéger.

8

ZACH

Je dois admettre que mon entrée était impressionnante.

J'attends Eve au niveau de la porte de la salle de conférence, debout dans l'encadrement.

— Après toi, lui dis-je en lui faisant signe d'aller de l'avant.

Ce sera très serré pour qu'elle passe, je ne compte pas lui faciliter les choses. Je veux qu'elle soit aussi mal à l'aise que possible. Aujourd'hui est un grand jour pour Eve El-Amin. C'est le jour où elle va apprendre que chaque action possède ses conséquences. Qu'on ne peut pas fuir son passé. Ce qu'on a fait.

Elle serre ses dossiers contre sa poitrine. Elle est petite, comme avant. Même avec les talons qu'elle porte, le sommet de sa tête m'arrive à peu près au milieu du torse. Elle jauge l'espace entre le cadre de la porte et moi. Elle regarde mon visage. Puis elle essaie de passer sans me toucher. C'est assez drôle. Je ne la laisse pas passer. Au lieu de cela, je la piège entre le mur et moi. Tout ce que j'ai à faire c'est bouger un peu, pour que mon torse se plaque contre sa poitrine, et lorsque je le fais, elle soupire.

Ses grands yeux couleur caramel croisent les miens. Je me souviens de ses yeux. Semblables au coucher du soleil dans le désert. Je plonge à l'intérieur et je me souviens de celle qu'elle était avant. Jeune, pas tout à fait 20 ans à l'époque. Pas faite pour les études, mais intelligente. Elle parlait couramment l'anglais, même à ce moment-là. Je savais qu'elle viendrait nous voir par désespoir. Sa famille était bien connue à Beyrouth, surtout son frère aîné, Armen. Elle l'a trahi pour essayer de le sauver. C'est du moins ce qu'elle pensait. Elle pensait avoir passé un marché pour sauver son frère. Mais il l'a baisée, elle aussi. Bien que je ne sois toujours pas convaincu que ce n'était pas qu'une distraction. Qu'elle ne savait pas depuis le début que tout ceci allait se passer. J'ai l'impression d'être l'imbécile qui est tombé dans son piège, et que ma propre stupidité a fait tuer six de mes hommes.

J'avais sous-estimé Eve El-Amin, et après cette nuit-là, je m'étais interrogé sur le fait de savoir si j'avais accordé plus d'attention à ces questions auxquelles je ne pouvais obtenir de réponse, plutôt qu'aux sonnettes d'alarme que j'avais choisi délibérément d'ignorer lorsqu'il s'était agi d'elle. Je me demandais si une petite décision différente de ma part aurait pu épargner la vie de mes hommes.

Ses joues rougissent, et je suis certain que si je ne lui laisse pas de place, elle va fondre en larmes. Elle transpire de stress. Je peux voir des perles de transpiration glisser le long de sa chevelure. Je recule, elle me dépasse.

— Je dois récupérer mon sac, dit-elle.

Je hoche la tête et je l'attends près de la porte en gardant un œil sur elle. Le bureau est petit. Il y a une sortie arrière, mais il n'y a aucune raison pour qu'elle passe par là. Son bureau est le premier à côté de la réceptionniste, et les murs sont en verre donc je sais qu'elle n'essaiera pas de s'enfuir. Ce serait stupide de sa part, de toute façon. Elle ne sait même pas pourquoi je suis ici. Elle ne sait pas que ça n'a rien à voir avec cette nuit-là. Que ce ne sont pas des affaires militaires officielles qui m'amènent. Tout ce que je sais, c'est que je suis le seul survivant de l'équipe qui a mené cette mission suicide, et que j'ai été déclaré mort bien trop rapidement. Aucun homme n'a été envoyé pour venir nous chercher. Pour nous aider. Rien. Je sais tout cela parce que le médecin qui m'a sauvé la vie me l'a dit. L'armée pense avoir perdu sept soldats d'élite cette nuit-là. Pourquoi n'y a-t-il eu aucune tentative de sauvetage ? D'extraction ?

Bien qu'avec tous les restes carbonisés dans le bâtiment, je suppose que ça aurait été une erreur. Mais quelque chose me pousse à croire que ce n'était pas le cas. Et j'ai retenu la leçon d'avoir ignoré mon instinct. Lorsqu'elle revient avec son sac et les dossiers, je pousse la porte vitrée pour la laisser entrer dans le parking. La chaleur nous tombe dessus dès que nous sortons.

— Juste là, dis-je.

Je sors les clés de ma poche et je presse un bouton pour déverrouiller les portes de mon Ford F-150. Elle se tourne dans sa direction lorsqu'elle entend le bip et voit les lumières clignoter. Elle hoche la tête sans bouger. Je fais quelques pas vers mon camion et j'ouvre la portière côté passager.

— Entre.

Elle jette un coup d'œil à l'intérieur comme si la faucheuse elle-même était assise-là, et lorsqu'elle se tourne vers moi, ses yeux brillent de larmes contenues. Ses épaules tremblent.

— Je ne vais pas te faire de mal, lui dis-je.

Je ne sais pas encore si c'est la vérité ou un mensonge. Je suis peut-être sexiste, mais si elle était un homme, nos retrouvailles auraient été très différentes. Cependant, je ne frappe pas les femmes. Même si ce sont des traîtresses.

Je n'hésite pas à utiliser d'autres moyens pour obtenir mes réponses.

Je sais qu'elle doit forcer son corps à avancer à chaque pas qu'elle fait, mais elle finit par arriver au camion. Il est plus haut que d'habitude, tant pis, je ne l'aide pas. Je l'observe à la place alors qu'elle déplace ses dossiers dans une de ses mains et remonte un peu sa jupe. C'est le premier aperçu que j'obtiens de ses jambes.

Magnifiques. Minces.

Je ne cache pas le fait que je la contemple. En réalité, j'admire ouvertement son corps, et glisse lentement mon regard vers le bas, avant de remonter sur son visage. Je suis presque certain que ses yeux ne peuvent pas s'écarquiller davantage.

— Grimpe, dis-je en lui serrant le coude pour l'aider à se hisser.

Elle retient sa respiration à notre contact. Un instant plus tard, elle est dans le camion. Je le contourne, retire ma veste et la jette sur le siège arrière avant d'entrer. Elle s'est pratiquement collée à la portière pour être aussi loin de moi que possible, alors que ses yeux se posent sur mon torse, sur ma poitrine, sur l'ensemble de mon corps.

— Ceinture de sécurité, dis-je.

Je passe la mienne. Je sais qu'elle m'observe. Elle peut voir au moins certains de mes tatouages à travers la chemise blanche boutonnée que je porte. Ils recouvrent l'ensemble de mes bras et de mon épaule, celle qui n'a pas été brûlée. J'ai hâte d'apercevoir son visage lorsqu'elle verra mon dos.

Elle actionne sa ceinture de sécurité. Je mets mon camion en marche en mettant le moteur en route. Les portières se verrouillent automatiquement lorsque je le fais, et elle sursaute. Cela me fait sourire lorsque nous quittons le parking.

— C'est une fonctionnalité standard, lui dis-je.

J'observe la circulation pour me frayer un chemin. Je me tourne vers elle seulement une fois que nous sommes en route.

— Ne t'inquiète pas. Je ne l'ai pas fait installer simplement pour te kidnapper.

Elle ouvre la bouche pour parler, et je me demande si ses nerfs laisseront place à sa culpabilité. Si elle savait depuis le début ce qui se passerait cette nuit-là. Si elle était d'accord avec tout ça.

— Si je voulais faire ça, je n'aurais pas besoin de verrouillage de toute façon.

— Faire quoi ?

Elle est visiblement confuse. Je lui fais face pendant un moment alors que nous sommes arrêtés à un feu rouge.

— Te kidnapper.

Elle déglutit.

— Tu as dit que tu ne me ferais pas de mal.

Je lui adresse un sourire narquois, puis je reporte mon regard vers l'avant lorsque le feu passe au vert.

— Tu es terriblement nerveuse.

— Je viens de voir un homme mort.

— Hmm. C'est quoi l'adresse ?

— Quoi ?

— La première maison sur ta liste. Fais attention, Eve. Tu étais plus vive d'esprit avant.

Elle ne réplique rien, elle se contente d'ouvrir son premier dossier et de me lire l'adresse. Il faudra environ quarante minutes pour que nous arrivions. Je connais la région. Je connais même cette maison. Lorsque j'ai appelé Devon Alderson, j'avais déjà effectué mes propres recherches.

— Au milieu de nulle part, hein ?

Je dis cela alors que j'entre sur l'autoroute. Nous n'y resterons que quelques minutes. Je compte utiliser le chemin le plus long.

— Je pensais que tu étais mort, déclare-t-elle enfin.

— Surprise.

— Je suis heureuse que ce ne soit pas le cas.

— J'en doute.

Pas de réponse, pendant un long moment.

— Que fais-tu ici, Zach ?

— Zach ? Nous sommes de vieux amis ?

Elle rougit. Je me souviens que cela lui arrivait souvent. J'avais toujours pensé que c'était à cause de la chaleur.

— Je ne sais pas comment t'appeler.

— Tu m'appelais « monsieur », avant, dis-je en lui faisant un clin d'œil.

Elle déglutit à nouveau.

— Donne-moi ton portable.

— Quoi ?

— Ton téléphone. Donne-le-moi.

— Devon saura si tu me fais quelque chose. Si je disparais, il appellera la police.

— Je suis vraiment doué pour disparaître, comme tu devrais le savoir. Être mort facilite les choses.

Elle se frotte le visage, puis glisse ses mains dans ses cheveux.

— Qu'est-ce que tu veux ?

J'actionne mon clignotant et me dirige vers la droite pour

quitter l'autoroute. Elle mène à une route à peine utilisée, et Eve se met à paniquer.

— Qu'est-ce que tu fais ?

Elle est déjà en train de détacher sa ceinture et de porter sa main vers la portière. Après quelques efforts infructueux, elle se tourne vers moi. Une larme glisse sur sa joue, qu'elle balaie rapidement. Je dois veiller à ne pas tomber dans le panneau. Elle m'a déjà trompé une fois. Ça n'arrivera plus jamais.

— J'aime prendre les chemins annexes, dis-je. Tu sais que je n'ai jamais été du genre très sociable. Vas-tu me donner ton portable, ou vais-je devoir te le prendre ?

— Pourquoi tu le veux ?

Elle me regarde prudemment en rattachant sa ceinture.

— Pour que notre temps ensemble ne soit pas interrompu. Tu le récupéreras plus tard.

— Les gens savent où nous allons. Tu ne t'en tireras pas.

Je pousse un soupir exaspéré.

— Détends-toi, Eve. J'ai des questions auxquelles j'ai besoin que tu répondes.

— À propos de cette nuit-là.

— Non, à propos du putain de temps qui passe. Bien sûr que oui, à propos de cette nuit-là !

— Comment peux-tu être encore en vie ?

Je souris, et ma voix est implacable lorsque je réplique :

— La gentillesse d'un étranger, dis-je. Après la trahison d'une amie.

Elle a la bonne grâce de baisser la tête. Ce faisant, elle récupère son sac à main qui se trouve par terre, y pioche son portable et me le tend. J'observe sa main, paume vers le haut, le téléphone posé à l'intérieur. Lorsque je le prends, mes doigts l'effleurent. Elle sursaute à ce toucher. J'éteins son portable et le glisse dans la boîte à gants.

Pour le reste du chemin, nous demeurons silencieux tous les deux. Je ne sais pas ce à quoi elle pense, mais je peux sentir l'anxiété émaner d'elle. Si je repense aux quelques jours qui ont précédé cette dernière mission, je me souviens qu'elle était absente, qu'elle agissait différemment. Je n'arrête pas de me réprimander, de me blâmer. Tous les signes étaient là. Pourtant, je ne les ai pas écoutés, je n'ai pas fait confiance à mon instinct. Et cela a coûté la vie à six de mes hommes.

Mes doigts blanchissent autour du volant. Je dois me concentrer. Je veux qu'elle soit à cran, mais elle ne me servira à rien si elle est terrifiée, et j'ai des questions auxquelles elle seule peut répondre. Je déciderai ensuite quoi faire d'elle. Ce qu'elle mérite.

— Tu dois prendre cet embranchement, déclare-t-elle.

Elle me montre un chemin de terre, qui est en vérité une longue allée.

— Je sais.

— C'est vrai ?

Je souris.

— J'ai bien fait mes devoirs.

— Tu as tout planifié.

Je hoche la tête. Un long chemin de terre nous mène à la maison, qui pourrait avoir besoin d'un peu d'entretien. Elle est vieille, énorme et très à l'écart avec un énorme terrain qui l'entoure.

— C'est parfait.

— Que va-t-il se passer là-dedans ? me demande-t-elle lorsque je gare la voiture et que je coupe le moteur.

— N'est-ce pas ton travail ? Ne le sais-tu pas ?

— Tu n'es pas ici pour visiter cette maison. Nous le savons tous les deux.

Je hausse les épaules.

— Peut-être que si.

Je détache ma ceinture et ouvre la portière.

— Allons-y.

Je sors et ferme ma portière. Elle est toujours assise dans le camion lorsque je le contourne. Je relève mes manches au fur et à mesure. Je suppose que puisque la ferme est vide, le courant électrique ne doit pas fonctionner. Avant d'ouvrir sa portière, j'ouvre celle de derrière et je sors un sac noir. Je le passe sur une de mes épaules. Elle observe ce sac comme si c'était un serpent que je venais d'enrouler autour de mon cou.

— Allons-y, *habibi*.

Ce dernier mot la fait tressaillir.

Je tends la main et pose mon bras autour de son corps. Je ne peux pas m'empêcher de sourire lorsqu'elle tente de s'enfoncer aussi loin que possible contre le siège. Je défais sa ceinture.

— Tu as une maison à me faire visiter.

9

EVE

J'essaie vraiment de ne pas crier et m'enfuir, mais je suis incapable de détourner mes yeux du sac noir que Zach porte sur son épaule. Lorsqu'il se décale sur le côté, je sors de la voiture en m'agrippant à la poignée de la portière pour ne pas m'effondrer sur le sol. Je me retourne pour récupérer mon sac, lorsque sa grande main se pose sur mon épaule pour m'arrêter.

— Tu n'en auras pas besoin, déclare-t-il.

Je contemple sa main, je sens son poids peser sur moi, sa puissance, et il me faut un moment pour me retourner et lui faire face.

— Je vais verrouiller la voiture, et j'ai déjà la clé de la maison. Miranda est efficace, pas vrai ?

Je suis incapable de parler, mais je ne pense pas qu'il s'attende à une réponse de ma part de toute manière. Il claque la portière, verrouille le véhicule et se dirige vers la demeure. Je l'observe, son dos puissant, ses jambes épaisses et fortes, et je jette un coup d'œil alentour. Nous sommes tout seuls ici, au milieu de nulle part. Devon sait peut-être où je suis, mais ça ne va pas changer grand-chose. Pas si Zach décide de me faire du mal. Pas avant qu'il ne soit trop tard.

Il a dit qu'il ne me ferait pas de mal. Je dois le croire. Et j'étais honnête lorsque je lui ai dit que j'étais contente qu'il soit en vie. Il est ici pour obtenir des réponses, mais ce qui s'est passé cette nuit-là, ce n'était pas censé se produire de cette manière. Mon frère m'a trahie. Est-ce qu'il est au courant ? Ou pense-t-il que je faisais partie de cette putain de conspiration depuis le début ?

Mais peut-être qu'il n'est pas ici simplement pour obtenir des réponses. Peut-être est-il là pour me les arracher de force ? Parce que cette nuit-là, la vente aux enchères s'est transformée en quelque chose de différent de ce que c'était censé être, de ce que je croyais. Et peut-être qu'il est là pour récupérer ce qu'il a perdu ce soir-là.

— Tu viens ?

Il me demande cela sans jeter un regard en arrière. Je le suis jusqu'à la porte d'entrée. Le propriétaire de la maison est décédé il y a environ un an, elle est sur le marché depuis. Ses enfants, tous des adultes désormais, en ont hérité, et ne désirent pas baisser le prix, mais ils en demandent trop compte tenu de son emplacement et de l'état de l'endroit.

Lorsque je grimpe les marches du perron, Zach a déjà entré le code pour déverrouiller le coffre et récupérer la clé. Il la glisse dans la serrure et un moment plus tard, ouvre.

— Vous devriez vraiment envoyer une équipe de nettoyage ici, dit-il en entrant et en tenant la porte pour moi. Elle ne se vendra pas pour la moitié du prix demandé.

J'inspire profondément en me tenant sur le seuil.

— Eve, me presse-t-il.

Je sais qu'une fois que j'entrerai dans cette maison, il pourra me faire ce qu'il veut.

Non, ce n'est pas vrai.

Il peut très facilement me faire entrer de force, quand bien même je ne ferais pas ce pas volontairement.

— Je commence à perdre patience, ajoute-t-il, car je ne bouge toujours pas.

J'inspire à nouveau et entre. Il ferme derrière moi.

Il a raison. Nous devrions vraiment envoyer quelqu'un pour faire le ménage.

En me tournant le dos, il traverse les pièces du bas : une grande cuisine, un salon, un bureau et une salle à manger spacieuse. Il choisit la salle à manger pour déposer son sac de voyage. La plupart des meubles ont été vendus, mais il reste encore quelque pièces... dont un vieux buffet et deux chaises. Il choisit une chaise en bois et l'installe au milieu de la pièce avant de se tourner vers moi.

— Fais-moi visiter.

— Quoi ?

— La maison. Fais-moi visiter la maison.

— Est-ce que... je ne comprends pas. C'est la raison pour laquelle tu es ici ?

— Ne sois pas stupide.

Je ne comprends pas ce qu'il veut, pourtant je me retourne et je commence à lui faire visiter les lieux. C'est une bonne chose, ça me permettra d'avoir le temps de réfléchir en me plongeant dans une routine familière. Quelque chose que je peux contrôler. Même si ce bref moment de contrôle ressemble à un sursis.

— Le salon a été partiellement rénové, mais l'original...

Je m'entends parler, je suis en pilotage automatique. Tout ce que je ressens, c'est qu'il me suit, trop près pour mon propre bien. Je ne sais pas s'il écoute un traître mot de ce que je dis. Je ne pense qu'à lui, ici, avec moi. À nous, dans cette maison, seuls. Il est si proche que je parviens à sentir la chaleur émaner de son corps et même s'il fait chaud dans la maison, la chair de poule prend vie sur mes bras.

Alors que nous grimpons les escaliers, et que je pose une main sur la rampe, il en fait de même, sa main effleurant la mienne pendant un moment avant que je m'écarte.

— Est-ce que je te rends nerveuse ?

Il est si proche lorsqu'il me pose cette question que les poils à l'arrière de ma nuque se redressent.

— Non, dis-je faiblement.

Cependant, au moment où je franchis la marche suivante, le vieux bois pourri cède et je laisse échapper un cri de surprise en jetant mes bras face à moi pour éviter de tomber.

Ma chute n'arrive jamais parce que, comme la foudre, le bras de

Zach s'enroule autour de moi et m'attire vers lui. Ma respiration est erratique, tandis qu'il me tient contre son torse. Son bras est toujours enroulé autour de moi et même après m'avoir stabilisée, il ne me laisse pas m'en aller.

Je sens son corps derrière le mien, les muscles de son torse, la puissance de ses bras. Il est très chaud, son souffle me chatouille la nuque, et je m'en souviens comme si c'était hier soir. Je me rappelle le regard qui a été le sien lorsqu'Armen, mon propre frère, a fait quelque chose que je ne parviens toujours pas à croire. Quand il m'a trahie. Je me souviens d'avoir contemplé la pièce remplie d'hommes, d'hommes dangereux, la plupart arborant des foulards couvrant la moitié de leurs visages. Je me souviens des fusils présents sur leurs épaules.

De l'absence absolue de femmes.

Je ne sais pas comment j'ai réussi à trouver Zach parmi tous ces hommes. C'était peut-être à cause de ses yeux bleus. Peut-être était-ce la différence que j'ai pu lire en eux par rapport aux regards sauvages et lubriques des autres. Même avec la moitié de son visage dissimulé sous un foulard, j'ai découvert sa présence et j'ai ancré mon regard au sien. C'est ce qui m'a permis de tenir le coup.

Lorsque mon frère a commencé les enchères, les autres, tous ces hommes, sont devenus fous. Comme des animaux affamés qui se retrouvent face à leur premier repas depuis une éternité.

Et le repas, c'était moi.

J'ai vu la surprise apparaître dans le regard de Zach face à la tournure des événements. Je me demande maintenant si c'est à cet instant précis qu'il a su que quelque chose allait mal tourner. J'aimerais savoir s'il aurait été préparé pour ce qui est arrivé ensuite s'il n'avait pas été occupé à me sauver.

— La maison est vieille, Eve. Fais attention, déclare-t-il derrière moi, interrompant mes souvenirs.

Il ne me relâche pas encore, alors je pivote mon visage pour pouvoir l'apercevoir du coin de l'œil.

— Merci, dis-je.

Il me laisse m'en aller finalement. Il me faut une minute pour me ressaisir et ajuster ma jupe. Ma main tremble alors que je la pose à nouveau sur la rambarde. Je transpire, mais ce n'est pas dû à la chaleur de la maison. C'est sa faute.

— Il y a trois chambres à l'étage.

Je continue en me disant qu'il n'entend pas les tremblements dans ma voix. Il me suit à travers chacune des chambres ainsi que la salle de bains et lorsque nous avons terminé à l'étage, je commence à descendre en accordant une attention supplémentaire à chaque marche. Une partie de moi désire qu'il me tienne encore contre lui, qu'il me pardonne. Je ne comprends pas pourquoi ce besoin est si puissant. Il y a autre chose également. De la peur. J'ai peur de lui. De ce qu'il pense que j'ai fait. De son état d'esprit. De la raison pour laquelle il est présent ici sous un pseudonyme.

Une fois que nous sommes de retour dans la salle à manger, il se dirige vers son sac et l'ouvre. Je me tiens là maladroitement et enroule mes bras autour de moi, en jetant un regard vers la porte d'entrée qui se trouve quelques mètres plus loin. Il ne semble pas s'inquiéter que je tente de m'enfuir. Je suppose qu'il sait qu'il pourra aisément m'attraper.

— Assieds-toi, dit-il en me tournant le dos.

Il sort deux épais dossiers usés de son sac. Mes jambes sont comme faites de plomb quand je me déplace vers la chaise qu'il a placée plus tôt et que j'obéis en m'asseyant et en essayant de me forcer à soutenir son regard. Il me fait face, et il doit pertinemment sentir mon inconfort. Au lieu de cela, il laisse le silence s'installer entre nous pendant ce qui me semble être une éternité. Il se tient là, appuyé contre le buffet, les bras croisés sur son torse, à me regarder.

— Je n'ai pas fait correctement mes devoirs avec toi, déclare-t-il enfin. Mais même si je l'avais fait, je ne pense pas que j'aurais tenu compte des avertissements.

— Qu'est-ce que tu veux dire ?

— La personne que tu es. Ce que tu désirais. La raison pour laquelle tu t'es retournée contre ton propre frère pour devenir informatrice pour l'armée américaine. La raison pour laquelle tu nous as trahis.

Je secoue la tête.

— Je n'ai pas...

— Tu n'as pas quoi ?

— Je ne vous ai pas trahis. Ce n'était nullement mon intention.

— Dis ça aux six hommes qui ont perdu la vie à cause de toi.

— Je...

— Je t'aurais cru innocente si tu étais morte ce soir-là, ajoute-t-il. Je pensais que ton frère, après t'avoir vendue aux enchères, et arraché tes vêtements, t'avait trahie.

Je sens mon visage rougir face à ce souvenir. J'étais là, entièrement nue, ou presque, face à plus de deux douzaines d'hommes. Mon frère m'a fait ça. Mon propre frère.

Mais ne l'avais-je pas trahi moi aussi ?

Puis il y a eu Malik. Ce connard s'était joué de nous depuis le début.

— Mais quand j'ai découvert que tu étais en vie... bien vivante... aux États-Unis, à vivre sous un pseudonyme, à avoir une nouvelle vie ? Tu peux imaginer que j'ai eu de la difficulté à croire que ce n'était pas seulement un coup monté pour nous abattre, mes hommes et moi.

Je n'ai aucune réponse à lui offrir. Comment puis-je le forcer à croire quoi que ce soit ? Il a raison, la preuve du contraire se trouve juste ici, sous ses yeux. Moi. Eve Adams. Bien vivante.

Il m'observe.

— Était-ce ta récompense ?

Il glisse sa main dans sa poche arrière et en sort un passeport. Il l'ouvre à la première page.

C'est le mien.

— Je ne savais vraiment pas que tu désirais venir aux États-Unis. Tu étais très bonne comédienne.

— D'où est-ce que tu as ça ?

— De ton tiroir à sous-vêtements. J'aime la dentelle, soit dit en passant.

Il se concentre sur mon passeport et commence à le lire.

— El-Amin reste mieux qu'Adams, je trouve.

Il croisa mon regard.

— Je veux dire, Adams ? Où est l'intrigue dans tout ça ? En sachant que toi, Eve, tu es une femme très intrigante.

— Rends-le-moi.

Je me lève. Il m'ignore.

— Ton vrai nom de famille est bien connu dans tout le Moyen-Orient. Ici, tu n'es personne.

— Donne-le-moi.

— Née en Idaho, ricane-t-il. C'est un peu exagéré.

Je me précipite sur lui, voulant lui arracher mon passeport des mains, mais il me rattrape, et me tient juste hors de portée alors qu'il continue sa lecture.

— Vingt-deux ans. Ton anniversaire approche, si c'est bien la vraie date ?

— Arrête !

Il plonge son regard dans le mien et pendant un moment, je me fige. Puis il agite le passeport dans les airs.

— Est-ce que tu vas réussir à me le prendre des mains ?

Je saute, justement pour essayer d'y parvenir, mais il le tient hors de ma portée.

— Tu n'as pas le droit de faire ça, dis-je.

— Ce n'est même pas crédible, réplique-t-il, son attention revenant sur le petit livret bleu.

— Quoi ?

— Est-ce que c'est difficile de garder ton accent caché ? Jour après jour ? De prétendre que tu n'es pas quelqu'un d'autre ?

— Et toi ? Michael Beckham ?

Il range mon passeport dans sa poche, saisit mon autre bras et m'attire à lui pour que ma poitrine effleure son torse. Ses yeux brûlent les miens.

Il est sérieux. Très sérieux.

— Six de mes hommes sont morts cette nuit-là.

Les larmes me montent aux yeux.

— Six vies ont été perdues ce soir-là. Certains avaient une famille. De jeunes enfants. Un soldat n'avait même jamais vu sa petite fille.

— Je ne voulais pas... commencé-je, sans pour autant savoir quoi dire.

— Pourtant tu l'as fait, termine-t-il ma phrase.

— Je n'en ai jamais eu l'intention...

— Peu importe ce que tu voulais faire, putain !

Après son éclat de voix, il y a un moment de calme absolu. Puis la première larme coule sur ma joue et tout d'un coup, c'est comme si toute ma colère, et tout ce que j'ai vécu jusqu'à maintenant, prenaient le pas sur moi. Il se fige tandis qu'il regarde cette unique larme progresser sur mon visage avant de disparaître. Il sonde ensuite mes yeux comme s'il essayait d'y trouver la vérité.

— Je t'ai achetée cette nuit-là, déclare-t-il, à voix basse, ce qui le rend encore plus dangereux que s'il criait.

Brusquement, tout en lui est différent, comme s'il était quelqu'un d'autre. Comme si quelque chose de sombre s'était glissé dans cette pièce, dans son corps, dans sa tête. Quelque chose de puissant, de vivant et de mortel.

Son regard se pose sur mes seins. La honte réchauffe mon sang, et mon visage rougit. Lorsqu'il croise à nouveau mon regard, ses prunelles sont en feu. Zach ne me laisse pas partir, il me surveille de près, et sous le poids de son regard, j'ai l'impression que je vais m'effondrer. Comme si mes genoux allaient céder s'il me relâchait. Lentement, très lentement, je le vois reprendre le contrôle, maîtriser la bête sauvage qui vit à l'intérieur de lui.

Le sauvage. Celui que je me souviens d'avoir aperçu auparavant.

Celui qui me fait peur.

Celui qui m'excite.

— Lorsque ton frère t'a placée dans notre QG, c'était pour me distraire, n'est-ce pas ? As-tu accepté d'être entièrement nue ?

Cela me prend une minute. Je comprends son raisonnement. Il pense que c'était mon plan depuis le début. Je secoue la tête.

— Non.

— Il t'a déshabillée devant une salle remplie d'hommes. Il a offert ton corps au plus offrant.

— Arrête, dis-je.

— Il allait vendre ta virginité.

Je secoue la tête.

— Étais-tu vraiment prête à aller aussi loin ?

— Je...

— Est-ce que tu le savais ? Est-ce que ça faisait également partie du plan ?

Il n'attend pas ma réponse.

— Je suis tombé dans le panneau, putain. Je me suis accroché à toi, et je me suis laissé entraîner, couler, poursuit-il, la tristesse prenant vie dans le bleu de ses yeux.

Puis ils s'assombrissent à nouveau, et sa fureur prend le dessus. Je baisse mon regard en direction de mes pieds, et contemple le vieux plancher poussiéreux sur lequel nous nous tenons. Je suis incapable de le regarder. Je ne veux pas qu'il me voie comme ça, et je ne veux pas... non, je ne peux pas... accepter l'accusation présente dans ses yeux.

— Ce n'était pas mon plan, soufflé-je. Je te le jure, Zach, je ne savais pas qu'il ferait ça.

Ça me prend du temps pour l'affronter à nouveau et lorsque je le fais, je sais qu'il n'en croit rien.

— Je me suis déjà fait avoir par ton attitude innocente.

— Je te jure... alors, comment se fait-il que tu sois en vie ?

Il resserre brusquement son étreinte.

— Tu me fais mal !

Il continue à parler comme s'il ne m'écoutait pas du tout :

— Comment ? Dis-moi comment !

— Je t'en supplie, arrête !

Il pince les lèvres et se force à déglutir, sans pour autant me relâcher. Au lieu de cela, il plaque mon dos contre le mur et je crie de surprise.

— Dis-le-moi !

C'est un rugissement qui exige une réponse que je ne possède pas.

Quelque chose se produit alors. Une pensée. Je sais que ce n'est pas vrai, je le connais, je sais qu'il ne ferait jamais cela. Cependant, il obtient le meilleur de moi, et je repense à la vente aux enchères. Au fait que, comme les autres, il a enchéri.

Sur moi. Sur mon corps. Sur ma virginité.

— Laisse-moi partir.

Non.

Je lutte contre lui, quand bien même c'est inutile. Il peut me faire tout ce qu'il désire. N'importe quoi. Je n'ai aucune chance physiquement contre lui.

— Je t'en supplie !

Toujours rien.

— Es-tu ici pour obtenir ce qui t'appartient ? Est-ce que c'est ça ?

Ma voix est proche de l'hystérie. Je ne peux pas m'en empêcher. J'ai peur. C'est un homme dérangé. Il n'a rien du Zach dont je me souviens, celui qui était toujours au contrôle. Toujours responsable. Toujours déterminé.

Ce n'est pas vrai pour ce dernier point. Il l'est toujours.

Et c'est cette détermination qui m'effraie.

— Est-ce bien ce que tu veux ? Cette chose que tu penses avoir achetée ?

Je dois me forcer à prononcer les mots à travers mon envie de vomir :

— Mon corps ?!

Je ne sais pas si c'est ce que je viens de dire, ou les larmes qui inondent mes joues, mais il cligne finalement des yeux deux fois, et un moment plus tard, me libère et se détourne. Il va s'appuyer contre le buffet et je peux l'entendre respirer fortement. Son cœur doit battre la chamade.

— Six hommes sont morts parce qu'ils me faisaient confiance.

Il me tourne toujours le dos. Sa voix est différente, dure, mais plus menaçante. Il est rongé par la culpabilité.

Je n'ai rien à dire. Ce n'est pas une excuse qu'il attend de ma part. C'est une vengeance. Mais ce n'est pas à moi qu'il devrait s'adresser.

Il commence à rassembler les dossiers et à les ranger. Je me contente de le regarder, de le surveiller pendant qu'il travaille. Il souffre, je le vois bien. Je le sens. Et je désire le toucher, poser ma main sur son épaule et lui dire que tout ceci n'était pas sa faute.

Qu'il n'y a qu'un homme à blâmer pour cela, et ce n'est pas lui. Pourtant, j'en suis incapable. Il referme son sac.

— Allons-y.

Sans me regarder, il le pose sur son épaule et s'avance vers la porte d'entrée.

C'est tout ? Il en a fini avec moi ?

Je ne comprends pas. Et je suis toujours au même endroit lorsqu'il ouvre la porte.

— Eve, dit-il.

Sa voix rauque et profonde résonne à travers moi, me fait frissonner. Je secoue la tête une fois. Confuse, je décide de le suivre en dehors de la maison. Il la verrouille derrière nous, et cette fois, il n'attend pas près de la portière côté passager, mais grimpe dans le siège conducteur et démarre le camion au moment où je m'installe. Il retourne en ville, mais il ne va pas au bureau.

— Où est-ce que nous allons ?

Il ne me répond pas tout de suite. En réalité, il ne répond qu'une fois qu'il se gare sur le parking d'un bar qui est ouvert avant le déjeuner. Il éteint le moteur et se tourne vers moi.

— J'ai besoin d'un verre, m'apprend-il.

Il retire les clés du contact, ouvre la portière et sort. Il a foiré, je le vois. Ce n'est pas l'homme qui s'est assis avec autant de confiance dans la salle de conférence ce matin. Peut-être ne s'attendait-il pas à ce qui s'est passé aujourd'hui. Peut-être qu'il s'attendait à poser des questions, quémander des réponses, et probablement me punir pour mon rôle dans tout ça.

— Zach ?

C'est comme s'il avait oublié que j'étais toujours assise là. Il me fait face, pourtant il donne l'impression d'être à des milliers de kilomètres.

— Est-ce que... ça va ?

Il renifle, s'immobilise une seconde, me répond presque, mais décide finalement de ne pas le faire. Au lieu de cela, il s'en va, ferme la portière côté conducteur, me laissant toute seule dans son camion. Je le vois disparaître dans le bar et je reste assise ici une minute, avant d'ouvrir la boîte à gants et d'en sortir mon portable.

Je me trouve à environ vingt minutes du bureau. Je m'arrange pour obtenir un chauffeur, en n'étant pas certaine qu'il ne va pas sortir du bar d'une minute à l'autre pour m'y traîner. Rien ne se passe pourtant lorsque je récupère mes affaires, et quand mon chauffeur arrive, je grimpe dans sa voiture sans encombre. Zach ne réapparaît pas, et je suis bientôt de retour dans mon bureau.

Je m'excuse auprès de Devon en disant que Michael ne se sentait pas bien, en devant me rattraper lorsque je l'appelle presque par son prénom. Mon patron est déçu, et je ne sais pas pourquoi je mens pour protéger Zach, mais je le fais. Je passe le reste de la journée à essayer de comprendre ce qui s'est passé. Il possède toujours mon passeport, et j'ai le sentiment que ce n'était pas la dernière fois que nous nous voyions.

⁎⁎

J'ai un dîner ce soir-là, et je suis anxieuse tout du long. Voir Zach Amado vivant, la manière dont il est revenu, comme pour se moquer de moi... il est imprévisible et je ne sais pas à quoi m'attendre. Mais je suis aussi curieuse de savoir ce qu'il en est et, même si je sais que la chose la plus censée à faire serait qu'il s'en aille, je ne veux pas qu'il parte. Je désire lui parler. Je veux m'expliquer. Je ne souhaite pas qu'il me déteste, quand bien même je sais que c'est une pensée égoïste. Je ne savais pas ce qui se passerait ce soir-là. Je n'avais pas l'intention de blesser ces hommes. De causer leur mort.

Ça ne veut rien dire, et je le sais.

On ne peut pas ramener les morts à la vie.

Je croyais qu'ils avaient capturé Malik. Je pensais pouvoir libérer mon frère.

— Eve ?

Je cligne des yeux. Il s'agit de Devon.

— Je suis désolée, je ne suis pas tout à fait moi-même aujourd'hui.

— Pourquoi ne rentres-tu pas chez toi pour te reposer ?

Il m'excuse ainsi de ma présence au dîner.

— Si tu n'y vois pas d'inconvénient, je t'en serai reconnaissante.

— Vas-y. Viens me voir demain.

— Merci, Devon.

Je suis anxieuse en arrivant à la maison. Je ne vois pas son camion dans ma rue. Je ne sais pas si c'est la déception ou le soulagement qui monte en moi, en réalisant cela. Il fait noir lorsque j'entre à l'intérieur. Honnêtement, je ne sais pas à quoi m'attendre, toutefois ma maison est vide. Il n'est pas ici.

Est-ce que je pensais qu'il le serait ? Est-ce que je voulais qu'il le soit ?

Il fait chaud à l'intérieur, les fenêtres ont été fermées toute la journée, mais je n'aime pas faire fonctionner la climatisation. J'ouvre alors les fenêtres. Denver se refroidit toujours à la tombée de la nuit, quand bien même cet été a été bizarre. Le réchauffement climatique, je suppose.

Ma maison est petite, elle contient juste une petite chambre, un salon de taille raisonnable et une cuisine avec un coin petit-déjeuner. Je l'aime bien. J'aime les petits espaces confortables, et le grand jardin.

C'est complètement privé. En réalité, je loue cet endroit à mon patron. C'est comme ça que je l'ai rencontré et que j'ai obtenu le poste.

Dans la chambre, je me déshabille et accroche mon costume, puis j'entre dans la salle de bains pour prendre une douche fraîche. Mes cheveux sont si épais que je dois les laver le soir pour qu'ils soient secs au matin. Je ne compte pas les sécher par cette chaleur, et je n'aime pas passer du temps à le faire de toute manière.

Une fois que j'ai terminé, je coupe l'eau et pousse le rideau de côté pour prendre une serviette sur le support. Je récupère l'humidité de mes cheveux, enroule la serviette autour de mon corps et me dirige vers le couloir.

Je perçois une respiration. Je m'immobilise. Il est ici. Il est assis au centre de mon canapé, les jambes écartées, un bras reposant sur le dossier, l'autre tenant une bière. Je n'avais allumé aucune lampe, donc je ne peux le voir que grâce à la lumière émanant de la salle de bains. Je suis incapable d'apercevoir ses yeux.

— Comment est-ce que tu es entré ?

Il tend la main pour allumer une lampe. Ça ne fait pas grand-chose pour améliorer l'obscurité, et ajoute même une lueur étrange sur son visage. Il ne me répond qu'après avoir pris une longue gorgée de bière.

— Par la porte d'entrée.

— Je l'ai verrouillée.

Je sais que c'est stupide, même en le disant. Il est déjà rentré à l'intérieur. Il va et vient depuis je ne sais combien de temps. Il a récupéré mon passeport. Il a fouillé dans mes affaires.

— Je t'ai déjà dit que tu avais besoin de faire installer une meilleure serrure.

Il vide sa bière et dépose la canette sur la table avant de se lever. Je déglutis alors qu'il se redresse de toute sa hauteur, et que tout mon intérieur semble presque comiquement miniature à côté de lui. Il est trop grand pour cette maison et lorsqu'il contourne la table, je pense qu'il va se cogner le tibia, mais il parvient à l'éviter. Il se déplace tranquillement, furtivement. C'est grâce à l'entraînement militaire qu'il a reçu. On lui a appris à se déplacer comme un fantôme. Ses yeux sont rivés sur les miens alors qu'il avance en direction du couloir. Je m'agrippe à la serviette et fais un pas en arrière, mais mon dos frappe le mur. Il ne s'arrête qu'à quelques centimètres de moi.

— Est-ce que tu as bu toute la journée ?

Je dresse le menton, pour pouvoir le regarder. Il mesure une tête de plus que moi. Et je ne porte pas de chaussures, alors j'ai l'impression d'être encore plus petite. Plus vulnérable.

Il étudie mon visage, puis ses yeux se posent sur ma poitrine, avant de revenir vers ma bouche, pour finalement prolonger dans mon regard.

— Tu as l'air en forme.

Il est ivre. Il doit l'être.

— Qu'est-ce que tu fais ici ?

Il me contemple encore. Il est bien trop près. Mais lorsque j'essaie de m'éloigner, il pose une main sur le mur à côté de ma tête, me rendant la tâche impossible.

— Nous avons des choses à régler, déclare-t-il.

Il n'a pas l'air ivre lorsqu'il parle. Il est si grand qu'il ne parvient peut-être pas à être ivre, peu importe combien il boit. Ses yeux sont habités par quelque chose qui me trouble. Qui me fait me sentir toute drôle. Qui me fait prendre conscience que la seule chose entre nous, c'est la serviette que je tiens. Tout ce qu'il faudrait, c'est un mouvement de sa part, et...

— Zach ? dis-je, réticente à m'aventurer dans cette voie.

— Eve, réplique-t-il.

Nous restons comme ça un peu plus longtemps, aucun de nous ne disant quoi que ce soit. Il se penche plus près, trop près, nos visages se touchent presque.

— Tu ferais mieux d'aller t'habiller, grogne-t-il.

Il ne fait pourtant rien pour me libérer de la cage qu'il a créée avec son corps. Je le regarde fixement, mon cœur battant à tout rompre, à tel point que je parviens à entendre le sang battre à mes tempes. Puis, aussi silencieusement que possible, il recule. Je soupire, et je remarque alors qu'il ne porte pas la chemise de tout à l'heure. Il porte un T-shirt qu'il fait passer par-dessus sa tête. Je reste là, à le regarder, la bouche sèche. Il ne fait rien pour se dissimuler à moi. Mon regard se pose sur son torse, épais et musclé. D'abord une moitié, puis l'autre...

Oh mon Dieu, l'autre moitié.

Sa peau, elle est gravement endommagée. Monstrueuse, presque. La chair brûlée a guéri en un tissu cicatriciel bosselé et hideux.

Je me souviens de ce qu'il m'a demandé plus tôt ce jour-là. Si je savais ce que cela faisait que de sentir sa peau être léchée par le feu. Si j'avais déjà senti l'odeur d'une brûlure humaine. Dans quelle mesure a-t-il souffert ? Comment a-t-il pu survivre ?

Comme s'il m'avait offert tout ce qu'il était prêt à partager, il entre dans ma salle de bains. Et... je me retrouve en état de choc devant ce que je vois là. Mon estomac se retourne. Ma main se porte sur ma bouche.

Je ne pensais pas que quelque chose pouvait être pire que ce que j'ai vu sur l'avant de son corps, mais ce qui se trouve sur son dos rend l'avant bien pâle en comparaison. La chair partiellement brûlée cède la place aux tatouages. Il y en a davantage. Des mots cette fois. Des mots encrés en une écriture soignée.

Des noms.

Des noms que je connais.

Il allume l'eau et lorsqu'il se retourne pour me faire face, il a l'air sobre.

— Tu comptes me rejoindre ?

Il me pose cette question en grognant, et en cherchant à déboutonner son pantalon. Mes yeux se posent sur sa main. Je force mon regard à croiser le sien. Il m'adresse un sourire. Non, c'est plus comme un sourire narquois. Puis il fronce les sourcils comme s'il attendait toujours une réponse de ma part. Je me détourne rapidement et me précipite pratiquement dans ma chambre, en entendant son rire résonner derrière moi avant de claquer la porte.

Je pose mon front contre cette dernière, essayant de retrouver mon souffle.

Son dos. Ce que j'ai vu là, c'est un cimetière. Le nom de ses hommes, ceux qui sont morts cette nuit-là. Six rangées d'encre immortalisant ses amis.

Tous ces noms.

Toutes ces vies.

Mon cœur bat la chamade. Je pense que je vais être malade. Je me force à inspirer profondément. À me calmer. Je savais que mon passé me rattraperait, n'est-ce pas ? Depuis le début, j'en avais conscience. Le voilà. Chez moi. En train de prendre une douche.

Rapidement, j'enfile mon pyjama… un short et un débardeur qui semblent tout à fait inappropriés maintenant qu'il est ici. Mais avant de pouvoir me changer, j'entends l'eau s'éteindre. Il n'y a pas de serrure sur la porte de ma chambre, et même si c'était le cas, il en aurait probablement la clé. J'envisage d'appeler la police. D'appeler mon patron. Néanmoins mon portable est dans le salon, et d'ailleurs, comment pourrais-je expliquer ça ?

— *Toc, toc*, déclare-t-il tout à coup avant d'ouvrir la porte.

Je le regarde fixement comme le ferait un cerf pris dans les phares d'une voiture, figée sur place, ne sachant pas quoi dire ni quoi faire. Je ne suis plus sûre de rien du tout.

Ses cheveux sont mouillés et tout ce qu'il porte, c'est une serviette bas sur ses hanches. De l'eau coule sur le parquet, et je sais qu'il s'en fiche. Il me contemple, mais son expression n'a pas changé et je ne sais toujours pas à quoi il pense.

— Qu'est-ce que tu veux de moi ?

Il entre dans la pièce. Instinctivement, je recule lorsqu'il s'approche. Un côté de sa bouche se courbe vers le haut et quand il s'arrête, il est si proche que l'eau coule de ses cheveux sur mon épaule. Ce que je vois dans ses yeux m'assèche la bouche.

Du désir. De l'envie. Du besoin. De la luxure.

Toutes ces choses-là, je les ressens également. Ces sentiments.

Toutefois, il y a une différence.

Dans ses yeux, la peur est absente. Alors que moi, j'ai peur. Cet homme en qui j'avais autrefois confiance me fait peur à cet instant précis.

— Je t'ai achetée, murmure-t-il.

Je ne peux pas respirer. Je ne peux plus réfléchir. Et le son du sang qui circule à vive allure dans mes veines, qui bat dans mes oreilles, est presque plus fort que ses paroles.

— Pour te sauver de tous ces hommes.

Je ne sais pas si je suis déçue.

— Je voulais le tuer lorsqu'il t'a déshabillée, poursuit-il.

Ma respiration est erratique. Son torse effleure ma poitrine à chaque inspiration qu'il prend, je parviens à sentir l'odeur de l'alcool dans son haleine.

— S'il ne t'avait pas fait monter sur scène, tout aurait été différent. Nous aurions attaqué.

Je le sais. Je ne le sais que trop bien.

— Mais il l'a fait, et je n'ai pas donné le signal. Puis il y a eu l'explosion et j'ai pensé que tu étais morte de toute façon.

— Zach...

Je tends la main pour toucher son visage. Il secoue la tête. Ma main retombe lorsqu'il recule. Et quand il me regarde à nouveau, ses yeux se sont assombris.

— Grimpe sur le lit, Eve.

Je recule, n'étant pas certaine d'avoir bien entendu.

— Ne reste pas plantée là comme si tu ne m'entendais pas. Pose ton putain de cul sur ce foutu lit.

Je vacille tandis que je glisse le long du mur et que j'avance vers le lit. Ma main tremble au moment où je la tends pour atteindre la tête de lit. Mon ventre se tord comme si j'étais sur des montagnes russes. Sans jamais le quitter des yeux, je m'assieds, et entends le grincement familier de mon vieux sommier.

— Allonge-toi.

Il me regarde. Il ne s'approche pas.

— Pourquoi ? demandé-je, ma voix se brisant.

— Parce que je suis bourré et que j'ai besoin de dormir.

J'attends. Il comprend mon hésitation. Il sait à quoi je pense.

— Ne t'inquiète pas, je ne te toucherai pas ce soir, dit-il.

Je soupire.

— Pas maintenant, ajoute-t-il.

Je déglutis. Je suis incapable de parler. Il reste ici. Avec moi. Dans mon lit. Ça va de soi. Je retire les couvertures, et je m'allonge, mes yeux ne quittant jamais les siens.

— Je sais que tu dors de l'autre côté.

Mon Dieu. Il était là quand je dormais ?

Je pivote de mon côté. Il acquiesce, puis fait un pas vers le lit, s'assied et se couche. Son poids me faire rouler vers lui, le matelas étant vieux, je n'en ai jamais acheté un nouveau. Il s'étire et se tourne vers moi avant que j'aie une chance de m'éloigner. Nous sommes allongés face à face, les yeux dans les yeux, pour la première fois. Aucun de nous ne parle. Je contemple son visage. Robuste, beau. Implacable. Comme s'il avait traversé l'enfer. Je suppose que c'est le cas.

— Comment est-ce que tu as survécu ? murmuré-je.

— Un médecin local m'a trouvé. Il m'a porté jusqu'à chez lui. Il s'est occupé de moi. Il m'a caché.

Pour la première fois, je tends la main et effleure la cicatrice présente sur son visage, celle qui fend son sourcil en deux, puis pose ma main sur son épaule, sur sa peau bosselée. Il se crispe, pourtant un moment plus tard il se détend, et il ne cligne même pas des yeux. Il me laisse le toucher, me laisse passer le bout de mes doigts sur le tissu cicatriciel, mais lorsque j'arrive au niveau de sa main, il agrippe brusquement mon poignet.

Je soupire. Nous demeurons figés sur place pendant une minute, mon cœur battant, ses yeux sombres et intenses posés sur moi. Il me renverse ensuite pour que je lui tourne le dos et m'attire contre son torse. Il tient encore mon poignet et ne compte pas le lâcher. Je le sens dans mon dos, je sens son érection. Je réalise qu'il est entièrement nu. Il n'avait qu'une serviette et cette dernière a dû tomber au sol parce qu'il est désormais entièrement nu derrière moi. Sa grosse queue presse contre mes fesses. Dans le bas de mon dos.

— Ne t'inquiète pas, murmure-t-il d'une voix rauque. Je t'ai dit que je ne te toucherais pas. Pas ce soir.

10

ZACH

Je sais ce que je fais.

Elle dort, mais à peine. Son petit cul est collé à moi, et la seule chose qui empêche ma queue de s'enfoncer en elle, c'est le short mince qu'elle considère comme un pyjama. Et tout ce que je suis capable de faire, c'est rester allongé ici, la tenir contre moi, et à chaque putain d'inspiration, je suis inondé par sa présence : ses cheveux, sa peau, la chaleur qui se dégage d'elle.

L'odeur âcre de sa peur a disparu. Elle s'est dissipée lorsqu'elle s'est finalement endormie. J'aime savoir que je l'effraie. C'est merdique, je sais, mais une partie tordue de moi aime avoir ce pouvoir sur elle. Il y a des années, ce n'était pas de la peur qu'elle ressentait en ma présence. Elle était anxieuse. Nerveuse. Comme une fille énamourée. Désormais, les choses sont différentes entre nous.

Aujourd'hui, dans la maison, je désirais l'interroger. La faire s'asseoir et obtenir les réponses dont j'ai besoin. Mais toutes mes questions se sont embrouillées, tout s'est embrouillé. Ce qui s'est passé cette nuit-là, il y a deux ans, a explosé en moi. Nous avons été trahis. Elle s'est comportée comme une traîtresse. Elle nous a piégés pour sauver son frère. Je croyais fermement cela depuis un an et demi lorsque j'ai appris qu'elle avait survécu. Putain, j'ai pleuré sa mort, seulement pour découvrir qu'elle vivait aux États-Unis. Rien de tout cela n'allait.

Elle avait passé un marché, mais avec qui ?

Nous surveillions Armen El-Amin depuis des années. Il est entré sur le devant de la scène après la mort de leurs parents plusieurs années plus tôt. Ils ont été abattus en sortant d'un restaurant. Après cela, leurs deux autres frères, Rafi et Seth, ont également disparu. Ils se sont évaporés dans les airs, putain. Eve était la seule fille de la famille, et la plus jeune sœur. Lorsqu'elle est venue à nous, elle n'avait pas tout à fait 20 ans. Elle avait très peur. Elle tremblait. Cependant, elle désirait désespérément sauver son frère Armen, la seule famille qui lui restait.

Je me souviens encore du premier jour, quand je l'ai vue assise dans ce bureau austère après avoir été interrogée, à attendre que nous découvrions si ce qu'elle nous disait était vrai. Que la sœur d'Armen vienne nous communiquer des informations semblait trop incroyable. Trop beau pour être vrai. Je l'avais contemplée à travers le miroir sans tain. Elle était assise là à se triturer les ongles, et elle était tellement belle. Innocente. Comme si elle avait besoin de protection. Ce qui allait être le cas lorsque son frère aurait découvert ce qu'elle avait fait.

On m'a chargé de travailler avec elle. En réalité, je me suis porté volontaire. C'était stupide, je sais, mais il le fallait. Je me souviens encore de la manière dont certains de mes soldats la regardaient. J'ai parlé à quelques-uns d'entre eux. Elle ne le découvrira jamais.

Elle m'a fait confiance assez rapidement, du moins c'est ce que je pensais. Cela aurait dû être un signal d'alarme. Cependant, les renseignements qu'elle nous a offerts étaient bons, et c'est pourquoi, lors de cette dernière nuit, la nuit où nous étions censés faire tomber Armen, je n'ai pas bien analysé les choses. J'aurais dû poser plus de questions.

Elle est venue nous voir pour le sauver. Elle croyait naïvement qu'il pouvait l'être, mais son frère était un connard. Un assassin, essentiellement. Sans pour autant être le plus gros poisson. Nous voulions l'homme pour qui il travaillait. Malik, ou comme les habitants l'appelaient, le Boucher. Un flash de cette nuit-là fait apparaître l'image que je ne pourrai jamais oublier. Un visage. Des yeux. Des yeux que je connais, mais que je ne peux pas replacer.

Je croyais vraiment qu'elle faisait partie de l'organisation. Une partie de moi y croit encore, peut-être. Toutefois, la voir aujourd'hui, voir comment elle a réagi à mes questions, me fait douter. Je ne peux pas me permettre d'être confus, putain.

Se pourrait-il qu'elle n'ait jamais été impliquée ? Que son frère l'ait piégée ? Ou qu'il avait découvert ce qu'elle avait fait et qu'il s'était montré disposé à la punir ? À la déshabiller devant tous ces hommes. À la vendre.

Ça n'a plus d'importance.

Les noms encrés sur ma peau brûlent tandis que je me retourne pour contempler le plafond, comme s'ils avaient le pouvoir de me cataloguer comme traître pour les avoir oubliés.

Encore.

Ça n'a plus d'importance, parce qu'ils sont morts. Et la raison pour laquelle ils sont tous morts c'est parce que j'ai été distrait. J'ai fait passer la mission en second. Après elle.

Je les ai laissés tomber.

Mais cette nuit-là, je ne pouvais pas fermer les yeux sur ce qui lui arrivait. Et je ne pouvais décemment pas ouvrir le feu alors qu'elle se trouvait dans la pièce, sur cette putain de scène, comme une cible facile.

Je me retourne pour toucher la petite cicatrice sur son bras. Je l'avais sauvée d'une balle. Si j'avais effectué mon travail lors de cette nuit, et que j'avais donné l'ordre de faire feu, elle serait morte. Cependant, mon échec a causé la mort de six hommes loyaux envers moi.

Putain.

J'aimerais pouvoir dormir. Obtenir un peu de soulagement face à ma culpabilité et à mes regrets. Je n'ai pas fermé l'œil pendant une nuit complète depuis des années. Et maintenant, voilà que je doute.

Encore.

Ai-je eu tort de partir à sa recherche ?

Est-elle innocente ?

Pourrait-elle me mener jusqu'au méchant ?

Brusquement irrité, je rejette le drap pour quitter le lit. Je ne dormirai pas cette nuit. Je récupère un jogging, un T-shirt et des baskets pour aller me changer dans le salon. Il est presque l'aube et j'ai besoin de transpirer. De courir, pour que pendant une heure, je puisse me vider l'esprit.

Je me rejoue cette nuit, encore et encore, et j'ai besoin d'un putain de break.

⁎⁎⁎

Lorsque je retourne à la maison, le soleil perce les quelques nuages présents dans le ciel, les colorants d'une nuance orange profonde. Le quartier est encore calme mais lorsque j'ouvre la porte, ça sent le café. Eve se tourne vers moi. Elle est assise à la table de la cuisine, une tasse fumante dans ses mains. Elle n'a pas de maquillage, ses cheveux sont relevés en une queue de cheval, et elle porte toujours son pyjama. Je ne suis pas certain qu'elle réalise à quel point elle est exposée, mais je décide de ne pas en parler. Je vais plutôt me contenter de profiter de la vue.

— Bonjour, dis-je en fermant la porte derrière moi et en entrant dans la cuisine.

— Combien de temps vas-tu rester ici ?

Je lui adresse un sourire en coin et me sers une tasse de café. Puis j'ouvre le frigo pour en sortir du bacon et des œufs.

— Sers-toi, réplique-t-elle.

— C'est ce que je fais. Et que j'ai déjà fait.

Je récupère une poêle et la pose sur la cuisinière. Je sais où tout se trouve, et je me demande si elle se rend compte de combien de fois je suis venu ici au cours des dernières semaines. Je glisse six tranches de bacon dans la poêle et casse quatre œufs avant de me tourner vers elle. Son regard s'assombrit lorsque je le fais.

— Je dois aller travailler, dit-elle.

— Dis à ton patron que tu m'emmènes voir les autres maisons sur ta liste et que je passe te prendre chez toi.

— Je ne veux pas lui mentir.

— Très bien, alors dis-lui que j'ai dormi chez toi.

Elle a l'air scandalisée.

— Je ne peux pas faire ça.

Je hausse les épaules.

— Ce n'est vraiment pas mon problème.

Je bois ma tasse de café avant de m'en servir une seconde et de retourner le bacon. Sa chaise grince sur le parquet lorsqu'elle se lève. Je ne me donne pas la peine de me tourner dans sa direction.

— Assieds-toi.

— Je t'ai dit que je devais aller travailler.

Je lui jette un coup d'œil par-dessus mon épaule.

— Et moi je t'ai dit de t'asseoir.

Elle hésite, mais au vu de l'avertissement présent dans mon regard, elle obéit.

— Bonne fille.

— Je ne suis pas un chien.

En l'ignorant, je sors deux assiettes du placard et y répartis les œufs et le bacon. Je récupère des fourchettes, je pose le tout sur la table et je m'assieds en face d'elle. Elle observe la nourriture comme si c'était du poison. Je prends ma fourchette et commence à manger.

— Petit-déjeuner, Eve. Mange.

— Je n'ai pas faim, réplique-t-elle en repoussant l'assiette.

— Tu sais qu'il ne faut pas gaspiller la nourriture. Mange maintenant.

Elle prend sa fourchette et joue avec les œufs.

— Combien de temps vas-tu rester ?

— Le temps qu'il faudra.

— Qu'il faudra pour quoi ?

— Pour que j'obtienne ce dont j'ai besoin.

— De quoi est-ce que tu as besoin ?

— De réponses.

Elle baisse le regard vers son assiette.

— Mange, Eve.

J'ai déjà vidé le contenu de mon assiette. Elle prend la plus petite bouchée d'œuf possible. Je la regarde mâcher, et je sais qu'elle doit se forcer à avaler.

— Ce n'est pas si difficile, pas vrai ?

Son sac se trouve à proximité. Je me lève et au lieu de le lui apporter, je cherche son portable et le lui tends.

— Appelle ton patron.

— Non.

— D'accord.

Je connais le mot de passe, alors je le saisis, puis je fais défiler ses contacts et je mets le téléphone sur haut-parleur.

— Qu'est-ce que tu fais ?

Elle tente de me l'arracher des mains, mais j'agrippe un de ses poignets. Une voix groggy répond un moment plus tard, et ses yeux s'écarquillent.

— Allô ?

Elle me regarde. Je souris en lui faisant signe de répondre.

— Hum... Devon, commence-t-elle.

— Bonne fille, murmuré-je avec un sourire diabolique.

Elle essaie de récupérer son portable mais je m'agrippe à lui, à elle.

— Je suis désolée de t'appeler aussi tôt, mais je voulais te dire que je vais aller chercher monsieur Beckham et que je vais l'emmener voir les autres propriétés ce matin.

— Oh, d'accord, ça me semble bien. Je suis heureux que tu te sentes mieux.

Il a l'air encore à moitié endormi.

— Merci. Retourne te coucher, Devon. Encore désolée de t'avoir appelé aussitôt. Je n'avais pas réalisé l'heure.

Elle m'adresse un regard courroucé sur cette dernière partie. Mon sourire s'agrandit.

— Au revoir, conclut-elle.

Je mets fin à l'appel, la relâche, puis éteins son téléphone et le pose sur la table.

— Encore une fois, ce n'était pas si difficile, pas vrai ?

— Tu ne peux pas agir comme ça ! C'est mon travail dont nous parlons.

Sans rien répondre, j'avance en direction de sa chambre. J'ai besoin de récupérer quelque chose dans mon sac et je sais qu'elle ne va pas aimer. À mon retour, elle a déjà rallumé son portable.

— Je vais prendre ça.

— Non.

Elle me tourne le dos, ses pouces s'agitant frénétiquement, mais je l'intercepte et serre son poignet.

— J'ai dit que j'allais récupérer ça.

Je contemple son écran. Elle est en train de changer son mot de passe. Je secoue la tête et, cette fois, le glisse dans ma poche.

— Maintenant, assieds-toi.

Elle est furieuse. Toutefois, lorsqu'elle voit ce que j'ai dans la main, elle recule.

— Qu'est-ce que tu fais ?

— J'ai besoin de prendre une douche, et je doute que tu sois encore là lorsque j'en aurai terminé, alors je vais m'assurer que tu le sois.

Je soulève les menottes.

— Non ! Pas question !

— J'ai aussi un bâillon, dis-je à la hâte.

Pendant une seconde, elle paraît confuse, et cela me fait rire.

— Assieds-toi. Tu finiras ton petit-déjeuner pendant que je prends ma douche. Nous pourrons ensuite nous mettre au travail.

— J'ai dit non !

Elle se dérobe et tente de s'enfuir, cependant je la rattrape facilement, et au lieu de l'asseoir à la table de la cuisine, je la conduis dans sa chambre. Elle lutte en faisant bien trop de bruit à mon goût, alors je la ramène contre mon torse et la soulève. Je pose une de mes mains sur sa bouche.

— Que vas-tu dire à tes voisins si quelqu'un s'intéresse aux bruits que tu fais ? Moi, je m'en fous.

Je sais qu'elle ne veut pas que quelqu'un s'en mêle. Ça lui coûterait bien trop cher. Je le sais, et j'ai conscience qu'elle aussi. Pourtant, j'aime la sensation de son corps contre le mien, et le fait qu'elle lutte, ça ne fait que durcir mon sexe.

Je vois l'instant où elle le réalise parce qu'elle se fige.

Je la remets sur ses pieds en gardant une main posée sur sa bouche, et glisse mon autre main dans mon sac pour pouvoir en sortir le bâillon. Lorsque je vois ses yeux s'écarquiller, je souris. Sans parler, je la jette sur le lit. Elle atterrit sur le ventre, mais avant qu'elle ne puisse se retourner et se lever, je la chevauche et tends ma main pour placer la balle dans sa bouche.

— Ouvre, *habibi*.

Elle ferme ses lèvres, et tourne frénétiquement la tête d'un côté à l'autre. Au moins jusqu'à ce que je lui pince le nez.

— Ouvre ta putain de bouche !

Dès qu'elle inspire un grand coup, le bâillon est en place et je le noue derrière sa tête.

— Les choses auraient pu être différentes, dis-je en la faisant glisser vers la tête de lit pour qu'elle soit en position assise. Tu pourrais être tranquillement en train de manger ton petit-déjeuner.

Je lui passe les menottes en les glissant à travers les barreaux de la tête de lit. Elle lutte contre ses entraves et tente de dire quelque chose, cependant cela ressort comme un cri étouffé. Mon sourire s'agrandit.

— Essaie de te détendre.

Je lui tourne le dos et me dirige vers la salle de bains en sifflant une petite mélodie. Je m'amuse, je m'amuse bien plus que je ne l'ai fait depuis une éternité.

11

EVE

Je ne peux pas croire ce qui m'arrive. Je suis liée et bâillonnée, en train de me baver sur moi-même alors que Zach chante sous la douche ! Ça fait vingt minutes. Je vais le tuer lorsqu'il me détachera. Je vais l'étrangler !

C'est inutile pour moi d'essayer de me libérer. Mes poignets me font un mal de chien, et ce bâillon est humiliant et inconfortable comme l'enfer. J'essaie d'essuyer la bave qui coule contre ma poitrine, mais je ne fais que causer davantage de dégâts.

Dix minutes plus tard, le bruit de l'eau s'éteint. Je ne sais pas si je suis soulagée parce que malgré tous ses sifflements et ses chansons, je sais qu'il désire vraiment obtenir des réponses. J'ignore ce qu'il fera lorsqu'il réalisera que je ne possède pas ce qu'il cherche. Ce qu'il pense que j'ai fait, s'il savait pourquoi, il comprendrait. Néanmoins, il doit savoir que moi aussi j'ai été trahie. Je n'avais aucunement l'intention que tout cela lui arrive, ni à lui ni à ses hommes. Je ne savais pas ce qu'Armen ferait. J'ai été piégée. Mise en place et utilisée par mon propre frère.

Je me redresse, et je jette un coup d'œil dans le couloir lorsque Zach sort de la salle de bains. Il se sèche les cheveux avec une serviette, tandis qu'une autre est enroulée autour de ses hanches. Comme hier soir, je ne peux m'empêcher de le regarder.

Il jette la serviette qu'il utilisait sur ses cheveux de côté. Il penche la tête et me contemple comme s'il était désolé pour moi, avant de s'avancer dans ma direction.

— Tu baves un peu...

Il en essuie une partie, mais ne fait que la barbouiller sur ma joue. Je détourne le visage, embarrassée alors que je devrais être en colère.

— Tu sais quoi ? me demande-t-il en s'asseyant.

Je dois bouger mes jambes pour que les siennes ne m'effleurent pas. Il caresse l'arrière de ma tête puis utilise la queue de cheval pour me forcer à le regarder. Il se penche plus près, effleure ma tempe de sa barbe, puis déplace sa bouche jusqu'à mon oreille. Son souffle est chaud et me fait frissonner.

— J'aime quand c'est humide, murmure-t-il.

Je me crispe alors qu'il s'attarde là, trop proche.

Lorsqu'il me libère enfin, mon cœur se serre et je dois forcer mes poumons à inspirer. Il se lève et je peux apercevoir le contour de sa queue. Il se tient là, m'observe. Ses yeux sont implacables lorsque j'y plonge les miens et pendant un moment, mon esprit se précipite vers la conclusion qu'il est ici pour prendre ce qu'il croit lui être dû. Ce qu'il croit avoir acheté ce soir-là.

Non. Il ne le fera pas. Il n'acceptera pas de prendre ce que je ne lui offre pas. Je le connais, il n'a rien d'un monstre. Il se retourne pour récupérer un caleçon et un pantalon dans le but de s'habiller. Lorsqu'il laisse tomber la serviette, je me force à détourner le regard. Je ne me ferai pas surprendre à le mater. C'est ce qu'il veut, j'en suis certaine.

Lorsqu'il se tourne vers moi, je l'affronte. Il a enfilé son jean et doit ajuster son sexe pour pouvoir le fermer. Il enfile un T-shirt noir par-dessus sa tête. Ce pauvre vêtement s'efforce de le contenir.

— Prête à ce que je te l'enlève ?

Pendant une minute, je ne suis pas certaine de ce dont il parle. Ensuite, il affiche un sourire arrogant et désigne le bâillon du doigt.

— Le bâillon, *habibi*. Que croyais-tu ?

Je murmure un juron.

— Qu'est-ce que tu dis ?

Je répète.

— C'est vraiment difficile de comprendre avec cette chose dans ta bouche. Tu veux que je te l'enlève ?

Je hoche rageusement la tête, une seule fois.

— Est-ce que tu vas crier ?

Je le contemple fixement. Il s'assied de nouveau sur le lit et m'étudie.

— Je vais te le demander encore une fois. Est-ce que tu vas crier ?

Je secoue la tête une fois. Son sourire s'agrandit.

— Bonne fille.

Il se retourne, et je pense qu'il va me l'enlever, mais je sais également qu'il se joue de moi.

— Sais-tu ce qui va arriver si tu cries ?

J'essaie de protester. De lui dire d'aller se faire foutre, mais je n'arrive pas à former les mots.

— Qu'est-ce qu'il y a ?

Je recommence.

— Je vais te dire. Tu cries, et je te bâillonnerai jusqu'à l'heure du déjeuner puis nous essaierons à nouveau. Compris ?

Mes épaules s'affaissent. Je hoche la tête. S'il y a une chose à laquelle je crois, c'est qu'il est sincère. Il tend sa main derrière moi et un moment plus tard, glisse le bâillon hors de ma bouche.

— Merde, dis-je en fermant et en ouvrant ma bouche.

Les muscles de ma mâchoire me font mal. J'essaie à nouveau d'essuyer la bave présente sur mon épaule, mais il prend la serviette qu'il vient de jeter et essuie mon visage avec. Je réalise que c'est celle qui était enroulée autour de ses hanches, contre son sexe, et je sens mon visage rougir.

— Qu'est-ce que c'est, ton petit sac de pervers avec des sex-toys ? déclaré-je en désignant son sac.

— Tu aimes les jouets sexuels ?

— Détache-moi.

— Je ne crois pas. Je t'aime bien comme ça.

— J'ai mal aux bras et aux poignets.

— Alors tu sauras la prochaine fois qu'il ne faut pas lutter.

— Je te déteste.

Il hausse les épaules et retourne dans la salle de bains. J'entends l'eau couler et je suppose qu'il lave le bâillon parce que quand il revient, il est sec et il le pose sur la table de nuit.

— Au cas où nous en aurions encore besoin.

Je ne doute pas qu'il l'utilisera à nouveau au moment qui lui conviendra. Il se lève et se déplace dans la pièce pour fermer les fenêtres. Il récupère ensuite la chaise qui se trouve dans le coin, la rapproche du lit et s'y assied. Toute plaisanterie a disparu de son visage lorsqu'il croise les bras devant son torse et m'étudie.

— Pourquoi as-tu décidé de dénoncer ton propre frère, Eve ?

Je suis surprise par sa question. Elle n'est pas directe. Je ne m'y attendais tout simplement pas. Pourquoi est-ce qu'il s'en soucie ?

— Mes parents étaient morts. Mes deux autres frères avaient disparu. Armen était tout ce qui me restait, et je savais que ce qu'il faisait aller lui attirer des ennuis. Ou pire.

Il ne parle pas, il reste là, comme s'il en attendait plus. Je sais qu'il est doué dans les techniques d'interrogatoire, et pendant un moment, mon esprit erre vers d'autres méthodes. Plus sombres. Je pense qu'il sait ce à quoi je pense, et il fut un temps où j'aurais dit non, Zach Amado n'aurait jamais utilisé ces techniques sur moi. Mais maintenant, après hier, après avoir vu ses réactions, après avoir vu à quel point il est devenu dérangé, en sachant ce qu'il a traversé au cours des deux dernières années, je n'en suis plus aussi sûre.

— Je voulais le sauver. C'était mon frère. L'homme avec qui j'ai parlé avant toi, il a promis...

— Il a menti.

Je l'observe. Je savais que c'était une possibilité à l'époque. Et ça n'a plus d'importance de toute manière. Armen est mort.

— Tu as été naïve.

Je secoue la tête.

— Non, pas naïve. J'étais à court d'options. Et en plus, je te faisais confiance.

Je sens mes yeux se remplir de larmes. Cette fois-ci, on dirait que c'est lui qui est surpris par ce que je viens de dire. Il lui faut un moment pour poursuivre son interrogatoire impromptu.

— Garde tes larmes, Eve. Elles ne m'influenceront pas. Ce que tu as dit, que tu me faisais confiance, ça ne compte pas à mes yeux. Ça n'a plus d'importance.

Je sais que ça signifie quelque chose. Que c'est important.

— Tu étais prête à abandonner ton frère, en sachant qu'il allait être arrêté ? Emprisonné ? Ou pire ?

— Le pire est arrivé. Il est mort.

— L'est-il vraiment ?

Je me fige.

— O... oui. Personne n'aurait pu survivre à cette nuit-là.

— Je l'ai bien fait, moi.

Je fronce les sourcils.

— Mais...

— Est-ce que tu as vu son corps ?

Je secoue la tête.

— Je n'ai rien vu. Quelque chose m'a frappé derrière la tête. Je pensais que c'était une balle, que j'allais mourir, mais je me suis simplement retrouvée assommée. J'ai vu des photos par la suite. J'ai vu les corps. Mon frère a été déchiqueté.

Il secoue la tête, me regarde, s'étire.

— Es-tu certaine que c'était lui ? Est-ce que tu as vu son corps ?

— Est-ce qu'il est vivant ?

Quelque chose comme de l'espoir, une chose que je ne me suis pas permis de ressentir depuis trop longtemps, commence à fleurir en moi.

— Ce n'est pas ce que j'ai dit, réplique-t-il.

Il pose une main sur son genou. Et juste comme ça, avec ces quelques mots, il étouffe toute lueur d'espoir qui prenait vie en moi.

— Tu aimes te moquer de moi ? Me voir ligotée et avoir de l'espoir simplement pour pouvoir l'anéantir ? Est-ce que ça te fait plaisir ?!

— Non, Eve. Je n'y prends aucun plaisir.

— Tu as de la haine en toi.

— Qui t'a sauvé la vie ce soir-là ?

— Je n'en sais rien.

— Comment ça, tu ne sais pas ?

— Je te l'ai dit, j'ai été assommée. Quand je me suis réveillée, je ne savais pas où j'étais. J'ai eu affaire à un homme. Je ne le connaissais pas. Je ne l'avais jamais vu avant. Il m'a dit que le passage pour me rendre aux États-Unis avait été arrangé. Il a dit que c'était la chose la plus sûre à faire. Il a dit que c'était mon paiement pour vous avoir aidé. Je ne l'ai jamais oublié, ni lui ni la façon dont il m'a dit tout ça. Comment il a répondu à mes questions au sujet des survivants. Je n'ai pas oublié à quel point je me sentais mal ce jour-là.

Le visage de Zach s'assombrit. Il fronce les sourcils.

— De quelle nationalité était-il ?

— Il avait l'air américain.

— Américain ?

— Je ne sais pas, Zach ! Il avait des cheveux blonds, des yeux bleus. C'est tout ce dont je me souviens. Je m'en fichais...

— Si tu me mens, je te jure...

— Je ne te mens pas. Pourquoi est-ce que je le ferais ?

Il ne me répond pas.

— Je n'ai jamais voulu venir ici. Je n'ai jamais voulu de cette vie. Je désirais simplement que mon frère me revienne et que nous soyons libres.

— Que s'est-il passé ce jour-là ? Avant la nuit ? Tu avais les mains liées lorsque ton frère t'a amenée aux enchères. Après la vente d'armes. Quand les affaires étaient terminées.

Je sens mes larmes couler.

— Il a découvert ce que j'avais fait, mais on l'a forcé à le faire. L'homme pour qui il travaillait...

— Malik.

— Malik le Boucher. Je ne l'ai jamais rencontré, je ne l'ai même pas vu. Il n'est venu à la maison qu'une poignée de fois, en restant dans sa voiture. Armen se rendait chez lui lorsqu'ils devaient se rencontrer. L'homme ne sortait même pas de sa voiture lorsqu'il venait chez nous, et les fenêtres étaient teintées en noir. Je ne pouvais pas apercevoir une ombre, pas plus que les contours des personnes à l'intérieur.

— Dis-moi ce qui s'est passé lorsque ton frère a appris que tu l'avais balancé.

— Il était furieux. Il a dit que j'allais le faire tuer. Me faire tuer. Que vous étiez tous des menteurs. Des meurtriers. Il a dit que je devais lui dire ce que je vous avais appris. Je ne voulais pas, pas au début, mais il m'a alors dit pourquoi il travaillait pour cet homme. Il a dit que Malik pouvait l'aider à trouver nos frères. Qu'il travaillait pour les sauver. Il a dit qu'il pourrait les récupérer cette nuit-là si je lui avouais tout ce que vous saviez. Et Armen a dit aussi que Malik ferait tuer nos frères s'il échouait.

Je baisse la tête, les larmes aux yeux.

— C'est la raison pour laquelle je lui ai tout dit.

Zach m'observe, mais je suis incapable de soutenir son regard. Il doit me détester.

— J'ai choisi ma famille plutôt que toi, et je ne pourrai jamais m'en excuser assez.

Il continue à m'étudier, sans dire un mot. Je sais ce qu'il pense. Si c'était à refaire, j'agirais de la même façon. Je poursuis, puisque c'est tout ce que je peux faire :

— Il m'a dit que je serais punie plus tard. Que Malik en avait besoin, mais qu'il avait négocié pour que ma vie soit épargnée. Je ne savais pas ce qu'il voulait dire par là. Je ne savais pas qu'il...

Allait me vendre pour qu'on me viole.

Je ne peux pas prononcer ces paroles à voix haute. Mon propre frère, un homme qui aurait dû tout faire pour me protéger, m'a vendue aux enchères, m'a déshabillée...

Je ne regarde pas dans sa direction lorsque je l'entends se lever. Un instant plus tard, il m'essuie le visage, les yeux et le nez.

— Merci, dis-je.

Il grogne. Se redresse et m'étudie à nouveau.

— Tes autres frères, Rafi et Seth, est-ce que tu les as vus ?

Je secoue la tête.

— Que leur est-il arrivé ?

— Je ne sais pas. Je suppose que ton armée en sait plus à leur sujet que moi.

— Ce n'est pas mon armée.

Il y avait du venin dans ses paroles. Celui de la trahison. Je m'en rends alors compte de quelque chose.

— Est-ce qu'ils pensent que tu es mort ? Est-ce la raison pour laquelle tu portes un pseudonyme ?

Il prend beaucoup de temps pour répondre, et quand il le fait, il hoche lentement la tête. Presque imperceptiblement. Désormais, c'est moi qui ai des questions. Tellement de questions. Il a été trahi, et ce n'est pas seulement de mon fait. Pense-t-il que cela venait de son propre peuple ? Et que désire-t-il à présent ?

Je secoue la tête. Je ne peux pas être aussi stupide. Je sais ce qu'il veut. J'ai vu son dos. J'ai vu le cimetière qui s'y trouve. Il est là pour se venger. Et j'ai le sentiment qu'il est prêt à tout pour obtenir sa vengeance. Même à mourir. Il est déséquilibré, imprévisible. Désespérée. Et je sais que si je veux survivre, je ne peux pas rester proche de lui lorsque la bombe se déclenchera. Surtout maintenant.

Ses questions au sujet d'Armen, au sujet de son corps, me font réfléchir. J'ai vu des photos de la scène. L'homme qui m'a donné mon passeport me les a montrées. J'ai simplement supposé...

Mais peut-être, juste peut-être qu'il est encore envie. J'ai supposé que mes autres frères avaient été tués après cette nuit-là. Peut-être me suis-je trompée. C'est peut-être pour cela que je suis ici, parce qu'autrement ? Qui d'autre se donnerait la peine de me sauver la vie ? Je ne vaux rien pour aucun d'entre eux. Pourquoi me sauver alors que tout serait beaucoup plus facile si j'étais morte cette nuit-là ?

— J'ai vraiment mal aux poignets, Zach.

Il se lève et empoigne une clé. Il se déplace à mes côtés, et je me penche en avant alors qu'il me détache. Il laisse les menottes attachées à la tête de lit, et je balance mes jambes hors de ce dernier en frottant mes poignets douloureux. Je ne sais pas ce que je suis censée faire, mais lorsqu'il sort de la chambre pour entrer dans la cuisine, je le suis et je m'installe en face de lui. Je prends ma fourchette et je mange le petit-déjeuner froid qu'il m'a préparé pendant qu'il m'observe. Il a raison. Je ne gaspille jamais de nourriture. J'ai connu la faim.

⁎⁎

Il ne me parle pas une grande partie de la journée. Il la passe sur son ordinateur portable, et je me retrouve à me déplacer sur la pointe des pieds dans ma propre maison. Je n'arrête pas de penser à ce qu'il a dit. Peut-être qu'Armen n'est pas mort. Peut-être que Seth et Rafi sont vivants eux aussi.

Je ne possède pas l'intimité dont j'ai besoin pour fouiller ses affaires et récupérer mon passeport. Il ne me fait pas assez confiance pour me laisser toute seule, et je ne peux pas essayer de m'enfuir sans mon passeport. Une fois que je l'aurai, je disparaîtrai. Si mes frères sont vivants, je dois y retourner. De toute manière, je n'ai pas la moindre valeur à ses yeux. Je ne sais rien. Même si c'était le cas, je ne suis pas sûre de lui offrir une quelconque information, parce qu'il est en mission suicide, même s'il ne se rend pas compte par lui-même. Et pour une quelconque raison, j'ai envie de le sauver de tout ça.

— Où est-ce que tu habites ? lui demandé-je ce soir-là.

Il est encore absorbé par ce qu'il fait sur son ordinateur et il lui faut un moment pour me répondre.

— Ici, pour l'instant.

— Quand es-tu revenu aux États-Unis ?

— Il y a quelques semaines.

— Comment as-tu obtenu un passeport ? Celui de Michael Beckham, je veux dire ?

Il hausse les épaules.

— Je connais des gens. Peut-être les mêmes qui ont fait le tien, Eve Adams.

— Que s'est-il passé cette nuit-là ? Après l'explosion ?

Nous étions à Beyrouth. C'est là que je suis née. Comparativement à d'autres pays du Moyen-Orient, Beyrouth était en sécurité. Mais nous avions quand même nos propres groupes militants et l'homme pour qui Armen travaillait était impliqué dans la vente d'armes pour d'autres groupuscules. Des groupuscules terroristes.

Zach m'étudie par-dessus son ordinateur portable. Après un long moment, il prend une profonde inspiration, ferme le PC et me regarde.

— Un médecin local m'a sauvé la vie. J'ai été gravement brûlé, et on m'a tiré dessus. Je ne me souviens que de la douleur. Lui et son fils m'ont en quelque sorte tiré des décombres et ont eu la prévoyance de me cacher.

— Tu as été chanceux.

— Je suppose que je le suis en comparaison des autres.

— Ça fait toujours mal ? Les brûlures ?

Il hoche la tête.

— Je ressens comme un certain engourdissement, mais comme tu l'as dit, j'ai de la chance.

— Je suis désolée.

— Pour quoi ?

— Pour ce qui t'est arrivé.

Il ne fait que me regarder, ce qui est troublant. Comme s'il voulait ramper dans mon esprit. Tout connaître de moi.

— Est-ce que je peux voir ?

Les paroles m'échappent avant même d'avoir pu y réfléchir. Mon cœur s'accélère à l'idée de le voir, lui, avec ses cicatrices, ses regrets. Je ne parviens pas à déterminer l'émotion qui brille dans ses yeux. Il est tellement doué pour cacher ce qu'il ressent.

— Qu'est-ce que tu as à boire ?

Je suppose que c'est un non. Je me lève et j'ouvre une armoire, en réalisant que cela pourrait être ma dernière occasion.

— Seulement un peu de vin.

Je soulève une bouteille presque vide.

— Pas de whisky ?

Je secoue la tête.

— Il y a un magasin qui vend de l'alcool à deux pâtés de maisons. Je peux...

— Je parie que oui.

Il se lève.

— Va t'habiller. Nous allons y aller ensemble.

Je croise mes bras devant ma poitrine. Je n'ai pas peur de lui en cet instant. Je sais qu'il ne me fera pas de mal.

— Qu'as-tu l'intention de faire de moi, exactement ? Je t'ai dit tout ce que je sais. Et je ne pense pas avoir rempli les blancs. Tu ne peux pas rester ici pour toujours. Tu ne peux pas simplement entrer dans ma vie et...

— Habille-toi ou je te bâillonne et t'accroche au lit pendant que je me débrouillerai pour en trouver tout seul. Tu as deux minutes.

Il tapote sa montre alors que je me tourne et avance en direction de ma chambre.

— La porte reste ouverte, déclare-t-il tandis que je m'apprête à la fermer.

D'accord. Je sais que j'aurai une seule chance de le faire. S'il me surprend en train de chercher mon passeport dans son sac, il me menottera au lit, je n'en ai pas le moindre doute. Je vais donc vers mon placard pour choisir des vêtements, et c'est là que je remarque les deux costumes qui sont suspendus. Les siens. Mais quand a-t-il fait ça ? Je les effleure du bout des doigts, puis je me penche pour les sentir. Je sens son odeur sur eux.

Brusquement, je m'éloigne en étant agacée par moi-même.

Je m'assure qu'il est occupé dans le salon pour repousser deux boîtes à chaussures empilées. J'en ouvre une troisième et je soulève le papier de soie pour trouver le petit pistolet que j'ai acheté lorsque je suis arrivée ici. Je n'ai jamais eu à l'utiliser. Je ne sais même pas pourquoi je l'ai acheté ou même si je suis capable de m'en servir. Je le sors de la boîte et je sens son poids peser dans la paume de ma main.

— Le temps presse, annonce-t-il depuis l'autre pièce.

Je ramène l'arme rapidement jusqu'au lit et la glisse entre le matelas et le sommier de mon côté. Puis j'enfile une robe d'été et je retourne dans le salon. Il m'attend près de la porte d'entrée. Mon cœur bat la chamade. Je transpire. S'il remarque à quel point je suis anxieuse, il ne dit rien.

— Dois-je te dire comment te comporter ?

— Non, j'ai compris.

— Bien.

Même si le magasin est à une distance raisonnable de marche, nous prenons son camion, et il me tient la main pendant que l'on est à l'intérieur, comme pour me prévenir. Ensuite, nous nous rendons dans un fast-food pour le dîner.

— Désolé, ce n'est pas très chic, déclare-t-il d'un ton qui m'informe qu'il n'est pas le moins du monde désolé. Que veux-tu ?

— Je m'en fiche.

Il commande deux repas, et nous rentrons à la maison. Là, il pose la nourriture sur la table et va récupérer deux verres. Il m'en verse un, et pose le sien à côté.

— Viens ici, Eve.

— Que va-t-il se passer demain ?

— Nous verrons demain. Assieds-toi.

J'obéis. Il me tend mon verre. Je l'accepte, j'avale une gorgée. Peut-être qu'il sera bientôt si soûl que je pourrai sortir d'ici, pourtant j'en doute. Il mange son hamburger quand j'entends un bourdonnement. Je le vois alors extirper son téléphone de sa poche. Je ne peux pas lire le message d'où je suis, mais quoi qu'il en soit, ce doit être important. Il tapote quelque chose avant de me jeter un coup d'œil.

— Tu ferais mieux de manger pendant que c'est encore chaud. C'est à peine acceptable quand ça refroidit.

Je déballe mon hamburger et en prends quelques bouchées, avant de l'abandonner pour manger des frites. Il me verse un autre verre. Je peux sentir son regard braqué sur moi.

— Alors, que fais-tu à part travailler ? me demande-t-il.

— Nous faisons la discussion maintenant ?

— Je suppose que oui.

— Ma vie n'est pas si intéressante.

— Un petit ami ?

D'après l'expression de son visage, je sais qu'il se moque de moi.

— Non. Il n'y a aucune histoire juteuse à raconter. Désolée de te décevoir.

— C'est la raison pour laquelle tu voulais que je retire ma chemise ?

Je vois l'amusement présent dans ses yeux.

— Je vais me coucher.

Il m'attrape par le poignet quand je me relève.

— Il est encore tôt.

— Je suis fatiguée.

Sa façon de me regarder est troublante.

— Tu peux dormir ici, lui dis-je.

C'est comme s'il essayait de lire en moi. Je me demande s'il peut voir à travers moi. Un instant plus tard, il me relâche.

— La porte reste ouverte.

Il récupère son ordinateur portable et se verse davantage de whisky. C'est son troisième verre.

Je hoche la tête et me dirige vers ma chambre. Il me sera difficile d'entreprendre ce que je désire faire avec la porte ouverte, mais j'espère qu'il sera suffisamment distrait et que le whisky va l'aider à se détendre. Au moins un peu. Assez pour pouvoir récupérer mon passeport. Je n'essaierai pas de m'échapper ce soir, mais je devrai être prête à partir de demain.

12

ZACH

Je ne lui fais pas confiance. Pas une seconde. Cependant, je veux lui offrir l'occasion d'essayer quelque chose. De cette façon, je pourrai lui montrer ce que je veux lui faire comprendre quand je lui dis qu'elle ferait mieux de faire ce qu'on lui dit. Les actions sont plus parlantes que les mots.

Mon téléphone sonne à nouveau, et je le sors de ma poche. J'ai toujours un contact à Beyrouth, un homme qui peut m'obtenir des réponses. Ce médecin qui m'a sauvé la vie ? Il est venu me chercher cette nuit-là. Il a cherché à nettoyer après que Malik a terminé son travail.

Je connais l'homme pour qui travaillait le frère d'Eve. Malik le Boucher. Personne n'a jamais vu son visage. Il a des contacts avec très peu de monde, et ces quelques-uns sont généralement morts en quelques mois. Armen El-Amin était une exception en ce sens.

L'armée américaine recueille des renseignements sur Malik depuis des années, mais ils n'ont jamais réussi à s'approcher suffisamment. Je sais qu'il était là ce soir-là. Je l'ai ressenti jusque dans mes tripes. Je sais qu'il aime regarder les hommes mourir au fur et à mesure. Il aime voir le sang s'écouler d'un corps, il aime voir la vie s'en échapper. C'est un putain de malade.

Mais l'information au sujet de ses autres frères, d'Armen travaillant pour Malik en échange de son aide pour les trouver et les libérer... est-ce que c'est vrai ? Cette information jette une nouvelle lumière sur Armen. Pourtant, il m'a baisé tout autant que mes hommes. Il doit payer pour ça. La trahison de sa sœur, si elle l'avait vraiment fait pour sauver ses frères, je peux comprendre, mais je n'en suis pas certain. Mon instinct me dicte qu'elle est innocente. Toutefois lorsqu'il s'agit d'elle, mon instinct est biaisé.

Je lis le message de mon contact : *Le passeport ne correspond pas. Fabricant différent.*

Merde. J'espérais que ce serait facile, mais rien ne l'est jamais. J'espérais que le connard qui a fait mon passeport, celui de Michael Beckham, je veux dire, avait également fait celui d'Eve, parce que c'est un faux. Et c'est une autre question que je me pose. Qui lui a sauvé la vie ? Et pourquoi se faire passer pour un agent américain ?

Je suis de retour à la case départ.

Je le remercie et lui demande des nouvelles au sujet de Malik. Le fait est qu'il n'y a rien eu en deux ans. Pas depuis cette nuit-là. Toutefois, je ne peux pas croire qu'il soit mort dans cette pièce. J'ai appris à ne rien croire à moins de le voir de mes propres yeux.

Un craquement dans la chambre plongée dans l'obscurité attire mon attention. Je sais qu'elle mijote quelque chose. Elle doit être à la recherche de son passeport. Elle ne le trouvera pas, mais ça risque d'être amusant.

Je lui donne quelques minutes, et me lève pour aller dans la cuisine et faire couler de l'eau dans l'évier pour faire du bruit. Les lumières dans le couloir sont éteintes et j'avance tranquillement vers la chambre. Je n'essaie pas d'être sournois, mais je sais comment être invisible. Et ce n'est pas parce que je suis un soldat entraîné.

Lorsque j'arrive à la porte de sa chambre, je vois son ombre penchée au-dessus de mon sac. Elle n'y voit pas grand-chose, il fait plutôt sombre là-dedans.

— Tu cherches quelque chose ?

Elle sursaute. J'allume et elle se précipite vers le lit, en glissant sa main entre le matelas et le sommier. Et putain, je ne suis même pas surpris de la voir avec un pistolet dans les mains. Une arme braquée sur moi.

Mon entraînement prend le dessus, mes années d'expérience également, et au vu de sa propre inexpérience, il ne me faut que deux secondes pour recouvrir ses mains avec les miennes, et l'attirer contre mon torse alors que je manœuvre pour placer le pistolet vers le bas. Je ne veux pas que ce truc se déclenche par accident, même si je ne suis pas certain qu'il soit chargé ou que la sécurité ait été retirée. Je ne compte prendre aucun risque.

— C'était stupide, Eve.

Elle n'en a pas encore fini parce qu'elle utilise le fait que je la tienne près de moi pour enfoncer son genou dans mes couilles. Je n'étais pas prêt, alors avec un gémissement, je nous fais tomber tous les deux sur le lit. Je tiens encore ses deux poignets et je ne lâche pas prise, pas même alors que je l'écrase sous mon poids.

— Tu veux te battre à la déloyale ?

Je lui pose cette question à travers mes dents serrées lorsque la pire vague de nausées passe. Je serre ses poignets jusqu'à ce qu'elle lâche l'arme et que je l'entende tomber sur le plancher.

— Je ne peux pas...

Elle ne peut pas respirer, c'est ce qu'elle tente de me faire comprendre. Je me redresse un peu, mais ce n'est pas pour l'aider à respirer, simplement pour la hisser plus haut sur le lit. Je lève ses bras par-dessus sa tête, et combats ses mouvements pour se libérer. Je garde mes cuisses fermées autour de son corps. Les menottes que j'ai utilisées plus tôt sont toujours accrochées à la tête de lit, et quand je relâche un de ses poignets pour lier le second, elle me griffe au visage, à l'épaule, au bras, sur tout ce qu'elle peut atteindre.

— Lâche-moi !

— Je peux également me battre à la déloyale, Eve, déclaré-je en attachant son autre bras pour qu'ils soient tous les deux au-dessus de sa tête.

Une fois que c'est fait, je me dresse sur mes coudes et garde mon visage près du sien.

— En réalité, j'aime me battre à la déloyale.

Je m'écarte et je l'observe. Elle porte toujours la robe d'été qu'elle a enfilée avant. C'est une erreur, car elle est remontée le long de son ventre au cours de notre lutte et que désormais je peux apercevoir sa culotte en soie noire. Elle commence à nouveau à lutter lorsque mes yeux s'attardent trop longtemps sur cette partie de son anatomie. Elle me crie à nouveau de la laisser partir.

— Tu veux le bâillon ?

Je le ramasse pour le lui montrer. Elle ferme immédiatement ses lèvres en secouant la tête.

— Tu en es sûre ?

Elle ouvre la bouche pour dire quelque chose, et je fais comme si je m'apprêtais à enfoncer la balle à l'intérieur, pour qu'elle la referme. Je le pose à nouveau et me penche sur le bord du lit pour ramasser le pistolet. Il est plus petit que tous ceux que j'ai utilisés auparavant, mais il est chargé et tout aussi létal. Je vide son chargeur et le pose sur la table de nuit avant de tourner mon attention vers elle.

— Quoi, tu allais me tirer dessus ?

— Je veux simplement récupérer mon passeport.

— Tu veux me tirer dessus à cause d'un faux passeport ?

Elle fronce les sourcils, et ses grands yeux couleur caramel m'étudient. Je sonde son visage, je sens son cœur battre contre mon torse. Je vois son pouls s'activer au niveau de sa gorge. Mon sexe durcit, encore. Ça fait longtemps que je n'ai pas été avec une femme, et avec Eve allongée sous moi, à moitié exposée, toute chaude, avec sa peau douce, et sa poitrine se mouvant lorsqu'elle respire, eh bien, oui, mon sexe durcit. Et cette fois, j'ai envie de jouer.

Elle a la bouche grande ouverte. Je peux sentir son souffle sur mon visage. Je ne me souviens pas de la dernière fois où j'ai embrassé une femme. Même quand je baise, je n'embrasse jamais. Je n'en ressens jamais le besoin. Elle, je ne comprends pas ce qu'il y a avec elle, mais elle m'en donne envie.

Elle me donne envie. Point final.

Et je décide de m'octroyer ce petit plaisir.

Je pose ma bouche sur la sienne. Nos regards plongent l'un

dans l'autre. Je l'embrasse, juste un effleurement des lèvres, doucement et lentement. J'avale son soupir de surprise, et en profite pour effleurer sa langue de la mienne. Je teste, pour voir si elle va me laisser faire ou si elle va tenter de me mordre. J'espère pour elle qu'elle ne le fera pas. Elle est encore allongée sous moi, et a cessé de lutter. Elle me regarde avec ses yeux semblables au désert. Putain de vastes, et dorés.

Je gémis en goûtant à sa saveur. Mes mains trouvent les siennes, et j'ai l'impression que je vais disparaître dans ce baiser. Je recule pour la contempler. Ses lèvres sont enflées, sa respiration erratique.

Le soir de la vente aux enchères, je l'ai achetée. Je me surprends encore à essayer de comprendre ce que je pensais en faisant cela. Ce que je pensais qui allait se produire. Je savais à l'instant où j'ai prononcé son numéro, celui pour lequel tout le monde enchérissait, que j'avais merdé. Que je m'étais dénoncé aux yeux de ces hommes. Je me souviens d'avoir su à ce moment précis que c'était un piège. Qu'on s'était joué de moi. C'est à ce moment-là que la première explosion a fait sauter le mur derrière moi.

— Zach ?

Je secoue la tête. J'ouvre les yeux. Je suppose que je les avais fermés. Je sais ce qu'est le syndrome de stress post-traumatique. Je ne fais plus de cauchemars, simplement parce que je ne dors plus. Au lieu de cela, j'ai ce genre de moments, ces éclats de mémoire qui me reviennent, et à chaque fois, je revis cette nuit-là. Toute la nuit, ou autant que je m'en souvienne. Et chaque fois je récupère un petit morceau de ma mémoire. Comme si je devais souffrir encore et encore pour récupérer quelques petits fragments. Comme si mon cerveau ne pensait pas que je pouvais tout gérer d'un coup. Et peut-être que j'en suis incapable.

Ou peut-être que je suis un lâche parce qu'une partie de moi ne désire pas se souvenir.

— Zach ? répète-t-elle.

Je cligne des yeux. Elle a vu ce qu'il vient de se passer, mais elle ne comprend pas. Elle ne peut pas. Je l'observe, glisse mes mains vers le bas le long de ses bras pendant que je m'installe à califourchon sur elle. Je n'arrête pas de la regarder, de contempler ses yeux, sa bouche, sa peau. Douce et jolie, en comparaison de la mienne.

Mon regard glisse vers la chair exposée de son ventre.

Elle se tortille, quand bien même elle ne pourrait aller nulle part.

Je l'effleure doucement du dos de ma main, ce qui la fait haleter. Je glisse ensuite mes doigts sur son os pelvien puis dans le creux de son ventre. Sa culotte et douce, et je déglutis en la soulevant.

Elle laisse échapper un bruit, pourtant je ne regarde pas son visage. Je ne peux pas détourner mes yeux de son ventre. De la peau que j'expose. Elle est plus pâle ici, il y a une légère ligne de bronzage. J'aperçois alors ses poils pubiens bien entretenus et mon cœur se serre. Sa culotte est coincée au niveau de ses hanches, et je dois forcer dessus pour pouvoir la lui retirer.

Elle respire fortement maintenant. Et elle serre les jambes.

Je croise son regard un instant, puis, comme un putain d'aimant, je le pose à nouveau entre ses cuisses. Je me lève et glisse sa culotte le long de ses jambes et de ses pieds, puis la glisse dans ma poche avant de m'asseoir à nouveau.

— S'il te plaît. Tu as dit que tu ne ferais pas de mal, sanglote-t-elle d'une petite voix tremblante.

— J'ai besoin de voir. J'ai simplement besoin de voir.

Elle laisse échapper un petit cri quand j'effleure les poils entre ses jambes et que je fais courir mes doigts à travers sa toison. Je l'observe.

— Je ne te ferai pas de mal, dis-je.

Son regard passe de mes yeux à ma main, puis à mon sexe et à mon dos. Je sais qu'elle ne me croit pas.

— Je ne te ferai jamais de mal, répété-je.

Lorsque mes doigts glissent sur le renflement de son sexe, elle en perd le souffle. J'ai envie de l'écarteler, de pouvoir la contempler. Je la sens déjà. Elle est excitée. Je le sens contre mes doigts qui se trempent entre ses cuisses, face à l'humidité qui s'y trouve. Je glisse lentement mes doigts jusqu'à son clitoris enflé et trace un petit cercle en fermant les yeux un moment, et en imaginant que c'est ma langue qui se trouve sur elle, pour la goûter, et pour encercler son petit noyau de chair.

— S'il te plaît, ne fais pas ça, gémit-elle.

J'ouvre les yeux.

— Je t'en supplie.

J'aperçois ses pupilles dilatées. Elle se lèche les lèvres. Je bouge à nouveau mes doigts.

— Je t'ai achetée, ce soir-là, dis-je sans la regarder. J'ai acheté ceci. Tout est arrivé à cause de ça.

— Zach ?

C'est comme si j'étais de retour là-bas et qu'elle était présente sur cette scène de fortune, alors que je venais de lancer une offre doublant la plus haute. Je savais que j'avais merdé, mais dès cette seconde, une partie de moi avait envie de découvrir ce que je venais d'acquérir.

— Ça m'appartient, dis-je encore en frottant son clitoris et en déplaçant mes yeux vers les siens.

— S'il te plaît, non.

Je l'étudie. Elle sanglote, mais elle ne lutte pas. Elle sait que c'est inutile.

— Je te voulais ce soir-là. Je désirais ceci.

Mon toucher se transforme en petit pincement. Elle soupire.

— Mes hommes sont morts parce que je te désirais.

Elle secoue la tête en disant :

— Ce n'était pas ta faute.

— Alors à qui la faute ?

— Ce n'est pas toi, Zach. Tu ne peux pas faire ça.

— Bien sûr que je le peux.

— Tu ne le feras pas.

Nos regards se verrouillent l'un à l'autre. Et je ne sais pas ce que je fais. Ce à quoi je pense. Je sais seulement ce que j'ai dit, que je peux le faire. C'est plus vrai que je ne désire l'admettre. Je retire ma main et me relève.

— Tu ne me connais pas, Eve. Tu ne sais pas ce que je suis devenu.

Je me retourne et, sans un regard en arrière, je quitte sa

chambre et sors de la maison. Je marche pendant des heures, en ne pensant qu'à elle. À elle cette nuit-là. À elle maintenant. À elle presque entièrement nue.

À son frère qui l'a déshabillée à ce moment-là, et à moi qui viens de le faire maintenant. Je peux encore sentir ce qu'elle ressentait. Putain, je peux encore la sentir. C'est presque palpable. Je suis pratiquement certain de pouvoir goûter à sa saveur en glissant mes doigts dans ma bouche.

J'empoigne mes cheveux et tire dessus.

Qui suis-je ? Quel genre de monstre suis-je devenu ? Jusqu'où serais-je allé ce soir ?

Je me trouve encore devant chez elle. C'est calme. Je la désire. Putain, je la veux. Je souhaite être en elle. C'est comme si c'était devenu une obsession. Je devrais arrêter de boire. Je devrais réussir à obtenir ce dont j'ai besoin d'elle et passer à autre chose rapidement parce que tout ça... elle... être si près d'elle... ça n'apporte que de la confusion. Ce qui me paraissait clair en arrivant ici s'est paré de confusion. J'ai une mission. Je dois me souvenir de cette mission. Je dois obtenir la vérité, trouver qui nous a trahis, et les tuer. Ce qui se passera après, ça n'a aucune importance, parce que je sais que ça va être énorme. Et je sais que je ne tromperai pas la mort deux fois de suite. Quelqu'un désirait ma mort cette nuit-là. Quelqu'un désirait anéantir mon équipe.

C'est une mission suicide, j'en ai bien conscience, mais je dois la terminer.

Mon dos me brûle. C'est comme si chaque nom tracé dessus me rappelait ma mission. Me rappelait ma vie d'avant. Ce que je dois à chacun de mes hommes.

Je ne survivrai pas à tout ça. Je le sais. Je l'ai toujours su. C'est simplement la première fois que j'ose l'admettre.

Quelque chose me dérange. Ça me dérange depuis qu'elle m'a dit que son contact après cette nuit était américain. Pourquoi a-t-elle survécu ? Qui désirait la garder en vie ? Et pourquoi ?

J'inspire profondément et je remonte jusqu'à sa porte d'entrée. J'entre. Elle est allongée sur le côté et m'observe de près. Elle n'a pas l'air surprise ni même effrayée, et je suppose que je m'en retrouve soulagé.

Ses épaules doivent lui faire un mal de chien. Elle ne parle pas lorsque j'entre dans la chambre pour la détacher. Elle se contente de rester allongée là, ses yeux braqués sur moi, alors qu'elle se frotte les poignets. Je me déshabille pour n'être plus qu'en caleçon. Elle me regarde, je la regarde. Je ne sais pas à quoi elle s'attend, mais je ne suis pas un violeur. Je suis simplement crevé. Je m'allonge sur le lit, mon dos tourné dans sa direction.

— Je suis dans la merde, Eve.

Elle demeure silencieuse pendant un long moment. Elle ne bouge pas. Elle ne s'écarte pas. Elle est si proche. Je sens la chaleur qui émane de son corps, et le souvenir de sa nudité me hante. Je contemple le mur, la fenêtre. Je suis presque surpris lorsque je sens le bout de ses doigts effleurer mon dos. C'est lorsqu'elle commence à tracer les noms qui s'y trouvent que je ferme les yeux. Je me demande si je pourrais aller mieux si j'avais la capacité de pleurer. Si ce serait plus facile. J'en suis incapable. Il n'y a pas de place pour mes larmes. Tout ce que j'ai, c'est ma rage. Et elle obscurcit ma vision des choses.

— Je les connaissais tous, déclare-t-elle, sa voix presque aussi basse qu'un murmure.

— Je sais.

Je retiens mon souffle. Je crois qu'elle aussi. Lorsqu'elle a terminé de tracer tous les noms, elle effleure la peau bosselée se trouvant sur l'autre moitié de mon dos. Puis elle fait quelque chose qui me surprend vraiment. Elle l'embrasse, ma chair hideuse et cicatrisée. Je laisse échapper un souffle audible et brisé. Ses lèvres sont si douces. Si sacrément douces.

Je me retourne pour lui faire face, et quelque chose dans mon regard doit l'effrayer parce que ses yeux s'écarquillent et qu'il lui faut une minute pour se détendre.

— Je t'ai reconnu ce soir-là. Lorsque les enchères ont commencé.

Tous les hommes couvraient leurs visages, alors seuls nos regards étaient visibles dans la foule.

— C'étaient tes yeux. L'horreur que je voyais en eux.

Je m'en souviens. Et mon Dieu, je donnerais n'importe quoi pour oublier son regard.

— Armen s'est servi de moi pour te trouver dans la foule.

Elle se met à pleurer et s'assied. J'en fais de même, en l'étudiant de très près, mais elle ne me regarde pas. Pas encore. Elle est concentrée sur ses mains, nerveuses, comme la première fois que je l'ai aperçue dans cette salle d'interrogatoire. Il lui faut énormément de temps pour reprendre la parole, et sa voix me semble étrange lorsqu'elle y parvient :

— Le jour de la vente d'armes... de la vente aux enchères... Armen était différent. Il était très stressé. Anxieux. Cet après-midi-là, il est venu avec d'autres hommes. Il m'a traitée de pute.

Sa voix se brise.

— Il a dit que j'étais la pute des Américains. Et qu'il était temps de me punir. Il m'a assommée avec une sorte de drogue, et quand je me suis réveillée, j'étais dans la salle des enchères.

Elle ne me regarde pas lorsqu'elle m'avoue cela, et je sens la rage monter en moi. C'est bien. C'est ce dont j'ai besoin. Ma colère. Ma fureur. J'en ai besoin pour anéantir mes ennemis.

— Regarde-moi.

Elle secoue la tête. J'effleure son menton, force son visage à se tourner vers le mien. Elle a du mal à ne pas sangloter, je le vois bien.

— Tu vois, tu avais raison à propos de quelque chose, réplique-t-elle, des larmes coulant sur ses joues et tombant sur mon bras. C'était ma faute. Sans moi, tous tes hommes seraient encore en vie.

J'ai envie de lui dire qu'elle se trompe. Que ce n'est pas sa faute, mais la mienne, toutefois je dois me rappeler qu'elle pourrait mentir pour sauver sa peau. Elle peut essayer de me faire croire qu'elle est désolée. Elle peut me forcer à lui faire confiance pour pouvoir s'enfuir.

À cette simple pensée, ma main glisse de son menton pour se verrouiller autour de sa gorge. Ses yeux s'écarquillent lorsque je la pousse vers l'arrière contre la tête de lit. Son cou est plié à un angle étrange, je sais que cela lui fait mal, pourtant je me mets à genoux et je la chevauche sans rien y changer.

Je dois me rappeler la raison de ma venue ici.

Elle est une faiblesse. Je dois mettre une camisole sur le chaos qu'elle peut semer dans ma tête. Et la seule façon de le faire, c'est de la voir, de tout savoir d'elle. Et pas seulement ce que je veux être vrai.

— As-tu participé à l'élaboration de toute cette horreur ?

Je me rends compte que ses mains griffent mon avant-bras. Ses ongles ont lacéré ma peau, je ne sens rien. Il s'agit de mon bras endommagé. Je desserre un peu ma prise.

— Est-ce que tu le savais depuis le début ?

Je lui pose cette question, avec une voix si basse et si rauque qu'elle en frissonne. Elle secoue la tête. Ou essaie de le faire.

— Parce que tu sais ce que je ne parviens pas à comprendre, Eve ?

Elle tente vraiment fortement de s'éloigner de mon bras. Son visage est rougi, il en va de même pour ses yeux. Je suis en train de la serrer trop brutalement.

— Mais comment as-tu pu survivre à cette nuit-là ?

Je trouve la réponse à l'instant même où je pose la question : parce que c'était un piège. Elle sera ma chute. Pas une fois, mais deux.

Je la contemple fixement, alors que cette réalisation m'apparaît. Je retire mes mains, la libérant avant de descendre du lit et de m'emparer de mon jean. Je dois sortir d'ici, de cette pièce. Je ne peux pas être si proche d'elle. Pas maintenant.

Au niveau de la porte, je me tourne pour la trouver agenouillée au milieu de son lit, à se frotter le cou tout en m'observant. Lorsque je parle, je ne reconnais pas ma propre voix :

— Je ne comprends pas quel est ton rôle dans tout ça. Je ne sais pas si tu mens ou si tu étais un pion. Tout ce que je sais, c'est que tu es en vie, et que tout le monde est mort. Tu ne peux pas posséder de passe-droits comme celui-ci, pas avec des gens comme Malik le Boucher. Pas face à une opération militaire américaine secrète. Et jusqu'à ce que je découvre le pot aux roses, tu es à moi. Tu feras ce

que je te dis, et si, au bout du compte, je découvre que tu es innocente, tu seras libre de partir.

Je fais un pas dans sa direction. Elle s'aplatit contre la tête de lit.

— Mais si je découvre que tu es une putain de menteuse, je te
tuerai. Je te tuerai de mes propres mains, putain.

J'aperçois alors le pistolet et les munitions. Je les glisse dans
mon sac de voyage et je m'en vais. Je n'ai pas besoin de la prévenir
de ne rien tenter de stupide. Elle le fera, à un moment ou à un
autre. Et je l'arrêterai. Et si j'en ai besoin, je la punirai.

13

EVE

Je me réveille face aux lumières du soleil traversant la fenêtre de ma chambre. Je transpire, parce que les fenêtres ont été fermées toute la nuit. Mais ce n'est pas seulement à cause de ça. Je suis étonnée d'avoir pu dormir après ce qui s'est passé, et même après tout ça, tout ce à quoi je pense c'est qu'il m'a menottée au lit. Qu'il était sur moi. Qu'il m'a embrassée. Qu'il m'a touchée.

Je ferme les yeux parce que j'ai conscience que je devrais ressentir de la haine. De la colère. De la peur face à ces dernières paroles. Cependant, tout ce que je peux faire, c'est me souvenir de son toucher. Comme il a été doux, du moins au début. Avant que ses souvenirs ne s'emparent de lui. Qu'il ne se rappelle la raison de sa présence ici.

C'est la partie avant à laquelle mon esprit continue de penser.

La porte de la chambre est ouverte. Il n'a pas dormi dans le lit avec moi. Je ne sais pas ce qu'il a fait après être sorti d'ici. Tout ce que je sais, c'est que son comportement ne fait que confirmer une chose : il est en mission suicide. Et cette chose, son besoin de vengeance, lui appartient corps et âme.

Je quitte mon lit. Ma robe tombe sur mes genoux et me rappelle que je suis entièrement nue en dessous. Qu'il m'a pris ma culotte.

Pieds nus, je glisse silencieusement dans le couloir, mais il n'est pas ici. Pas dans le salon, pas dans la cuisine ni dans la salle de bains. Je jette un coup d'œil par les fenêtres et je n'aperçois pas son camion, mais je ne suis pas sûre pour autant que cela signifie quelque chose. Mon portable sonne et je réalise qu'il l'a laissé sur la table de la cuisine. Je cours le chercher. C'est Devon.

— Bonjour.

Je n'ai pas communiqué avec lui depuis hier.

— Eve, salut. Je suis heureux de t'entendre. J'ai essayé de t'appeler hier soir. Je t'ai laissé plusieurs messages.

— Je suis désolée, je...

Je me passe une main dans les cheveux.

— J'ai eu une longue journée avec Michael.

— Une journée productive, semble-t-il. Il te retrouve à midi pour revoir la maison McKinney ?

Quoi ?

— Tu penses qu'il va faire une offre ? me demande Devon avant que je ne puisse me faire à l'idée.

— Je ne suis pas au courant.

Zach a communiqué avec mon patron ?

— Je te le dirai dès que je saurai.

— Écoute, le trajet est plus court par chez toi, alors je me dis que tu peux y aller directement plutôt que de passer par le bureau en premier.

— Devon, quand est-ce que tu lui as parlé ?

— À Michael ?

— Oui.

— Ce matin. Il est arrivé ici quelques minutes après moi. Il semble emballé par la propriété et était très positif à ton sujet.

Je ne sais pas trop quoi en penser.

— Quoi qu'il en soit, je vais te laisser y aller. Je voulais simplement te dire que tu fais du bon travail et que si tu as besoin de quoi que ce soit, je suis là.

— Merci. À cet après-midi, je suppose.

— Tu as reçu un colis en passant. J'ai signé pour le recevoir. Rappelle-moi de te le remettre à ton arrivée.

— Un colis ?

— Il est sur mon bureau, mais tu connais ma mémoire.

— Je te le rappellerai.

— Bonne chance pour aujourd'hui.

— Merci.

Il met fin à l'appel. Je m'affale sur ma chaise de cuisine. Je ne sais pas ce qui se passe. Zach veut que je retourne à la propriété McKinney ? Pourquoi ? Il peut aller et venir ici comme il le désire, c'est évident. Alors pourquoi me forcer à le retrouver là-bas ?

Mon téléphone m'annonce l'arrivée d'un message. Je le regarde. Il provient d'un numéro que je ne reconnais pas. Je déverrouille mon portable pour pouvoir le lire.

Ne me fais pas attendre et ne fais rien de stupide.

C'est lui.

Il a organisé cela pour que je le retrouve dans cette maison. Est-ce parce que cette dernière est si éloignée ? Qu'a-t-il l'intention de me faire ?

Je me lève et retourne dans ma chambre. Il ne me fera pas de mal. Pas encore. S'il l'avait voulu, il l'aurait fait hier soir. Il n'aurait pas dit à mon patron qu'il serait avec moi aujourd'hui s'il avait eu l'intention de me faire du mal. Il veut s'assurer que je vienne.

En choisissant une tenue, je m'habille rapidement, je fais un chignon dans mes cheveux, je passe du mascara et du gloss, et je quitte la maison. Je ne vais pas tenter de fuir. Je ne peux pas. Il possède toujours mon passeport. Et d'ailleurs, je ne veux pas m'enfuir. Je suis aussi impliquée que lui, que ça me plaise ou non. Quelque chose se trame, c'est presque comme si quelqu'un s'attendait à ce qu'il soit en vie. Je savais. Parce que n'avais-je pas posé la même question qu'hier soir ?

Pourquoi ai-je survécu à ce massacre alors que personne d'autre ne l'avait fait ? Pourquoi suis-je en vie ?

Je conduis durant les trente minutes qui me ramènent à la propriété McKinney et me gare derrière son camion dans l'allée. Il connaît le code d'entrée donc il est déjà dans la maison. Mon cœur s'emballe tandis que je grimpe les marches du porche, je ne me donne pas la peine de frapper. Au lieu de cela, j'entre à l'intérieur. En passant devant la cuisine, j'aperçois deux bouteilles de bière vides et un sac de nourriture à emporter. Je réalise que c'est là qu'il est venu après avoir quitté ma maison.

— Zach ?

Il ne répond pas. Je vais dans la salle à manger et je me fige sur place. Tout ce que je peux faire, c'est observer les murs, les photos qu'il a épinglées sur ces derniers. Il y a deux hommes, et il a dessiné un « ? » sur l'un des deux. À côté, il y a plusieurs photos de mon frère, Armen. J'avance dans sa direction, la chair de poule recouvre mes bras, et la tristesse s'abat sur moi. Il y a des photos de lui datant d'avant qu'il ne commence à travailler avec Malik, mais seulement quelques-unes, et puis il y a celles après. Je suis choquée d'apercevoir autant de différences dans son apparence. Est-ce que j'en avais eu conscience à l'époque ? Ou peut-être que je n'avais rien remarqué parce que nous vivions ensemble dans notre maison familiale, et que nous nous voyions presque tous les jours.

Il y a également mes autres frères. Cela ressemble presque à des photos d'identité. Je les effleure du bout des doigts. Rafi et Seth. Plus jeunes qu'Armen, mais plus vieux que moi. Je n'ai aucune photo d'eux. Cela fait des années que je ne les ai pas vus, et ils me manquent terriblement. Si je savais ce qui leur était arrivé, même si cela voulait dire découvrir qu'ils sont morts, est-ce que ce serait plus facile ?

— Te rapprocher n'aidera pas.

Je sursaute et pivote sur moi-même pour trouver Zach en train de me regarder. C'est comme s'il pouvait lire dans mes pensées. Il porte un pantalon habillé et une chemise boutonnée avec les manches retroussées. J'observe ses mains et je me souviens qu'elles m'ont touchée. Qu'elles m'ont étranglée. Je ne peux pas m'arrêter d'y penser.

— Tu ne peux pas rester ici, dis-je en me forçant à le regarder. Ce n'est pas un hôtel.

Il hausse les épaules. Il me regarde un coup avant d'entrer.

— Tu préfères que je reste chez toi ?

— Ce n'est pas ce que je voulais dire.

Il s'avance directement vers les six images accrochées au mur du fond. Je le regarde s'arrêter devant chacune d'entre elles. Je me demande ce que je verrais si j'étais en mesure de regarder son visage à cet instant.

— Tu ne peux pas non plus appeler Devon et lui donner l'impression que tu vas acheter cet endroit simplement pour me faire venir ici.

Il se tourne vers moi.

— Tu penses que je dois faire ça pour te forcer à venir ici ?

Mon cœur bat la chamade dans ma poitrine. Je refuse de lui montrer ma peur. Il s'avance vers moi, et il me faut prendre sur moi pour ne pas faire deux pas en arrière. Lorsqu'il tend la main pour me toucher, je tressaille. Le côté de sa bouche se dresse alors qu'il glisse une mèche de cheveux derrière mon oreille.

— Si je veux que tu sois quelque part, tu y seras.

Sa voix est si rauque, si basse, qu'elle fait naître des frissons à travers tout mon corps. Son regard se pose sur ma bouche. Et je me surprends à me lécher les lèvres. Mon corps me trahit. Il pense le vouloir. Il désire être proche de lui.

Je baisse la tête en reculant.

— Qu'est-ce que c'est ?

Je demande cela tout en avançant vers le mur du fond.

— Un autre cimetière ?

Dès que les mots sortent de ma bouche, je les regrette. Zach m'épingle contre le mur, me piège avec son corps, plaquant ses mains de chaque côté de ma tête.

— Je suis désolée, dis-je rapidement. Je n'ai pas...

Le temps se suspend entre nous. Je ne sais pas ce qu'il va faire, comment il va réagir, mais lorsqu'il abat sa bouche contre la mienne, tout ce à quoi je peux penser, c'est lui, sa dureté, le contraste entre elle et la douceur de ses lèvres, alors même qu'il m'impose ce baiser sans me demander ma permission. Mes mains se posent contre son torse, et je ne sais pas si c'est pour le repousser, ou pour m'accrocher à lui. Quand bien même mon cerveau me hurlerait de m'éloigner de lui.

Lorsqu'il rompt le baiser, il prend ma mâchoire entre ses mains et détourne mon visage, juste un peu. Il pose son front contre le mur et inspire fortement contre mon oreille.

— Je ne comprends pas pourquoi chaque putain de fois que je te vois, chaque fois que je suis près de toi, tout ce à quoi je peux penser c'est ça.

Lorsqu'il me libère, je reste comme je suis. Il frotte sa mâchoire contre ma joue. Je ne bouge pas. Je me tiens complètement, complètement immobile, mon cœur battant la chamade, chacun de mes souffles l'attirant. Et je ne sais pas ce que je devrais faire, ce que je suis censée faire, et ce que je veux vraiment faire.

Je peux m'enfuir. Je peux tenter de m'enfuir, maintenant. De glisser sous son bras. Je ne pense pas qu'il m'arrêtera. Cependant, je n'en ai pas envie.

Il bouge légèrement pour que l'on se retrouve face à face. Sa tête est baissée et nos fronts se touchent presque. Sans rompre le contact visuel, il prend ma main et la pose sur son torse. Sur son cœur. Sa peau est chaude à travers la fine barrière de sa chemise, et je sens son cœur battre frénétiquement. Il ne cligne pas des yeux lorsqu'il glisse ma main vers le bas, sur les muscles de son ventre, jusqu'à l'épaisseur de son sexe.

Je déglutis. Je ne recule pas. Il frotte son érection avec ma main. Tout ce que je ressens, c'est du besoin.

Et la chaleur qui se répand entre mes jambes.

— Enlève-la, déclare-t-il en libérant ma main, en la posant à côté de ma tête.

Il m'observe en train de défaire sa ceinture, les doigts tremblants. Je repousse son pantalon vers le bas et je peux sentir son sexe à travers son caleçon en coton. Je baisse le regard. J'ai envie de le voir. De le voir nu. De le toucher. De tenir son sexe entre mes mains.

En déglutissant, je lève mon regard vers lui. Il hoche la tête.

Je glisse une main à l'intérieur et il retient son souffle lorsque je le prends entre mes doigts, en glissant son caleçon et son pantalon vers le bas. Il passe ses doigts dans mes cheveux et me pousse à genoux. Je m'exécute et sa queue arrive au niveau de mon visage, effleurant ma joue, mes lèvres. J'en lèche le gland, l'humidité qui s'y trouve, et sa main forme un poing quand il oriente mon visage vers le haut. En plongeant mon regard dans le sien, j'ouvre la bouche et je le prends. Je le regarde, je vois ses yeux se fermer lorsqu'il se mord la lèvre et qu'il agrippe mes cheveux entre ses doigts. Il me fait mal, mais je m'en fiche.

Je veux ceci. Je le veux.

Je le désire.

Lorsqu'il rouvre les paupières, ses pupilles sont dilatées et apparaissent presque noires. En me tenant, il s'enfonce entre mes lèvres, entre et sort lentement, et je l'entends soupirer. C'est un gémissement de plaisir alors que je le prends en moi, que je le goûte, que je perçois sa douceur salée et que j'inhale son parfum.

Et quand il bouge trop profondément, trop rapidement, il me coupe le souffle, et ma panique me fait poser mes mains contre ses cuisses épaisses. Il recule légèrement, mais s'agrippe toujours à mes cheveux, et sa queue est toujours entre mes lèvres.

— Ne t'inquiète pas, grogne-t-il. Je ne te ferai pas de mal.

Je n'ai jamais fait ça. Je n'ai jamais vu un homme comme ça.

— Juste un peu plus.

Il bouge à nouveau. Il entre et sort, plus profond, plus fort. Plus profond encore, et tout ce que je peux faire, c'est le prendre. J'ai envie de l'avoir entre mes lèvres. Ma vision se pare de larmes. Il gémit et je lève les yeux pour pouvoir le regarder.

— Je vais jouir dans ta gorge, dit-il en accélérant le mouvement.

Je laisse échapper un bruit. Je ne sais pas pourquoi, je ne sais pas si c'est dû à la panique ou à mon excitation.

— Chut. Détends-toi. Tu n'as qu'à avaler.

Il pousse plus fort, plus vite, et je ne sais pas combien de temps je pourrai supporter ça. Et juste à ce moment précis, son emprise sur mes cheveux se resserre. Il s'enfonce profondément en moi et je sens les premiers jets de son sperme. Je les sens frapper le fond de ma gorge, glisser vers le bas. Je le sens frissonner, je l'entends gémir et me maintenir immobile alors qu'il se déverse en moi. J'ai l'impression que je ne peux plus le supporter, je suis tellement pleine, trop pleine. Il s'arrache ensuite à mes cheveux et sort de ma bouche. Quand j'ouvre les yeux, il m'observe, il s'accroupit, pratiquement au niveau de mes yeux.

Ma bouche est fermée. Son sperme se trouve à l'intérieur. Il se penche plus près, et m'essuie le coin des lèvres.

— Avale, dit-il.

Il glisse sa main entre mes jambes, et écarte les replis de ma culotte pour pouvoir effleurer mon clitoris.

— Avale mon sperme, Eve.

Il ne me libère pas de son regard jusqu'à ce que j'obéisse. Puis il acquiesce.

— Tu es humide.

Il torture mon clitoris, ses yeux toujours ancrés aux miens. Avec son pouce plaqué contre mon bouton de chair, il presse un doigt en moi et je soupire. Il sourit, puis pose sa bouche sur la mienne et m'embrasse intensément.

— J'aime sentir mon goût sur toi, marmonne-t-il contre mes lèvres.

Quand je soupire une fois encore, il recule pour pouvoir m'observer. Il enfonce un deuxième doigt en moi. Je ressens un moment d'inconfort, puis à nouveau du plaisir. Lorsqu'il pousse plus profondément, je laisse échapper un gémissement. Il s'immobilise. Son regard s'assombrit. Il teste à nouveau. La barrière ne cède pas. Il retire ses doigts, et se concentre sur mon clitoris. Lorsqu'il me touche, c'est comme si je ne pouvais plus réfléchir. Que je ne pouvais plus parler. Que je ne pouvais plus rien faire d'autre que ressentir.

— Regarde-moi, m'ordonne-t-il. Je veux voir tes yeux quand tu jouiras.

Je suis déjà si proche, tout ce que je peux faire c'est m'agripper à ses épaules. Il aime ça. Il aime me rendre comme ça. Je peux le voir sur son visage.

— Allez, *habibi.*

Oui.

Oui, malgré l'utilisation de ce surnom, et le sourire sarcastique présent sur son visage. Je jouis intensément, si brusquement que je retombe contre son torse avec un gémissement, et que mes ongles s'enfoncent dans ses bras. Ma respiration est erratique, mon corps trop chaud, trop transpirant. Et lorsque c'est terminé, lorsque la vague reflue, il retire sa main et contemple mon visage en étalant ses doigts le long de ma cuisse.

Il se redresse. Je suis toujours à genoux. Quand je le regarde, il en fait de même. Il remonte son caleçon et son pantalon, puis boucle sa ceinture.

— Toujours vierge, commente-t-il.

Je sens mon visage rougir.

— C'était aussi la première fois que tu suçais une queue, pas vrai ?

Est-ce qu'il se moque de moi ? Je ne saurais pas dire, mais j'ai honte.

Je me sens humiliée.

Pourtant, lorsqu'il pose ses doigts au niveau de son nez, ces mêmes doigts qui étaient en moi, avant de les lécher, je me sens vaincue.

— Va te nettoyer. Nous avons du travail, dit-il en sortant de la pièce.

14

ZACH

J'écoute Eve grimper les escaliers, je suppose, pour se rendre dans la salle de bains. Je suis un connard. Je le sais. Mais je n'aime pas ce qu'elle me fait. Je n'aime pas ce qui m'arrive quand je suis avec elle. Comme cette chose qui vient de se produire. Je ne peux même pas y penser. Lorsqu'elle a fait ce commentaire sur le cimetière, je me suis mis en colère. Et elle était là... si proche... piégée. Piégée entre le mur et moi. Petite et effrayée. Entièrement à ma merci.

Et tout ce que je pouvais faire c'était la toucher. L'embrasser.

Tu l'embrasses pour la faire taire ?

Non. C'est un mensonge. Je l'ai embrassée parce que je le désirais.

Je secoue la tête et ramasse un dossier. J'ai passé toute la matinée dans une putain d'imprimerie pour imprimer des conneries. J'ai affiché toutes ces photos sur le mur en face de celles de mes hommes.

Le médecin qui m'a sauvé, Anthony Hassan, était un chic type. C'est un bon gars. Son fils – je l'appelais Ace, n'ayant jamais su son vrai prénom –, représente mon lien avec le Moyen-Orient. Si j'ai besoin de quoi que ce soit, il sait où m'obtenir la réponse. Ils ont risqué leur vie pour moi et même si je sais qu'en contactant Ace, je romps ma promesse faite à Anthony, j'ai besoin de son aide. Je saurai d'ailleurs dans quelques minutes si Ace a trouvé quelque chose.

Je l'entends entrer dans la pièce même si elle essaie de ne pas faire de bruit. Je me tourne vers elle. Elle rougit et ne peut pas soutenir mon regard. Tout ce à quoi je peux penser c'est la manière qu'elle a eu de me regarder lorsqu'elle était à genoux devant moi. Quand elle me suçait la queue. Sa petite langue vierge si humide, sa bouche si chaude. Je ne dois pas y penser. Pas maintenant. Je ne serai pas capable de faire ce que je suis venu faire si j'emprunte cette voie, et j'ai déjà suffisamment merdé aujourd'hui. Parce que d'une certaine façon, elle a raison. C'est un cimetière. Et ce que je viens de faire le prouve.

— Qu'est-ce que c'est ? me demande-t-elle en avançant vers les nouvelles photos que je viens d'afficher.

Trois sont du même homme sous divers déguisements. Les autres sont différentes. Je veux savoir si elle reconnaît quelqu'un en particulier. J'espère que oui, parce que ce serait ma première piste.

— Est-ce que c'est l'un de ces hommes qui t'a donné ton passeport ?

Elle secoue la tête. Cependant, je la vois marquer un temps d'arrêt devant chacune des trois images de la même personne.

— Assieds-toi.

Elle obéit.

— Dis-moi ce qui s'est passé le dernier jour.

Elle m'étudie pendant quelques minutes, et son regard se pare de tristesse.

— Mon frère est rentré à la maison ce matin-là, comme d'habitude, mais il était très irritable. À cause de moi. Et peut-être que j'étais anxieuse, compte tenu de la situation. Il est allé dormir dans sa chambre. Il le faisait toujours après avoir passé la nuit avec Malik. Il rentrait toujours fatigué.

Elle fronce les sourcils et détourne le regard comme si elle pouvait revoir la scène.

— Reste avec moi, Eve.

Elle sursaute et plonge ses yeux dans les miens.

— Cet après-midi-là, il m'a demandé pourquoi j'étais nerveuse. Il m'a dit qu'il allait s'occuper de tout. Lorsque je suis allée préparer le dîner, des hommes sont entrés. Ce n'était pas si inhabituel pour ses amis de venir manger avec nous, mais c'était... ils étaient différents. Je ne les connaissais pas. Et ils portaient des armes dans la maison. Devant moi. Armen ne l'autorisait jamais habituellement. C'est à ce moment-là qu'il m'a dit de m'asseoir. Quand il...

Elle baisse la tête.

— Quand il t'a traitée de pute ?

Je vois que ce mot la dérange, et je ne sais même pas pourquoi je l'utilise.

— Je t'ai déjà raconté ça.

— Redis-le-moi.

— Il a dit qu'il était temps pour moi d'être punie. Il m'a injecté quelque chose qui m'a assommée, et quand je me suis réveillée, j'étais à cet endroit. Là où avait lieu la vente aux enchères. Mes poignets étaient attachés. J'étais bâillonnée, mais je pouvais tout entendre. Il a fallu un certain temps avant qu'Armen n'arrive, et il n'est même pas venu me voir immédiatement. Il parlait à l'extérieur de la pièce où j'étais détenue. Je me souviens qu'il parlait en anglais. Je ne comprenais pas pourquoi.

— En anglais ?

Elle hoche la tête.

— Puis la porte s'est ouverte et il m'a traînée au-dehors. Je me souviens encore de ses yeux. Des cernes présents dessous. Son regard m'a fait comprendre en une seule seconde qu'il ne désirait pas faire ce qu'il s'apprêtait à faire.

— Te placer sur l'estrade pour te vendre ?

— Oui. Le reste, tu le connais.

— Parle-moi de quand tu t'es évanouie.

Elle secoue la tête.

— Il n'y a pas grand-chose à dire. J'ai entendu l'explosion et j'ai eu tellement mal à la tête que j'ai cru que j'avais été touchée par un projectile, peut-être par un éclat d'obus. C'est tout ce dont je me souviens. Après ça, je me suis réveillée dans cette pièce, avec cet homme étrange qui m'attendait.

— Celui qui t'a donné ton passeport.

Elle hoche la tête.

— Il n'a jamais mentionné son nom ?

Elle secoue la tête.

— Tu n'as pas ressenti le besoin de le lui demander ?

— J'ai posé la question. Il m'a dit qu'il était là au nom de l'armée américaine. C'est tout ce qu'il m'a dit. Tu dois comprendre, j'étais confuse. En état de choc. Il m'a montré des photos de l'endroit après l'explosion. J'ai vu des corps, Zach...

Je ferme les yeux et me couvre le visage.

— Des parties de tant de corps différents. Personne n'aurait pu survivre à ça.

— Pourtant, toi et moi l'avons fait. Je te l'ai déjà dit.

— Tu ne sais pas dans quel état j'étais. J'avais tout perdu. Et c'était ma faute.

Nous avons ça en commun.

Le silence s'étend entre nous. Je l'observe. Elle revit tout à nouveau. Je connais le regard de quelqu'un qui se perd dans sa mémoire. Dans sa culpabilité.

Lentement, elle croise mon regard, puis pose ses yeux sur la photo de l'homme que j'espère qu'elle reconnaîtra. Lorsqu'elle se lève, je ne l'en empêche pas. Elle se déplace pour se tenir devant la photo. À nouveau.

— C'est lui.

Elle effleure sa barbe du bout des doigts.

— Il ne ressemblait pas à ça quand je l'ai rencontré. Il était rasé de près. Il portait un costume. Ses cheveux étaient plus clairs.

Sur la photo, il porte une barbe pleine. Elle se tourne vers moi.

— Il m'a dit que le passeport était en remerciement pour le rôle que j'avais joué, même si la mission avait échoué. Il a dit qu'il m'avait trouvée vivante et qu'il m'avait sauvée. Et que je devais quitter le pays parce que si Malik découvrait que j'avais survécu, il me ferait tuer. Je lui ai également posé des questions à ton sujet. Il a dit que tu leur avais coûté la mission.

Je ne peux pas m'attarder là-dessus. Je ne peux pas y penser. Je prends la photo et je l'observe. Ensuite, je sors mon portable et je fais défiler l'image que je n'ai pas imprimée. Je tiens mon téléphone pour lui montrer.

— Est-ce que c'est cet homme ?

Elle hoche la tête.

— Son nom est David Beos. Il était censé être mort depuis presque quatre ans.

— Quoi ?

— Une voiture piégée a explosé pendant son transfert dans une prison militaire. Le véhicule dans lequel il se trouvait a été touché. Les corps n'étaient pas identifiables.

— Qu'avait-il fait pour aller en prison ?

— C'était un informateur de Malik. Un traître.

Son visage devient blanc. Elle est en train de reconstituer le tout. Je n'ai simplement qu'une longueur d'avance sur elle.

— Malik m'a sauvé la vie ?

Je suis en train de l'étudier pour essayer de comprendre.

— C'est la seule chose à laquelle je peux penser. Ton passeport est un faux, Eve.

Je ne comprends pas.

— Il n'a pas été émis par le gouvernement des États-Unis. Ce que je veux savoir, c'est pourquoi Malik t'a sauvé la vie ? Quelle valeur pourrais-tu avoir à ses yeux ?

— Penses-tu… qu'Armen ait pu survivre ? Avoir conclu un accord ? Peut-être que Seth et Rafi…

Je secoue la tête. Il est fort probable qu'ils soient tous morts, et elle ne devrait pas trop espérer.

— Je ne sais pas. Ce que je sais en revanche, c'est que les associés de Malik durent rarement plus de deux ou trois mois. C'est le genre de type qui brûle les ponts.

— Que veux-tu dire ?

— Il couvre ses traces. Très bien. C'est comme ça qu'il a réussi à garder une longueur d'avance sur les États-Unis et sur ses autres ennemis qui le traquent depuis des années. Nous n'avons pas une seule photo de son visage. Pas une. Ce qui est inhabituel. Il y a toujours quelque chose, mais ce type est comme un putain de fantôme. Il disparaît juste quand on croit pouvoir l'avoir.

— Tu veux le trouver, n'est-ce pas ?

Sa question déclenche quelque chose en moi qui me titillait le cerveau depuis longtemps. Il y a quelque chose qui cloche dans toute cette histoire. Ça pue le piège. Pendant tout ce temps, j'ai pensé qu'elle en faisait partie, mais mon instinct me dit que non. Qu'elle est innocente. Et que peut-être je n'aurais pas dû essayer de la retrouver. Et que je n'aurais probablement pas besoin de le trouver, lui.

Qu'il m'a peut-être déjà trouvé.

Elle n'attend pas que je lui réponde :

— S'il pense que tu es mort, pourquoi ne pas laisser tomber ? Pour vivre ta vie.

— Je ne suis pas un lâche, et je sais combien je dois à tous ceux qui sont morts.

— Tu as survécu. Tu ne peux rien faire pour les hommes qui sont morts. Te venger ne les ramènera pas.

— Ne penses-tu pas que je le sais ? Les personnes responsables de leurs décès méritent de payer.

— Tu es en mission suicide.

Je ricane.

— Tu ne comprends toujours pas.

Je commence à ranger les photos que j'ai accrochées au mur.

— Qu'est-ce que je ne comprends pas ?

Je me tourne vers elle.

— Je devais te trouver. Il savait que je viendrais te chercher.

— Quoi ?

— C'est un piège, Eve. On t'a piégée. Et moi aussi. Encore une fois.

Elle secoue la tête en s'affalant sur la chaise. Elle fronce les sourcils, et je vois qu'elle essaie de comprendre ce que je viens de lui dire.

— Dépêche-toi. Nous devons partir. Tu dois partir !

— Où ? Pourquoi ?

Elle se relève en se frottant le visage.

— Je ne comprends pas.

Je pose les photos puis avance dans sa direction. Je la prends dans mes bras.

— Il s'attendait à ce que je te trouve. Que je prenne contact avec toi.

— Que veux-tu dire ?

— Tu étais l'appât. Malik savait en quelque sorte que j'avais survécu. Et je suppose qu'il savait également que je viendrais te chercher une fois que j'aurais compris que tu étais vivante toi aussi. Je le lui ai fait comprendre assez clairement lorsque j'ai enchéri pour toi. C'est la raison pour laquelle il t'a gardée en vie.

Elle avance lentement. La panique grandit dans ses yeux. Je serre mes mains autour de ses bras.

— Tu dois garder le contrôle. J'ai un contact, je vais t'obtenir un nouveau passeport. Un nouveau nom. Tu dois laisser Denver derrière, mais...

— De quoi est-ce que tu parles ?

Elle pose ses mains contre mon torse. Je la tiens fermement.

— Laisse-moi partir.

— Non.

— Ça n'a aucun sens, Zach. C'est complètement dingue !

Elle redresse ses épaules et me regarde.

— Tu es fou. Paranoïaque délirant.

Je renifle.

— J'aimerais tellement que tu aies raison.

— Laisse-moi partir. Je m'en vais.

— Oui, nous nous en allons. Tu vas rentrer chez toi et préparer tes bagages. Je vais t'installer...

— Tu ne m'entends pas ! Je m'en vais. Toute seule.

Elle perd son temps. Elle ne croit pas qu'elle est en danger, mais si ce que je pense est juste et qu'elle est venue à bout de son utilité, Malik n'hésitera pas à la faire disparaître.

— Je ne peux pas ajouter un nom de plus au cimetière sur mon dos, Eve. Et je n'y ajouterai très certainement pas le tien.

Elle arrête de se débattre. Elle s'immobilise complètement et me regarde. Je ne sais pas qui j'ai le plus surpris par mon aveu... elle ou moi.

— Est-ce que tu comprends maintenant ?!

— J'ai besoin de réfléchir. De comprendre.

Le problème, c'est que je ne suis pas certain que nous ayons le temps. Je dois la cacher avant de partir pour trouver Beos. Je sais qu'il est mon lien vers Malik.

— D'accord, accorde-toi cet après-midi. Retourne au travail. Je viendrai t'y chercher à la fin de ton service pour te ramener chez toi et récupérer tes affaires.

Ce qui me donnera également le temps de préparer une cachette pour elle. Elle hoche la tête.

— D'accord.

C'est trop facile. Elle accepte trop facilement. Je la relâche pourtant. Elle fait un pas en arrière et se frotte les bras.

— Tu ne devrais vraiment pas rester ici, dit-elle.

— Je ne peux pas rester avec toi.

Je me demande si elle comprend ce que je ne lui dis pas. Qu'hier soir, j'ai perdu contrôle. Qu'avec elle, je dois me montrer prudent.

Je ne peux pas perdre le contrôle lorsque je suis avec elle.

15

EVE

Mon esprit est rempli de tant d'informations alors que je conduis en direction de Denver en pilote automatique. Ce qu'il a dit, ça me rend confuse. Je me rends compte que si c'est vrai, s'il a raison, je suis en danger. Mais ça me donne aussi de l'espoir. Ça me fait penser que peut-être mon frère n'est pas mort. Peut-être qu'il a survécu lui aussi. Si Malik avait organisé l'explosion, pourquoi n'aurait-il pas sauvé la vie d'Armen ?

Armen lui était loyal.

Cependant, les paroles de Zach me reviennent : « Les associés de Malik durent rarement plus de deux mois. C'est un gars du genre à détruire des ponts. »

Peut-être a-t-il eu tort cette fois.

Je dois y retourner. S'il y a ne serait-ce qu'une infime chance pour que mon frère soit en vie, je dois le découvrir. Il est tout ce qu'il me reste. Même après ce qui s'est passé, il reste mon frère. Arrêtée au feu rouge, je cherche mon portable dans mon sac à main. Mon passeport se trouve juste à côté. Je l'ai pris quand Zach a quitté la pièce après m'avoir dit d'aller me nettoyer. Il était dans son sac de voyage. Il n'a pas réalisé sa disparition, mais je sais que c'est naïf de penser que ça n'arrivera pas très bientôt.

Zach pense qu'il peut me cacher pendant qu'il va s'en prendre à l'homme qui a détruit ma famille. Je sais que s'il le trouve, et que si Armen est avec lui et vivant, il ne le demeurera pas longtemps. Zach va le tuer. Je ne peux pas permettre qu'une telle chose se produise.

Je compose le numéro du bureau et je suis reconnaissante lorsque Miranda me dit que Devon a pris sa pause-déjeuner. Je lui demande de prendre un message pour moi et de lui faire savoir que quelque chose est arrivé, une urgence familiale, et que je serai partie pour quelques jours. Quand je raccroche, je tourne déjà dans ma rue. Je gare ma voiture et me dirige à l'intérieur pour chercher des vols en direction de Beyrouth et faire mes bagages. Le temps que Zach arrive au bureau à 17 heures, je serai partie depuis longtemps.

La première chose que je fais est d'allumer mon ordinateur portable pour vérifier la disponibilité sur les vols. Je devrais pouvoir en prendre un qui part à 23 h 45. Je sors ensuite une valise du placard et je commence à vider mes tiroirs, à les remplir autant que je le peux, parce que je ne sais pas combien de temps je serai partie. Je ne suis même pas certaine de revenir.

Pendant tout le temps où je prépare mes affaires, j'essaie vraiment de ne pas penser à ce qui s'est passé avec Zach. J'essaie en vain de ne pas me rappeler ce que ça fait de l'avoir embrassé. De l'avoir touché. De l'avoir goûté. De l'avoir senti me toucher.

Je me sens presque coupable face à ce que je suis en train de faire, et ensuite je me rappelle ce qui s'est passé par la suite. La manière dont il m'a humiliée. Rejetée.

Je dois me souvenir que pour lui, je suis un pion. Un moyen d'arriver à ses fins.

Il se fiche de moi.

Bon sang, d'où est-ce que ça vient ? Je ne m'attends pas à ce qu'il se soucie de moi. C'est ridicule. Il a besoin de moi. Voilà tout.

Ou du moins, c'était le cas. Je ne lui suis plus de la moindre utilité. Je lui ai communiqué des informations. J'ai nommé un homme. Il connaît désormais le prochain maillon de la chaîne qui finira par le pendre.

Je chasse cette pensée et envisage même de me doucher avant de quitter la maison, même si je sais que je devrais sortir d'ici au plus vite. Je ne peux pas croire qu'il se contentera de se rendre à mon bureau à 17 heures, comme il l'a dit. Qu'est-ce qui l'empêche de venir directement ici ? Je décide de me rendre à l'aéroport et d'y prendre une chambre d'hôtel en attendant l'heure de mon vol.

Une fois que j'ai terminé ma valise et que je me suis changée pour une tenue plus appropriée en vue de mon voyage, je jette un coup d'œil dans ma petite maison comme si c'était la dernière fois que je la voyais. Et peut-être que c'est le cas. Je ne peux pas y penser pour l'instant. Ça va me faire perdre tout le courage que je possède. Alors, je me tourne et je sors par la porte en traînant ma valise derrière moi et en tenant mon sac à main, qui contient mon ordinateur portable et mon passeport. Je range le tout dans le coffre et prends place derrière le volant, en m'accordant un moment supplémentaire pour jeter un coup d'œil autour de moi.

Je me demande si Zach a raison. Si je suis un piège. Si on me surveille.

Si je suis désormais utile s'il veut l'attirer, l'attaquer.

Avec un frisson, je mets en route la voiture et me dirige vers l'aéroport.

16

ZACH

J'aurais dû m'en douter.

Je me tiens dans l'accueil de l'agence immobilière pendant que la réceptionniste, dont la voix me tape sur les nerfs, ne cesse de parler. J'ai arrêté de l'écouter lorsqu'elle m'a dit qu'Eve avait appelé pour leur faire savoir qu'elle ne serait pas de retour au bureau avant quelques jours en raison d'une urgence familiale.

Une urgence familiale.

Bien sûr. J'aurais dû savoir qu'elle arrêterait de penser à autre chose au moment où elle penserait que peut-être, juste peut-être, son frère avait survécu à cette nuit-là.

Ce qu'elle ne voit pas, c'est que c'est lui qui l'a trahie.

— Elle a également reçu un colis, déclare la réceptionniste. Elle ne l'a jamais récupéré. Il a été apporté par un coursier.

— Donnez-le-moi. Je vais passer chez elle. Elle a des documents que j'ai oublié de signer.

— Elle n'est pas à la maison. J'ai reçu un appel pour approuver des frais de carte de crédit de l'entreprise il y a peu de temps. Elle est au Marriott à l'aéroport. Chambre 402. Devon m'a demandé de le lui apporter, mais cet aéroport est une vraie plaie.

Je peux très facilement deviner où elle veut en venir.

— Je vais la retrouver là-bas. C'est plus facile pour moi, puisque je quitte moi aussi la ville.

Elle me regarde comme si elle ne croyait pas à cette coïncidence.

— C'est peut-être urgent, vu qu'il a été livré par une entreprise spéciale. Je peux le lui apporter.

Elle regarde l'enveloppe. Elle n'est pas très grande, mais elle contient quelque chose pour Eve. Au vu du manque d'informations sur l'expéditeur, cela m'inquiète.

Je me penche vers le bureau et lui adresse mon plus beau sourire.

— Je n'ai vraiment aucune objection à le prendre, et je n'en parlerai pas à votre patron.

— D'accord, dit-elle. Je suppose que vous allez la voir de toute façon... merci.

Je le prends et je me retourne. Je ne me donne même pas la peine de dire au revoir avant de me rendre à mon camion. Une fois à l'intérieur, je déchire soigneusement l'enveloppe. Je ne sais pas à quoi je m'attends, peut-être une sorte de bombe sur le point d'exploser. Mais de la poudre blanche peut tuer également, et je connais pas mal de gens qui en utilisent.

Il n'y a pas de poudre dans cette enveloppe. Seulement deux choses. Un passeport libanais et un billet d'avion.

J'ouvre la première page du passeport. Le joli visage d'Eve Al-Amin me sourit. Je vérifie les dates d'émission et d'expiration. Elle possède ce passeport depuis avant que je la rencontre. Il expire dans trois mois. Le billet d'avion est pour ce soir, un aller simple pour Beyrouth.

Je lui donnerai son passeport. Mais elle ne prendra pas ce putain de vol.

La réceptionniste a raison sur une chose : la route vers l'aéroport international de Denver est une vraie plaie. Lorsque j'arrive au Marriott, je repère facilement sa voiture et je me gare à côté. J'en sors et me dirige vers l'intérieur, directement vers l'ascenseur et jusqu'à sa chambre. Je frappe à la porte et me déplace sur le côté, hors de portée du judas.

Quand la porte s'ouvre, j'aperçois le visage choqué d'Eve. Il lui faut un moment pour réagir. Pour essayer de claquer la porte. Mais avant qu'elle ne puisse le faire, je place le bout de ma chaussure dans l'entrebâillement et la repousse.

— Je t'ai dit que je viendrais te chercher.

Elle contourne le lit.

— Je vais hurler !

Je ferme la porte.

— Vas-y.

Je n'attends pas qu'elle bouge. Au lieu de cela, je bondis sur elle, et l'attrape alors qu'elle décroche le téléphone. Je la jette ensuite sur le lit. Elle y rebondit une fois, puis se met à quatre pattes, mais avant qu'elle ne puisse s'échapper, j'agrippe sa cheville et la traîne en arrière pour qu'elle soit à plat ventre. Je la retourne et je grimpe sur elle.

— J'ai l'impression que tu aimes bien être comme ça.

— Laisse-moi partir !

— Non.

Elle lutte sous moi, et je sais pertinemment que ce n'est pas le moment, mais je ne peux empêcher mon sexe de durcir. Je lève ses bras au-dessus de sa tête.

— Tu n'écoutes rien, putain !

La regarder comme ça, rougir, piégée sous moi, sentir les contours de son corps contre le mien, ça me donne faim. Mon regard se pose sur sa bouche, sur ses lèvres écartées, enflées...

Je l'embrasse. Je ne peux pas m'en empêcher. Elle est surprise et arrête de bouger pendant un moment, émet un son, et ensuite elle recommence, comme si elle réalisait qu'elle doit se battre. Me combattre.

— J'aime ta bouche.

Je transfère ses deux poignets dans une de mes mains et caresse son visage de mon pouce, avant de glisser mes doigts le long de la courbe de son corps puis entre nous pour saisir la fermeture de son jean.

— Qu'est-ce que tu fais ?

Je souris et défais un bouton, ma main glisse à l'intérieur, mes doigts sous sa culotte.

— Je te touche.

— Zach...

Mes doigts se rapprochent de son sexe et l'expression de son visage change, ses pupilles se dilatent. Elle se mord la lèvre en plaquant son bassin vers le haut, du moins durant un moment.

— Stop.

Elle crie.

— Tu es toute trempée.

Elle ne peut pas le nier. Les preuves se trouvent sur mes doigts.

— Arrête, tente-t-elle encore.

— Non.

Je la libère et glisse sur son corps en maintenant le contact visuel. Elle effectue une vaine tentative pour se libérer, mais je sais ce qu'elle veut. Je la traîne vers le bas pour que ses jambes pendent dans le vide.

— Arrête !

J'ouvre complètement son jean et le lui retire. Elle s'agite en essayant de me repousser, sans y mettre beaucoup d'enthousiasme. Je la retiens d'une main. Sa culotte est de travers, alors je la baisse à son tour. Elle ne porte désormais plus qu'un débardeur. Je prends mon temps pour la contempler, puis en posant mes mains sur chacune de ses cuisses, je lui écarte les jambes.

— Tu es toute trempée, Eve.

— Non.

Elle essaie de repousser mes mains, de fermer ses jambes. Je baisse la tête et inspire profondément avant de lécher longuement et lentement son sexe, son sexe luisant et humide, puis de prendre son clitoris entre mes lèvres pour le suçoter.

— Tu as un goût incroyable.

Ses mains glissent dans mes cheveux, ses doigts s'y entre-mêlent, et elle gémit en se pressant contre mon visage.

— Mon Dieu, arrête.

Elle est pratiquement sur moi.

— Tu n'as pas envie que j'arrête, déclaré-je en recommençant à la sucer.

Elle tire désormais sur mes cheveux, les serrant fortement. Elle se redresse sur un de ses coudes et m'observe, la respiration haletante. Et lorsque je glisse un doigt dans son sexe vierge, elle se laisse aller en serrant ses cuisses autour de mon cou. Ses ongles s'enfoncent dans mon crâne alors qu'elle gémit à nouveau, les paupières fermées, en jouissant glorieusement sur ma langue.

Après une éternité, ses jambes se desserrent et elle tombe en arrière en déglutissant, en clignant des paupières, son visage rougissant alors qu'elle refuse de me regarder. Je me lève et essuie le dos de ma main sur mes lèvres en l'observant. Elle se borne à détourner les yeux.

— Regarde-moi, Eve.

Elle secoue la tête.

— Regarde-moi.

Elle le fait. À contrecœur.

— J'aime te voir jouir.

Je sais qu'il lui faut prendre sur elle-même pour soutenir mon regard, son visage brûle d'embarras.

— Et il n'y a rien que je désirerais plus que de glisser ma queue dans ta petite chatte serrée.

Le choc s'imprime sur son visage. Je suppose que c'est dû à mon choix de mots. Ça me fait sourire. Je m'adapte. Je n'ai pas le temps d'accéder à ma propre libération, cela nous a déjà retardés. Nous devons partir d'ici.

— Malheureusement, nous n'avons pas le temps. Nous devons partir.

Je jette son jean et ses sous-vêtements dans sa direction avant d'aller me poster près de la fenêtre. J'écarte les rideaux pour regarder au-dehors. Je peux apercevoir mon camion et sa voiture, mais pas grand-chose d'autre dans le parking.

— Partir ?

Lorsque je me retourne, elle ferme son jean.

— Oui, partir.

— Je ne vais nulle part avec toi.

— Je sais ce que tu penses vouloir faire, mais tu ne peux pas retourner à Beyrouth. C'est hors de question.

— Ça n'a rien à voir avec toi.

— Où sont tes affaires ?

Elle s'immobilise. Le rouge lui monte à nouveau aux joues. J'ai envie de la faire rougir davantage. De la faire jouir encore et encore.

— Tu ne peux pas simplement entrer ici et... et...

— Te bouffer la chatte ?

Cela donne le résultat escompté : un silence gêné.

— Prends ton sac, allons-y.

— Non.

— Tu commences à m'énerver, Eve.

J'agrippe son bras pour la forcer à avancer.

— Allons-y, putain.

Elle tente de se libérer.

— Tu n'avais pas à venir ici. Je ne suis pas ton putain de problème.

— En fait, si, tu l'es. Comme je te l'ai dit plus tôt, je n'ai pas l'intention de me faire tatouer ton prénom dans le dos.

— Je ne compte pas mourir !

— Ce n'est pas l'impression que tu donnes !

Un coup retentit à la porte. Je l'attire contre mon torse et plaque une main sur sa bouche.

— Service d'étage, déclare un homme.

Je l'observe. Elle a les yeux écarquillés.

— Laisse-moi deviner, tu n'as pas commandé le service d'étage ? murmuré-je.

Elle secoue la tête. Je la relâche et je me redresse en posant un doigt sur mes lèvres.

— Allonge-toi sur le sol. Ne bouge pas et ne fais pas de bruit.

Elle m'obéit sans discuter. Je me rends vers la porte alors que le garçon d'étage frappe à nouveau. Je ne possède pas d'arme, mais au moins j'ai l'élément de surprise de mon côté. Je jette un coup d'œil à travers le petit judas pour apercevoir un homme vêtu d'un uniforme qui regarde dans le couloir. Le plateau qu'il tient est recouvert d'une serviette et une de ses mains se trouve en dessous.

J'ouvre la porte en l'utilisant comme bouclier entre nous. Il s'attend évidemment à tomber sur elle, et il lui faut un moment pour entrer dans la pièce. Dès qu'il le fait, je le plaque contre le mur en le tenant par l'arrière du cou. Un coup de feu se déclenche et même si l'arme possède un silencieux, ça fait suffisamment de bruit pour qu'Eve laisse échapper un cri. J'agrippe sa main avec le pistolet et la frappe contre le mur une, deux, trois fois, jusqu'à ce qu'il lâche. Après l'avoir repoussé, je l'agrippe et le frappe à la mâchoire.

C'est un grand garçon, mais je le suis d'autant plus. Et il est surpris par ma présence ici. Nous étions évidemment surveillés chez elle, et elle a été suivie jusqu'ici.

— Qui t'envoie ? lui demandé-je en le frappant à nouveau.

Il a du mal à se concentrer sur moi.

— Réponds-moi !

Il m'adresse un sourire. Une de ses dents s'est arrachée. Je décide de m'en prendre à quelques autres d'entre elles. Je ne réalise pas que je suis en train de le frapper à nouveau jusqu'à ce que je l'entende :

— Arrête. Zach, arrête. Ça suffit. Zach !

Elle tire sur mon bras, plaque son poids sur mon dos. Le gars se trouve sur le sol sous moi et il ne bouge pas. Sa tête repose à un angle bizarre.

— Zach ?

Je la regarde, puis je le regarde. Je vois alors mon poing ensanglanté. Ma chemise ensanglantée.

— Est-ce que ça va ?

Elle contemple le cadavre. Ce n'est pas la première fois qu'elle voit un homme mort.

— Tu...

Son visage se crispe. Elle se met à pleurer, de grosses larmes coulent sur ses joues.

Putain.

Je me redresse. Je n'ai pas conscience du bruit que j'ai fait. Je ne sais pas pendant combien de temps je l'ai tabassé comme ça. Tout ce à quoi je peux penser, c'est que nous devons partir d'ici. Tout de suite.

— Où sont tes affaires, Eve ?

Elle me regarde comme si je parlais chinois.

— Tes affaires. Où est-ce qu'elles sont ?

Elle n'arrête pas de me fixer. Je jette un coup d'œil autour de moi et devine qu'elles sont dans sa voiture.

— Reste là.

Je me rends dans la salle de bains pour me laver les mains et le visage, heureux d'avoir opté pour un T-shirt noir qui dissimule les traces de sang. Je me sèche les mains et me retourne pour traîner le cadavre jusque dans la pièce. Je ferme la porte. Son sac à main et son ordinateur sont posés sur le bureau. Je les ramasse et fourre l'arme du mort dans la ceinture de mon pantalon.

— Allons-y, lui dis-je.

Elle est toujours exactement là où je l'ai laissée. Son visage est blanc, ses yeux écarquillés. Ses cheveux sont en désordre.

— Nous devons y aller. Maintenant. Et tu dois essayer de prendre sur toi jusqu'à ce que nous soyons dans mon camion, compris ?

Son regard est perdu dans le vide. Je m'accroupis pour qu'elle puisse me voir.

— Eve ?

Rien. Je passe ma main devant son visage.

— Eve, regarde-moi.

Toujours rien. Elle est en état de choc. Je n'ai pas envie de faire ça, mais je la gifle une fois, deux fois. Elle cligne rapidement des yeux, me repousse, et croise finalement mon regard.

— Nous devons partir maintenant.

Elle hoche la tête en posant une main sur sa joue. Je ne l'ai pas frappée fort, pourtant sa peau rougit déjà.

— Je suis désolé.

J'ouvre la porte en m'assurant que le couloir est désert. Il l'est. En enroulant un bras autour de sa taille, je nous conduis vers les escaliers. Ils sont vides eux aussi. Je suppose qu'il est venu seul, s'attendant à trouver une seule cible désarmée et sans méfiance. Je ne veux pas penser à ce qui se serait passé si je n'étais pas intervenu.

Elle arrive à prendre sur elle lorsque nous traversons le hall.

Dehors, je la conduis vers mon camion avant de trouver ses clés et de déplacer ses affaires de sa voiture à la mienne. Je grimpe ensuite dans ma caisse et démarre.

— Non ! Non, qu'est-ce que tu fais ?!

Tout à coup, elle s'anime, essaie de s'agripper au volant.

— Nous devons partir d'ici.

— Je ne peux pas. Je dois...

— Je sais, prendre un vol de retour.

Elle se fige, m'observe, puis hoche la tête.

— Ce n'est pas sûr, pas pour toi.

— Comment ça, pas pour moi ?

— Tu ne peux pas revenir en arrière.

— Mon frère est peut-être vivant !

— Tu ne peux pas retourner là-bas, Eve.

— Pourquoi pas ?

— Parce qu'ils t'attendent, putain !

— Quoi ?

Je récupère son passeport dans ma poche. Le vrai. Elle le prend. Elle l'ouvre.

— Où est-ce que tu as eu ça ?

— Tu as reçu un colis au bureau.

— J'avais oublié ça. De qui ?

— Il n'y a pas l'adresse de l'expéditeur.

— Je ne comprends pas.

J'hésite. Finalement, je décide de lui faire part de mes soupçons :

— Ce n'est pas tout. Il y avait également un billet.

— Un billet ?

— Un aller simple pour Beyrouth.

— C'est mon frère.

— Non, c'est Malik.

— Je dois y aller, Zach.

Je réfléchis. Ça ne colle pas. Elle a peut-être raison. Pourquoi lui envoyer un billet de retour chez elle et envoyer quelqu'un pour la tuer ?

Ça n'a pas le moindre foutu sens, putain !

— Zach.

Mon prénom résonne comme un murmure. Sa main se pose sur mon bras et je me tourne pour la regarder.

— Je ne peux pas me cacher, pas s'il y a une chance pour que mes frères soient en vie. Je le leur dois.

17

EVE

Je contemple le ciel nocturne alors que nous volons vers Beyrouth. Je me demande si cela devrait me sembler familier. Je suppose que je suis trop loin à présent. Je ne me souviens pas de la dernière fois où j'ai volé dans la direction opposée. Ce jour-là est très flou. Cette année-là, également.

— Tiens. Ça t'aidera dormir.

Je lève les yeux. Zach s'installe sur le siège. Il est dans l'allée, tandis que je me retrouve coincée contre la fenêtre. Il me tend une tasse en plastique ainsi qu'une petite bouteille de whisky. Je prends les deux. Il ne s'en verse pas, il le boit directement dans la mignonnette et chaque fois que je le regarde, je sens mon visage brûler alors que la chaleur se précipite dans mes veines pour finir toujours au même endroit. C'est comme si mon corps était séparé de mon esprit. Il plaque un sourire en coin sur son visage et se penche plus près.

— Tu es en train d'y penser, n'est-ce pas ?

Je me détourne de lui et concentre toute mon attention sur le fait d'ouvrir la bouteille.

— Non.

Il est plus près encore. Il a soulevé l'accoudoir entre nous pour que son corps soit pressé contre le mien.

— Tu es une très mauvaise menteuse.

— Arrête.

— La dernière fois que tu as dit ça, tu serrais tes cuisses autour de ma nuque si fortement que j'ai cru que tu allais me la briser.

Je regarde autour de nous pour voir si quelqu'un a entendu, mais tout le monde dort et tout ce que je perçois, c'est le doux bourdonnement du moteur de l'avion.

— Est-ce la première fois qu'un homme te léchait ?

— Tais-toi !

Il hausse les épaules, finit sa mignonnette et en ouvre une deuxième. Je prends une gorgée en grimaçant.

— Tu dois dormir un peu.

— Tu ne dors pas, toi.

— Comme tu voudras.

— Que ferons-nous une fois que nous y serons ?

— Nous n'allons rien faire. Tu vas t'installer dans la chambre d'hôtel dans laquelle je t'ai pris une réservation, et je vais aller retrouver mon contact en espérant qu'il sait où se trouve Beos.

— Je viens avec toi.

— Non, Eve, tu ne viens pas. Tu as accepté mes conditions quand j'ai accepté de t'emmener.

Ses termes étaient davantage semblables à un ordre : *fais ce qu'on te dit.*

Je lève les yeux au ciel. Il décide de laisser couler, termine son verre et ferme les yeux. Il a raison, je dois me reposer, mais j'en suis incapable. Une fois à Beyrouth, je devrai partir à la recherche d'Armen. Je sais que Zach ne dort pas. Tout ce que je peux faire, c'est rester assise en silence et le contempler. Il est si grand, si puissant, et son visage... il est magnifique. Ses cheveux épais et foncés ont poussé depuis qu'il a quitté l'armée, sa peau olive est bronzée, ses traits sont anguleux, sa mâchoire comme sculptée au couteau. Je me souviens de ce que je ressentais lorsqu'il avait son visage enfoui entre mes jambes, et que sa langue douce m'effleurait tandis que sa barbe me chatouillait.

Je ne dois pas y penser maintenant. Ça ne peut pas se reproduire. Je ne sais même pas comment j'ai pu laisser ça arriver.

Deux hôtesses descendent le long de l'allée. Elles observent Zach, se chuchotent l'une à l'autre, et ça m'énerve. L'une attire mon attention. Son expression change, et elle pousse son amie vers l'avant. Elles se sont précipitées pendant tout le vol pour le servir. Je renifle. Il ouvre les yeux.

— Qu'est-ce qu'il y a ?

— Rien.

Son regard m'apprend qu'il sait que je mens.

— Je t'assure, il n'y a rien.

Il secoue la tête et récupère un magazine dans la poche du siège. Je m'éloigne de lui parce que je suppose que pendant que je scrutais les hôtesses de l'air, je m'étais approchée. Je ferme les yeux, certaine de ne pas pouvoir dormir, mais quand je les rouvre, nous sommes en train de survoler la ville, assez bas pour que je la reconnaisse. Je jette un coup d'œil à travers le hublot, hypnotisée et étrangement heureuse.

C'est chez moi.

Je ne vis peut-être plus ici, mais c'est à cet endroit que j'appartiens.

Un pressentiment me tord l'estomac. Je continue de regarder l'avion atterrir en douceur. Nous sommes arrivés lorsque Zach m'effleure le bras.

— Tiens, dit-il.

Je me tourne vers lui pour croiser son regard. Dans sa main, il tient mon passeport. Mon passeport libanais. Je suppose.

— Si quelqu'un te pose des questions, nous venons de nous marier. Nous revenons ici pour célébrer notre union avec ta famille. Ils te manquent tous terriblement.

— Mariés ?

— Ne t'énerve pas, *habibi*. Ce sera plus facile comme ça.

— Arrête de m'appeler comme ça.

La cloche sonne pour nous informer que nous pouvons nous lever, alors il s'exécute. Il ouvre le compartiment supérieur et me tend mon sac, puis enroule son bras autour de ma taille et m'attire plus près, me faisant presque rebondir contre son torse.

— La dernière fois que je t'ai appelée comme ça, tu as joui, murmure-t-il contre mon oreille.

— Par là, Monsieur Beckham, déclare une hôtesse de l'air en lui souriant.

J'ai envie de la frapper.

— Merci, Bonnie.

— Bonnie ? Quand as-tu eu le temps d'obtenir son prénom ? lui demandé-je une fois que nous avons débarqué.

— Attention, je pourrais croire que tu es jalouse.

— Tu n'as pas à me tenir aussi brusquement.

— C'est trop dur pour toi d'être si proche de moi ?

Il m'adresse un clin d'œil. J'essaie de m'éloigner. Il resserre son emprise à mesure que nous nous approchons du bureau de l'immigration.

— Nous devons parler de ce qui s'est passé, dis-je alors que nous entrons dans le vif du sujet.

Son visage se durcit. Il se tourne vers moi.

— Quelle partie ? Celle où tu m'as menti ? Ou celle où je t'ai fait jouir ?

— Tu sais pertinemment de quoi je parle.

— Ce n'est pas le moment. Si tu veux trouver ton frère, fais ce que je te dis.

Il a raison. Je le sais. Lorsque c'est à notre tour, Zach sourit à l'agent. Il se montre charmant. J'avais oublié à quel point il pouvait l'être. Environ une demi-heure plus tard, nous avons récupéré ma valise et son sac de voyage, et nous grimpons à l'arrière d'un taxi. Zach ne m'a pas lâchée une seule seconde, cependant il n'a pas dit un mot depuis que nous avons passé les douanes et l'immigration. J'ai vu comment il analyse tout ce qui se trouve autour de nous. Chaque personne que nous croisons.

Au comptoir pour louer une voiture, il parle avec l'agent en arabe. Quand j'ouvre la bouche pour dire quelque chose, il m'adresse un signe de tête.

— Tu as des problèmes de confiance, dis-je.

— Tu devrais avoir des problèmes de confiance, réplique-t-il.

Nous montons en silence jusqu'à l'hôtel pendant que je regarde la ville où j'ai grandi. Tellement de choses ont changé en deux ans. Après la guerre civile, la ville s'est lentement reconstruite. Mais il semble que chaque fois qu'elle le fait, quelque chose nous fait reculer dans le temps. J'espère seulement que nous n'en sommes pas encore là.

Non, ce n'est pas tout. J'espère que ce cycle de ma vie est terminé.

Il est midi et je suis plus fatiguée qu'affamée. Lorsque nous sortons du taxi, je laisse Zach me conduire à l'intérieur. Il demande une chambre avec un lit *king size*. Quand je le regarde, il me fait un clin d'œil et déclare à l'homme derrière le bureau que je suis une jeune mariée timide. Je fulmine. Je sais qu'il fait ça pour m'atteindre et je ne compte pas le laisser faire. Lorsque nous entrons dans notre chambre, il n'a toujours pas lâché ma main, même quand il envoie des SMS à son contact.

— Qu'est-ce que tu fais ?

Il m'ignore, termine son message, puis se tourne vers moi.

— Tu peux lâcher ma main, tu sais.

— Pourquoi ne vas-tu pas prendre une douche ?

Il est distrait, je peux l'entendre. D'ailleurs, s'il ne l'était pas, je suis certaine qu'il proposerait que l'on prenne la douche ensemble. Son téléphone sonne. Il lit le message, en tenant son portable à un certain angle pour que je ne puisse pas distinguer l'écran.

— Pourquoi ne me dis-tu pas ce que nous allons faire ? Quel est notre plan ?

— *Habibi...*

Il range son portable dans sa poche, agrippe mes deux poignets et me fait reculer jusqu'à ce que mes genoux effleurent le lit. Il me regarde, puis en posant le plat de sa main sur ma poitrine, il pousse légèrement, me faisant m'asseoir. Lorsqu'il se penche pour poser ses mains sur le matelas de chaque côté de mon corps, je ne peux m'empêcher de reculer. Aussi proche, la différence de taille entre nous est flagrante. Effrayante.

Cependant, ce n'est pas de la peur que je ressens. Non. C'est autre chose. Quelque chose que je ne désire pas admettre.

J'ai pertinemment conscience de me lécher les lèvres lorsque son regard tombe sur ma bouche. Il lui faut beaucoup de temps pour croiser mon regard. Je ne sais pas s'il le fait exprès ou non. Si c'est ce que je ressens. Le fait est que je ne peux pas y penser pour l'instant. Les réactions physiques de mon corps face à lui semblent incontrôlables. Je ne comprends pas. Tout ce que je sais, c'est que quand il est proche de moi, quand il contrôle tout comme ça, tout ce que je désire, c'est lui céder. Tout ce que je veux, c'est lui, ses mains, sa bouche. Lui tout entier.

Et il en a conscience.

Je le vois dans ses yeux calculateurs.

Dans la façon dont il sourit.

— Nous n'avons pas de plan. Tu vas être une bonne fille et aller prendre une douche, puis tu vas te coucher et te reposer, avant de commander le service d'étage. Tout ce que tu veux, tu pourras le faire, ou le commander, du moment que tu restes dans cette chambre d'hôtel. Compris ?

Il est si proche que je peux à peine respirer. Je ne réponds pas. Il ne bouge pas. Pas au début. Et quand il le fait, ce n'est pas ce à quoi je m'attends. Il glisse son visage près du mien, sa mâchoire effleurant ma peau, faisant prendre vie à tout mon corps alors que sa bouche atteint mon oreille. Je sens ses lèvres posées là. Douces. À peine un effleurement. Son souffle chaud me fait frissonner.

— Compris, *habibi* ?

Les poils de ma nuque se redressent. Je déglutis, et lorsque j'inspire profondément, je sens son odeur. Son après-rasage mélangé avec sa propre fragrance masculine. Je le sens profondément en moi. Je ressens tout.

Je le veux. Je le veux.

— Je te sens, Eve, murmure-t-il de manière rauque et dangereuse. Et je parie que si je glisse ma main sous ta culotte, tu seras trempée.

Je recule mon bras et le gifle, ou plutôt j'ai l'intention de le faire, mais il m'attrape le poignet et me force à me relever. Il me tient contre lui, une main serpentant le long de mon bras, et l'autre me plaquant contre lui, contre la rigidité présente sous son jean.

— Il n'y a pas de quoi avoir honte, *habibi*. Moi aussi, je te veux, déclare-t-il.

Cette fois-ci, il n'y a aucune moquerie dans l'intonation de sa voix.

— Je te déteste.

— Non, tu ne me détestes pas.

— Bien sûr que si.

— Tu détestes juste le fait que j'aie raison.

— Va te faire foutre.

— Est-ce que c'est une invitation ?!

J'ouvre la bouche. Je sais que je viens de perdre. Je me bats pour qu'il me libère. Il s'agrippe fermement en changeant sa prise sur ma main.

— Je t'ai posé une question.

— Non, ce n'est pas...

— Pas cette question, chérie.

Il cligne des yeux. Je rougis.

— Tu as un petit esprit pervers, n'est-ce pas ?

Je déteste qu'il parvienne à lire en moi comme ça. Je déteste le fait qu'il ait raison.

— Nous ne sommes pas dans l'armée. Tu ne peux pas me donner d'ordres.

— Je peux te menotter au lit. Te bâillonner. Te faire toutes sortes de choses que tu ne pourras pas accepter.

— Est-ce pour cette raison que tu m'as amenée ici ? Pour pouvoir te moquer de moi ?

— J'ai essayé de ne pas t'amener du tout, si tu t'en souviens bien.

J'essaie de me libérer une dernière fois.

— Eve, je dois m'occuper de quelque chose. Obtenir des informations. Et j'ai besoin de savoir que tu resteras ici pendant mon absence. Que tu seras là à mon retour. Je ne peux pas te garder en sécurité si je ne sais pas où tu es ni si tu es en danger. Et si tu te mets en danger, ce sera ma faute.

— Je peux très bien me protéger.

— Comme à l'hôtel ?

Je m'immobilise. Il a tué un homme. Il a battu un homme à mort juste sous mes yeux. Je contemple ses mains et c'est comme s'il comprenait. Comme s'il savait à quoi je pense.

— Lâche-moi, dis-je.

— Je ne te ferai pas de mal. Ce qui s'est passé à l'hôtel... laisse-moi partir.

— Qu'est-il arrivé à l'hôtel ? C'est comme si tu étais... partie ou quelque chose comme ça. Comme si tu n'étais pas là du tout.

Il recule d'un pas, fronce les sourcils et se passe une main sur l'arrière de la nuque. Il lui faut beaucoup de temps pour me regarder à nouveau.

— Rien.

Ce n'est pas rien. Loin de là.

Il vérifie sa montre.

— Je dois y aller. Je dois retrouver quelqu'un qui pourrait avoir des informations sur Malik ou peut-être même ton frère. Je dois savoir que tu seras là à mon retour. Je suis sérieux.

Je sais pertinemment que j'ai besoin de lui si j'espère pouvoir retrouver Armen, alors j'acquiesce.

— Je suis fatiguée. Je vais prendre une douche et aller m'allonger.

Il m'étudie, comme s'il tentait de savoir si je mens.

— Je te le promets.

Son téléphone sonne. Il vérifie l'écran. Acquiesce.

— Je reviendrai dès que possible. Ne laisse entrer personne.

— D'accord.

Je me suis seulement allongée pour pouvoir fermer les yeux cinq minutes. Je pensais être trop excitée pour dormir, trop anxieuse, mais il fait sombre quand j'entends quelqu'un entrer puis fermer la porte. Mes paupières s'ouvrent, je suis allongée sur le côté, mon dos face à la porte et pour une quelconque raison, j'ai peur de me retourner. Peur de voir qui est là.

Un moment plus tard, lorsque les bruits de pas se dirigent vers la salle de bains et que j'entends l'eau couler, je réalise qu'il s'agit de Zach. Je m'assieds pour vérifier l'heure. Deux heures du matin. Je dors depuis des heures. Il est parti tout ce temps.

Après le départ de Zach, j'ai pris une douche, puis je suis allée commander un de mes plats préférés, des falafels, que j'ai englouti. Ça fait deux ans que je n'ai pas mis les pieds ici. Personne ne peut me reconnaître. Et je me suis assurée avant de me diriger vers le comptoir que je ne connaissais pas l'homme qui se tenait derrière. J'ai récupéré ma nourriture et je l'ai rapportée à l'hôtel. La première bouchée avait un air de paradis.

Ça me manque d'être ici. De vivre ici. L'excitation de la vie à Beyrouth me manque. La mode. La nourriture. Les gens. L'énergie.

Il m'a fallu prendre sur moi pour ne pas me rendre sur les plages où j'allais quand j'étais enfant. Pour ne pas aller nager dans les eaux dans lesquelles j'ai grandi. Pour ne pas regarder fixement Suicide Rock en craignant sa beauté. La puissance de la terre et de l'eau. Je me suis comportée comme une bonne fille. J'ai fait ce qu'on m'a dit. Je suis revenue dans ma chambre d'hôtel pour faire une sieste, dans l'intention que cette dernière soit courte.

L'eau s'arrête. Je me retrouve à toucher mes cheveux en me demandant à quoi je ressemble. Je me réprimande de ne pas avoir pris soin de moi. Je suis assise, seulement illuminée par la lumière du réveil lorsqu'il ouvre la porte de la salle de bains et en sort, un nuage de vapeur derrière lui. Je ne peux pas détourner mon regard de lui, de ses hanches enveloppées dans une serviette bien trop petite, de son torse nu, de ses bras humides et de ses cheveux collés dans toutes les directions. Quand je croise son regard, je réalise qu'il n'a pas raté le fait que je l'ai maté comme s'il était de la nourriture. Je détourne le visage.

— Il est 2 heures du matin. Où étais-tu ?

Même dans la pénombre, je peux voir ses yeux s'assombrir.

— Pourquoi ne me demandes-tu pas ce que tu veux vraiment savoir ?

— Quoi ?

Il s'avance jusqu'à la table où il a dû poser son téléphone quand il est entré parce qu'il le récupère, lit un message puis tape quelque chose avant de le reposer.

— Tu sais très bien quoi, déclare-t-il en se dirigeant vers le lit.

— Je ne sais pas de quoi tu parles.

Il fronce les sourcils. Soulève les couvertures.

— Ton lit se trouve là.

Je désigne le canapé. Zach sourit.

— Je préfère celui-ci.

Je suis sur le point d'argumenter, au moment où il laisse tomber sa serviette, me rendant muette. Je l'ai déjà vu nu, mais je ne peux m'empêcher de réagir. Il est énorme, même sans être en érection. En posant un genou sur le lit, il se penche vers moi.

— Bouge.

Encore une fois, je me retrouve à me racler la gorge, à cligner des yeux et à forcer mon regard à croiser le sien.

— Zach, tu…

Il grimpe sur le lit, s'allonge sur le côté, face à moi. Il se déplace trop rapidement pour que je réalise ce qu'il fait lorsqu'il enroule son bras autour de mon ventre et m'attire vers le bas, me plaquant contre son torse, comme il l'a fait chez moi.

Ses doigts caressent mes cheveux. Je regarde droit devant, je suis incapable de bouger. Mon cœur bat la chamade, sa grande main est étalée sur mon ventre, ses doigts trop près de… tout.

— Demande-moi ce que tu veux me demander, *habibi*.

Sa voix est faible, provocante et séduisante.

— Je ne vois pas ce que tu veux dire.

— Menteuse.

Sa bouche est trop proche de moi, de la chair tendre de mon oreille, de ma joue. Son souffle me fait frissonner involontairement.

— Ne veux-tu pas savoir si j'étais avec une femme ?

— Non, rétorqué-je, mais même moi je parviens à entendre mon propre mensonge.

Il renifle.

— Ce n'est pas le cas.

Il m'attire plus près.

— Mais la journée a été longue. Bonne nuit.

Je suis surprise et honnêtement, un peu déçue lorsque j'entends sa respiration augmenter. Je ne dors pas, pendant des heures, mais je dois m'endormir à un moment ou un autre parce que quelqu'un me réveille en parlant. Le discours semble agité. Il me faut une minute pour me rappeler où je suis. Qui dort à côté de moi.

Zach est en train de parler. Il est sur le dos lorsque je me tourne dans sa direction. Ses yeux sont fermés, son visage crispé. Je l'observe longuement, le vois trembler, tendre la main pour attraper quelque chose, et vois ses doigts se refermer sur le vide. Il appelle quelqu'un, mais ce n'est pas un nom que je reconnais. Ce n'est pas un de ceux tatoués sur son dos, du moins je ne pense pas.

— Zach, réveille-toi, dis-je.

Il est de plus en plus agité.

— Zach ?

Je lui effleure le bras, j'essaie de le secouer. Il cligne des yeux à plusieurs reprises. Je recommence à parler, et je réalise ce qui se passe. Il est pris au piège. Et cette fois quand je touche son épaule, il se retourne contre moi. Il me cloue au lit, m'agrippe par les épaules et repose tout son poids sur moi.

— Zach ! Arrête !

Il ouvre les yeux. Ses pupilles sont presque noires, et bien qu'il me regarde, je ne pense pas qu'il me voie. Je réalise que c'est exactement comme ce qui s'est passé dans cet autre hôtel. Lorsqu'il a battu cet homme à mort. Ses yeux étaient également devenus noirs. C'était l'une des choses les plus effrayantes que j'aie jamais vues. Il me secoue brusquement.

— Pourquoi est-ce que tu as fait ça ?!

— Zach, s'il te plaît !

J'essaie de libérer mes bras. Je n'y arrive pas. Je me bats contre lui, je tente de le frapper. Il m'a piégée. Il sait se battre. Pas moi. Et il fait deux fois ma taille.

— Pourquoi ? gronde-t-il.

— Réveille-toi, Zach. C'est moi. C'est Eve. Réveille-toi !

Lorsqu'il relâche un bras pour enrouler sa main autour de ma gorge, je lui griffe le visage, je le gifle, je désespère à l'idée de le réveiller alors que sa poigne se resserre. Je ne peux pas parler. Je ne peux pas respirer. Et juste quand je crois qu'il va me tuer, il cligne des yeux à plusieurs reprises. Il me contemple toujours. Il fronce les sourcils et sa poigne se desserre un peu, sans pour autant qu'il me relâche, pas encore. Il jette un coup d'œil alentour, puis il revient sur moi et retire seulement sa main de ma gorge à ce moment-là.

— Zach ? sangloté-je.

Il me fixe, son regard est si intense que j'ai l'impression qu'il lit dans mon esprit. Au lieu de s'éloigner de moi en disant qu'il est désolé, au lieu de tout ça, il m'embrasse. Il fracasse sa bouche contre la mienne et m'embrasse. Et tout ce que je peux faire, c'est l'embrasser en retour. Il y a un sentiment d'urgence entre nous. Il me dévore, me vole ma volonté, m'embrasse si fort que ça fait mal. Une de ses mains glisse vers le bas et j'ouvre les yeux pour constater qu'il me regarde. Je sais ce qu'il veut. C'est le moment. Je dois lui dire non. Lui dire que je ne désire pas ça.

Il tire sur le short dans lequel je dormais, et je sais que je devrais lui dire d'arrêter. Je devrais lui dire de me relâcher. Je sais qu'il le fera si je le lui demande. Je dois simplement prononcer les mots. Mais je ne le fais pas.

Et lorsqu'il repousse ma culotte et m'écarte les jambes avec un de ses genoux, je n'en fais toujours rien.

— Eve.

Sa respiration est haletante, je sens son érection contre ma cuisse.

— Dis-moi d'arrêter.

Je ne sais pas. Je ne peux pas. Et lorsque son gland se positionne contre l'entrée de mon corps, je m'agrippe à lui, écarte davantage mes jambes, désirant ceci. En le voulant, lui.

— Tu dois me dire d'arrêter maintenant, grogne-t-il.

Je sais qu'il tente de se contrôler. Je sais qu'il se débat contre lui-même. Et je sais aussi qu'il ne veut pas que je lui dise d'arrêter.

Il se glisse en moi, juste son gland, et je peux voir qu'il fait appel à tout ce qu'il a en lui pour ne pas plonger directement en moi. Pas encore. Il sait que je suis vierge. Il l'a senti lorsqu'il m'a doigtée. Il m'étire lentement et je ferme les yeux en voulant me concentrer sur mes sensations, même sur ma douleur, au moins un instant. Je désire le sentir à l'intérieur de moi. Je sais qu'il sera brutal. Je sais qu'il a besoin de l'être. Et j'en ai envie. Je veux qu'il soit brutal. Bestial et sauvage.

Ses coudes reposent de chaque côté de ma tête et lorsque j'ouvre à nouveau les yeux, il plonge les siens dans les miens. Sa respiration est plus haletante que jamais lorsqu'il commence à entrer et sortir lentement de moi, en des mouvements superficiels pour heurter ma barrière. Il s'immobilise alors et je me prépare. J'ai peur. J'ai plus peur que jamais en sa présence. Il est instable et même s'il ne m'a jamais encore blessée, je sais de quoi il est capable.

— Ça m'appartient. Ça a toujours été le cas.

J'entends un son, et je réalise que c'est moi qui viens de le faire. Je me rends compte que c'est moi qui tente de reculer un peu. Mais il ne me laisse pas faire.

— Ça va faire mal, dit-il. Ça va faire très mal.

Il bouge encore. Je le veux. Je le veux plus profondément. Il baisse la tête pour m'embrasser et je m'ouvre à lui alors qu'il mord ma lèvre inférieure. Je goûte mon sang en même temps que je m'entends hurler lorsqu'il brise ma barrière. Je soupire dans sa bouche. Il gémit, s'enfonçant profondément, douloureusement en moi. Ses yeux se ferment un instant, et quand il les rouvre, il me regarde à nouveau. Ses prunelles sont intenses. Sombres.

Il me lèche la lèvre, lèche mon sang, tandis qu'il recule et me pénètre fortement.

Il me fait mal. Il le sait. C'est ce qu'il veut.

Et moi aussi.

— Je voulais te prendre ce soir-là.

Sa voix est rauque. Intense. La sueur de son front retombe sur mon visage.

— Je te désirais.

J'entends à peine la dernière partie. Je suis partie trop loin. La douleur cède la place à autre chose, un plaisir brut, un plaisir chaud et saignant. J'inspire profondément.

— Regarde-moi, ordonne-t-il.

Je ne sais pas ce que je ressens lorsque je m'exécute. Il est en moi, mais ça, le regarder, droit dans les yeux, le voir comme ça, quand il me prend ainsi, c'est très intense. C'est comme si je venais de devenir cette chose physique. Comme si chaque terminaison de mon corps était vivante et palpitante. Je suis perdue.

— Ton sang est chaud, petite *habibi* vierge.

Je mords ma lèvre. Goûte mon sang. Je frissonne.

— Tu vas jouir sur ma queue et je vais te contempler.

Je me redresse pour l'embrasser, mordre sa lèvre, sans pour autant lui briser la peau. Il aime ça, je le vois. Il s'éloigne et secoue la tête.

— Non. Je veux te voir. Je veux voir tes yeux quand tu jouiras.

Il s'enfonce jusqu'au bout. Je ferme les paupières un moment en haletant bruyamment. Trop de sensations se mélangent en moi : douleur et besoin, et au loin, un plaisir agonisant, magnifié. Il bouge ses hanches et pousse à nouveau, me frappant juste au bon endroit. Je hurle. Je ne me suis jamais sentie comme ça. Je n'ai jamais ressenti les choses aussi intensément avant.

— Tu aimes ça à la dure, n'est-ce pas ?

Je me rends compte que mes ongles sont enfoncés dans ses épaules, que j'ai lacéré sa peau. Je suis si proche. Je ne peux même pas répondre.

— Je...

Je savais que ce serait le cas.

Le sauvage à l'intérieur de lui s'est libéré. Il me pilonne, sans relâche, encore et encore, ses bras me maintenant coincée alors qu'il me prend. Qu'il me possède.

— Zach... mon Dieu.

Son sourire s'élargit et lorsqu'il tend une main vers le bas pour pincer mon clitoris entre deux de ses doigts, je jouis. Je jouis si brutalement que ma vision s'estompe.

— Putain, Eve, grogne-t-il.

Je sais qu'il est proche. Il est à deux doigts de lâcher prise.

— Ta petite chatte serrée me comprime la queue si fort.

Je n'arrive pas à comprendre le sens de ces mots. Tout ce que je peux faire, c'est le sentir en moi, le sentir se retenir. Sentir la tension présente dans son corps. Alors que mon orgasme s'estompe lentement et qu'il se concentre à nouveau, il m'observe, le visage crispé, et je réalise qu'il m'attend, qu'il attend que j'en aie fini. Parce que dans l'instant d'après, il s'allonge sur moi, sa queue pressée contre mon ventre, et il jouit. Ses jets de sperme recouvrent mon ventre, mes seins, tandis qu'il grogne son plaisir. Et tout ce que je peux faire, c'est le contempler. Contempler son beau visage, ses yeux qui brillent alors qu'il surfe sur les vagues de son plaisir.

Il cligne plusieurs fois des yeux et se penche vers moi, son front recouvert de sueur pressé contre le mien. Il ne m'embrasse pas. Il reste comme ça pendant un temps qui me paraît une éternité. Nous respirons fortement. Nos yeux sont fermés. Et lorsqu'il s'écarte de mon corps, j'ai froid. Je me sens vide. Plus entière.

Il sort du lit. Je jette un regard vers le bas. Son sperme est étalé sur moi, sur mon ventre, sur ma poitrine. Je ne sais pas si je devrais me lever. Aller prendre une douche. Je ne sais pas ce que je suis censée faire, mais il revient avant que je n'aie pris une décision, un gant de toilette humide à la main. Sans parler, il s'assied et m'essuie doucement, précautionneusement. Et lorsqu'il a terminé, il essuie mes cuisses et je réalise qu'elles saignent. Le lit est ensanglanté. Il y a du sang étalé sur ses cuisses.

Je bouge, embarrassée. Il secoue la tête, place le tissu entre mes jambes et le presse juste là.

— Est-ce que ça va ?

J'étudie ses yeux, son visage. Il n'y a pas la moindre moquerie. Il veut vraiment savoir si je vais bien. Voilà tout. Une partie de moi a envie de pleurer. J'ai envie qu'il m'entoure de ses bras et qu'il presse mon visage contre son torse pour que je puisse y disparaître. Je ne sais pas ce que c'est. Ce que je ressens. Peut-il voir la confusion sur mon visage ?

Je suis incapable de répondre à sa question.

Le tissu chaud me fait du bien. Il le maintient un peu plus longtemps en place avant de l'emporter et de glisser dans le lit.

— C'est sale, dis-je, toujours gênée.

— Non. Ce n'est pas sale.

Il reprend sa position sur le côté et m'attire à lui, me tenant encore une fois en posant sa main sur mon ventre, son bras drapé autour de moi. Je sais que je suis piégée jusqu'à ce qu'il m'autorise à me lever. Et un moment plus tard, j'entends à sa respiration qu'il s'est endormi.

Je ne suis plus fatiguée. Je suis allongée dans ses bras, et je crois que je pleure. Ce que nous avons fait, ce qui est arrivé, ça allait se produire quoi qu'il arrive.

Le temps, le destin, tout ceci ne s'oublie pas.

Il était censé me briser, tout comme je suis censée le briser.

J'ai rempli ma part du contrat. C'est à son tour. C'est à lui de me briser. Je réalise que c'était naïf de penser que je pourrais survivre à ça. À cette vendetta, qui est plus grande que lui. Que nous. Toutefois, je sais pertinemment qu'elle nous appartient à tous les deux.

Et quelque chose de très mauvais arrive. Ou peut-être que c'est nous qui fonçons droit dedans. J'en ai conscience. Je le ressens dans chacun de mes os. Je sais que je dois tout ceci aux âmes mortes encrées sur son dos, tout comme lui. Il les a trahis pour me sauver.

Ils sont morts à cause de nous, et nous devons tous les deux payer pour cela.

Ensemble.

La seule différence entre nous, c'est que Zach en a conscience depuis le départ.

18

ZACH

Elle pense que je dors encore lorsqu'elle sort du lit. Je garde les yeux fermés et la laisse s'en aller. La laisse glisser sous mon bras. En me souvenant d'hier soir, de son visage quand j'ai brisé son hymen, lorsque j'ai traversé... je n'oublierai jamais son regard ni les sensations que j'ai ressenties. Le jaillissement de son sang chaud et vierge. La pression de ses parois étroites. Ça fait durcir ma queue, même maintenant.

Je ne sais pas si j'avais l'intention de la baiser depuis le début. Jusqu'à ce qu'elle me réveille, enfin, et Dieu merci pour elle, de ce cauchemar. Je n'ai pas envie d'y penser. Pas pour l'instant.

J'entends l'eau couler et je rejette les couvertures pour sortir du lit. Il y a une petite tache de sang sur moi. J'aime ça. J'aime savoir que c'est moi qui lui ai pris sa virginité. Qu'elle me l'a offerte. Elle m'appartient désormais et quoi qu'il arrive, personne ne pourra m'enlever ça.

J'entre dans la salle de bains et j'entends son soupir lorsqu'elle me voit derrière la paroi vitrée.

— Bonjour.

Je me rends en direction des toilettes, je lève le couvercle et je pisse. Elle me regarde. J'en suis certain. J'imagine que ses petits yeux sont écarquillés, en état de choc, mais il y a quelque chose de sale et de pervers en elle. Elle ne veut pas l'admettre, pourtant elle aime la noirceur. Et j'ai bien l'intention de faire toutes sortes de cochonneries à son délicieux corps, innocent et très volontaire.

Je tire la chasse d'eau et lui fais face. La vapeur obstrue ma vision, mais ne m'empêche pas pour autant de la distinguer. Je n'ai pas encore vu ses seins. J'ai toujours été un homme porté sur le cul, mais quand même. J'ouvre la porte de douche et entre.

— Qu'est-ce que tu fais ?

J'aime cet hôtel. Il y a assez de place pour quatre personnes dans cette douche.

— Ce que je fais ?

Même s'il y a un deuxième pommeau, je décide de partager le sien. D'entrer dans son espace. Elle recule. J'aime ce jeu du chat et de la souris auquel nous jouons. Je me rapproche. Mon visage est à quelques centimètres du sien, ses yeux sont écarquillés.

— Donne-moi le savon, dis-je.

Je ne cache pas le fait que mon regard se déplace le long de son corps, jusqu'à ses petits seins, avec ses mamelons durcis. Durcis même sous la chaleur de la douche. Tout comme mon sexe.

— Zach, ça... nous...

Je repousse les cheveux humides de devant son visage. Puis j'incline son menton vers le haut.

— Quoi ?

Il lui faut une minute pour répondre.

— On ne peut pas... ce qui s'est passé hier soir, on ne peut pas...

— Que s'est-il passé hier soir ?

Rien. Elle rougit encore et je sais qu'elle déteste qu'on lui fasse dire ça. C'est si facile de lire en elle.

— On a baisé, dis-je pour l'aider. J'ai baisé ton sexe vierge et tu as joui sur ma queue.

Elle me contemple comme si j'avais perdu la tête.

— Et...

Je relâche son menton et pose mes lèvres près de son oreille.

— Nous avons déterminé que tu aimais ça.

— Non !

Je ricane et récupère la barre de savon derrière elle. Je lui offre un peu d'espace pendant que je la fais mousser entre mes mains.

— Laisse-moi te regarder.

— Non. Sors de là.

Elle essaie de passer pour sortir elle-même. Je la bloque.

— Eve, tu dois savoir que la nuit dernière n'était pas l'histoire d'une fois.

Elle me fixe. J'adore les différences physiques entre nous. Elle est douce et petite, et je suis tout le contraire. Je peux lui faire faire ce que je veux. Je sais que cela fait de moi un connard, mais j'aime ça.

— Qu'est-ce que tu veux dire ?

Elle me pose la question. Alors que je sais qu'elle n'est pas stupide. Je fais un pas en avant. Elle recule de deux. L'eau nous éclabousse. C'est un peu dérangeant, mais j'ai des projets pour notre douche du matin, donc je n'en prends guère ombrage.

— Ce que je veux dire ?

Je ne peux m'empêcher de sourire lorsque je vois ses yeux se poser sur mon sexe, sur mon visage et sur mon dos. Je pose la petite barre de savon contre le mur et je décide de rendre les choses très claires. J'attrape son pubis de ma main savonneuse, enfonce mes doigts en elle, et frotte un peu. Elle cesse de respirer.

— Que je désire plus de ceci. Plus de ton sexe.

J'encercle son clitoris avec mon pouce en regardant ses yeux se dilater. Je glisse mon autre main entre ses fesses pour trouver son autre trou. Elle laisse échapper un bruit et pose ses mains à plat contre mon torse, me repoussant. Sans vraiment le faire.

— Je veux ça aussi. Je parie que ton petit cul est très serré.

Elle blanchit. Mais je n'en suis pas tout à fait sûr à cause de la vapeur. J'essaie de ne pas rire de ses réactions alors que je frotte son clitoris et son anus. Et qu'elle essaie de faire comme si elle n'aimait pas ça.

— Et ça, dis-je en embrassant sa bouche.

Elle ne m'embrasse pas en retour. Peu importe, elle ne se débat pas contre moi et sa petite langue est délicieuse lorsque je la suce.

Ses genoux faiblissent. Je la presse contre le mur pour la maintenir droite.

— Vierge de cet endroit aussi ?

J'appuie contre son anus. Je sais que c'est le cas. Si elle n'a jamais eu de relations sexuelles vaginales, elle n'a jamais eu de relations anales non plus. Je peux dire d'après son regard qu'elle sera ouverte à cette pratique, et cette pensée rend impératif le fait d'entrer en elle, ici, maintenant. Je la prends par les fesses et la soulève en me penchant légèrement pour frotter mon sexe contre son intimité moite. Je glisse en elle. Elle gémit et ferme les yeux.

— Je suis clean et je sais que toi aussi, tu l'es. Mais est-ce que tu prends un contraceptif ?

Je lui caresse encore les fesses. J'observe son visage. Je la vois se mordre la lèvre. Ses mains s'agrippent à mes épaules.

— Concentre-toi, Eve.

Il me faut enfoncer le bout d'un doigt dans son derrière pour attirer son attention. Elle se cambre immédiatement, et ses ongles s'enfoncent dans mes épaules.

— Du calme. Je ne vais pas baiser ton cul aujourd'hui.

— Laisse-moi.

— Où est-ce que tu veux aller ?

— Ça fait mal.

— Ne te crispe pas et tout ira bien.

— Zach, je ne pense pas que nous devrions...

Je retire mon doigt de ses fesses en la gardant empalée sur mon sexe. J'agrippe son menton et la forcer à me regarder.

— Non seulement nous devrions le faire, mais nous le faisons. Tu es à moi, Eve. Tu m'appartiens. Ce soir-là, aux enchères, je t'ai achetée pour ça. Je désirais te baiser à cette époque-là aussi, mais il y a une différence entre hier et aujourd'hui. Avant, j'étais quelqu'un de bon. Aujourd'hui, je ne le suis plus. Je désire obtenir ce que je veux, et tu ne peux pas me dire que tu ne le veux pas. Ce serait mentir.

J'amène mon pouce à son clitoris.

— Qu'est-ce que tu as vu hier soir ? Dans ton cauchemar, me demande-t-elle à demi-mot.

Je me déplace en elle. Elle ne me repousse pas. Je ne m'attendais pas à cette question. Pas maintenant.

— Tu désires vraiment parler, là, tout de suite ?

Elle hoche la tête. Je coupe l'eau et la maintiens toujours coincée entre le mur et moi, toujours empalée sur mon sexe.

— Je t'ai vue là-haut, dis-je en la pilonnant une fois.

Elle laisse échapper un grognement, et j'espère pour elle qu'elle est prête pour ce qui arrive.

— Sur cette scène. Presque entièrement nue.

Je recommence.

— J'ai vu ta peur.

Est-ce pervers que je durcisse de plus en plus ?

— Une partie de moi désirait cette vente aux enchères. Désirait te ramener à la maison. Te déshabiller moi-même. Te baiser.

Je sors ma queue de son corps et je la repose. Elle est confuse, déçue. Je lui adresse un sourire narquois et la retourne. Je lève ses bras et pose ses mains à plat contre le mur. J'observe son petit cul, je le tiens à deux mains, je l'attire vers l'arrière, je l'ouvre. Elle est obéissante, elle garde ses mains là où je les ai posées. Je la contemple, je regarde son anneau de muscles, son sexe rose et béant. Je glisse lentement à l'intérieur, en prenant mon temps et en inspirant profondément pendant que je le fais. Je la garde écartée pendant que je la baise, je contemple mon sexe entrer et sortir d'elle, je vois sa vulve s'étirer pour me prendre. Elle rencontre désormais chacun de mes coups de reins.

— C'est bien, dis-je en y allant plus profondément.

Je relâche ses fesses et glisse une main sur son clitoris.

— Quoi d'autre ? me demande-t-elle en haletant.

Je m'appuie contre elle en amenant mon autre main à sa poitrine, à son mamelon. Je le pince. Son corps se crispe, me faisant gémir alors qu'elle se serre autour de ma queue.

— Je voulais ça. Ta chatte.

Je gifle sa hanche.

— Ton cul.

Le son du sexe, de la chair sur la chair, de son fourreau humide qui me prend, emplit la pièce.

— Tu m'as sauvé la vie.

Je pince son clitoris. Elle gémit.

— Je ne veux pas en parler, pas maintenant. Je désire juste te baiser, Eve.

Elle hoche la tête, repousse ses hanches vers l'arrière. Je l'attire vers moi, enroule un bras autour de son ventre, tandis que ma main travaille toujours sur son clitoris. J'embrasse son visage, la moitié de ses lèvres.

— Tu ne peux pas jouir en moi.

Merde. Je devrais utiliser un préservatif. Je le ferai. La prochaine fois. Si elle n'était pas vierge, je jouirais dans son cul, je ne peux pas faire ça. Pas maintenant. Je lui ferais du mal. Et j'aime sentir sa chaleur moite pour l'instant. Je vais m'en contenter. Je pousse un gémissement.

— Zach...

Sa respiration est lourde. Elle est proche. Je le sens. Moi aussi.

— Jouis. Et lorsque tu en auras terminé, tu vas me sucer.

Je bouge le bras qui est sur son ventre, pour saisir une poignée de ses cheveux et la baiser plus fortement, avec des coups de reins plus intenses. Je fais pivoter sa tête pour pouvoir la regarder. J'aime ça, la voir jouir. Elle est si vulnérable à ce moment-là, ça me rend fou.

— Jouis, Eve, que je me décharge dans ta gorge. Que je te vois avaler mon sperme.

Il faut un coup de reins supplémentaire avant que je ne la sente vibrer autour de moi. Ses yeux se ferment, et il me faut prendre sur moi pour ne pas jouir. Je me retiens, et lorsqu'elle a terminé, je la fais pivoter et la pousse à genoux.

— Ouvre, ordonné-je.

Ma queue rebondit sur son visage, encore luisante de sa mouille. Elle darde ses yeux sur moi et ouvre la bouche pour me prendre et, putain, elle me suce intensément, et même si j'ai envie d'en profiter, avec elle à genoux, les yeux humides à me prendre profondément, il me suffit de quelques mouvements et d'atteindre le fond de sa gorge une fois pour jouir. Putain. Elle s'étouffe, mais je la maintiens fermement en regardant ses yeux. Sa panique me fait

jouir d'autant plus, me déverser dans sa gorge. Je me retire lentement une fois que j'ai terminé, et la vois lutter pour avaler. Je la
maintiens à genoux quelques minutes de plus, ma main dans ses
cheveux la forçant à me regarder pendant qu'elle s'essuie les lèvres.

— Admets-le, dis-je en l'aidant lentement à se remettre sur
pied. Tu aimes quand c'est sale.

Elle n'a pas le temps de répondre que je couvre sa bouche de la
mienne avant de faire couler l'eau.

Je suis assis dans la chambre d'hôtel à attendre qu'elle termine
de se préparer. Après ce qui vient de se passer, elle a quand même
récupéré ses affaires dans la salle de bains pour aller s'habiller. Les
femmes... Je fais défiler mon téléphone, sans vraiment y prêter
attention. Je pense à elle.

Je ne sais pas ce qu'il y a avec cette fille. Je suis obsédé ou
quelque chose comme ça. Quand je suis venu la chercher, je la
détestais. Ou je pensais que c'était le cas. Mais ce qui s'est passé
cette nuit-là, il y a deux ans, ce n'était pas sa faute. C'était la
mienne. J'en ai conscience. Je l'ai toujours su. Même si elle me
trahissait, peu importe ces raisons, j'aurais passé l'appel qui a fait
tuer mes hommes. Cette partie m'appartient, et est seulement ma
faute.

Elle désirait savoir quel était mon cauchemar. J'essaie encore de
le comprendre moi-même. Parce que ce que j'y ai vu n'a aucun
sens.

La porte de la salle de bains s'ouvre. Je lève les yeux. Pourquoi
suis-je aussi stupéfait lorsqu'elle apparaît ? Elle n'a pas l'air différente. Je viens de la voir entièrement nue. J'ai contemplé tout ce
qu'il y avait à voir d'elle. Pourtant, elle se tient là avec une jupe
longue qui arrive au niveau de ses genoux et un débardeur, sans
porter le moindre maquillage mis à part du gloss à lèvres, avec ses
cheveux humides relevés en une longue queue de cheval... Et cette
putain de vision m'assomme.

Je ne sais pas si elle le ressent ou non, mais elle garde son regard ancré au mien. Je sais qu'elle a du mal à le faire. Elle est terriblement nerveuse. Toutefois, je ne compte pas lui faciliter la tâche. Je suis tout à fait du genre à vouloir posséder. Elle doit prendre ses responsabilités. Elle aurait pu me dire non à n'importe quel moment, hier soir et aujourd'hui, mais elle ne l'a pas fait. Je souhaite qu'elle le reconnaisse.

Elle se racle la gorge. Elle fait un pas dans la chambre, dépose des affaires dans sa valise et enfile ses sandales. Elles ont des petits talons, mais lorsque je me redresse, je la dépasse toujours.

— Tu vas avoir besoin de chaussures différentes. Des chaussures de marche.

Elle ne me demande pas où nous allons. J'ai l'impression qu'elle le sait, mais qu'elle ne veut pas encore l'admettre. Elle enfile une paire de baskets à la place.

— Raconte-moi tout, dit-elle.

Sa voix est étrange, comme si son esprit était ailleurs. Je récupère les clés de la voiture que j'ai louée hier soir et celles de l'hôtel, et je les fourre dans la poche de mon jean. Avant d'ouvrir la porte, je récupère mon sac.

— Est-ce que nous devons prendre nos affaires ?

Elle a l'air confuse.

— Non. Nous allons revenir.

— Alors pourquoi tu as pris les tiennes ?

— J'en ai besoin.

Elle m'étudie. Je lui désigne la porte.

— Nous avons beaucoup à faire.

— Qu'y a-t-il de si précieux dans ton sac ?

C'est une fille intelligente. Le fait est qu'elle l'a presque découvert le premier jour. J'avais prévu de lui montrer ce que je cache là-dedans. De la forcer à regarder. Ça faisait partie de ma punition envers elle.

J'ai changé d'avis.

— Rien.

Elle m'étudie un moment de plus, puis décide de laisser tomber et sort. Je la suis de près. Nous ne parlons pas avant d'être dans la voiture et de quitter la ville.

— Où est-ce que nous allons ?

Je ne réponds pas. Je ne suis pas certain qu'elle veuille le savoir, je n'y suis pas retourné moi-même depuis ce soir-là.

— Zach ?

— Baskinta.

Je la sens se tendre à mes côtés. Elle prétend qu'il n'en est rien. Aucun de nous ne veut cela, mais nous en avons tous les deux besoin.

— Je dois simplement faire un arrêt.

Je m'arrête dans le parking d'une pharmacie.

— Reste dans la voiture.

Je veux des préservatifs. Je réalise à quel point c'est ridicule que mon cerveau parvienne à penser à ça, mais je me connais. Je sais ce dont j'ai besoin. Et c'est elle. Elle n'argumente pas. J'entre et je sors en quelques minutes à peine avec quelques bouteilles d'eau, des collations, et une boîte de préservatifs. Nous sommes bientôt en route pour Baskinta.

— Raconte-moi le reste de ton cauchemar.

— J'ai encore revécu cette nuit-là. C'est tout.

— Ce n'est pas tout. Tu disais quelque chose. Tu essayais d'attraper quelque chose. Ou quelqu'un.

Quelqu'un.

C'est impossible. Je reçois des bribes de cette nuit depuis deux ans maintenant. Je me souviens de tout ce qui s'est passé avant l'explosion, mais après, tout est flou. Ce cauchemar a été plus vivant encore. Il m'a fait douter de tout parce que ça ne peut pas être vrai.

— J'ai passé cinq mois dans le coma, déclaré-je, pas encore prêt à parler de ce rêve.

J'ai besoin d'un peu plus de temps pour le comprendre moi-même. C'est plus facile de parler de ce qui s'est passé après cette nuit.

— Quoi ?

— Après l'explosion. J'aurais dû mourir, mais j'ai survécu. J'étais dans un très mauvais état. Un médecin local et son fils m'ont trouvé. Ils m'ont emmené chez eux et m'ont caché là-bas.

— Caché ?

— Il a eu le bon sens de savoir que si un survivant apprenait quelque chose, celui qui a fait le travail serait de retour pour le terminer. Étant donné que j'étais à plat sur le dos et inconscient, je serais mort au moment où cela serait arrivé.

— Que s'est-il passé après ces cinq mois ? Il y a un an et sept mois entre cette période et maintenant.

— Ma guérison. On ne se relève pas aussi facilement après les blessures que j'ai subies. Je suis redevable envers le docteur Hassan et à sa famille.

— Comment t'ont-ils trouvé ?

Je secoue la tête. C'est une question que j'ai posée moi aussi.

— Ils étaient à proximité. Ils ont entendu l'explosion.

Elle hoche la tête. Elle semble distraite. Elle observe la route.

— Devons-nous vraiment retourner à cet endroit ?

— J'ai besoin de le voir. Je le dois à mes morts.

— Et si...

Nous frappons un nid de poule. Elle sursaute et se rattrape à la poignée au-dessus de la portière. Je tends la main pour couvrir son autre main de la mienne.

— Je ne laisserai rien t'arriver.

— Cet homme à l'hôtel de Denver, il a essayé de me tuer. Quelqu'un l'a envoyé pour me tuer. Penses-tu que c'était Malik ?

— Je ne sais pas, mais je trouve ça étrange que le même jour, quelqu'un t'envoie ton ancien passeport avec un aller simple pour rentrer chez toi.

— Et si c'était Armen ? Ce doit être lui. Qui d'autre ?

— Ne te fais pas d'illusions.

Elle me regarde en coin.

— Le docteur Hassan m'a guéri.

Je continue mon histoire, désirant la distraire. Je n'ai pas encore de réponses pour ces questions, mais je suis certain d'une chose. Je le pensais quand j'ai dit que je ne laisserai personne lui faire du mal.

— Il m'a dit ce qui m'était arrivé. Il m'a dit que tout le monde était mort.

Je la regarde.

— Tout le monde sauf toi.

Elle ne fait que m'étudier. Je ne suis pas sûr d'attendre une réponse.

— Une fois sorti du coma, ma peau était... guérie, on pourrait dire. Je ressentais encore de la douleur, mais je n'aurais pas dû. Je pense que c'était à cause de ma façon de penser. Le médecin et son fils m'ont aidé à traverser les moments les plus difficiles. Ils sont restés avec moi pendant mes cauchemars. J'ai appris à contourner les limites de mes blessures. Ça m'a aidé à redevenir fort. Ça m'a pris quelques mois, puis j'ai réalisé que mon propre gouvernement nous avait tourné le dos. Il a abandonné mes hommes. Moi. Pour ce que j'en sais, ils nous ont piégés.

— Tu crois ?

— Je ne sais plus ce que je crois, Eve. Je suis ici pour trouver des réponses. Ça se termine ici. D'une façon ou d'une autre, ça doit se terminer.

— As-tu pensé que cela pouvait être une mission suicide ?

— Certaines choses valent la peine de mourir.

Elle déglutit pendant que je tourne sur la route. Je conduis aussi loin que possible dans la forêt dense avant de devoir garer la voiture et couper le moteur. Il me faudrait un 4x4 pour aller plus loin.

— Nous allons marcher à partir d'ici.

Elle agrippe mon bras.

— Les morts sont morts. Rien de ce que tu fais ne pourras les ramener.

Je ricane.

— Je ne suis pas ici pour les ressusciter. Je suis ici pour me venger. Je suis ici pour emporter plus de vies.

Son visage perd sa couleur. Je dégage mon bras, je récupère l'arme que j'ai subtilisée à notre agresseur de l'autre nuit.

— Que fais-tu avec ça ?

— J'assure notre sécurité.

— Nous ne devrions peut-être pas être ici.

— Nous devons l'être. Nous le devons aux morts.

Je sors de la voiture. Mes émotions sont fortes. Je suis impatient de me rendre sur le site, en espérant qu'il va rafraîchir mes derniers souvenirs pour que tout se remette en place. La randonnée est d'environ 3 kilomètres à travers la forêt. Nous ne sommes que tous les deux. Je me souviens de ce chemin, je connais cette forêt comme ma poche. J'y faisais de la randonnée avec mes hommes en pleine nuit. Avec elle, j'avance plus lentement. Elle a envie de se reposer, mais je ne suis pas sûr que ce soit le repos physique dont elle a besoin ou si elle essaie simplement de repousser l'inévitable. Je lui accorde quelques minutes de temps en temps, mais nous allons de l'avant.

Les noms des morts inscrits sur mon dos me brûlent alors que nous nous approchons du lieu de leur massacre. Nous sommes seuls, la forêt est silencieuse. Je touche la main d'Eve et pose un doigt sur mes lèvres, lui intimant de garder le silence alors que nous approchons de la clairière de l'ancien bâtiment. Je m'arrête, observe, et plus important, j'écoute. Je ne m'attends pas à ce que nous ayons de la compagnie, mais pas question que je tombe dans une embuscade.

Nous sommes seuls. Il n'y a personne ici.

Mon cœur s'apaise, bien que je sente les poils à l'arrière de ma nuque se dresser alors que je réduis l'espace entre moi et les décombres qui étaient autrefois un petit bâtiment de pierre. J'observe les murs, je marche à l'intérieur. Eve suit de près derrière moi et bien que j'aie un œil sur elle, mon attention se porte également sur tout l'espace. Sur l'unique mur encore à peu près debout. Le bois pourri où se trouvait la fenêtre a été soufflé avant même cette nuit-là. Là où la première grenade a été lancée. La zone surélevée où Armen l'avait traînée sur scène. Où il l'avait déshabillée.

Je l'observe. Ses yeux sont rivés sur cet endroit. Elle me regarde, mais aucun de nous ne parle. Au lieu de cela, j'avance le long du périmètre. C'est plus grand que dans mes souvenirs.

Il y a une drôle d'énergie présente à cet endroit. Comme une affaire inachevée. Du sang non versé. Je suis ici pour y mettre un terme. Je suis ici pour honorer la mémoire de mes hommes.

Je marche dans cette pièce, encore et encore, en tâchant de me souvenir. Je parviens à entendre les bruits de cette nuit-là. Des hommes hurlant pendant la vente d'armes. Je me rappelle que c'était une chance que la plupart de ces hommes ne boivent pas. Ils étaient armés et dangereux.

Certains d'entre eux étaient des putains de malades mentaux.

Je me souviens également de la puanteur. Trop de corps non lavés en un seul endroit. J'observe Eve qui est sortie du périmètre du bâtiment et qui s'est assise sur une souche d'arbre, les yeux rivés sur moi. Comment a-t-il pu l'emmener ici ? Elle n'avait pas sa place ici. Elle n'avait pas sa place en compagnie de ces hommes. Je me demande s'ils ne l'auraient pas déchirée d'un membre à l'autre dans leur soif de sauvagerie si l'enfer ne s'était pas déchaîné. Elle était terrifiée. Tremblante. Elle essayait désespérément de s'accrocher au reste de vêtements que son frère lui avait arrachés pour l'exhiber.

Quand j'ai doublé la dernière enchère, la pièce s'est murée dans le silence. Un silence qui n'allait pas de pair avec des hommes si violents.

C'est en me rappelant ce silence que je me souviens de lui. De la pièce du puzzle qui me tiraille depuis que je suis sorti du coma. De ses yeux que j'ai reconnus. Des yeux qui m'avaient autrefois admiré avec gentillesse.

Ou en tout cas avec ce que j'avais perçu comme étant de la gentillesse.

Eve se lève et fait un pas dans ma direction. Elle m'apparaît un peu floue. Je pense qu'elle crie mon nom, mais je suis parti trop loin. Je suis de retour. De retour dans cet endroit. Les cris, puis le silence juste avant l'enfer. L'instant où je le vois. Lui. Le commandant Maliki Remi. Un homme qui m'a pris sous son aile lorsque je suis entré dans l'armée à mes 18 ans. L'homme qui m'a servi de mentor dans les ténèbres de mon passé : de ma mère transformée en cendres, de mon père mort. Un frère ayant été emprisonné pour son meurtre. Un autre devenu fou dans ce qui reste de notre maison familiale.

Les enfants sont résilients. Les enfants bloquent la douleur. Le passé. Mais le fait est que tout revient. Rien n'est jamais oublié. Ce qu'on enterre au plus profond de nous nous ronge de l'intérieur.

C'est comme un cancer. On ne peut pas cacher les choses. On ne peut se désensibiliser. C'est stupide de penser qu'on en est capable, c'est stupide de penser qu'on peut les fuir.

Maliki était la seule personne à qui j'en ai parlé. Et je me souviens de m'être senti fier lorsqu'il m'a parlé du potentiel qu'il voyait en moi. Il m'a recruté, il m'a fait intégrer son équipe. J'étais le plus jeune membre. Je lui faisais confiance. Et il me faisait confiance. Mais j'ai eu tort à son sujet. Sa trahison m'a presque coûté la vie. Et cela lui a coûté la sienne.

Maintenant... le souvenir de cette nuit-là, il y a deux ans, me revient. Et ça me scie les jambes.

Il faut que j'use de tout ce que je possède en moi pour me départir du passé. Je cligne des yeux, les sons de la forêt me réveillent lentement. Me font revenir à nouveau dans le passé.

Le commandant Maliki Remi n'est pas mort. Est-ce qu'ils ont déjà dit qu'il l'était, ou est-ce que je l'ai simplement supposé ? Peu importe ce qu'ils ont dit. Maliki n'est pas mort, pas du tout. Il était présent cette nuit-là. Il était là, à porter le même foulard pour couvrir son visage que tous les autres. Et lorsque je suis descendu, je l'ai vu. Je l'ai vu se tenir là, et se gorger de l'enfer qui se déchaînait sur terre. Alors que les cris et les coups de feu se faisaient entendre, et que des corps tombaient sur moi. Et quand j'ai cligné des yeux, il avait disparu.

— Zach ?

Je me tourne, et découvre Eve à mes côtés. Je me frotte le visage en essayant de donner un sens à tout ça, mais j'en suis incapable. Je ne peux pas concilier ce souvenir et la réalité.

Est-ce que ma mémoire est trop endommagée des suites de mon coma ? Est-ce que tout se mélange ? Je ne peux pas croire à ce que je semble me rappeler.

Parce que si c'est vrai, si Malik est la personne que je pense qu'il est, ça change tout...

19

ZACH

Nous retournons en ville en silence. Eve me laisse seul, j'ai besoin de l'être. Je dois essayer de comprendre tout ça parce que ça n'a aucun sens.

Maliki Remi ne peut pas être Malik. Il est mort. Je le sais. C'est moi qui lui ai mis une balle dans la poitrine.

Lorsque nous arrivons sur le parking de l'hôtel, j'éteins le moteur et me frotte le visage à deux mains.

— Zach ?

Eve pose sa main sur mon bras.

— Tu dois me dire ce qui se passe. Que s'est-il passé là-bas ?

Je la regarde et je réalise que je n'aurais jamais dû l'amener ici. J'aurais dû la cacher. Je l'aurais peut-être envoyée en Italie. Auprès de mes frères, Raphaël et Damon. Ils auraient su quoi faire pour la protéger. Ils auraient su comment la garder en vie.

Moi, je ne suis pas bon pour elle. Rester avec moi va la faire tuer. Parce que je suis un homme déjà mort, en période de sursis.

— Tu dois partir d'ici, Eve.

Alors que je le dis, je visualise comment cela pourrait se produire. L'Italie n'est pas très loin. Je peux lui trouver un vol pour aujourd'hui. Il me suffit d'envoyer un message à mes frères. Ça n'a plus aucune importance si je le fais. Je ne me cache plus. Je n'ai absolument aucun doute quant au fait que Malik sait exactement où je suis.

— Quoi ?

Je jette un coup d'œil circulaire dans le parking, je prends note de chaque voiture, de chaque ombre qui pourrait être une menace. Je me tourne vers elle. Je sais qu'elle va se battre contre moi, mais elle n'a pas le choix.

— Je sais qui est Malik.

Elle analyse lentement mes paroles.

— Je ne comprends pas.

— C'est moi qu'il veut. Ça n'a rien à voir avec toi. Tu te souviens quand je t'ai dit qu'il est du genre à effacer ses traces ?

Elle frissonne. Je sais qu'elle s'en souvient.

— Ton rôle dans cette histoire est terminé. Tu ne peux pas rester ici. Tu ne peux pas rester avec moi.

— Je dois retrouver Armen, proteste-t-elle. Rafi et Seth aussi.

Je choisis de l'ignorer.

— Je vais te mettre dans un avion pour l'Italie. Mes frères vivent là-bas. Je vais m'arranger pour que Raphaël vienne te chercher. Il te conduira dans un endroit sûr jusqu'à ce que ce soit terminé. Jusqu'à ce que Malik soit mort.

Cette fois, pour de vrai. Je quitte ma voiture et récupère mon sac sur la banquette arrière. Elle sort à son tour en claquant la portière.

— Ça ne sera jamais terminé. Tu ne comprends pas ?

Je marche jusqu'à elle et m'empare de son bras.

— Ne fais pas de scène.

Nous entrons dans le hall. Elle a le bon sens de garder le silence. Je contourne l'ascenseur et nous gravissons les escaliers jusqu'au quatrième étage.

— Je ne vais nulle part. Je suis trop impliquée.

— Tu feras ce qu'on te dit. Point final.

— Va te faire foutre.

Une porte s'ouvre et une femme entre dans le couloir. Elle s'immobilise. Elle doit sentir la tension entre nous. Elle crépite. Eve est en train de fulminer. Et je suis moi-même une bombe à retardement.

— Je t'ai dit de ne pas faire de scène, lui dis-je, entre mes dents serrées, en lui serrant le poignet en guise d'avertissement.

La femme passe rapidement alors que j'ouvre notre porte. Eve se libère dès que je l'y autorise.

— Je ne sais pas ce qui ne va pas chez toi, mais je ne vais pas partir. Tu ne m'enverras nulle part.

— Prépare tes bagages.

Je commence moi-même à placer ses affaires à l'intérieur. Elle les retire au fur et à mesure.

— Non.

Elle attrape l'extrémité d'une robe et la tire en arrière, mais je m'accroche à l'autre extrémité et tire moi aussi, elle rebondit sur sa poitrine avant de tomber au sol.

— C'est terminé, Eve !

— Non, Zach ! hurle-t-elle.

Elle est plus bruyante que jamais. Ses prunelles sont en feu.

— La seule façon pour toi de finir tout ça c'est quand tu mourras !

Je cligne des yeux face à la brusquerie de sa déclaration. Elle a l'air aussi surprise que moi par les paroles qu'elle vient de prononcer, pourtant quand elle poursuit, son intonation est plus calme. Comme si elle venait de réaliser ce qu'elle venait de dire. Comme si tout était vrai.

— C'est ce que tu veux. C'est ce que tu as toujours voulu.

Je ne peux pas la regarder. Je suis incapable de soutenir son regard.

— Tu dis que tu veux venger la mort de tes hommes, poursuit-elle, mais je pense que ce que tu veux vraiment, c'est te joindre à eux. Tu te sens tellement coupable que tu préfères être mort que vivant. Comme eux.

J'enroule ma main autour de sa gorge et en deux enjambées, je la coince contre le mur. Ses doigts se referment autour de mon avant-bras pour tenter de se défaire de ma poigne.

— Peut-être que j'ai un désir de mort. Peut-être que tu as raison. C'est peut-être ce que je voulais depuis le début.

— Lâche-moi, me crache-t-elle au visage.

Je la serre plus fort, et elle laisse échapper un gargouillement.

— Zach...

Elle ne peut pas respirer. Je la regarde. J'observe son visage rougir. Je vois ses yeux s'élargir. Je sens à nouveau à quel point elle est fragile. Avec quelle facilité son cou peut être rompu. Je la relâche un peu, sa respiration est sifflante.

— Je ne tatouerai pas ton nom sur mon dos, déclaré-je.

Ça ressort comme un grognement. Je ne suis même pas sûr qu'elle soit capable de comprendre mes paroles. Je garde ma main autour de son cou, mais je ne serre plus.

— Tu n'auras pas à le faire si tu es mort.

Nos regards s'ancrent, le sien semblable à une flamme ambrée. Mon regard tombe sur sa poitrine. Elle porte un soutien-gorge en dentelle. Je le distingue à travers le fin coton de son débardeur. Comment ai-je pu le manquer avant ? Ses tétons sont durs.

Je glisse une main sous son débardeur, sur son ventre et sa poitrine, en taquinant son mamelon une fois avant de le capturer entre mon pouce et mon index. Je croise à nouveau son regard avant de le pincer.

— J'ai besoin de te baiser. D'être en toi.

Ma bouche s'abat sur la sienne. Elle gémit, ses doigts pressants s'activant vers les bords de ma chemise, avant de la basculer au-dessus de ma tête. Je déchire son débardeur, et la conduis vers le lit. Je la laisse s'effondrer dessus lorsque l'arrière de ses genoux touche le matelas, et me penche sur elle alors qu'elle défait mon jean et s'agrippe à mon sexe. J'arrache sa main et je la redresse, je baisse mon jean et mon caleçon, et je commence à me masturber pendant qu'elle m'observe.

Elle est avide de désir, elle se lèche les lèvres, alors j'agrippe l'arrière de sa tête et glisse mon sexe dans sa bouche. Elle appréciera la lubrification dans une minute parce que je ne prévois pas d'utiliser un préservatif et que je n'ai pas la force de sortir à nouveau d'elle. Je dois être en elle quand je jouirai, et il ne peut rien y avoir entre nous. Et puisque je ne peux pas jouir entre ses cuisses, elle me prendra dans son cul. Ses lèvres émettent un bruit de succion lorsque je tire sur ses cheveux.

— À quatre pattes, Eve. Tends tes fesses dans ma direction.

J'observe l'éventail de lotions que l'hôtel a disposées sur la table de nuit. J'en récupère une. Lorsque je me tourne vers elle, elle m'observe. Elle n'a pas encore bougé. Je me penche et me place en face d'elle.

— Tends-moi ton cul pour que je puisse le baiser.

Ses yeux s'assombrissent, ses pupilles se dilatent et sa respiration s'accélère. Elle se mord la lèvre, puis remonte lentement jusqu'à ses mains et ses genoux. Je retourne sa jupe et je descends sa culotte en l'observant pendant une longue minute. Elle a les jambes écartées, les fesses tendues, offertes.

Elle est mienne.

Je penche la tête vers le bas et lèche son petit trou du cul serré. Je suis satisfait de l'entendre hoqueter.

Lorsque je me redresse, elle tend le cou pour pouvoir m'observer. Je pose une main entre ses omoplates pour la forcer à se tenir sur ses coudes, son visage plaqué contre le matelas. Je glisse ma queue en elle et elle laisse échapper un souffle aigu et audible. Je ne bouge pas en elle. Je ne veux pas encore jouir et avec elle, tout mon contrôle semble disparaître à chaque fois.

Je vide le contenu de la petite bouteille de lotions sur son dos. Elle soulève ses hanches, et ça me fait sourire de la voir comme ça. Toute à moi. J'ai réclamé sa bouche et son sexe. Maintenant, je vais également réclamer son cul.

En trempant mes doigts dans la lotion, je l'étale vers son trou. Je bouge un peu en elle alors que je commence à encercler son petit bourgeon serré.

— Ça va être tendu, Eve.

Je gémis tant j'ai hâte d'y enfoncer ma queue.

— Tu crois que tu peux gérer ?

Je croise son regard alors que je glisse mon sexe hors d'elle, puis que je m'y enfonce à nouveau lentement, en m'assurant qu'elle comprenne combien de centimètres elle va devoir supporter. Elle gémit lorsque je presse un doigt contre son anneau de muscles. Ses paupières se ferment et ses muscles se crispent autour de mon doigt, mais ensuite elle se détend et je peux commencer à bouger mon doigt en elle. J'ajoute un deuxième en répandant davantage de lotion. Quand je la vois glisser sa main entre ses jambes pour caresser son clitoris, je comprends qu'elle est prête.

— Fais-toi jouir.

Je sors ma queue, mais elle laisse mes doigts en elle.

— Fais-toi jouir avec mes doigts dans ton cul, Eve.

Elle se montre tellement obéissante. J'enfonce mes deux doigts en elle, j'agrippe ses hanches et j'observe son sexe se contracter lorsque ses cuisses se ferment et... Putain, je vais exploser tout de suite si je n'entre pas en elle.

Je retire mes doigts, j'étale sa mouille sur mon sexe et apporte mon gland face à son petit trou vierge. Elle est imprégnée de lotion, lubrifiée de l'intérieur et de l'extérieur. J'écarte ses fesses, les étire largement et la pénètre.

— C'est trop gros !

Elle se cambre, serre les poings.

— Chut. Je vais y aller doucement. Enfonce tes doigts. Caresse ton clitoris. Prépare-toi à jouir plus fortement que jamais auparavant.

C'est une fille bien et obéissante, elle recommence à se caresser. Je sais qu'elle est nerveuse, je peux le voir sur son visage. Je lui caresse le dos, puis j'agrippe à nouveau ses hanches, m'enfonce un peu plus, de quelques centimètres.

— J'ai hâte de jouir dans ton petit cul serré. Je vais te remplir et quand j'en aurai terminé, je regarderai mon sperme s'écouler de toi.

— Je vais jouir, réussit-elle à dire, alors que les vagues de son orgasme commencent à me comprimer la queue.

Je m'enfonce plus profondément, j'entre et je sors lentement de son corps, réclamant plus d'elle, pendant qu'elle jouit sous moi, et lorsque je suis complètement enfoncé, nos yeux se croisent. Elle est si belle quand elle est prise dans les affres du plaisir, ma petite vierge perverse. Je sais que je ne vais pas tenir longtemps.

— Encore une fois, *habibi*. Jouis encore une fois pour moi.

Et lorsque je dis cela, je commence à la baiser. Je la baise comme j'en ai envie, comme j'en ai besoin, et elle gémit sous moi. Elle s'agrippe aux couvertures, elle est ultrasensible après ses orgasmes à répétition, et aussi serrée qu'elle soit, aussi glissante que possible, il ne me faut pas longtemps pour jouir. Pour que je me répande à l'intérieur d'elle avec un son qui se répercute dans toute la pièce. J'agrippe durement ses hanches et je jouis. Et elle le fait avec moi, une fois de plus.

Je transpire lorsque je m'écroule sur son corps. Je la tiens près de moi, ma queue toujours enfoncée en elle. J'ai envie de lui demander si elle va bien. Je devrais le faire. Mais je suis incapable de parler. Et je sais qu'elle va bien. Elle va plus que bien. Elle a joui trois fois.

— J'aime te baiser, Eve. J'aime te baiser dans tous les sens.

— J'aime que tu le fasses.

— Sale petite perverse.

Elle tend le cou et m'observe. Elle m'adresse un sourire narquois. Je le lui rends et sors ma queue de son corps, puis je me lève pour aller dans la salle de bains. Lorsque je reviens avec un gant de toilette humide, je l'attire sur mes genoux pour que son cul soit élevé.

— Qu'est-ce que tu fais ?

J'écarte ses fesses.

— Je te l'ai dit. J'observe mon sperme couler.

— Zach !

Elle tente de s'éloigner. Je lui claque les fesses une fois et j'agrippe sa queue de cheval, qui ne ressemble plus à rien après nos ébats. Elle se retourne.

— Tu es toute sale, Eve. Et tu as aimé ça autant que moi. Ne le nie pas, il n'y a rien d'innocent en toi, *habibi*.

Je n'ai plus envie de prononcer ce surnom comme je le faisais au début. Avant, c'était une provocation. Une dégradation. Désormais, elle est juste *habibi*.

Mon bébé.

Elle cesse de me combattre. Je l'écarte largement et je l'observe, en durcissant pratiquement à cette vision. Après quoi, nous nous immergeons tous les deux dans la baignoire, et je sais qu'elle se souvient de la conversation que nous avons eue avant.

— Eve, commencé-je.

Elle secoue la tête.

— Je ne partirai pas.

— Tu n'es pas en sécurité ici.

— Tu te trompes.

Ses grands yeux cherchent les miens pendant un long moment avant qu'elle ne déclare finalement :

— Je suis plus en sécurité quand je suis avec toi.

20

EVE

J e suis encore enveloppée dans une serviette quand le téléphone de Zach annonce l'arrivée d'un message. Il traverse la pièce entièrement nu et je suis incapable de le quitter des yeux. Être avec lui, c'est intense. Fou. Et fugace.

Ce dernier point me fait peur. Ce sentiment pèse lourdement sur mon estomac.

— Qu'est-ce qu'il y a ?

Je lui pose cette question quand il lance son téléphone sur le lit et enfile son jean. Il me regarde en cherchant un T-shirt propre dans son sac.

— Je dois y aller. Beos est au marché.

— C'est lui qui a fait mon passeport.

Zach hoche la tête. Il s'installe sur le lit pour pouvoir enfiler ses chaussures.

— Je serai prête dans une seconde, dis-je en récupérant la robe qui est toujours à même le sol.

— Eve.

Il pose ses mains sur mes épaules, chaudes et puissantes. Il me serre doucement, puis me tourne pour que je lui fasse face. Je sais ce qu'il va dire.

— Zach...

— Non.

Sa réponse est définitive.

— S'il te plaît.

— C'est trop dangereux, réplique-t-il en secouant la tête. Reste ici jusqu'à mon retour. Je promets que nous établirons un plan ensemble lorsque je reviendrai.

Je l'observe. Son regard est sombre.

— Il s'agit également de moi.

— S'il te voit, il s'enfuira. Nous sommes trop proches pour risquer de le perdre. Il peut nous mener jusqu'à Malick. Jusqu'à ton frère, peut-être. Je dois y aller, d'accord ?

À contrecœur, je hoche la tête. Il a raison. J'en ai conscience.

— Bien.

En me plaçant de côté, il attrape son sac et sort mon pistolet, celui-là même qu'il m'a confisqué il y a quelques jours. Il le charge.

— Sais-tu comment t'en servir ?

Je n'ai pas envie de m'en servir. J'inspire profondément, je me redresse.

— Il suffit de viser et de tirer, dis-je.

Il me le met de force dans les mains et resserre mes doigts autour.

— Ne laisse personne entrer.

— Tu penses que quelqu'un va venir ?

J'ai peur. Je déteste ce sentiment, mais c'est le cas.

— Personne ne sait que nous sommes ici. Tu es restée à l'intérieur de l'hôtel, ou avec moi tout le temps. Je veux simplement que tu sois prête. Au cas où.

Je me souviens de ma petite escale jusqu'au stand de falafels de la veille, je décide de ne pas en parler. Il doit se concentrer sur le fait d'obtenir des informations.

— Est-ce que c'est compris, Eve ?

Je hoche la tête. Je dois tâcher de mieux lui dissimuler mes pensées. Il parvient à lire en moi comme dans un livre ouvert.

— Vas-y, ça va aller.

Il saisit mes bras et m'attire contre lui, ses yeux intenses ancrés aux miens, comme s'il essayait de mémoriser les traits de mon visage. Comme si c'était la dernière fois qu'il me voyait. Je frémis à cette pensée parce que je me demande si c'est le cas. S'il n'avance pas tout droit dans un piège.

— À ton retour, tu me diras qui est Malik.

Ce n'est pas une question. Il hoche la tête. Puis il se penche pour m'embrasser sur les lèvres. Lorsqu'il a fini, il m'observe une minute de plus avant de placer le Glock dans la ceinture de son jean et d'enfiler une veste pour le cacher.

— Verrouille la porte derrière moi. Ne laisse entrer personne d'autre que moi, compris ?

— Compris.

Dès qu'il sort, la pièce me paraît trop vide, trop grande. Et je me sens beaucoup trop seule. J'observe le pistolet présent dans ma main. Je le pose sur la table de nuit et je m'assieds sur le bord du lit. Qu'est-ce que je dois faire ? Qu'est-ce que je ressens face à tout ça ?

Je suis seule depuis deux ans, mais je ne me suis jamais sentie aussi seule qu'en cet instant. C'est comme si, en sortant, il avait pris quelque chose avec lui. Une partie de moi. Je me lève, et j'avance jusqu'à la fenêtre. Je l'observe tandis qu'il avance vers la voiture. Il jette un coup d'œil vers le haut, mais je ne pense pas qu'il puisse me voir. Les fenêtres sont teintées donc je peux voir à l'extérieur, mais personne ne peut voir à l'intérieur. Je reste là jusqu'à ce qu'il disparaisse, puis je commence à ramasser mes affaires, à plier mes vêtements qu'il avait jetés au hasard dans ma valise.

J'enfile une culotte et un soutien-gorge, puis je choisis une robe. C'est là que je remarque son sac de sport. Mes yeux dérivent vers la porte verrouillée, puis à nouveau vers son sac. Je sais que c'est mal, mais j'y vais. Je l'ouvre.

Il porte ce truc comme si c'était une partie de lui. Pour moi, c'est comme une corde autour de son cou, une ancre le traînant vers le bas, et ce n'est plus qu'une question de temps avant qu'il ne coule jusque dans les profondeurs. Je veux savoir ce qu'il y a à l'intérieur. Ce qui a une emprise aussi importante sur lui. Je devrais lui poser la question, je le sais, et pourtant je n'en fais rien.

Au lieu de cela, je place de côté quelques-uns de ses vêtements.

Ce que je cherche, ça se trouve tout au fond. Dans les dossiers usés qui ont l'air d'avoir une centaine d'années.

Mes mains tremblent quand je les récupère. Et je ne peux pas en écarter mon regard alors que je les porte jusqu'au lit et que je m'assieds dessus avec eux sur mes genoux. J'ouvre le premier et je distingue le visage d'Armen. Cette photo que j'ai déjà vue. Je l'effleure du bout des doigts, je touche le visage de mon frère. Il ne sourit pas. Il est en plein milieu d'une conversation animée. La personne à qui il parle n'est pas présente sur la photo, mon frère semble féroce. Pas vraiment en colère, néanmoins son regard est intense. Je pose la photo sur le lit à côté de moi. J'aimerais en voir une autre. Une où il sourit. Il avait le plus beau sourire du monde. Du moins avant que Malik ne le lui vole.

Les autres photos dans ce dossier, je les ai déjà vues également, à la propriété McKinney. Mes frères, et les hommes de Zach. Ils sourient, du moins pour certains d'entre eux. Je me force à les regarder. À voir chaque homme qui est mort cette nuit-là. À me rappeler chacun de leur nom. À les prononcer à voix haute. Ça me semble bien, même si ça fait couler quelques larmes sur mon visage. Zach avait raison ce matin. Je ne voulais pas retourner sur les lieux de l'explosion, mais il le fallait. Nous le leur devions.

Je récupère un mouchoir sur la table de nuit et je m'essuie le nez. Mes yeux se posent sur le pistolet et quelque chose me force à le ramasser et à le poser à mes côtés sur le lit. Je contemple le prochain dossier. Je devrais m'habiller. Je devrais attendre le retour de Zach et lui demander de me les montrer lui-même. Mais je n'en fais rien. Je l'ouvre.

Et je regrette ma décision dès l'instant où je le fais. Parce que ce j'y découvre, je ne m'y attends pas du tout. Je ne suis pas prête. Je ne pense pas pouvoir être un jour prête à ça.

Je pose une main devant ma bouche alors que la bile remonte le long de ma gorge. Il emporte ça partout avec lui ? Le massacre, le bain de sang, les corps, les parties de corps. Les murs, ceux qui sont encore debout, le sang, la chair et les entrailles. Je ne parviens pas à compter le nombre de corps. Je ne peux pas compter le nombre de vies perdues. C'est impossible. Une tête coupée ici, un pied là, quelqu'un que je reconnais dans un coin, pris en photo alors qu'il mourait, du sang sur le mur, un cadavre. Beos m'a montré des photos avant mon départ de Beyrouth, mais elles n'avaient rien à voir. Elles étaient édulcorées.

Je crois que je vais vomir.

Je me mets si vite debout que les photos se dispersent sur le sol à mes pieds. Je cours dans la salle de bains et je soulève le couvercle des toilettes juste à temps au moment où la première vague me fait déverser le peu que j'ai mangé aujourd'hui. Mes cheveux humides collent à mon visage. Je ne parviens pas à les retirer suffisamment rapidement avant de vomir. Les larmes me montent aux yeux. J'ai l'impression que je vais mourir. Que plus rien ne doit rester en moi. D'une main tremblante, je tire la chasse d'eau alors que je recule, mais seulement pour un moment, parce que ce n'est pas encore fini. Les images sont gravées dans mon cerveau. C'est comme si elles tournaient en boucle sur un diaporama que je ne peux pas arrêter. Je vomis à nouveau. Je ne sais pas combien de temps ça dure, mais j'ai l'impression que c'est une éternité avant que tout s'arrête et que je m'affale contre la baignoire. Fraîche. En pleurant. Je suis sale. Recouverte de mon propre vomi.

Et c'est là que je l'entends.

Il est de retour. Zach est de retour.

J'entends la clé dans la serrure. La poignée de porte qui tourne. La chaîne se briser.

Je respire fortement. Je suis incapable de me lever. Incapable de faire fonctionner mes jambes. Mon regard est verrouillé sur la porte ouverte de la salle de bains et mes doigts bougent de leur propre chef. Je réalise alors que j'ai apporté le pistolet avec moi. J'ai dû le ramasser lorsque je courais.

Je vais en avoir besoin.

Ce n'est pas Zach.

Des bottes lourdes avancent dans la chambre. J'entends le lit protester alors que l'intrus s'installe dessus.

— Quelqu'un a foutu un sacré bordel.

La personne présente dans la chambre entend mon souffle. Il le doit. Il est tellement fort. Il sait que je suis ici. Que j'ai vomi mes tripes. Je me force à me relever, l'arme à la main.

Il se relève aussi. J'entends le lit craquer. J'entends les papiers se froisser sous ses bottes. J'arme le pistolet lorsque l'homme s'approche. Il prend tout l'encadrement de la porte. Il est énorme. Son visage est recouvert de cicatrices, ses yeux sont implacables. Cruels. Il porte du noir de la tête aux pieds et c'est comme s'il venait de bloquer la lumière du soleil.

Un sourire naît sur son visage, il n'atteint pas ses yeux. Non. Ces derniers errent sur mon corps et je réalise que je suis encore nue, ou presque.

Lentement, toujours aussi lentement, ses yeux remontent pour croiser les miens.

— Eh bien, tu as grandi. Eve El-Amin.

C'est là que je le reconnais. C'est sa voix qui ranime mes souvenirs, qui déclenche quelque chose au fond de moi. Et sans réfléchir, sans hésiter, je vise sa poitrine. Le choc s'imprime sur son visage. Ça semble si étranger. Si humain.

Je sais pourtant qu'il n'a rien d'humain. C'est l'un des hommes qui sont venus lors de cette nuit-là. L'un de ceux qu'Armen a amenés chez nous. Celui qui a parlé de moi en des termes très peu élogieux. Celui qui m'a tirée par les cheveux quand Armen m'a injecté Dieu seul sait quoi.

J'attends que son regard s'ancre au mien. Il me sourit à nouveau. Ce sourire m'indique qu'il ne va pas se contenter de me blesser comme il l'a fait cette fois-là.

Et puis, c'est fait. C'est terminé. Je presse la détente. Cet homme, ce géant, recule d'un pas, de deux. Le choc est toujours imprimé sur son visage.

Il disparaît aussi rapidement qu'il est apparu. Je le suis dans la chambre, mémorise chaque émotion qui passe sur son visage. Et lorsqu'il s'affale, c'est comme au ralenti. Il tombe sur les photos de tous les cadavres, et c'est comme si l'histoire se répétait.

La mort sur la mort. Du sang sur les murs. Du sang sur mon corps. Dans mes cheveux. Dans ma bouche.

Je peux le sentir. Je sens son sang sur ma bouche.

C'est à mon tour de trébucher, de tomber en arrière contre le mur. Mon pistolet s'écroule sur le luxueux tapis à mes pieds. Et tout ce que je suis capable de distinguer autour de moi, c'est la mort.

La mort.

Passée et présente.

La mort, partout.

21

ZACH

— Qu'est-ce que tu veux dire par changement de plan, Ace ?

Je me fraye un chemin à travers le marché en essayant de ne pas hurler au téléphone. Mais je suis énervé.

— Il a envoyé un SMS. Il ne s'est pas vraiment expliqué.

— Qu'est-ce qui se passe ?

Mon téléphone sonne. C'est un autre appel. Je l'ignore.

— Il a peut-être eu peur.

— Peut-être.

— Calme-toi, d'accord ? Je vais organiser une nouvelle entrevue.

La personne qui appelle insiste.

— Bientôt.

Je raccroche. Je sais que ce n'est pas sa faute, mais je comptais beaucoup là-dessus. Aujourd'hui. Beos est la prochaine étape pour retrouver Malik. Il est notre prochain lien. Sans lui, je n'ai rien. Je réponds à l'appel juste avant qu'il ne tombe sur la messagerie.

— Zach ?

— Eve ?

Je comprends que quelque chose ne va pas. Je l'entends dans sa voix.

— Eve ?

J'entends un gros sanglot.

— Eve ? Que se passe-t-il ?

Je cours vers ma voiture.

— Je l'ai tué.

— Quoi ?!

— Il y a... c'est... Zach ?

— Où est-ce que tu es ?

J'atteins la voiture et allume le moteur avant même que la portière ne se ferme.

— Je suis restée dans la chambre.

— Je suis en route. Je serai là dans quinze minutes. Que s'est-il passé ?

Quelqu'un klaxonne. Putain de trafic de Beyrouth. Je ne sais pas pourquoi ils s'embêtent avec les feux de signalisation. Elle sanglote si fort que je ne parviens pas à la comprendre.

— Eve, est-ce que tu blessée ?

Putain. Putain. Putain.

— Je l'ai tué.

— Tué qui ?

— Je ne sais pas.

Je la garde au téléphone alors que je me rue vers l'hôtel, essayant de gagner quelques précieuses minutes. Lorsque j'entre dans le parking puis dans le hall, je ne vois rien qui sorte de l'ordinaire. Je gravis les trois étages qui mènent à notre chambre. Quand j'arrive, la porte est fermée.

— Eve ?

Je cherche ma clé. Je la trouve enfin. Je la glisse dans la serrure. J'ouvre la porte et je m'immobilise, car j'ai besoin de quelques minutes pour tout analyser. Elle est assise contre le mur et elle braque son pistolet dans ma direction. Du sang a éclaboussé son visage, son corps, mais ce n'est pas le sien. C'est celui du type qui gît sur le sol.

— Baisse ton arme, Eve.

Elle cligne des yeux deux fois, comme si elle me reconnaissait enfin. Le portable se trouve toujours dans son autre main. Lentement, elle abaisse les deux. Je rentre, ferme la porte et regarde autour de moi en me penchant pour vérifier le pouls du type. Il est faible, mais il y en a un. Quand je la regarde, elle se remet à pleurer.

— Je l'ai tué, murmure-t-elle.

— Non. Il est encore vivant.

Mais il va mourir. Je me retourne vers l'homme, je m'accroupis, je m'agrippe à son visage, et je lui bouche le nez et la bouche. Il ne lutte pas. Il en est incapable. Je lui accorde quelques minutes, et cette fois-ci, lorsque je prends son pouls, il s'en est allé. Je me tourne vers elle.

— Je l'ai tué, répète-t-elle.

— Non, pas toi. C'est moi.

Elle est confuse. Pourtant, son regard semble soulagé. Je m'avance dans sa direction, c'est là que je remarque les photos qui jonchent le sol. Mes photos.

Elle les a vues. Elle n'était pas censée les voir.

Je récupère l'arme dans sa main, je lui essuie le visage, j'étale du sang sur sa joue et je repousse ses cheveux avant de caresser son visage. Ses yeux sont gonflés et rougis. Elle tremble. Elle est frigorifiée. Je l'attire contre mon torse, et elle me laisse la tenir dans ses bras.

— Je n'aurais pas dû te laisser toute seule ici.

Elle dit quelque chose, je ne comprends pas. Lorsque je m'écarte pour la regarder, je vois ses yeux rebondir sur le corps qui se trouve derrière moi. Je dois la sortir de là, mais comment quelqu'un a-t-il su que nous étions ici ? Qui est cet homme ? Qui l'a envoyé ? Et que voulait-il, putain ?!

— Tu dois aller te nettoyer, dis-je.

Je la soulève dans mes bras pour la porter jusqu'à la salle de bains. Je la place sous la douche, et je commence à la nettoyer, sans me soucier d'être encore habillé et trempé. Un flot rouge glisse le long de son corps quand je lui retire sa culotte et son soutien-gorge.

— Il avait une clé, déclare-t-elle.

Elle marmonne.

— Il a brisé la chaîne. J'étais...

Elle croise mon regard.

— Tu étais quoi ?

Elle hoche la tête.

— Je croyais que c'était toi.

— Je suis désolé. Mon Dieu. Je suis terriblement désolé. Je n'aurais pas dû te laisser toute seule ici.

— Il travaillait pour Malik. Je l'ai déjà vu. Le soir de la vente aux enchères.

Je sonde son regard. Je sais que c'est vrai. Je sais que Malik sait que nous sommes ici. C'était stupide de ma part de penser le contraire. Il a des yeux et des oreilles partout. Je le sais.

— Qu'est-ce que nous allons faire ?

— Je vais te sortir de là.

Lorsque je la relâche, elle se laisse tomber sur le petit banc sous la douche. Nous ne parlons pas pendant que je lui lave les cheveux, le corps. Je la frotte comme si je pouvais effacer toute trace du meurtre.

— J'ai failli tuer quelqu'un.

— L'autodéfense est différente d'un meurtre. D'ailleurs, tu ne l'as pas tué. Je te l'ai déjà dit. C'est moi qui l'ai fait.

Elle ne m'entend pas. Elle est coincée dans sa tête.

— Je lui ai tiré dessus.

— Regarde-moi.

Elle ne le fait pas. Je la force à s'exécuter.

— Il ne vaut pas la peine que tu te sentes coupable. Il était là pour te blesser. Si tu ne l'avais pas tué, il t'aurait tuée lui.

Elle fronce les sourcils. Je vois qu'elle essaie de tenir le coup.

— Eve. Tu as fait ce qu'il fallait faire. D'accord ?

Elle cligne des yeux, s'essuie le nez du dos de sa main. Elle hoche la tête. Ce n'est pas très convaincant, mais nous verrons cela plus tard. Pour l'instant, je dois la faire sortir de là. Je coupe l'eau et je la regarde. Son regard est perdu dans le vide face à elle, et ses yeux m'indiquent qu'elle est très loin, très, très loin.

— Allez, laisse-moi t'habiller.

J'attrape une serviette et je l'enveloppe à l'intérieur. Puis je la porte à nouveau dans mes bras. Au lieu de la conduire dans la chambre, je l'installe sur la cuvette des toilettes. Je vais ensuite dans la chambre moi-même pour lui trouver quoi porter. Il n'y a pas beaucoup de choix. Le sang a giclé partout. Je parviens cependant à lui trouver une robe et des sous-vêtements. Je me change également. Après avoir enfilé une tenue sèche, je l'habille, et lui fais même une queue de cheval.

— Je vais récupérer ce que je peux. Reste ici une minute.

Elle m'attrape le bras quand je me retourne.

— Ne me laisse pas ici. Ne me laisse pas toute seule.

— Je ne le ferai pas. Je te le promets.

Finalement, elle me libère, et je retourne dans la chambre. Je veux récupérer mes photos. Je dois déplacer le cadavre pour toutes les récupérer, même celles éclaboussées par son sang. Je les range dans mon sac, puis j'emballe mes propres affaires. Après ça, je fouille l'homme et récupère son pistolet qui est toujours dans son étui. Il savait qu'il serait seul. Ils doivent nous surveiller. Attendre un moment de vulnérabilité. Mais était-il là pour la tuer ? La kidnapper ? L'utiliser pour m'atteindre ? Malik l'a gardée en vie pendant deux ans, en sachant que j'irais à sa recherche. Pour quelle raison ? Il sait que je l'ai vu cette nuit-là. A-t-il compris que je l'avais reconnu ? Pourquoi ne pas me tuer dans ce cas ? Pensait-il que j'étais mort ?

Non. Ça n'a aucun sens.

Il devait savoir que j'avais survécu. Et il devait également savoir que je voudrais la retrouver une fois que j'aurais appris qu'elle avait également survécu. Pourquoi ? Pourquoi tous ces problèmes ? Est-ce que j'étais vraiment si bien protégé chez Hassan pour qu'il ne sache pas où j'étais ? Qu'il ne pouvait pas me trouver ? Je vérifie les poches du cadavre, mais je n'y déniche pas la moindre pièce d'identité. Cependant, je découvre un portable. Je le prends, ainsi que l'arme, et enfonce les deux dans mon sac. Je retourne ensuite dans la salle de bains pour récupérer Eve. Je n'ai pas moyen de nettoyer ça, nous n'avons pas le temps.

— Nous devons y aller.

Je fais mine de la soulever, mais elle se lève par elle-même.

— Je peux marcher. Ça va.

— Regarde-moi. Continue de me regarder lorsqu'on traversera la chambre.

Elle hoche la tête et fixe son regard sur mon torse. Je l'entoure d'un bras et la fais sortir de la chambre d'hôtel en verrouillant la porte derrière nous et en y accrochant le panneau « ne pas déranger ». J'observe chaque personne que nous croisons jusqu'à la voiture, et j'espère que si ce sont des espions, ils avertiront Malik.

Je viens pour lui.

Et cette fois, je ferai les choses correctement. Cette fois, je m'assurerai de mettre une balle entre ses deux yeux.

Je la conduis au seul endroit sûr à ma connaissance. Il nous faut plus d'une heure pour y arriver, et je ne suis même pas certain que nous y serons les bienvenus. Je n'ai pas choix. Je me faufile à travers les arbres qui pendent le long de la route menant à l'ancienne maison du Dr Hassan. Les murs de pierre m'apparaissent après environ un autre kilomètre, mais il fait presque nuit est la propriété et légèrement éclairée. Devant se trouve un camion et deux voitures, tous deux vieux modèles. Je les reconnais. Toutefois, c'est la poussette à côté de la porte d'entrée qui me surprend. Les phares de ma voiture illuminent la fenêtre du bas. Je ralentis pour m'arrêter, et perçois le bourdonnement des insectes une fois que le craquement du gravier cesse sous mes pneus.

— À qui appartient cette maison ? me demande Eve à côté de moi.

— Au docteur Anthony Hassan et à sa famille.

— C'est l'homme qui t'a sauvé la vie. Et son fils, celui avec qui tu es resté en contact.

— Oui. Et sa fille.

Je ne regarde pas vers elle. Je n'ai pas mentionné Julia auparavant. Non pas que je souhaitais lui cacher son existence, simplement parce que ce n'était pas important.

— Sa fille ?

— Julia.

Mes yeux se posent sur la maison. Je distingue du mouvement à l'intérieur.

— Reste ici jusqu'à ce que je te dise le contraire.

La porte d'entrée s'ouvre. Je quitte la voiture et m'avance, en me demandant si Hassan m'a reconnu. Il sort un moment plus tard. Il ne sourit pas, son regard est fixé sur le mien.

— Docteur, dis-je.

Ses yeux se posent momentanément sur la voiture. Il ne peut pas distinguer le visage d'Eve, mais il doit apercevoir sa silhouette.

— Qui est-ce ?

J'entends la voix de Julia. Lorsqu'elle apparaît, je la vois tenir un bébé sur sa hanche. Je suis surpris. Elle s'immobilise, elle aussi, et la surprise s'imprime sur son visage. Hassan l'empêche d'aller plus loin.

— Zach ? demande-t-elle.

J'observe le visage de l'homme plus âgé. J'essaie de lire ce qui se trouve dans son regard.

— Rentre, lui dit Hassan, sans jamais me quitter des yeux.

Je suis confus. Je suis resté en contact avec Ace. Pourquoi n'a-t-il pas mentionné le bébé ? Et pourquoi m'accueille-t-on comme ça ? Mon regard se pose sur le bébé.

— Mais... commence Julia.

— Vas-y.

Son ton est tranchant. Sa parole définitive. Je le sais. Et elle aussi. Julia m'adresse un dernier coup d'œil avant de rentrer dans la maison.

— Que fais-tu ici ?

— J'ai besoin de ton aide.

Il jette un nouveau coup d'œil vers la voiture.

— Ce n'est pas un endroit sûr ici. Pas pour toi. Pas pour ma famille.

— Tu m'as aidé une fois. J'espérais que tu m'aiderais encore.

J'entends la portière de la voiture s'ouvrir et se refermer. Puis je distingue les pas d'Eve quand elle s'approche. Je ne me tourne pas vers elle. C'est Hassan que j'observe lorsqu'elle arrive à notre niveau. Il la reconnaît. Les pleurs du bébé sont les seuls bruits qui résonnent ici. Hassan s'approche de moi.

— Vous n'avez pas été suivis ?

— Non.

Il jette un regard méfiant en direction de ma compagne.

— Fais-la rentrer.

Eve m'étudie pour obtenir mon accord. Je hoche la tête, et avec une main dans son dos, je la traîne jusqu'à la maison. Je regarde autour de moi, me remémorant cet endroit, bien qu'il me semble plus petit. Je réalise que j'avais oublié son odeur. Vieillotte. La maison est ancienne. Hassan et Ace ont construit la façade extérieure sur une structure déjà existante. Je touche du bout de mes doigts le mur original en pierres rugueuses du couloir alors que nous nous frayons un chemin jusqu'à la cuisine située à l'arrière de la maison. La lumière est allumée. Je vois Julia. Elle me tourne le dos, le bébé est à son sein. Une femme que je ne connais pas est en train de verser de l'eau chaude dans une théière. Hassan s'avance jusqu'à elle et lui murmure quelque chose en lui prenant la théière des mains. Elle nous observe, hoche la tête, puis quitte la pièce. Une fois qu'elle s'en est allée, Hassan nous invite à nous asseoir. Nous nous exécutons.

— Qui était-ce ?

Je pose cette question, parce que je me méfie énormément des gens. Même de l'homme qui m'a sauvé la vie. Quelque chose ne va pas.

— Ma femme de ménage. Elle n'a pas besoin de savoir ce qui se passe ici.

— Susanna est digne de confiance, murmure Julia en déposant le bébé qui dort dans son couffin et en ajustant sa robe avant de me faire face. Tu t'es bien remis.

Elle sourit, toutefois il y a quelque chose d'étrange dans son regard. Quelque chose que je ne comprends pas.

— Grâce à ta famille.

Je sens le regard d'Eve peser sur moi. Sur nous.

— Félicitations, déclaré-je en désignant l'enfant.

Elle sourit, et effleure son front du bout des doigts. Ses cheveux foncés.

— Je te présente Hope. La nouvelle patronne de la maison.

Je peux voir du coin de l'œil qu'Hassan est crispé. Je crois que

Julia essayait de faire une plaisanterie, avec un soupçon de gêne. Hope ouvre de grands yeux couleur caramel, qui croisent les miens. Un instant plus tard, ses paupières se closent.

— Elle est magnifique, intervient Eve.

Julia lève son regard vers elle. Aucune émotion ne traverse son visage tandis qu'elle étudie ses traits.

— Merci.

— Je vous présente Eve El-Amin.

Je me tourne vers Hassan.

— Mais je pense que tu le sais déjà.

Il ne nie pas.

— Julia, va coucher l'enfant, déclare-t-il sans même la regarder.

— Père...

Il se tourne vers elle et la tendresse avec laquelle il la regardait auparavant a changé. Elle s'est endurcie.

— Je t'ai dit d'y aller.

Elle se relève, me regarde, ignore Eve et embrasse la joue de son père avant de quitter la pièce. Nous écoutons ses pas résonner alors qu'elle grimpe les escaliers. Hassan ne parle pas jusqu'à ce qu'on entende la porte se fermer.

— C'est dangereux pour ma famille que tu sois venu ici. Que tu l'aies amenée ici.

Les yeux d'Hassan sont posés sur moi lorsqu'il parle. Je ressens son hostilité à l'encontre d'Eve. C'est lui qui m'a informé qu'elle avait survécu. Et maintenant je me demande comment il l'a su.

— Je n'avais pas le choix. Nous avons eu un intrus dans notre chambre d'hôtel aujourd'hui. Ils sont venus alors qu'elle était toute seule.

Il l'observe avant de croiser à nouveau mon regard.

— Je t'ai dit quand tu es parti que tu ne devais pas revenir, Zach.

— Comme je l'ai dit, je n'avais pas choix. Je te dois ma vie, je la dois à toi et à ta famille, et je ne vous veux aucun mal.

C'est comme s'il y avait un éléphant dans la pièce, mais que personne ne le mentionnait.

— Nous avons simplement besoin d'un endroit sûr ce soir.

Je choisis mes mots avec précaution.

— Nous partirons demain matin.

Il m'étudie. Je sais qu'il a autant de questions que moi.

— Est-ce que tu as communiqué avec mon fils ?

Je hoche la tête brièvement. Je ne compte pas lui mentir. Il soupire profondément et s'écarte. Dans l'un des tiroirs de la cuisine, il récupère une clé.

— Conduis la fille au chalet. Tu te souviens où c'est ?

— Oui.

Je suis soulagé. Il hoche la tête et s'assied à nouveau. Je sais qu'il attendra ici que je revienne. Eve nous observe tour à tour quand je me tourne vers elle.

— Allons-y, dis-je.

Elle s'exécute et me suit jusqu'à la porte d'entrée. Je fais le tour de la propriété jusqu'au petit chalet. On dirait une remise, une remise en ruine, mais ce n'est pas le cas. C'est là où j'ai dormi pendant cinq mois, dans le coma. Et où j'ai guéri après ça. Je déverrouille la porte et allume. Une ampoule nue suspendue au milieu du plafond illumine l'espace. Eve entre et regarde autour d'elle.

— C'est élémentaire, mais nous aurons tout ce dont nous avons besoin. Et c'est propre.

— Pourquoi n'as-tu jamais mentionné Julia ?

Je croise son regard.

— Il n'y avait rien à dire.

Elle m'étudie.

— Depuis combien de temps es-tu parti d'ici ?

Elle fait le calcul. Moi aussi.

— Tu te sens mieux ?

Je lui pose cette question en ignorant la sienne. Elle hoche la tête.

— Bien.

Je l'attire vers moi, lui retire sa robe, embrasse ses lèvres. Je l'accompagne jusqu'au lit, mais lorsque ses mains s'agrippent à mon T-shirt, je les attrape. Je les pose sur le côté.

— Pourquoi ne pas essayer de te reposer ?

— Tu ne vas pas rester, n'est-ce pas ?

— Allonge-toi, Eve.

— Tu vas aller la voir ?

Je suis déjà à mi-chemin. Je me tourne.

— Elle ?

Je sais très bien de qui elle parle. Honnêtement, cela ne la regarde pas. Elle croise les bras sur sa poitrine.

— Julia.

Je me rapproche suffisamment près pour que nos corps se touchent. Mon torse contre sa poitrine.

— Dois-je t'attacher au lit ?

— Les menottes se trouvent dans ton sac.

— Je peux me montrer créatif.

— Je parie.

Je me place derrière elle et décroche son soutien-gorge. Je le glisse lentement le long de ses bras. Puis, en ancrant mon regard au sien, j'attrape sa culotte et la fais glisser le long de ses hanches. Elles tombent sur le sol. Ses yeux s'assombrissent. Je le vois même sous la faible lumière. Elle est excitée. Exactement comme je veux qu'elle soit. Je la force à s'asseoir sur le lit, puis je me penche pour la faire s'allonger. Ses jambes sont écartées. Je me tiens entre elles. Elle me regarde tandis que j'observe son sexe. Je plonge la tête et inspire profondément, puis je la lèche sur toute sa longueur. Elle halète. J'enfonce deux doigts en elle et mon pouce contre son clitoris.

— Sois gentille. Reste humide pour moi. Et quand je reviendrai, je te laisserai t'asseoir sur mon visage et je te lécherai jusqu'à ce que tu jouisses.

Elle déglutit, essaie de m'embrasser, mais je m'écarte et la retourne rapidement sur le ventre pour lui botter les fesses.

— Si tu te comportes comme une mauvaise fille, je te donnerai la fessée. Puis je te forcerai à me sucer la queue jusqu'à ce que tu t'étouffes avec mon sperme. Pendant que ta petite chatte se crispera de plaisir.

J'arrache mes yeux de la vision de son cul parfait seulement ternie par l'empreinte rosée de ma main. Je croise son regard.

— Compris ?

— Oui, réplique-t-elle.

Je marche jusqu'à la porte sans me retourner.

— Dois-je la verrouiller ?

— Non.

En hochant la tête, je sors et passe par la porte de derrière pour regagner la demeure principale. Hassan m'attend dans la cuisine. Une bouteille de whisky se trouve sur la table accompagnée de deux verres. Dont un qu'il vide avant de s'en verser un autre.

— Quel âge a Hope ?

22

ZACH

— **A**ssieds-toi, m'ordonne Hassan.

Je m'exécute. Il étudie mon visage pendant une longue minute. J'en fais de même. Hassan a toujours été intense. Il se devait de l'être. J'ai toujours pensé que c'était parce qu'il prenait un risque avec moi. Que me sauver la vie le mettait en danger. Mettait sa famille en danger. Je récupère mon verre et le vide. Ça fait du bien. J'en ai besoin.

— Trois mois, répond Hassan.

Il me surveille je fais le calcul. L'information s'abat sur moi. Si elle a trois mois, c'est qu'elle a été conçue après mon départ.

Hope n'est pas de moi.

— Mais je sais que tu m'as manqué de respect avec ma propre fille, sous mon toit.

Mon regard se baisse sur le sol.

— Je suis désolé.

Je le suis sincèrement. Il a raison. Il m'a recueilli, m'a sauvé la vie, et j'ai baisé sa fille sur la table de la cuisine. Il hoche la tête. Un signe de reconnaissance. Rien de plus.

— Comment as-tu été au courant pour l'explosion ? Tu as dit

que tu l'avais entendue, mais Malik a dû s'assurer que personne ne soit dans les parages.

Comment ai-je pu ne pas lui poser cette question avant ?

— Je le savais parce qu'on me l'a dit.

Je suis surpris de sa réponse, son honnêteté.

— On te l'a dit ?

Il hoche à nouveau la tête. Il boit. Se verse un autre verre.

— Parle-moi de ton histoire avec Malik, me demande-t-il.

— C'était le commandant de mon bataillon. Opérations spéciales. Militaires américains. Il s'appelait Maliki Remi. Le commandant Maliki Remi. Quand je l'ai rencontré pour la première fois, il était une sorte de mentor pour moi. Il m'a aidé quand j'avais besoin d'aide. Il m'a offert un but. Je me suis détourné de mes propres problèmes. Je lui ai parlé de ma famille, comme je l'ai fait avec toi.

— Continue.

— Il y avait un informateur dans nos rangs. Un petit groupe d'entre nous a été chargé de débusquer le traître. Le commandant Remi a dirigé cette opération lui-même.

Hassan disparaît de mon champ de vision. Je voyage dans le temps jusqu'à cette nuit, et m'entends raconter l'histoire comme si ce n'était pas moi qui parlais :

— J'étais présent cette nuit-là. J'avais découvert des preuves sur l'un de nos hommes. Un de mes amis. Robert Hastings. Le commandant désirait l'interroger seul. Je savais que ça allait mal tourner. On l'interrogeait depuis deux jours et il n'avait pas craqué. C'était à l'encontre du protocole qu'il y aille tout seul, et ça ne me convenait pas. Encore moins quand les cris ont commencé.

Je cligne des yeux. Hassan apparaît à nouveau.

— Si je n'avais pas été là-bas, il s'en serait tiré. Il n'a pas dû m'entendre à cause des cris que poussait l'autre militaire, mais moi j'ai tout entendu. J'ai entendu ce qu'il a dit lorsqu'il a enfoncé l'aiguillon à bétail dans une plaie ouverte. Je suis resté silencieux au début. Comme un putain d'idiot. Hastings était nu. Il saignait. Il était recouvert de bleus. Il s'était pissé dessus. Remi l'avait laissé mariner dans sa propre pisse.

NATASHA KNIGHT

Je frotte ma bouche avec ma main, mon menton. Ma vision devient floue à nouveau. Je dresse la bouteille de whisky et bois trois longues gorgées directement au goulot.

— J'ai compris trop tard ce qu'il se passait. Trop tard pour sauver mon ami. Et le commandant se tenait juste au-dessus de lui avec un regard indifférent. Cet homme qui lui avait été loyal... avec qui je l'avais vu rire... Maliki l'a tué. Lentement. Douloureusement. Si je n'avais pas été aussi choqué, j'aurais peut-être tué le commandant cette nuit-là.

Je regarde Hassan.

— Je pensais l'avoir fait, mais la balle n'a manifestement pas atteint sa cible. Quelque chose m'a frappé à l'arrière de la tête et quand je me suis réveillé deux semaines plus tard dans un hôpital militaire, ils ont dit que j'avais été chanceux d'avoir survécu à l'attaque. Que le commandant et Hastings avaient été tués par des assassins. J'étais tellement confus, je ne comprenais pas. Les deux hommes ont été décorés en héros post-mortem. Et quand j'ai commencé à poser des questions, on m'en a empêché. Ça n'avait aucun sens, et je savais que quelque chose n'allait pas. J'avais compris que quelque chose m'était dissimulé. Et je me suis comporté comme un putain de lâche parce que je me souvenais parfaitement de ce qui était arrivé au corps de mon ami, de ce à quoi il ressemblait, alors j'ai juste fermé ma gueule.

Je me frotte à nouveau le visage. Je secoue la tête, puis croise le regard d'Hassan.

— Ils t'ont drogué, déclare-t-il.

Je n'ai pas besoin de lui demander comment il le sait. Ce doit être grâce à la même source qui lui a parlé de l'explosion. Qui lui a dit de me maintenir en vie.

Et je sais déjà de qui il s'agit, n'est-ce pas ?

— Je suppose que je n'ai pas réussi à le tuer cette nuit-là, puisqu'il est vivant. Je l'ai vu juste avant l'explosion. Maliki Remi, alias Malik le boucher.

— Mon demi-frère.

Je me fige. Je contemple Hassan, l'homme qui m'a sauvé la vie. L'homme à qui je dois la vie. Et même si je m'attendais à ce que

Malik ou l'un de ces hommes soit en contact avec lui de près ou de loin, cette révélation me tue.

— Qu'est-ce que tu viens de dire ?!

— Malik... Maliki Remi, c'est mon demi-frère.

Je fonce sur lui avant même de pouvoir y réfléchir à deux fois. Je bondis hors de ma chaise, et le bruit que fait cette dernière en s'écrasant sur le sol ne m'empêche pas d'enrouler ma main autour de la gorge d'Hassan.

— Qu'est-ce que tu viens de dire ?!

Il s'étouffe. Ses yeux sont gonflés, rougis. Je le secoue.

— Putain, qu'est-ce que tu viens de dire ?

Il ne répond pas. Au lieu de cela, j'entends le bruit de la sécurité d'un pistolet, et je sens son canon froid contre ma gorge. Il avait un pistolet sur lui depuis le début. Ça me prend une minute, mais je desserre mon bras, je le relâche. Il se rassied et se frotte la gorge. Il ne me vise plus. Il me surveille.

Hassan tend la main, paume vers le haut. Je me penche pour l'aider à se relever. Il soulève sa chaise et pose le pistolet sur la table entre nous. Puis se verse un nouveau verre de whisky. Il ne parle pas tant qu'il ne l'a pas vidé.

— Il est de mon sang. Ça ne veut pas dire pour autant que ma loyauté lui est acquise.

Je m'assieds. Je bois à mon tour.

— Pourquoi tu ne me l'as pas dit avant ?

— Tu ne te souvenais pas de lui avant.

— Pourquoi m'avoir sauvé la vie ? Comment as-tu su pour l'explosion ? Comment savais-tu qu'Eve avait survécu ? Tu me dis que tu ne lui es pas loyal, mais tout indique le contraire.

— Obtenir des informations et être loyal sont deux choses différentes. Il m'a parlé de l'explosion. Il m'a demandé de te sortir de là. De te garder en vie. Il m'a parlé quelques mois plus tard de la fille. Il savait que tu avais un faible pour elle, alors il a voulu l'utiliser. Tu lui as sauvé la vie grâce à ça.

— Pourquoi ? Pourquoi me veut-il en vie ?

Hassan secoue la tête.

— Je ne sais pas.

— Et Ace ?

Je réalise à ce moment-là que mon contact est en réalité le neveu de mon ennemi.

— Sa loyauté est... différente.

— Putain. Je n'arrive pas à y croire. Il sait exactement où nous sommes, pas vrai ?

— Malik ? Il n'a pas communiqué avec moi depuis des mois. Ace sait-il où tu es ?

— Non. Il est au courant que nous sommes à Beyrouth, c'est tout. Il est en train de m'organiser une rencontre avec Beos, l'homme qui...

Hassan fronce les sourcils.

— Il est mort. On l'a retrouvé mort il y a plusieurs mois, son corps à moitié décomposé.

— Ace m'a piégé. Il se joue de moi depuis le début.

Je me remets sur pied.

— Je dois mettre un terme à tout ça. Et j'ai besoin de savoir qu'Eve sera en sécurité avec toi quand je partirai.

— Tu ne peux pas la laisser ici.

— Je ne peux pas non plus l'emmener avec moi. Elle sera morte à la seconde où Maliki mettra la main sur moi.

— Assieds-toi, Zach.

— Je n'ai pas le temps de m'asseoir.

— Tu devrais en savoir plus.

C'est à mon tour de froncer les sourcils. Comment peut-il y en avoir plus ? Il s'avance vers moi et s'arrête à quelques centimètres à peine.

— Tu ne vas pas blesser mon fils. Tu peux tuer ce fils de pute de Malik, mais tu ne toucheras pas à mon fils.

— Tu comptes m'en empêcher ?

— Il n'a pas toujours été loyal envers Malik. Il l'a détesté pendant très longtemps. Mais mon demi-frère a une façon bien à lui de charmer les gens. De les forcer à faire ce qu'il veut. Je veux dire, prends-moi pour exemple.

Hassan secoue la tête en détournant le regard comme s'il était dégoûté. Il se rassied.

— J'ai exécuté ses ordres te concernant, pas vrai ? Je t'ai sauvé la vie ? Je suis médecin. C'est mon serment. Mais je t'ai également parlé de la fille parce que Malik le voulait. Il savait que tu irais après elle. C'est ce qu'il désirait, il comptait sur ça. Je savais que cela mettrait le plan de mon frère en marche.

— Quel plan ?

— Il y a une raison pour laquelle il ne l'a pas tuée. Une raison pour t'appâter. C'était... secondaire.

— Éclaire-moi, rapidement.

Parce que je désire enrouler mes mains autour de la gorge d'Ace et serrer jusqu'à ce que la vie s'écoule de ses yeux.

— Son frère.

— Son frère ?

J'avais toujours supposé qu'Armen était mort. Qu'ils étaient tous morts. Je réalise alors quelque chose. Les yeux d'Hope. Lorsqu'elle les a ouverts, ils m'avaient l'air familiers. Ils sont de la même couleur que ceux d'Eve. Que ceux de son frère.

— Armen El-Amin est le père du bébé de Julia.

C'est comme s'il lisait dans mon esprit.

— Ce qui, pour Malik, fait de lui un membre de sa famille. Il ne s'en prend pas à sa famille. Pas directement, en tout cas.

Je suis confus. Je me laisse retomber sur ma chaise.

— Son frère est vivant ?

— Et toujours fidèle à Malik. Tu vois ce qui arrive à ma famille ?

Je lève les yeux vers Hassan. Les siens sont rougis par les larmes qu'il s'efforce de contenir. Je me fiche de sa famille. Je ne m'en préoccupe plus, plus maintenant. Ce commentaire qu'il a fait à propos de la famille et de l'esprit tordu de Malik... me pousse à croire que cette maladie est présente dans toute leur putain de famille !

— Et les autres ? Rafi et Seth ?

— Je sais que Malik s'en servait comme levier au début. Il forçait Armen à faire preuve de loyauté envers lui en lui promettant de les maintenir en vie. Je ne sais vraiment pas s'ils le sont. Ni où ils sont. Je ne sais rien à leur sujet.

Le bruit d'une porte nous fait tous les deux regarder vers les escaliers. Hassan secoue la tête avant de se tourner vers moi.

— Elle est au courant de tout.

Il parle de Julia.

— Peut-être plus qu'elle ne veut l'admettre.

— Julia ? Elle est vraiment avec Armen ?

Il hoche la tête.

— Je pense qu'il est sincèrement amoureux d'elle, mais il reste un soldat de Malik. Son bras droit. Et Ace, c'est son bras gauche. Mais Armen, depuis l'arrivée du bébé... il est différent. Fais-moi confiance et garde la fille à l'écart si tu désires la maintenir en vie.

— Comment ça, Ace est son bras gauche ?

— Ace et Armen sont des ennemis mortels. La seule raison pour laquelle ils sont tous les deux encore en vie, c'est parce que Malik leur interdit de s'entre-tuer. Il aime avoir le contrôle. C'est un jeu pour lui. Tout a toujours été un jeu pour lui. Il est malade. Malade mentalement.

— Pourquoi m'as-tu gardé en vie ?

Il hausse les épaules.

— Comme je te l'ai dit, il aime jouer à ses petits jeux.

23

EVE

J e suis en train de m'endormir lorsque la porte s'ouvre. Je sais que c'est Zach sans même allumer. Il ferme derrière lui, la verrouille, puis s'avance vers le lit, se déshabille et vient vers moi. Il retire lentement les couvertures de mon corps.

— Je sais que tu es réveillée.

Je me couvre stupidement en m'asseyant. Il se dirige vers la fenêtre et l'ouvre, laissant ainsi entrer la lumière argentée de la lune. Il se tourne vers moi. Il est nu, dur, et j'aperçois une lueur sauvage dans ses yeux. Il est excité. En un mouvement rapide, il fonce sur le lit, s'allonge sur moi, son poids chassant l'air de mes poumons. Il m'embrasse avec une urgence qui me prend par surprise. Qui me donne envie.

— Est-ce que tu as été une bonne fille ? Est-ce que tu es encore mouillée pour moi ?

Il me renverse sur le dos. Je n'ai pas la chance de répondre parce qu'il me soulève, me saisit par les hanches et m'attire à lui, vers son visage.

— Zach...

Sa réponse est un grognement alors qu'il écrase mon entre-jambe contre son visage. Sa bouche est douce, sa barbe me chatouille, et lorsqu'il gémit, je m'accroche à la tête de lit et cambre le dos. Je me mords la lèvre alors qu'il prend mon clitoris dans sa bouche pour le sucer.

— Très humide, commente-t-il.

Je peux à peine distinguer ses paroles. Je l'étouffe, sa langue est sur moi. Il me lèche, me rend humide. Ses lèvres se referment autour de mon clitoris. Je pose une main sur ma bouche lorsque je réalise les gémissements qui m'échappent. Zach s'agrippe si fermement à mes hanches que je pense qu'il va me laisser des bleus. Je m'en fiche. D'une certaine façon, c'est mieux comme ça. La douleur, le plaisir, tout ça se mélange en de pures sensations qui me rendent dingue.

— Je vais jouir !

Quand je prononce ces paroles, il glisse un doigt en moi et verrouille ses lèvres autour de mon clitoris. Je laisse échapper un cri alors que je jouis, sa langue s'activant toujours sur moi, ses doigts à l'intérieur de moi. Lorsque ma respiration ralentit enfin, j'essaie de me relever, de lui demander d'arrêter de me toucher, d'arrêter de lécher mon clitoris sensible. Toutefois, il me maintient fermement en place et juste au moment où je pense ne plus pouvoir le supporter une seconde de plus, il me tourne sur le dos et il me recouvre. Je sens son liquide séminal sur mon ventre et sur mes jambes écartées. Il m'embrasse. Son visage est humide, je parviens à goûter mon goût sur sa langue.

Il s'écarte. Se relève.

— Que fais-tu ?

Il fouille dans son sac et revient un moment plus tard, pour déballer un préservatif et l'enrouler autour de son sexe. Il ne parle pas. Le regard présent dans ses yeux se fait prédateur lorsqu'il m'écarte les jambes en posant ses mains sur mes cuisses. Ses yeux s'ancrent dans les miens.

Il s'enfonce en moi. Il se retire et recommence. Encore et encore. Lorsqu'il se retire entièrement, je suis confuse. Cette fois, cependant, il m'agrippe la cheville et me tire au pied du lit. Il me renverse pour que mes jambes pendent, et il se poste entre elles, les mains posées sur mon cul. Il soulève ensuite mes hanches dans l'angle qui lui convient.

— Ta chatte est à moi, Eve.

Son doigt plonge en moi avant de se diriger vers mes fesses. Il enfonce sa queue dans son intimité luisante.

— Elle est toujours humide pour moi.

Il entre et sort deux fois.

— Ton cul l'est aussi, déclare-t-il.

Il me fait me crisper lorsqu'il appuie deux doigts sur moi en soulevant davantage mes hanches et en utilisant ses doigts comme un crochet. Mes genoux sont posés sur le lit et je me retourne pour le regarder. Il contemple son érection disparaître en moi, et aussi sexy que cela puisse être, c'est lorsque son regard croise le mien que j'en ai fini. Et il le sait, parce qu'il m'adresse un sourire narquois alors que la première vague de mon orgasme me surprend, me faisant m'accrocher aux draps, enfouir mon visage dans la couverture pour étouffer mes cris.

— Tu aimes ça ? Avoir mes doigts dans ton cul pendant que je baise ta petite chatte ?

Merde. Je vais jouir. Encore. Je me sens dégouliner sur mes cuisses, j'entends les bruits humides de sa queue qui me pilonne. Il est encore dur, toujours en mouvement à l'intérieur de moi lorsque les vagues de mon orgasme cessent et que je parviens à nouveau à y voir quelque chose. Il sourit toujours. Il sort ses doigts de mon cul et se penche plus près, m'aplatissant contre le matelas.

— Tu es une sale petite perverse, pas vrai ?

Il glisse sa main entre mon ventre et le lit, et referme ses doigts sur mon clitoris. Mes paupières se closent.

— Ma sale petite perverse.

Ses coups de reins sont profonds. Je le sens épaissir en moi et lorsqu'il se fige, j'ouvre les yeux pour le voir jouir. Ses yeux bleus me contemplent, comme il l'a fait auparavant. Je pense ne pas pouvoir en avoir un jour assez de lui. De lui. Comme ça. Avec tous ses bords rugueux, sa douceur, sa vulnérabilité que je ne vois que dans des moments comme celui-ci. Uniquement lorsqu'il est perdu dans son plaisir. Et tout ce à quoi je peux penser, c'est que je désire plus de lui. Que je veux qu'il soit dur, doux. Je veux le voir de toutes les manières possibles. Je le veux, lui.

Je le veux.

Je suis surprise quand Zach se lève pour aller prendre une douche. Je me retrouve face à la fenêtre, la brise fraîche recouvrant mon corps. Je n'arrive pas à croire que je suis vraiment de retour. J'ai envie de me lever tôt demain. De voir le soleil. Je me rappelle combien les levers de soleil sont merveilleux ici. Presque aussi merveilleux que les couchers de soleil. Plus beaux que ce que l'œil humain, le cœur humain ne peuvent décrire. L'eau se coupe et je me tourne vers la porte de la salle de bains. Zach émerge quelques instants plus tard en portant une serviette nouée bas sur ses hanches.

— Tu devrais dormir, déclare-t-il.

— Je t'attendais.

Il enfile un caleçon, puis son jean et un T-shirt propre. Je m'assieds.

— Qu'est-ce qui se passe ? Pourquoi est-ce que tu t'habilles ?

— Endors-toi, Eve.

— Tu t'en vas ?

Il fouille son sac à la recherche de quelque chose.

— Que s'est-il passé ?

Je me redresse. Il trouve ce qu'il cherche et le range dans sa poche avant de se tourner vers moi. Il prend un moment pour réfléchir, avant de hocher brièvement la tête.

— C'est la merde, Eve

Il s'avance vers moi, attrape mes mains et m'embrasse.

— À quel point ?

Il hésite.

— Dis-moi.

— Malik est le demi-frère d'Hassan.

Je retombe sur le bord du matelas.

— Quoi ?

— Il dit qu'il n'est pas loyal envers Malik, et je le crois. Il n'avait aucune raison de me le dire.

— Que désire-t-il alors ? Pourquoi te l'avouer maintenant ?

— Je pense qu'il désire que sa famille soit en sécurité.

— Est-ce que ça signifie que son fils...

— Ace, contrairement à Hassan, est loyal envers Malik.

— Oh mon Dieu.

— Beos, l'homme que j'étais censé rencontrer, celui qui t'a fait ton passeport, est mort. Il l'est depuis des mois. Ce qui me fait me demander s'il m'a piégé pour te piéger, toi.

— Tu veux dire qu'il a envoyé cet homme pour me tuer ?

— Je ne sais pas s'il était là pour te tuer ou pour te kidnapper. T'emmener auprès de Malik, peut-être.

— Pourquoi ?

Il s'assied à côté de moi.

— Je me rappelle lentement qui est Malik depuis que je me suis réveillé du coma. Des morceaux de cette nuit-là me reviennent. Ça se produit quand j'ai mes cauchemars. Je m'en souviens un peu plus à chaque fois.

Il m'observe, presque honteux. Je ne le blâme pas pour cette nuit-là. Je caresse sa main.

— Continue.

— Chaque fois que j'ai un de ces épisodes, je me souviens un peu plus de ce qui s'est passé. Je vois une autre scène. Ça pourrait être mon cerveau qui se fout de moi, mais ça n'a pas d'importance, parce que pendant des mois, je n'ai pas réussi à oublier une chose. Je l'ai compris lorsque nous nous sommes rendus sur le site de l'explosion. Malik est... ou était... Maliki Remi. Le commandant Maliki Remi. Mon commandant dans l'armée.

— Quoi ?

— Mais il est censé être mort. Je l'ai tué. Ou plutôt, je pensais l'avoir fait.

— En es-tu sûr, Zach ?

— De quelle partie ? renifle-t-il. Pas de l'avoir tué. Mais le reste, oui.

— Que veut-il ? Que tu sois mort ?

Zach secoue la tête.

— Je serais mort si c'était ce qu'il voulait. Il savait où j'étais pendant que j'étais dans le coma. Il sait quand je me suis réveillé. Il a orchestré le jour où Hassan m'a dit que tu avais survécu. Que tu avais littéralement une toute nouvelle vie. Ce qui m'a poussé à croire que tu étais dans le coup. Malik est celui qui s'est assuré qu'Hassan me trouve, me garde en vie.

— Je ne comprends pas.

Il lève les yeux vers moi.

— C'était un traître. Mais avant cela, c'était un ami. Un mentor. Tu ne sais rien de mon passé, Eve. De ma famille. Et ça n'a plus d'importance, mais à l'époque, lorsque je suis entré dans l'armée, c'était le cas. Il était le seul qui pouvait me faire sortir de mes pensées. Me faire croire que je valais quelque chose. Et ensuite, j'ai appris la vérité. J'ai vu de mes propres yeux ce dont il était capable. Et je lui ai tiré dessus à bout portant. Il n'aurait pas dû survivre.

— En es-tu certain ? Est-ce que le docteur Hassan peut te mentir ?

— Pourquoi ? D'ailleurs, je l'ai vu cette nuit-là.

— Qu'en est-il du bébé de Julia ?

Je ne suis pas certaine de vouloir entendre la réponse. Je ne suis pas en colère, c'est autre chose que je ressens, sans pour autant parvenir à mettre le doigt dessus. Zach m'étudie pendant un long moment. Je sais qu'il envisage quelque chose, mais je ne sais pas pourquoi il hésite en me répondant.

— Julia et moi avons eu une brève liaison. C'était inévitable, vraiment. Mais le bébé n'est pas de moi.

— Comment peux-tu en être certain ?

— Hassan m'a dit qui est le père, réplique-t-il.

J'ai l'impression qu'il y a plus à savoir, mais avant que je ne puisse lui poser la question, il reprend la parole :

— J'ai passé un accord avec Hassan.

— Lequel ?

— Que je ne ferai pas de mal à son fils.

— En échange de ?

— De ta protection.

— Que veux-tu dire ?

Il enfonce sa main dans sa poche et en sort ce qui ressemble à une seringue.

— Qu'est-ce que c'est ?

— Je vais chercher Malik, et j'ai besoin que tu restes ici.

Je me lève. Contourne le lit.

— Non, pas question !

— Maintenant que je sais tout ça, je suis prêt à l'affronter. Je comprends ce qu'il croit. Ce qu'il veut. Tu ne peux pas participer à ça.

Je secoue la tête à mesure qu'il s'approche.

— Je viens avec toi. Il peut toujours avoir mes frères !

— Je ne sais pas quel est son plan pour toi, mais je le connais, il en a un. Et hors de question que je le laisse mettre la main sur toi.

— Alors, quel est ton plan ?!

Il se rapproche et je commence à manquer d'espace.

— Est-ce que tu vas m'assommer ? dis-je en désignant la seringue. Me garder ici pendant que tu vas te faire tuer ?!

— Eve.

— Non, Zach. Tu ne peux pas ! Tu ne peux pas y aller tout seul, j'ai besoin de savoir si mes frères sont morts ou vivants. J'ai besoin de savoir !

— L'un d'entre eux est vivant. Je peux te l'assurer.

Il y a du venin dans ses paroles.

— Je ne sais pas pour les autres, ce dont je suis certain en revanche c'est que tu vas rester ici.

— Que veux-tu dire ?

Je suis coincée contre le mur. Je pose une main sur la lampe de la table voisine et je la ramasse.

— Pose ça, déclare-t-il.

Il ouvre la seringue.

— Non, toi, pose ça. Je ne veux pas te blesser.

Quand je soulève la lampe, il m'adresse un sourire en coin. Elle est si lourde que je dois la saisir à deux mains. Comme une batte de base-ball.

— Je suis sérieuse !

— D'accord.

Il pose la seringue et lève ses mains en l'air comme pour se rendre.

— Repose cette foutue lampe.

Je contemple l'aiguille. Puis lui.

— Est-ce que c'est Armen ? Est-ce qu'il est vivant ?

Les larmes me montent aux yeux alors que j'abaisse mon arme de fortune. Mes bras me font souffrir à cause de son poids. Mon cerveau tourne en boucle lorsque je réalise que mon frère est en vie. Qu'il l'est depuis deux ans. Qu'il ne m'a jamais contactée.

— Oui, répond Zach.

Il se rapproche, avec un regard prudent. Il pose une main sur la lampe, et s'agrippe à mon autre bras. Ses yeux sondent les miens alors qu'il m'attire dans ses bras.

— Savait-il où j'étais ? Peut-être qu'il pensait que j'étais morte...

— Il était au courant, réplique Zach. Je n'ai pas le moindre doute à ce sujet.

Il me serre fort contre lui.

— Peut-être que c'est lui qui a envoyé le billet d'avion ?

Je recule. Je l'observe.

— Peut-être qu'il désirait me protéger de Malik.

— Peut-être. Peut-être pas, annonce-t-il en souriant. Tu es gentille, Eve. Et un peu naïve. Et tu veux traiter avec des gens qui sont capables de faire des choses monstrueuses. Des choses que tu ne peux même pas imaginer.

Je secoue la tête.

— Armen n'est pas comme ça.

— Je suis vraiment désolé de devoir le faire.

Pendant qu'il me tient dans ses bras, son autre main apparaît dans ma vision périphérique. Il braque la seringue dans ma direction.

— Non !

— C'est la seule façon de te protéger.

— Ne fais pas ça !

J'essaie de le repousser. C'est comme essayer de déplacer un mur.

— Zach, je t'en supplie.

Je le vois faire couler une petite quantité de liquide de l'aiguille.

J'arrête de me battre, je pose mes mains sur son visage. Je le force à me regarder.

— Je t'en supplie, Zach. Ne me fais pas ça.

— Je suis sincèrement désolé.

Je sens l'aiguille s'enfoncer dans ma hanche l'instant suivant. Je contemple son visage, ses yeux. L'effet est presque immédiat. Mes genoux faiblissent, mes bras glissent lentement le long de son torse.

— Je t'ai fait confiance, déclaré-je.

Mes yeux se ferment. Je me sens tomber. Il me prend dans ses bras. Me soulève. Ma vision s'estompe. J'essaie de l'atteindre, de le griffer. De le combattre. Mais mon bras retombe mollement à mes côtés et mes paupières se ferment d'elles-mêmes.

— Je reviendrai pour toi, Eve. Je te le promets.

24

ZACH

Je me sens comme un con, même si je sais que c'est la seule chose à faire. C'est la seule façon de la garder en sécurité. Je la couche dans le lit, puis écarte les cheveux de devant son visage. Ses lèvres sont légèrement écartées. Elle ne bouge pas quand je la touche ni lorsque je remonte la couverture sur son corps. On frappe à la porte. Puis elle s'ouvre. Je sais que c'est Hassan.

Je regarde Eve encore une minute avant de me tourner.

— Tu as six heures. Huit, tout au plus, déclare-t-il.

C'est le marché que j'ai passé avec lui. Il garde Eve en sécurité. Je ne tue pas son fils. Nous ne sommes pas amis, lui et moi. Mais nous avons le même but. Tuer Malik le Boucher.

Parce que c'est la seule façon pour nous d'être libres.

J'avance vers lui, et m'arrête suffisamment près pour pouvoir le dominer.

— S'il lui arrive quelque chose...

— J'ai promis de la garder en sécurité. Maintenant, c'est à ton tour de tenir ta promesse.

Le fait que la vie de son fils soit en jeu est la seule raison pour laquelle je peux lui faire confiance.

— Le camion est prêt.

Il me tend un jeu de clés.

Je les récupère, je prends le Glock dans mon sac, et je suis Hassan jusqu'à la porte. Je regarde en arrière une seule fois avant de fermer derrière moi, et de verrouiller comme si j'enfermais un trésor. Je grimpe ensuite dans le camion et ramasse la carte, avec un itinéraire surligné. J'observe ma destination avec confusion.

— Il se trouve au monastère ?

— Il n'a pas trouvé Dieu, si c'est ce que tu crois. C'est le mode opératoire de mon frère. Il pense qu'il ne sera pas attaqué s'il est entouré par deux douzaines de moines.

— Il va être surpris !

Je démarre, contemple encore une fois le chalet où Eve est endormie. Je pars ensuite en direction de Deir el Ahmar.

25

EVE

Je cligne des yeux, mes paupières sont lourdes. Ma tête me fait un mal de chien. La pièce apparaît, puis s'estompe à nouveau. Bouger mon bras me semble impossible. Je ne sais pas pendant combien de temps je tombe à nouveau dans les vapes, mais la prochaine fois que j'ouvre les yeux, je distingue quelqu'un de flou dans la pièce avec moi.

Où suis-je ? Je ne suis plus à Denver. Je suis à Beyrouth. Je me trouve dans le chalet extérieur de la maison du Dr Hassan. La chambre où Zach s'est rétabli.

Zach.

Je tente de m'asseoir, et retombe immédiatement. Je ferme les yeux tant ma tête me fait mal. Zach m'a fait ça. Il m'a piégée. Je lui faisais confiance, et il m'a trompée.

— La Belle au bois dormant se réveille enfin ? me demande une femme.

Je ne reconnais pas tout de suite sa voix.

— Laisse la tranquille. Sors d'ici.

Cette voix je la reconnais. Je la connais bien.

Je force mes paupières à s'ouvrir. Je fixe le plafond pendant longtemps, assez longtemps pour que ma tête arrête de tourner. Je pivote ensuite le visage pour trouver Julia appuyée contre le mur, ses bras croisés devant sa poitrine, de la haine présente dans son regard. Je me détourne d'elle. Il me tourne le dos, mais je sais que c'est lui. Ses cheveux noirs, désormais parsemés de gris, sont coupés si court que je sais qu'ils me piqueront les doigts si je les touche. Il porte un T-shirt noir. Comme Zach. Ses épaules sont larges, mais pas aussi larges que celles de Zach. Et il est un peu plus petit. La peau de ses bras est bronzée et, contrairement à Zach, elle n'est pas abîmée. Pas tatouée. Il porte les cicatrices d'un soldat, mais il n'a pas failli mourir.

Armen se tourne pour me regarder. Mes yeux d'or rencontrent les siens. Nous avons tous les mêmes, chacun de mes frères. On les a hérités de notre mère. Mon père avait les yeux noirs.

— Je pensais que tu étais mort.

Je souris alors que les larmes me montent aux yeux. Je m'assieds, je repousse mon vertige afin de pouvoir m'appuyer contre la tête de lit. Ses yeux scrutent mon visage, mais je ne parviens pas à identifier l'émotion en eux.

Ce n'est pas ce que j'attendais de nos retrouvailles.

— Tu aurais dû mourir, dit-il.

Je suis prise de court.

Julia renifle pendant que j'analyse ce que mon frère vient de dire. Armen ferme le dossier qu'il tient, un des dossiers de Zach, le pose et s'avance vers moi. Pourquoi est-ce que je me ratatine sur moi-même lorsqu'il le fait ? C'est mon frère. Il ne me fera pas de mal.

Mais il l'a déjà fait, pas vrai ?

Je repousse mes souvenirs.

Il tend la main et agrippe fermement mon bras, me faisant me lever du lit. Quand je trébuche, il me laisse tomber. Mes genoux heurtent durement le sol. Je cherche ses yeux.

— Tout aurait été plus facile si tu étais morte.

Je me fige face à son dégoût évident.

— Habille-la. Je ne veux pas la voir comme ça. Presque nue dans son lit.

Puis, à mon grand étonnement, il me tourne le dos et quitte la pièce. Je reste là, incrédule face à ses actions. Parce que je sais qu'il n'en pense rien. C'est impossible. Je sais ce que j'ai vu cette nuit-là, il y a deux ans. Je sais qu'il ne voulait pas faire ce qu'il a fait. Qu'il y a été forcé.

Me suis-je trompée ?

Les larmes me piquent les yeux. Julia me lance ma robe au visage, avec mon soutien-gorge et ma culotte.

— Tu l'as entendue. Habille-toi. Allons-y.

— Où est-ce que nous allons ?

Le ricanement qu'elle émet me fait frissonner. Elle s'accroupit, je m'écarte.

— Tu ne sais pas dans quoi tu as mis les pieds. Il a raison. Si tu étais morte cette nuit-là, il serait libre. Nous le serions tous les deux. Mais tu ne veux pas mourir, pas vrai ?!

Elle empoigne mes cheveux et se redresse, me tirant douloureusement sur mes pieds.

— Dépêche-toi.

— Où est Zach ?

Elle renifle à nouveau, secoue la tête, puis lève son bras droit et me gifle si fort que je retombe sur le lit.

— À cause de toi, il va se faire tuer.

En posant une main sur ma joue brûlante, je m'assieds sur le bord du lit pour la fixer.

— Si tu veux le voir avant que Malik ne lui mette une balle, je te suggère de te dépêcher.

Elle se retourne et me laisse toute seule. Elle ne referme pas la porte derrière elle, et je parviens à les entendre discuter au-dehors.

⁂

Ils m'ont attaché les poignets. Tellement fort que ma peau est à vif. Mon frère ne peut même pas se résoudre à me regarder alors que la voiture progresse le long du chemin, nous conduisant vers la ville. Il est au volant, Julia à côté de lui, et je parviens à additionner deux et deux.

— Hope est ton bébé.

Armen me jette enfin un coup d'œil dans le rétroviseur. Il a l'air plus vieux que ses 30 ans et de près, j'aperçois davantage de gris dans ses cheveux foncés et de rides autour de ses yeux.

— Je croyais que tu étais mort cette nuit-là, Armen.

Aucun des deux ne réagit.

— Pendant deux ans, j'ai vécu en pensant que tu avais été réduit en miettes, mais tu étais là tout ce temps. Et tu as eu un bébé.

Rien.

— Est-ce que tu savais que j'avais survécu ?

— Oui, sœurette, je le savais.

Je crois que l'entendre me le confirmer me fait plus mal qu'autre chose. C'est pire que la manière dont il m'a regardée plus tôt. Pire que la main de Julia sur ma joue.

— Et Rafi et Seth ?

Je vois l'échange de regards entre Armen et Julia.

— Est-ce qu'ils sont en vie ? J'ai le droit de savoir.

— Tu n'as aucun droit, réplique Julia.

— Pourquoi est-ce que tu me détestes ? Je ne te connais même pas. Je ne savais pas que tu existais jusqu'à hier soir.

Elle se retourne et m'adresse un sourire en coin.

— Malheureusement, je connais ton existence depuis bien plus longtemps.

— Arrête, lui ordonne Armen.

— Pourquoi ? Elle a vécu tranquille ces deux dernières années.

— Je n'ai pas vraiment vécu. Je pensais avoir perdu toute ma famille, espèce de salope !

— Arrêtez, grogne Armen.

— Tu me traites de salope ? Espèce de pute !

Armen fait piler la voiture et s'arrête au beau milieu de la route. Si je ne portais pas ma ceinture de sécurité, mon visage se serait écrasé contre les sièges avant. Mon cœur cogne à tout rompre dans ma poitrine. Il se tourne vers Julia.

— Je t'ai dit d'arrêter, ordonne-t-il, sa rage à peine maîtrisée.

Je l'observe, je suis stupéfaite qu'elle lui obéisse. Il se tourne ensuite vers moi.

— Toi aussi, tais-toi.

— Parle-moi de nos frères, et je me tairai. Dis-moi comment tu as pu faire ce que tu m'as fait, et je me tairai. Tout ce que je voulais, c'était te sauver, Armen. T'empêcher de devenir comme lui. Comme Malik.

— Mais ce n'était pas nécessaire parce que je ne devenais pas comme lui. Je l'étais déjà.

— Je n'y crois pas, et toi non plus. Nous avons grandi ensemble. Je me souviens de comment tu as toujours pris soin de nous tous. Comment, après la mort de maman et papa, tu as géré le rôle de nos deux parents. Comment tu t'es privé de manger pour nous nourrir, nous. Comment tu as fait tout ce qui était en ton pouvoir pour prendre soin de nous.

Ses yeux sont comme des lasers, ils me transpercent.

— Et malgré tout ça, j'ai échoué, pas vrai ?

— Tu n'es pas un monstre.

— Tu dis ça après tout ce que je t'ai fait ?

Il secoue la tête et reporte son attention sur la route, et il accélère.

— Tu es stupide, Eve. Maintenant, ferme ta gueule.

Je m'enfonce dans le siège. Je suis confuse ; je suis soulagée qu'il soit en vie, mais en même temps je crains l'homme qu'il est devenu. Et j'ai également un mauvais pressentiment, comme si le pire était encore à venir. Ma tête me fait un mal de chien à cause de la drogue que Zach m'a injectée, et mon cœur se comprime quand je pense à ce que Julia a dit. Que Zach est sur le point de se faire tuer. Je pense au deal qu'il a conclu avec Hassan et je me demande si ce dernier sait ce qu'il s'est passé. S'il sait où je suis. Que sa fille et mon frère sont en train de me kidnapper. Et qu'ils me conduisent auprès de Malik.

Quelle utilité ai-je pour lui ? Je ne comprends toujours pas. Je sais qu'il m'a utilisée pour atteindre Zach, pour l'attirer. Peut-être même pour jouer avec lui. Mais que peut-il me vouloir de plus maintenant ?

Un portable sonne. Je vois Julia le sortir de sa poche et contempler l'écran. Elle répond à la quatrième tonalité.

— Père.

Elle a l'air si froide. Hier soir, je pensais que c'était parce qu'il l'avait congédiée, mais désormais, je réalise que c'est propre à sa personnalité. Hassan parle suffisamment fort pour que je puisse l'entendre, cependant je ne comprends pas ce qu'il dit.

— J'ai laissé du lait dans le réfrigérateur. J'espère que tout ira bien. Prends soin d'elle et ne t'inquiète de rien d'autre.

Hassan ne savait pas ce qu'ils avaient prévu.

— Non, je m'en fiche. Je vais réparer ça. Aujourd'hui. Je veux que ce soit fait. C'est notre cas à tous les deux.

Une pause.

— Ne t'inquiète pas, je vais m'occuper de mon grand frère. Comme toujours. Lorsque nous aurons terminé, il obtiendra exactement ce qu'il mérite.

Hassan est encore en train de parler lorsqu'elle raccroche et éteint son téléphone. Il nous reste une heure de trajet avant de passer des portes où deux soldats armés montent la garde. Et encore dix minutes de plus avant qu'un grand bâtiment ne soit en vue. Un monastère.

— Est-ce que tu es prêt ?

Julia pose cette question à Armen lorsqu'il fait signe aux gardes et franchit le portail pour garer la voiture.

— Oui, répond mon frère.

— C'est presque fini, ajoute-t-elle.

Ses paroles sont inquiétantes et je n'ai pas envie de penser à ce que cela signifie. Il lui sourit et je peux voir quelque chose briller en plus de l'anxiété dans son regard. Quelque chose comme de la tendresse.

— Accorde-nous une minute, dit-il.

— Je vais prévenir mon oncle que nous sommes ici.

Julia sort de la voiture avec à peine un regard dans ma direction. Une fois qu'elle est hors de vue, Armen se tourne vers moi. Il est calme au début, il a l'air... désabusé.

— J'ai fait tout ça pour eux. C'est ainsi que les choses ont commencé.

— Qu'est-ce qui a commencé ?

— Seth et Rafi, quand ils ont disparu, je suis allé trouver Malik.

J'ai passé un marché avec lui. Je devais travailler pour lui, et il allait récupérer nos frères.

— Les récupérer où ?

— Dans le groupe qui les retient prisonniers. Un groupe qui lui est loyal.

Il secoue la tête. J'aperçois la culpabilité dans son regard.

— Où est-ce qu'ils sont maintenant ?

— Je ne sais pas.

— Est-ce qu'ils sont...

Je suis incapable de terminer. Il ne répond pas. Baisse le regard.

— Qu'est-ce qui va m'arriver ?

— Tu aurais dû prendre le vol que je t'avais réservé. J'aurais pu te cacher.

— C'est toi qui me l'as envoyé ?

Il hoche la tête.

— Maintenant, il est trop tard.

Il ne peut pas soutenir mon regard et lorsqu'il parle, toute la tendresse que j'y ai vue plus tôt a disparu, remplacée par l'homme froid et impénétrable dont je me souviens. Celui avec lequel j'ai vécu pendant mes derniers jours ici il y a deux ans.

— Maintenant, je vais devoir prouver ma loyauté.

C'est tout ce qu'il me dit avant de sortir de la voiture et d'ouvrir la portière arrière. Il me saisit par le bras, et me tire au-dehors. Il me force à avancer, alors que je trébuche et que je me débats, vers la porte d'entrée de l'immense domaine.

26

ZACH

Je ne sais pas à quoi je m'étais attendu lorsque je l'aurais trouvé. Certainement pas à ça. Je suis assis sur des coussins épais avec une table basse devant moi. Mes poignets sont menottés à un anneau en dessous la table et il y a une petite tasse de café turc ébréchée à quelques centimètres de moi. La fille qui me l'a apportée, ses mains tremblaient tellement qu'elle en a renversé. Je n'y ai pas encore touché pour la raison évidente que je suis pieds et poings liés. Je ne m'attends pas à ce qu'il y ait de la drogue. Je connais Maliki. Il voudra que je sois alerte. En plus, je suis encore sous le choc de la punition que le garde a administré à la fille, et je me demande comment elle a fait pour ne pas crier quand la canne s'est abattue sur ses fesses avec un son qui m'a fait tressaillir.

Le monastère n'était même pas encore en vue que trois SUV étaient apparus pour me saluer. Entourant ma voiture, un homme braquant un fusil m'a demandé de m'arrêter. C'était un sacré comité d'accueil. Je ne m'attendais pas à passer inaperçu, mais le trajet entre l'endroit où j'ai laissé le camion d'Hassan et les portes gardées du monastère étaient de plus de 2 kilomètres, ce qui me fait me demander s'ils m'ont vu arriver ou si Hassan les a avertis.

Ça n'a plus beaucoup d'importance désormais. J'espère seulement avoir pris la bonne décision en laissant Eve derrière moi. J'aurais aimé ne pas l'avoir droguée, mais je sais qu'elle ne m'aurait jamais laissé partir tout seul, et je ne pouvais pas être certain qu'elle ne me suivrait pas si je ne le faisais pas.

Toute cette histoire, c'est entre Maliki et moi. Eve n'est qu'un jouet à ses yeux. Quelque chose avec lequel il s'amuse. Quelque chose à écraser sous sa botte lorsque son intérêt aura diminué. Et je suppose qu'il a fini de jouer à son jeu pervers puisque j'entends son rire résonner juste derrière la porte. Je me souviens de ce rire, mais cette fois, il me refroidit de l'intérieur.

Quand la porte s'ouvre, la fille s'en va et le garde se redresse. Je jette un coup d'œil aux gardes qui entrent d'abord, suivis par Ace, et enfin par Maliki Remi.

Il s'arrête quand il me voit, comme s'il était surpris par ma présence. Comme s'il ne savait pas que j'étais ici. Je l'observe. Il est plus âgé, mais il ne donne pas l'impression d'être plus vieux. Pas de cette façon. Il a l'air étrange, plus sauvage. Plus imprévisible. Plus fou.

— Je me lèverais bien, commandant, mais…

Je désigne mes menottes. Lorsque les gardes m'ont récupéré, ils m'ont fouillé, et ils m'ont confisqué mes armes. Tout ce que j'ai maintenant, ce sont mes deux mains, qui me sont inutiles en cet instant. Il m'observe. Je me demande s'il est déçu de mon utilisation de son titre. De son ancien titre. L'expression de son visage est étrange, elle change infiniment lorsqu'il me regarde, qu'il contemple mon visage, mon cou, le bord de mes tatouages, mes bras. L'un tatoué, l'autre abîmé par les flammes.

Ace se tient à ses côtés, je le vois dans ma périphérie. Mes yeux sont fixés sur Malik. Je n'ai pas peur. Mon cœur ne bat pas à tout rompre. En réalité, je ne suis pas certain de savoir ce que je ressens. Tout ce que je sais, c'est que les noms encrés sur mon dos me brûlent à nouveau. Comme s'ils étaient tous ici avec moi, les âmes perdues de ces hommes qui n'auraient pas dû mourir cette nuit-là.

Comme s'ils étaient là pour se venger.

Malik aboie brusquement un ordre en arabe. Je suis rouillé,

mais compte tenu de la rapidité avec laquelle un des hommes vient me libérer, je comprends ce qu'il a dit. Une fois libre, je me relève. Une main se pose sur mon épaule. Il s'agit du soldat qui se trouve dans mon dos.

— Assieds-toi, Zachary.

Il utilisait toujours mon nom complet, et aujourd'hui, j'entends le léger accent dans sa voix. Je me demande s'il était absent avant ou si je ne l'avais jamais remarqué. Je reste assis. Malik s'avance vers la table, s'assied juste en face de moi. Il se détend à nouveau. Il est entièrement aux commandes. Il le sait. Mon regard croise celui d'Ace, dont les yeux sombres ne semblent même pas me reconnaître. Je n'y vois aucune hostilité, mais également aucune chaleur. Il n'y a rien de l'homme que j'ai connu. À qui j'ai fait confiance.

Confiance. Bon sang, qu'est-ce qui ne va pas chez moi ? Quand est-ce que j'apprendrai de mes erreurs ?

Malik claque des doigts. Une porte s'ouvre, et la même fille qui s'est fait reprendre pour avoir renversé mon café apporte un plateau contenant deux autres petites tasses ainsi qu'une assiette de sucreries. Je suppose qu'elle sait mieux que quiconque qu'il ne vaut mieux pas renverser cette fois ; elle se précipite pour déposer le tout et sort de la pièce. Ace vient s'asseoir aux côtés de Malik, je lui adresse un bref coup d'œil. Il agit comme un putain de chien.

— Tu as toujours aimé le café turc, déclare Malik avec son anglais parfait, comme je m'en souviens. Bois.

Je m'exécute. Il est presque froid désormais, mais ça reste bon. Malik hoche la tête, puis prend le sien ainsi qu'une pâtisserie. Il pousse l'assiette vers moi, mais je refuse. Il n'en offre pas à son homme de main. Ace m'observe attentivement alors que Malik et moi nous jaugeons.

— Je t'ai tiré dessus à bout portant.

— Avec des balles à blanc, réplique-t-il. Et je portais un gilet pare-balles.

— C'était un piège ?

Il hausse les épaules.

— Ce n'est pas toi qui étais censé le faire, mais ça a fait l'affaire. J'avais juste besoin qu'on me croie mort.

— Qu'est-ce qui se passe, Malik ou Maliki, ou peu importe ton nom ? Souffres-tu d'un trouble de la personnalité multiple ?

Il sourit en avalant quelques gorgées de son café.

— Malik est mon vrai nom.

— Malik. Dis-moi ce qui se passe. Pourquoi toute cette mascarade ?

— Mon oncle, commence Ace en jetant un coup d'œil à son portable.

Il se penche ensuite vers son patron et lui murmure quelque chose. Malik hoche la tête. Ace se sort de la pièce en utilisant la même porte que la fille. Malik m'accorde à nouveau toute son attention.

— J'aimerais vraiment savoir pourquoi tu fais tout ça avant que je te tue, déclaré-je.

— Si confiant.

Son visage se transforme en quelque chose de sombre.

— Si arrogant.

— Je te faisais confiance.

— Ce n'est pas ta faute, Zachary. Je suis un excellent menteur.

— Qu'est-ce que je fais ici ? Pourquoi ne suis-je pas mort ?

— Tu m'es trop utile pour être mort. Ce serait du gâchis de te tuer.

Il y a un bruit dans le couloir, une bagarre quelconque. Nous nous tournons tous les deux vers la porte, avant que Malik ne sourie en se relevant.

— Mais je le ferais s'il le faut.

La porte s'ouvre et une fois de plus. Quand je commence à me lever, une main se pose sur mon épaule. Et lorsque je vois Eve être conduite à l'intérieur, mon instinct prend le dessus, et le soldat se retrouve allongé sur le dos, ma botte écrasant sa trachée, ma main refermée sur son pistolet ; je suis prêt à le tuer. À l'utiliser.

— Non, non, non, déclare Malik calmement.

Quand je tourne la tête, je vois qu'Armen tient sa sœur contre lui, une lame posée contre sa gorge. Je me fige. Je bouge l'arme et j'écarte mon pied.

— Laisse-la partir, ordonné-je.

Les yeux glacés d'Armen se posent sur les miens. Il ne fait rien de ce que je dis. Non pas que je m'y sois attendu. Malik se déplace vers nous, observe le garde qui se remet lentement sur ses pieds. Il secoue la tête, un sourire plaqué sur les lèvres.

— Zachary, ajoute-t-il en regardant toujours le soldat tomber à terre. J'ai changé d'avis. Tue-le.

Je regarde Malik et je réalise à ce moment-là que c'est un homme différent de celui que je connaissais. Lui, il est impitoyable. Alors que je ne bouge pas, il croise mon regard.

— Sa vie ou la sienne. Ton choix.

J'observe Eve, elle me contemple avec les yeux écarquillés. Effrayés.

— Armen, intervient Malik. Essaie de motiver Zachary.

Une larme rouge foncé naît sur la peau parfaite du cou d'Eve. Il lui a coupé la peau. C'est superficiel, mais il l'a quand même fait. Elle laisse échapper un bruit, tandis que les larmes coulent sur son visage. Et avant même de pouvoir y réfléchir, je braque à nouveau le pistolet, je vise entre les yeux du soldat et je presse la détente.

Sauf que rien ne se passe.

Le soldat me regarde fixement, stupéfait, et un cercle sombre apparaît rapidement sur son pantalon. Il vient de se pisser dessus.

Malik ricane, fait signe à Armen de s'arrêter, ce que ce dernier fait. Je jette à nouveau un regard vers Eve, sur la ligne rouge à sa gorge. Elle est peu profonde. Armen sait parfaitement comment tuer. Comment blesser. Il a pris soin de ne pas trop l'abîmer. Est-ce un jeu ? Est-ce que tout ceci est planifié ? Est-ce qu'ils ont répété ?

J'ouvre le chargeur. Il est vide. Malik s'avance vers nous, toujours en ricanant, bien que son rire commence à s'estomper. Et lorsqu'il contemple le pantalon assombri par la pisse, son sourire disparaît et cette fois quand un pistolet est levé, c'est le sien, et c'est réel. Eve pousse un cri. Personne d'autre ne fait de bruit. L'homme retombe à plat sur le sol, une balle entre ses yeux encore ouverts, le sang commençant à s'accumuler derrière son crâne.

— Lâche, crache Malik.

Il fait un geste en direction de deux soldats qui viennent retirer le cadavre.

— J'éprouve un grand dégoût pour les lâches.

Je regarde Eve. Les larmes coulent toujours sur son visage, et elle ne peut s'empêcher de glisser ses yeux là où se trouvaient l'homme mort et le sang toujours présent. Elle ne connaît pas Malik. Au moment où Malik m'a demandé de le tuer, il venait d'annoncer sa sentence. C'est la raison pour laquelle il est si puissant.

Dans l'instant suivant, Julia entre dans la pièce et se pousse contre Eve, ce qui force Armen à relâcher son emprise mortelle sur elle. Elle s'avance vers Malik.

— Mon oncle, dit-elle en lui embrassant la joue.

Si elle a remarqué le sang présent sur le sol, elle n'en semble pas émue. Il lui sourit, l'étudie longuement avant de lui embrasser la joue. Je me demande si c'est une jeune femme différente de celle que j'ai connue il y a deux ans, parce que cette Julia, elle n'aurait pas embrassé la joue d'un homme qui venait de tuer quelqu'un sans défense. Ou alors l'aurait-elle fait ? M'a-t-elle berné tout du long, elle aussi ?

— Passons dans la véranda, propose Malik.

Une fille arrive avec une serpillière alors que notre groupe sort. Malik attend pour pouvoir marcher à mes côtés.

— Tous nos chargeurs ne sont pas vides, m'annonce-t-il comme si nous étions de mèche. Ça rend les choses intéressantes.

Je me rends compte qu'il parle de ses armes.

— Laisse-la partir, Malik. Elle n'a rien à voir là-dedans.

Il hausse les épaules et adresse un geste à un des gardes comme je n'avance pas. L'homme se joint à nous. Il a un fusil sur son épaule et me pousse vers l'avant. Je quitte la pièce par la porte et traverse le hall extérieur, en observant les montagnes et la mer au loin, cet environnement baignant dans le calme. Deux moines traversent la cour vide par ailleurs.

— C'est très beau ici, annonce-t-il. Paisible.

La véranda est grande, avec de beaux piliers de soutien, et comporte des meubles confortables. Armen s'assied avec Eve sur un. Julia se pose à ses côtés en prenant sa main. Je sais qu'elle la serre, qu'elle enfonce ses ongles dans la peau d'Eve au vu de la grimace présente sur le visage de cette dernière. Pourtant, elle ne s'éloigne pas. Elle ne fait que me regarder.

Je fais un pas dans sa direction. Julia relâche sa main et je ne suis pas certain de pouvoir être arrêté en cours de route. Je m'accroupis face à elle, je prends ses mains liées entre les miennes.

— Est-ce que ça va ?

Elle secoue la tête.

— Tout ira bien. Je te le promets.

— Comme c'est mignon, déclare Malik derrière moi. Mais tu ne devrais vraiment pas faire de promesses que tu ne peux pas tenir.

Les poils à l'arrière de mon cou se redressent. Je me lève pour lui faire face. Il se pavane dans la pièce, ce qui me donne une chance de compter les gardes. Deux à la porte, un à chaque extrémité. Deux de plus sur une tour de guet. Tous possèdent des mitrailleuses sur leurs épaules et j'ai le sentiment qu'elles ne sont pas déchargées, elles.

— Je l'ai compris le jour de la vente aux enchères. Je l'ai vu dans tes yeux quand son frère l'a fait grimper sur cette putain de scène.

Malik sourit comme s'il revivait un bon souvenir.

— Quelle jolie jeune femme, dit-il en contemplant le visage d'Eve.

Il se tourne vers moi.

— C'est ce regard qui lui a sauvé la vie. Celui de l'amour.

Il dit cela de façon narquoise, pour se moquer de moi.

Pourtant, ce n'est pas le cas. L'effet est même tout l'inverse.

Mon cœur s'arrête de battre pendant un instant.

— Ce regard lui a sauvé la vie, répète Malik.

Son intonation est soudainement tranchante lorsqu'il parle pour appeler Julia. Avec un geste, il lui ordonne de bouger. Elle s'exécute.

— Assieds-toi, Zachary.

— Va te faire foutre, Malik.

Son visage s'assombrit. Je suppose qu'il n'est pas habitué à ce que les gens lui parlent de cette façon.

— Je t'ai dit de t'asseoir.

Je m'approche de lui.

— Je n'ai vraiment pas envie de m'asseoir. Dis-moi ce que tu veux. Tu aurais déjà pu me tuer au moins cent fois. De toute évidence, tu ne désires pas ma mort. Alors qu'est-ce que tu veux ?

Quand il s'approche, je vois à quel point ses prunelles sont dépourvues d'émotions. Il n'a pas d'âme. Je me demande si c'est ce à quoi ressemble mon regard. Il s'immobilise lorsque nous sommes seulement à quelques centimètres l'un de l'autre. Mais je suppose qu'il n'a pas tenu compte du fait que je suis plus grand que lui. Et j'aime avoir cet avantage, donc je m'approche d'autant plus.

— Tu veux savoir ce que je veux ?

Dans ma vision périphérique, j'aperçois un garde. Malik fait un signe de tête et une main atterrit sur mon épaule, me faisant ployer vers le bas. Jusqu'à ce que je sois à genoux.

— J'ai envie de m'amuser un peu, dit-il.

C'est la dernière chose que je vois avant qu'une vive douleur transperce ma tempe et que ma vision ne s'assombrisse. Et le cri d'Eve est la dernière chose que j'entends lorsque je m'écrase sur le marbre, toute conscience évanouie.

27

EVE

Trois véhicules militaires nous conduisent sur des routes accidentées. Je sais où nous allons. Mes poignets sont encore attachés et Julia est assise à côté de moi sur la banquette arrière d'un véhicule. Chaque fois que je la regarde, elle contemple par la fenêtre, et s'agrippe à la poignée dès que nous rebondissons. À un moment donné, elle sort son portable, l'allume. Je la vois défiler à travers les contacts, mais quand elle me surprend à l'observer, elle le range et détourne son visage.

Un garde armé est assis sur le siège avant à côté du conducteur, et les regards qu'il m'adresse me filent la chair de poule.

Armen et Ace se trouvent dans le même véhicule que Malik. Le corps inconscient de Zach a été jeté dans le coffre de la troisième Jeep. J'effleure mon cou, reconnaissante que Malik ait ordonné à quelqu'un d'y apposer un bandage. Je peux encore sentir l'étreinte de mon frère quand il me tenait, entendre son souffle inégal à mon oreille alors qu'il coupait ma peau. Ce souvenir me fait frissonner. Je me demande jusqu'où il est prêt à aller pour prouver sa loyauté.

Me tuera-t-il s'il en reçoit l'ordre ?

Et Zach ? Qu'arrivera-t-il à Zach ?

La nuit est tombée lorsque nous arrivons sur le site des

enchères. Les trois véhicules s'arrêtent en demi-cercle, leurs phares éclairant les ruines du bâtiment. Je ne peux pas ouvrir ma portière de l'intérieur, alors je dois attendre qu'un soldat le fasse. Il m'agrippe le bras, mais je tente de m'écarter en trébuchant. Les camions projettent une lueur étrange sur l'espace, me faisant presque penser que je peux apercevoir les fantômes de ceux qui sont morts, comme s'ils hantaient toujours cet endroit. Et peut-être que c'est le cas. Qu'ils le hanteront jusqu'à ce qu'ils aient été vengés. Que leurs torts aient été corrigés.

Un instant plus tard, un bruit sourd à ma droite attire mon attention. C'est Zach. Ils l'ont jeté par terre, mais il bouge. Il se réveille. Sa tempe est bleue et gonflée, et le sang a séché pour former une croûte sur sa joue. Il a les mains liées par une corde. Il cligne des yeux. Je sais que la réalité se ramène à lui. Je peux le voir sur son visage. Je pense à son dos, aux noms tatoués là. Je me demande s'il les sent maintenant, en train de lui brûler la chair. S'ils lui rappellent pourquoi il est ici. S'ils lui rappellent qu'il a survécu et qu'eux sont morts. La douleur sur son visage m'apprend qu'il se souvient de ça, et je repense alors à sa réaction lorsqu'il m'a amenée ici.

Était-ce seulement il y a un jour ? J'ai l'impression qu'une éternité s'est écoulée depuis.

Zach attire mon attention. Mon cœur bat la chamade dans ma poitrine quand je le regarde, parce que je réalise que nous allons mourir ici. Nous allons tous les deux mourir ce soir, à l'endroit même où nous aurions dû mourir il y a deux ans. Les deux dernières années nous ont peut-être été accordées, mais ça s'arrête là. Ma gorge se serre. Je ravale mes larmes lorsque deux hommes forcent Zach à se remettre sur ses pieds. Il grogne, mais se tient bien droit. Il est plus grand que les autres. Plus impressionnant. Plus fort.

Toutefois, il n'a pas la moindre arme sur lui.

Je fais un pas dans sa direction, je suis attirée par lui. La main de Julia s'enroule autour de mon bras et me force à reculer. Lorsque je la regarde, elle ne parle pas. Elle se contente de ricaner.

— Nous y voilà, déclare Malik en franchissant une barrière et en pénétrant dans ce qui aurait dû être l'intérieur du bâtiment.

Ace reste tout proche de lui.

— Une fois encore. Les esprits des morts hantent cet endroit, dit-il avec désinvolture en ramassant une bande de tissu sur le sol.

Malgré toute la crasse, je reconnais ce motif. C'était un morceau de la robe que je portais ce jour-là. Celle qu'Armen m'a arrachée.

— Avais-tu orchestré la vente aux enchères juste pour tuer les hommes que tu as dirigés ? lui demande Zach d'une voix puissante et fière.

Malik l'observe.

— Des hommes qui ont pleuré ta mort.

— Tu sais, c'est une chose étrange. Je n'ai jamais ressenti de culpabilité.

— C'est logique. Les psychopathes n'ont généralement pas de remords.

Le sourire de Malik vacille un instant, mais ça dure suffisamment pour que je le voie. Il se tourne vers Julia.

— Amène la fille.

Les hommes qui tiennent Zach raffermissent leurs poignes, je comprends qu'il vient d'essayer de se libérer. Je trébuche quand Julia me pousse vers l'avant. Dans ma vision périphérique, je vois Armen. Je le vois se tenir bien droit et se contenter d'observer.

— Comment ça s'est passé ?

Malik me pose cette question quand je suis à quelques centimètres de lui. Il se tourne vers mon frère.

— Est-ce que tu te souviens ?

Armen fronce les sourcils. Il ne veut pas me regarder. C'est tellement étrange de le voir comme ça. Ses yeux étaient si doux, il n'a jamais... il n'est plus celui que je croyais.

— C'est moi que tu veux, Malik. Elle n'a rien à voir avec ça. Laisse-la partir. Je ferai tout ce que tu veux.

Un instant après que Zach a pris la parole, l'un des soldats enfonce la crosse de sa mitrailleuse dans ses côtes. Zach grogne, se retourne, et je vois l'effort qu'il lui faut faire pour se redresser. Pour garder un visage impassible.

— Tu ne sais même pas ce que je veux, réplique Malik.

Il saisit brutalement mon bras et me jette en direction d'Armen, qui m'attrape, m'immobilise, me garde face à lui pour que je puisse contempler l'interaction entre Zach et Malik. Ce dernier observe un de ses soldats, celui qui a conduit le véhicule dans lequel Julia et moi sommes montées.

— Ramène ma nièce à la maison.

— Mon oncle !

— Ce n'est pas quelque chose à laquelle une femme doit assister, proteste-t-il.

— Mais...

— Va prendre soin d'Hope.

— Je t'en supplie...

Malik adresse un signe de tête au conducteur qui lui ouvre la portière côté passager.

— Je t'ai dit de t'en aller, Julia !

Elle prend une profonde inspiration, tourne son attention vers Armen. Je le regarde, je vois ses yeux plonger dans les siens. C'est intense. Ils ne savent peut-être pas non plus qui survivra à cette nuit. Armen acquiesce, et sans un mot, Julia se retourne, effectue les quelques pas vers le véhicule et disparaît à l'intérieur. Le conducteur s'éloigne, les branches craquent sous les pneus. L'endroit est encore plus étrange, maintenant qu'un véhicule ne l'éclaire plus.

— Où en étions-nous ?

Malik se tourne vers moi. Je sais ce qu'il va faire. Il a planifié tout ça. Il attend ce moment depuis deux ans.

— Ah oui, la fille. Armen, tu t'en souviens ? Je veux que ce soit fait exactement de la même façon. C'était un tel spectacle. Je désire le revoir.

— Pourquoi est-ce que tu fais ça ?! s'enquiert Zach.

Il sait ce qui va arriver. Je l'entends dans sa voix. Malik l'observe, mais ne lui répond pas. Pas tout de suite. Au lieu de cela, il adresse un geste du menton à Armen.

— Qu'est-ce que tu attends ? Voici ta chance de me prouver ta loyauté.

Je jure que je peux entendre mon frère déglutir, et puisque mon dos est collé contre son torse, je sens son cœur cogner contre sa cage thoracique. Il obéit, m'amenant vers la plate-forme, ou plutôt le reste de celle-ci, là où il m'avait exposée auparavant. Où il m'avait déshabillée.

— Avance, déclare-t-il tranquillement lorsque nous arrivons devant les marches de pierre.

Il y en a... cette nuit-là, il y a deux ans, je n'avais pas eu à les gravir. J'étais en coulisses, pour ainsi dire. Dissimulée derrière un rideau, assommée et ligotée, attendant de faire mes premiers pas sur scène.

Le bruit d'un véhicule qui approche, la radio très forte, nous fait nous immobiliser tous les deux. Lorsque je regarde les hommes assemblés ici, le seul qui n'est pas surpris par cette approche, c'est Malik. Je comprends pourquoi un moment plus tard.

Un camion prend la place de celui qui a éloigné Julia loin d'ici. Celui-ci est recouvert de peinture de camouflage. J'observe la poussière et la saleté qui s'envolent devant ses phares alors que le moteur est coupé, nous plongeant dans le silence, au moins momentanément. Armen resserre sa poigne autour de mon bras pendant que les soldats descendent par l'arrière.

— Malik, commence Zach.

Une douzaine d'hommes en treillis militaire s'empilent dans le périmètre du bâtiment et je me rends compte que je pleure seulement quand je perçois le goût salé de mes larmes sur ma langue. Zach se débat. Il bouge si brusquement que deux autres hommes sont venus aider les soldats à le contenir.

— Armen, dis-je en tournant la tête. Qu'est-ce qui se passe ?

Je le sais. Je le sais pertinemment. Armen écarquille les yeux. Son regard est fixé sur les hommes dont la tête et le visage sont recouverts de foulards, le même motif que ceux que la plupart des hommes portaient cette nuit-là. Je me demande s'il les reconnaît. S'il savait qu'ils seraient ici, ou si Malik a tout planifié tout seul.

— Ne les regarde pas, dit-il d'une voix suffisamment basse pour que je sois la seule à l'entendre. Ne réfléchis pas.

Je plonge dans ses yeux, et les larmes scintillantes que j'entrevois à l'intérieur me laissent deviner ses excuses.

— Malik !

La voix de Zach est plus forte que le bruit émanant du camion lorsqu'il s'approche, plus forte que la douzaine de bottes qui s'avancent pour prendre place dans cette folle reconstitution de cette terrible nuit.

— Armen, déclare Malik en souriant et en s'asseyant sur le bord du mur de pierre de manière décontractée. Je t'en prie, commence.

Un rugissement éclate dans la nuit. Zach. Personne ne prête attention à lui. Pas alors qu'Armen libère mon bras et vient se poster devant moi. Cette tendresse, la vulnérabilité que j'ai aperçue dans son regard a disparu, pourtant sa main tremble lorsqu'il la lève vers l'avant de ma robe. Je pense qu'il prononce les mots « je suis désolé ». Mais c'est peut-être seulement dû à mon imagination, à mon besoin de me raccrocher à quelque chose.

— Ne fais pas ça, le supplié-je, mes larmes coulant sur mes joues. Ne fais pas ça.

Il me regarde. Il reste là à me regarder. Et je sais qu'il n'a pas le choix. J'ai également conscience de ce que ça lui coûtera.

— Armen, sangloté-je.

Est-ce qu'on peut entendre une balle siffler dans les airs ? L'entendre déchirer la chair ?

Je crois que je pousse un cri alors que des éclaboussures de sang se répandent sur mon visage, dans ma bouche ouverte, et que mon frère tombe loin de moi, tombe de la scène, sur le sol, aux pieds de tous ces hommes. Tous ces hommes... et aucun d'entre eux ne l'aide.

Je crie à nouveau lorsque je les vois le rouer de coups de pied et pendant un instant, son regard croise le mien. C'est là que je tombe à genoux, la scène en pierre déchiquetée déchirant ma peau alors qu'ils battent son corps à mort et le brisent. Ils ne s'arrêtent que lorsqu'il ressemble à une poupée de chiffon et que plus aucun son ne lui échappe.

Quand j'essaie de me relever, d'aller vers lui, des mains

m'agrippent fermement. Je lève les yeux. Ace se tient derrière moi. Son sourire est glacial alors qu'il enfonce un pistolet sur mon épaule, m'immobilisant pendant que son autre main déchire ma robe.

Je distingue mon frère là-bas, dont le sang se répand sur le sol, et j'étouffe un cri pendant que les mains d'Ace déchirent mon soutien-gorge en deux, me l'arrache, me laisse nue à l'exception de ma culotte. Les hommes hurlent. Je trébuche, et tombe presque de la scène brisée.

Ace me force à me redresser, il me maintient en place et ricane.

Comme il y a deux ans, une fois que je me retrouve entièrement dénudée, je cherche Zach des yeux. Je le trouve. Les siens sont grands ouverts, ancrés sur les miens. Tout comme cette nuit, avec une légère différence.

Son regard est sauvage.

Sauvage.

Bestial.

Ace se penche pour dire quelque chose à mon oreille, mais tout ce que je ressens c'est son haleine chaude, sa bouche humide. Il se retourne vers la foule, tout est flou désormais. Les hommes hurlent. Des nombres ridicules. Zach aussi. Je n'entends pas ce qu'il dit. Je n'entends pas son avertissement. Tout se passe extrêmement vite.

De l'air passe devant moi, le son attire mon regard entre Zach et Ace. Son expression change. Il s'immobilise. Il trébuche. Je jette un coup d'œil derrière moi et j'aperçois Hassan sortir des bois, avec une expression étrange plaquée sur le visage, les mains stables. Il tire un autre coup et cette fois quand je trébuche, je tombe. Je tombe de la scène avec un bruit sourd sur le sol. C'est là que l'enfer se déchaîne autour de moi, en une reconstitution exacte de cette nuit mortelle d'il y a deux ans.

28

ZACH

J'ai aperçu Hassan avant tout le monde. Je l'ai vu sortir de l'épaisse couverture des arbres. Je lui hurlais de tomber au sol. De se mettre à l'abri. Mais Eve ne m'entendait pas.

Une deuxième balle envoie Ace au sol. Fait tomber Eve de la scène. Hassan s'approche toujours même s'ils l'ont remarqué à présent, non pas les hommes fous qui surenchérissent sur le corps nu d'Eve, mais ceux à côté de moi. Les hommes de Malik. C'est le moment dont j'avais besoin. Ils auraient dû m'attacher les mains dans le dos, pas face à moi. Maintenant, ils vont payer.

Le soldat qui braque sa mitrailleuse en premier obtient toute mon attention. Je bondis, je tends mon poids contre lui. Il ne s'attend pas à ça, il ne m'attend pas, moi, alors j'utilise cette surprise à mon avantage, lui subtilisant son arme, l'assommant avec la crosse avant de pivoter sur moi-même et d'utiliser son arme comme une batte de base-ball pour frapper les genoux du second soldat à mes côtés. Il hurle de douleur et tombe sur le sol, alors que je fracasse une de ses rotules. Je me fous de ce qui lui arrive.

Je me redresse. Eve est toujours sur le sol, mais elle bouge, elle me regarde. Elle n'est pas blessée. Hassan a été touché, pourtant il avance toujours avec détermination, alors j'arme ma mitrailleuse et j'ouvre le feu. C'est comme si cette nuit se reproduisait à nouveau. Les sonorités, les cris, la chair se déchirant et le sang. Le passé se saisit de moi, l'encre me brûle le dos, mais je ne peux pas abandonner. Pas encore. Pas maintenant. Je dois rester ici, pour elle.

Mon corps vibre alors que le passé reprend surface, jusqu'à se reconcentrer sur la mitrailleuse que je tiens : les hommes tombent avant d'avoir atteint leurs armes, et des balles volent dans ma direction alors que j'avance, me frayant un chemin à travers les cadavres, marchant sur les corps, sentant leur chair sous mes bottes. J'ai une cible en vue. Un homme qui, il y a deux ans, s'est échappé. S'est enfui.

Ce soir, ça va changer.

Il ne va pas s'enfuir. Aucun d'entre eux ne le fera.

La douleur dans mon bras gauche me stoppe momentanément. J'observe la tache de sang se former, et je pivote dans la direction d'où la balle est arrivée. Je fauche les hommes qui se tiennent là-bas. Je ne ressens rien lorsque je le fais. Pas de remords. Absolument rien. Peut-être que je suis devenu comme lui, moi aussi. Comme Malik.

Impitoyable. Fou.

Un monstre.

Je me tourne à nouveau vers Malik, et je trouve Hassan debout à quelques mètres de lui. L'expression sur son visage est étrange. Il est couvert de sang et sa pâleur est... effrayante. Il est debout. Je réalise que tout est plongé dans le calme. Je regarde autour de moi et ne distingue que des corps abattus. Un seul phare n'a pas été brisé, et c'est celui qui éclaire Hassan et Malik.

— Il est à moi, dis-je.

Mon regard est fixé sur Malik. Les deux hommes pivotent dans ma direction. Malik est le seul à sourire. Je réalise pourquoi la seconde suivante. Je le comprends lorsqu'il enfonce sa lame dans le ventre d'Hassan. Que ce dernier trébuche en arrière, et tombe sur le sol.

— À moi, dit-il en plaquant une main sur son ventre.

Il tâtonne pour trouver le mur, et lorsqu'il le fait, il se redresse.

Malik jette un coup d'œil derrière lui et réalise qu'il est seul. Son sourire vacille. Seulement l'espace d'un instant.

— C'est une belle nuit, n'est-ce pas ?

Quand il pose cette question, je me rends compte qu'il tient un pistolet dans sa main, et je l'entends l'armer. Il le soulève, mais au lieu de me viser, il le braque derrière moi. Là où je sais pertinemment qu'elle se tient. Il ancre son regard au mien.

— Qu'en penses-tu, il est chargé ou pas ?

Avant qu'il ne puisse presser la détente, un coup de feu retentit et Malik trébuche en arrière, son pistolet tombant au sol, se perdant dans l'obscurité. Je cherche à trouver Eve, elle est nue, recouverte de sang, et tient un pistolet entre ses mains. Elle fait un pas dans notre direction.

— Eve, dis-je.

Comme avant, elle ne m'entend pas. Je bouge, mais quand je le fais, elle croise mon regard et vise, cligne des yeux, puis reporte son attention sur Malik. Il ricane. En se tenant le flanc, il éclate de rire.

— Où sont mes frères ? lui demande Eve.

Sa voix est plus forte que je l'espérais. Elle est puissante, quand bien même son corps tremble de toute part. Comme il ne répond pas, elle tire une autre balle, qui le manque cette fois-ci.

— Eve, baisse ton arme.

J'avance lentement vers elle. La mienne pointée sur le sol.

— Où est-ce qu'ils sont ?!

Il me faut encore faire trois pas pour être à ses côtés.

— Il ne te le dira pas.

J'effleure ses mains, les recouvre des miennes, et abaisse son arme. Elle m'observe. Je vois la lueur de la perte briller dans ses yeux. La douleur d'avoir vu quelqu'un que l'on aime être brutalisé devant soi.

— Il n'en vaut pas la peine.

Une larme coule sur sa joue.

— C'est un monstre.

Je lui prends le pistolet des mains. Je le glisse dans la ceinture de mon pantalon avant de la serrer dans mes bras. Elle frissonne, même s'il fait chaud. C'est le choc. Elle est en état de choc.

— Armen, sanglote-t-elle contre mon torse. Ils lui ont tiré dans le dos comme des lâches.

— Il est encore en vie.

En nous retournant, je la tiens contre moi et observe les deux demi-frères sur le sol, l'un presque mort, l'autre pas assez. Elle contemple Armen. J'observe Eve, je retire ma chemise et la glisse autour de son corps.

— Va chez ton frère, lui dis-je. Et quoi que tu fasses, ne regarde pas en arrière.

Elle s'écarte. M'étudie.

— Compris ?

Elle hoche la tête. Elle comprend. Et un instant plus tard, elle traverse le champ ensanglanté pour rejoindre son frère. Je me dirige vers l'endroit où se trouvent Malik et Hassan. Je récupère la lame tachée de sang, celle qui a servi pour poignarder Hassan. Il n'est qu'à quelques minutes de la mort. Et il ne combat même pas pour sa survie.

— Il a détruit ma famille, déclare Hassan. Je n'ai jamais voulu...

Un gargouillement. Un bruit d'agonie.

— Ne parle plus. C'est trop tard.

— Julia, murmure-t-il à peine.

— Je m'occuperai de Julia et du bébé. Ferme les yeux, Hassan. Repose-toi.

Un rire de la part de Malik me fait tourner la tête. Sa blessure est pire que ce que je pensais. Il va se vider de son sang. Je n'ai même pas à terminer le boulot. Mais je désire le faire. Je lui accorde toute mon attention.

— Pourquoi tout ça ?

— Parce que tu as toujours été trop doué, et que c'était gâcher ton talent.

— Tu pensais que je viendrais travailler pour toi ? Après tout ce que tu as fait ?

Il tente de hausser les épaules.

— Alors tu es stupide.

Je lève son couteau.

— Je peux faire vite, dis-je. Dis-moi où sont ses frères.

Un coin de sa bouche se recourbe vers le haut.

— En enfer ?

Mon regard s'assombrit. Je jette un coup d'œil derrière moi, Eve tient le coup. Elle ne me regarde pas. Quand j'observe Malik, c'est moi qui me retrouve en train de sourire.

— Alors ne me dis rien, enfoiré.

J'ouvre sa chemise. Il grogne. Je souris lorsque je vois la peur briller dans ses yeux.

— Ça, c'est pour mes amis. Pour les vies que tu as prises.

Je tranche une ligne d'un côté de son intestin à l'autre, profonde, mais pas trop. Je recommence six fois, en le tailladant lentement, en le regardant droit dans les yeux, en contemplant sa douleur alors que je sens la chair se déchirer sous ma lame. Ce n'est pas aussi satisfaisant que ce que je pensais. Car la vie s'écoule de lui. Je n'ai jamais pensé que ce serait le cas. J'avais simplement besoin de le faire. Il fallait que ce soit moi qui le fasse.

— Va te faire foutre, Malik. Va en enfer !

29

EVE

Trois mois plus tard

J'ai toujours entendu dire qu'en revenant dans la maison de notre enfance, on réalise que ce n'est pas aussi grand qu'on le pensait lorsque l'on était enfant. Mais pour moi, cette maison, cette maison brisée avec ses murs blancs, elle est toujours énorme.

Et vide.

Je sais que si je fais le moindre son, ma voix rebondira contre les murs en écho. Mais je n'en fais pas. Il n'y a rien à dire. Personne à qui parler. Je suis toute seule alors que je referme la porte derrière moi et que je me tiens dans l'entrée de la maison dans laquelle j'ai grandi. Les pavés sous mes pieds sont en terre cuite. Mes talons claquent à chacun de mes pas, même si j'essaie d'être silencieuse. Mon cœur bat un peu plus vite, juste un peu. C'est étrange d'être de retour ici. Ça fait sept ans.

Le couloir étroit de l'entrée s'ouvre sur le grand salon. À l'extrémité se trouvent la cuisine, et à côté la salle à manger. Il n'y a pas de mur pour séparer ces deux espaces. La plupart des meubles sont recouverts de draps. Je me dirige vers la chaise en bois posée sur le côté, à moitié exposée, et juste avant de soulever le tissu jauni pour exposer la table et le reste des chaises... je réalise que je ne savais pas qu'Armen avait gardé la maison.

J'avance dans la cuisine. Bien qu'enterrée sous des centimètres de poussière, la bouilloire se trouve à sa place sur la plaque. Ma mère préparait du thé tous les matins et tous les soirs. Elle et moi étions les seules à en boire. Je l'effleure du bout des doigts, je glisse mon doigt dans la poussière. Je ne sais pas si je m'attends à ce que mes souvenirs reviennent, mais ce n'est pas le cas. Je ne sais pas du tout ce que je ressens en cet instant.

Je m'essuie les mains, je me retourne et j'entre dans le salon. Le tapis avec ce design que j'aimais tant me semble désormais vieux et usé. Je lève les yeux et ce que je vois me fait sourire. Mon père avait réalisé une fresque sur le plafond comme celle de la chapelle Sixtine. Il l'a fait pour ma mère. J'avais 4 ans à l'époque et je me souviens de m'être allongée sur le dos et l'avoir contemplé fixement, avec admiration. La peinture s'écaille légèrement désormais. Le temps passe vite.

La maison a été construite de sorte que les chambres du deuxième étage soient situées à l'extérieur de la grande surface habitable du premier étage. Six portes au total, trois de chaque côté. Toutes les portes des chambres sont fermées et lorsque je gravis les escaliers, je réalise que je retiens mon souffle. Ma main se referme sur la balustrade en métal, et j'ignore la poussière en montant. Ma porte est la première que je vois. Il me faut une minute pour l'ouvrir.

C'est là que l'émotion me gagne. C'est là que je sens la chaleur de mes larmes. Même pas à cause de mes souvenirs. Simplement en raison du sentiment de perte qui s'abat sur moi.

La lumière s'infiltre à travers les lamelles des volets, juste assez pour que je puisse la distinguer. Ma chambre ressemble à celle du jour où nous sommes partis. Mes parents étaient partis depuis des mois. J'avais 15 ans. Certaines de mes vieilles affiches sont encore accrochées au mur, mais la plupart sont à terre. Mon lit n'a pas été fait. Je ne m'en étais pas donné la peine à l'époque, pas après leur mort. Rien n'était plus pareil après leur mort.

J'avance vers la fenêtre avec son verre brisé et repousse les volets. La lumière du soleil emplit l'espace. Je reste là longtemps, à me souvenir. Je dois forcer mes jambes à bouger, je m'avance vers le lit, je m'assieds sur le bord de ce dernier, sans même me soucier du nuage de poussière qui m'entoure alors que je laisse le poids de ces sept années s'abattre sur moi. La photo encadrée de ma famille est toujours sur la table de nuit. Je la ramasse et je la dépoussière. Pourquoi ne l'ai-je pas prise avec moi quand je suis partie ? Je la contemple, j'effleure chacun de leurs visages. Mes parents. Mes frères. Moi. Nous riions tous.

Mon cœur se serre.

— Est-ce que ça va ?

Surprise, mon regard se dirige vers la porte, où se trouve Zach.

— Armen m'a dit que tu viendrais, dit-il.

Armen a survécu à cette terrible nuit. La balle avait raté son cœur, mais à peine, et bien qu'il ait été gravement blessé avec de multiples côtes cassées et une jambe brisée, il se rétablit. Il est à la maison. Lui et Julia vivent désormais dans la demeure du Dr Hassan avec leur fille. Zach observe autour de lui avant d'entrer dans la pièce. Il est trop grand pour l'espace et mon ancienne chambre me semble soudainement toute petite.

Je pose le cadre et me lève en essuyant la poussière sur mon jean.

— Zach. Quand est-ce que tu es revenu ?

Il est parti depuis plus de quatre semaines. Je suppose que je suis surprise qu'il soit de retour, même s'il m'a promis qu'il le serait.

— On dirait que tu ne t'attendais pas à me voir.

Il ricane légèrement, ramasse une affiche qui se trouve face contre terre.

— Tu ne pensais pas que je reviendrais ?

Il pose cette question sans me regarder. Je hausse les épaules. Je ne sais pas à quoi je m'attendais. Il penche la tête comme je ne réponds pas.

— Hannah Montana ?

Il fronce les sourcils en souriant. C'est bien. Ça me fait sourire, moi aussi. Ça aide à éteindre ma douleur, du moins pour un instant.

— Ça date.

J'avance vers lui, je récupère le poster, mais lorsque ma main effleure la sienne, une étincelle retentit et me fait reculer en haletant. Le bleu de ses yeux est étincelant. Son regard est concentré. Être près de lui me donne l'impression qu'une envolée de papillons a lieu dans mon ventre. Ce n'est pas seulement de l'attraction physique, c'est plus que ça. Peut-être que ce sont les circonstances qui me font me sentir comme je le suis en sa présence. Je me sens en sécurité quand il est proche de moi. Je ne sais pas. Je ne peux pas l'expliquer, et je n'essaie même pas de le faire. Je sais ce que je veux. Mais je ne sais pas si c'est ce que lui veut.

Je me lèche les lèvres. J'attends qu'il m'embrasse, qu'il fasse quelque chose, je me demande pourquoi il ne l'a pas déjà fait. Il ne le fait pas. Au lieu de cela, il passe son pouce sur ma joue pour essuyer mes larmes.

— Est-ce que ça va ?

Je secoue la tête, je recule, je me concentre sur mon lit.

— C'est bizarre d'être de retour.

Je suis déçue qu'il ne m'embrasse pas. Quand je me redresse, il m'observe toujours.

— Eve.

Je sais qu'il attend plus, mais je ne sais pas comment le faire sans tout gâcher, c'est pourquoi j'essaie de garder mon regard ancré au sien, alors même que je sais que je ne peux rien lui cacher. Il peut voir jusque dans mon âme. Je ne peux même pas me contrôler ni l'en empêcher. Pas avec lui.

— Est-ce que ça va ?

— À quel point devrais-je aller bien ?

C'est comme si les vannes venaient de s'ouvrir. Des années de douleur, de perte, à vivre dans les limbes, à ne pas vivre vraiment.

— Non.

Je suis surprise de sa réponse. Je ne sais pas quoi dire.

— Tu n'aurais pas dû venir ici toute seule. Tu aurais dû attendre que je t'y emmène.

— Tu étais parti.

Il est parti quelques semaines après la nuit où il a tué Malik. Une fois qu'il s'est assuré qu'Armen allait bien, que Julia et le bébé étaient en sécurité, que j'étais en sécurité, il m'a dit qu'il devait s'occuper de ses affaires et a disparu.

— Je t'avais promis que je reviendrais.

Mon regard tombe sur le sol. Je m'effondre sur le lit. L'affiche dans ma main se plisse, mais je ne la laisse pas tomber. Je dois me raccrocher à quelque chose, garder mes mains occupées. Mon regard doit se fixer sur quelque chose, n'importe quoi, autre que lui.

— Je ne sais pas qui je suis, commencé-je.

J'en ai conscience, depuis un moment. Mais l'avouer à haute voix, c'est effrayant. Comme si cela devenait plus réel. Le lit proteste sous le poids de Zach lorsqu'il s'assied à mes côtés. Il ne parle pas. Je peux le sentir me regarder.

— J'avais 15 ans quand mes parents sont morts. C'est à ce moment-là que mon monde a commencé à s'effondrer. Ensuite, mes frères ont disparu peu de temps après, et Armen est allé travailler pour Malik. Je n'ai même jamais obtenu mon diplôme d'études secondaires.

Je le regarde. Je ne pense pas qu'il le savait.

— Je pense que j'aurais pu survivre à la mort de mes parents, mais ensuite Rafi et Seth, et surtout Armen... tout a changé. Cette nuit-là, il y a deux ans, a été la goutte qui a fait déborder le vase. La dernière chose qui m'a brisée. Pendant deux ans, j'ai vécu dans les limbes. Engourdie. À juste exister, sans vivre vraiment.

Je m'essuie les yeux sur ma manche et me force à lui faire face.

— Maintenant que je sais qu'ils sont partis, mes frères, maintenant que je sais qu'Armen va bien, que Malik ne l'a pas transformé en monstre... que j'ai une nièce...

Ça me fait sourire.

— Hope. Son prénom est approprié, n'est-ce pas ?

— Oui, en effet.

Sa grande main se pose sur mon dos, et y trace de petits cercles.

— Maintenant que je le sais, je peux passer à autre chose. Mais je ne sais vraiment pas comment faire.

Ma poitrine se soulève alors que je pousse un profond soupir. Ce sont mes cartes. Là où je me tiens.

— La maison est à ton nom, déclare Zach.

Je hoche la tête.

— Grâce à Armen.

Julia et lui sont ensemble et essaient de guérir de leurs pertes conjointes. Elle ne fait que commencer à oser croiser mon regard lorsque nous parlons, mais je sais qu'elle a encore beaucoup de chemin à parcourir, et malgré tout, mon frère l'aime. C'est pour cette raison que je m'efforce de lui accorder sa chance.

— C'est un bon point de départ, tu ne penses pas ? La maison ?

Je le regarde. Lui.

— Ou est-ce que tu veux retourner à Denver ?

— Denver ? Je n'ai rien qui me lie à Denver. Devon est probablement la seule personne qui a remarqué que j'ai disparu.

Je ricane, même si ce n'est pas vraiment drôle. En réalité, c'est triste. Ce jour-là, je faisais mes valises pour échapper à Zach, et j'ai réalisé à quel point ce qui m'arrivait lui arrivait à lui aussi.

— C'est dommage, sourit-il. Mais je n'ai pas non plus l'intention de retourner à Denver. Je n'y suis allé que pour te retrouver.

Son regard est intense, comme s'il essayait de me dire mille choses. Et la manière qu'il a de dire qu'il est venu à Denver uniquement pour moi est étrange, ça me fait ressentir... de l'espoir.

— Où es-tu allé ?

Je lui pose cette question puisque je n'en ai pas la moindre idée.

— Je suis allé voir quelqu'un qui était dans les opérations spéciales en même temps moi.

— Qui ?

Il inspire profondément et se relève. Il fait un pas en direction de la fenêtre avant de se retourner pour me regarder.

— Il s'appelle James Jordan. James est l'homme qui m'a questionné, questionné sur tout ce qui s'est passé la nuit où j'ai tiré sur mon commandant. Il est parti brusquement et je n'ai jamais su pourquoi ni où il était allé. Je suppose que je n'ai pas posé assez de questions parce que je ne le connaissais pas vraiment et que les événements de la nuit de la fusillade étaient tellement confus à ce moment-là dans ma tête. Ce qu'ils m'ont dit, ce dont je me souvenais... tout était mélangé. Ils m'ont fait prendre de la drogue et je n'arrivais pas à réfléchir correctement.

Je secoue la tête.

— Malik s'est joué de toi depuis ce moment-là.

Zach hoche la tête.

— Que s'est-il passé ?

— Après qu'il se soit remis du fait que j'étais en vie, nous avons discuté. Il vit aux États-Unis. À Miami.

— Tu étais à Miami ?

Il hoche à nouveau la tête.

— Je lui ai tout raconté et il s'avère qu'il avait découvert la vérité à la fin. Que Malik était le commandant Maliki Remi. Que le traître était quelqu'un en qui il avait confiance. Quelqu'un qui l'avait trompé. Quand j'ai pensé qu'il y avait eu dissimulation après que j'ai tiré sur Malik, mon commandant de l'époque, j'avais raison. Il y en avait une. Expliquer tout ça aurait été problématique, sans parler d'un énorme embarras pour les militaires. C'est la raison pour laquelle ils ont tout couvert. Malik a été décoré comme un héros, et il n'y a eu aucune enquête de faite à mon sujet pour la fusillade. Jordan est parti après ça.

— Pourquoi es-tu revenu à Beyrouth ?

Il semble confus.

— Que veux-tu dire ?

Je me lève.

— Tu n'y étais pas obligé. C'est terminé. Tu l'as tué. Tu as obtenu ta revanche.

— Je t'avais dit que je reviendrais, Eve.

— Pourquoi ? Qu'est-ce qui t'a poussé à revenir ?

Il fait un pas dans ma direction. Soupire. S'empare de mes mains.

— Qu'est-ce qui, selon toi, m'a forcé à revenir ?

Je l'étudie, je sonde son regard.

— Tu es la seule chose honnête et réelle dans ma vie, Eve, déclare-t-il en souriant et en se frottant la nuque. Tu comptes pour moi.

Mon cœur s'emballe. Ma bouche s'assèche.

— Et quand tu dis que tu ne sais pas par où commencer, eh bien, j'ai moi aussi vécu dans les limbes ces dernières années. Je n'ai aucun lien avec rien. Mes frères sont en Toscane avec leurs femmes ; Raphaël a sa famille, Damon est en passe d'en avoir une. Je n'ai pas ma place parmi eux. Je suppose que je pourrais revenir en arrière, mais je ne m'y retrouverais pas. Pas tout seul.

— Quoi ?

— Les États-Unis ?

Il hausse les épaules et continue comme si je n'avais pas parlé du tout :

— Rien ne me retient là-bas. Mais ici, Beyrouth, c'est là que se trouvait ma vie, les parties qui comptaient le plus pour moi.

Il s'immobilise un moment, son regard ne quittant jamais le mien.

— C'est là où sont les gens qui comptent le plus pour moi.

— Tu restes ?

Je sens un poids énorme se retirer de mes épaules. Je perçois un intense soulagement. C'est le même sentiment que j'ai déjà ressenti quelquefois en sa présence. Le sentiment de ne plus être toute seule.

— Est-ce que tu m'as entendu ?

Je hoche lentement la tête. Je l'ai entendu, je l'entends, mais je suis trop lente pour comprendre. Parce que c'est trop. Trop bon. Et je n'ai pas ressenti cela depuis bien trop longtemps. Les mains de Zach remontent le long de mes bras, les encerclent, me rapprochent pour qu'on soit simplement à quelques centimètres l'un de l'autre. Il observe mon visage, et dans ses yeux, j'entrevois quelque chose de différent, d'étrange.

De l'espoir ?

— Je veux rester ici. Je veux rester ici avec toi. Je t'aime, Eve. Je t'aime. Je t'aime depuis longtemps.

Je ris. C'est un son étrange, presque irréel. Je caresse son visage, je le prends entre mes mains et je sens mon sourire s'étirer.

— Je t'aime moi aussi, Zach.

Comment n'ai-je pas pu lui dire ces mots auparavant ?

— Tu ne sais pas à quel point je suis heureuse que tu sois revenu.

ÉPILOGUE 1
ZACH

Un an plus tard

La musique s'élève en haut dans la chambre principale lorsque j'entre dans la maison. Eve ne m'entend pas, je lui ai dit une centaine de fois de s'assurer de fermer la porte si elle reste en haut et qu'elle est pratiquement sourde au monde. Je secoue la tête, retire ma veste et la jette sur le dos d'une chaise. Je déboutonne et roule une manche de ma chemise, puis l'autre alors que je me fraye un chemin jusqu'au deuxième étage.

Au moins, c'est de la musique que j'aime. U2. Mais elle écoute aussi de la merde. L'odeur de peinture imprègne la maison. Elle s'est donné pour mission de lui redonner sa gloire d'antan. C'est un travail titanesque, et Armen vient l'y aider de temps en temps, ce qui est bon pour elle. Entre ça et la fac, elle est très occupée.

J'ouvre la porte de la chambre. Elle ne m'entend toujours pas. Elle chante en peignant un mur. Je dois admettre que ça a l'air magnifique. C'est mieux que ce que je pensais, mais après tout, elle a l'œil pour ça. Elle a terminé le salon, restauré la fresque, et rénove peu à peu toute la maison. Je pense qu'elle garde les chambres de ses frères pour la fin. Elle n'y est toujours pas allée. Nous n'avons même pas encore nettoyé ces deux pièces.

Elle chante toujours. Je souris. Je m'appuie contre le mur, je la regarde. J'ai une bonne vue sur son cul d'ici. Elle porte un petit short blanc et un de mes T-shirts. Et elle a de la peinture un peu partout. Après une minute, je débranche la stéréo et la vois sursauter si haut qu'elle se cogne la tête au plafond. Elle pivote sur elle-même, les yeux grands ouverts. Elle est effrayée, avant qu'elle ne réalise qu'il s'agit de moi.

— Tu m'as fait faire une crise cardiaque !

— Je t'ai dit de fermer la porte d'entrée lorsque tu montes ici.

J'avance vers elle, j'agrippe son poignet tenant le rouleau, et garde quelques centimètres entre nous. J'aime ma tenue. Mais j'aime également la voir comme ça, sans maquillage, les cheveux sauvages à peine contenus par une pince sur le sommet de sa tête. Elle a pris de la couleur l'année passée et ça lui va très bien. Elle paraît détendue. Elle est magnifique. Heureuse. Je me penche pour l'embrasser. Je ne veux pas ruiner mon costume, mais avec elle, je ne peux pas résister. Le baiser se transforme en quelque chose de plus profond, quelque chose de plus, et lorsqu'elle gémit contre ma bouche, je la relâche en grognant.

— Quoi ? me demande-t-elle en prenant un faux air innocent.

— Tu me rends fou, voilà quoi. Lâche ça, tu as terminé.

Je lui prends le rouleau des mains, je le pose, puis je la conduis jusqu'à la salle de bains. Je fais couler l'eau de la douche et je tire son T-shirt par-dessus sa tête.

— Pourquoi ne portes-tu pas tes propres vêtements pour peindre ?

— J'aime les tiens, réplique-t-elle avec un clin d'œil.

Je lui adresse un sourire. Je baisse son short, je la retourne et je lui assène une fessée.

— J'aime aussi les miens. En réalité, je les préfère sans taches de peinture.

Mon portable sonne.

— Vire-moi le reste de tes vêtements, dis-je.

Je sors mon téléphone de ma poche et vérifie l'écran. Je dois répondre à cet appel.

— Sois une bonne fille et assure-toi d'être toute propre pour que je puisse te salir à nouveau, dis-je avant de répondre.

La salle de bains est grande, nous ne l'avons pas encore refaite donc la douche est une zone carrelée dans un coin, sans rideau, sans porte. Il y a un évier avec un miroir au-dessus et dans l'autre coin, une pile de dalles que nous utiliserons pour remplacer les anciennes. Elle me tire la langue. Je secoue la tête et j'écoute Jordan me parler en l'observant. Elle entreprend un strip-tease quand elle retire lentement son soutien-gorge un bras à la fois, avant de prendre ses seins entre ses mains. Ma queue durcit. Elle se retourne, m'offrant une vision de son cul parfait. Sa culotte de coton blanche est trempée, je vois à travers. Elle se fait un point d'honneur à la retirer terriblement doucement et en se courbant exagérément pour se dévoiler sans pudeur.

— Zach, tu m'entends ?

C'est Jordan. Eve se redresse et glousse en récupérant le shampooing. Mon regard s'assombrit. Une promesse de punition est à venir. Son sourire s'agrandit.

— Je t'ai entendu, Jordan.

Nous ne sommes pas amis, lui et moi, mais nous sommes partenaires, pour l'instant. Lorsqu'il a quitté l'armée, il avait suffisamment de contacts au Moyen-Orient pour lancer sa propre opération de « sécurité ». Nous avons commencé à travailler ensemble il y a six mois, quand, après notre première rencontre, il m'a contacté pour nettoyer l'organisation de Malik. C'était beaucoup plus grand que je ne l'avais réalisé, mais j'ai aimé ce travail. J'ai aimé réparer ce que Malik avait fait de mal. J'ai constaté que je n'avais aucun problème à punir ceux qui avaient besoin de l'être. C'est là que Jordan et moi avons conclu un accord. J'avais besoin d'informations, et lui de mon aide. Aux yeux de l'armée américaine, Malik et moi sommes toujours morts. Ce qui me convient. Michael Beckham est devenu mon nouveau nom légal.

— Je m'en suis déjà occupé. Quelqu'un va sonner d'une seconde à l'autre avec une livraison.

La clé USB avec les fichiers qu'il désire est en route. Une liste d'hommes et de femmes qui préféreraient rester anonymes.

— Es-tu parvenu à obtenir l'information dont j'ai besoin ?

Quand je dis que Jordan et moi ne sommes pas amis, je veux dire que je connais l'homme avec qui je fais affaire. Il n'y a pas de noir ou de blanc. Pas de bien ou de mal. Pas même pour moi. Mes mains ne sont pas toujours propres et parfois, lorsque je touche Eve avec ces mêmes mains, je me demande si je ne devrais pas la quitter. Partir. Mais j'en suis incapable. De plus, je pense que la vie m'est redevable, donc je n'en fais rien.

— Je sais où ils ont été tués. Où ils sont enterrés.

J'observe Eve pendant que je l'écoute, mon visage ne trahissant rien. Elle ne sait pas ce que je fais. Pourquoi j'ai accepté de travailler avec Jordan. Je ne voulais pas lui donner de faux espoirs, et j'avais raison.

— Tu sais qui l'a fait ?

Je ne m'attendais pas à ressentir de la déception. Je voulais lui offrir des nouvelles différentes. Bien qu'elle ait accepté leur mort. J'ai envie qu'elle soit heureuse.

— Oui.

Je secoue la tête.

— Je dois y aller.

— Je t'enverrai cette information.

— Bien, nous avons terminé, dans ce cas.

— Je pourrais user de tes talents.

— Nous en avons terminé.

Je raccroche, je range mon portable dans ma poche et je croise mes bras devant mon torse. Eve a les yeux fermés et se lave les cheveux. Son corps impeccable m'empêche de détourner les yeux.

— Alors, as-tu toujours pris l'habitude d'emménager chez les autres sans avoir de véritable conversation à ce sujet ?

Elle me demande cela en se tournant sous le jet. Je réfléchis.

— Je suppose que oui.

Je déboutonne ma chemise, la retire et la jette de côté. Puis je fais la même chose avec mon pantalon et mon caleçon. Elle me regarde avec un sourire. Je coupe l'eau.

— Hé ! Je n'ai pas fini.

— Si.

Je la plaque contre le mur.

— Tu me faisais ton petit numéro en remuant tes fesses pour m'aguicher.

J'agrippe sa mâchoire, l'embrasse sur la bouche, prends un de ses seins humides entre mes doigts et frotte son mamelon avec mon pouce avant de le pincer un peu. Jusqu'à ce qu'elle gémisse.

— J'ai froid, proteste-t-elle en glissant ses bras autour de mon cou et en plaquant son corps humide contre le mien.

— Je vais te réchauffer.

Je l'embrasse plus intensément. Je la prends dans mes bras et la fait quitter la salle de bains. Je la dépose près du lit. Il est recouvert de tissu protecteur. Je les retire. Elle m'observe, et je vois le désir obscurcir ses yeux.

— Recommence, dis-je en la faisant pivoter pour qu'elle me tourne le dos. Penche-toi, attrape les chevilles et tends-moi ton cul.

— Zach...

J'agrippe ses cheveux d'une main, je tire sa tête en arrière, je la force à me regarder en lui tapotant la hanche.

— Tu aimes ça, Eve. Tu aimes quand c'est sale. Tu as envie de me montrer chaque centimètre de ton corps. Sois gentille et penche-toi.

Je la relâche et je m'assieds sur le lit, les jambes écartées, ma queue épaisse dans ma main. Eve se retourne, son cul tendu dans ma direction, et écarte les jambes largement. Lentement, elle se penche, s'étirant à chaque seconde, me rendant fou de désir.

— Bonne fille, dis-je lorsqu'elle est enfin en position.

Ma voix résonne comme un grognement alors que j'agrippe ses hanches et que je l'attire vers l'arrière, son cul à hauteur de mes yeux. Tout ce que j'ai à faire pour la goûter, c'est me pencher un peu. Mais je désire prendre mon temps. Elle me veut, je peux le voir sur ses lèvres brillantes, je sens l'odeur musquée de son excitation. Mes mains sur ses fesses, je l'ouvre plus largement, je contemple chaque centimètre rasé avant de lécher sa vulve rose. De la goûter. Je baisse la tête pour passer ma langue sur son clitoris. Je la glisse ensuite vers le haut le long de ses replis, jusqu'à son petit trou du cul. Je le titille, j'écoute ses gémissements pendant que je tourne autour avant de glisser vers son entrejambe et d'enfouir mon visage contre elle.

— Putain, Zach.

Ses genoux lâchent un moment plus tard. Je la maintiens en place, je l'attire vers l'arrière, sur mes propres genoux. Je la pose sur ma queue tout en prenant son clitoris entre mes doigts.

— À qui est-ce que tu parlais ? me demande-t-elle, haletante.

Je la fais glisser sur moi.

— Tu choisis le pire moment.

Je la soulève, je la mets à genoux devant moi, je m'installe entre ses jambes. Je l'ouvre.

— Le pire !

— Je n'aime pas que tu travailles pour cet homme, proteste-t-elle.

— Tais-toi, dis-je en la retournant sur le dos et en repliant ses jambes le long de sa poitrine.

— Ce n'est pas un homme bon, poursuit-elle.

Au vu de la manière dont ses yeux se révulsent, je souris.

— Tu veux jouir, Eve ?

Je titille son clitoris. Elle hoche la tête.

— Mon Dieu, oui.

— Alors ferme ta gueule.

Je me penche, et abats ma bouche sur la sienne. C'est la seule manière de la faire taire. Je m'enfonce brusquement en elle. Son soupir se meurt dans ma bouche. Je recommence, et son joli sexe me comprime. Je suis si proche.

— Vas-y, *habibi*.

C'est une si bonne fille. Elle jouit sur demande, et je ne me retiens pas. Je la baise brusquement et lorsque ses parois internes palpitent autour de moi, je me plante profondément en elle en poussant un gémissement. Elle aspire ma queue, et tout ce que je peux faire c'est regarder son visage, ses yeux rêveurs, et me demander ce qu'elle voit en moi lorsqu'elle me regarde jouir à mon tour.

Nous sommes allongés sur le sol, encore entièremen:t nus, chacun de nous regardant l'autre silencieusement.

— Qu'est-ce qu'il voulait ?

— Si tu savais à qui je parlais, pourquoi me l'as-tu demandé ?

Elle se lève. J'en fais de même.

— Je ne lui fais pas confiance. Je ne l'aime pas.

— Ne t'inquiète pas, je ne lui fais pas confiance non plus. Nous obtenons ce dont nous avons besoin l'un de l'autre, voilà tout.

— Que veux-tu de lui ?

Elle sait ce que je fais. Je n'ai jamais gardé ça secret. Mais je ne lui donne jamais de détails non plus. J'ai déjà tué des hommes dans l'armée, et par la suite. Je ne tue que ceux qui méritent de mourir. Je la prends dans mes bras.

— Ta nièce sera bientôt là. Nous devrions nous laver.

Elle est ennuyée, mais elle obtempère. Nous nous douchons ensemble, et bientôt nous sommes assis dans le jardin, à l'arrière, elle un verre de verre de vin à la main, moi une bière. Je sais que l'on doit parler de ce que Jordan m'a dit, mais ça peut attendre. Son frère sera bientôt là avec Hope et il y a autre chose que je dois faire avant.

ÉPILOGUE 2
EVE

Je le pense quand je dis que je ne fais pas confiance à James Jordan. Je l'ai rencontré une seule fois, et j'ai compris immédiatement qu'il faisait partie des méchants. Et même si je fais confiance à Zach, il me cache quelque chose.

— Allons marcher un peu, me dit-il.

Le soleil se couche. Il aime aller au bord de la propriété pour le regarder. J'y vais habituellement avec lui. C'est tellement beau. Zach est plus calme que d'habitude lorsque nous marchons, et j'ai conscience que ça a quelque chose à voir avec cet appel, et je sais également qu'il me le dira lorsqu'il sera prêt.

Lorsque nous arrivons, nous nous asseyons contre la souche d'arbre, dos à elle. Nous sommes tous les deux face au coucher du soleil qui vient de démarrer. Il prend ma main dans la sienne.

— Je sais où Seth et Rafi sont enterrés, dit-il.

Je me tourne vers lui. Il regarde toujours droit devant lui. Je sais qu'ils sont morts. J'ai fait la paix avec ça. Alors pourquoi cette nouvelle me donne-t-elle l'impression que je vais me remettre à pleurer ? Je n'ai plus envie de ça. Je n'ai plus envie de pleurer. Zach me fait face.

— Jordan les a trouvés. Il a découvert... la vérité.

Il s'arrête, contemple ses mains, regarde son pouce tracer un cercle apaisant sur le dos de la mienne avant de croiser à nouveau mon regard.

— Je n'ai pas envie de te faire ça. Je ne veux pas te faire souffrir davantage.

Je souris, de tristesse. Mes yeux sont inondés de larmes que je ne verse pas.

— Pouvons-nous les ramener à la maison ?

Il hoche la tête.

— Je m'en occupe.

Je m'essuie les yeux. Ce n'est pas la cascade de larmes que je redoutais. Il y en a, bien sûr, mais elles se tarissent déjà.

— Est-ce que ça va ?

Je hoche la tête.

— Oui. Je sais qu'ils sont partis. Je le sais depuis longtemps.

— Je suis sincèrement désolé, Eve.

— C'était pour ça, l'appel ?

— Oui. Nous en avons terminé lui et moi.

— Bien.

Nous nous glissons dans un silence pendant un moment et nous contentons d'observer le coucher du soleil.

— Je me sens bien, tu sais.

— Je sais.

Je l'observe. Il sourit un peu, ses yeux me sondent comme s'il ne me croyait pas vraiment.

— Quoi ?

Il fouille dans sa poche. Je sais quand il trouve ce qu'il cherche, parce que son expression change.

— Ça.

Il sort une bague de sa poche. Je l'observe, surprise – choquée, peut-être ? Et un peu anxieuse aussi. La lune brille sur elle, faisant scintiller le diamant.

— Je l'ai achetée il y a quelques semaines.

— Es-tu... est-ce que...

— Je ne peux imaginer être à nouveau loin de toi. Je pense, en réalité, que je t'ai aimée dès la première minute où je t'ai vue assise dans cette salle d'interrogatoire. Quand les autres te regardaient, ça me rendait fou. Quand les hommes te regardent maintenant...

Je pose ma main sur la sienne.

Il est nerveux. Je ne l'ai jamais vu comme ça. Il hoche la tête.

— Je t'aime et je désire que tu m'épouses, Eve. Je veux être avec toi pour toujours. Je veux avoir des enfants avec toi. Je veux... non, je suis à la maison avec toi. Tu es tout pour moi. Absolument tout.

Je pose mon regard sur l'alliance, puis sur lui. C'est irréel. Un rêve.

— Je t'aime, Zach. Et je ne peux pas imaginer ma vie sans toi. Tu vis déjà ici, alors...

— Tais-toi.

Il glisse la bague à mon doigt et prend mon visage entre ses mains.

— Ne gâche pas ce moment.

Je ris de bon cœur. J'observe ma main. Puis je le regarde lui. Et je réalise que je souris comme une idiote. Zach m'embrasse. C'est un long et doux baiser. Ses grands bras s'enroulent autour de moi et me tiennent contre lui. Je me sens au chaud et en sécurité. À la maison. Et cette fois, les larmes qui coulent sur mes joues sont des larmes de bonheur.

Finalement, après tant d'années, Zach et moi avons bouclé la boucle.

Nous sommes enfin à notre place.

Ensemble.

À LIRE ENSUITE
UNE ALLIANCE À SON DOIGT

Prologue
Scarlett

L a dentelle tombe sur mon visage. Avec les années, elle a jauni et elle sent le moisi. Elle est vieille. Mais elle appartenait à ma mère. Celle qu'elle portait le jour de son mariage.

La gypsophile et les lys abandonnés jonchent le sol en pierre tandis que la femme grogne derrière moi. Elle s'agace de devoir travailler avec le vieux voile alors qu'un tout nouveau, plus joli, reste inutilisé dans sa boîte. Je bouge mon pied, écrase la délicate gypsophile, plantant mon talon dans le pétale d'un lys rose pâle.

Des fleurs funéraires pour un mariage. Un présage.

Non pas que j'en aie besoin.

La puanteur qu'elles dégagent me retourne l'estomac. Ce n'est pas comme ça que j'imaginais le jour de mon mariage.

— C'est fini ! annonce la femme.

Je me mets debout, le pétale collé à mon talon. Cependant, je ne m'en soucie pas. Je lève les yeux pour rencontrer mon reflet dans le miroir.

— Il n'aimera pas le voile, déclare-t-elle.

Elle est floue à côté de moi.

Je déplace mon regard, laissant mes yeux se concentrer sur elle. Elle est ronde, petite et a une verrue sur le côté du visage avec un épais poil noir qui en sort. L'expression ne pas juger un livre à sa couverture ne la concerne pas. Elle est autant une salope à l'intérieur qu'elle ne l'est en apparence.

— J'imagine qu'il s'en remettra.

— Vous devriez porter celui qu'il a envoyé.

Je ne prends pas la peine de lui répondre, bien que j'approuve son avis. Le voile était un présent de mes frères.

Un cadeau.

Non, pas un cadeau.

Encore une manigance de me faire porter le voile de ma mère pour ce faux mariage.

Elle grogne, se tourne pour ramasser la robe, les clés cliquetant à sa ceinture. Je pourrais les prendre. La dominer. Ce serait un jeu d'enfant. Mais il resterait un problème. Celui des hommes armés derrière la porte.

Des pas bruyants sur les cent marches de l'escalier annoncent l'approche de soldats qui se dirigent vers ma chambre en haut de la tour.

Une tour. Ils m'ont enfermée dans une putain de tour. Mes propres putains de frères.

D'après les rumeurs, ils s'attendent à ce que je me batte. Ils contraindraient et forceraient si je tentais quoi que ce soit. D'ailleurs, je sais qu'il vaut mieux ne pas gaspiller mon énergie avec eux. J'en aurai besoin après. Pour la nuit de noces.

Un homme prend la parole, puis un autre rit. Lorsque tout à coup un bruit étrange attire mon attention. Comme quelque chose qui se fracasse contre le mur.

C'est alors que ça arrive. Des coups de feu détonent juste derrière ma chambre. Une balle se fraye un chemin à travers l'épaisse porte en bois, brisant à la fois le miroir et mon reflet en mille morceaux. Par réflexe, je recule brusquement contre le mur de pierre.

La femme avec la verrue hurle d'effroi.

Je me relève. D'une main, je palpe l'arrière de ma tête, mais bizarrement j'arrive encore à sentir les lys glissés dans ma coiffure. Quelques secondes après, on donne un coup de pied contre la porte qui claque contre le mur. Des hommes lourdement armés et en treillis militaire font irruption dans ma chambre. Un nuage de fumée les accompagne, s'infiltrant dans ma tour circulaire.

Ils sont une douzaine à se disperser dans la pièce et je n'en reconnais pas un seul. Ce ne sont pas les hommes de mes frères.

Mes yeux se rivent sur la femme au sol en train de sangloter.

Puis je fixe la porte pendant que d'autres pas s'approchent, plus calmement... Celui-là n'est pas pressé. Et je sais à l'instant où il entre dans mon champ de vision que c'est lui, l'auteur de ce massacre.

C'est lui que je dois craindre. Le seul qui est masqué.

L'inconnu s'arrête juste à l'entrée de la pièce, l'examine, observant chaque soldat, chaque pierre, chaque toile d'araignée. Et quand ses yeux bleu profond se posent sur moi, je sens comme un poids me tomber dessus.

La femme qui m'aidait à me préparer se relève, bafouille en marchant vers lui. Il la regarde de haut, comme s'il était irrité, elle s'arrête brusquement. Un écho de balles l'abat, éclaboussant son sang comme de la peinture sur mon cou et mon visage. Les coups de feu la projettent sur le sol.

Putain.

Je ne lui accorde pas un seul regard. Je n'en ai pas besoin. Il est évident qu'elle a succombé à ses blessures.

Les yeux de l'homme reviennent vers les miens. Ils se rétrécissent. Et quand il fait un pas vers moi, je recule, faisant basculer la chaise derrière moi au sol. C'est alors que je panique. Je suis en alerte à ce moment-là.

Terrifiée, je me retourne pour prendre la fuite, mais une douzaine d'yeux sont braqués sur moi. L'intrus masqué, le plus grand de tous, bloque la seule sortie. Je ne peux envisager de sauter par la fenêtre. Elle possède des barreaux. Le suicide n'a jamais été une option, pas pour mes frères. Ils avaient besoin de moi.

Mais quelque chose a mal tourné.

Et avant que je ne puisse décider quoi faire, l'idée de l'attaquer traverse mon esprit. Cependant le risque est de taille. Des balles n'hésiteront pas à m'achever comme elles l'ont fait pour la femme au sol. Mes pensées sont interrompues lorsqu'il empoigne mon poignet de sa main droite.

Mon corps se tend. Les fleurs s'éparpillent au sol. Je les fixe, puis je l'observe approcher ma main vers son visage. Son pouce se pose sur mon annulaire où le diamant hideux capture le soleil déclinant. Pendant un moment, je redoute qu'il me fracture le doigt. Mais il tourne la bague et l'ôte de force. Même si elle est serrée, il finit par y parvenir. Il la glisse dans sa poche et reporte son attention vers moi.

Je déglutis.

L'homme masqué penche sa tête sur le côté, une main capturant toujours mon poignet. Il me fait pivoter.

Je crie alors qu'il me pousse vers lui, son corps étant un mur solide dans mon dos.

Il lâche mon poignet et passe son bras gauche sous mes seins. Ensuite, il pousse le voile de ma nuque, sa main rugueuse contre ma peau, ses doigts creusent et la meurtrissent. Effrayée, je crains qu'il ne me brise le cou. Une torsion rapide suffirait. C'est un putain de géant.

Mais il ne le fait pas.

Au lieu de cela, au moment où je tourne mon visage vers le sien, il me serre la gorge et instantanément, mes genoux flanchent. Mes bras tombent le long de mon corps. Il change sa prise et alors que je glisse, il me soulève, me hisse sur son épaule, faisant tournoyer la pièce avant qu'elle ne sombre dans l'obscurité.

AUTRES LIVRES DE NATASHA KNIGHT

Le Jouet du diable, La Duologie (IVI)

Le Jouet du diable

La Rédemption du diable

Les Frères Amado

Déshonneur

Corruption

Trahison

Le Rite, La Trilogie (IVI)

Un roi

Une rebelle

Leur règne

Dark Romance

Déviant : Une romance entre haine et amour

La Trilogie du Milieu (IVI)

Le Requiem d'une âme

Le Prix du péché

La Résurrection des cœurs

Les Frères Amado

Déshonneur

Corruption

Standalone Dark Romance

Deviant

Beautiful Liar

Retribution

Theirs To Take

Captive, Mine

Alpha

Given to the Savage

Taken by the Beast

Claimed by the Beast

Captive's Desire

Protective Custody

Amy's Strict Doctor

Taming Emma

Taming Megan

Taming Naia

Reclaiming Sophie

The Firefighter's Girl

Dangerous Defiance

Her Rogue Knight

Taught To Kneel

Tamed: the Roark Brothers Trilogy

À PROPOS DE L'AUTEUR

Natasha Knight est une auteure de thrillers romantiques et de romances dark, classés best-sellers par le *USA Today*. Elle a vendu plus d'un demi-million de livres traduits en six langues. Elle vit aux Pays-Bas avec son mari et ses deux filles, et quand elle n'écrit pas, elle aime marcher dans les bois en écoutant un audiolivre, lire dans un coin tranquille ou explorer le vaste monde dès qu'elle en a l'occasion.

Pour écrire à Natasha, c'est ici : natasha@natasha-knight.com

Découvrez ses livres ici :https://natasha-knight.com

Printed by Amazon Italia Logistica S.r.l.
Torrazza Piemonte (TO), Italy

52119785R00460